Lisa Graf ist in Passau geboren. Nach Stationen in München und Südspanien schlägt sie gerade Wurzeln im Berchtesgadener Land. Als Hobbybäckerin hat sie eine Schwäche für Trüffelpralinen und liebt Zitronensorbet mit Champagner. Mit ihrem grandiosen Familiensaga-Auftakt *Dallmayr. Der Traum vom schönen Leben* eroberte sie sowohl die Herzen ihrer Leserinnen als auch die Bestsellerliste. Mit dem zweiten Band der Reihe *Dallmayr. Der Glanz einer neuen Ära* schaffte es Lisa Graf innerhalb kürzester Zeit an die Spitze der SPIEGEL-Bestsellerliste. Der mit Spannung erwartete dritte Teil ihrer Reihe, der die aufregende Familiengeschichte rund um den Feinkostladen Dallmayr weitererzählt, erscheint im Winter 2023.

Lisa Grafs *Dallmayr. Der Traum vom schönen Leben* in der Presse:

»Sehr sinnlich.« *Freundin*

»Es hat einen schönen, entspannten Sound, genau das was man braucht, um an einem sonst verregneten Sonntagnachmittag mit einer Decke auf dem Sofa zu sitzen.« *NDR »eat.READ.sleep«*

»Ein opulentes Lesevergnügen – nicht nur für Münchner!«
Münchner Merkur

»Lisa Graf entführt ihre Leser so lebendig ins München der Jahrhundertwende, dass man sich immer wieder aufs Weiterlesen freut.«
Passauer Neue Presse

»Das Buch ist also nicht nur eine Geschichte über Delikatessen und Einzelhandel, sondern auch über eine Frau, die sich in einer damals noch viel mehr als heute von Männern bestimmten Wirtschaftswelt gegen Widerstände und Intrigen durchsetzt – teilweise sogar aus der eigenen Familie.« *Bayerische Staatszeitung*

»Ein interessanter Blick auf die Anfänge des legendären Kaffee-Imperiums!«
OK!

Außerdem von Lisa Graf lieferbar:
Dallmayr. Der Traum vom schönen Leben. Roman.
Dallmayr. Der Glanz einer neuen Ära. Roman.

LISA GRAF

DALLMAYR

Der Traum vom schönen Leben

Roman

PENGUIN VERLAG

Dies ist ein historischer Roman.
Er basiert auf der Unternehmensgeschichte des Hauses Dallmayr.
Zahlreiche tatsächliche Abläufe und handelnde Personen sind jedoch so verändert und ergänzt, dass Fakten und Fiktion eine untrennbare künstlerische Einheit bilden.

Eine Zusammenarbeit mit dem Haus Dallmayr gab es nicht, insbesondere besteht keine wie auch immer geartete Lizenzbeziehung. Die Verwendung des Firmennamens erfolgt also ausschließlich aus beschreibenden und nicht aus markenmäßig-kennzeichnenden Gründen.

MIX
Papier | Fördert gute Waldnutzung
FSC® C014496

Penguin Random House Verlagsgruppe FSC® N001967

3. Auflage 2023

in der Penguin Random House Verlagsgruppe GmbH,
Neumarkter Straße 28, 81673 München
Dieses Werk wurde vermittelt durch die Montasser Medienagentur, München.
Umschlag: www.buerosued.de
Umschlagmotiv: Arcangle Images/Lauren Rautenbach/Arcangel Images/ Mary Wethey, Bridgeman Images/The Stapleton Collection, www.buerosued.de
Redaktion: Lisa Wolf
Druck und Bindung: GGP Media GmbH, Pößneck
Printed in Germany
ISBN 978-3-328-10602-9
www.penguin-verlag.de

»Ich habe so selten einmal Zeit zu träumen
und doch so viele Träume.«

Fanny Gräfin zu Reventlow

I

Februar 1897

Unüberhörbar und gnadenlos drangen die zwei Schläge vom Turm der Frauenkirche bis zu ihrem Platz in der geheizten Küche. Es war halb sieben. Therese schenkte sich noch eine Tasse Kaffee ein und blätterte in den *Münchner Neuesten Nachrichten*. Wie immer blieb sie bei »Das Kind der Tänzerin«, dem Fortsetzungsroman der Zeitung, hängen. Sie wünschte sich, sie hätte nie angefangen, ihn zu lesen. Aber nachdem sie einmal damit begonnen hatte, konnte sie nicht anders, als täglich nachzusehen, wie es nun mit Robert weiterging, der gegen den Willen seines Vaters, des Earls von Blackport, eine Tänzerin geheiratet hatte.

Therese trank ihren letzten Schluck Kaffee, legte die Zeitung zur Seite und verließ die Küche. Vor dem Spiegel im Flur prüfte sie den Sitz ihres zweiteiligen Tageskleides aus schwarz glänzendem Baumwollstoff. In das Oberteil war ein Bluseneinsatz aus grauer Seide eingearbeitet, das Revers mit winzigen Perlen bestickt. Therese drehte sich einmal zur Seite und strich über das kleine Schößchen, das dem langen Rock seine Strenge nahm und ihrer Figur schmeichelte. Ihr dunkles Haar war zu einem lockeren Knoten gesteckt, ihre Haut von einer fast durchscheinenden Winterblässe und, wie Anton immer behauptete, trotz ihrer neunundvierzig Jahre nahezu faltenlos. Sie bemühte sich, ihr Spiegelbild mit seinen Augen zu betrachten, nicht mit ihren eigenen, die weitaus weniger wohlwollend waren. Gerade als sie die Treppe zum hinteren Teil des Geschäfts hinunterging, schlug die Turmuhr Viertel vor sieben.

Therese lief an den offenen Regalen mit den edlen Weinen und Spirituosen vorbei, die Korbinian Fey, ihr ältester Mitarbeiter, betreute. Sie wusste, dass sie auf den Flaschen in seinem Verantwortungsbereich kein Staubkörnchen finden würde. Auf ihn war Verlass. Auf der anderen Seite des Ladens standen die Tees und daneben, bis unter den Treppenaufgang, die Kaffeespezialitäten, damit die feinen Düfte des Kaffees sich nicht mit denen des Tees vermischten. Der Tee in den handbeschrifteten Blechdosen kam aus Russland, aus Indien, China, Ceylon. Das kleine Ölgemälde an der Wand, das eine Karawane mit Kamelen in der Wüste zeigte, hing dort, seit sie den Laden vor zwei Jahren übernommen hatten. Der Kaffee von den Hochlagen in Äthiopien und Südamerika wurde in Schiffen über die Ozeane zu ihnen gebracht. Sein Duft war kräftiger, würziger und bedrängender als der des Tees. Eigentlich sollte man die beiden Bereiche noch mehr voneinander trennen, dachte Therese im Vorbeigehen. Doch dazu bräuchte man mehr Fläche – ein Wunsch, den sie schon lange mit sich herumtrug. Aber ihr Mann sagte immer, sie solle Geduld haben und einen Schritt nach dem anderen gehen. Erst fest im Sattel sitzen, bevor man losgaloppierte. Und er hatte ja recht. Aber andererseits war Therese davon überzeugt, dass ein Geschäft wie Dallmayr ohne wagemutige Visionen auf lange Sicht keinen Erfolg haben konnte.

Der Geschäftsraum war durch drei verputzte und weiß gestrichene Säulen geteilt. Auf der einen Seite reichten die dunklen Vitrinenschränke fast bis zur Decke. Der schmale Streifen dazwischen war mit einer eleganten Abschlussborte bemalt. Der lange Tresen aus poliertem Holz bot Platz für drei Handlungsgehilfen und zwei Angestellte. Hinter den Säulen gab es zwei ovale Verkaufsstände für frische Waren, die in rundherum laufenden Vitrinen präsentiert wurden. In dem ersten lagen die feinen Würste, Schinken und Fleischwaren, die frischen Fische und Meeresfrüchte in den Auslagen. Im zweiten heimisches Gemüse und Salate von besonderer Qualität, Beliebtes wie exotisches Obst, besonders ansprechend und appetitlich präsentiert. Ein separater Stand mit einer kleinen roten Markise lockte wie am Pariser Montmartre mit duftendem backfrischem Brot, feinem Gebäck, Törtchen und einer kleinen Auswahl an offenen Schokoladen.

Thereses Blick blieb an der Schokoladenvitrine hängen. Hatte da tatsächlich jemand seinen Handabdruck auf dem Glas hinterlassen? Therese hatte auch schon eine Vermutung, wer der Missetäter sein konnte. Sie nahm ihr Taschentuch aus der Rocktasche, hauchte das Glas an und wischte mit dem Tuch darüber, bis nichts mehr zu sehen war. Den mutmaßlichen Übeltäter konnte sie aber nicht ausmachen. Wahrscheinlich half er im Hof beim Entladen eines Fuhrwerks oder im Lager. Therese hatte schon ihr kleines Buch und den Bleistift gezückt und machte sich eine Notiz. Sie seufzte. Ludwig, der neue Lehrling, war noch ein halbes Kind. Ein wenig verträumt und manchmal leider auch ein bisschen schlampig. Er würde in seiner Lehrzeit noch viel lernen müssen. Und Therese würde mit Nachsicht und Strenge, sie konnte beides, dafür sorgen, dass er das tat. Nur lohnen musste es sich. Sobald sie merkte, dass ein Angestellter sich nicht bemühte, ihr etwas vorspielte oder sich gar vor der Arbeit drückte, war ihre Geduld schnell am Ende. Therese erkannte rasch, wer zu Dallmayr passte und wer nicht. So weit war es mit Ludwig noch nicht, aber man musste den Burschen auf jeden Fall im Auge behalten.

Kurz vor sieben. Therese ging auf die Eingangstür zu, warf noch einen Blick in die beiden Schaufenster neben der Glastür. Sie waren die Visitenkarten des Geschäfts. Alles war perfekt. Draußen trabte ein Pferdefuhrwerk im Licht der Gaslaterne über das Kopfsteinpflaster. Es war immer noch stockdunkel. Mit dem ersten Glockenschlag zur vollen Stunde schloss Therese auf und öffnete die Tür einen Spalt. Die Türglöckchen erklangen wie jeden Tag, doch ein launiger Windstoß blies eine kleine Schneewolke in den Laden. Einen Augenblick tänzelten die verirrten Flocken in der offenen Tür, dann schwebten sie langsam zu Boden und verschwanden im Graubraun der großen Fußmatte. Therese schloss die Tür. Sie genoss diese kurze Ruhe vor dem Sturm. Denn schon bald würden die ersten Kundinnen das Geschäft betreten und es zum Leben erwecken.

Während Therese einen letzten prüfenden Blick auf den Laden warf, kam Ludwig mit einem Sack Kaffeebohnen auf der Schulter vom Lager herauf, das im Keller des Hauses untergebracht war. In der Kaffeeabteilung löste der Lehrling die grobe Schnur des Jutesacks, und augenblicklich zog ein verlockender Kaffeeduft durch das ganze Geschäft. Er steckte eine Handschaufel hinein, mit der die Kaffeebohnen später gewogen und in Papiertüten abgefüllt wurden. Fräulein Bruckmeier, eine der weiblichen Angestellten, stieg auf die kleine Trittleiter, um die Tafel an der mittleren der Säulen zu beschriften. Unter der Überschrift »Alois Dallmayr empfiehlt heute« ergänzte Fräulein Bruckmeier, die eine besonders schöne Schreibschrift hatte, nun die Tagesangebote. Mit Kreide notierte sie an diesem 4. Februar 1897: »Geräucherter Rheinsalm, Westfäler Schinken, Gänseleberpastete, Malta-Kartoffeln«. In der aktuellen Ausgabe der *Münchner Neuesten Nachrichten*, die aufgeschlagen auf dem Tresen lag, versicherte sie sich, dass sie alles richtig abgeschrieben hatte. Dabei wippten die weißen Enden ihrer Schürzenbänder energisch im Takt. Sie trug das dunkelblonde Haar adrett aufgesteckt. Nur im Nacken kräuselte sich etwas Flaum, der den Haarnadeln entkommen war.

»Ist der Rheinsalm auch wirklich eingetroffen?«, fragte Therese Korbinian Fey, der gerade eine Eiswanne mit frischen Forellen zu einem der runden Verkaufsstände stellte.

»Jawohl, aber damit werden wir keine großen Sprünge machen. Die Hälfte davon ist bereits vorbestellt und wird noch am Vormittag ausgeliefert.«

»Da kannst du gleich den Hermann mitnehmen.«

»Freilich nehm ich ihn mit. Er ist ja schon ein kräftiger Bursche und kann schon genauso viel tragen wie sein Vater. Wie geht es Ihrem Gemahl denn eigentlich heute? Hoffentlich besser?«

»Zumindest wäre mein Mann dir keine große Hilfe, Korbinian. Nimm lieber den Hermann mit«, versuchte Therese zu scherzen.

»Das wird schon wieder«, tröstete Fey sie.

Therese und Anton Randlkofer führten den Laden in der Münchner Altstadt nun seit fast zwei Jahren. Bei »Alois Dallmayr«, wie das Geschäft in der Dienerstraße schon seit über zwanzig Jahren hieß, gab es »Colonialwaren, Thee und Cigarren« sowie »Delikatessen, Weine und Spirituosen«. So stand es über den beiden Schaufenstern auf der Fassade des vierstöckigen Hauses. Darüber hingen die neuen Gaslampen und beleuchteten die Waren in den Schaufenstern. Sie waren ebenso erlesen wie die Kundschaft, die das Geschäft frequentierte. Der Marienplatz, wo auf einer riesigen Baustelle gerade der zweite Bauabschnitt des Rathauses der Stadt München gebaut worden war, lag direkt daneben. Zum Viktualienmarkt mit seinem täglich frischen Angebot an Waren kam man nach wenigen Schritten. Therese und Anton waren mit ihrem Geschäft im Zentrum der bayerischen Landeshauptstadt angekommen. Und wenn der Marienplatz das Herz der Stadt war, so sollte der »Dallmayr« der Bauch der Stadt werden – das hatten Therese und Anton einhellig beschlossen. Der Laden sollte eine Verheißung für alle Feinschmecker sein, die Wert auf außergewöhnliche Qualität und Frische der Lebensmittel legten und darauf brannten, neue, bislang unbekannte, auch exotische Genüsse zu erleben. Pasteten aus Frankreich, Schokolade aus Belgien, Weine aus Italien, Früchte aus Österreich-Ungarn und Käse aus Frankreich oder der Schweiz. Und auch exotische Früchte, Kaffee, Kakao und Tee aus den überseeischen Kolonien durften auf den Banketten der Wohlhabenden nicht fehlen.

Während Thereses Blick durch den Laden glitt, träumte sie sich ein paar Jahre in die Zukunft. Der Laden brauchte definitiv mehr Platz, eigentlich war die Fläche schon für das aktuelle Sortiment an Waren zu klein, und das sollte ja in der Zukunft noch viel größer werden. Mehr Luft würde dem Geschäft bestimmt guttun. Die Herrschaften, die im Dallmayr einkauften, deren Köchinnen und Dienstmädchen, alle Kundinnen und Kunden sollten hier staunen und flanieren können, immer ihren Nasen und Augen folgend. Das Wasser sollte ihnen im Mund zusammenlaufen, bis sie gar nicht mehr anders konnten, als die feinen Dinge zu kaufen und mitzunehmen oder sich nach Hause liefern zu lassen. Therese wollte Früchte aus den Tropen nach München bringen, die sie selbst bislang nur auf Bildern gesehen hatte. Ihr Ziel war es, die große weite kulinarische Welt in den Dallmayr zu holen.

Die Stadt München hatte in nur wenigen Jahrzehnten ihre Einwohnerzahl verdoppelt und war zur Großstadt geworden. Sie war Landeshauptstadt, Regierungssitz und Wohnsitz des bayerischen Hochadels. Prinzregent Luitpold, der nun schon elf Jahre anstelle des geisteskranken Königs Otto mit ruhiger Hand die Geschicke des Königreichs Bayern lenkte, lebte in der Residenz, nur wenige Gehminuten vom Dallmayr entfernt. Es waren elf ruhige, friedliche Jahre gewesen, der Wirtschaft und den Menschen ging es gut. Nicht allen Menschen, denn auch München war nicht das Paradies auf Erden, aber vielen ging es besser als in früheren Zeiten. Auch die Bürger, nicht nur der Adel, hatten es zu einigem Wohlstand gebracht und konnten sich viel mehr leisten als früher. Die Geschäftsleute, die Bankiers, die höheren Beamten, die Ingenieure, Gastronomen und viele mehr. Das arbeitende Volk suchte in der Freizeit Zerstreuung in den großen Bierhallen und in den vielen Volksbühnen, auf denen Musiker und volkstümliche Komödianten auftraten.

Alteingesessene Geschäfte mit gehobenem Angebot und Klientel bemühten sich um den begehrten Titel »königlich bayerischer Hoflieferant«. In dem alten Geschäft in der Maffeistraße, das Anton und Therese zwanzig Jahre zusammen geführt und vor zwei Jahren an die Vereinsbank verkauft hatten, war ihnen das nicht gelungen. Im Dallmayr hatte es nun geklappt, und natürlich hatten sie noch am gleichen Tag der Bewilligung beim Schlosser eine Geschäftstafel geordert, die seitdem rechts neben dem Eingang angebracht war: »Alois Dallmayr, königlich bayerischer Hoflieferant«. Neues Geschäft, neues Glück – so war es gekommen. Therese und Anton hatten zwanzig Jahre geschuftet zusammen, gemeinsam die Kinder großgezogen, ihr Haus und das Geschäft mit Gewinn verkauft, und jetzt waren sie hier, mitten in der Innenstadt, Tür an Tür mit den berühmten Hoflieferanten in der Kaufinger- und Neuhauser Straße, mit ihren feinen Geschäften und der noch feineren Kundschaft. Der Dallmayr war auf einer Höhe mit den Kauts und den Bullingers, die edle Schreibwaren verkauften, dem Handschuhfabrikanten Roeckl und den Schuhen von Eduard Meier, den edlen Stoffen und Inneneinrichtungen von Radspieler oder ihrem Nachbarn Ludwig Beck mit seinen erlesenen Kurz- und Modewaren. Der Dallmayr, das schwor Therese sich in diesem Moment, würde in der Zukunft immer weniger wie ein Kramerladen und dafür immer mehr wie ein königliches Delikatessengeschäft aussehen. Sie bezogen ihre Waren jetzt schon aus ganz Europa. Hier gab es von allem das Feinste, und es spielte für sie keine Rolle, ob ihre Kunden nun Münchner, Bayern, Preußen, Italiener oder Franzosen waren, katholisch, jüdisch oder protestantisch wie der Herr von Linde. Warum sollten sie nicht auch an Kunden jenseits der Landesgrenzen liefern? Warum nicht an den Kaiserhof nach Berlin? Sie würde persönlich dafür sorgen, dass der Name »Alois Dallmayr« irgendwann in der Zukunft im ganzen Reich berühmt sein würde. Bei seinem Klang sollten die Menschen an allerfeinste Genüsse, an vollendete Spezialitäten, Pasteten und Pralinés, Tafelsilber und Nymphenburger Porzellan, perlenden Champagner und Kaviar, an raffinierte Menüs und vollendete Soupers, an Diners in erlesener Gesellschaft denken. Träumten denn nicht alle Menschen davon, selbst wenn sie sich einen solchen Lebensstil wahrscheinlich niemals würden leisten können? Manchmal machte schon das Träumen ein wenig satt, und es genügte, den Blick über die erlesenen Speisen wandern zu lassen, dass einem das Wasser im Mund zusammenlief und die Augen glänzten. So sollte es einmal sein. Therese würde dafür sorgen, dass sich dieser Traum erfüllte. Ein Besuch bei Dallmayr musste ein Erlebnis werden. Ein Ort im Herzen Münchens, auf den man stolz war und in den man gerne ging. Kurz, eine Speisekammer, die einer Königin und eines Königs würdig war, und zudem auch die Bürger in den Stand der feinen Lebensart erhob. Mit diesen Gedanken machte sich Therese auf den Weg in ihr Büro. Diese Arbeit war noch längst nicht vollbracht.

Die Pferde waren schon angeschirrt, als Hermann mit einem Arm im Mantelärmel, mit dem anderen noch nach dem Ärmel suchend aus der Hofeinfahrt zwischen Dallmayr und dem Nachbarhaus auf die Dienerstraße trat. Seine Mutter hatte ihm geraten, Wollsocken in den kräftigen Arbeitsschuhen zu tragen. »Damit du mir nicht auch noch krank wirst.« Hermann, der eigentlich sein drittes Lehrjahr in der Kolonialwarenhandlung seines Onkels in der Kaufingerstraße absolvierte, half zu Hause aus, solange sein Vater krank war. Einer der beiden pechschwarzen Rappen drehte den Kopf in seine Richtung und starrte ihn aus großen dunklen Augen mit langen Wimpern an. Ein schönes Pferd, das aber offenbar etwas schreckhaft war.

»Was er nicht kennt, fürchtet er«, sagte Korbinian Fey, der das Fuhrwerk mit den groben Holzkisten zum Ausliefern der Waren belud und gesehen hatte, wie der Rappe sich nach Hermann umdrehte. Der näherte sich nun vorsichtig von der Seite, streckte die Hand aus und legte sie an den Hals des Pferdes, das immer noch ängstlich den Kopf gehoben hatte. Seine Mähne flatterte, und aus den Nüstern dampfte die warme Atemluft.

»Scht«, machte Hermann und streichelte das warme Fell, auf dem die Schneeflocken rasch zu kleinen Tropfen schmolzen, die auf dem gepflegten Fell mühelos abperlten.

»Wie heißt er denn?«, fragte Hermann.

»Celano«, antwortete Fey, »ein Italiener. Er ist was ganz Besonderes. Und scheu wie eine Brautjungfer.« Er lachte. »Gut, dass der Vitus schon so ein erfahrenes Kutschpferd ist. Zwei wie Celano, und wir könnten gleich wieder ausspannen und unsere Kisten mit dem Fahrrad ausfahren.«

»Soso, scheu bist du also.« Hermann strich Celano über die Brust und sprach beruhigend auf ihn ein. »Wirst sehen, dass wir gut miteinander auskommen werden, solange ich da bin.« Eine Windböe ließ den Rappen zusammenzucken, und fast wäre er aufgestiegen, wenn Hermann nicht die Zügel ergriffen und die Bewegung des Pferdes aufgefangen hätte. »Temperament hat er. Er geht uns doch hoffentlich nicht durch unterwegs?«

»Vitus wird ihm schon Manieren beibringen«, behauptete Fey. »Wirst sehen. Der ist so ruhig, dass du denkst, er schläft im Gehen. Das wird den Jungspund schon beruhigen.«

Korbinian Fey prüfte, ob die Plane über der Ladefläche festgezogen war. Dann stiegen sie auf den Kutschbock, und mit dem Knallen der Peitsche kam Bewegung in die zwei Rappen. Ganz München, nicht nur die Bewohner der Altstadt, kannte das Dallmayr-Fuhrwerk mit der blauen Plane und der Aufschrift »Alois Dallmayr Delikatessen«. Fey trug einen dunkelblauen Kutschermantel mit Silberknöpfen, dazu Kutscherstiefel und eine schwarze Melone auf dem Kopf. Hermann wusste, von wem die Idee zu dieser Art Kostümierung stammte, natürlich von seiner Mutter. Fey war anfangs gar nicht begeistert gewesen von diesem Einfall, doch der Erfolg gab Therese recht. »Schau, der Kutscher vom Dallmayr!« Die Dienstmägde stießen sich auf der Straße an oder zeigten den Kindern ihrer Herrschaft, die sie beaufsichtigten, die prächtigen Rappen und die blaue Kutsche mit dem livrierten Korbinian Fey. So erlangte er sogar eine gewisse Berühmtheit, noch mehr aber das Geschäft in der Dienerstraße, und das war ja auch der Sinn der Sache.

Celano ging ruhig neben Vitus her, nur beim Überqueren der Theatinerstraße, als sie wegen kreuzender Passanten und anderer Fuhrwerke warten mussten, wurde er wieder unruhig.

»Ho, ho«, rief der Kutscher und redete dem Rappen gut zu.

Eine junge Frau kreuzte die Straße, und für einen Augenblick glaubte Hermann in ihrem Gesicht Züge von Balbina zu erkennen, die er auf dem Rückweg von der Schule vermutete, wohin sie seinen Bruder Paul jeden Tag begleitete. Sein Herz fing an zu klopfen, und er wollte ihr etwas zurufen, doch in diesem Moment wandte das Mädchen sich ihm zu und er erkannte, dass es gar nicht Balbina war. Hermanns Herz hüpfte wieder dahin zurück, wo es hingehörte, und ein klein bisschen tröstete ihn der Gedanke, dass er sie zum Mittagessen wiedersehen würde, falls sie bis dahin mit ihren Botendiensten fertig wären.

Obwohl Hermann versuchte, sich auf den Weg zu konzentrieren, schweiften seine Gedanken immer wieder zu Balbina ab. Wie sie sich verändert hatte in den fast drei Jahren, die er jetzt bei Onkel Max in die Lehre ging. Als sie zu ihnen in die Familie kam, war sie noch ein Kind mit dünnen Ärmchen und einem blassen Gesicht mit blauen Augen gewesen. Sie war damals fast so leicht zu erschrecken wie Celano heute und schien immer auf der Hut zu sein. Jetzt erkannte Hermann das Kind in der jungen Frau von heute nicht wieder. Balbinas Figur war ein wenig runder und weicher geworden, ihre Lippen voller und ihr Mund so verlockend, wenn sie lachte. Aber vor allem mochte Hermann ihre Herzlichkeit. Sie war immer so lieb zu seinem kleinen Bruder Paul und kümmerte sich hingebungsvoll um ihn.

»Nichts mehr da vom alten Geschäft«, sagte Fey und zeigte auf das Eckhaus, als sie von der Maffeistraße auf den Promenadeplatz einbogen. Der alte Lebensmittelladen von Hermanns Eltern, das Haus, in dem er mit seinen Geschwistern aufgewachsen war, gehörte mittlerweile der Vereinsbank, und in dem ehemaligen Verkaufsraum befand sich nun eine Schalterhalle. Am Promenadeplatz mussten sie einer Pferdetrambahn ausweichen, die ihnen entgegenkam. Der Wagen der blauen Linie, die zwischen Hohenzollernstraße und Altstadt verkehrte, fuhr auf Schienen und verfügte über genau eine

Pferdestärke in Form eines schlanken braunen Zugpferdes, das Scheuklappen trug, die ihn vor dem vielen Betrieb auf den Straßen schützen sollten.

»Schau hin, Celano«, rief der Kutscher Fey, »und sei froh, dass du ein Rappe vom Dallmayr bist und nicht den ganzen Tag eine Tram durch München ziehen musst.« Er lenkte sein Fuhrwerk auf den Seiteneingang des Hotels Bayerischer Hof zu und fuhr durch die Toreinfahrt in den Innenhof, wo der Zugang zu den Küchen lag. Mit einem »Ho, ho« brachte er die Rappen zum Stehen. Celano tänzelte noch ein wenig, aber Hermann war schon vom Kutschbock gesprungen und tätschelte ihm beruhigend den Hals.

In der Hotelküche wartete man bereits auf den Lieferdienst von Dallmayr, denn während die noblen Gäste noch beim Frühstück saßen, wurden hier schon die ersten Vorbereitungen für das Abendessen getroffen.

»Für wen ist denn die Kiste mit unserem feinsten Rheinsalm gedacht?«, fragte Fey. »Ist am Ende wieder die Kaiserin Sisi aus Wien bei euch zu Gast?«

»Seit unser König Ludwig tot ist, kommt sie nicht mehr so oft nach München«, erwiderte eine Küchenhilfe, die Berge von Töpfen scheuerte. »Obwohl bei dem eh nichts zu holen war, wie man sich so erzählt.«

Die halbe Küche lachte über ihren Scherz. Dem toten Monarchen wurde nachgesagt, er habe sich eher zu Männern hingezogen gefühlt. Ein schwerer Schlag für die Damenwelt, die den feschen König zeitlebens angehimmelt hatte.

»Saudummes Geschwätz«, fuhr der erste Koch dazwischen. »Bist du jetzt still, Centa. Pass auf dein loses Mundwerk auf. Das ist ja schon Majestätsbeleidigung.«

»Wenn sie doch schon tot ist, die Majestät«, wehrte Centa sich gegen den Vorwurf. »Und wenn's halt wahr ist«, fügte sie schnippisch hinzu.

»Ruhe jetzt«, herrschte der Koch sie an. »Der Bayerische Hof ist ein anständiges Haus und keine Gassenschenke. Und warum kriege ich nur eine Kiste von dem Lachs? Ist der wenigstens gut?«

»Jetzt glaub ich's aber.« Fey spielte den Empörten. »Haben Sie vom Dallmayr auch nur einmal etwas bekommen, das nicht gut war? Von uns kommt überhaupt nur das Allerbeste. Und von dem Salm haben wir noch eine zweite Kiste draußen. Geh Hermann, kannst du sie reinholen? Ich glaub, Centa kocht gerade frischen Kaffee, oder täusch ich mich?«

»Der Korbinian Fey hat immer schon eine gute Nase gehabt. Der riecht den Kaffee sogar, wenn er noch gar nicht aufgebrüht ist.« Centa trocknete sich die Hände und ging zum Herd hinüber, um ihm eine Tasse zuzubereiten. »Ist das der Sohn von der Frau Dallmayr?«, fragte sie, als Hermann gegangen war, um die zweite Kiste zu holen. »Ist der nicht eigentlich in der Kaufingerstraße im Laden von seinem Onkel? Oder hat er schon ausgelernt?«

»Solang sein Vater krank ist, hilft er daheim im Geschäft mit.«

»Der Herr Dallmayr? Krank? Was fehlt ihm denn?«

»Das wissen wir noch nicht, aber es muss schon was Ernsteres sein. Ich habe in fast zwanzig Jahren jedenfalls nie erlebt, dass mein Chef krank war.«

»Jaja, manchmal geht's schnell«, behauptete Centa.

»Den Teufel musst aber jetzt auch nicht an die Wand malen, Centa, wenn wir noch gar nicht wissen, was für eine Krankheit er hat.«

Centa brachte ihm eine große Kaffeetasse und ein frisch gebackenes Hörnchen dazu. »Für den jungen Herrn Dallmayr auch einen Kaffee?« Hermann hatte gerade die zweite Kiste hereingebracht. Er bedankte sich und wärmte seine Hände an der heißen Tasse. »Und gibt es schon eine Braut, die sehnsüchtig darauf wartet, dass der junge Herr bald Feierabend macht?«

Hermann wusste nicht gleich eine Antwort und konnte auch nicht verhindern, dass seine Ohren inklusive Gesicht heiß wurden. Centa lachte derb, und Korbinian schimpfte auf sie ein.

»Dein freches Mundwerk wird dich noch einmal ins Unglück stürzen, Centa. Der Bub hat so viel Arbeit, der hat gar keine Zeit für junge Damen.«

»Zeit hab ich weniger als Arbeit, das stimmt«, hörte Hermann sich selbst verwundert sagen. »Aber es gibt schon eine, die mir gefallen könnte.« Und gleich wechselten seine Ohren noch einmal die Farbe.

»Aber sagen tust es jetzt auf keinen Fall, wer das gnädige Fräulein ist«, unterbrach ihn Fey. »Weil, wenn du es der Centa sagst, dann weiß es bis heute Abend ganz München. Und am Ende wär das der Gnädigen gar nicht so recht.«

Hermann verstand sofort, was der väterliche Freund ihm sagen wollte. Und so tranken sie schweigend ihren Kaffee aus, bedankten sich und gingen hinaus in den Hof. Centa rief ihnen noch etwas hinterher, was sie nicht verstanden, und dann war noch etwas von dem Gelächter aus der Küche zu hören.

»Danke, Korbinian«, sagte Hermann.

»Ist schon recht. Die Centa ist die allergrößte Ratschkathl in der Stadt. Wenn die einmal heiratet, muss man dem Zukünftigen glatt sein Beileid aussprechen.«

»Geh, Korbinian, so schlimm ist sie doch auch wieder nicht.«

»Doch, doch, glaub nur einem alten Mann, der sich auskennt mit den Frauen.«

»Hast du deswegen nicht geheiratet, weil du dich so gut auskennst?«, neckte Hermann ihn.

»Wenn's nach Erfahrungen geht, bin ich reich«, grummelte Korbinian Fey. Die beiden stiegen wieder auf den Kutschbock, und Frey versuchte es erst rechts-, dann linksherum, und als Vitus schließlich brav mitlief, erinnerte sich auch Celano wieder daran, dass er die Beine kreuzen musste, wenn er eine enge Kurve zu gehen hatte.

Hermann warf einen Blick unter die Plane, und als er die vielen Kisten sah, die sie an diesem Vormittag noch ausfahren mussten, gab er die Hoffnung auf, dass er rechtzeitig zum Mittagessen wieder daheim sein würde. Er seufzte. Dann würde er Balbina eben zum Abendessen sehen. Vielleicht konnte er ihr mit dem Geschirr helfen, und sie hätten ein bisschen Zeit, sich zu unterhalten. Er würde ihr die Geschichte vom schreckhaften Hengst erzählen, und sie würde ihn anlachen mit diesem süßen Mund und den fein geschwungenen Lippen. Er stellte sich vor, wie er ihre Hand nehmen würde und dann … Hermann hielt inne und schüttelte den Kopf. So ging das nicht. Aber am Sonntag vielleicht, wenn die Mutter es erlaubte, dass Balbina mit zum Eislaufen kam. Da könnte er mit ihr an der Hand übers Eis gleiten. Er träumte noch davon, als Korbinian Fey schon vor einem vornehmen Bürgerhaus in der Prannerstraße anhielt.

»Dritter Stock«, sagte Korbinian. »Beim Herrn Magistratsamtmann gibt es heute eine Beförderung zu feiern. Die Chefin hat die Köchin des Hauses schon beim Menü beraten.«

»Wie viele?«, wollte Hermann wissen.

»Drei Kisten und den großen Korb. Also fast nichts.«

Hermann verdrehte die Augen und griff nach dem Korb.

Kaum kam seine Schule am Promenadeplatz in Sicht, machte Paul sich von Balbina los, winkte ihr kurz und lief allein weiter. Er war ja schon dreizehn und wollte sich nicht dem Spott seiner Mitschüler ausliefern. Natürlich hätte er längst allein gehen können, sein Schulweg war nicht weit, aber seine Mutter bestand weiterhin darauf, dass er begleitet wurde, und Balbina machte es nichts aus. Dass Paul das letzte Stück allein ging, war ihr kleines Geheimnis. Sie blieb noch ein paar Minuten stehen und beobachtete Paul, bis er in die Seitengasse einbog, wo der Eingang zum Schulgebäude lag. Sie hatte noch einige Besorgungen am Odeonsplatz zu machen, wollte sich aber nicht lange aufhalten, denn der Doktor würde am Vormittag noch nach Onkel Anton schauen. Deshalb lief sie heute lieber an den Schaufenstern der feinen Geschäfte vorbei, ohne stehen zu bleiben. Nur an der Konditorei Erbshäuser musste sie dann doch einen Blick auf die Auslagen werfen. Im mittleren Schaufenster stand die bekannteste Kreation des Hauses, eine Torte aus acht Schichten Biskuit, mit Creme gefüllt und außen mit Schokolade überzogen. Es war die Prinzregententorte, die zu Ehren des fünfundsechzigsten Geburtstags des bayerischen Prinzregenten Luitpold erfunden und nach ihm benannt worden war. Der Regent war inzwischen schon über fünfundsiebzig, dabei immer noch kerngesund. Aber die Torte würde bestimmt noch älter werden als Luitpold selbst, so beliebt war sie in München.

Die Tür ging auf, die Ladenglocke bimmelte und heraus trat eine elegante Dame im Pelzmantel und mit Hut, eine verschnürte Tortenschachtel in der Hand haltend. Der Duft nach heißer Schokolade, frischem Buttergebäck und feinstem Nougat drang aus der Konditorei, und Balbina schloss genießerisch die Augen. Wenn man beim Erbshäuser in die Lehre ging, kannte man bestimmt das geheime Rezept der Torte, musste aber sicherlich eine Erklärung unterzeichnen, dass man es sein ganzes Leben lang hüten würde. Ob man die Torte zu Hause wohl nachbacken durfte? Gerade noch rechtzeitig öffnete Balbina die Augen wieder, denn just in diesem Moment kam ihr das elegante Fräulein von der untersten Treppenstufe der Konditorei entgegengeflogen, die Tortenschachtel hoch in der Luft und gefährlich schwankend. Das Fräulein oder die Torte retten?

Balbina entschied sich für die Torte und griff mit beiden Händen nach dem Karton. Ein Schrei ertönte, und der Pelzmantel mit Fräulein sauste vorbei und landete neben ihr auf dem Pflaster.

»Haben Sie sich wehgetan, gnädiges Fräulein?« Balbina stellte die Schachtel ab und half der Dame auf.

»Wenigstens ist dem Kuchen nichts passiert«, schnaubte das Fräulein, »was man von meinem Rücken nicht unbedingt behaupten kann.«

Balbina begleitete die Humpelnde zur Straße, wo sie eine vorbeifahrende Droschke anhielt. Sie half ihr beim Einsteigen und reichte ihr zum Schluss die unversehrte Torte.

»Ainmillerstraße 25«, rief sie dem Kutscher zu. »Kommen Sie doch einmal vorbei, wenn Sie in der Nähe sind«, lud sie Balbina ein. »Ich heiße Eleonore Bürkel und habe ein Engagement am Residenztheater. *Emilia Galotti.* Möchten Sie vielleicht Freikarten haben? Natürlich für zwei Personen.«

»Danke«, stotterte Balbina, die noch nie im Theater gewesen war.

»Wie heißen Sie denn?«

»Balbina Schmidbauer.«

»Sind Sie irgendwo in Stellung?« Die Pferde schnaubten, und der Kutscher sah sich nach den beiden Plaudernden um.

»Beim Dallmayr«, antwortete Balbina, denn das war ein Name, den man in München kannte. Und sie wollte auch mit irgendetwas auftrumpfen, was einigermaßen mit dem Residenztheater mithalten konnte.

»Ah, beim Dallmayr! Dann sehen wir uns bestimmt bald einmal wieder. Vielleicht kann ich Ihnen dann die Freikarten mitbringen.«

»Fräulein, haben wir's dann? Können wir allmählich losfahren?«, fragte der Kutscher ungeduldig.

»Ja freilich«, sagte sie freundlich. »Adieu, Mademoiselle Balbina!«

»Auf Wiedersehen, Fräulein …«

»Bürkel. Aber Sie dürfen gern Eleonore zu mir sagen.« Sie winkte Balbina zu, und das Mädchen hob schüchtern die Hand und winkte zurück. Was für eine aparte Frau, dachte Balbina und sah ihr verzaubert nach. Freikarten fürs Theater! Das wär doch was. Das Residenztheater war bestimmt sehr schön und prächtig. Was würde sie zu so einer Gelegenheit bloß anziehen?

Balbina schüttelte den Kopf. Was sie sich wieder alles zusammenfantasierte! Zuerst die Idee mit der Lehre beim Erbshäuser, um hinter das Geheimnis der Prinzregententorte zu kommen. Eine Lehre. Tante Therese hatte sie nicht nach München geholt, damit sie hier eine Lehre machte, sondern ihr im Haushalt half. Und dann diese Schauspielerin. Sobald sie in der Ainmillerstraße angekommen war, hatte sie doch den Namen des Mädchens, das ihre Torte gerettet hatte, mit Sicherheit schon wieder vergessen. Und es war ihr nicht einmal zu verdenken. Sie musste sich schließlich ganz andere Dinge merken, Texte von Theaterstücken zum Beispiel. Das war wichtiger als der Name einer kleinen Hausangestellten vom Dallmayr.

Balbina war so versunken in ihren Gedanken, dass sie den Odeonsplatz überquert hatte und ohne sich umzusehen auf die Theatinerstraße getreten war. Das Hufklappern des Droschkenpferdes war plötzlich sehr laut und sehr nah. Balbina wäre fast hineingelaufen.

»Ho, Mädel«, rief der Kutscher und versuchte auszuweichen. Die beiden Passagiere reckten ihre Hälse, um zu sehen, was los war. »Wo hast du denn deine Augen, hübsches Kind? Von wem träumst du?«

Balbina sprang erschrocken zurück auf den Gehsteig und

wartete, bis die Droschke sich entfernte. Dann lief sie über die Straße und nach Hause.

Sie nahm den Weg durch den Laden, schaute sich nach Hermann um, der aber nicht da zu sein schien. Tante Therese unterhielt sich gerade mit einem Mann, der ihr einmal als Beikoch am Hof des Prinzregenten vorgestellt worden war. Als er zu ihr herübersah, machte Balbina rasch einen Knicks. Wahrscheinlich sprachen die beiden über die Lieblingsspeisen der hohen Herrschaften und tauschten Kochrezepte aus. Ihre Tante Therese war eine hervorragende Köchin, und sie probierte auch gern neue Zutaten und Zubereitungsarten aus. Ihre Ergebnisse gab sie nicht allzu großzügig weiter, nur, wenn es lohnende Tauschgeschäfte waren, so viel hatte Balbina schon verstanden. »Eine Hand wäscht die andere«, sagte Therese gern, und sie meinte damit, dass sie am liebsten dann mit einem guten Tipp herausrückte, wenn sie dafür als Gegenleistung etwas bekam, was sie brauchen konnte. Und damit war kein Geld gemeint, sondern etwas viel Wichtigeres. Informationen. Zum Beispiel darüber, was bei Hof gekocht, gebraten und gebacken wurde, was die Vorlieben des Prinzregenten Luitpold waren und die seiner Tochter Therese von Bayern, die nach dem Tod ihrer Mutter weiter bei ihrem Vater am Hof lebte und unverheiratet geblieben war. Die Prinzessin unternahm oft Reisen in die entlegensten Länder und Kontinente und gerade deshalb war sie für Therese und den Dallmayr ganz besonders interessant. Auch Balbina würde das viele Reisen gefallen. Aber es würde ihr auch schon genügen, einmal nach Italien zu fahren, ans Meer, oder an den Bodensee, in die Schweiz. Ach, sie kam schon wieder ins Träumen. Was das Leben wohl für sie bereithalten mochte? Mit einem Mal war sie ganz aufgewühlt, Schmetterlinge regten sich wieder in ihrem Bauch, und die hatten dieses Mal gar nichts mit Hermann zu tun, sondern einfach mit dem Leben selbst, der Zukunft, die ungewiss war, aber trotzdem schon durch den Alltag hindurchleuchtete und in allen Farben blitzte. Doch jetzt musste sie sich erst einmal beeilen und ihren Pflichten nachkommen. Schnell lief sie die Treppen zur Wohnung hinauf, zog ihren Mantel aus, setzte Wasser auf, und ging dann mit dem Kessel und dem Waschzeug zu ihrem Onkel, der bestimmt schon auf sie wartete.

Anton war wach, als Balbina seine Kammer betrat. Mit seinen siebenundfünfzig Jahren war er bis vor drei Wochen noch ein stattlicher Mann gewesen, dem man auf den ersten Blick nicht einmal ansah, wie kräftig er tatsächlich war. Von früh bis spät auf den Beinen, im Geschäft, beim Einkauf, bei den Kunden. An den Hof und zu den ganz noblen Herrschaften lieferte er noch selbst aus. Er war immer noch ein attraktiver Mann mit dunklem Haar, tief liegenden dunklen Augen, einer sehr geraden, schmalen Nase und fein geschwungenen Lippen. Ein Chef, den seine Angestellten mochten und vor dem sie Respekt hatten. Jetzt lag er blass in seinem Bett, die Haare vom Schweiß durchnässt und die Bartstoppeln in seinem Gesicht waren fast über Nacht grau geworden, während das Haar immer noch dunkel, fast schwarz war. Die Geheimratsecken, die er schon sehr lange hatte, waren jetzt noch ausgeprägter, das Haarbüschel auf der hohen Stirn strähnig und schütter. Er wirkte sehr schwach, wie schon in den Tagen zuvor. Balbina sah, dass er seinen Tee nicht getrunken hatte. Sein Bett war so Richtung Fenster gestellt, dass er im Liegen die Türme der Frauenkirche sehen konnte.

»Es muss kalt sein, wenn sogar die Frauentürme schon Mützen aufhaben«, sagte Anton, als Balbina an sein Bett trat.

»Eisig ist es draußen«, antwortete Balbina, »und furchtbar glatt.«

»So wie es sich für Anfang Februar gehört.«

Balbina leerte den Kessel mit heißem Wasser in die Waschschüssel neben dem Bett und legte das verschnürte Bündel, das sie mitgebracht hatte, daneben.

»Hab ich denn heute noch was vor?«, fragte Anton verwundert. »Gehen wir zusammen aus?«

Balbina grinste. »Der Doktor kommt doch gleich noch vorbei und er wird schimpfen, weil du wieder den Tee nicht angerührt hast. Du musst was trinken, Onkel Anton. Ich bringe dir dann auch gleich noch einen Teller Suppe.« Sie tauchte einen Waschlappen in die Schüssel und wrang ihn aus.

»Ich hab doch einen Schweinebraten mit Knödel und Kraut bestellt, keine Suppe«, scherzte Anton. »Kriegt man beim Dallmayr jetzt gar nichts Gescheites mehr zum Essen? Suppe und Tee, das sind doch jetzt wirklich keine Delikatessen.«

Es war ein gutes Zeichen, dass Onkel Anton heute so gut gelaunt war. Balbina half ihm, sich aufzusetzen, und schob ihm das Nachthemd bis in den Nacken. Mit dem feuchten Lappen strich sie über ein Stück Seife und schrubbte Antons Rücken. Er seufzte ergeben. Balbina rieb seine Arme ab und wusch seine Achseln. Schweißgeruch stieg ihr in die Nase, aber sie ließ sich nichts anmerken.

»Jetzt schau dir an, was so eine Krankheit aus einem Menschen macht. Ich habe überhaupt keine Kraft mehr. Mit solchen Ärmchen kann ich keinen Mehlsack mehr aufheben, nicht den kleinsten, und schon gar kein Fass Bier bewegen.«

»Ach, das wird schon wieder«, tröstete Balbina ihn. »Du musst nur deine Suppe essen.« Sie nahm den zweiten Arm und war erschrocken, wie leicht er sich anfühlte.

»Da ist nichts mehr los mit mir«, jammerte Anton.

»Scht!« Balbina zog das Nachthemd wieder herunter. Dann nahm sie das kleine Handtuch, das sie mitgebracht hatte, tauchte es in das warme Wasser, drückte es aus und legt es auf Antons Gesicht. Er wollte zunächst protestieren, doch nachdem der erste Schrecken vorbei war, spürte er die Wärme und Feuchtigkeit auf seinem Gesicht und begann sich zu entspannen. Balbina konnte sehen, wie sich seine Muskeln entkrampften und locker wurden.

Sie öffnete das Päckchen, das sie mitgebracht hatte, und als Anton sie herumhantieren hörte, zog er sich das Handtuch ein Stück herunter. Ungläubig beobachtete er, wie Balbina das mitgebrachte Abziehleder am Fenstergriff einhängte. Mit der linken Hand spannte sie den Riemen und mit der rechten zog sie ein Rasiermesser am Leder ab. Anton schmunzelte, als er begriff, was hier vor sich ging, und Balbina lächelte zurück. Dann nahm sie die weiße, schon ein wenig angeschlagene Porzellanschale und schlug mit einem Rasierpinsel darin aus Wasser und Seife wunderbar dichten weißen Schaum. Das Schmunzeln verging Anton, als Balbinas schaumiger Pinsel seinem Gesicht näher kam. Sie nahm ihm das Handtuch vom Gesicht.

»Du hast das alles nur für den Bader vorbereitet, richtig? Der kommt doch jetzt gleich, oder?«

»Aber du bist doch mein Lieblingsonkel«, sagte Balbina. »Das Rasieren übernehme ich in deinem Fall lieber selbst.«

Mit gekonnten Bewegungen machte sie Anton drei Schaumnester auf sein Gesicht. Eins auf die linke Wange, eins auf die rechte und das dritte auf das Kinn. Fast hätte sie den letzten Schaumklecks auf seine Zähne gesetzt, denn genau in dem Augenblick, als sie auf sein Kinn zielte, riss er erschrocken den Mund auf. Vorsichtig, fast zärtlich verteilte Balbina den Schaum über sein Gesicht. Dann legte sie den Pinsel in die Schale zurück und nahm das Messer zwischen Daumen und Zeigefinger. Mit dem Mittelfinger stützte sie es ab, sodass es beweglich und doch sicher in der Hand lag.

»Du kannst das wirklich?«, fragte Anton. »Mit einem Rasiermesser macht man keine Gaudi.« Balbina hörte, dass er sich Mühe gab, nicht ängstlich zu klingen.

»Keine Sorge, Onkel Anton. Ich kann es vielleicht sogar besser als der Bader. Ich werde dich ganz bestimmt nicht schneiden, du wirst schon sehen. Und wenn der Doktor kommt und dein Gesicht fühlt, wird er in einem dicken Medizinbuch nachschlagen müssen, weil er die Krankheit nicht kennt, die aus einem Männergesicht mit Stoppelbart über Nacht einen samtweichen Kinderpopo macht.«

Anton hustete und war immer noch nicht überzeugt. Aber er konnte jetzt auch keinen Rückzieher mehr machen. Tatsächlich führte Balbina das scharfe Messer exakt und in kräftigen Strichen durch sein Gesicht, ohne ihn zu verletzen oder auch nur zu kratzen. Zuerst arbeitete Balbina mit dem Strich, dann seitlich und am Ende dann noch gegen den Strich. Ein System, gegen das die Bartstoppeln keine Chance hatten, und als hätten sie es gewusst, kapitulierten sie und gaben jeglichen Widerstand auf.

Als Balbina fertig war, gab sie noch einen Alkoholauszug, der mit Rosmarin und Lavendel versetzt war, auf Antons Haut und strich sanft mit ihren Fingern über sein Gesicht, um das Rasierwasser einzumassieren. Aus Antons Lächeln schloss sie, dass es ihm gefiel, und sie selbst war sehr stolz auf ihre geradezu perfekte Rasur.

»Wieso kannst du so gut rasieren?«, wollte Anton wissen.

»Das hab ich daheim bei meinem Großvater gelernt. Seit er schwer verwundet aus dem Krieg gegen die Franzosen zurückgekommen ist, hat er gezittert. Und das ist mit den Jahren immer schlimmer geworden. Deshalb konnte er sich auch nicht mehr selbst rasieren. Also hat mir die Oma gezeigt, wie man das macht. Und weil sie nicht mehr so gut gesehen hat, habe ich es irgendwann ganz übernommen.«

Balbina zog ihrem Onkel ein frisches Hemd über und bürstete ihm das dünne Haar. Im nächsten Moment klopfte es, und Doktor Eichengrün stand in der offenen Tür. Er war ein ungewöhnlich kleiner Mann, nicht viel größer als sie selbst, mit runder Brille, dicken grauen Haaren und einem Spitzbart mit ausrasierten Wangen.

»Guten Tag, schönes Fräulein.« Doktor Eichengrün lupfte den Hut und musterte sie mit seinen dunklen Augen, über denen buschige dunkle Augenbrauen wucherten. »Jeden Tag wird sie schöner, die Balbina. Auf die müssen Sie aufpassen, Herr Randlkofer. Wie geht's uns denn heute?«

Anton winkte ab. »Wenn mich die Balbina nicht so schön hergerichtet hätte, hätten Sie wahrscheinlich gefragt, wer der alte Mann da im Bett ist.«

»Sie sehen aus wie das blühende Leben! Und den Friseur haben Sie auch kommen lassen. Gibt es denn etwas zu feiern?«

»Ja, dass ich den besten Barbier von München bei mir im Haus habe und bis heute selbst nichts davon wusste.«

Balbina lachte zufrieden. Sie packte ihr Rasierzeug zusammen.

»Vergelt's Gott«, hörte sie ihren Onkel sagen, als sie das Zimmer verließ.

Doktor Eichengrün hatte wenig später seine Untersuchung beendet und sich von seinem Patienten verabschiedet, Therese erwartete ihn vor der Tür.

»Und, was sagen Sie, Doktor Eichengrün? Geht es meinem Mann besser?«

Was für eine Frage. Als hoffte Therese auf ein Wunder, wo sie sich doch am Morgen noch selbst davon überzeugt hatte, dass es keine wirkliche Besserung gab und Anton eher einen noch schwächeren Eindruck machte. Warum stellte sie dem Arzt jetzt eine so dumme Frage?

»Er ist noch nicht über den Berg, würde ich sagen.«

Wenigstens ließ Doktor Eichengrün sich auf Beschönigungen von Antons Zustand nicht ein. Und doch war es für Therese schwer, auch aus seinem Mund zu hören, was sie eigentlich selbst wusste.

»Kommen Sie doch mit in die Küche, Herr Doktor. Balbina hat uns einen Kaffee gemacht.«

Der Arzt zögerte.

»Ich weiß schon, dass Sie zum nächsten Hausbesuch müssen, aber gönnen Sie sich doch eine kurze Pause. Sie müssen ja auch auf sich achten.«

»Also gut, Frau Randlkofer, aber wirklich nur kurz.«

Die Küche in der Dienerstraße war ein relativ großer Raum mit einem extragroßen Herd, mit dem auch der Raum geheizt wurde. Balbina nahm das kochende Wasser vom Herd und goss es in den Porzellanfilter der bauchigen Karlsbader Kaffeekanne. Ein unwiderstehlicher Duft breitete sich in der Küche aus. Während der Kaffee durch das Porzellansieb lief, servierte Balbina einen Teller mit frisch gebackenen und mit Puderzucker bestäubten Schmalznudeln.

»Ja, kannst du denn zaubern, Balbina? Wann hast du denn die Kirchweihnudeln gemacht? Während du deinen Onkel rasiert hast, kann es ja nicht gewesen sein. Und trotzdem sind sie frisch und noch warm.«

»Ich hab sie gerade ausgebacken, Herr Doktor, während Sie beim Onkel waren. Den Hefeteig hab ich schon beim Frühstück angesetzt, noch bevor ich Paul in die Schule gebracht habe. Damit er schön aufgehen kann.«

Doktor Eichengrün schüttelte den Kopf. »So jemanden wie dich bräuchten wir bei uns zu Hause auch«, murmelte er.

»Was fehlt denn jetzt meinem Mann?« Therese nahm einen Schluck Kaffee. »Wenn es nur eine Erkältung oder Entzündung wäre, müsste es da nicht langsam bergauf gehen?«

Der Doktor setzte die Kaffeetasse ab. »Wunderbar«, sagte er und seufzte. »Ich kann es nicht mit Bestimmtheit sagen, dazu müsste ich Ihren Mann ins Spital bringen und spezielle Untersuchungen vornehmen, vielleicht auch mit dem neuen Apparat von Wilhelm Röntgen, der in den großen Spitälern eingesetzt wird.«

»Aber?«, fragte Therese. »Sie haben eine Vermutung?«

»Ja, tatsächlich. Ich vermute, dass die Erreger dieser Erkältung vielleicht andere Organe Ihres Mannes befallen haben. Wahrscheinlich das Herz, denn die Lunge scheint mir trotz seines Hustens nicht wesentlich betroffen.«

»Das Herz?«, fragte Balbina erschrocken.

Der Doktor nickte. »Das würde seine Kurzatmigkeit und die allgemeine Kraftlosigkeit erklären.«

»Wenn er nur essen und trinken würde«, sagte Therese.

»Vielleicht gab es da auch schon eine frühere Erkrankung oder eine erbliche Belastung. Ist Ihnen von einer Herzschwäche in der Familie Ihres Mannes etwas bekannt?«

Therese schüttelte den Kopf. »Die sind alle sehr gesund. Mein Schwiegervater ist erst vor ein paar Jahren gestorben. Er war neunundsiebzig und hat fast täglich in seiner Brauerei nach dem Rechten geschaut. So habe ich mir das bei Anton auch immer vorgestellt.« Therese starrte auf das Tischtuch aus gestärktem Leinen. »Ich hab gedacht, uns bleibt noch so viel Zeit.«

»Nicht Bange machen lassen, Frau Randlkofer. Vielleicht täusche ich mich ja auch.«

»Oder es geschieht ein Wunder«, sagte Balbina. »Wir müssen zur heiligen Notburga beten oder eine Wallfahrt nach Tirol machen.«

»Du hast Ideen!« Therese schüttelte den Kopf. »Jetzt fällt schon mein Mann im Geschäft aus, da können wir nicht auch noch nach Tirol fahren. Bete du nur fleißig für ihn, das wird schon helfen.«

Als Therese abends noch einmal nach ihrem Mann sah, lag er mit geschlossenen Augen in seinem Bett, das Gesicht blass und schmal, ein Schatten seiner selbst. Sie schloss leise die Tür hinter sich und trat an das Kopfende des Bettes, beugte sich über ihn und lauschte auf seinen Atem. Man musste es doch eigentlich hören können, ob er atmete. Aber da war nichts. Für einen Moment ergriff sie Panik, und sie sah sich schon an seinen Schultern rütteln. Doch dann besann sie sich. Mit dem Handrücken fasste sie an seinen Hals und suchte mit angehaltenem Atem nach seinem Puls. Er war schwach, aber doch eindeutig vorhanden. Sie atmete auf. Antons Haut war warm und fühlte sich so vertraut an. Siebenundzwanzig Jahre war sie neben ihm eingeschlafen und wieder aufgewacht. So viele Jahre, und Therese hatte noch nie daran gedacht, dass es einmal ein Ende nehmen könnte. Dass der Platz neben ihr einmal leer sein könnte, war ihr noch nie in den Sinn gekommen. Vielleicht, weil keiner von ihnen jemals ernsthaft krank gewesen war in all den Jahren. Und gerade jetzt, wo die Kinder aus dem Gröbsten raus waren, sie mit dem Kauf des neuen Hauses und der Übernahme des Dallmayr noch einmal etwas ganz Neues gewagt hatten, gerade jetzt fiel ihr die Vorstellung, dass einer von ihnen beiden ausfallen könnte, noch schwerer. Sie hatten sich noch viel zu jung und zu gesund gefühlt für das Altenteil und für die Übergabe des Geschäfts an die Kinder. Stattdessen hatten sie zusammen noch einmal etwas gewagt, sich neu verschuldet. Etwas Großes hatten sie noch zusammen schaffen wollen. Viel größer als das Geschäft in der Maffeistraße. Und jetzt, Anton, dachte sie zum ersten Mal, wirst du mich doch nicht mit alldem alleinlassen. Zusammen haben wir es angefangen, zusammen wollen wir es jetzt auch zu Ende bringen. Ich brauche dich doch. Die Kinder brauchen dich. Wer soll denn sonst das Geschäft führen, wenn du ausfällst? Wenn du mich alleine lässt.

Als habe er die Frage gehört, schlug Anton die Augen auf und lächelte sie an. »Was machst du denn da über mir?«, fragte er. »Willst du mich erwürgen?«

Therese musste lachen, und alle Anspannung fiel für einen Augenblick von ihr ab. Das war ihr Mann, und gerade deswegen hatte sie ihn so lieb. Mit seinem spitzbübischen Charme und seinem unerschütterlichen Humor hatte er schon so viele schwierige Situationen meistern können. Auf ihn war immer Verlass gewesen. Nie kam von ihm ein böses Wort. Man musste ihn schon sehr lange ärgern, bis er einmal richtig wütend wurde. Das Einzige, was er gar nicht mit ansehen konnte, war, wenn jemand sich vor der Arbeit drückte. Das hatten sie beide gemeinsam. Doch meistens reagierte er, im Gegensatz zu ihr, selbst dann noch mit Humor. Manchmal hatte Therese schon den Verdacht, sie habe einen Engel in Menschengestalt geheiratet. Und manchmal war seine Gutmütigkeit schier nicht auszuhalten gewesen für einen Menschen wie sie, der sehr ehrgeizig war, aber nicht besonders geduldig.

»Leg dich her zu mir«, forderte Anton sie auf. »Ich seh doch, wie müde du bist. Denkst du nicht auch, mein Urlaub könnte jetzt allmählich zu Ende gehen? Mir ist schon so richtig fad.«

Therese setzte sich auf die Bettkante, beugte sich zu ihm hinunter und legte den Kopf an seine Schulter.

»Was haben wir denn heute für ein Datum?«

»Den 4. Februar«, sagte seine Frau.

»Dann ist Lichtmess auch schon vorüber, und ich liege immer noch im Bett herum wie ein alter Hund, der zu müde geworden ist zum Jagen. Kommst du zurecht im Geschäft?«

»Der Hermann ist ja da und hilft mir.«

»Wie macht er sich denn?«

»Er ist heute mit Korbinian Waren ausliefern gefahren. Er packt schon gut mit an, aber er ist halt noch jung. Woher soll er alles können, was wir in so vielen Jahren erst lernen mussten?«

»Freilich, aber das wird schon noch. Hauptsache, er will es. Und Balbina ist dir auch eine Stütze, gell?«

»Ja, schon. Nur dass die beiden sich jetzt auf einmal so gut verstehen …«

»Der Hermann und die Balbina?« Anton setzte sich ruckartig auf.

»Was hast du denn?« Auch Therese richtete sich auf. »Ich sehe das auch nicht gern, aber wahrscheinlich vergeht es ohnehin bald wieder. Und falls nicht, muss ich mit Hermann reden. Es ist schon in Ordnung, dass er sich nach einer Frau zum Heiraten umschaut, aber doch nicht im eigenen Haus. Nicht im Haus und nicht im Geschäft. Lieber wäre es mir natürlich, wenn er noch ein paar Jahre wartet, bis das Geschäft besser läuft, wir unsere Schulden abzahlen können und vielleicht noch den ein oder anderen Hoflieferantentitel dazugewinnen …«

»Damit er eine noch bessere Partie machen kann.« Anton nickte. »Das wär schon was, wenn er irgendwo gut einheiraten könnte. Wir stehen ja jetzt schon nicht schlecht da. Den Dallmayr kennt fast jeder in München. Und selbst wenn die Leute sich manches nicht leisten können, was wir anbieten, so drücken sie sich doch die Nasen an den Schaufenstern platt und wollen wissen, was es alles Feines gibt und was bei Hof und bei den nobleren Herrschaften so auf den Tisch kommt.«

»Dann sind wir uns da einig?«

»Wegen Balbina?« Anton legte sich wieder zurück in sein Kissen. »Ich hab das Kind herzlich gern und bin froh, dass wir sie im Haus haben. Aber als Schwiegertochter kann ich sie mir nicht vorstellen, nein.«

»Ich werde mit Hermann reden, und wenn es sein muss, auch mit Balbina. Das Mädchen ist ja schließlich noch so jung.«

»Anfang März wird sie sechzehn.«

»Das weißt du?«, fragte Therese. »Du kannst dir doch sonst die Geburtstage der Kinder nie merken. Jedes Jahr wieder muss ich dich daran erinnern.«

»Den Kopf eines Menschen kannst du halt nicht einräumen wie ein Regal voller Konserven, Therese. Was da reinkommt, was drinbleibt und was gleich wieder rausfällt, das kann kein Mensch für einen anderen bestimmen. Nicht einmal der Mensch selbst, zu dem der Kopf gehört.«

Therese musste über den anschaulichen Vergleich schmunzeln. Dafür liebte Therese ihren Mann wie am ersten Tag, wenn nicht sogar noch ein wenig mehr.

Der Mond war jetzt vor das Fenster gewandert und warf einen breiten Streifen Licht in die Kammer und gegen die Wand, als wollte er sie mit seinen Strahlen ganz durchdringen. Therese löschte das Licht. Dann schlüpfte sie zu Anton unter die Decke, drückte ihm einen Kuss auf die Wange und legte ihren Arm schützend um ihn.

»Du bleibst aber schon noch eine ganze Zeit bei uns, gell?«, flüsterte sie leise.

Doch er war eingeschlafen und konnte sie nicht mehr hören. Für eine Weile betrachtete sie noch das Gesicht, das sie besser kannte als ihr eigenes. Dann schlief sie ebenfalls ein.

Wenn's zu Lichtmess stürmt und schneit, dachte Therese, ist der Frühling nicht mehr weit. So lautete zumindest eine alte Bauernregel. Als sie morgens das Fenster zum Lüften öffnete, stellte sie fest, dass es tatsächlich ein paar Grad wärmer geworden war und der Schnee sich in Regen verwandelt hatte. Trotzdem war es immer noch winterlich draußen, nicht ein Hauch von Frühling lag in der Luft.

Therese streckte sich. Der Rücken tat ihr weh, und sie hatte einen steifen Nacken. Es war ein Wunder, dass sie es überhaupt geschafft hatte, auf dem schmalen Streifen von Antons Bettkante einzuschlafen. Anton war noch nicht wach. Sie beschloss, ihn schlafen zu lassen, und schlich sich leise aus dem Zimmer.

Es war noch sehr früh am Morgen, aber heute erwarteten sie eine Lieferung aus Frankreich und da musste Therese im Geschäft sein. Hoffentlich war alles gut gegangen mit der Nachtfahrt. Auf so einem Transport konnte viel passieren. Und Verluste durch verdorbene Waren gingen richtig ins Geld. Es war ein Risiko, das Therese in die Preise mit einrechnen musste, auch wenn einige Leute das nicht verstanden und sich die Mäuler darüber zerrissen, dass die Waren bei Dallmayr zu teuer wären. Keiner von ihnen machte sich Gedanken, wie die Delikatessen aus aller Herren Länder in die Münchner Innenstadt kamen. Doch Austern lebten nun mal im Atlantik und nicht im Bodensee. Und weil sie roh verzehrt wurden, war Frische das Allerwichtigste, unter Umständen sogar lebenswichtig.

Therese zog den Wollschal fester um ihre Schultern. Wenn nur die Lieferung pünktlich kam, bevor der Laden öffnete. Die Stammkunden wussten, dass die Waren aus Frankreich unterwegs waren und für diesen Tag erwartet wurden. Ein Teil war sogar schon vorbestellt, auch wenn Therese stets darauf hinwies, dass sie keine Gewähr geben und keine Haftung übernehmen konnte, wenn etwas gar nicht oder in einem Zustand geliefert wurde, den sie ihren Kunden nicht zumuten konnte. Freilich war Therese müde. Doch das Aufstehen am frühen Morgen tat ihr auch gut. Arbeit hatte ihr noch immer am besten geholfen, wenn sie Sorgen hatte.

Als sie am Lieferanteneingang ankam, war Korbinian Fey schon mit dem Lehrling beim Ausladen. Na also, dachte Therese beruhigt, dann waren die Lieferanten zumindest schon einmal pünktlich zur Stelle gewesen.

»Morgen, Chefin.«

Fey schleppte eine Kiste in den Laden, deren Wände ganz nass waren vom Eis. Die wertvolle Fracht, Austern, Hummer und Langusten von der französischen Atlantikküste, wurde zum Transport in Eis gepackt, damit alles schön frisch blieb. Der Kaviar wurde in Gläsern gefüllt auf den Transport geschickt, denn wenn er direkt mit Eis oder Wasser in Verbindung käme, würde er »erblinden«, wie man das nannte. Beim direkten Kontakt mit Wasser verlor er seine Farbe und die körnige, feste Konsistenz. Er schmeckte zwar immer noch, war aber so nicht mehr verkäuflich. An den Hof des Prinzregenten oder seiner Söhne konnte man ihn so schon gar nicht mehr liefern.

Die Kisten mit den frischen und geräucherten Seefischen schleppte Ludwig, der Lehrling, hinterher.

»Guten Morgen, Frau Randlkofer«, rief er fröhlich.

»Schon ausgeschlafen, Ludwig?«, fragte Therese.

»Freilich«, behauptete er, obwohl er aussah, als könne er jederzeit auf der Stelle wieder einschlafen. Therese schmunzelte, als sie den jungen Mann mit den hellblauen Augen und dem widerspenstigen Blondschopf betrachtete. Anstelle eines Scheitels hatte er seitlich an der Stirn einen kräftigen Wirbel, der die Haare in drei Richtungen verteilte. Seine Sommersprossen ließen ihn wie einen von Wilhelm Buschs Lausbuben aussehen. Noch kannte Therese ihn nicht besonders gut, doch sie würde bald sehen, wie er sich entwickelte. Sie würde ihn im Auge behalten und sich Notizen in ihrem Büchlein machen. In ein, zwei Jahren lernte man einen Menschen schon kennen, und erst am Ende würde sie entscheiden können, ob er tatsächlich zu ihnen passte.

»Ist die Gänseleberpastete aus Straßburg mitgekommen?«, fragte sie Korbinian.

Er nickte. »Bei den Preisen müsste man glatt selbst Gänse züchten und sie stopfen. Unser Hinterhof ist allerdings zu klein für einen Gänsestall. Vielleicht gegenüber, am Marienhof, hinter den Häusern. Stellen Sie doch einen Antrag im neuen Rathaus, Frau Randlkofer. Wär das nicht eine schöne neue Geschäftsidee?«

»Am Marienhof, mitten in der Stadt?« Therese schüttelte den Kopf. »Also, du hast Ideen. Das müsste man schon draußen vor der Stadt machen, dort, wo genug Platz ist und die Tiere ein gutes Leben führen können und das richtige Futter bekommen. Qualität beginnt nicht erst bei der Abfüllung in ein Glas oder eine Konserve. Sie fängt schon ganz früh an, im Grunde schon mit der Geburt. Wo wird das Tier hineingeboren, wie lebt es, hat es genügend Auslauf? Da muss alles stimmen.«

»Sie wüssten ganz genau, wie es geht«, sagte Korbinian Fey. »Aber Sie wollen ja nicht hinaus aufs Land. Nicht einmal den Herrn von Poschinger besuchen Sie, dabei hat er Sie schon so oft eingeladen. Sie sind eine richtige Städterin geworden, Chefin.«

»Ich lebe ja auch schon lange hier. Und München ist doch wirklich eine schöne Stadt geworden, vor allem, seit es Residenzstadt der bayerischen Könige ist. Wer wollte da wieder fort und aufs Land hinaus? Ich jedenfalls nicht.«

»Sie müssten ja gar nicht weit rausfahren. In Nymphenburg oder Schwabing fangen die Dörfer ja schon an.«

»Und was soll ich meinen Kunden sagen, woher meine Gänseleber kommt? Aus Schwabing statt aus Straßburg? Gerade am Hof wird doch fast ausschließlich nach französischen Rezepten gekocht.«

»Aber der Geschmack sollte doch die Kunden überzeugen, nicht der Stempel auf der Kiste«, behauptete Korbinian Fey. »Dann nennen wir sie halt trotzdem Foie Gras de Canard, und schon ist sie wieder französisch, die Gänseleber aus Schwabing.« Er grinste Therese an.

»Wieso bist du heute eigentlich so gut gelaunt?«, fragte Therese.

»Weil die Lieferung pünktlich war und ich mir keine Klagen von den Kunden anhören muss. Die Herrschaften und ihr Küchenpersonal stellen sich ja auf die Lieferung ein. Und so muss ich keine enttäuschten und verärgerten Leute beruhigen.«

Was für ein Glück, dachte Therese, dass Korbinian ihr solche Aufgaben abnahm, wenn sie denn anstanden. Sie erinnerte sich an den grässlichen Tag vor einigen Jahren, als ihr Mann in Gehrock und Zylinder bei Hofe, drüben in der Residenz, die nur wenige Hundert Meter vom Geschäft entfernt lag, vorstellig werden und sich entschuldigen musste. Denn in einer Dose mit zwölf Ölsardinen waren doch tatsächlich nur elf enthalten gewesen, was für große Aufregung und Empörung gesorgt hatte.

Verantwortlichkeiten abgeben und den Mitarbeitern auch etwas zutrauen, das war Thereses Einstellung zum Geschäft. Gute Mitarbeiter waren Gold wert, aber sie durften es nicht allzu deutlich merken. Nur nicht zu viel loben, war Thereses Devise. Sie hätte ein Buch darüber schreiben können, was sie als Geschäftsfrau in über zwanzig Jahren gelernt hatte. Einen Ratgeber für andere Geschäftsfrauen, denn die Männer würden sich von ihr ohnehin nichts sagen lassen. Da könnte sie hundert Mal recht haben.

Als das Fuhrwerk abgeladen war und der Kutscher wendete und Richtung Marienplatz davonfuhr, rückte Ludwig mit Schaufel und Eimer an, um die Pferdeäpfel zu beseitigen. Therese beobachtete ihn dabei und ging anschließend hinaus, um nachzusehen, ob er seine Aufgabe gründlich erledigt hatte. Es lag nicht einmal mehr ein Strohhalm auf dem Bürgersteig, mit dem die Fuhrleute ihre dampfenden Pferde abrieben. Therese war zufrieden. Ihre Ermahnungen hatten also endlich gefruchtet.

Doch ihr positives Urteil über ihren Lehrling geriet gleich wieder ins Wanken, als sie beim Schließen der Eingangstür – es war noch nicht sieben Uhr, offizielle Öffnungszeit – aus dem Augenwinkel etwas beobachtete, das sie erstarren ließ. Beim Einräumen der guten, der besten belgischen Schokolade, der mit den Piemonteser Haselnüssen, fiel Ludwig ein Stück zu Boden. Er bückte sich und hob es ehrfürchtig auf. Doch statt es wieder zurück in die Vitrine oder auf den Tresen zu legen, wo er es mit dem Pinsel hätte abbürsten können, steckte er es sich schnell und ohne sich auch nur einmal umzuschauen in den Mund. Therese wollte schon ihr Buch zücken, da bemerkte sie an der Tür zum Kontor eine weitere Zeugin des Vorfalls. Rosa Schatzberger, die Buchhalterin, hatte ebenfalls zugesehen. Nur Ludwig blieb ahnungslos. Er schloss sogar für einen Moment die Augen und lutschte verzückt an seinem Stück Schokolade.

Therese gab Fräulein Schatzberger mit einem Handzeichen zu verstehen, dass sie in ihre Schreibstube zurückgehen sollte. Dem Jungen würde sie eine Lehre erteilen, die er so schnell nicht mehr vergessen würde. Aber sie wollte ein wenig Zeit verstreichen lassen und ihn erst noch ein bisschen in Sicherheit wiegen.

Als alle Waren aufgefüllt waren und es am Vormittag etwas ruhiger im Geschäft wurde, kam Fräulein Schatzberger zu Ludwig und sagte ihm, dass die Chefin ihn im Büro erwartete. Er wollte wissen, warum, aber die Buchhalterin zuckte nur die Achseln, ging voraus, klopfte, öffnete die Tür und schob Ludwig hinein. Das Büro war klein und ein wenig dunkel, eher eine Kammer mit einem alten Tisch, der schon lange in der Familie sein musste. Es sah nicht so sehr aus wie der Arbeitsplatz eines Kaufmanns. Eher wie der eines Künstlers. Stapel von Papieren, Notizen, Zeitungsanzeigen lagen auf dem Tisch herum. Es war nicht akkurat aufgeräumt, dafür wirkte es sehr gemütlich. Aber Ludwig gab sich keinen Illusionen hin. Ein gemütliches Gespräch erwartete ihn hier sicher nicht.

»Die Straße war sehr sauber heute nach der Lieferung. Da hast du dir wirklich Mühe gegeben«, leitete Therese die Unterredung ein.

Die Luft knisterte, und der Lehrling hegte auch weiterhin keine Hoffnungen, dass er herzitiert worden war, um Komplimente einzuheimsen. Er stieg von einem Fuß auf den anderen. Ludwig wusste nicht, was es war, aber irgendwas musste er angestellt haben. Die Chefin lobte selten, und schon gar nicht, wenn sie ihn vorher wegen derselben Sache bereits zweimal ermahnt hatte. Es war undenkbar, dass sie ihn deshalb von der Arbeit wegrufen würde. Ludwig wusste genau, wie sie aussah, wenn sie zufrieden war, und jetzt war sie es sicher nicht. Im Gegenteil, sie sah geradezu angriffslustig aus. Der Schweiß brach ihm aus. Was in aller Welt hatte er sich zuschulden kommen lassen? Ludwig dachte nach. Er war pünktlich um Viertel nach sechs zur Arbeit erschienen. Gekämmt, in ausgebürsteten Hosen und mit geputzten Schuhen. Er hatte sie sogar noch einmal abgewischt, nachdem er die Pferdeäpfel in den Misteimer gekippt hatte. Er hatte heute noch kein einziges Mal mit den anderen Angestellten getratscht, dazu war auch gar keine Zeit gewesen, es war einfach zu viel Kundschaft im Laden. Nicht einmal Grimassen hatte er heute geschnitten, mit denen er die Verkäuferinnen so oft zum Lachen brachte. Und nachgemacht hatte er auch niemanden. Denn das konnte er ebenfalls ziemlich gut. Sogar die Chefin selbst, wie sie sehr aufrecht, mit durchgestrecktem Rücken ihre Brust wie einen Balkon vor sich herschiebend, dahinmarschierte, das Kinn ein bisschen Richtung Hals gedrückt, den Dutt wie eine Krone auf dem Kopf. Wenn Ludwig das zu Hause bei der Mama und seiner Schwester Lilly vorführte, mussten die beiden immer sehr lachen. Sie wollten ja ständig wissen, wie es ihm so erging beim Dallmayr, wie seine Chefs waren, und wie das Fräulein Schatzberger, die schon bald zwanzig war und immer noch unverheiratet. So wie Ludwig sie nachmachte, wunderte das auch niemanden. Mit kurzen zackigen Schritten, die Absätze in den Boden rammend, und das Kinn bei jedem Schritt nach vorne schiebend wie ein Huhn. Ludwig gackerte dazu, wenn er durch die Stube marschierte, aber das glaubte ihm seine Schwester nicht, dass das Fräulein Schatzberger wirklich Geräusche machte beim Reden. Doch Ludwig schwor, dass es sich anhörte, als gackere sie beim Sprechen.

Doch heute war Ludwig sich todsicher, dass er sich nichts zuschulden hatte kommen lassen. Schließlich nahm er sich in Acht, weil die Chefin ihn jetzt schon zweimal verwarnt hatte in den letzten Wochen. Und das wäre genug für ein halbes Jahr, hatte sie gesagt. Ludwigs Mutter wäre schrecklich enttäuscht, wenn er seinen Lehrplatz verlieren würde. Es war doch ohnehin ein Wunder, dass sie ihn überhaupt genommen hatten beim Dallmayr. Und das Aufsammeln von Pferdeäpfeln gehörte halt einfach dazu, behauptete sie. Sie müsse ja auch das Etagenklo putzen, obwohl ihr das kein bisschen Freude bereitete.

Ludwig erwartete, dass das Damoklesschwert jeden Augenblick auf ihn heruntersauste. Irgendetwas hatte er angestellt, doch es fiel ihm einfach nicht ein, was es gewesen sein könnte. Aber das half ihm jetzt auch nicht mehr. Er wollte das Donnerwetter nur möglichst schnell hinter sich bringen. Diese Anspannung war ja nicht mehr auszuhalten. Jesus, Maria und Josef!

Plötzlich fiel es ihm wie Schuppen von den Augen. Er sah seine Chefin an, und ihr Blick bestätigte seine Vermutung. Die feine belgische Schokolade. Was für eine Versuchung! Er hatte dieses kleine Stück aufgehoben und es sich, ohne auch nur einmal nachzudenken, in den Mund geschoben. Und als die

Schokolade begann, auf seiner Zunge zu schmelzen, das war so herrlich gewesen, dass er die Augen schließen musste. Noch nie in seinem Leben hatte er etwas so Feines gegessen. Dieser Geschmack nach Kakao und gebrannten Nüssen, ein bisschen wie auf dem Oktoberfest, wenn er zwischen den Ständen mit gebrannten Mandeln, Magenbrot, Lebkuchenherzen, kandierten Früchten, Liebesäpfeln, Zuckerwatte, Waffelbruch und Vanillesoße hin und her taumelte. Nur dass er die Nüsse, den Kakao und was sonst noch in der feinen Schokoladen war, in der Nase, auf den Lippen, der Zunge und überall gleichzeitig roch, schmeckte und sie sogar noch auf der Haut spürte, wie ein zartes Streicheln. Es war einfach unbeschreiblich.

Doch wie sollte er nun seinen Kopf aus der Schlinge ziehen? Er hätte versuchen können, sich herauszureden. Dass man im Dallmayr Lebensmittel, die auf den Boden gefallen waren, nicht einfach wieder in die Auslage zurücklegen durfte. Zumindest nicht, wenn Kunden im Geschäft waren. Das war aber gar nicht der Fall gewesen. Ludwig wurde ganz heiß. Wie war dieses Stück überhaupt auf den Boden gekommen? Er erinnerte sich nur daran, dass es plötzlich da lag. Dass seine Hand danach griff und er es sich wie in Trance unrechtmäßig einverleibte. Sein Gesicht glühte.

»Und?«, fragte seine Chefin. »Ich höre?«

»Frau Randlkofer.« Ludwigs Mund war trocken wie ein Stück Löschpapier. »Ich kann nichts dafür. Meine Hand … mein Mund …« Er kam sich vor wie ein Narr.

»Und?«, insistierte sie.

»Und es tut mir so leid. Es wird nicht wieder vorkommen. Ich versprech's hoch und heilig.«

»Und was noch?«

Ludwig machte ein Gesicht wie ein Karpfen. Was meinte sie denn? Er spürte Panik aufkommen, wischte sich hektisch über die Stirn und wäre am liebsten davongelaufen.

Seine Chefin stützte die Hände auf dem Schreibtisch ab und kam ihm mit ihrem Gesicht so nahe, dass Ludwig ihren Atem spüren konnte. »Ich will wissen, wie sie geschmeckt hat, die sündhaft teure belgische Schokolade.«

Ludwig schluckte geräuschvoll. »Besser als alles, was ich je gegessen habe. Sie hat so …«

»Ja?«, fragte Therese.

»Sie hat nach Urwald geschmeckt, also, so wie ich mir halt den Urwald vorstelle. Heiß und feucht und dampfend, und so süß wie eine riesenhafte purpurrote Blüte, von der die Schmetterlinge und die kleinen Vögel, die aussehen wie schwirrende Edelsteine, mit ihren langen Rüsseln den Nektar saugen, und …«

Ludwig starrte in das Gesicht seiner Chefin. Was redete er da nur? Gleich würde sie ihn hochkant hinauswerfen und seiner Mutter ausrichten lassen, dass ihr Sohn vielleicht besser eine Gärtnerlehre als eine Kaufmannslehre machte. Und seine Mutter würde ihn nicht einmal ausschimpfen, sie wäre einfach nur unsäglich enttäuscht von ihm. Ludwig wagte nicht, seiner Chefin in die Augen zu sehen, sondern blickte auf ihren Mund und sah, wie sich dort Falten bildeten, die ihre Mundwinkel leicht erzittern ließen und sich dann langsam nach oben bewegten. Doch, gewiss, das war ein kleines, feines Lächeln. Ludwig hatte es noch nicht oft an ihr gesehen. Als Lehrling im Dallmayr war es ihm bislang nur selten zuteilgeworden. Nun schöpfte er wieder etwas Hoffnung, dass vielleicht doch noch nicht alles verloren sein musste für ihn.

»Und was noch?«, fragt Therese. »Die Schokolade …«

»Es war, als ob auf meiner Zunge eine Wundertüte zerplatzt wäre«, erwiderte Ludwig nun schon etwas mutiger. »Alles floss heraus, die wundersame Blume und der dunkle Wald, das Kreischen der wilden Tiere, eine ganz eigene fremde Welt, und ich hab sie wirklich spüren können.«

»Vielleicht bist du ja doch am richtigen Platz«, sagte Therese und legte ihm die Hand auf die Schulter. »Nur, Ludwig, wenn dich eine Kundin nach dem Geschmack der belgischen Schokolade fragt, dann übertreib nicht gleich so, gell? Lass es mit der Kakaoblüte und den bunten Schmetterlingen gut sein. Vom dampfenden Wald und den kreischenden Tieren erzählst du lieber nichts, verstanden?«

»Jawohl«, antwortete Ludwig und machte einen tiefen Diener. Da war er also noch einmal davongekommen. Am Abend musste er unbedingt seiner Schwester Lilly davon erzählen. Die würde Augen machen. Nur die Mama durfte nicht erfahren, in welche Gefahr er sich schon wieder gebracht hatte. Sie würde sich furchtbar aufregen. Um ein Haar hätte er seinen Lehrplatz wegen eines Stücks Schokolade verloren. Er würde erst nach dem Abendessen mit seiner Geschichte herausrücken, wenn er und Lilly den Abwasch übernahmen und die Mutter sich auf das Kanapee gelegt hatte, um sich ein bisschen auszuruhen. Er würde seiner Schwester gewaltig Angst einjagen, und bevor sie aufschreien könnte, würde er ihr die Hand auf den Mund legen, »Scht« machen und hinüber zum alten braunen Kanapee mit dem verschlissenen Bezug und der Mutter zeigen. Und die Lilly würde sofort verstehen, dass sie nicht schreien durfte, um ihn ja nicht zu verraten.

»Dann holst du dir jetzt einen Kaffee und ein Kipferl dazu, und machst kein Trara um die Sache. Wenn die anderen dich fragen, was es gegeben hat, dann sagst du, wir hätten uns einfach ein wenig unterhalten. Nicht dass du daraus wieder ein Theaterstück machst, gell? Du weißt, was ich meine.«

Er wusste es. Aber dass die Chefin es auch wusste, brachte sein Gesicht erneut zum Glühen.

»Ja, dann geh ich wieder«, sagte er zum Abschied. »Und, danke.«

»Bitte«, entgegnete Therese.

Am Nachmittag musste Therese beim Durchsehen der Lieferscheine und Rechnungen kurz eingenickt sein, denn sie hörte das Klopfen an der Tür erst, als es lauter und energischer wurde und jemand ihren Namen rief.

»Kommen Sie doch herein, Rosa.«

Vor dem Wandspiegel fädelte Therese ein paar lose Strähnen in ihren Dutt und strich sich den Rock glatt.

Rosa Schatzberger streckte ihren Kopf durch den Türspalt. »Ihr Schwager wäre da«, flüsterte sie, als verkünde sie ein Unheil.

Es klopfte noch einmal energisch, dann stand er in der offenen Tür, Max, der jüngste Bruder ihres Mannes, immer elegant, gepflegt, wie frisch vom Herrenfriseur, mit einem auffälligen Schnauzer, dessen Enden nach oben gezwirbelt waren. Die stets geputzten und auf Hochglanz polierten Schuhe waren sein Markenzeichen und seine Manie. Wenn es sein musste, schaute er auch zwei- oder dreimal am Tag bei seinem Schuhputzer am Karlstor vorbei. Hermann, Thereses Ältester, der bei ihm in die Lehre ging, konnte ein Lied davon singen. Glücklicherweise war Max viel unterwegs und nicht den ganzen Tag in seinem Geschäft, denn bei seinen Angestellten war er als streng und aufbrausend gefürchtet. Hinter einer Maske von Eleganz und Höflichkeit steckte ein jähzorniges Temperament. Max, der auf die Fünfundvierzig zuging, war Junggeselle und ein häufiger und stadtbekannter Gast von Varietés und Intimen Theatern, zu deren Herrenabenden Frauen als Zuschauerinnen keinen Zutritt hatten.

»Max, was verschafft mir die Ehre?«

»Nach meinem Bruder wollte ich sehen. Grüß dich, Therese.« Er reichte ihr die Hand. »Wie geht es ihm denn?«

»Schau doch rauf zu ihm, Max. Vielleicht kannst du ihn ein bisschen aufheitern. Er ist jetzt oft so schwach und mutlos.«

»Mutlos, mein Bruder? Ach, komm. Der soll sich anziehen und mit mir ins Hofbräuhaus gehen. Heute ist Wiedereröffnung nach einem ganzen Jahr Umbau und Neubau. Das muss man sich als Münchner doch anschauen, was dieser Architekt aus Sachsen da verbrochen hat. Als hätten wir in Bayern keine Baumeister.«

»Schau dich doch mal um, wer in München schon alles schöne Häuser gebaut hat: Italiener, Franzosen ...«, erwiderte Therese.

»Italiener und Franzosen, das geht ja noch. Aber Sachsen?« Er lachte.

»Mit dem Hofbräuhaus wird es heute nichts werden für Anton«, sagte Therese.

»Kommst du denn zurecht, Schwägerin?«

»Es geht schon. Es hilft mir sehr, dass du mir den Hermann rübergeschickt hast, dass er bei uns mithilft. Jetzt fehlt dir halt im Laden dein Lehrling.«

»Ich hätte eh bald einen neuen einstellen müssen. Der Hermann hat bis Mitte des Jahres ausgelernt und dann werdet ihr ihn bestimmt bei euch haben wollen.«

»Bist du immer noch zufrieden mit ihm?«

»Freilich«, sagte Max, »er kommt ganz nach meinem Bruder, ein richtiges Arbeitstier. Er ist halt noch jung und muss noch ein paar Dinge lernen, bis er selbst die Verantwortung für ein eigenes Geschäft übernehmen kann. Ich meine, falls ihr oder Anton in nächster Zeit ans Übergeben denkt.«

Übergeben? Wie kam ihr Schwager jetzt darauf? Es war noch nie die Rede von einer Übergabe an die Kinder gewesen. Sie hatten das Geschäft doch erst vor zwei Jahren gekauft. »Mit dem Übergeben lassen wir uns noch Zeit, aber wenn der Hermann ausgelernt hat, darf er schon mitreden im Geschäftlichen.«

»Wenn du Hilfe brauchst, bin ich ja auch noch da.«

Therese wusste nicht, was sie von diesem Angebot halten sollte und ob es wirklich so uneigennützig war, wie es sich anhörte. Als Geschäftsleute waren die beiden Brüder schließlich Konkurrenten. Dass ihrem Schwager ein eher kleiner Lebensmittelladen in der Kaufingerstraße nicht reichen würde, war Therese schon länger klar. Und mit dem Erwerb des Dallmayr und dem Erfolg, den sie mit dem Geschäft hatten, waren Anton und sie dem Schwager nun ein paar Schritte voraus. Dallmayr in der Dienerstraße war eleganter, vornehmer, größer und auch bekannter als M. Randlkofer Colonialwaren in der Kaufingerstraße. Und Dallmayr war dabei, über die Stadtgrenzen und sogar die Landesgrenzen hinaus berühmt zu werden. Beim Ehrgeiz ihres Schwagers musste ihn das wie ein Nagel im Schuh drücken.

»Anton liegt in der Kammer im ersten Stock, gleich neben der Treppe. Die nach vorne rausgeht, mit dem Blick auf den Dom.«

»Wolltest du ihn nicht mehr bei dir im Schlafzimmer haben?«, fragte Max scherzhaft, aber Therese konnte darüber nicht lachen.

»Er ist oft so unruhig, dass ich selbst nicht mehr schlafen kann. Und es nützt schließlich niemandem, wenn Chef und Chefin gleichzeitig ausfallen.«

»So«, sagte Max spöttisch. »Chefin.«

Wenn du Streit suchst, dann geh woandershin, dachte Therese. Ich habe genug Sorgen. »Fräulein Schatzberger wird dich hinaufbegleiten.«

»Ich finde das Zimmer schon, auch ohne die Schatzberger. Ist Paul oben?«

Therese nickte. »Aber erschreck ihn nicht wieder so wie beim letzten Mal, gell?«

»Geh, der Bub ist doch kein Kind mehr. Ein echter Randlkofer versteht schon einen Spaß.«

Hoffentlich, dachte Therese. Das letzte Mal hatte er es mit seinem Spott und seiner Frotzelei geschafft, dass Paul in Tränen ausgebrochen war, worauf sich sein Onkel noch mehr über ihn lustig machte und Paul sich umso mehr schämte. Freilich war Paul kein Kind mehr, aber er war eben ihr Jüngster, das Nesthäkchen, und manchmal gefiel es ihm selbst auch noch, der Kleine zu sein.

Therese begleitete Max selbst hinauf in die Privatwohnung im ersten Stock. Als er nach fast einer Stunde immer noch nicht wieder erschienen war, sah sie nach, was er so lange da oben trieb. Die Tür zu Antons Schlafzimmer war zu. Neugierig legte sie das Ohr an das Holz. Max redete wie ein Wasserfall, während von Anton gar nichts zu hören war. Das klang nicht nach einem Gespräch, sondern eher nach einer Ansprache. Die einzigen Brocken, die Therese verstehen konnte, bezogen sich auf Geschäftliches. Einmal war von Banken die Rede, von Umsatz, dann hörte sie auch ihren Namen, aber sie verstand den Zusammenhang nicht. Paul kam aus der Küche auf den Flur, und Therese richtete sich auf und ging ihm entgegen.

»Schon fertig mit den Hausaufgaben?«

Er nickte, wirkte aber irgendwie traurig und verstört.

»Was ist denn los?«, fragte Therese. Sie ging mit ihm zurück in die Küche. »Ist denn Balbina nicht da?« Pauls Heft und die Bleistifte lagen noch auf dem Tisch, der Schulranzen stand auf der Sitzbank.

»Balbina ist in ihre Kammer raufgelaufen und hat gesagt, sie kommt erst später wieder runter.« Paul sah seine Mutter nicht an, sondern packte seine Stifte umständlich langsam in die Griffelschachtel.

»Warum ist sie denn weggelaufen? Hast du sie geärgert?«

»Sie ist nicht wegen mir weggelaufen«, sagte Paul.

»Wegen wem oder was denn sonst? Jetzt komm, Paul, lass

dir doch nicht jedes Wort aus der Nase ziehen.« Sie packte seine Nase und zog daran.

»Au«, sagte er leise.

Therese sah, dass er Kummer hatte.

»Wegen Onkel Max.« Paul zögerte und schaute zur Tür, als müsste der Onkel gleich hereinkommen.

»Onkel Max ist aber doch kein Menschenfresser. Vor dem muss man nicht weglaufen.«

Paul antwortete nicht. Er steckte die Griffelschachtel in den Ranzen und fädelte die beiden Laschen in den Verschluss. Dann stützte er die Ellbogen auf den Tisch und legte das Gesicht in die Hände.

»Was ist denn passiert?«, fragte Therese.

Paul starrte vor sich hin, und es sah nicht so aus, als ob er noch mal den Mund aufmachen würde.

»Jetzt komm, Paul, so sag halt was. Ich kann doch nicht den ganzen Nachmittag hier stehen und darauf warten, dass du mir erzählst, was passiert ist.«

»Onkel Max hat etwas gemacht, was man nicht tut«, sagte Paul und starrte die Wand an.

Aha, daher weht der Wind, dachte Therese und hielt es für besser, ihren jüngsten Sohn nicht weiter zu bedrängen.

»Ich geh jetzt rauf zu Balbina, und du machst dir weiter keine Gedanken mehr. Das lässt sich alles wieder einrenken. Wahrscheinlich hat die Balbina das schon längst vergessen, blättert in *Brehms Tierleben* herum und sucht sich ein Tier aus, das sie als Nächstes zeichnen will.«

»Sie hat dem Onkel auf die Finger gehauen«, sagte Paul. »Und dann ist sie weggelaufen und hat sich oben eingesperrt.«

»Also manchmal muss man sich schon wundern über die Erwachsenen und ihr schlechtes Benehmen, gell?«, versuchte Therese die Sache herunterzuspielen. »Ich komm gleich wieder. Musst du nicht noch etwas für die Schule lesen?«

»Hab ich doch schon! Darf ich mit meiner Eisenbahn spielen?«

Er hatte zu Weihnachten eine Märklin-Dampflok bekommen, die man mit einem Schlüssel aufzog wie ein Uhrwerk. Sie fuhr auf Blechschienen im Kreis. Dazu hatte Paul aus einem Puppenhaus einen Bahnhof gebaut und Zinnsoldaten als Personen aufgestellt. Als Therese es ihm erlaubte, lief er in sein Zimmer.

Die Tür zu Balbinas Kammer war abgesperrt. Therese klopfte, doch es kam keine Antwort. »Balbina? Ich bin's«, sagte sie, »mach bitte auf.«

Der Schlüssel drehte sich, das Schloss sprang auf, und Balbina stand in der Tür.

»Was ist denn mit dir?« Therese sah, dass Balbinas Federbett zerdrückt war. Sie hatte verweinte Augen.

»Ach nichts, Tante Therese«, behauptete sie. »Ich war auf einmal so müde, dass ich raufgegangen bin und mich ein bisschen hingelegt habe. Ich wär gleich wieder gekommen.«

»Also, was ihr mir heute alle für Geschichten erzählt. Was war denn los?«

»Hat der Paul gepetzt?«, fragte Balbina. Therese nickte. »Es tut mir leid, Tante, dass ich so ungezogen war und ihm auf die Finger gehauen hab.«

Therese machte die Tür hinter sich zu. Balbina stand jetzt am Fenster und drehte ihr den Rücken zu.

»Aber ich werde mich nicht bei ihm dafür entschuldigen«, sagte sie trotzig.

»Wo hat Max denn hingelangt, bevor du seine Finger erwischt hast?«

Balbina schüttelt den Kopf. Sie schämte sich.

Therese fasste das Mädchen an den Schultern, und nach kurzem Widerstand ließ sie sich von ihrer Tante in den Arm nehmen.

»Ich sag's nicht.« Sie machte sich los und fing an, ihr Bett aufzuschütteln, legte es zusammen und schlug kräftig mit den Handflächen darauf.

Mit Männern kannst du Glück oder Pech haben, dachte Therese. Mit Anton hatte sie einen Mann bekommen, der sie respektierte, sich nicht selbst für klüger hielt und gar nicht auf die Idee kam, ihr seinen Willen aufzuzwingen. Max dagegen war der Ansicht, er könne sich jede Frau nehmen, die ihm gefiel, und müsste sich dabei an keine Regeln halten.

»Ich hasse ihn«, zischte Balbina zornig. »Und ich gehe erst wieder runter, wenn er aus dem Haus ist.« Und wie zum Zeichen, dass sie es ernst meinte, band sie ihre Schürze auf und hängte sie über den Stuhl.

»Du kommst jetzt mit mir runter. Er ist bestimmt längst weg. Und dann müssen wir nach Anton sehen.«

Balbina verschränkte die Arme vor der Brust.

»Ich weiß, dass du nichts gemacht hast und nicht schuld bist, Balbina. Aber ich kann meinen Schwager jetzt nicht aus dem Haus werfen. Er ist immerhin Antons Bruder und gekommen, um ihn zu besuchen.«

»Das erste Mal, seit der Onkel krank ist«, behauptete das Mädchen. »Und was hat er dann außerdem in der Küche zu schaffen?«

Therese seufzte. Balbina war wütend, und sie schämte sich. Und Max? Vor einer Frau würde er sich nie und nimmer schämen. Auch nicht vor ihr.

Es klopfte. »Frau Randlkofer?«

Therese öffnete die Tür. »Was gibt's denn, Ludwig?«

»Frau Weißgruber von der Lenbach-Villa hat nach Ihnen gefragt.«

»Ach, die Magdalena. Braucht sie mal wieder ein Rezept?«

»Im Künstlerhaus gibt es ein Fest, zu dem sie einen Hummer

servieren soll, und da wollte sie wissen, wie sie ihn am besten zubereitet.«

»Es ist nicht lange her, und ich kann mich noch gut an die Zeit erinnern, da war der Herr von Lenbach nur ein kleiner Maler aus der Provinz und hätte im Traum nicht daran gedacht, dass er sich einmal einen Hummer würde leisten können. So ändern sich die Zeiten.« Therese wandte sich zur Tür. »Dann gehe ich jetzt runter und helfe der Magdalena mit einem Rezept für den Sud aus. Ist mein Schwager noch bei meinem Mann in der Kammer, Ludwig?«

»Ich glaube schon. Im Laden hab ich ihn nicht gesehen.«

»Gib mir bitte gleich Bescheid, wenn er runterkommt.«

»Und mir gibst du dann auch Bescheid, wenn er weg ist, ja, Ludwig?« Balbinas Wut war immer noch nicht verraucht.

Ludwig wusste zwar nicht, was vorgefallen war, aber er versprach es.

Therese musste wieder hinunter ins Geschäft, um Magdalena Weißgruber bei den Vorbereitungen für das Künstlerfest in der Lenbach-Villa zu unterstützen. Die Magdalena war eine beherzte Person und erfahrene Köchin. Nur vor dem Hummer hatte sie großen Respekt und auch ein wenig Ehrfurcht.

»So ein schönes Tier«, sagt sie, als Therese den Deckel der Wanne öffnete, und den Hummer aus dem Wasserbecken nahm.

»Du musst nur aufpassen, dass er dich nicht zwickt«, warnte Therese. »Wir können ihm aber die Scheren mit Zwirn zubinden. Den nimmst du dann vor dem Servieren wieder ab.«

»Und dann wirft man das Tier einfach so in den kochenden Sud?« Die Köchin, die jeden Tag Fleisch briet und Hühnchen rupfte, empfand offensichtlich Mitleid mit dem Hummer.

»Du lässt ihn am besten mit dem Kopf voraus in den Topf hineingleiten. Du musst dir keine Sorgen machen. Das Tier spürt keinen Schmerz«, behauptete Therese. So hatte man es ihr zumindest gesagt. Glauben konnte sie es allerdings selbst nicht ganz. Aber je heißer der Sud, umso schneller ging es, und umso weniger musste der Hummer wahrscheinlich leiden. »Nur richtig fest kochen muss dein Sud, gell?«

»Und was gebe ich da rein?«

»Ich koche ihn mit Schalotten, ein paar Pfefferkörnern, Salz und ein bisschen Dill, besser noch Dillblüten.«

»Dillblüten? Wo soll ich die denn jetzt im Februar hernehmen?«

»Schau, da drüben haben wir welche. Frag Korbinian. Die sind getrocknet. Aber nimm nicht zu viele. Der Hummer soll ja nicht nach Dill schmecken, sondern nach Hummer.«

»Und wieso sind eure Hummer schwarz? Es heißt doch immer, sie wären feuerrot.«

»Das werden sie erst beim Kochen. Da kannst du dich drauf verlassen, Magdalena.«

Therese spürte, dass die Köchin nicht recht überzeugt war. Der Hummer war ihr einfach nicht ganz geheuer. Bockig wie ein Esel stand sie da und suchte nach immer neuen Einwänden. Therese konnte ihren Widerwillen förmlich spüren. Nein, das war nicht gut. Ein Einkauf im Dallmayr sollte die Menschen glücklich machen, nicht unglücklich.

»Pass auf, Magdalena. Und wenn du deinen Herrschaften sagst, die Hummer im Dallmayr waren alle schon vorbestellt und du hättest keinen mehr bekommen, dafür aber etwas ganz besonders Feines, auch eine echte und bei uns sehr seltene Delikatesse aus dem Atlantik?«

»So? Was könnte das denn sein?«, fragte die Weißgruber skeptisch, aber in ihren Augen flackerte ein kleiner Hoffnungsfunke auf, dass sie dem Hummer-Massaker noch einmal entgehen könnte.

»Wir haben heute Morgen mit der Lieferung aus Frankreich eine Kiste mit Jakobsmuscheln bekommen. Die sind auch sehr delikat und hübsch anzusehen, wenn auch nicht ganz so prächtig wie der Hummer.«

Magdalena Weißgruber war erleichtert. »Ihr verratet mich aber nicht beim Herrn von Lenbach und seiner Gattin, gell?«

»Auf keinen Fall. Ich sag's auch gleich dem Korbinian. Er kann dir zeigen, wie du die Muscheln säuberst und zubereitest. Das ist ganz einfach. Du benötigst dafür nur frische Butter und etwas Petersilie. Darin brätst du das Innere, die Nuss, ganz kurz von beiden Seiten an. Und wenn du noch einen Geheimtipp von mir haben willst ...«

Ludwig kam auf sie zu und machte Therese ein Zeichen, dass ihr Schwager gerade die Treppe herunterkam. Therese wollte sich verabschieden, aber die Köchin ließ nicht locker.

»Und der Geheimtipp?«

»Kapern, nur ein paar, zu der zerlassenen Butter dazu. Du servierst die Muschelnüsse in ihrer Schale und gießt ein wenig von der Buttersoße dazu. Wirst sehen, die Künstler werden ganz verrückt danach sein und dem Hummer keine Träne nachweinen.«

Sie lächelte der Köchin bestärkend zu und schickte sie zu Korbinian. Dann drehte sie sich zu ihrem Schwager um und bat ihn noch einmal zu sich ins Büro.

»Jetzt warst du aber lange bei deinem Bruder.«

»Ja, wir hatten ein bisschen was zu bereden«, antwortete Max und sah seine Schwägerin ungerührt an. Es war klar, dass er kein Wort darüber verlieren würde, was genau sie zu besprechen gehabt hatten.

Therese versuchte es trotzdem. »Was gab es denn so Wichtiges?«

»Ach, weißt du, Schwägerin, Männersachen, das muss dich jetzt gar nicht kümmern.«

Therese schluckte ihren Ärger hinunter. Es lohnte sich nicht, mit ihrem Schwager zu streiten. »Und was sagst du zu Anton? Es wird wohl eher nichts mit einem gemeinsamen Ausflug ins Hofbräuhaus, oder?«

»Dass er so krank ist, hätte ich mir gar nicht gedacht. Das Herz, hat er mir gesagt. Es hat ihn ganz schön erwischt, meinen armen Bruder.«

»Es wird einfach nicht besser, das macht mir solche Sorgen«, gab Therese ehrlich zu.

»Vielleicht lässt du einmal einen anderen Arzt kommen, Therese. Dieser Doktor Eichengrün ist doch Jude. Bist du mit dem zufrieden?«

Therese richtete sich kerzengerade in ihrem Stuhl auf. »Natürlich. Doktor Eichengrün ist eine Koryphäe und er kennt die Familie schon seit so vielen Jahren. Sein Glaube hat für uns noch nie eine Rolle gespielt. Ich bitte dich, Max. Ich möchte nicht, dass in meinem Haus so geredet wird.«

»In deinem Haus, Therese? Ich denke, es gehört immer noch meinem Bruder und dir zusammen, oder?« Er funkelte sie zornig an. Wenn er eines nicht ertragen konnte, dann Kritik. Schon gar nicht von einer Frau, auch wenn sie seine Schwägerin war. »Was willst du denn jetzt machen, wenn Anton noch länger liegt oder, was wir alle nicht hoffen wollen, gar nicht mehr gesund wird?« Aus seiner Frage sprach nicht Mitgefühl, eher Zorn und Gehässigkeit. Worauf wollte er hinaus?

»Ich werde das machen, was ich immer getan habe. Arbeiten und das Geschäft zusammenhalten. Was sollte ich sonst tun?«

»Ach, komm schon, Schwägerin, das kannst du doch ohne Mann im Haus gar nicht schaffen. Du hast schließlich auch noch die drei Kinder. Wenn du Oma wirst, willst du doch mit deinen Enkeln zum Entenfüttern gehen und nicht Tag für Tag im Betrieb stehen und den Kunden hinterherbuckeln.«

»Ich weiß nicht, wie du das mit deinen Kunden machst«, antwortete Therese, die nun langsam auch zornig wurde. »Ich jedenfalls habe nie gebuckelt und tue es bis heute nicht. Ich gebe mein Wissen über feine Lebensmittel und Speisen gerne weiter und bin dann glücklich, wenn es meine Kundinnen und Kunden auch sind. Das ist meine Einstellung. Und ich glaube, dass die Leute das merken, und auch deshalb zu uns in den Laden kommen. Anton sieht das übrigens ganz genauso wie ich.« Jetzt hatte er sie doch aus der Reserve gelockt.

»Du könntest den Betrieb auch verkaufen«, sagte Max, »oder ihn deinem ältesten Sohn überschreiben. Und du bleibst die Eminenz im Hintergrund.«

»Ich bleibe aber lieber erst mal in der vordersten Reihe, Max, da gefällt es mir eigentlich ganz gut. Du siehst ja, dass das Geschäft weiterläuft, auch wenn Anton vorübergehend nicht mit dabei sein kann.«

»Nicht hochmütig werden, Schwägerin, gell?« So wie Max es sagte, klang es mehr nach einer Warnung als nach einem gut gemeinten Ratschlag.

»Ich habe einfach keine rechte Freude am Handarbeiten und Entenfüttern. Ich kann mir sogar vorstellen, dass wir uns in nächster Zukunft noch einmal vergrößern werden. Das Geschäft braucht einfach mehr Platz.« Am liebsten hätte sie sich auf die Zunge gebissen. Musste ihr das jetzt herausrutschen. Was ging es ihren Schwager an? Das sorgte doch nur wieder für Neid und Missgunst. Manchmal war sie aber wirklich zu unüberlegt.

Ihr Schwager musterte sie eindringlich, und auch ihm lag etwas auf der Zunge, was womöglich nicht schmeichelhaft für Therese gewesen wäre. Das konnte sie ihm ansehen. Aber er überlegte es sich anders und schluckte seinen Kommentar hinunter. »Na gut, Schwägerin, belassen wir es dabei. Ich muss jetzt ins Hofbräuhaus, man wartet dort schon auf mich.« Er griff nach seinem Hut und dem eleganten Stock und stand auf.

»Ich an deiner Stelle würde überschreiben, dann bist du alle Sorgen los. Vom Altenteil aus ist das Leben doch gleich viel geruhsamer. Therese, ich bitte dich. Irgendwann ist es doch auch mal Zeit, Ruhe zu geben und die Jungen ans Ruder zu lassen.« Sagte der Mann, der vier, fünf Jahre jünger war als sie.

Max wandte sich zur Tür. Aber das konnte Therese so nicht stehen lassen, zumal sie ihn auch noch auf die Geschichte mit Balbina ansprechen wollte. Deshalb hatte sie ja eigentlich mit ihm reden wollen.

»Um die älteren Damen, lieber Max, musst du dir keine Gedanken machen«, sagte sie. »Ich zum Beispiel komme immer noch ganz gut zurecht.«

»Überleg es dir einfach, Therese.« Er hatte die Hand schon am Türgriff.

»Aber, Max, was die jüngeren Damen betrifft ...«

Max ließ den Türgriff los, zwirbelte seinen Schnäuzer zwischen Daumen und Zeigefinger und sah sie herausfordernd an.

»Also, soweit es sich dabei um Damen aus meinem Hause handelt, möchte ich, dass du dich ihnen in keiner anderen Form als einer anständigen näherst.«

Max zögerte einen Moment. In seinen dunklen Augen glomm Jähzorn auf. Doch gleich hatte er sich wieder im Griff und lachte spöttisch.

»Balbina«, er grinste. »Die Kleine hat schon Temperament. Sie ist doch viel zu schade fürs Kinderzimmer und deinen Haushalt. Hübsch ist sie geworden, und Kind ist sie auch keines mehr. Wenn sie bei mir wäre, würde ich sie ins Geschäft stellen. Dass sie sich zur Wehr setzen kann, habe ich ja heute selbst erlebt.«

Er wandte sich zum Gehen. Doch Therese musste ihm noch einen kleinen Nachsatz mitgeben.

»Ich wünsche nicht, dass so etwas noch einmal vorkommt, Max. Weder mit Balbina noch mit einer der Angestellten aus dem Geschäft.«

Er tat so, als nähme er sie überhaupt nicht ernst, aber es war ja deutlich genug formuliert. »Dein Fräulein Schatzberger ist vor mir jedenfalls vollkommen sicher«, sagte er noch lachend, dann fiel die Bürotür hinter ihm ins Schloss.

Im Hofbräuhaus, dachte Therese, wissen die Kellnerinnen jedenfalls, was sie mit Männerfingern machen, die sich vergreifen. Sie war froh, dass er wieder fort war, ihr Herr Schwager. Aber was hatte er nur so lange mit ihrem Mann zu bereden gehabt?

Doch Therese blieb keine Zeit, weiter über Max nachzudenken. Denn einer ihrer liebsten Stammkunden erschien im Geschäft, eine Wohltat nach dem unangenehmen Besuch ihres Schwagers.

»Herr von Poschinger, welche Freude, Sie zu sehen.«

»Tatsächlich? Die Freude ist ganz meinerseits.« Von Poschinger verneigte sich galant.

»Sind Sie auch einmal wieder aus Ihrer Einöde aufgebrochen und in die Stadt hineingefahren. Etwa mit der Torfbahn?« Man kannte sich, und der scherzhafte Ton zwischen ihnen beiden hatte bereits Tradition.

»Gnädige Frau.« Michael von Poschinger, Spross eines alten Adelsgeschlechts mit modernen technischen Ideen, war so etwas wie ein Pionier in der Bewirtschaftung des Ismaninger Mooses, das etwa zwanzig Kilometer nordöstlich von München lag. In Thereses Augen war das schon sehr weit außerhalb der Stadt.

Herr von Poschinger hielt Thereses Hand, als wollte er sie gleich küssen. Sie entzog sie ihm sanft, aber bestimmt. Im Gegensatz zu ihm war sie eine Bürgerliche, also stand ihr diese Form der Begrüßung nicht zu. Poschingers Frau ließ sich gerade etwas vom feinen Schwarzwälder Räucherschinken aufschneiden. Therese nickte ihr zu und Frau von Poschinger hob die behandschuhte Hand zum Gruß.

»Wie immer zum Scherzen aufgelegt, die Frau Randlkofer. Dabei sind wir so stolz auf unsere dreizehn Kilometer Schmalspurbahn, mit der wir jetzt auf die Moosgüter fahren und den Torf abtransportieren können. Sie spotten über unsere bahnbrechende Erfindung, dabei hat sie mich sehr viel Zeit und Geld gekostet. Hoffentlich nicht mehr, als sie einmal einbringen wird.«

»Bestimmt werfen Ihre Erfindungen den entsprechenden Ertrag ab. Sie sind doch ein Geschäftsmann durch und durch«, antwortete Therese. »Leider können Sie mit Ihrer Moosbahn noch nicht bis nach München fahren.«

»Sie meinen, weil hier bei Ihnen alle Köstlichkeiten der Welt liegen, während es draußen im Moos nur Kraut und Rüben gibt?«

»Hinter Ismaning, so sagt man doch, fängt Lappland an.« Therese lachte.

Herr von Poschinger drohte ihr zum Spaß mit dem Zeigefinger. »Frau Randlkofer, Sie machen sich schon gern über uns Leute vom Land lustig, gell? Und dabei ahnen Sie wahrscheinlich gar nicht, wie schön es bei uns draußen ist.« Poschinger zwinkerte ihr zu. »Nehmen Sie doch im Frühling, an einem Sonntag, einmal die Kutsche und kommen Sie zu uns hinaus nach Lappland. Meine Gattin und ich würden uns freuen. Sie und besonders die Kinder werden staunen, was es in einem Moor so alles zu entdecken gibt. Die Lerchen singen, Störche staksen in den Bächen, und die Fische springen. Das wäre eine gut gefüllte Speisekammer für eine Delikatessenhandlung wie die Ihre, gnädige Frau. Wachteln, Rebhühner, Entenbrüste – sie alle fliegen da einfach so durch die Gegend. Man muss sie lediglich fangen. Saiblinge, Flusskrebse, das finden Sie alles bei uns. Und frischer und bestimmt billiger als aus Frankreich oder Italien, aber auf keinen Fall schlechter.«

Im eleganten graublauen Rock mit Zylinder lief der Herr des Schlosses Ismaning mit seinen grau gewordenen Löckchen draußen auf dem Land bestimmt nicht herum, dachte Therese. Für die Stadt machte man sich eben fein. Er und seine Gattin nutzten ihre Ausflüge für Schneiderbesuche, Bankgeschäfte und diverse Besorgungen. Und nie hielten sich die Poschingers in München auf, ohne dem Dallmayr einen Besuch abzustatten und sich beraten zu lassen, was es wieder Neues und Feines gab. Der Kutscher schleppte dann Paket um Paket hinaus und fuhr nicht ab, ohne von Korbinian Fey noch mit einem Glas Schnaps und einer kleinen Brotzeit verköstigt zu werden.

»Herr von Poschinger, jedes Mal wenn Sie hier sind, reden Sie mir Ihr Moos schön«, sagte Therese.

»Das mache ich nur, weil es wirklich schön ist. Und, das sage ich Ihnen gleich, ich mache das so lange, bis Sie uns endlich einmal besuchen kommen. Warten Sie nicht, bis die Eisenbahn einmal bis nach Ismaning fährt. Es könnte gut sein, dass wir dann gar nicht mehr dort sind oder nicht mehr leben.«

»Ich bitte Sie«, entrüstete Therese sich. »Wir sind doch nicht alt.«

»Sie nicht, gnädige Frau, ich schon. Wie geht's denn eigentlich Ihrem Mann? Ich habe gehört, er ist krank, und letzte Woche hat er auch schon im Geschäft gefehlt.«

»Eine Erkältung, die vielleicht aufs Herz geschlagen hat«, sagte Therese, mehr mochte sie nicht darüber reden. Poschinger war ein feiner Mensch, der verstand, dass ihm das genügen musste als Auskunft.

»Dann wünschen wir ihm baldige Genesung.«

»Danke schön, Herr von Poschinger. Haben Sie denn alles gefunden, was Sie brauchen?«

»Brauchen? Ob wir das alles brauchen, was wir bei Ihnen einkaufen, verehrte Frau Randlkofer, da bin ich mir nicht so sicher. Wir haben ja draußen im Moos alles: Kartoffeln, Weißkraut, Gemüse ...«

»Aber manchmal darf es schon auch etwas Besonderes sein. Sonst wären Sie nicht hier.«

»Wir lassen uns gern verführen. Meine Gattin ist jetzt ganz verrückt nach Tomaten. Ich mag sie ja gar nicht. Ich finde, sie schmecken nur nach Wasser und haben außerdem noch diese abscheulichen Körner.«

»Dann haben Sie das Geheimnis der Tomate noch nicht entdeckt. Sie ist nämlich ein ganz besonderes Gewächs. Die Österreicher nennen sie Paradeiser und die Italiener gar Goldapfel, *pomodoro*.«

»Wirklich? Haben die alle keinen Geschmack? Na, da sind Frauen vielleicht anders. Henriette muss immer alles sofort ausprobieren, wenn sie etwas Neues entdeckt. Und meistens schmeckt es ihr sogar.«

»Das geht mir genauso. Wir Frauen sind eben neugierig. Und ich finde ja ohnehin, dass die Kochkunst die schönste von allen Künsten ist.«

»Tatsächlich?« Poschinger schmunzelte. »Das würde ich auch sagen, wenn ich ein Geschäft wie das Ihre hätte.« Sein Blick wanderte über die prall gefüllten Vitrinen und Verkaufstheken.

»Am meisten können wir von unseren Hofköchen lernen, die bei Hof ja nur das Allerfeinste und Beste auf den Tisch bringen.«

»Das sie bei Ihnen im Laden erwerben können.«

Therese nickte. »Viele von ihnen sind in Frankreich oder Italien in die Lehre gegangen. Sonst würden wir ja immer noch Kartoffeln und Kraut essen, wie die Ismaninger Bauern, mit Verlaub, Herr von Poschinger.«

»Jaja, spotten Sie nur«, erwiderte der gutmütig. »Sie wissen ja, dass ich für solche Scherze zu haben bin. Ich mag es, wenn es nicht so fad und bierernst zugeht.«

»Wonach steht Ihnen denn heute der Sinn, Herr von Poschinger? Die Tomaten sind es also nicht. Haben Sie denn schon unsere Pasteten gekostet und den feinen Parmaschinken und die Würste aus Oberitalien?«

Poschinger winkte ab.

»Jetzt sagen Sie bloß, die wachsen bei Ihnen im Moos auch so gut wie das Kraut?«

»Frau Randlkofer, jetzt verwechseln Sie unser Zuhause aber mit dem Schlaraffenland.«

»Womit könnte ich Ihnen denn heute eine besondere Freude machen? Was lacht Sie am meisten an?«

»Ja, eigentlich Sie, Frau Randlkofer, aber wenn Sie etwas Essbares meinen, dann geht mein Verlangen eher in diese Richtung.« Poschinger zeigte auf die Theke mit den Süßwaren. »Da werde ich leider fast immer schwach.«

»Dann lassen Sie sich doch von unserem Lehrling einmal erklären, welche die beste Schokolade ist, und im Speziellen, wie die belgische schmeckt, die wir heute Morgen bekommen haben. Das müssen Sie einmal erleben und dann selbst kosten, ob er recht hat.« Therese gab Ludwig ein Zeichen, sich um den Herrn von Poschinger zu kümmern und nicht mit den Kostproben zu knausern.

»Ich werde dann einmal sehen, ob ich Ihrer Frau behilflich sein kann.«

Wenn doch nur alle so wären wie der Herr von Poschinger, dachte Therese, dann wäre das Leben so viel einfacher. Vielleicht mussten sie doch einmal einen Sonntagsausflug hinaus nach Ismaning machen. Paul wäre bestimmt begeistert, aufs Land zu fahren.

Frau von Poschinger empfahl sie einen Hecht und verriet ihr

dazu ein Rezept, das sie dem jungen Theodor Hierneis einmal hatte abluchsen können, als der noch Küchenjunge bei König Ludwig in der Residenz gewesen war. Angeblich handelte es sich bei dem Rezept um die Leibspeise von Ludwig II. Es hieß, er hätte sehr schlechte Zähne gehabt und deshalb gern Gerichte verspeist, bei denen er nicht so kräftig zubeißen musste. Für das sogenannte Hechtenkraut musste man Hechtfleisch mit Sauerkraut, gekochten und geriebenen Kartoffeln und etwas Sauerrahm vermischen. Die gesalzene und gepfefferte Masse wurde in eine Auflaufform gefüllt, mit Béchamelsoße übergossen und mit Semmelbröseln bestreut gebacken.

»Und wie oft müssen wir Sie noch einladen, dass Sie uns endlich einmal besuchen kommen, Frau Randlkofer? Bringen Sie die Kinder und Balbina mit. Bei uns ist es immer so still, weil der Herrgott uns leider keine eigenen Kinder geschenkt hat.«

Und weil Sie eben da draußen in der Einöde leben, dachte Therese, aber sie sagte es nicht. Der Herr von Poschinger würde so einen Scherz verstehen, bei seiner Gattin war Therese sich nicht sicher.

»In Gottes Namen, dann kommen wir halt im Frühling, sobald es warm wird, einmal nach Ismaning«, versprach sie.

»Wir nehmen Sie beim Wort!« Frau von Poschinger schien sich wirklich sehr zu freuen. »Und Ihren Mann bringen Sie auch mit. Hoffentlich geht es ihm bald wieder besser.«

Therese sah hinüber zu den Süßwaren, wo Ludwig gerade seine Porzellanschaufel voll Schokoladenbruch lud, ihn auf die Balkenwaage leerte und von dort in eine Papiertüte füllte. Aha, dachte Therese, der Herr von Poschinger hat also auch den Urwald auf der Zunge gespürt und lässt sich davon noch etwas für zu Hause einpacken.

Nach Ladenschluss sah Therese als Erstes nach ihrem Mann, doch der schlief fest. Balbina gelang es später, ihm ein wenig Brühe einzuflößen sowie eine halbe Tasse Kamillentee. Und als Therese nach dem Abendessen noch einmal zu ihm ging, war er erneut eingeschlafen. Vielleicht hatte ihn der Besuch seines Bruders so angestrengt. Er war lange geblieben, und Therese hätte zu gern gewusst, was die beiden zu besprechen gehabt hatten. Sie würde Anton direkt am morgigen Tag danach fragen.

Ludwig war schon ganz eifrig dabei, Platz in seiner Vitrine zu schaffen, als Therese am nächsten Morgen das Geschäft aufschloss.

»Vorsichtig, gell?«, ermahnte Therese ihn. »Sonst fällt wieder etwas zu Boden.«

»Freilich, Chefin.«

Therese kam es so vor, als sei ihr Lehrling in den letzten Tagen oder Wochen ein gutes Stück gewachsen. Zwischen Schuhen und dem Hosensaum war die Lücke schon fast zwei Finger breit.

»Warum bist du denn heute so aufgeregt, Ludwig?«

»Heute kommt doch die Lieferung aus dem Café Luitpold. Die Pralinen, die wir dort bestellt haben, Frau Randlkofer. Haben Sie unsere schönen Spanschachteln überhaupt schon gesehen?«

»Wann sind die denn gekommen?«

»Gestern Abend noch, schauen Sie mal.«

Sie folgte Ludwig in den kleinen Raum, ein früherer Lagerraum, der zur Packstation umfunktioniert worden war. Eine Idee von Anton, der immer schon davon träumte, das Sortiment an eigenen Dallmayr-Produkten auszuweiten.

Die runden Spanschachteln waren aus hellem Holz gefertigt. Auf dem Deckel war der blaue Dallmayr-Schriftzug aufgemalt.

»Woher kommen die Schachteln?«, fragte Therese.

»Aus Berchtesgaden. Handgemacht. Schön, gell?«

Therese nahm eine in die Hand, drehte sie, nahm den Deckel ab. Sie war sauber gearbeitet, aus dünnem Weichholz gedreht und an den Kanten verklebt wie eine Käseschachtel. Daneben lagen die weißen Papierförmchen, in die die Pralinen einzeln hineingesetzt und dann in die Schachtel gefüllt werden sollten. Je nach Größe müssten etwa sieben Pralinés darin Platz finden. »Vielleicht sollten wir sie als Ganzes einfärben. Weiß mit blauer Schrift, das würde doch passen.«

»Und an Weihnachten könnten wir sie auch in Blechdosen verpacken, vielleicht mit einem Engel drauf und Schneeflocken oder mit den Türmen der Frauenkirche, als Mitbringsel aus München oder ...«

»Oder mit unserem Verkaufsraum, als Mitbringsel vom Dallmayr in der Dienerstraße«, spann Therese Ludwigs Ideen weiter. Sie sah die Dose schon vor sich.

Wenig später, als die Lieferung angekommen war, klopfte Ludwig an die Tür zum Kontor, wo Therese mit Rosa die Rechnungen durchging und abzeichnete. Er brachte ein Tablett mit zwei Tassen Kaffee und einem Tellerchen Pralinen.

»Wenn die Damen kosten wollen«, sagte er und verbeugte sich so weit, dass seine Hosenbeine noch ein Stück weiter hinaufrutschten. »Pralinen von Dallmayr, bitte sehr.« Hinter ihm streckte Korbinian Fey seinen Kopf zur Tür herein.

»Ist er nicht ein Schatz?«, seufzte Therese. »Er weiß genau, wie er die Damen um den Finger wickelt.«

Ludwigs Ohren schimmerten rötlich.

»Ja, Birnbaum, Hollerstauden!«, fuhr Korbinian dazwischen. »Ludwig, das ist doch ein Kompliment für einen Verkäufer. Und ein Kompliment von der Chefin, mein Lieber, das muss man sich redlich verdienen, das kriegt man nicht geschenkt. Also freu dich gefälligst.«

»Da das nun geklärt ist«, sagte Therese, »wollen wir jetzt die Pralinen unserer Hausmarke kosten. Was ist denn das alles Feines?«

»Also, diese hier, die helle, das wäre eine Mandarinen-Trüffel«, erklärte Ludwig.

»Köstlich!« Therese ließ sich die runde Praline mit den feinen orangen Einsprengseln in der Schokoladenhülle auf der Zunge zergehen. »Und so fruchtig. Korbinian, greif zu. Wir müssen doch alle wissen, wie unsere Produkte schmecken.«

»Ludwig hat die Stücke viel zu klein geschnitten, dieser Geizkragen«, schimpfte Korbinian Fey. Doch dieses Mal ließ Ludwig sich nicht wieder aufziehen, er war viel zu beschäftigt mit der Präsentation seiner Schätze.

»Diese hier mit dem weißen Streifenmuster ist eine Praliné-Mandelwaffel, und hier, die dunkle, ist eine Marzipan-Edelbitter.«

»Und dieser gesprenkelte Würfel?«, fragte Rosa. »Was ist das?«

»Zimt-Karamell, meine Dame. Sehr fein, kosten Sie nur.«

»Wir nehmen Sie alle«, sagte Therese, als das Tablett leer war.

»Na, hier lässt man es sich aber gut gehen! Gibt es etwas zu feiern?«

Alle wandten die Köpfe zur Tür, an der Max Randlkofer stand und seinen Hut zur Begrüßung lupfte.

»Sie kommen leider zu spät, Herr Randlkofer«, sagte Korbinian Fey. »Die Dallmayr-Pralinen waren doch zu gut. Wenn wir natürlich gewusst hätten, dass Sie uns heute beehren …«

»Max, was verschafft uns denn die Ehre? So oft sehen wir dich sonst das ganze Jahr nicht.«

»Servus zusammen. Ein Glück, dass ich mir nichts aus Süßigkeiten mache. Ich bringe nur kurz etwas vorbei für meinen Bruder«, beeilte er sich zu erklären.

»Anton ist sehr erschöpft«, sagte Therese. »Vielleicht bleibst du heute nicht so lange wie gestern.«

Was wollte er denn schon wieder bei ihrem Mann? Die beiden Brüder waren doch sonst keine so dicken Freunde.

»Ich bin gleich wieder fort, Schwägerin. Keine Sorge. Ich muss ja auch wieder in mein Geschäft.«

»Was ist es denn?«, fragte Therese und hätte sich im nächsten Moment in die Zunge beißen können, dass sie schon wieder in die Falle getappt war und überhaupt gefragt hatte.

»Ach, nichts Besonderes«, ließ Max sie wie erwartet abblitzen.

»Aha.« Das hatte sie nun von ihrer dummen Frage. Sie sah ihm hinterher, wie er durch den Laden zur Treppe hinauf zur Wohnung lief.

Nach zehn, fünfzehn Minuten kam er tatsächlich wieder, tippte sich an den Hut, als er an Therese vorbeiging, sah sich interessiert im Geschäft um, grüßte die Angestellten und besonders die beiden Verkäuferinnen, und öffnete dann schwungvoll die Ladentür, und es klingelte Sturm, bevor sie zufiel. Therese sah ihrem Schwager nach. Was war denn das jetzt wieder gewesen? Wieso war er so übermütig?

Balbina hatte ihrem Onkel gerade Hühnersuppe bringen wollen, schloss sich aber in der Küche ein, als sie Max kommen hörte. Als er wieder gegangen war, wartete sie noch ein paar Minuten, dann füllte sie die Suppe in einen Teller und brachte ihn ins Krankenzimmer.

»Ist er fort?«, fragte Balbina und streckte ihren Kopf zur Tür hinein.

»Wer, der Max? Freilich, er war heute nur kurz da.« Onkel Anton schien es ein bisschen besser zu gehen. »Aber vor meinem Bruder musst du dich nicht fürchten, Balbina.«

Balbina sagte lieber nichts dazu, sondern begann, ihn mit der Hühnersuppe zu füttern.

»Onkel Anton, weißt du, was ich mir zum Geburtstag wünsche?«, fragte sie.

»Was denn, Kind?« Anton wischte sich mit der Serviette über den Mund.

»Dass du wieder ganz gesund wirst!«

»Da muss ich mich aber beeilen, wenn ich das schaffen möchte«, sagte Anton. »Wenn mich nicht alles täuscht, ist es ja bald so weit.« Er legte sich zurück in sein Kissen. Allein das Essen der Suppe strengte ihn an.

»Dass du das weißt!« Balbina setzte die Teetasse an seinen Mund, und er öffnete ihn tatsächlich und schluckte.

»3. März. Ich glaube, Therese hat mich kürzlich daran erinnert.«

Das verwunderte Balbina genauso. Wieso sollte Tante Therese ihn schon fast einen Monat vorher an dieses Datum erinnern?«

»Ob ich dir meine Gesundheit als Geschenk machen kann, weiß ich noch nicht. Was ist der Mensch schon gegen den göttlichen Plan?«

»Du musst aber schon mehr Zuversicht haben«, schimpfte Balbina. »Jeden Abend bete ich zur heiligen Notburga, dass es dir endlich besser geht. Aber du musst selbst schon auch mittun.«

»Du meinst, allein kann sie es nicht schaffen, deine Heilige?« Anton lachte leise, doch sein Lachen ging in Husten über, und Balbina konnte sehen, wie schwer es es ihm fiel, genügend Luft zu bekommen.

»Schau«, sagte Balbina ernst, »du sollst dich nicht lustig machen über meine Heilige. Sie hat mir schon so oft geholfen.«

»Soso.« Anton rang immer noch nach Luft. »Ich mach

mich doch gar nicht lustig. Es ist gut, wenn der Mensch einen Glauben hat.«

Balbina stellte die Teetasse auf den Nachttisch. Mehr war wohl nicht zu machen. Sie zog Anton die Decke bis an den Hals und trocknete ihm noch einmal die Stirn. Dann öffnete sie das Fenster. Der Regen hatte alle Schneereste vom Pflaster gewaschen. Auch auf den Dächern war nichts liegen geblieben. Sie glänzten vor Nässe. Dann würden sie auch im Englischen Garten nicht mehr Schlitten fahren können. Wie schade, dachte Balbina.

»Ich habe auch schon ein Geschenk für dich. Zum Geburtstag«, sagte Anton.

»Für mich?«

»Freilich für dich, für wen denn sonst? Es ist doch dein sechzehnter. Da bist du ja schon fast eine Frau. Na ja, eine kleine Frau. Ein bisschen wachsen könntest du schon noch, damit die Leute, vor allem die Männer, dich auch für voll nehmen.«

»Onkel Anton ...« Balbina errötete. So hatte der Onkel noch nie mit ihr gesprochen.

»Du musst den Mannsbildern schon beibringen, dass sie Respekt vor dir haben und dass sie sich die Finger verbrennen, wenn sie denken, dass du ein hübsches Spielzeug bist. Du verstehst schon, was ich meine, gell?«

Ja, das verstand Balbina wohl. Aber dass ihr Onkel sie so direkt darauf ansprach, war irgendwie seltsam. Ungefähr so seltsam wie die Sache mit dem Geschenk. Um Geburtstagsgeschenke kümmerte sich normalerweise Tante Therese.

»Im Nachtkästchen drin ist es. Hol es ruhig heraus.«

»Nein, Onkel, bitte nicht. Nicht dass es noch Unglück bringt, wenn ich es schon vor meinem Geburtstag bekomme.«

»Also, weißt du, ich hab gedacht, du bist gläubig. Dabei bist du ja richtig abergläubisch. Dann behalte es eben und pack es erst an deinem Geburtstag aus. Aber nimm es mit. Jetzt gleich.«

Dieser drängende Ton, das Unaufschiebbare, das in dieser Aufforderung lag, passte so gar nicht zu ihrem Onkel. Balbina wagte es nicht, sich ihm zu widersetzen. Sie schloss das Fenster und ging zum Nachttisch. In der Schublade lag eine nachtblaue Schatulle, auf der in Goldbuchstaben »Theodor Heiden – Goldschmied« stand. Das Herz schlug Balbina bis zum Hals.

»Nimm es, es ist für dich«, sagte Anton und hustete.

»Für mich? Vom Goldschmied?« Sie kannte das noble Geschäft Heiden am Maximiliansplatz, gleich neben dem Englischen Café. Dort gingen nur die allerfeinsten Herrschaften ein und aus. Die Stücke waren erlesen und die Preise unerschwinglich.

»Nimm es und steck es in deine Schürzentasche. Und wenn du willst, dann heb es für deinen Geburtstag auf. Du musst auch deiner Tante und den Kindern nichts davon erzählen. Behalte es vorerst für dich. Es soll unser kleines Geheimnis bleiben. Wenn Therese fragt, woher du es hast, dann sagst du einfach, du hast es von jemandem bekommen, der dich recht lieb hat.«

Balbina errötete. Es kam ihr alles so merkwürdig vor, als träumte sie.

»Und wenn du den Schmuck trägst, dann denk auch einmal an mich.« Jetzt wurde Antons Hustenreiz unbezwingbar.

Balbina strich rasch noch einmal mit dem Finger über die geprägte Goldschrift auf dem Etui, dann steckte sie es weg. Sie nahm Antons Hand und machte einen Knicks neben seinem Bett. Fast hätte sie seine Hand an ihr Herz gedrückt, weil die Stimmung plötzlich so feierlich war. Aber er zog seine Hand fort und zeigte mit dem Finger auf seinen Mund. Er konnte nicht sprechen, weil ihn etwas quälte. Was hatte das zu bedeuten?

»Eine Schüssel«, flüsterte Anton, und kaum hatte Balbina ihm die Schüssel auf Brusthöhe gehalten, erbrach er auch schon die Suppe.

Balbina strich ihm das Haar aus der Stirn und trocknete ihm das Gesicht. Sie würde ihm gleich einen Pfefferminztee machen gegen die Übelkeit. Anton drückte Balbinas Hand, und sie verstand, dass diese Geste »Danke« bedeutete, oder, wie er sagte, »Vergelt's Gott«.

Der Sonntag kam, und Hermann machte sein Versprechen wahr und lud Balbina am Nachmittag zum Schlittschuhlaufen ein. Es war so aufregend und die Eishalle ein ganz wundersamer Ort. Noch nie zuvor hatte Balbina etwas Ähnliches gesehen. Aus der Sicht eines Riesen musste es wie ein Zigarrenkistchen mit einem Boden aus Eis aussehen. Die Münchner nannten sie liebevoll das »Schachterleis«. In der Halle duftete es nach Tannennadeln und frisch geschlagenem Holz. Die Holzdecke mit ihren offenliegenden Balken sah aus wie ein Schiffsrumpf mit dem Kiel nach oben. Eisenkufen unter schwarzen Schnürstiefeln fraßen sich wie die Zähne einer Säge ins Eis und Balbina dachte, sie müssten die spiegelglatte Fläche in tausend Stücke schneiden. Doch die Schnitte füllten sich rasch mit den ausgesägten Splittern, und so schlossen sich die Wunden im Eis bald wieder. Am Abend wurde außerdem Wasser ausgeschüttet, hatte Hermann ihr erzählt, das über Nacht fror und die Eisfläche wieder so glatt machte wie am ersten Tag.

Alles war in Bewegung. Auf dem Eis liefen die Menschen viel schneller als auf der Straße, und immer im Kreis. Ihre Wangen glühten. Ein Bursche stolperte in karierten Knickerbockerhosen, unter denen er lange Wollstrümpfe trug, unbeholfen und kratzend über die Eisfläche. Er hielt sich immer am

Rand auf, damit er sich jederzeit festhalten konnte. Zwei Mädchen glitten in flatternden Röcken und Mänteln dahin. Sie teilten sich einen langen Wollschal, den sie fest verknotet hatten. Ihre Hüte mussten gut in den Haaren festgesteckt sein, denn sie verloren sie auch im schnellen Lauf nicht. Eine Gruppe von fünf Frauen und Männern hielt sich an den Händen, immer rechts und links die Arme über Kreuz, und bildeten so eine Kette. Die Fransen ihrer Schals und die Säume ihrer Mäntel flogen wie Tauben hinter ihnen her.

Sie hielten sich an den Händen und stiegen wie die Pinguine vorsichtig hintereinander aufs Eis. Als Erster Hermann, der sich schon recht sicher auf seinen Kufen hielt, dahinter Paul, und als Letzte kam Balbina, mit den geliehenen Schuhen, die ihr ein wenig zu eng waren. Tante Therese hatte bestimmt, dass auch Elsa, Hermanns und Pauls Schwester, mitkommen sollte, frische Luft und Bewegung täten ihr gut. Doch die fünfzehnjährige Elsa hatte sich geweigert, diese lächerlichen und unbequemen Stiefel anzuziehen und sich stattdessen mit einer Limonade und einem Buch auf eine der Bänke gelümmelt und angefangen zu lesen.

»Bleibt einfach ruhig stehen, ich ziehe euch«, sagte Hermann und sah Balbina an.

Er schien ihr so erwachsen, wie er nun, den Bruder und sie hinter sich herziehend, mit weit ausschwingenden Bewegungen ihren Zug in Fahrt brachte. Balbina spürte den kühlen Wind im Gesicht, doch die Kälte machte ihr überhaupt nichts aus. Es war wunderbar, über das Eis zu gleiten. Sie spürte, wie Paul sich in ihre Hand krallte. Er hielt den Oberkörper nach vorne gebeugt und streckte den Po nach hinten. Seine Knie zitterten vor Anspannung. Balbina dagegen spürte keine Furcht. Im Gegenteil, es konnte ihr gar nicht schnell genug gehen. In einer Ecke der Halle sammelte sich eine Traube von Menschen und bildete dort einen Kreis.

»Hermann«, rief Balbina, »schau mal, was passiert denn dort?«

Hermann fuhr nun eine große Kurve aus, in der die Fliehkraft Paul und Balbina nach außen zog. Balbina hatte beobachtet, dass Hermann die Schlittschuhe in der Kurve über Kreuz aufs Eis setzte, wie die Pferde, wenn sie eine Wende gingen. Nur Paul schien es viel zu schnell zu gehen. Hermann fuhr in die Gegenkurve und bremste. Zuerst knallte Paul in seine Beine. Als Balbina angeflogen kam, war es vorbei mit seiner Balance, und sie landeten alle drei übereinander auf dem Eis. Paul versuchte zu entkommen, kam aber allein nicht auf die Kufen, sondern landete immer wieder auf dem Hintern. Hermann befreite sich von beiden, um selbst auf die Beine zu kommen. Zuerst half er Paul aufzustehen, dann zog er Balbina hoch und stellte seine Kufen quer, damit sie nicht gleich wieder losfuhr.

Erhitzt bahnten sie sich einen Weg zu der Stelle, an der sich die Zuschauer gesammelt hatten. Paul hielt sich an Hermanns Hosenbeinen fest, Balbina hakte sich bei ihm unter. Sie suchte die Bankreihen nach Elsa ab, doch die war verschwunden.

»Schau doch nur!«, flüsterte Hermann und zeigte auf die Mitte des Kreises von Zuschauern, in der ein Paar in enger Tanzhaltung dahinglitt. Ihre Bewegungen schienen mühelos. Der junge Mann mit der Fellmütze führte. Sein Blick hing an seiner Partnerin, die einen meergrünen Mantel und eine dazu passende Kappe trug. Sie war kleiner und zierlicher als er und folgte den Drehungen linksherum und rechtsherum wie sein Spiegelbild. Ein perfekter Pas de deux auf dem Eis.

»Das möchte ich auch können«, flüsterte Balbina.

»Soso«, sagte Hermann, »dann müssen wir das eben zusammen lernen« und griff nach ihrer Hand.

Paul wurde das Zusehen aber schon bald langweilig, er wollte lieber wieder selbst laufen. Hermann sollte ihm zeigen, wie er die Kufen aufsetzen musste, um vorwärtszukommen, ohne zu fallen. Und auch Balbina wollte das Eislaufen unbedingt besser lernen.

Hermann nahm Balbinas Hand und ließ sie auf einem Bein dahingleiten, und er brachte ihr bei, wie sie sich mit dem anderen Bein abstoßen konnte, um in Bewegung zu bleiben. Und schon nach kurzer Zeit hatte Balbina das Gefühl, dass sie auf dem richtigen Weg war.

Paul stand am Rand und beobachtete sie. Er traut sich nicht, dachte Balbina, oder war er etwa eifersüchtig? Konnte das sein?

»Ich hab Durst«, sagte Paul schließlich und stakste vorsichtig, mit einer Hand an der hölzernen Bande, Richtung Ausgang.

»Warte doch, Paul«, rief Hermann. »Ich helfe dir.«

Aber Paul wollte nicht warten, sondern allein losgehen.

»Lass ihn doch«, sagte Balbina. »Das schafft er schon. Er ist ja kein kleines Kind mehr. Nur eine Runde noch, bitte«, bettelte sie. Gerade fing es an, ihr so richtig Spaß zu machen. Es fühlte sich so leicht an, an Hermanns Hand über das Eis zu gleiten. Fast wie Fliegen. Einfach herrlich! Balbina konnte gar nicht genug davon bekommen.

»Also gut«, sagte Hermann. »Aber nicht loslassen!«

Balbina schüttelte den Kopf und strahlte ihn an. Freiwillig würde sie Hermanns Hand nie wieder loslassen.

Sie flogen zusammen dahin, und erst als sie sich wieder dem Ausgang näherten, bremste Hermann ab, doch diesmal landete Balbina ganz sanft an seiner Brust und schlang glücklich die Arme um ihn. Ihr Herz klopfte wild, und sie wusste nicht, kam es von der rasanten Fahrt oder weil sie in seinen Armen lag. Als sie die Augen wieder öffnete, sah sie Paul an der Schwelle zum Ausgang am Boden liegen und sich die linke Hand halten, die noch im Handschuh steckte. Der andere lag ein Stück weiter weg auf dem Eis.

»Paul!«, schrie Balbina auf. »Ist was passiert?«

Hermann löste sich schnell aus der Umarmung und fuhr zu seinem Bruder. Paul presste die Lippen aufeinander. Er musste sich wehgetan haben. Hermann fasste ihn unter den Achseln, hob ihn auf die Füße und schob ihn zum Ausgang. Er half ihm, sich auf eine Bank zu setzen und zog ihm die Schlittschuhe aus.

»Tut's arg weh?«, fragte er. Paul nickte. »Ist es die Hand?« Paul schluckte und nickte wieder.

Jetzt war auch Balbina bei Paul, und Hermann kümmerte sich darum, ihre Schuhe zu holen. »Wo ist eigentlich Elsa?«, fragte er.

»Ich hab sie nicht mehr gesehen«, antwortete Balbina.

Paul weigerte sich, den linken Handschuh auszuziehen. Auch Balbina konnte ihn nicht dazu überreden. Er schüttelte nur den Kopf und zog die Hand weg. Jemand hatte den Besitzer der Eishalle informiert, dass ein Kind sich verletzt hatte. Der Mann hatte einen Kaiser-Wilhelm-Schnurrbart und trug eine blaue Uniformmütze. Eines von beiden oder vielleicht auch beides zusammen flößte Paul anscheinend so viel Ehrfurcht ein, dass er sich von diesem Mann vorsichtig den Handschuh abziehen ließ.

»Tapferer Bursche«, sagte der Herr mit dem imposanten Bart. Jetzt sahen auch Hermann und Balbina, was los war. Pauls kleiner Finger stand fast quer zum Ringfinger ab und war schon ziemlich dick angeschwollen.

»Ich würde sagen, ein guter Arzt kann diesen Finger bestimmt retten und machen, dass er wieder gerade wird«, sagte der Herr laut und raunte Hermann zu: »Am besten in die Haunersche.« Das war die Kinderklinik in der Lindwurmstraße. »Dann macht ihr heute also noch eine kleine Fahrt mit der Droschke. Und du, junger Mann, passt auf deinen Finger auf. Den brauchst du nämlich noch. Wirst schon sehen, wie der Doktor den wieder gerade macht. Schöner als er vorher war. In zwei Wochen kommst du dann wieder zu mir. Freier Eintritt, ein warmes Getränk deiner Wahl und ein Paar Wiener dazu. Na, ist das ein Angebot?«

Paul vergaß für kurze Zeit seinen Schmerz und grinste. Zwischen Hermann und Balbina ging er, den Arm vorsichtig haltend, hinaus auf die Ludwigstraße. Von dort nahmen sie eine Pferdedroschke zum Dr. von Haunerschen Kinderspital in der Lindwurmstraße. Sie wickelten Paul in eine Decke und fuhren die Ludwigstraße hinunter zum Odeonsplatz und von dort zum Karlsplatz, wo sie die Schienen der Straßenbahn kreuzten.

»Schau, Paul, da kommt gerade eine von den neuen Elektrischen«, versuchte Balbina ihn abzulenken.

Paul sah hinaus. »Das muss die weiße Linie sein, die vom Hauptbahnhof über den Stachus zum Ostbahnhof fährt. Oder es ist die Blaue, zum Kurfürstenplatz.« Er kannte sich aus.

»Ich glaube, Paul wird mal Ingenieur«, sagte Balbina. »Er interessiert sich zwar auch für Tiere, aber noch spannender findet er Eisenbahnen, Straßenbahnen, Brücken und all die neuen Erfindungen.«

»Muss ich lange zur Schule gehen, wenn ich Ingenieur werden will?«, wollte Paul wissen. »Ich kann doch jetzt gar keine Hausaufgaben machen mit diesem Finger, der in die falsche Richtung zeigt.«

»Im Spital kleben sie dir den Finger schon wieder an«, versprach Hermann.

»Da würde ich mir keine großen Hoffnungen machen, Paul«, sagte Balbina, »denn ich weiß bestimmt, dass du den Griffel mit der rechten Hand hältst, nicht mit der linken.«

Paul grinste verlegen.

In der Lindwurmstraße 4 hielt der Kutscher vor dem Eingang,

flankiert von zwei Säulen, zu dem mehrere Stufen hinaufführten. »Dr. V. Hauner's Kinderspital« stand in Metallbuchstaben über der Tür.

»Vielleicht musst du jetzt ein bisschen tapfer sein«, sagte Balbina zu ihm.

»Wenn sie mir den Finger wieder ankleben?«, fragte Paul.

»Ich glaube, das mit dem Kleben hält nicht so gut«, behauptete Hermann. »Also wenn ich so ein Doktor wäre, dann würde ich Gips in Wasser anrühren, würde Baumwollstreifen hineinlegen und dir die um den Finger wickeln, damit du ihn eine Zeit lang nicht mehr bewegen kannst. Während der Zeit kann er dann wieder so schön zusammenwachsen, dass du überhaupt nichts mehr davon merkst, dass er einmal gebrochen war.«

Die Sache mit dem Gips und den Stoffstreifen interessierte Paul nun wieder sehr. Doch eine Frage hatte er noch, bevor er seinen Mut zusammennahm und durch das Eingangsportal trat. »Tut das weh?«, fragte er seinen Bruder.

»Das Gipsen? Nein, wo denkst du hin. Das ist nur ein bisschen kalt und glitschig. Aber wenn es trocknet, wird es fest, und alles ist gut. Nur in der Nase bohren kannst du mit dem Finger nicht mehr, weil er dafür einfach zu dick ist.«

»Tu ich doch sowieso nicht«, versprach Paul ganz ernst, und Balbina umarmte ihn vorsichtig.

Therese war außer sich vor Sorge, als sie am Abend zu dritt nach Hause kamen. Elsa saß kleinlaut bei ihrer Mutter in der Küche. Sie hatte erzählt, dass sie keine Lust gehabt hatte auf Schlittschuhlaufen und stattdessen im Hofgarten spazieren gegangen war. Sie hatte ihrer Mutter nicht erklären können, wo Balbina und ihre Brüder abgeblieben waren und warum sie so lange nicht wiederkamen. Der Tisch war seit Stunden für alle gedeckt. Grinsend streckte Paul seinen inzwischen ausgehärteten Gipsfinger in die Luft und Therese schlug erschrocken die Hand vor den Mund.

»Ist nicht so schlimm, Mama«, sagte Paul. »Meine Hausaufgaben kann ich trotzdem noch machen.«

Erleichtert umarmte Therese ihren Jüngsten. »Kannst du überhaupt was essen, mit deinem Finger?«, fragte sie.

Er nickte ernst. »Die Gabel halte ich ja auch mit der Rechten.«

»So ein Glück!« Seine Mutter drückte ihn vorsichtig.

Es gab kalte Platten mit den Lebensmitteln aus dem Geschäft, die in der kommenden Woche nicht mehr frisch und einwandfrei sein würden. Therese redete immer davon, aus diesen kalten Resten ein Büfett zusammenzustellen. Sie hatte sogar schon einen Namen für ihre Idee, nämlich »kaltes Büfett«. Sie behauptete, es sei ihre Erfindung und sie müsste es bald einmal bei einer Kochausstellung präsentieren, damit die Welt davon erführe. Denn sie meinte, das sei eine bahnbrechende Neuerung, die vielleicht nicht gleich bei Hof reüssieren würde, wo es ja nie an etwas mangelte, aber bei den sparsamen Hausfrauen und in den bescheideneren Haushalten, in denen man niemals Lebensmittel wegwerfen würde.

»Komm, wir gehen Hände waschen.« Balbina nahm Paul bei seiner heilen Hand. Sie ahnte, dass es noch ein Verhör mit Hermann und vor allem seiner Schwester geben würde, sobald sie mit Paul draußen war.

Bevor sie zu Bett ging, klopfte Balbina an Elsas Tür. »Ich bin's, Balbina. Mach auf.«

»Geh ins Bett«, antwortete Elsa mürrisch. »Ich bin müde.«

»Mach auf! Sonst bleibe ich bis morgen früh hier stehen.«

Balbina hörte ein leises Knarzen auf dem Holzboden, dann wurde der Schlüssel im Schloss umgedreht.

»Was willst du?« Im langen Nachthemd, die Haare zu einem Zopf geflochten, der ihr über die Schulter hing, stand Elsa in der Tür. Sie war ein Jahr jünger als Balbina, überragte sie aber um ein gutes Stück. Und sie war viel dünner als ihre Cousine, fast knabenhaft schmal.

»Jetzt lass mich doch rein.« Balbina drängte sich an Elsa vorbei ins Zimmer.

»Was soll denn das?«, zischte Elsa.

»Ich will wissen, wo du gewesen bist. Und jetzt mach die Tür zu, wenn du nicht willst, dass noch jemand mithört.«

Elsa schloss die Tür.

»Ich war nur kurz spazieren«, behauptete sie dann. »Und als ich zurückgekommen bin zur Eisbahn, wart ihr auf einmal weg und ich habe ewig auf euch gewartet.«

»Gelogen«, fuhr Balbina ihr über den Mund. »Du bist schon lange vor uns gegangen. Gleich nachdem wir aufs Eis sind. Ganz am Anfang habe ich dich noch draußen auf der Bank sitzen sehen, dann warst du fort.«

»Stimmt doch gar nicht«, behauptete Elsa und wickelte sich das Ende ihres Zopfs um den Finger. Dabei sah sie Balbina trotzig an.

Eine Kerze brannte auf ihrem Nachttisch. Elsa hatte ein Himmelbett, wie es sich Balbina auch immer gewünscht, aber nie bekommen hatte. Der zart rosafarbene Tüll der Seitenbespannung war achtlos um die Pfosten des Betts geschlungen. Ihre Puppen hatte die Fünfzehnjährige längst aus dem Zimmer verbannt. Stattdessen lagen jetzt überall Bücher herum. Einige lieh sie aus der Schulbibliothek aus. Andere hatte sie von ihrer Freundin Claire. Das waren die, die Elsa in ihren Wäscheschubladen versteckte.

»Wann bist du denn nach Hause gekommen?«, fragte Balbina sie.

»Als die Eisbahn zugemacht hat«, behauptete Elsa und pulte an ihrem Zopf herum, um Balbina nicht ansehen zu müssen.

»Da waren wir schon fort.«

»Ich dachte, ihr seid vielleicht auf eine Schokolade ins Tambosi gegangen und würdet später wieder zurückkommen, um mich abzuholen.«

»Wo wir waren, weißt du ja jetzt. Aber wo bist du gewesen?« Balbina packte Elsa an den Schultern und zwang sie, sie anzusehen.

Elsa stieß Balbinas Hand weg und fauchte sie wütend an. »Geh endlich ins Bett, du Dorftrampel, und lass mich in Ruhe! Ich muss morgen früh wieder nach Nymphenburg ins Pensionat, und ich bin hundemüde. Wir haben ja jetzt ewig auf euch warten müssen.«

Balbina blitzte Elsa an. Am liebsten hätte sie ihr eine Ohrfeige verpasst. Dorftrampel hatte sie sie genannt. Weil Elsa in der Stadt geboren war und Balbina auf dem Land. Weil Elsa mit ihren Geschwistern mitten in München in einer schönen Wohnung über dem Geschäft der Eltern aufgewachsen war und Balbina auf einem Bauernhof in der Oberpfalz, bei ihren Großeltern. Denn Balbinas Mutter arbeitete als Haushälterin in der Nähe von Cham, und einen Vater gab es nicht. Balbina wusste nichts von ihm, nicht einmal seinen Namen. Deshalb war sie der Dorftrampel. Deshalb half sie im Haushalt, kochte, wenn Tante Therese keine Zeit hatte, deckte den Tisch für Elsa und ihre Brüder, für die Tante und den Onkel, servierte das Essen, räumte ab, wusch das Geschirr, half mit der Wäsche. All das übernahm Balbina, und sie lebte ja gern bei Tante und Onkel und fügte sich. Woanders hätte sie es viel schlechter haben können. Manchmal war das Gefühl in ihr ganz stark, dass auch sie zu dieser Familie dazugehörte. Aber immer, wenn Elsa es sie so heftig spüren ließ, wusste sie, dass sie doch keine von ihnen war. Sie war eben kein Randlkofer-Kind. Sie war eine Schmidbauer. Manche Türen waren für sie offen, andere blieben zu, auch wenn sie noch so dagegen anrannte.

Diese verzweifelte Wut hatte sie schon immer gespürt, wenn sie als kleines Mädchen nach ihrem Vater gefragt und doch keine Antwort erhalten hatte. Sie konnte sich nicht damit abfinden und war sich einer Sache ganz sicher: dass sie selbst nichts dafürkonnte. Ihre Mutter ja, und noch mehr jener Unbekannte, der Agnes und ihr Kind, sein Kind, nicht hatte haben wollen. Das tat immer noch weh. Gegen diesen Schmerz war Elsas Schimpfwort fast nichts. Ein Kratzer, der Balbina nur oberflächlich berührte. Sie dachte, dass es eher etwas über die Person sagte, die es ausgesprochen hatte. Elsa war gemein, ungerecht, und außerdem war sie eine Lügnerin. Aber Balbina würde schon noch dahinterkommen, wo sie an diesem Nachmittag eigentlich gewesen war.

»Gute Nacht, Elsa, und vergiss das Nachtgebet nicht. Wer so lügt wie du, der sollte wenigstens den Herrgott um Vergebung bitten.«

Elsa lachte leise und schüttelte den Kopf. »Du bist nicht meine Mutter, Balbina. Und meine Erzieherin schon gar nicht. Und jetzt verschwinde.« Sie schob Balbina hinaus und ließ die Tür hinter ihr ins Schloss fallen.

Balbina hörte, wie der Schlüssel umgedreht wurde. Sie biss die Zähne zusammen und schlich den Gang weiter bis zu ihrem Zimmer.

Hier gab es nur ein einfaches Holzbett ohne Himmel und rosa Tüll, einen Schrank, Tisch, Stuhl, Nachttisch. Ein Bild von der heiligen Notburga am Kopfende des Bettes, ein Holzkreuz über der Tür. Auf dem Tisch *Brehms Tierleben*, der wunderbare Band über die Welt der Vögel. Balbina öffnete das Fenster, das zum Hof hinausging. Der Mond war noch nicht aufgegangen, die Nacht sternenklar und kalt. Sie legte sich eine Decke um die Schultern, damit sie noch ein paar Minuten in diesen Winterhimmel schauen konnte. Sie glaubte, den Großen Wagen zu sehen, das einzige Sternbild, das sie kannte.

Er hing wie ein Papierdrache am Firmament, und sein langer Schweif schien sich, wenn man genau hinsah, in einer Wolke aus schwächeren Sternen zu bewegen. Sie starrte hinauf, regungslos. Vielleicht konnte sie eine Sternschnuppe entdecken. Dann hätte sie einen Wunsch frei. Und es gab so vieles, was sie sich wünschte. Wie schön hatte dieser Nachmittag begonnen. Balbina dachte an das Pärchen, das in völligem Einklang über das Eis geschwebt war. Sobald sie sich an den Händen gefasst hatten, waren sie eins geworden, bis sie nach ein paar Pirouetten wieder auseinandergingen. Und sie dachte an sich und an Hermann. So mühelos und grazil würden sie beide sich noch lange nicht bewegen können zusammen, aber es war auch so wunderschön gewesen. Und ihr Herz fing schon wieder an zu hüpfen, wenn sie nur daran dachte.

Doch dann hatte dieser Tag so hässlich geendet. Paul hatte sich den kleinen Finger gebrochen. Tante Therese war zu Hause krank vor Sorge gewesen und dann war da noch Elsa, die irgendwas angestellt hatte, etwas, das sie nicht erzählen konnte. Warum?

Da! War das nun eine Sternschnuppe gewesen, dieser gleißende Lichtstreif? Ja, ganz bestimmt, nun durfte sie sich etwas wünschen. Und niemand anderer als Onkel Anton konnte heute die magische Kraft des verglühenden Himmelskörpers am meisten brauchen. Er sollte endlich gesund werden und zurückkehren dürfen in sein Leben. Die Familie, das Geschäft, alle brauchten sie ihn. Balbina machte die Augen zu und dachte ganz fest an ihn. Dann schloss sie das Fenster und ging zu Bett.

Schon bald nachdem sie ein kurzes Gebet gesprochen hatte, schlief sie ein und träumte von einem großen zugefrorenen See, über den sie auf Schlittschuhen an der Hand eines Mannes glitt. Er lächelte ihr zu, und sie erwiderte seinen Blick, bis sie fürchtete, in seinen Augen ganz zu versinken. In einer weiten

Kurve trug es sie beide hinaus, und sie schwebten über dem Eis wie zwei Engel. So sank Balbina in den Schlaf und in eine andere Welt, in der keine Unfälle passierten, niemand krank wurde, und die Tage einfach nur schön waren.

Der Gang zum Krankenzimmer fiel Therese von Tag zu Tag schwerer. Es schien sich einfach keine Besserung abzuzeichnen. Jedes Mal, wenn Therese die Kammer betrat, lag Anton in seinem Bett, war blass und wirkte sehr schwach. Er schien immer weiter an Kraft und Gewicht zu verlieren, sogar das Haar wurde schütterer, sodass die weiße Kopfhaut hindurchschimmerte und ihn älter wirken ließ, als er war. Dabei war er immer stark wie ein Pferd gewesen. Als Therese an sein Bett trat, öffnete er die Augen. Er sah unendlich müde aus.

»Wie geht es dir heute?«, fragte sie und drückte seine Hand.

»Zu gern würde ich sagen: besser als gestern«, antwortete Anton. »Ein ganz klein bisschen ist das vielleicht auch so, aber sicher bin ich mir nicht.«

»Hast du deine Tropfen genommen?«

»Jaja, Balbina kümmert sich darum, dass ich alles nehme, was der Doktor verschrieben hat.« Anton räusperte sich. Er schien Schmerzen zu haben, denn er presste seine Hand auf die Brust. »Jetzt setz dich halt her, Therese. Kannst auch nicht immer davonlaufen.«

Therese schob den Stuhl an sein Bett und nahm Platz, auch wenn es ihr schwerfiel. Dabei war sie den ganzen Tag auf den Beinen und sehnte sich oft, eigentlich ständig, nach einer Pause. Aber in diesem Zimmer fand sie keine Ruhe.

»Was willst du jetzt tun?«, fragte ihr Mann, und Therese spürte, wie ihr das Herz noch enger wurde.

»Wieso, was soll ich denn tun?«, fragte sie trotzig. »Das, was ich halt immer tue. Mich um den Laden kümmern, um die Kinder, das Personal … Das weißt du doch. Wieso fragst du denn so seltsam?«

»Ich will wissen, was tust du, wenn ich nicht mehr gesund werde.« Seine Hand lag kraftlos in ihrer.

»Ach geh, Anton, jeder wird mal krank, jetzt sei doch nicht so mutlos«, sagte sie leichthin und hörte selbst, wie falsch ihre Worte klangen. Auch Anton musste das so empfinden.

»Max hat sich dazu bereit erklärt, in den Laden mit einzusteigen oder ihn auch zu übernehmen, bis Hermann so weit ist«, sagte ihr Mann. Leise, aber sie hatte sich nicht verhört.

»Deswegen war dein Bruder also hier. Er will mir das Geschäft wegnehmen und es selbst führen, jetzt, wo er sieht, wie gut es läuft. Nämlich besser als seines in der Kaufingerstraße.«

»Es geht doch nicht darum, dir etwas wegzunehmen, Therese«, beschwichtigte Anton.

»Worum denn dann?« Therese ließ seine Hand los und unterbrach die Verbindung zu ihm. Als habe er sie verraten.

»Es geht darum, ob du dir das Geschäft wirklich antun willst«, sagte Anton. »Als Frau, allein. Du hast ja auch noch die Kinder und den Haushalt.«

»Die Kinder hab ich schon länger und so klein sind sie auch nicht mehr. Ich habe Hermann und das Personal im Laden und Balbina im Haus. Ich bin ja nicht allein.«

»Jaja, ich weiß ja, was du alles schaffst, aber ganz jung sind wir schließlich auch nicht mehr.«

Therese schüttelte den Kopf. Sie nahm wieder seine Hand und streichelte sie. »Anton, was redest du denn da? Vor zwei Jahren waren wir auch nicht viel jünger als heute. Und wir haben unseren Laden aufgegeben, das Haus verkauft, alles zusammengeworfen, um den Dallmayr zu erwerben. Wir haben neue Schulden gemacht, und wir waren gesund und haben unser Alter gar nicht gespürt. Wir wollten noch einmal etwas Großes anpacken, Anton. Weißt du es denn nicht mehr?«

»Doch, doch, ich weiß es wohl. Und ich hätte es gerne gemacht. Du weißt, dass dieser Laden für mich ein Traum ist, Therese. Genau wie für dich. Unser Traum vom schönen Leben.« Wie zum Hohn ging sein letzter Satz in einem Hustenanfall unter.

Therese wischte ihm mit einem Tuch über den Mund, als der Anfall vorbei war, und half ihm, aus dem Glas Wasser vom Nachttisch zu trinken.

»Vergelt's Gott«, sagte er, nachdem er einen kleinen Schluck getrunken hatte. »Du arbeitest seit zwanzig Jahren von fünf Uhr morgens bis zehn Uhr nachts. Dabei bist du doch auch nur ein Mensch! Jeder braucht einmal seine Ruhe, selbst du. Aber jeder kommt mit seinen Sorgen zu dir, und du musst es richten. Um alles musst du dich kümmern. Bist du ein Pferd oder ein Ochse, dass du für zwei und drei arbeiten kannst?«

»Ich kann es jedenfalls«, sagte Therese, »und es macht mir überhaupt nichts aus, glaub mir. Das ist mein Leben, und ich habe es mir so ausgesucht.«

»Ich verstehe ja, dass du das Geschäft für die Kinder erhalten willst. Aber lass dir halt finanziell und im Geschäft von Max helfen. Spätestens in ein paar Jahren wirst du ohnehin alles unserem Ältesten überschreiben.« Anton hustete wieder, aber diesmal war es nicht so schlimm, und er schob ihre Hand weg, als sie ihm noch einmal mit dem Tuch den Mund abwischen wollte.

»Das habt ihr zwei also zu besprechen gehabt. Deshalb war dein Bruder jetzt zweimal hier, obwohl er sich sonst so gut wie nie blicken lässt.«

Er will seinen Fuß in den Dallmayr bekommen, wenn er ihn sich schon nicht ganz unter den Nagel reißen kann, dachte sie.

Hab ich's doch gewusst, dass es nicht die reine Bruderliebe ist, die ihn hertreibt.

»Ich brauche die finanzielle Hilfe von Max nicht«, sagte sie. »Ich schaffe das auch alleine. Und ich überschreibe, wenn die Kinder bereit dafür sind und ich alles so weit vorbereitet habe, dass ich selbst übergeben und mich aufs Altenteil begeben will.« So, jetzt war es heraus. Sie wollte den Dallmayr groß machen, sie hatte so viele Pläne. Es gab keinen Anlass, in die zweite Reihe zu treten und andere über das Geschäft bestimmen zu lassen. Allein würde es nicht leichter, aber sie wusste, dass es gelingen konnte. Und versuchen musste sie es. Sie wollte allen beweisen, dass sie es konnte.

»Dann musst du nur noch die Banken davon überzeugen, dass du auch ohne mich erfolgreich sein wirst«, sagte Anton. Er wirkte auf einmal sehr müde, die Augen fielen ihm zu. »Therese?«, fragte er dann plötzlich ganz aufgeregt.

»Ja?« Sie nahm seine Hand und ermunterte ihn weiterzusprechen.

Es hörte sich dringlich an, was er ihr noch sagen wollte. Doch es gelang ihm nicht, wach zu bleiben. Er dämmerte weg, fort von ihr, fort von den Kindern, dem gemeinsamen Geschäft, und es war schrecklich, dass sie ihn nicht halten konnte. Dass es nicht in ihrer Macht stand. Sie sprach ein kurzes Gebet, doch ihr Kopf gönnte ihr keine Ruhe. Sie wollte ihn nicht gehen lassen.

Unruhig wälzte Anton sich hin und her, bis er plötzlich mit einem Ruck hochschreckte. »Nein, nicht! Bitte noch nicht!«, stammelte er.

Therese erschrak. Es gab ihr einen solchen Stich mitten ins Herz, dass sie es kaum ertragen konnte.

»Scht!« Sie drückte ihn zurück auf sein Kissen, strich ihm eine feuchte Haarsträhne aus der Stirn. Trocknete den Schweiß auf seinem Gesicht.

»Ist er noch da?«, fragte Anton ängstlich.

»Wer denn?«, fragte Therese. »Da ist niemand außer mir, du hast nur schlecht geträumt.«

Als er wieder ruhiger war, deckte sie ihn sorgfältig zu und stand auf. Es war kalt im Zimmer. Für einen Augenblick blieb sie noch am Fenster stehen und sah hinunter auf die Straße, auf der gerade eine Dame mit gerafften Röcken einer Pferdekutsche entstieg. War das nicht die junge Frau des Stadtkämmerers? Sie blickte zu den Türmen der Frauenkirche hinüber, die wie zwei Leuchttürme aus den Dächern der Altstadt ragten. Ja, es würde sich etwas verändern, wenn kein Mann mehr an der Spitze des Geschäfts stand. Wenn sie nichts mehr an ihn abgeben konnte. Wenn alles an ihr hing und ein Teil an ihrem Sohn, der noch nicht einmal seine Ausbildung beendet hatte. Die Kinder, das Personal, alle müssten mit anpacken, noch mehr als bislang. Aber Therese hatte immer schon ein gutes Gespür dafür, wem sie was zutrauen und wem sie welche Aufgaben übertragen konnte. Und ein Mensch, auf den sie sich nicht verlassen konnte, der hatte in ihrem Haus nichts verloren. Was sie sich zusammen mit Anton aufgebaut hatte, würde sie jetzt nicht abgeben. Im Gegenteil. Wenn sie einmal zurücktreten sollte, dann wollte sie etwas geschaffen und das Vermögen vermehrt haben. Das war der Plan.

Therese streckte den Rücken durch. Sie trat aus dem Zimmer und ließ die Tür angelehnt, damit sie oder Balbina hörten, wann sie nach Anton sehen mussten. Aus der Küche duftete es nach Rinderbraten, der Balbina jetzt immer besonders gut gelang, seit Therese ihr beigebracht hatte, worauf es beim Braten und bei der Soße ankam. Und mit einem Mal bemerkte Therese, was für einen Hunger sie hatte.

Anna Loibl, Ludwigs Mutter, ging an den Schaufenstern in der Dienerstraße vorbei und warf einen scheuen Blick auf die feinen Delikatessen, die darin präsentiert wurden. Stehen zu bleiben und ausführlich zu schauen, traute sie sich nicht. Schnell verschwand sie mit ihren Paketen in den dunklen Seitengang, der zum Innenhof und von dort zum Hintereingang des Ladens führte. Aber er war zugesperrt. Himmel! Da stand sie nun mit zwei Paketen Wäsche, die sie mit Schnüren zusammengebunden hatte, um sie besser tragen zu können. Sie wartete, klopfte, aber niemand hörte sie. Kalt war es hier draußen, sie konnte doch nicht eine halbe Stunde oder noch länger hier stehen. Schließlich stellte sie die beiden Pakete an einer trockenen Stelle ab, klopfte noch einmal. Nichts. Das war ihr noch nie passiert. Sie hastete zurück zum Durchgang und auf die Dienerstraße, näherte sich dem Eingang, blieb an der Glastür stehen, schaute, ob sie vielleicht Ludwig irgendwo entdeckte und ihm ein Zeichen geben konnte, dass er ihr den Hintereingang öffnete. Aber keiner wurde auf sie aufmerksam.

Es blieb ihr nichts anderes übrig, als das Geschäft wie eine Kundin über die Ladentür zu betreten. Beim Öffnen der Tür fuhr sie zusammen. Als würde das Bimmeln der Türglocke sie einer Missetat überführen. Der Geruch von Kaffeebohnen und Kakao lag in der Luft. Da vorne war Ludwigs Reich, die Theke mit der Milchschokolade, und Anna Loibl merkte, wie ihr augenblicklich das Wasser im Mund zusammenlief. An der Theke mit den Backwaren war das frische Brot auf Holzregalen gestapelt. Einige Brotlaibe trugen den Schriftzug »Dallmayr« auf der Mehlkruste. Davon hatte Ludwig zu Hause gar nichts erzählt. Sie stellte sich vor, wie die Kunden dieses herrlich duftende Brot nach Hause trugen, auf dem Küchentisch aus dem Papier wickelten, das Brotmesser ansetzten, um das erste Randstück abzuschneiden. Die Zähne des Messers fuhren durch die Kruste wie durch Krokant. Dazu frische Bauernbutter aus der kühlen Speisekammer, mit zwei Blättern auf der Oberseite verziert. Das Randstück, es landete nie und nimmer auf dem Serviertablett. Es wurde gleich in der Küche verspeist, so verlockend duftete und knusperte es beim Schneiden und so weich gab es nach innen beim Bestreichen nach. So musste es sein in einem feinen Geschäft, dachte Anna Loibl. Die Kunden sollten eine Freude haben an den guten Sachen, die sie im Geschäft kauften, und wofür sie ja auch mehr bezahlten als anderswo. Dafür schmeckten die Lebensmittel aus dem Dallmayr schließlich besser und waren feiner als in anderen Geschäften. Man konnte sich darauf verlassen, für sein Geld nur das Beste zu bekommen. Und jeder durfte sich wie ein König oder eine Königin fühlen, sogar sie, wenn sie ausreichend Geld für einen Einkauf gehabt hätte. Und dazu musste man nicht einmal aussehen wie eine Exzellenz. Beim Dallmayr, erzählte Ludwig, wurden alle Kunden gleichbehandelt, ob sie nun wirklich eine Exzellenz waren oder nur die Gattin eines Beamten aus einem der Ministerien, ein Schulrat oder ein Künstler.

Da endlich tauchte Ludwig hinter dem jungen Herrn Randlkofer, dem Hermann, den Anna Loibl bereits kennengelernt hatte, auf. Sie kamen aus dem Weinkeller, schleppten zusammen eine Holzkiste mit Weinflaschen in den Laden und stellten sie am Weinregal ab. Als Ludwig sie sah, sprang er rasch hinter die Käsetheke, strich sich stolz lächelnd über die Schürze und wünschte ihr einen guten Tag. Dabei verbeugte er sich tief. Anna Loibl sah sich ängstlich um. Die Angestellten waren alle beschäftigt, die Chefin nirgendwo zu sehen. Nicht dass sie Ludwig wieder bei einem seiner Scherze ertappte. Schon eilte ihr Sohn weiter zum nächsten Stand und verbeugte sich jetzt noch tiefer vor seiner Mutter.

»Exzellenz, was darf ich Ihnen zeigen?«, fragte er. »Frisch von der französischen Atlantikküste hätte ich ausgezeichnete

Austern anzubieten. Wenn Ihre Exzellenz zu probieren geruhen?«

Seine Mutter schüttelte den Kopf. Die glibberigen Schalentiere hätte sie tatsächlich nicht kosten wollen. Selbst wenn sie sie hätte bezahlen können.

Ludwig ging nun voraus zur Obsttheke, wo eine Pyramide aus Zitrusfrüchten aufgebaut war, die wie die Sonne von innen heraus in Gelb und Orange strahlte.

»Wie immer, Durchlaucht?«, fragte Ludwig und nahm drei Apfelsinen und legte sie auf die Waage. »Darf es noch etwas anderes sein?«

Anna Loibl sah sich scheu um. »Was können Sie mir denn empfehlen?«, fragte sie leise, und Ludwig grinste, weil seine Mutter sich tatsächlich auf das Spiel einließ.

»Irgendetwas Besonderes vielleicht? Was Sie noch nie probiert haben?« Er zwinkerte ihr verschwörerisch zu. »Man kann sich ja nicht nur von Austern und Kaviar ernähren, nicht wahr, gnädige Frau?«

Das hatte die Verkäuferin an der Käsetheke mitgehört und kämpfte dagegen an, laut loszulachen.

Ludwig genoss sein Publikum. »Da könnte ich Ihnen diesen herrlichen Blauschimmelkäse aus den Höhlen von Roquefort in Südfrankreich empfehlen, Madame. Zu einem Glas Weißburgunder und einem Stück Graubrot genossen, ist er ein Gedicht.«

Die Verkäuferin kicherte.

»Jetzt lass es gut sein, Ludwig«, bat seine Mutter, »bevor die Frau Randlkofer noch deinen Auftritt mitbekommt. Sperr mir lieber die Hintertür auf, denn dort draußen liegt die Wäsche, die ich mitgebracht habe.«

»Sehr wohl, gnädige Frau.« Ludwig ließ seiner Mutter den Vortritt und folgte ihr. Der Schlüssel steckte. »Ein Versehen unseres Lehrlings. Bitte untertänigst um Verzeihung.«

»Jetzt nimm die Bügelwäsche und bring mir am Abend, wenn du heimgehst, die neue Wäsche mit. Ich muss gleich zur Frau Direktor Brettsteiner und ihr beim Backen helfen. Sie hat morgen eine Kaffeetafel auszurichten und da braucht sie jemanden, der ihr die Böden für die Prinzregententorte backt.« Sie strich ihm über die Wange. »Sei brav, Ludwig, gell? Und mach uns keine Schande.«

»Freilich nicht«, versprach Ludwig und schloss die Tür hinter seiner Mutter, die lieber wieder über den Hof und den Seiteneingang hinaus auf die Straße ging. Den üblichen Dienstbotenweg.

Tante Therese hatte es ihr nicht erlaubt, dass sie nach Tirol zur heiligen Notburga reiste. Dabei war das sehr wichtig, und Balbina ahnte, dass ihr nicht mehr viel Zeit blieb. Onkel Anton ging es von Tag zu Tag schlechter. Wenn der Doktor schon keinen Rat mehr wusste, dann konnte nur noch Notburga helfen, im Himmel für den Onkel vorsprechen und um seine Genesung bitten. Und auch wenn Balbina wusste, dass sie gegen den Willen ihrer Tante handelte, spürte sie doch den Drang, ihrem Gewissen zu folgen. Sie musste es einfach tun. Sie hatte mit niemandem darüber gesprochen, nicht einmal mit Hermann, den sie viel zu wenig sah.

Die Gelegenheiten, ein paar Worte mit ihm zu wechseln, waren noch seltener geworden, denn beide hatten sie alle Hände voll zu tun. Er hatte nun zwei Arbeitsstellen. Die Lehrstelle bei seinem Onkel Max in der Kaufingerstraße, wohin er schon sehr früh am Morgen aufbrach. Wenn Tante Therese ihn brauchte, stellte Onkel Max ihn frei und er half daheim im Geschäft mit, so gut er konnte. Immer war er in Eile und immer hatte er zu tun. Ein nettes Wort, einen zärtlichen Blick hatte er immer für Balbina übrig, aber viel mehr war nicht möglich. Denn auch Balbina war vollkommen ausgelastet mit ihren Aufgaben im Haushalt und als Krankenpflegerin. Ganz selbstverständlich sprang sie ein, wo sie gebraucht wurde.

Schon am Vortag hatte sie den kleinen Lederkoffer vom Speicher geholt und ein paar Sachen eingepackt, auch Proviant für einen Reisetag. Den Koffer hatte sie in einem der Holzschuppen im Innenhof deponiert. Bevor sie am Morgen Paul zur Schule brachte, steckte sie noch etwas von ihrem Ersparten und ihren Ausweis in die Rocktasche. Auf dem Rückweg vom Promenadeplatz ging sie dann gar nicht mehr zur Wohnung hinauf, sondern direkt zum Schuppen, nahm den Koffer heraus und wollte sich durch die Hofeinfahrt davonmachen. In einer halben Stunde würde sie am Zentralbahnhof sein. Doch da kam Ludwig mit seinem Mistkübel durch die hintere Ladentür und blieb misstrauisch stehen.

»Pssst!«, machte Balbina und legte den Finger auf die Lippen.

Ludwig sah sich rasch um. »Wo willst du denn hin?«, fragte er.

Balbina schüttelte den Kopf. »Verrat mich nicht! Bitte!«

Ludwig war offensichtlich nicht wohl bei der Sache. Er mochte Balbina, aber bei seiner Chefin konnte er sich keine Fehltritte mehr erlauben. Ein Verräter wollte er trotzdem nicht werden. »Du kommst aber schon wieder, oder?«, flüsterte er.

»Freilich«, sagte Balbina. »Heute Abend bin ich zurück.« Dann huschte sie durch die Einfahrt.

Balbina trug feste Schnürstiefel und eine warme Pelerine aus Loden, die auch bei Regen und Schnee warm hielt und nicht so leicht nass wurde. So lief sie durch die Kaufingerstraße mit ihren vielen Läden, unter dem Karlstor hindurch zum Stachus. Von dort aus konnte sie schon das gelb-rote, aus Backstein erbaute Bahnhofsgebäude sehen. Mit seinen vielen Rundbögen hätte es auch eine Kirche sein können. Eine lange

Reihe von Droschkenpferden empfing die ankommenden Fahrgäste, während die Passagiere des Pferdeomnibusses warten mussten, bis die zwei Zugpferde ihre Wassereimer ausgetrunken hatten.

Die Bahnhofshalle war mit Bogenlampen der Firma Siemens elektrisch beleuchtet. Damit hatte München den ersten Bahnhof in Deutschland mit elektrischem Licht. Das hatte ihr Onkel Anton einmal erzählt.

Balbina ging zum Schalter und löste ein Billett nach Rosenheim und von dort nach Kufstein. Sie war jetzt doch ein bisschen aufgeregt. Wie immer, wenn sie das Stampfen und Pfeifen der Lokomotiven und das Rattern der Waggons über Schienen und Schwellen hörte. Und wenn sie an die Felder und Dörfer dachte, die am Fenster vorbeifliegen würden, als hätte jemand sie alle nacheinander auf eine Schnur gezogen. Und das Wunderbarste am Reisen war, dass man alles Gewohnte, alle Pflichten und Aufgaben hinter sich ließ, sobald man nur den Fuß auf die erste Stufe der Eisenleiter setzte, auf der man in den Eisenbahnwagon gelangte. Es war, als betrete man ein Schiff oder einen Heißluftballon. Wenigstens stellte Balbina es sich so vor, denn sie war weder in einem Schiff noch je in einem Ballon gereist.

Mit dem Verlassen der Stadt kam es Balbina so vor, als hätten sie auch das trübe Wintergrau hinter sich gelassen, das über München gelegen hatte. Die Sonne kam nicht wirklich hervor, aber es wurde heller und freundlicher.

»Wohin sind 'S denn unterwegs, Fräulein?«, fragte eine Dame von der anderen Sitzbankreihe.

»Ich fahre nach Tirol, zur heiligen Notburga.«

»Soso«, antwortete sie. »Da werden Sie wohl etwas zu erbitten haben.«

»Nicht für mich«, antwortete Balbina, »für meinen Onkel.«

Sie nahm ihr Köfferchen auf den Schoß, öffnete den Verschluss und wickelte das erste Wurstbrot aus der karierten Serviette, in das sie es verpackt hatte. Reisen machte ja so hungrig.

In Rosenheim stiegen alle Fahrgäste aus und Balbina folgte den anderen Reisenden zum Gleis, von dem der Zug nach Kufstein abfuhr. Er wartete schon, die Trillerpfeife des Schaffners mahnte zur Eile. Und schon jagte die Bahn zwischen schneebedeckte Bergketten hindurch. Der eisig grüne, reißende Inn strebte fort aus dem Tal, während Balbinas Zug in entgegengesetzter Richtung hineinfuhr. In Kufstein stieg sie aus. Von Umstieg zu Umstieg wurden die Züge, die Balbina bestieg, kleiner. In Jenbach wechselte sie auf ein noch viel schmäleres Gleis und in einen Zug, der wie Pauls Spielzeugeisenbahn aussah. Die Bahn hatte nur einen einzigen offenen Wagen, der von der Lokomotive nicht gezogen, sondern eine Steigung hinauf zum Achensee geschoben wurde. Wagen und Lokomotive der Zahnradbahn liefen in einer eisernen Kette, damit der Zug nicht den Berg hinunterrutschen konnte.

Am Bahnhof von Eben stieg Balbina aus. Die Lok wurde abgehängt, überholte den Wagen auf einem Nebengleis und kam endlich auf dem Hauptgleis vor dem Wagen zu stehen, so, wie es sich gehörte.

»Wo willst denn hin?«, fragte jemand neben ihr. Ein Bauernjunge in langer Lederhose und mit dicken Stiefeln schob einen Handwagen vor sich her. Vielleicht war er so etwas wie ein Gepäckdiener. Er grinste sie an. »Was suchst du denn hier?«

»Ich will zur heiligen Notburga«, erklärte Balbina. »Ist es noch weit?«

Der Bub zeigte auf den spitzen Kirchturm mitten im Dorf. »Kannst deinen Koffer auf meinen Karren legen. Ich schieb jetzt eh heim zum Essen. Kostet nix.«

Am Portal zur Kirche lud er Balbinas Koffer wieder ab.

»Pfüat di und tu schön beten!« Grinsend tippte er sich an die grobe Wollmütze, die furchtbar kratzen musste.

Balbina winkte ihm zum Abschied. Dann flog sie die Stufen hinauf und stemmte sich gegen die schwere Kirchentür. Innen empfing sie eine Pracht aus weißem und rosafarbenem Stuck. Der Boden der Kirche war ein Schachbrett aus schwarzen und weißen Marmorfliesen, und an die Decke waren Szenen aus dem Leben der heiligen Notburga gemalt, die Balbina alle kannte: das Sichelwunder, die Verwandlung des Brotes in der Schürze, und die beiden Ochsen, die den Sarg der Heiligen ganz allein vom Inntal herauf nach Eben gezogen hatten. So oft hatte Balbina in dem Buch über das Leben der Heiligen gelesen, dass sie alle Szenen sofort wiedererkannte. Sie kniete vor dem Altar nieder. In einem Glasschrein war das Skelett der Heiligen, gekleidet in ein kostbares weißgoldenes Gewand, aufrecht stehend aufbewahrt. Es wurde von den Gläubigen als Reliquie verehrt. Doch Balbina gruselte es vor den dürren Knochenfingern und den leeren Augenhöhlen dieses Totenschädels. Sie schlug die Hände vors Gesicht. Wie sollte sie gerade dieses Gerippe um das Leben und die Gesundheit von Onkel Anton bitten? Sie sah hinauf zur Decke, wo Notburga als junge Frau dargestellt war, gesund und lebendig, wie sie den Armen Brot brachte und den Bettlern zu trinken gab. Zu dieser Frau aus dem Volk, Tochter eines Hutmachers, wollte Balbina viel lieber beten. Und weil außer ihr niemand in der Kirche war, legte sie sich mit dem Rücken auf den Steinboden, damit sie besser hinaufschauen konnte.

Sie musste kurz eingenickt sein, denn als sie die Augen öffnete, sah sie über sich zwei Hängebacken voller grauer Bartstoppeln. Sie gehörten zum rundlichen Gesicht des Pfarrers. Balbina sprang auf und strich sich den Rock glatt.

»Gott zum Gruß, Mägdelein«, sagte der Pfarrer. »Bist du zum Schlafen nach Eben heraufgekommen?«

»Zum Beten bin ich hier«, antwortete Balbina. »Für meinen Onkel, dass er wieder gesund wird.«

»Wo kommst denn her?«

»Aus München, vom Dallmayr.«

»Vom Dallmayr? Den kenn ich nicht. Aber deinen Onkel, den musst du sehr lieb haben, wenn du so weit fährst wegen ihm.«

Balbina nickte.

»Was hat er denn, dein Onkel?«

»Ein schwaches Herz, und jeden Tag wird es schlimmer mit ihm. Die heilige Notburga muss ihn wieder gesund machen.«

Sie knieten sich nebeneinander in die erste Bank und beteten, jeder für sich, für Onkel Anton. Als der Priester aufstand, erhob sich auch Balbina.

»Was ist das Leben?«, fragte der Priester. »Nur ein Wimpernschlag zwischen Ewigkeit und Ewigkeit. Bete, mein Kind, aber dann geh zurück in dein Leben und denke immer daran, wie kurz es ist. Und werde glücklich!« Mit dem Daumen der rechten Hand machte er ein Kreuzzeichen auf ihre Stirn. »Gehe hin in Frieden«, murmelte er.

»Amen«, antwortete Balbina.

Sie trat hinaus in die Winterkälte, blickte hinauf zu den verschneiten Wäldern, die sich über die Berge zogen, bis zu einer Linie, über der nur noch Fels war. Die Berge sind ein Teil der Ewigkeit, dachte Balbina, der Mensch nicht und auch sein Vieh nicht. Seine Häuser nicht, nicht einmal seine Eisenbahn. Sie sah dicke schwarze Dampfwolken vom See aufsteigen und beeilte sich, den Bahnhof von Eben noch rechtzeitig zu erreichen. Von dort würde die Lokomotive ihren Zug wieder ins Tal hinunterschieben und mit ihren Zähnen festhalten, damit die Passagiere nicht nach unten sausten wie die Kugel auf einer Kegelbahn.

Der Schnee fiel nun herab wie ein riesiger Vorhang, hinter

dem Berge und Täler verschwanden. Balbina dachte an daheim. Tante Therese würde den Brief gelesen haben, den sie ihr auf dem Küchentisch hinterlassen hatte. Balbina fürchtete nur eines: dass es Onkel Anton auch morgen vielleicht nicht besser gehen würde.

Es war stockdunkle Nacht, als Balbina wieder am Zentralbahnhof ankam. Sie hatte ein wenig geschlafen und von ihrem Proviant war kein Krümel mehr übrig. Inzwischen war ihr nun doch schon ein wenig bang, wie man sie zu Hause empfangen würde. Sie hatte es ja nur gut gemeint, aber sie war sich nicht sicher, ob ihre Tante das auch so sehen würde. Müde trat sie auf den Bahnhofsvorplatz. Die Droschkenkutscher standen in Grüppchen unter den Gaslaternen zusammen und rauchten. Jemand stieß einen Pfiff aus, und alle, auch Balbina, drehten sich um. An der Ostseite des Platzes stand ein Fuhrwerk mit blauer Dallmayr-Plane. Korbinian! Balbina sprang auf den Kutschbock und fiel Korbinian um den Hals.

»Wartest du schon lange?«, fragte sie.

»Ach wo, wir haben uns gleich gedacht, dass es einer von den letzten Zügen aus Rosenheim sein wird, mit dem du kommst.«

»Wir?«, fragte Balbina. »Schickt die Tante dich?«

Korbinian nickte.

»Ist sie mir arg böse?«

»Froh wird sie sein, dass du wieder da bist. Aber begeistert war sie nicht, als sie deinen Brief gefunden hat. Das kannst du dir denken.«

»Wenn es halt geholfen hätte«, seufzte Balbina, »dann würde sie es mir bestimmt verzeihen, dass ich einfach gefahren bin.«

»Hm«, machte Korbinian. »Wie hat's dir denn gefallen in Tirol?«

»Kalt war es, und dreimal hab ich umsteigen müssen. Und die heilige Notburga ... Nein, ich erzähl es dir lieber nicht, Korbinian, wie sie ausgesehen hat. Sonst kannst du am Ende nicht mehr schlafen heute Nacht.«

Korbinian lachte und schüttelte den Kopf. »Du traust dich was, Mädel. Hast gar keine Angst gehabt, ganz allein in der Weltgeschichte herumzufahren?«

»Wer auf Wallfahrt geht, muss sich doch vor nichts fürchten«, behauptete Balbina.

»Aber wenn du wieder mal beten musst, dann gehst besser rüber in die Frauenkirche, gell? Da kommst du sogar zu Fuß hin, du verrückte Urschel.«

Als Balbina am nächsten Morgen wach wurde, war es bereits taghell. Erschrocken sprang sie aus dem Bett. Der Wecker am Nachttisch zeigte neun Uhr vorbei. Sie musste ihn aus Versehen ausgeschaltet haben. Rasch schlüpfte sie in ihre Kleider und lief zur Küche. Tante Therese hatte sie am Abend gar nicht mehr angetroffen, sie war schon zu Bett gegangen. In der Küche stand Fräulein Bruckmeier, eine der Verkäuferinnen, am Spülstein und machte den Abwasch. Das Frühstück stand noch auf dem Tisch, mit einem frischen Gedeck.

»Für mich?«, fragte Balbina. Fräulein Bruckmeier nickte.

»Ich glaube schon. Alle anderen sind schon fort.«

An ihre Tasse gelehnt, fand Balbina ein Briefchen und erkannte darauf die gleichmäßig nach rechts geneigte Schrift ihrer Tante.

Balbina, dein eigenmächtiges Verschwinden von der Arbeit kann ich nicht gutheißen. Ich ziehe dir dafür einen Urlaubstag ab. Da du als Krankenpflegerin jedoch seit über vier Wochen keinen einzigen freien Tag gehabt hast, lasse ich diesen Tag als den einen freien Sonntag im Monat gelten, der dir zusteht. Das muss jedoch eine Ausnahme bleiben.

PS: Gebe Gott, dass du nicht umsonst gefahren bist.

PPS: Ich selbst habe deinen Wecker heute Morgen ausgeschaltet.

Erleichtert steckte Balbina den Brief ein und ging zur Tür.

»Dein Frühstück, Fräulein«, rief die Bruckmeier.

»Bin gleich wieder da«, antwortete Balbina.

Onkel Anton schlief noch, als sie sein Zimmer betrat. Ein kleines, brodelndes Atemgeräusch begleitete seinen Schlaf. Jemand hatte eine frische Tasse Tee auf seinen Nachttisch gestellt. Balbina schlich auf Zehenspitzen zum Fenster. Ein wenig frische Luft würde ihm guttun. Schlaf nur, Onkel Anton, dachte sie, du musst ja jetzt ganz schnell wieder gesund werden.

Es klopfte. Hermann streckte den Kopf zur Tür herein, und Balbinas Herz hüpfte.

»Gott sei Dank bist du wieder heil zurück«, sagte er leise, und Balbina strahlte ihn an. »Wie geht es meinem Vater?«

»Ein bisschen Zeit müssen wir der heiligen Notburga schon noch geben.« Balbina machte das Fenster wieder zu.

»Hermann?«, rief jemand die Treppe herauf.

Hermann zog eine Schnute. »Korbinian. Er wartet schon auf mich. Das ist heute schon die zweite Fuhre. Also, bis später, Balbina. Mittags vielleicht.« Und schon war er wieder fort.

Am Sonntag nach dem Mittagessen, als Balbina noch in der Küche zu tun hatte, tauchte Elsas Freundin Claire auf. Sie kam wie meistens nur, um Elsa abzuholen, denn im Haus in der Dienerstraße hielten sich die beiden Schulfreundinnen nie lange auf. Vielleicht war Claire die Atmosphäre zu kleinbürgerlich, vielleicht lag es daran, dass zu viele Menschen in diesem Haus lebten und man selten unbeobachtet war. Das war in der elterlichen Wohnung von Claire in der Brienner Straße ganz anders, hatte Elsa Balbina erzählt. Claire hatte keine Geschwister, das Dienstmädchen hatte am Sonntag ihren freien Tag und Claires Vater, der bekannte Rechtsanwalt Hofacker, war selten zu Hause anzutreffen. Claires Mutter saß entweder mit einer ihrer Freundinnen, die große Hüte und bauschige Kleider trugen, im Salon bei Kaffee und Kuchen aus dem Café Luitpold, oder man ging gleich hinüber ins Café, wo man gesehen wurde und selbst die Bekannten und feinen Herrschaften aus der Innenstadt traf. Auch einige Künstler aus Schwabing verkehrten im Luitpold. In München kannte man die jungen Herren, die an der Akademie bei Franz Stuck studierten, und die Damen von den privaten Malakademien, die geringschätzig »Malweiber« genannt wurden. Im Sommer, bei schönem Wetter, traf man sie im Englischen Garten beim Malen oder beim Biertrinken am Chinesischen Turm.

Die Künstler und die Hofräte und Großbürger saßen im Café Luitpold zwar nicht an denselben Tischen, aber die Ober gaben sich Mühe, keinen Unterschied zwischen den Schichten zu machen. Auch wenn die einen mit großen Scheinen bezahlten, die anderen ihre kleinen Münzen aus den Mantel- und Hosentaschen zusammenkramen mussten, weil die Brieftasche leer war. Nur anschreiben lassen konnte man im Luitpold nicht. Und auch nicht die Zeche mit einer Bleistiftskizze oder einem Aquarell bezahlen wie in manchen Schwabinger Kneipen.

Daher hatten Claire und Elsa oft genug sturmfreie Bude an den Sonntagnachmittagen. Ob sie dabei auch den Cognac des Herrn Rechtsanwalts Hofacker probierten und in den Schränken von Claires Eltern herumstöberten, wusste Balbina nicht.

Ins Kaffeehaus zu gehen, hätte sich nicht geschickt für zwei Mädchen in ihrem Alter, die das strenge Nymphenburger Mädchenpensionat besuchten. Elsa hatte erzählt, dass sie öfter im Hofgarten spazieren gingen, am Dianatempel, dem kleinen Pavillon, der innen ganz mit Muscheln ausgeschmückt war, herumsaßen und durch die Arkaden bis zum Café Tambosi flanierten. Dort entdeckte Claire öfter bekannte Münchner Persönlichkeiten, die sie über ihren Vater kannte und über die sie Elsa alles an Klatsch und Tratsch erzählte, was ihr zu Ohren gekommen war.

Auch diesen Sonntag blieben die beiden nur kurz in Elsas Zimmer und machten sich bald auf den Weg zu Claire in die Brienner Straße. Im Flur begegnete Balbina den beiden. Sie hatte schon eine Weile dort gestanden und auf sie gewartet. Claire sah Elsa an, die zuckte nur die Achseln.

»War Elsa letzten Sonntag bei dir?«, fragte Balbina ohne Umschweife.

»Bei mir?« Claire sah rasch zu Elsa.

Hätte Claire nicht einfach Ja gesagt, wenn Elsa wirklich bei ihr gewesen wäre? Balbina sah von einer zur anderen, die beiden starrten zurück.

Elsa verdrehte die Augen.

»Was geht es dich überhaupt an, ob sie bei mir war oder nicht?«, fragte Claire. Arrogant, wie Balbina sie seit jeher kannte.

»Ich möchte es eben wissen«, antwortete sie. »Wenn sie bei dir war, bin ich beruhigt. Wenn nicht, muss ich eben weiterforschen.«

»Wieso musst du das?« Elsa wurde wütend. »Was bildest du dir bloß ein? Lass mich gefälligst in Ruhe!«

Balbina ballte die Hände zu Fäusten und versuchte, nicht laut zu werden. Nebenan lag Onkel Anton in seiner Kammer. »Ich mache mir eben Sorgen, weil du am Sonntag von der

Eisbahn weggegangen und erst am späten Nachmittag heimgekommen bist. Und ich will wissen, wo du gewesen bist.«

»Das geht dich aber nichts an«, zischte Elsa und schob Balbina zur Seite.

Im Weggehen packte Balbina Claires Arm. »War sie bei dir?«, fragte sie noch einmal.

»Ich glaube nicht, dass ich jemandem vom Personal Auskunft geben muss«, kam es noch hochnäsiger von Elsas Freundin zurück.

Balbinas Herz schlug bis zum Hals. Diese verzogenen Gören. Am liebsten hätte sie ihnen ihre feinen Hüte vom Kopf gerissen und sie an den Haaren gezogen.

Die Tür zum Kinderzimmer ging auf, und Paul streckte seinen Kopf heraus. »Claire, schau mal, mein Finger!« Er streckte ihr den Gipsfinger entgegen.

»Du meine Güte!«, rief Claire, »was hast du denn angestellt?«

»Auf der Eisbahn, letzten Sonntag«, sagte Paul. »Ich bin hingefallen.«

»Hat Elsa dir gar nichts erzählt?«, fragte Balbina.

»Doch, natürlich«, behauptete Claire, und Balbina war sicher, dass sie log. Sie schützte ihre Freundin. Wusste sie, wo Elsa gewesen war?

Die beiden zogen ab.

»Kümmere dich um deinen Schützling«, raunzte Elsa Balbina im Vorbeigehen zu. »Vielleicht malst du ihm ein Bild, oder ihr spielt Karten.«

Die Röte schoss Balbina ins Gesicht. Elsa und sie würden nie Freundinnen werden, jetzt nicht, und später auch nicht.

Auf der Dienerstraße mussten die beiden Mädchen darauf achten, nicht mit den glatten Sohlen ihrer eleganten Schnürstiefel auf dem vereisten Kopfsteinpflaster auszurutschen. Eng untergehakt, schlitterten und stolperten die zwei kichernd über die Straße und überquerten den Marienhof. Reif lag wie ein Zuckerrand auf dem Randstein. Noch so ein klirrend kalter Februartag in diesem Winter. Die Wolken rotteten sich gegen die Sonne zusammen und übergossen alles mit bleigrauer stumpfer Helligkeit. In der Theatinerstraße war Asche gestreut, damit die sonntäglichen Kirchgänger heil zum Dom kamen und die Frühschoppengänger den Donisl am Marienplatz sicher erreichten, wo die Weißwürste schon im großen Kessel simmerten und das Weißbier frisch gezapft wurde.

»Und?«, sagte Claire. »Jetzt erzähl doch endlich!«

»Was denn?« Elsa wusste genau, worauf die Frage abzielte. Aber ihr fehlte immer noch eine überzeugende Ausrede.

»Jetzt stell dich nicht so an, Elsa. Wir sind doch Freundinnen. Raus damit. Wo warst du letzten Sonntag? Bei mir jedenfalls nicht, das wüsste ich. Meine Patentante war zu Besuch, das hatte ich dir ja in der Schule schon gesagt. Sie ist zwar todlangweilig, aber sie hat Geld und selbst keine Kinder. Also wäre es dumm von mir, da nicht mitzuspielen.«

Elsa erwiderte immer noch nichts.

»Sag bloß, du triffst dich mit einem jungen Mann, von dem ich noch nichts weiß?«

»Spinnst du?«, empörte sich Elsa.

»Was dann?«

»Nichts. In der Eisbahn war es schrecklich kalt, da wollte ich mir ein wenig die Beine vertreten. Ich bin die Ludwigstraße hinauf bis zur Universität gelaufen und auf der Königinstraße wieder zurück.«

»Und dabei ist dir niemand begegnet?«, neckte Claire sie. »War da kein junger Student mit Schirmmütze und kleinem Bärtchen, nein?«

»Nein, natürlich nicht.«

»Und dann?«

»Dann bin ich zurück zur Eishalle, aber da waren meine Brüder und Balbina nicht mehr. Ich dachte, sie wären schon nach Hause gegangen, und lief auch heim. Aber sie waren mit Paul im Spital und kamen erst, als es schon ganz dunkel war.«

»Soso«, sagte Claire. »Wie langweilig! Ich finde, du hättest dir jetzt schon eine bessere Geschichte für mich ausdenken können. Ich hätte sie dir geglaubt. Träumst du auch manchmal davon, so einem jungen Mann zu begegnen, bei dessen Blick es dir durch und durch geht und das Herz klopft wie verrückt?«

Elsa schüttelte den Kopf. »Hör auf, Claire, da war nichts.«

Sie würde weder Claire noch sonst jemandem erzählen, wem sie auf der Barer Straße begegnet war, und was er gewollt hatte. Und wie ihr Herz geklopft hatte, als er sie ansprach. Es war auf dem Weg zur Königinstraße am Englischen Garten passiert. Sie hatte die andere Richtung eingeschlagen, hinüber zur Alten Pinakothek mit dem großen Platz davor, den die Pferdekutschen überquerten, um die Besucher, die wegen der alten Meister hierherkamen, genau am Eingangsportal abzuliefern. Elsa war, wie die meisten Münchner, noch nie in der Gemäldegalerie gewesen. Doch sie liebte diesen großen freien Platz mit den uralten Buchen, deren Kronen der trübe Himmel an diesem Nachmittag fast verschluckte. Das Betreten der Rasenfläche war verboten, überall standen Schilder, die darauf hinwiesen, und ein Wärter mit Schnauzer und Uniform wachte darüber, dass dieses Gebot eingehalten wurde. Wenn nötig unter Einsatz seiner Trillerpfeife.

Auf dem Weg über den Platz kam ihr ein junger Mann entgegen. Er trug keinen Hut, den musste er irgendwo verloren oder vergessen haben. Seine Haare waren dunkel, lockig, im Nacken ein wenig zu lang. Sein Vollbart wirkte ungepflegt. Als sie beide gleichauf waren, sprach er Elsa höflich, aber eine Spur zu vertraulich als »liebes junges Fräulein« an. Er hatte hellblaue Augen und war sehr blass. Elsa fühlte sich nicht recht wohl in ihrer Haut. Er habe, so erzählte er ihr, den ganzen Tag in der Pinakothek beim Kopieren eines alten Ölgemäldes verbracht, und seine Finger seien schon ganz steif. Ob sie nicht eine Tasse Schokolade im nahe gelegenen Café in der Arcisstraße mit ihm trinken wolle.

Elsa schüttelte den Kopf. Seine Einladung war dreist, aber er war es nicht. Er wirkte eher schüchtern, vergeistigt, wie einer, der keine Ahnung davon hat, dass man nicht einfach junge Damen auf der Straße ansprach. Als habe er bislang an einem Ort gelebt, wo diese Regeln nicht galten.

Er strich sich das Haar aus der Stirn, und Elsa sah ihm dabei zu, statt endlich weiterzugehen. Vielleicht ermutigte ihn das zu fragen, ob er sie nicht einmal malen dürfte. Sie hätte so ein frisches, feines Gesicht mit einer sehr seltenen Farbe der Augen, die je nach Lichteinfall eher blau oder eher braun wirkten. Worauf Elsa wieder den Kopf schüttelte. Wie sollte das auch gehen? Sollte sie ihn mit nach Hause in die Dienerstraße nehmen und ihn ihrer Mutter als den Mann vorstellen, der gekommen war, um sie zu malen? Oder dass sie mit ihm in sein Atelier, falls er eines hatte, ginge? Das würde sie auf gar keinen Fall tun.

Elsa wollte schon weitergehen, doch er bat sie, noch zwei Sekunden zu warten. Nachdem er seine Manteltaschen abgesucht hatte, überreichte er ihr schließlich eine Karte mit seinem Namen und einem blauen Ornament, das auf den ersten Blick wie ein chinesischer Drachenkopf aussah. Sie solle ihn doch einmal besuchen kommen in der Pinakothek. Er sei jeden Nachmittag dort, auch am Sonntag, denn er könne noch sehr viel lernen von den alten Meistern. Elsa wusste, sie würde nicht hingehen, nicht diesen, nicht nächsten und auch nicht übernächsten Sonntag. Eigentlich wollte sie seine Karte fortwerfen, sobald sie außer Sicht war.

Doch sie behielt die Karte in ihrer Manteltasche, umschloss sie mit der Hand, bis sie wieder an der Eisbahn war. Hermann, Paul und Balbina waren fort. Und während Elsa nach Hause lief, vergaß sie die Karte. Als sie sie am Montagmorgen auf dem Weg ins Pensionat wiederfand, zerriss sie sie in winzige Stücke und warf sie in die Gosse. Doch sie würde nie vergessen, was darauf stand: »Sigmund Rainer. Kunstmaler«.

Balbina konnte sich nicht dazu entschließen, den Umschlag gleich zu öffnen. Sie bekam so selten Post, und die dünnen Briefe ihrer Mutter waren immer etwas Besonderes für sie. Sie wollte sich Zeit nehmen dafür, nicht hastig die Zeilen überfliegen, sondern mit Muße. Sie würde ihn bis zum Abend in ihrer Schürze herumtragen, und ihn dann in ihrer Kammer, wenn sie allein war, lesen. Mehrmals am Tag vergewisserte sie sich, dass ihr Schatz noch da war, in der Schürzentasche. Erst am Abend schnitt sie das knisternde, gefütterte Couvert auf.

Es enthielt nur ein Blatt, beschrieben mit der ungelenken, steilen Schrift ihrer Mutter. Als Balbina die ersten Zeilen überflogen und sich davon überzeugt hatte, dass nichts Schlimmes passiert war, strich sie noch einmal das Papier glatt und fing von vorne an zu lesen.

Liebe Balbina, mein kleines großes Mädchen,
jetzt musst du uns aber bald wieder einmal besuchen kommen. Oder gefällt es dir in München so gut, dass du gar nicht mehr fortwillst?

Ich kann dir berichten, dass ich Anfang Januar eine neue Stellung angetreten habe. Ich führe jetzt einen Arzthaushalt in Cham und helfe auch in der Praxis mit, wenn mich der

Doktor braucht. Mein Dienstherr, Dr. August Brenner, ist Witwer und hat drei Kinder. Hermine, die Älteste, ist fast so alt wie du. Robert und Emil sind Zwillinge und gehen in die zweite Klasse. Vor allem die Buben sind noch sehr verschlossen, aber es wird mir schon gelingen, mit viel Geduld und viel Liebe ihr Vertrauen zu gewinnen. Die lange Krankheit und der Tod ihrer Mutter im vergangenen Jahr lastet immer noch schwer auf ihnen.

Ich bin jetzt auch nicht so weit fort von meinem Elternhaus. Dort gibt es nämlich immer etwas zu tun, wenn ich an meinen freien Tagen nach Hause komme. Deine Großmutter wird immer vergesslicher. Jedes Mal wenn ich sie sehe, kommt es mir so vor, als wäre sie noch dünner und kleiner geworden.

Ich hoffe, es geht dir gut und du bist ein braves Mädchen und erledigst gewissenhaft all deine Aufgaben, bist ordentlich und lässt dir nichts zuschulden kommen. Meine Schwester Therese ist eine umsichtige Geschäftsfrau und eine ausgezeichnete Köchin, da kannst du sicherlich viel lernen, und das sollst du auch tun. Wer weiß, was die Zukunft für dich bereithält. Vielleicht kann ich dich im Sommer einmal besuchen kommen, und du zeigst mir München und all die feinen Sachen im Dallmayr, von denen wir hier nur träumen können.

Dann wünsche ich, dass es allen wohlergeht und du gesund bist. Und dass wir uns bald wiedersehen.

Es grüßt dich und herzt dich,
deine Mutter Agnes Schmidbauer

Balbina versuchte sich vorzustellen, wie ihre Mutter sich um die Kinder und den Haushalt des Doktors kümmerte, so wie sie selbst sich um Paul und den Haushalt von Tante Therese kümmerte. Sie hatte nur wenige Monate nach der Geburt mit ihrer Mutter unter einem Dach gelebt. Aber daran konnte Balbina sich nicht mehr erinnern. Ihre Mutter war immer arbeiten gewesen, auf anderen Höfen, bei fremden Leuten, während sie selbst zu Hause bei den Großeltern geblieben war.

»Es ist, wie es ist«, hatte die Großmutter stets gesagt, wenn Balbina immer wieder mit ihren Fragen nach dem Vater anfing. »Da hilft alles Sinnieren nichts. Wenn zwei Gockel auf dem Hof sind, weißt du auch nicht, von wem das neugeborene Küken stammt.«

Balbina aber hatte immer gewusst, dass es bei den Menschen nicht wie bei den Hühnern war. Immerzu wurde man nach dem Namen des Vaters gefragt. In der Schule, in der Kirche, auf dem Amt. Und ihr Vater trug den hässlichen Namen »Unbekannt«. So stand es in allen Papieren, doch man hätte es ihr genauso gut mit einem glühenden Eisen auf die Stirn brennen können. Man musste dafür nicht ins Gefängnis, aber es kam Balbina so vor, als würde sie doch ein ganzes Leben dafür büßen.

Sie steckte den Brief zurück in den Umschlag und legte ihn in ihre Nachttischschublade, zu den anderen Briefen ihrer Mutter. Es hatte keinen Sinn, in dieses alte Karussell einzusteigen, das sich drehte und drehte und nie zum Stillstand kam.

Paul ging zum Abreißkalender neben der Küchentür und riss das alte Blatt ab.

»Samstag, 27. Februar 1897«, las er laut.

»Faschingssamstag«, rief Balbina, die einen Topf Kartoffeln schälte.

Der Fasching fiel dieses Jahr für Paul wie für alle aus der Familie aus. Nicht wegen seines Fingers, der schon lange nicht mehr wehtat, sondern weil es seinem Vater einfach nicht besser gehen wollte. Der Doktor kam fast jeden Tag zu ihnen, und jeden Tag machte er einen mutloseren Eindruck, auch wenn er sich bemühte, Zuversicht zu verbreiten. Die Stimmung im Haus war gedrückt. Paul sah ganz traurig aus. Balbina legte ihr Messer und die Kartoffeln weg und ging zu ihm.

»Schau«, sagte Paul und zeigte auf den Hof hinunter, »der Franz hat einen neuen Reifen.«

Im Hof spielte der kleine Enkelsohn des Juweliergeschäfts nebenan. Er ging noch nicht zur Schule. Schwarze Stiefel, eine dicke Wollstrumpfhose, blaue Matrosenjacke mit einer Doppelreihe von Goldknöpfen, ein Umschlagtuch im Kragen mit weiß-blauen Streifen und auf dem Kopf eine Marinekappe. Der Nachwuchsmatrose versuchte mit einem Stock den aus Holz gebogenen Reifen, der ihm bis zum Kinn reichte, über den Hof zu treiben. Er war noch kein Meister. Der Reifen fiel ein ums andere Mal in die dünne Schneeschicht, die über Nacht das Pflaster überzogen hatte. Die Spuren des Reifens zogen ein wirres Muster durch den Schnee.

»Er kann's nicht«, stellte Paul fest.

»Jemand müsste es ihm zeigen«, sagte Balbina.

»Darf ich?«

Diesem Blick konnte Balbina nicht widerstehen. »Von mir aus darfst du gehen. Aber nur in den Hof und nicht zu wild, gell?«

Sie half Paul beim Anziehen und zog ihm einen großen Fäustling über die Hand mit dem Gips.

Franz war aus dem Häuschen vor Freude, einen Spielkameraden zu haben. Paul sah zu Balbina hinauf und winkte ihr. Sie beobachtete die beiden noch eine Weile, dann setzte sie Teewasser auf, schälte die Kartoffeln fertig, goss den Kamillentee auf und brachte ihn ins Krankenzimmer zu Onkel Anton. Doktor Eichengrün hatte sie am Morgen gebeten, die Dosis bei den Herztropfen zu erhöhen und öfter nach dem Onkel zu schauen.

Sie öffnete die Tür mit dem Ellbogen und streckte den Kopf ins Zimmer. Ihr Onkel hatte die Augen geschlossen. Er war nass geschwitzt. Als Balbina ihm das Gesicht mit einem Lappen trocknete, drehte er den Kopf weg, seufzte. Sie zählte zwanzig Tropfen auf einen Löffel und hielt ihn an seine Lippen, aber er drehte den Kopf wieder zur anderen Seite, und die braunen Tropfen versickerten in der Bettwäsche. Die Unruhe des Kranken griff auf Balbina über. Ihr Herz schlug bis zum Hals. Was sollte sie jetzt tun? Der Onkel wirkte so ganz anders als noch am Morgen.

»Onkel Anton?«, fragte sie und fasste ihn an der Schulter an. »Tut dir was weh? Du musst deine Medizin nehmen.«

Doch er reagierte nicht. Sein Stöhnen war so laut, dass es ihr fast unheimlich wurde. Sie wollte nicht mit ihm allein sein. Nicht jetzt. Bitte nicht jetzt.

Sie lief ins Geschäft hinunter. »Ludwig, Tante Therese soll raufkommen, schnell!«, rief sie, dann lief sie zurück ins Krankenzimmer. Sie wollte dem Onkel die Stirn abwischen, aber er wehrte sich dagegen, fuchtelte mit den Armen. Balbina griff nach seinen Händen, hielt sie fest, machte »Scht, scht!« Sie starrte auf den braunen Fleck auf dem Betttuch. Er wurde immer größer, wie ein Tintenklecks. Löschpapier, dachte sie, aber ich kann doch jetzt nicht weg.

Sie hörte eilige Schritte die Treppe heraufkommen. Tante Therese trat ins Zimmer, genauso erschrocken wie Balbina trat sie ans Bett, legte ihrem Mann die Hand auf die Stirn, und er begann, sich unter ihr zu winden und aufzubäumen. Balbina hielt weiter seine Hände, während Therese seinen Kopf zurück ins Kissen drückte.

»Ganz ruhig, Anton«, sagte sie, »wir sind bei dir, die Balbina und ich. Du kannst ganz ruhig sein. Gleich wird es dir wieder besser gehen.« Sie sah den Flecken auf der Decke. In diesem Zustand würde man ihm keine Medikamente geben können.

Balbina schluchzte auf. Die Tränen liefen ihr übers Gesicht. Es war zu viel für sie, aber sie wollte die Tante jetzt nicht allein lassen. Therese ließ sie auf die andere Bettseite gehen und sich auf den Bettrand setzen. Sie hielt weiter Antons Hand, während Therese sich nun den Stuhl heranzog und die andere Hand ihres Mannes festhielt.

»Anton, mein Lieber«, bat sie. »Bist du wach? Schau, wir sind bei dir. Du musst keine Angst haben. Wir bleiben bei dir.« Sie streichelte ihm die Wange.

Beide ahnten sie, dass es heute, vielleicht genau jetzt, zu Ende gehen könnte. Eine seltsame Ruhe breitete sich aus.

»Geh, lass doch ein bisschen Luft herein«, sagte Therese, und Balbina machte sich zögernd frei und öffnete das Fenster einen Spalt.

Zu den Frauentürmen hinüber schickte sie ein schnelles Gebet. »Hilf, Mutter Gottes!«

Sie spürte einen Lufthauch ins Zimmer wehen, als sei ein Engel eingetreten. Therese bewegte stumm die Lippen. Balbina kehrte an ihren Platz zurück und nahm wieder die Hand ihres Onkels und drückte sie. Sein Atem ging nun ruhiger.

Da seufzte der Kranke noch einmal auf, atmete aus, und sie warteten und warteten und atmeten für ihn mit, aber da kam nichts mehr. Balbina rüttelte an Antons Schulter, aber ihre Tante schüttelte den Kopf. Sie stand auf und beugte sich über ihn.

»Ruhe in Frieden«, flüsterte sie sanft und drückte ihm einen Kuss auf die Wange. »Balbina, lass den Doktor rufen, er soll gleich herkommen.«

Balbina schüttelte verzweifelt den Kopf. »Das kann ich nicht, Tante, bitte, ich kann das jetzt nicht.« Worauf Therese aufstand und selbst ging.

»Bleib bei ihm«, bat sie Balbina.

Als Therese fort war, warf Balbina sich auf ihren Onkel und

weinte. Es hatte alles nichts geholfen. Der Tod war gekommen und hatte seine Seele mitgenommen. Er hatte ihn ihnen weggenommen, und sie hatten ihn nicht halten können. Nicht einmal die heilige Notburga hatte es vermocht.

Was ist das Leben?, fiel es Balbina plötzlich ein. *Nur ein Wimpernschlag zwischen Ewigkeit und Ewigkeit.*

Sie richtete sich auf und wischte die Tränen ab. Dann betrachtete sie Anton. Die Schmerzen und das Leiden, alle Anspannung war nun vorüber. Er lag ganz ruhig, das Gesicht schien entspannt, auf seinen schönen Lippen lag ein ganz feines Lächeln. Er war noch da, doch nicht mehr in diesem Körper.

Balbina sah sich im Zimmer um. Das Fenster stand jetzt weit offen. Wer waren die, die seine Seele holen kamen? Passt gut auf ihn auf, gab Balbina ihnen mit auf den Weg. Denn ich habe ihn sehr lieb gehabt. Und Tante Therese auch, genauso wie Hermann, Elsa, Paul und die gesamte Belegschaft. O Gott, wer würde es Paul sagen, der draußen im Hof den Reifen mit einem Stöckchen trieb?

Therese kam zurück und wollte das Fenster schließen. »Nein«, rief Balbina. »Sie holen ihn gerade. Sie müssen doch fort.«

Therese sah sie verwundert an. »Der Doktor wird gleich hier sein.«

»Paul spielt im Hof mit dem Reifen.«

»Lass ihn spielen«, sagte Therese sanft. »Er ist ja noch ein Kind.«

Als Doktor Eichengrün kam, schickte Therese Balbina hinaus. Sie sollte sich in der Küche um das Essen kümmern, denn vom Hungern würde auch nichts besser. Balbina trat ans Fenster und sah hinab in den Hof, wo Paul immer noch dabei war, Franz das Spiel mit dem Reifen beizubringen. Als habe er gewusst, dass jemand ihn oben am Fenster beobachtete, sah

Paul zu Balbina hoch. Er winkte und rief etwas. Sie schnäuzte sich, bevor sie das Fenster öffnete.

»Darf ich mit zum Franz gehen? Er hat eine Dampfmaschine. Die möchte ich gerne sehen.«

Lass ihn spielen, er ist ja noch ein Kind, hatte Tante Therese gesagt.

»Seine Mama hat gemeint, ich kann bei ihnen auch zu Mittag essen. Bitte, Balbina!«

»Bitte, bitte, Balbina«, bettelte nun auch der kleine Franz.

»Na gut. Aber pass auf deinen Finger auf!«

Paul nahm Franz den Stock ab und trieb den Reifen geschickt zum Durchgang zwischen ihrem und dem Nachbarhaus. Und weg waren die beiden.

Balbina nahm den abgekühlten Kartoffelteig aus der Speisekammer und formte mechanisch und ohne nachzudenken fingergroße Nudeln und backte sie in der gusseisernen Pfanne in Schweineschmalz aus. Zur Not konnte man sie auch kalt essen.

Tante Therese hatte sie kurz zuvor noch in den Laden geschickt, um als Erstes Hermann Bescheid zu geben. Sie sollte es unauffällig machen, dass keine Unruhe unter dem Personal oder der Kundschaft entstand. Aber die Leute waren ja nicht dumm. Als Balbina mit verweinten Augen im Geschäft auftauchte und ohne ein Wort der Erklärung zu Hermann lief, seine Hand drückte und ihn bat, mitzukommen, wurde sie aus vielen Augen beobachtet. Alle ahnten, dass es schlecht stehen musste um seinen Vater. Als sie den Fuß der Treppe zur Wohnung erreicht hatten, war es ganz leise geworden im Geschäft, als trennte eine dicke Glasscheibe den Verkaufsraum vom Treppenaufgang zur Wohnung und die Familie vom Geschäft.

Als der Doktor kam und Balbina hinausgeschickt wurde, verließ auch Hermann auf Bitte seiner Mutter das Krankenzimmer. Balbina hatte gehofft, er würde zu ihr kommen, doch er zog sich in seine Kammer zurück und blieb mit seiner Trauer ganz für sich.

Doktor Eichengrün stellte den Totenschein aus, mehr blieb ihm nicht zu tun. Als Todesursache trug er Herzversagen ein. Als der Doktor ein Augenlid anhob, sah Therese, wie groß die Pupillen geworden waren. Antons Fingernägel waren grau wie Asche. Alles Anzeichen für einen plötzlichen Herztod, wie ihr der Doktor erklärte.

»Ein lieber Mensch ist Ihr Mann gewesen, und womöglich Ihr größter Bewunderer«, sagte Doktor Eichengrün, als sei er ein Freund ihres Mannes gewesen, nicht sein Arzt. Er legte den Totenschein auf den Nachttisch, wusch sich wie immer die Hände in der Waschschüssel und trocknete sie sorgfältig. Dann griff er in seine Tasche und entnahm ihr einen Briefumschlag.

»Diesen Brief soll ich Ihnen von Ihrem Mann im Falle seines Ablebens geben, Frau Randlkofer. Mir wurde die Ehre zuteil, ihn von Ihrem Mann diktiert zu bekommen, schon vor zwei Wochen, anlässlich eines Besuches. Er fühlte sich zu schwach, ihn selbst zu verfassen, und bat mich um diesen Dienst, den ich ihm gern erfüllt habe.«

Therese nahm den Umschlag entgegen und war völlig überrumpelt. Ein Brief von Anton an sie? Er hätte doch mit ihr reden können. Weshalb schrieb er ihr einen Brief?

»Eine gleichlautende Abschrift ist bei Notar Gottfried Heller in der Weinstraße hinterlegt«, sagte der Doktor und nahm seine Tasche. »Ich habe Ihrem Mann versprochen, dass ich mit niemandem über den Inhalt des Briefes sprechen werde, und daran werde ich mich halten. Was immer Sie tun, wie immer Sie handeln werden, Sie können sich darauf verlassen, dass von mir nie jemand erfahren wird, was in dem Brief steht. Ich war nur das Medium, die Schreibhand, die er selbst nicht mehr führen konnte. Ich verabschiede mich, gnädige Frau. Sollten Sie mich brauchen, lassen Sie es mich bitte wissen.«

Therese vergaß sogar, sich zu bedanken, so aufgewühlt war sie. Es gab einen Brief ihres Mannes an sie. Antons Testament. Stocksteif saß Therese auf ihrem Stuhl und rührte sich nicht. Die zwei Besuche von Max. Hatte Anton seinem Bruder doch nachgegeben und ihm das Geschäft oder einen Anteil daran überschrieben? Ihm und Hermann? Hatte Max Anton unter Druck gesetzt, diesen Brief aufzusetzen? Würde er ihr mit diesem Brief das Geschäft aus den Händen nehmen, weil er es einer Frau nicht zutraute, allein zurechtzukommen? Anton, das wirst du mir doch jetzt nicht antun? Wir stehen doch erst ganz am Anfang mit dem Geschäft. Es kann noch so viel daraus werden. Wir wollten etwas Großes daraus machen. Ich will es immer noch.

Wie angewachsen blieb sie auf ihrem Stuhl sitzen. Erst als Hermann klopfte und besorgt »Mama?« rief, steckte sie den Brief ein.

Sie nahm Antons Hand, die schon kalt war und sich ganz fremd anfühlte. Wie rasend schnell das ging.

Das kannst du mir doch nicht antun, Anton. Nein, bestimmt ist es etwas Harmloses. Ratschläge, wie das Geschäft zu führen ist. Unsinn, dafür hätte Anton doch nicht den Doktor bemüht.

»Mama?«, fragte Hermann wieder und streckte den Kopf zur Tür herein.

»Komm, Bub«, sagte Therese, »lass uns zusammen Abschied nehmen.« Sie stand auf, um ihren Ältesten in die Arme zu nehmen, der sich seiner Tränen nicht schämte.

Balbina übernahm es, Paul im Nachbarhaus abzuholen und nach Hause zu bringen. Sie ließ auch Elsa in Nymphenburg verständigen, sie solle nach Hause kommen. Dann kochte sie

Baldriantee, denn Tante Therese ging es gar nicht gut. Nach außen hin schien sie alles im Griff zu haben, aber sie wirkte fürchterlich abgespannt, und wer konnte es ihr verdenken. Sie hatte kurz die Angestellten zusammengerufen und sie über das Ableben ihres Mannes in Kenntnis gesetzt. Alle waren betroffen, eine der Verkäuferinnen schluchzte. Korbinian Fey bot an, auch über die Arbeitszeit hinaus zur Verfügung zu stehen für alle Botendienste und Besorgungen, die zu machen wären. Er fragte, ob er sich von seinem Chef noch persönlich verabschieden dürfte, solange er im Haus war. Seinem Wunsch schlossen sich auch die anderen Kolleginnen und Kollegen an. Nur Ludwig blieb lieber unten im Geschäft. Er fürchtete sich vor dem Tod, der ihm vor ein paar Jahren seinen Vater genommen und ihn und Lilly zu Halbwaisen gemacht hatte.

Balbina kochte Tee und Kaffee, machte belegte Brote und einen großen Topf Gemüsesuppe, damit sich jeder, der ins Haus kam, um Onkel Anton die letzte Ehre zu erweisen, stärken konnte. Beim Arbeiten in der Küche kamen Balbina immer wieder die Tränen, doch sie kämpfte dagegen an, immerhin war sie ja kein Kind mehr. Ein Teil von ihr war traurig, ein anderer wütend. Auf die heilige Notburga zuallererst, auf alle Heiligen, zu denen sie gebetet hatte. Ihr Onkel war ein guter Mensch gewesen, er war noch nicht richtig alt gewesen, und sie vermisste ihn jetzt schon, obwohl er noch da lag und sie seine Anwesenheit immer noch spüren konnte. Das Leben war ungerecht. Die einen hatten gar keinen Vater, die anderen verloren ihren viel zu früh. Sie fuhrwerkte so wild herum, dass ihr fast der Topf vom Herd gerutscht wäre, und verbrannte sich dabei am Unterarm. Es tat weh und sie ließ kaltes Wasser über die Brandwunde laufen und endlich konnte sie die Tränen nicht mehr zurückhalten.

Sie hatte nicht gehört, dass jemand die Tür geöffnet hatte, aber auf einmal stand jemand hinter ihr und legte ihr die

Hände auf die Schulter. Sie drehte sich um und sah Hermanns unendlich traurige Augen. Sie schmiegte sich an ihn, vergrub ihren Kopf an seiner Schulter und weinte, während er ihr über den Rücken strich.

»Wir müssen der Mutter helfen«, sagte er, »ich glaube, es geht ihr gar nicht gut. Sie sollte etwas essen. Sie hält sich ja kaum noch auf den Beinen.«

Balbina schnäuzte und wischte sich über die Augen. »Komm«, sagte sie und nahm ihn bei der Hand, »wir gehen sie holen. Es ist alles vorbereitet, wir müssen sie nur in die Küche bringen.«

Paul saß bei Therese auf dem Schoß und war ganz aufgelöst. Elsa war noch nicht nach Hause gekommen. Balbina nahm Paul bei der Hand, Hermann hakte seine Mutter unter und fast apathisch ließ sie sich aus dem Zimmer führen.

»Du musst etwas essen und trinken, Tante. Es werden noch mehr Leute kommen heute und morgen, und du musst auf den Beinen bleiben. Also iss von der Suppe und nimm dir ein Stück Brot. Bitte, Tante.«

»Vergelt's Gott«, flüsterte Therese, wie Anton es immer getan hatte, und Balbina nahm all ihre Kraft zusammen, um nicht an ihn zu denken. Weinen konnte sie später, in ihrer Kammer. Jetzt musste sie sich darum kümmern, dass alle versorgt waren.

»Iss jetzt«, sagte Balbina. »Müssen wir nicht auch Onkel Max verständigen?«

»Das hat Zeit«, bestimmte Therese kühl. Ihr Schwager war der Letzte, den sie jetzt sehen wollte.

»Jetzt iss, Tante«, sagte Balbina wieder und drückte ihr den Suppenlöffel in die Hand.

Therese gehorchte. Paul hatte sich auf die Eckbank gelegt, und Hermann deckte ihn mit einer Decke zu.

Elsa kam und blieb für kurze Zeit am Totenbett ihres Vaters. Dann flüchtete sie sich in die Arme ihrer Mutter. Sie wollte sich nicht an den gemeinsamen Tisch setzen, sondern nahm einen Teller Suppe und etwas Brot mit hinauf in ihre Kammer. Niemand verwehrte ihr den Wunsch, allein zu sein.

Spätabends, als Balbina sich nicht mehr auf den Beinen halten konnte, ging sie hinauf in ihre Kammer. Sie hatte nicht einmal mehr Kraft zu beten vor dem Schlafen. Was für ein schrecklicher Tag. Und wie schlimm würden erst die nächsten Tage werden. Onkel Anton war tot. Leute würden ins Haus kommen, dann würden sie ihn holen und wegbringen. Tante Therese hatte ihr erklärt, dass die Toten in der Stadt nicht zu Hause aufgebahrt werden durften. Sie wurden in ein Leichenschauhaus gebracht, weg von der Familie, und dort lagen sie bis zur Beerdigung in einem offenen Sarg.

Balbina wollte gar nicht daran denken. Sie schlüpfte unter die Decke und murmelte das einzige Totengebet, das ihr einfiel. »Herr, gib ihm die ewige Ruhe, und das ewige Licht leuchte ihm. Lass ihn ruhen in Frieden. Amen.«

Beim Kreuzzeichen schlug sie die Decke zurück und setzte sich auf. Wie eine Schlafwandlerin hob sie die Beine aus dem Bett, zündete die Kerze auf ihrem Nachttisch noch einmal an, ging zum Schrank und holte das Kästchen mit ihrem Geburtstagsgeschenk heraus. Es musste sehr wertvoll sein, wenn es aus dem Juweliergeschäft Theodor Heiden kam.

Nun musste sie einfach dieses Kästchen öffnen und einen Blick hineinwerfen. Als sie den Deckel abnahm, erschrak sie. Sie schloss die Augen, machte sie wieder auf. Sie hatte es nicht geträumt. Auf dem schwarzen Samtkissen lag eine feine Goldkette mit einer Perle als Anhänger, die wie ein Blütenkelch in Gold gefasst war. Als Balbina ihn mit dem Finger berührte, spürte sie die glatte, nicht ganz ebene Oberfläche der Perle, die nicht rund, sondern eher wie ein Tropfen geformt war. Es fühlte sich an wie ein Zahn. Über der Kelchfassung bemerkte

Balbina noch zwei Steinchen, wie kleine Glassplitter, die ebenfalls in Gold gefasst waren. War es Glas oder Bergkristall, der durchsichtig war wie Wasser? Sie wusste es nicht, aber die Kette war so schön. Rechts und links vom Collier steckte je ein passender Perlenohrring, in ein zartes Netz aus Goldfäden gefasst. Sie hatte nie etwas Schöneres gesehen.

Balbina setzte den Deckel wieder auf das Kästchen und strich ein letztes Mal mit dem Finger darüber. »Theodor Heiden, München«. Dann löschte sie das Licht und legte sich schlafen. Sie verstand nicht, warum Onkel Anton ihr dieses Geschenk gemacht hatte. Es musste etwas zu bedeuten haben, aber was?

Um halb zwölf Uhr nachts war auch Therese so müde, dass sie fast im Sitzen eingeschlafen wäre. Sie schleppte sich in ihre Kammer, setzte sich an den Tisch, nahm den Umschlag aus ihrer Rocktasche und zögerte. Es war spät, sie spürte keinen Funken Kraft mehr in sich und doch musste sie wissen, was in diesem Brief stand, welches Vermächtnis Anton hinterließ, denn dass es dabei um das Geschäft und die Erbfolge ging, daran zweifelte sie nicht mehr. Sie hatte keinen Brieföffner zur Hand, also nahm sie eine ihrer Haarnadeln.

Geliebte Frau, treue Gefährtin, meine liebe Therese!

Doch dann hielt sie inne. Musste sie das, was Anton mit dem Geschäft vorhatte, heute Nacht noch erfahren? Nein, das musste sie nicht. Ihre Sorge war groß, aber die Vernunft siegte doch. Die Buchstaben zerstoben ohnehin schon unter ihren Augen wie ein Schwarm Kaulquappen in einer Pfütze. Sie brauchte ihren Schlaf, denn es würden schwere Tage kommen für sie und die Kinder. Sie würde das Geschäft vorübergehend schließen müssen, die Sterbeanzeige in den *Münchner Neuesten*

Nachrichten aufgeben, einen Geistlichen der Metropolitan-Pfarrei verständigen, die Beerdigung festlegen. Ihre rechte Faust umschloss den Brief, und so schlief sie ein.

Lange vor Sonnenaufgang erwachte Therese. Im Haus war es noch still. Faschingssonntag, dachte sie wehmütig. Sie hatten Karten für den Maskenball im Deutschen Theater gehabt, Anton und sie. Nach so vielen Jahren wollten sie wieder einmal zusammen auf einen Ball gehen, die Karten hatten sie vor Monaten schon gekauft, als Anton noch gesund gewesen war. Es würde der schrecklichste Faschingssonntag ihres Lebens werden.

Therese stand auf, zog sich an und erst als sie das Bett zurückschlug, fand sie den mit der Haarklammer aufgerissenen Umschlag. Besonders würdevoll sah das nicht aus. Verzeih mir, Anton. Sie spürte einen Druck auf der Brust, als sie an ihren Mann dachte, der dort in seiner Kammer lag wie ein Fremder. Die Blätter, die sie aus dem Umschlag nahm, waren zerknittert wie getragenes Leinen. Sie musste die halbe Nacht auf dem Umschlag gelegen haben. Therese strich die Seiten mit dem Arm glatt. Es waren sechs eng beschriebene dünne Blätter. Im Licht einer Kerze begann sie zu lesen.

Geliebte Frau, treue Gefährtin, meine liebe Therese!

So oft wollte ich dir beichten, ich habe es versucht, aber wir Männer sind manchmal solche Feiglinge. Ich schäme mich, dass ich es dir nie erzählt habe, auch in den letzten Wochen meiner Krankheit nicht, auch nicht, als ich begann zu ahnen, dass ich sie vielleicht nicht überleben werde. Das gute Herz, das mir nun versagt, war nicht schuld an meiner schändlichen Tat. Verzeih mir, Therese, wenn du kannst, das ist alles, worum ich dich bitte.

Ich diktiere mein Geständnis heute, am 20. Februar 1897, im Vollbesitz meiner geistigen, wenn auch nicht körperlichen Kräfte, meinem Hausarzt Dr. Jakob Eichengrün, an meinem Krankenlager. Ich könnte sagen, dass meine Gesundheit so weit angegriffen ist, dass ich dir die Wahrheit nicht mehr von Angesicht zu Angesicht erzählen kann. Aber das wäre gelogen. So lange es auch zurückliegt, ist doch mein Mut nicht größer geworden, gewachsen ist mit den Jahren nur meine Furcht, dir die Wahrheit zu sagen. Also bringe ich es nun in Gottes Namen endlich hinter mich, denn es ist höchste Zeit.

Dr. Eichengrün hat mir geschworen, niemals auch nur einem Menschen von dem zu berichten, was er hier in meinem Auftrag aufzeichnet. Ich vertraue ihm blind. Was bleibt mir auch anderes übrig. Therese, ich werde nun mein Geheimnis an dich weitergeben vor meinem Tod, denn er wartet nur darauf, dass ich endlich bereit bin zu gehen. Ich muss dich nun zur Hüterin meines Geheimnisses machen. Und wenn du es willst, dann bleibt es auch bei dir. Ich habe dafür gesorgt, dass keine Indiskretionen von keiner Seite zu erwarten sind. Darauf kannst du dich verlassen. Dass ich dir diese Bürde weitergebe, ist so schändlich wie die Tat selbst. Ich bin mir dessen bewusst und kann nur meinen Schöpfer um Vergebung anrufen. Und dich. Ich habe dich immer geliebt, das weißt du. Vergib mir, Therese.

Gehen wir jetzt zurück in die Vergangenheit. Anno 1880, als unser König Ludwig II. noch regierte, auch wenn er sich dem Volk schon lange nicht mehr zeigte. Geliebt haben wir ihn trotzdem. Aber ich komme zur Sache. 1880, Therese, du erinnerst dich. Es war der Sommer, als du nach deiner schweren Bronchitis zur Kur nach Bad Kissingen gefahren bist.

Beide waren sie hübsche, zupackende junge Frauen. Du hast sie noch mit mir zusammen nach ihren Bewerbungen ausgesucht und hast selbst die Verträge vereinbart. Das Hausmädchen, ich weiß ihren Namen nicht mehr, war auch nach deiner Rückkehr aus der Kur noch da. Sie blieb zwei, drei Monate bei uns, wenn ich mich recht erinnere. Nur die Aushilfe für das Geschäft war bereits wieder fort, als du aus der Kur kamst. Ich habe dir erzählt, dass ihre Mutter in der Zeit deiner Abwesenheit verstorben sei, und das Mädchen deshalb nach Hause musste. In Wahrheit hat sie eine andere Stelle angenommen, weil ich nicht wollte, dass sie noch da wäre, wenn du zurückkämst. Ich habe mich so geschämt.

Ich weiß bis heute nicht, was in mich gefahren ist, dass ich mich so habe gehen lassen. Ich war einfach schwach. Ein schrecklich dummer Mann war ich.

Louise hat sie geheißen, erinnerst du dich noch? Eine große, zupackende Frau mit dunklen Locken. Dir sogar sehr ähnlich.

Louise wurde schwanger. Der Missetäter war ich, daran gab es keinen Zweifel, denn sie kannte zu der Zeit in München niemanden und ging auch nicht alleine aus. Sie war so jung. Das Kind war eine Schande für sie, und sie wollte es auf keinen Fall behalten. Ich habe mich ein zweites Mal versündigt, als ich sie zu einer Person schickte, die ich dafür bezahlt habe, dass sie das unerwünschte Kind nicht austragen musste. Doch dieses Kind wollte leben und es hat überlebt. Louise wollte es nicht bei sich behalten oder zu ihren Eltern bringen. So hat sie das Kind in der elenden Gebäranstalt in der Sonnenstraße zur Welt gebracht. Und ich habe das kleine Mädchen dann übernommen und es in die Oberpfalz gebracht, zu deiner jüngeren Schwester Agnes, die damit einverstanden war. Gegen Geld natürlich und gegen den Schwur, niemandem je etwas darüber zu sagen. Sie hat damals als Magd in der Landwirtschaft gearbeitet, und ich habe ihr die Ausbildung zur Hauswirtschafterin finanziert. Für sie war es die Chance auf eine bessere Zukunft.

Das Mädchen haben deine Eltern großgezogen, und als es elf Jahre alt war, kam sie zu uns nach München. Therese, ich weiß wohl, wie dir jetzt zumute sein muss. Der Schuldige bin allein ich, das Mädchen, unsere Balbina, kann nichts dafür. Sie weiß ja nicht, welcher Schuft ihr Vater war. Ich habe dir also ein Kuckuckskind ins Haus gebracht, und du hast das tüchtige Kind sehr schnell ins Herz geschlossen. Vertreibe sie jetzt nicht aus deinem Herzen und nicht aus deinem Haus. Tu ihr das nicht an, sie könnte es nie und nimmer verstehen. Wenn du dich aber doch dazu entschließt, so habe ich dafür gesorgt, dass sie nicht mittellos in der Welt steht. Aber sie weiß von alledem nichts. Nur du kennst die Wahrheit und ich. Die leibliche Mutter Louise und die Ziehmutter Agnes, deine Schwester, sind ausbezahlt worden. Von ihnen hast du nichts zu befürchten. So viel ich weiß, hat Louise in einen Hof bei Glonn eingeheiratet und einen ganzen Stall voll Kinder zu Hause. Agnes hat die Ehelosigkeit gewählt und bringt sich selbst durch. Wenn du sie nicht darauf ansprichst, wird sie nie wissen, dass ich dir doch noch die Wahrheit gesagt habe. Sie wird denken, ich hätte mein Geheimnis mit ins Grab genommen. Und wenn du Balbina im Haus behältst, bis sie volljährig ist, muss sie auch nichts über die Hintergründe für die Unterstützung erfahren, die ich ihr für den Fall zugedacht habe, dass du sie nicht mehr in deiner Nähe haben willst. Aber überlege es dir, Therese, ob du sie büßen lässt für eine Tat, die sie nicht zu verantworten hat.

Was hat es mir Sorgen bereitet, ob sie mir mit der Zeit ähneln und du die Ähnlichkeit auch erkennen würdest. Und ich habe mich all die Jahre so zurücknehmen müssen, um mich ihr gegenüber wie ein Onkel zu verhalten und mich nicht zu verraten. Du hättest es mir womöglich nie verziehen, dass ich dich so hintergangen habe. Bewahre dieses Geheimnis nun, Therese. Verschließe es in deinem Herzen, wie ich es all die

Jahre getan habe. Es muss sich nichts ändern. Aber behandle mir Balbina weiterhin gut, denn sie ist nicht nur ein herzensguter Mensch und eine große Hilfe für dich, sie ist auch Blut von meinem Blut und soll deswegen unseren Kindern gegenüber nicht schlechter gestellt sein. Nicht nach dem Gesetz, aber nach der Moral eines Christenmenschen, zumindest nach meiner Moral, dürfte Balbina, wenn du das Geschäft und das Haus einmal überschreibst, unseren Kindern gegenüber nicht benachteiligt werden. Du hast von nun an nicht nur drei Kinder, Therese, du hast eines mehr. Ich bete in der Ewigkeit dafür, dass dein Stolz nicht über der christlichen Nächstenliebe stehen möge.

Das Mädchen hat sich doch längst einen Platz in deinem Herzen erkämpft, das weiß ich, und ich habe es immer sehr gern gesehen, wenn Zuneigung, ja Liebe, in deinem Blick auf das Mädel lag. Ich war so stolz, wenn dir ein Seufzer entwischte und eine Bemerkung wie »Was tät ich nur ohne meine Balbina?« Als hätte ich selbst etwas dafür geleistet. Ich habe es in gewisser Weise eingefädelt, aber ich konnte nicht ehrlich zu dir sein. Das konnte ich dir nicht antun. Was wäre ohne dich aus mir geworden? Ein Nichts und Niemand wäre ich heute. Du bist ein Mensch, der mit jedem umgehen kann, egal ob es ein Fuhrmann ist oder eine Prinzessin, du rechnest nicht, ob es sich lohnen wird. Du bist eine ehrliche Haut, das ist es, was die Leute an dir schätzen und warum sie dir in so vielem vertrauen. Sie wissen, im Dallmayr, wie vorher schon in der Maffeistraße, werden sie behandelt, als ob sie jemand Besserer wären, als sie in Wirklichkeit sind. Und was du den Hofköchen und den Köchinnen aus den Herrschaftshäusern alles an Rezepten und wichtigen Informationen entlockst, ohne dass sie einmal das Gefühl haben, sie werden ausgefragt, das macht dir keiner so leicht nach.

Du bist ein feiner Mensch, Therese, und hast ein glückliches Händchen. Deshalb traue ich dir auch zu, dass du das Geschäft aus eigener Kraft weiterführen kannst. Halte die Familie zusammen und vergiss mir meine zweite Tochter nicht. Pass auf sie auf wie auf die drei anderen Kinder, und bitte, Therese, spring über deinen Schatten, wenn du kannst, es wird dein Schaden nicht sein. Gewiss nicht. Ob du, wenn du das Geschäft einmal den Kindern überschreibst, Balbina offen mit dazunimmst, überlasse ich dir. Es muss ja nicht alle Welt von meinem Fehltritt erfahren. Ich habe für sie vorgesorgt und ihr ein Konto bei der Vereinsbank angelegt, das ihr zusteht, sobald sie volljährig ist oder wenn du den Zeitpunkt für gekommen siehst, sie aufzuklären über ihren Vater und wie sie zu den Randlkofers steht. Wenn du ihr bis zu ihrem einundzwanzigsten Geburtstag nichts gesagt hast, wird der Direktor der Vereinsbank-Filiale in der Maffeistraße oder sein Bevollmächtigter sie aufsuchen und ihr einen Umschlag mit der Vermögensaufstellung überreichen, »von ihrem leiblichen Vater«. Mein Name steht nicht in dem Schreiben. Sie wird ihn nicht erfahren, wenn du es nicht willst.

Ich würde es mir wünschen, dass sie es erfährt, irgendwann, wenn es dir richtig erscheint. Es reicht mir, wenn sie mich als Onkel Anton über meinen Tod hinaus in guter Erinnerung behält. Vielleicht wird sie mir böse sein, wenn sie die Wahrheit erfährt. Das muss ich ihr überlassen. Das Geld soll sie aber auf jeden Fall nehmen, bitte sorg dafür, wenn sie es aus verletztem Stolz ausschlagen sollte. Ich möchte, dass sie ein gutes Leben hat, wenn sie schon ohne Vater aufwachsen musste.

Nun bin ich fast ans Ende gelangt, nur eine Sache lastet noch schwer auf mir. Therese, du hast es ja selbst bemerkt, dass unser Hermann ein Auge auf Balbina geworfen hat, die glücklicherweise mehr nach ihrer Mutter als nach mir gekommen ist. Eine Verbindung der beiden darf unter keinen Umständen sein, ich muss es dir nicht weiter erklären. Das darfst du nicht erlauben, und so bitte ich dich um Verzeihung, dass ich dir auch das noch aufbürden muss, dass du nun einen Keil zwischen die beiden treiben und einen Grund vorschieben musst, warum es nicht sein darf. Wir Männer sind schwach, wofür ich nun selbst das beste Beispiel bin. Ich bin also nicht besser als viele andere, auch wenn du das immer von mir gedacht hast. Ich hätte es dir gern erspart, aber ich konnte doch dieses Kind nicht verleugnen und eine Person ins Unglück stürzen, die es nicht verdient hat, nur wegen eines einzigen unglücklichen Moments in ihrem jungen Leben. Ich hätte der Gescheitere sein müssen, aber so sind wir Männer. Wenn's dahingeht, ist das Hirn außer Betrieb. Da sind Urkräfte am Werk.

Aber sei ehrlich, Therese, ist Balbina nicht ein prächtiges Kind und ist sie schlechter als unsere drei, nur weil ihre leiblichen Eltern in einer bestimmten Stunde ihres Lebens versagt haben? Ich habe nie mit einem Pfarrer darüber gesprochen, weil ich die Heucheleien gar nicht hören wollte. Ich bin mir sehr sicher, dass Christus und unsere Muttergottes niemals den Stab über ein gutes, unschuldiges Kind brechen würden, nur weil es nicht standesgemäß gezeugt wurde. Bei der Geburt Jesu war ja auch ein anderer im Spiel neben Josef. Schau, und dafür würde mich jeder Pfarrer aus dem Beichtstuhl jagen, wenn ich so etwas sagen würde. Deshalb schreibe ich es nur in diesem Brief an dich. Und ich gelobe – Dr. Eichengrün ist mein Zeuge –, wenn ich diese Krankheit noch einmal besiegen und weiterleben kann, dann will ich reinen Tisch machen und dir die Wahrheit sagen. Alles, was in diesem Brief steht, sollst du genau so aus meinem Mund erfahren. Und dann werden wir weitersehen, du und ich zusammen. Ich bitte Gott heute um diese Gnade. Aber ich werde nicht mit ihm hadern, wenn er sie mir nicht gewährt.

Ich danke dir für deine Liebe, deine Treue, deine Hilfe durch ein ganzes langes Eheleben an meiner Seite. Ich hätte es viel schlechter treffen können. Ich weiß, was du mir alles geschenkt hast: deine Jugend, ein arbeitsreiches Leben, drei Kinder, auf die ich sehr stolz bin und die ich nun vielleicht nicht mehr begleiten kann, bis sie groß sind und ihren Platz gefunden haben im Leben. Wenn ich gehen muss, so gehe ich in Frieden. Ich weiß, du wirst es ihnen an nichts fehlen lassen, und auch unserem vierten Kind soll es so ergehen. Das ist mein Wunsch und auch mein Wille. Gott gebe dir Kraft und Zuversicht, Therese, ihn nach bestem Wissen und Vermögen zu erfüllen.

Dein dich liebender und ehrender Mann Anton Randlkofer. Am 20. Februar anno domini 1897, drei Jahre vor dem Jahrhundertwechsel, den ich so gerne noch erlebt und mit dir zusammen gefeiert hätte. Möge das neue Jahrhundert dir, den Kindern und dem Geschäft nur Gutes bringen! Der Dallmayr wird groß werden unter deiner Führung, da bin ich mir ganz sicher. Vielleicht noch größer, als du und ich es uns heute vorstellen können. Ich schau dir von oben zu, Therese. Und ich werde Beifall klatschen, wenn du wieder ein Steinchen auf das nächste setzt.

II

Februar bis April 1897

Therese sah den einzelnen Blättern von Antons Brief hinterher, die raschelnd zu Boden sanken, als hätte ein Windhauch sie gepackt. Dabei war es nur ihre Hand gewesen, die nicht mehr in der Lage gewesen war, sie festzuhalten. Therese war zu keinem klaren Gedanken mehr fähig. Ihr Blick verfing sich in der Spiegelkommode an der Wand gegenüber, folgte der Maserung des Holzes, dem Lack, der an einigen Stellen stumpf geworden war, den Metallbeschlägen, die wie kleine Katzenpfoten an den Schubladen hingen. Nein, es waren keine Pfötchen, sondern Tränen, die dort fest geworden waren. Erst nach Minuten begriff sie, dass das bleiche Gesicht, das sie schon eine ganze Weile mit kaltem Blick beobachtete, ihr eigenes war. Therese konnte den Blick nicht abwenden. Ihr Wille war besiegt. Sie hatte keine Kraft mehr und blieb einfach nur sitzen, gefühllos gegen die Kälte im Zimmer, die Dunkelheit, unfähig sich zu bewegen.

Nur ganz langsam kamen nach einer Ewigkeit die Empfindungen zurück. Ihr war kalt, und sie hatte Durst. Bad Kissingen, dachte sie. Sie war jung gewesen damals, Anfang dreißig. Immer noch von einer langen Krankheit geschwächt, war sie dort hingekommen, in das schrecklich mondäne Kurbad, in dem sie sich zu Beginn wie eine Hochstaplerin vorgekommen war. Das filigrane Brunnenhaus, die Wandelarkaden, dieses bitter schmeckende Heilwasser, die solehaltige Luft des Freiluftinhalatoriums. Erst als es ihr zunehmend besser ging, konnte sie die Pracht und den Luxus der Speisesäle, die Konzertnachmittage in den Pavillons, den mit Lampions geschmückten Kurgarten allmählich genießen. Die Erinnerungen standen so klar vor ihren Augen wie ein aufgeschlagenes Fotoalbum. Schau, diese hübsche junge Frau in dem herrlichen Seidenkleid, das bin ja ich. Sogar ihre Tischnachbarn im Speisesaal, an die sie siebzehn Jahre nicht gedacht hatte, fielen ihr wieder ein. Vor allem dieser Herr von Berneck, Johann hatte er geheißen, der sich so um sie bemüht hatte. Aber ein Kurschatten kam für Therese nicht infrage. Sie war verheiratet, hatte ein kleines Kind zu Hause und einen Mann, von dem sie glaubte, er sei ihr treu. An dem sie niemals gezweifelt hatte. Dreiundzwanzig lange Ehejahre nicht.

Sie hob die Blätter vom Boden auf, stand auf, um ihre Beine zu bewegen. Sie konnte ja nicht bis in alle Ewigkeit hier sitzen bleiben. Noch einmal betrachtete sie ihr Spiegelbild, blickte siebzehn Jahre zurück. Wie hatte sie ausgesehen, diese Louise? Therese erinnerte sich nicht an das Mädchen. Vielleicht so wie Balbina heute? Balbina. Das Kind ihrer Schwester, das Kind ohne Vater. Und wenn Anton sich irrte? Wenn es gar nicht sein Kind war? Wenn diese Louise ihm ihr lediges Kind nur untergeschoben hatte und ihr guter Anton war darauf hereingefallen? Konnte es nicht so gewesen sein? Balbina sah Anton doch überhaupt nicht ähnlich. Sie war dunkelhaarig wie er, hatte jedoch blaue Augen, während seine braun waren. Mit ihrer hageren, aschblonden, immer ein wenig erschöpft aussehenden Schwester Agnes hatte dieses hübsche Kind mit dem einnehmenden Wesen nie Ähnlichkeit gehabt, das hatte Therese immer schon ein wenig verwundert. Aber auch das kam schließlich öfter vor und war kein Grund, misstrauisch zu werden.

Anton hatte sie sogar einmal mit dem kleinen Hermann in Bad Kissingen besucht. Es war eine lange Zugfahrt gewesen, und die beiden waren sogar über Nacht im Hotel geblieben. Nie hätte sie geglaubt ...

Sie hielt inne, stützte sich auf die Tischplatte, dachte nach. Anton war tot, sie konnte ihm nicht böse sein. Nicht jetzt, wo er noch dort unten in seiner Kammer lag, die bleichen Hände auf der Bettdecke gefaltet. Sie musste sich um die Formalitäten kümmern, um eine würdige Beerdigung, man musste die Familie informieren. Und dann? Sie stand auf, ging durchs Zimmer, um den Tisch herum. Was passierte jetzt mit dem Kuckuckskind in ihrem Haus, dem ledigen Kind, das nun doch noch einen Vater bekommen hatte, nachdem es die Suche, das Fragen nach ihm längst aufgegeben hatte. Aber dieses Kind hatte keine Ahnung. Nur Therese wusste Bescheid. Und was fing sie jetzt damit an? Was änderte es?

Rumms. Thereses Hand sauste auf die Tischplatte. Erschrocken horchte sie, ob jemand davon wach geworden war. Natürlich änderte das etwas. Hermann und Balbina. Diese zarte Verbindung, ihre Zuneigung und Verliebtheit, die dabei war, sich zu entwickeln. Und jetzt? Wie trennte man zwei verliebte junge Leute? Was sollte sie denn tun? Sollte sie Balbina wegschicken oder Hermann? Ich brauche sie doch beide. Und sie würden es nie verstehen. Soll ich ihnen die Wahrheit sagen? Das kann ich unmöglich, nicht jetzt, das geht über meine Kräfte. Ich bin doch auch nur ein Mensch.

Therese sah ein, dass es keinen Sinn hatte, sich weiter so zu quälen. Sie konnte nicht alles an einem Tag lösen. Sie musste handeln, und zwar sofort. Das Angelusläuten setzte gerade ein. Sechs Uhr. Noch eine Stunde bis zur Eröffnung des Geschäfts. Und dass sie es auch heute öffnen würde, stand für

Therese außer Zweifel. Es war der Faschingssonntag. Den Vormittag über konnten die Leute noch einkaufen und sich mit Dingen versorgen, die für ihre privaten Bälle und Einladungen noch fehlten. Am Nachmittag würde es den großen Faschingsumzug geben. Der Marienplatz würde sich mit Musikkapellen, Bonbons, Faschingsvereinen und Hunderten von maskierten und verkleideten Menschen füllen. Das Prinzenpaar würde darunter sein und vom Rathausbalkon herunterwinken. Fort jetzt, sie hatte sich nun lange genug im Kreis herumgedreht und würde noch mehr Zeit haben, über alles nachzudenken, als ihr lieb war. Aber nicht jetzt. Nicht alles auf einmal.

Therese lief in Mantel, Hut und Schal zum Pfarramt der Frauenkirche hinüber. Es war nicht weit, aber sie spürte die Kälte dieses letzten Februarmorgens bis in die Knochen. Die Pfarrschwester war schon wach und ließ sie ein. Und weil Therese in einem etwas verwirrten Zustand war, verabreichte sie ihr gleich zwanzig Hoffmannstropfen, aufgelöst in einem Zuckerwürfel. Dann klopfte sie den Kaplan aus dem Bett, denn der Monsignore hatte sich schon zur Frühmesse in den Dom begeben. Sie versprach Therese auch, gleich zum Städtischen Bestatter am Südfriedhof zu schicken, damit alles geregelt würde.

»Warum haben Sie denn nicht schon gestern einen Priester geholt?«, fragte der junge Kaplan, der Therese nach Hause begleitete. »Für eine Krankensalbung ist es ja nun zu spät.«

Therese erklärte ihm, es sei trotz längerer Krankheit plötzlich ganz schnell gegangen und keiner habe zu dem Zeitpunkt damit gerechnet, auch Doktor Eichengrün, der behandelnde Arzt, nicht. Bemerkte sie ein verächtliches Zucken der Mundwinkel im Gesicht des Priesters?

»Nun muss er ohne letzte Ölung und ohne priesterlichen Beistand vor seinen Schöpfer treten«, jammerte der Kaplan, der Therese immer unsympathischer wurde. »War ihr Mann überhaupt gläubig?«

Das war zu viel für Therese. »Mein Mann war der, der er war«, fuhr sie den Priester an. »Ein liebenswerter Mensch und erfolgreicher Geschäftsmann. Und über seinen Glauben müssen wir beide uns jetzt keine Gedanken mehr machen, Herr Kaplan. Tun Sie bitte Ihre Arbeit, sprechen Sie ein Gebet, wie es sich gehört, und machen Sie mir keinen Kummer, denn davon habe ich momentan genug. Bitte.«

Den Rest des Weges liefen sie schweigend nebeneinanderher. Therese führte den Priester hinauf ins Sterbezimmer. Jemand hatte bereits das Federbett frisch bezogen, gelüftet und sogar zwei Kerzen angezündet und einen Strauß weißer Lilien besorgt. Da musste dieser Jemand aber auch sehr früh aufgestanden sein, dachte Therese und wusste, dass es nur Balbina gewesen sein konnte. Die Brust wurde Therese eng, als ihr Blick auf Antons wächserne Hände fiel, sein Gesicht mochte sie lieber nicht ansehen. Der Brief, das Geständnis, es war in diesem Moment wie weggewischt. Anton hatte sie verlassen, und unendliche Trauer war alles, was sie empfand.

Sie instruierte Korbinian und Ludwig, sich um das Geschäft zu kümmern und die Bestatter, wenn sie kämen, über den Hintereingang in die Wohnung zu lassen. Dann holte sie Balbina und die Kinder, um in Anwesenheit des Priesters ein gemeinsames Vaterunser zu sprechen und von Anton Abschied zu nehmen.

Am frühen Vormittag, als der Priester schon wieder fort war, hörte Therese Schritte auf der Treppe vom Geschäft hinauf zur Wohnung. Kamen jetzt etwa schon Leute zum Kondolieren? Bislang hatte sie doch niemanden informiert. Sie hörte, dass es Ludwig war, der den Besucher heraufführte. Unaufhörlich unterhielt er sich mit jemandem, den Therese noch nicht erkennen konnte, unwillkürlich trat sie einen Schritt zurück.

»Wenn ich Sie bitten dürfte, Majestät.« Ludwig sprach jetzt lauter. »Vorsicht Stufe, wenn Sie gestatten, Euer Gnaden.«

»Das nenne ich aber mal einen wohlerzogenen Münchner Burschen. Lehrling sind Sie? Ja, lernt man das auch beim Dallmayr, diese hervorragenden Manieren?«

Therese lauschte, verborgen in ihrem Winkel. Diese Stimme kannte sie doch.

»Für meine Manieren war schon mein Elternhaus zuständig, eure Exzellenz«, trumpfte Ludwig auf.

»So? Da haben Ihre Eltern aber etwas geleistet. Brave Münchner Bürger, nehme ich an?«

»Mein Vater ist leider schon verstorben. Er war Arbeiter in einer Sägemühle und Sozialdemokrat. Vielleicht hat er deshalb das Bürgerrecht nicht bekommen. Ich wohne mit meiner Mutter und meiner Schwester in Haidhausen.«

Therese hielt den Atem an. Das war Prinzregent Luitpold. Der oberste bayerische Landesherr in Jagdkleidung, mit Gamsbart auf dem Hut. Und Ludwig redete sich gerade um Kopf und Kragen. Sie musste schleunigst eingreifen.

»Was Sie nicht sagen.« Der Regent strich sich über den weißen Vollbart. »Na, dann gibt es ja noch Hoffnung für die bayerische Sozialdemokratie, wenn diese Leute wenigstens ihre Kinder anständig erziehen.« Jovial klopfte er Ludwig auf die Schulter, und die Kuh war für dieses Mal vom Eis.

Therese trat aus ihrer Deckung und verbeugte sich. »Herr Prinzregent, Eure Majestät, was für eine Ehre.«

»Mein herzliches Beileid, liebe Frau Randlkofer. Ich war auf dem Weg ins Gebirge, zur Jagd, als ich bemerkt habe, dass mir die Zigarren ausgehen könnten. Zechbauer hat heute zu, deshalb kam ich zu Ihnen, und Ihr Lehrbub erzählte mir von dem Trauerfall in Ihrem Haus. Es tut mir wirklich sehr leid. Ich würde gern persönlich von Ihrem Mann Abschied nehmen. Ein guter, ehrlicher Kaufmann. Ich habe ihn immer sehr geschätzt.«

»Es ist mir eine Ehre, Exzellenz.« Therese ging voraus zu Antons Kammertür.

Der Prinzregent hatte die Hände zum Gebet gefaltet und blieb in sich gekehrt neben dem Bett stehen.

»Sie werden doch den Dallmayr weiterführen?«, fragte er nach seiner kurzen Andacht beim Hinausgehen. »So ein schönes Geschäft kann man doch nicht fremden Leuten überlassen, nicht wahr? Wo soll ich denn sonst meine Austern und die besten Schüblinge von ganz München holen lassen?«

»Ich danke Ihnen sehr, Majestät. So Gott will, führe ich das Geschäft weiter.«

»Brav«, sagte die Exzellenz. »Sie haben ja eine gute Hand fürs Geschäftliche, wie man hört. In München sind die Frauen jetzt oft genauso tüchtig wie ihre Männer oder Väter. Schauen Sie nur meine Tochter an. Was liegt sie mir in den Ohren, ich soll endlich die Universitäten auch für die Frauen freigeben.«

Therese sah, wie Ludwig den Mund aufmachte und sich anschickte, in weitere Fettnäpfchen zu treten, daher sagte sie schnell: »Ich bedanke mich sehr für Ihren Besuch und wünsche Ihnen eine gute Jagd. Ich bringe Sie selbst nach unten. Bitte sehr, Exzellenz.«

Sechsundsiebzig Jahre war der Regent alt, fast zwanzig Jahre älter als Anton. Eigentlich ein Greis, aber er bewegte sich wie ein junger Mann, ging täglich in Freigewässern schwimmen, wie jedermann wusste, und hielt sich fit. Dass er rauchte wie ein Schlot und ihm ein Diener die brennende Zigarre aus den Fingern nehmen musste, wenn er abends eingeschlafen war, erzählte man sich nicht nur bei Hof. Therese begleitete ihn bis zur Tür und wartete, bis er in seine Kutsche gestiegen und abgefahren war. Ludwig hatte ihm das Paket mit den Virginias zum Wagen getragen und verbeugte sich tief.

»Ludwig, du bist ja anscheinend ein monarchistischer Sozialdemokrat«, sagte Therese.

»Nein«, entgegnete Ludwig ungerührt, »eigentlich nicht. Aber ich weiß, was sich gehört fürs Geschäft. Und, Frau Randlkofer, auch von meiner Mutter und der Lilly soll ich Ihnen unser Beileid aussprechen.«

»Danke schön, Ludwig.«

Korbinian und er trugen schwarze Armbinden als Trauerflor, die weiblichen Angestellten schwarze Blusen und dunkle Röcke. Weitere persönliche Trauerbezeugungen und Händeschütteln lehnte Therese ab. Sie rief alle Mitarbeiter zu einer kleinen Ansprache ins Büro.

Die Beerdigung sei für den Dienstagmittag halb eins festgelegt, da bliebe das Geschäft aber ohnehin ab Mittag geschlossen, weil es der Faschingsdienstag war. Eine Pflicht zur Teilnahme an der Beerdigung gebe es aber für niemanden.

»Ich glaube, es ist keiner unter uns, der Ihrem Gatten nicht die letzte Ehre erweisen wollte«, meldete sich Korbinian Fey zu Wort. »Das ist das Letzte, was wir für unseren Chef, Gott hab ihn selig, tun können. Oder?« Alle nickten. »Aber, mit Verlaub, wie geht es denn jetzt weiter mit dem Geschäft?«

»Das würde mich auch interessieren«, kam es von der offenen Bürotür, und alle drehten die Köpfe.

Antons Bruder Max bahnte sich einen Weg durch die Menge zu Thereses Platz hinter dem Schreibtisch. »Mein Beileid, Schwägerin. Hermann hat mir Bescheid gegeben heute früh. Und hier bin ich.«

Er trug einen eleganten blaugrauen Anzug und hielt einen Zylinder in passender Farbe in der Hand. Wie aus dem Pariser Modejournal für Herren, dachte Therese wieder einmal. Nur den Trauerflor am Arm hatte er vergessen, oder aber er hielt nichts von solchen Traditionen.

»Tja, wie geht es jetzt also weiter mit dem Geschäft?«, fragte er und stützte sich wie ein Dandy mit ausgestreckten Armen auf sein dünnes Spazierstöckchen. »Hat mein Bruder irgendeine Regelung getroffen?«

Therese erhob sich und wandte sich an die Runde ihrer Angestellten. »Mit Antons Segen werde ich das Geschäft weiterführen, um es später an unsere Kinder zu übergeben. Die Firma bleibt also in Familienhand. Einen, zwei oder auch mehr Hoflieferantentitel würde ich ihnen noch gerne mitvererben, wenn ich einmal ausscheide. Also hoffe ich sehr, ihr habt dem Prinzregenten nur die allerbesten Zigarren verkauft, damit wir uns im Vergleich mit dem Hoflieferanten Zechbauer nicht verstecken müssen.«

Trotz des traurigen Anlasses huschte den Angestellten ein Lächeln übers Gesicht. Das war es, was sie hören wollten. Es ging weiter, und es gab sogar neue Ziele. Nur einer schien mit der Antwort nicht zufrieden zu sein.

»Hat mein Bruder denn kein Testament hinterlassen?«, rief Max Randlkofer eine Spur zu heftig.

»Davon ist mir noch nichts bekannt«, sagte Therese. Von Antons Brief würde Max niemals auch nur ein Sterbenswort erfahren. »Und jetzt bitte alle zurück in den Laden, und wenn Kunden kondolieren wollen, dann wimmelt ihr sie bitte ab. Ich muss jetzt die Todesanzeige aufsetzen und bin beschäftigt.«

Alle gingen wieder an die Arbeit, nur Ludwig hielt Therese noch zurück.

»Bringst du bitte Herrn Randlkofer hinauf zu seinem Bruder?«, bat sie ihn.

»Danke, den Weg kenne ich«, sagte Max und ließ Ludwig stehen.

Therese atmete erleichtert auf. Doch auch sie fragte sich: Gab es ein Testament?

Therese bat Rosa Schatzberger, ihr beim Verfassen der Todesanzeige für die *Münchner Neuesten Nachrichten* zu helfen. Doch schon nach wenigen Minuten gab Therese sich geschlagen.

»Ich kann heute einfach nicht richtig denken. Können Sie nicht etwas entwerfen, und wir besprechen dann, ob es so geht? Sie sind doch so tüchtig, Rosa.«

Rosa errötete. »Das ist sehr nett, aber ... Na ja, ich versuch's einfach. Ich setze mich gleich dran.«

»Tun Sie das.« Therese war erleichtert.

Als Rosa ihr wenig später einen Entwurf vorlegte, segnete Therese ihn ohne Änderungen ab und dankte ihr herzlich. Therese war ganz gerührt, als sie die Anzeige las.

Gleich darauf klopfte Rosa noch einmal an ihre Bürotür. Die *Münchner Neuesten Nachrichten* ließen anfragen, ob es in Ordnung sei, dass am gleichen Tag, nämlich dem 2. März, Faschingsdienstag, sowohl die Todesanzeige als auch die Dallmayr-Anzeige für den Aschermittwoch erscheine.

»Sie denken, das sei vielleicht pietätlos, haben sie gesagt«, stotterte Rosa.

Therese dachte kurz nach. Die Anzeige, die schon lange geplant und für diesen einen Tag vorgesehen war, musste unbedingt erscheinen. Der Aschermittwoch war einer der wichtigsten Tage des Geschäftsjahrs. Sie verkauften Unmengen an Fisch, der traditionell zum Beginn der vierzigtägigen Fastenzeit im überwiegend katholischen München gegessen wurde. Die Salme, Forellen, Renken und Hummer waren außerdem alle bestellt. Sollte sie die nun verschenken oder selbst essen oder gar wegwerfen? Das wäre eine Katastrophe.

»Ich hätte da vielleicht eine Idee«, sagte Rosa.

»Raus damit!«, ermunterte Therese sie.

»Die *Neuesten Nachrichten* haben doch täglich zwei Ausgaben. Vielleicht könnten wir die Todesanzeige in der Morgenausgabe veröffentlichen ...«

»… und die Aschermittwochsangebote in der Nachmittagsausgabe um sechzehn Uhr«, ergänzte Therese. »Rosa, Sie sind ja ein Genie. Warum ist mir das nicht selbst eingefallen?«

»Es ist natürlich immer noch derselbe Tag«, wandte Rosa ein.

»Ja, aber weißt du noch, was Anton manchmal gesagt hat, wenn er sich irgendwo vorgestellt hat und die Leute seinen Namen nicht kannten, wohl aber das Geschäft? ›Randlkofer heiß ich‹, hat er gesagt, ›und der Dallmayr bin ich.‹ Viele Leute wissen bis heute nicht, dass wir gar nicht Dallmayr heißen. Diese Leute, und das sind die allermeisten, bringen dann die zwei Anzeigen eh nicht zusammen.«

Also erschien in der Morgenausgabe der *Münchner Neuesten Nachrichten* am Aschermittwoch folgende Anzeige:

Trauer-Anzeige.

Von namenlosem Schmerz tiefgebeugt bringen wir teilnehmenden Verwandten, Freunden und Bekannten die erschütternde Nachricht, dass uns heute Nachmittag unser heißgeliebter, bester Gatte, Vater, Bruder, Schwiegersohn, Schwager und Onkel,

Herr Anton Randlkofer

Kaufmann,

nach viermonatlichem Krankenlager, jedoch plötzlich und unerwartet, im Alter von siebenundfünfzig Jahren durch den unerbittlichen Tod entrissen worden ist.

München, den 27. Februar 1897.

Seine vom Gram gebeugte trostlose Familie im Namen der übrigen Verwandten

Die Beerdigung findet Dienstag, den 2. März, nachmittags um halb ein Uhr im südlichen alten Friedhof, der Trauergottesdienst Freitag, den 5. März, vormittags zehn Uhr in der Domkirche zu U. L. Frau statt.

Und in der Sechzehn-Uhr-Ausgabe derselben Tageszeitung war Folgendes zu lesen:

Für Aschermittwoch

und nächstfolgende drei Tage
täglich frische Sendung von

Schellfischen
nur beste holländische.

Grüne Heringe
frisch vom Fang, auch fertig in Butter gebraten.

Gesulzte Fische
(in guter Wein-Aspik)
wie Hecht, Aal, Salm, Hummer, Delikatessheringe etc.

Marinierte Fische
Bismarck-, Delikatess-, Holländer, Bratheringe, Neunaugen etc.
sowie beste Marke

Anguilotti.
Geräucherte Fische
wie: Renken, Kilche, Aale, Kieler Sprotten, Bücklinge,
Rhein- und Elbelachs, Lachsforellen etc.

Gebirgs-Schnecken
große, fette, Rezepte zur Bereitung gratis,
Hummer-Mayonnaise, Sardellenbutter und Anchovibutter
täglich frisch bereitet.

Frische Hummer
von täglich eintreffender Sendung.

Kaviar (Elbe und russisch)
beste Qualitäten.

Getrocknete Aprikosen und Birnen,
Brünellen, ital. u. fränk., türk. u. franz. Pflaumen,
amerikanische Äpfel und Kirschen.

Käse
wie Camembert, Brie, Edamer,
Gervais, Roquefort, Chester,
echten Emmentaler, Stilton,
Liptauer, garniert, Kühbacher etc.

Alois Dallmayr,
kgl. Hoflieferant, Dienerstraße 13.

In der Nacht zum Dienstag hatte es geregnet. Die Straßen schimmerten silbern in der schwachen Wintersonne, als sie mittags zum Südfriedhof fuhren. Sie waren schon fast am Sendlinger Tor, als sich eine Lücke zwischen den dichten grauen Wolken auftat, die sich nicht entschließen konnten, fortzuziehen.

Der Sonnenschein passte nicht so recht zu einem traurigen Tag wie diesem, dachte Balbina. Aber Onkel Anton hätte es gefallen, dass am Tag seiner Beerdigung die Sonne schien.

Als sie auf dem Hauptweg dahingingen, fielen ihr die vielen Engel auf. Noch nie hatte Balbina so viele auf einem Platz gesehen. Sie waren aus Stein oder aus Marmor, überlebensgroß oder klein wie die Kindergräber, zu denen sie gehörten. Mit ausgebreiteten oder an den Körper angelegten Flügeln, segnend, trauernd, nachdenklich, beschützend, freundlich oder in sich gekehrt. Hier waren sie also zu Hause. Balbina wünschte sich, dass einer von ihnen auch zu Onkel Anton kommen und sich bei ihm niederlassen würde.

Es hatte sich schon eine große Zahl von Menschen an der Friedhofskirche versammelt. Balbina sah sich um und glaubte den Bürgermeister in dem Mann mit der runden Brille und dem in der Mitte gescheitelten Haar zu erkennen. Er trug eine schwere Goldkette über dem Mantel mit einem Anhänger, auf dem Balbina eines der Stadttore mit dem Münchner Kindl erkennen konnte. Jeder wusste, dass die Goldketten und Medaillen für den Magistrat immer schon vom Juwelier Heiden am Maximiliansplatz gefertigt wurden. Derselbe Juwelier, von dem auch der Perlenschmuck stammte, den Onkel Anton Balbina zum Geburtstag geschenkt hatte. Ihren sechzehnten Geburtstag am 3. März würde sie dieses Jahr bestimmt nicht feiern. Während ihr die Tränen in die Augen schossen, fragte Balbina sich, warum der liebe Gott ihr ausgerechnet ihren liebsten Menschen hatte nehmen müssen.

Paul klammerte sich an ihre Hand, als würde er sonst untergehen. Als sie nach einer kurzen Andacht aus der Stephanskirche traten, standen die Sargträger schon bereit, und wie ein Krähenschwarm scharten sich die Trauergäste um die Familie. Tante Therese griff nach Pauls Hand, links von ihr gingen Elsa und Hermann. Durch ihren schwarzen Gazeschleier warf sie Balbina einen kalten, abweisenden Blick zu, den das Mädchen nicht sofort zu deuten wusste. Aber ihr wurde doch noch kälter ums Herz. Und dann begriff sie es mit einem Mal. Ihre Tante gab ihr zu verstehen, dass sie einen Schritt zurücktreten sollte. Sie gehörte nicht zur engeren Familie, das war die Botschaft, die Tante Therese ihr mit diesem Blick zu verstehen gab. Wo aber war ihr Platz? Bei Onkel Max, den anderen Geschwistern und Verwandten? Oder bei Korbinian, Ludwig und Rosa Schatzberger? Balbina wusste es nicht, und nicht zum ersten

Mal fühlte sie sich zurückgesetzt. Sie war kein Kind von Onkel Anton und Tante Therese. Aber immerhin hatte sie seit fünf Jahren mit ihnen unter einem Dach gelebt und Onkel Anton gepflegt. Sie gehörte doch zu ihnen. Und jetzt schloss die Tante sie aus der Familie aus und gebot ihr, Abstand zu halten. Am liebsten wäre Balbina auf der Stelle weggelaufen. Aber das konnte sie doch nicht tun. Schließlich war sie wie alle anderen gekommen, um ihrem geliebten Onkel die letzte Ehre zu erweisen. Sie musste jetzt stark sein. Sie musste sich zusammennehmen.

Der Zug setzte sich in Bewegung, und Paul drehte sich zu ihr um. Er begriff nicht, was vor sich ging. Balbina sah, dass Tante Therese seine Hand so fest drückte, dass er sich schließlich wieder von ihr abwandte und dem Willen seiner Mutter beugte. Balbina ließ der Verwandtschaft des Onkels den Vortritt und reihte sich unter das Personal. Ich bin also eine von ihnen, dachte Balbina. Das Hausmädchen, eine Dienstbotin im Hause Dallmayr. Zugleich Kindermädchen, Krankenpflegerin, Köchin, Wäscherin, Näherin und Putzfrau. Nicht ganz sechzehn Jahre alt.

Der Zug erreichte unter Beten und Singen das offene Grab. Die Familie stellte sich zusammen mit dem Pfarrer an die Kopfseite, die Trauergäste ihnen gegenüber, und mitten in der Menge Balbina. Pauls Augen suchten nach ihr. Während der Sarg an Seilen in die Grube hinabgesenkt wurde, spielte eine Blaskapelle Chopins Trauermarsch.

Balbina fühlte sich verlassen und mutterseelenallein. Ein Schwindelgefühl erfasste sie, und sie kämpfte erst gar nicht dagegen an, sondern ergab sich ihm. Wenn er sie nur forttrüge von dieser schwarz gekleideten Menge. Sie wollte keine Minute länger hier sein.

Unruhe machte sich unter den Umstehenden breit. Therese sah in die Menge, konnte aber nicht erkennen, was geschehen war. Die Trauergäste, die vorne standen, drehten die Köpfe.

Zum Weg hin öffnete sich eine Gasse, zwei Männer lösten sich aus der Menge. Sie trugen eine junge Frau fort, die anscheinend bewusstlos war. Im selben Moment, als Therese erkannte, dass es Balbina war, die fortgetragen wurde, machte sich Paul von ihrer Hand los und rannte der kleinen Gruppe hinterher. Hermann drehte sich nach ihm um und wollte ihm folgen. Aber Therese schüttelte den Kopf, und Hermann blieb auf dem ihm zugedachten Platz stehen, um alles nicht noch schlimmer zu machen. Das Mitleid, das Therese im ersten Moment mit dem Mädchen empfunden hatte, schlug um in etwas ganz anderes, das fremd und hässlich war, aber mächtig wie ein Gewittersturm. Mein Gott, dachte Therese, musste Balbina jetzt so ein Drama machen. Sie erschrak über ihre eigene Herzlosigkeit und erkannte wie in einem grellen Blitz, woher sie gekrochen kam. Es war ihr Stolz, den sie so verletzt sah. In Therese tobte ein Kampf. Und sie fürchtete, dass das nicht nur heute so passierte, sondern sich auch in der Zukunft jederzeit wiederholen konnte.

Als Balbina die Augen wieder aufschlug, blickte sie auf ein Deckengemälde, von dem die Gottesmutter in einem kornblauen Umhang tröstend auf sie herabsah. Als Nächstes entdeckte sie ein Gesicht, das sie kannte. Sie lag auf einer Kirchenbank und Ludwig hielt ihr ein Fläschchen Riechsalz unter die Nase. Dann hörte sie leichte, schnelle Schritte auf dem Steinboden und jemanden, der ihren Namen rief. Paul. Er griff nach ihrer Hand und beugte sich besorgt über sie. Sie kämpfte mit sich, um ein Lächeln zustande zu bringen.

»Es ist alles gut, Paul. Geh wieder zurück zu deiner Mutter.«

Paul schüttelte den Kopf und drückte ihre Hand noch fester.

»Ludwig, geh du mit ihm zurück. Tante Therese wird sonst böse sein. Bitte.«

Ludwig drückte das Riechfläschchen Fräulein Schatzberger in die Hand.

»Komm, Paul. Balbina geht es schon wieder besser, du hast es ja gesehen. Komm mit.«

Paul schwankte und ging dann mit Ludwig zurück zum Grab.

Das Fräulein Schatzberger setzte sich zu Balbina auf die Bank und schwieg.

»Wie heißt du eigentlich mit Vornamen?«, fragte Balbina.

»Rosa. Also, meine Eltern nennen mich Rosi.«

Balbina grinste. »Rosi passt überhaupt nicht zu dir. Darf ich Rosa sagen?«

»Freilich. Das ist mir eh lieber. Soll ich dich nach Hause bringen? Es ist so kalt hier.«

Balbina setzte sich langsam auf. Sie wollte gar nichts denken, nur fort wollte sie. Sie stand vorsichtig auf, hakte sich bei Rosa unter, und zusammen verließen sie die Kirche und den Friedhof. Balbina drehte sich nicht einmal mehr um. Erst am Sendlinger Tor wurde ihr leichter, als die Elektrische bimmelnd über die Schienen ratterte und Passanten über den Platz liefen. Hier tobte das Leben. Und Balbina war froh, den Tod hinter den Friedhofsmauern zurückgelassen zu haben.

Sie gingen, immer noch untergehakt wie zwei alte Bekannte, die Sonnenstraße hinunter, und Balbina fragte Rosa, die drei Jahre älter war als sie, wie sie es geschafft hatte, einen Beruf zu erlernen. Das erschien Balbina wie ein Wunder. Rosa Schatzberger war die einzige Frau im Dallmayr, die keine Hilfstätigkeit ausübte. Und sie war noch jung.

»Ich habe meinen Beruf nur praktisch gelernt«, sagte Rosa. »Eine Fachschule oder Ausbildungsstätte habe ich nie besucht. Die gibt es für uns Mädchen auch gar nicht.«

»Ach so?« Balbina hatte nie darüber nachgedacht.

»Sag mal, wo lebst du denn? Als Mädchen kannst du Hauswirtschaft lernen oder Säuglingspflege. Wenn du aus einer wohlhabenden Familie stammst und auf ein Mädchenpensionat kommst, hast du noch die Möglichkeit, Lehrerin oder Gouvernante zu werden. Bis du einen Mann findest und mit ihm eine Familie gründest.«

»Aber warum ist das denn so?«

»Warum? Ich glaube, weil wir den Männern nicht die Arbeitsstellen wegnehmen sollen.«

»Aber du hast doch eine Arbeitsstelle bei Tante Therese«, wunderte sich Balbina.

»Ich mache die Buchhaltung im Dallmayr, weil ich im Geschäft meiner Eltern gelernt habe, was ich dafür wissen muss. Mein Vater hat mir gezeigt, wie ich die Bücher führen muss, und er hat mir auch die wichtigsten kaufmännischen Rechnungsarten und die Grundlagen der einfachen und der doppelten Buchführung beigebracht. Das ist auch gar nicht so schwer. Ich finde es sogar interessant, und das Rechnen macht mir Freude. Ich habe aber nie einen Abschluss gemacht.«

»Hauptsache, du kannst es, oder?«

»Ein bisschen Glück hatte ich schon, dass Frau Randlkofer mir eine Chance gegeben hat. Auch ohne Abschluss. Und ich bin so stolz, dass ich beim Dallmayr arbeiten darf und mein eigenes Geld verdiene.«

»Und was macht dein Vater jetzt ohne dich?«

»Er hat den Laden verkauft und ist in Rente gegangen.«

»Ich arbeite auch den ganzen Tag. Aber ich bin nichts, nur eine Dienstmagd«, sagte Balbina.

»Was würdest du denn gern machen?«, fragte Rosa.

Balbina hielt kurz an. Das Gehen strengte sie doch an. »Wenn ich das wüsste«, seufzte sie. »Ich kann doch nichts.«

»Dann machst du also den ganzen Tag nichts?« Rosa grinste.

»Ich kann kochen und einen Haushalt führen. Und ich bin eine gute Krankenpflegerin.«

»Dann kannst du entweder heiraten oder Krankenschwester werden.«

»Das will ich aber beides nicht.«

Sie waren jetzt am Karlsplatz angekommen. An den Trambahnhaltestellen sammelten sich die Menschen, warteten, plauderten. Eine Traube Männer stand am Kiosk, manche lasen Zeitung, die anderen rauchten Zigarren und unterhielten sich.

»Was willst du dann?« Nun blieb Rosa stehen. Hinter ihr ragte die Matthäuskirche auf. Von der rundum laufenden Galerie auf dem Uhrturm liefen Leute herum und sahen sich die Innenstadt von oben an.

»Ich wollte einfach immer alles möglichst gut machen. Tante Therese hat mir beigebracht, dass man seine Aufgaben gewissenhaft erledigen muss. Das habe ich mir zu Herzen genommen. Von Anfang an, und damals war ich noch ein Kind.«

»Aber jetzt bist du kein Kind mehr.« Rosa ergriff wieder ihren Arm und hakte ihn unter. Ihre schwarze Trauerkleidung erinnerte Balbina wieder daran, welcher Tag heute war.

»Morgen ist mein sechzehnter Geburtstag«, sagte sie, »aber wir werden ihn nicht feiern.«

»Von mir bekommst du trotzdem etwas geschenkt«, sagte Rosa. »Wir sind doch jetzt Freundinnen, oder?«

»Ja freilich«, meinte Balbina. »Ich habe sonst gar keine Freundin, dabei bin ich schon so lange in der Stadt.«

»Ist Elsa nicht deine Freundin?«

»Elsa? Um Himmels willen! Für die bin ich eine dumme Kuh vom Land. Wenn es nach Elsa und ihrer Freundin Claire ginge, müsste ich um Erlaubnis fragen, bevor ich überhaupt den Mund aufmache. Und du?«

»Was meinst du? Freundinnen?«, fragte Rosa. Balbina nickte. »Meine Freundinnen suchen alle gerade einen Mann, heiraten bald oder kriegen schon ihr erstes Kind. Mit neunzehn ist das so.«

»Und du hast andere Pläne?«, fragte Balbina.

»Ich will mir Zeit lassen, bis der Richtige kommt. Ich hab's nicht eilig. Meine Eltern wissen schon, dass ich da ein bisschen anders bin als andere Mädchen. Mir macht meine Arbeit so viel Spaß, da will ich eigentlich gar nicht aufhören.«

»Musst du doch auch nicht, bloß weil du heiratest.«

»Das geht aber nur, wenn mein Mann einverstanden ist. Und die Chefin auch. Sie kann mich sofort entlassen, wenn ich heirate. Sie bleibt doch unsere Chefin?«

»Tante Therese? Bestimmt übernimmt sie das Geschäft. Das ist doch ihr Leben. Wie sollte es denn sonst mit dem Dallmayr weitergehen? Hermann ist noch zu jung.«

»Es heißt, dass der Bruder des Chefs gern ins Geschäft einsteigen möchte.«

»Onkel Max? Das will meine Tante bestimmt nicht.«

»Kann sie es denn bestimmen? Mein Vater sagt, das müsste dann schon im Testament stehen.«

Darüber hatte sich Balbina noch gar keine Gedanken gemacht.

Am Promenadeplatz musste Rosa auf die gelb-rote Linie der Elektrischen zum Max-Weber-Platz warten. Auch Balbina tat eine kurze Rast nach dem Marsch vom Sendlinger Tor bis hierher gut.

»Geht's dir besser, oder soll ich dich noch bis nach Hause begleiten?«, fragte Rosa. »Was war denn eigentlich los mit dir, dort am Friedhof?«

Balbina winkte ab. Sie wusste es ja selbst nicht so richtig.

»Jetzt warst du beim Leichenschmaus auch nicht dabei, dabei wärst du doch sicher eingeladen gewesen.«

Nicht einmal das wusste Balbina mit Bestimmtheit.

»Ich geh jetzt heim und leg mich hin. Oder ich male was. Heute ist doch ein besonderer Tag.«

Die gelb-rote Trambahn kam angefahren, und Balbina lächelte ihrer neuen Freundin zum Abschied scheu zu. Rosa umarmte Balbina schnell und stieg ein.

Zu Hause schrieb Balbina einen Zettel, dass sie sich hingelegt habe, kochte sich Tee und ging auf ihr Zimmer. Sie packte ihre Malsachen aus und zeichnete einen Engel. Es war ein großer, erwachsener Engel mit riesigen Schwingen. Er saß auf einer Parkbank vor einem alten Baum mit mächtigem Stamm. Wie er dort hingekommen war, wusste Balbina nicht, und sie hatte auch keine Ahnung, was er dort machte. Vielleicht einfach eine Pause.

Der 3. März, der eigentlich ein Glückstag hätte sein sollen für Balbina, weil es ihr Geburtstag war, begann düster. Balbina wachte auf, und die Erinnerung an den Vortag, die Beerdigung und ihre Gefühle nach der schrecklichen Zurückweisung durch die Tante waren sofort wieder da. Sie schämte sich und wusste, dass dieser Tag nur trüb werden konnte. Am liebsten hätte sie ihn verschlafen.

Dann holte sie die blaue Schmuckschatulle aus dem Schrank, fuhr mit dem Finger über den Samt und die Goldbuchstaben, »Theodor Heiden, München«. Sie öffnete das Etui, nahm das Collier heraus, hakte den goldenen Verschluss auf, trat vor den ovalen Wandspiegel und legte sich die Kette um. Das feine Collier mit der tropfenförmig gefassten Perle schmiegte sich an ihren Hals, und der Anhänger pendelte sich zwischen ihren Schlüsselbeinen und dem Brustansatz am Dekolleté ein. Die Länge war genau richtig. Balbina steckte sich die Haare hoch und legte auch die Ohrringe an. Sie erbebten leicht mit jeder Bewegung, als seien sie lebendig, und glänzten seidig matt.

Eine schöne junge Frau blickte Balbina aus dem Spiegel heraus an. Ihre Winterblässe ließ die dunklen Haare und Augenbrauen fast schwarz und das Blau ihrer Augen wie zwei tiefe, ruhige Seen erscheinen. Sie folgte dem Schwung ihrer vollen Lippen, auf und ab, und versuchte sich einen Mann vorzustellen, von dem sie ihr Aussehen geerbt hatte. Ihren Vater. Doch es gelang ihr nicht.

Es klopfte, erst zaghaft, dann ein zweites Mal etwas fester. Balbina legte rasch den Schmuck zurück in das Etui und steckte es in die Schublade. Dann hängte sie sich ihr Wolltuch um die Schultern und schlüpfte in ihre Pantoffeln.

»Ich bin's«, flüsterte es vor der Tür, »Paul.«

Als sie öffnete, stand nicht nur Paul, sondern auch Hermann vor ihr. Paul flog in ihre Arme und wünschte ihr alles Gute zum Geburtstag. Er hatte einen Fisch für sie gemalt, weil das ihr Sternzeichen war, und ein Gedicht dazu geschrieben. Hermann schenkte ihr eine Haarspange aus weißem Perlmutt, die ganz zart schimmerte.

»Gefällt es dir nicht?«, fragte Paul enttäuscht, als er sah, dass Balbina ein Tränchen verdrückte.

»Ich glaube, sie weint, gerade weil es ihr so gut gefällt«, erklärte ihm Hermann und nahm Balbina in die Arme. Worauf sie gleich noch mehr schluchzte.

Mit klopfendem Herzen betrat Balbina die Küche. Auf dem Tisch standen ein Marmorkuchen und eine Schüssel mit Orangen.

»Tja, wer am Aschermittwoch Geburtstag hat, der hat eben Pech gehabt«, konnte Elsa sich nicht verkneifen zu kommentieren. »Stell dir einfach vor, es wäre eine Sahnetrüffeltorte.«

»Alles Gute, Balbina«, sagte Therese und gab ihr die Hand. Eine Geste, die Distanz schuf.

»Danke«, hauchte sie, dabei hätte sie nichts lieber getan, als sich in ihre Arme zu flüchten und ihr ins Ohr zu flüstern, bitte, bitte, sei mir wieder gut, stoß mich nicht so fort. Aber sie sagte gar nichts, sondern machte aus Verlegenheit einen Knicks, wie eine Zofe. Und spürte Elsas spöttischen Blick von der Seite.

An den Orangenteller gelehnt war der alljährliche Umschlag mit ein paar Mark, damit sie sich selbst etwas aussuchen konnte. Ihre Tante konnte manchmal sehr unnahbar sein. Balbina war sich in dem Moment fast sicher, dass sie nie über den Vorfall auf dem Friedhof sprechen würden. Doch eines Tages, bei einem bösen Streit, würde eine von ihnen es wieder ans Licht zerren.

»Tja, ich muss dann mal runter ins Geschäft«, sagte Tante Therese jetzt. »Ihr könnt euch vorstellen, was heute los sein wird. Die Anzeige in den *Münchner Neuesten Nachrichten* spült uns auch die Kunden in den Laden, die gar nichts von der Fastenzeit halten, umso mehr aber von Austern und Kaviar und Heringen in Aspik.«

»Alles Heuchler«, urteilte Elsa.

»Beklag dich nicht über die Heuchler, denn von ihnen leben wir nicht schlecht, Töchterchen. Und sind wir nicht alle manchmal Heuchler, hm?« Therese war schon an der Tür. »Hermann, kommst du dann auch gleich mit? Heute brauche ich dich wirklich sehr.«

Hermann sah Balbina an, zuckte entschuldigend die Achseln und stand ebenfalls auf. Auch Elsa schälte sich aus der Eckbank.

»Ich werde dann auch mal meine geliebten Dominosteine aufsuchen. Sie werden mich schon vermissen.« Dominosteine nannte sie ihre Lehrerinnen im Pensionat, allesamt Nonnen der Englischen Fräulein mit schwarzem Habit und weißem Schleier, der ihre Haare verhüllte.

Nur Paul blieb bei Balbina sitzen, sie aßen Kuchen und danach eine Orange, und dann mussten sie zur Schule.

»Ich will nicht mehr, dass du mitkommst«, sagte Paul, während er vom Tisch aufstand. »Ich will allein gehen, den Weg kenne ich ja.« Es klang nicht trotzig, aber sehr entschieden. Balbina dachte kurz nach.

»Weißt du was, Paul? Ich verstehe dich. Natürlich bist du alt genug.«

»Dann gehe ich jetzt.«

»Moment, junger Mann. Das musst du mit deiner Mutter ausmachen, ich habe das nicht zu entscheiden. Aber weißt du was, machen wir heute einen Kompromiss, und du redest mittags oder am Abend mit Tante Therese.«

»Kompromiss?«, fragte Paul misstrauisch. »Du gehst nur die halbe Strecke mit?«

»Bis zum Erbshäuser, wärst du einverstanden?«, fragte Balbina, denn Pauls Abnabelung ging ihr jetzt selbst zu schnell.

»Ja«, antwortete Paul ernsthaft. »Und ab morgen gehe ich dann alleine.«

Balbina sah ihm nach, als er seinen Schulranzen holte. Irgendeine Veränderung ging in Paul vor, das war nicht zu übersehen. Vielleicht, weil er seinen Vater verloren hatte.

Als Balbina vom Erbshäuser und der Theatinerstraße zurückkam, wo sie Paul wie vereinbart verabschiedet hatte, schaute sie bei Rosa im Kontor vorbei.

»Ah, du kommst bestimmt, um dein Geschenk abzuholen«, neckte Rosa sie.

»Blödsinn«, wehrte Balbina ab.

»Ich hab dir doch versprochen, dass du etwas bekommst. Alles Gute zum Geburtstag!«

Balbina wickelte einen kleinen Skizzenblock aus dem marmorierten Geschenkpapier.

»Für mich? Bist du verrückt?«, fragte sie.

»Nein, und schau, da kommt noch ein Gratulant.«

Ludwig stand mit einem Schokoladentörtchen aus dem Café Victoria in der Tür. Obendrauf saß ein rosa Marzipanröschen.

»Dein privater Geburtstagskuchen«, sagte Ludwig mit roten Wangen. »Den darfst du ganz allein aufessen.«

»Aber Ludwig, weißt du denn nicht, dass heute die Fastenzeit beginnt?«, fragte Balbina scherzhaft.

»Geburtstag ist wichtiger«, sagte Ludwig. »Fürs Fasten bleiben dir dann immer noch neununddreißig Tage.«

Balbina nahm das Törtchen, bedankte sich und gab dem verdutzten Lehrling ein Küsschen.

Rosa lachte. »Wieso bekomme ich eigentlich keinen Kuss?«, fragte sie.

»Ja, wieso eigentlich nicht?«, antwortete Balbina und gab ihr ebenfalls einen Kuss auf die Wange.

»Ah, danke schön!«, schwärmte Rosa.

Ludwig schüttelte den Kopf und ging zurück an die Arbeit.

»Er verehrt dich«, sagte Rosa, als Ludwig fort war.

»Ach komm, er ist doch noch ganz grün hinter den Ohren.«

»Grün oder nicht grün, ich finde ihn ziemlich nett«, sagte Rosa. »Und so furchtbar erwachsen bist du ja selbst auch noch nicht, Balbina. Jetzt gib mal nicht so an mit deinen sechzehn Jahren.«

Oben in der Wohnung schaffte es Balbina nicht, an Onkel Antons Zimmertür vorüberzugehen, ohne kurz hineinzuschauen. Da stand sein Bett, sein Nachttisch, ein Stuhl. Tante Therese musste gestern Abend oder heute Morgen noch diese gerahmten Fotografien aufgestellt haben. Es waren zwei ovale Porträts mit dunklem Hintergrund, die Anton und Therese zeigten, ihn im Halbprofil mit der sehr geraden, spitz zulaufenden Nase, sie fast frontal mit einem sehr selbstsicheren, aber auch gütigen Ausdruck. Sie wirkte wie eine Frau, die wusste, was sie vom Leben erwartete, und nicht zögerte, sich zu nehmen, was ihr zustand. Als Betrachter konnte man sich ihrem Blick fast nicht entziehen. Er hatte etwas Ruhiges, Sicheres, Vertrauenswürdiges. Von Anton dagegen war nicht mehr als die breite Stirn, die Nase, die obere Wangenpartie zu sehen, und ein sehr schön geformtes Ohr. Das restliche Gesicht bedeckte sein Vollbart, der mit dem dunklen Hintergrund verschmolz. Sein Blick, auf einen imaginären Punkt im Atelier des Fotografen gerichtet, hatte etwas Schelmisches, Jungenhaftes, als hätten sie gerade zusammen gelacht. Er war ein erfolgreicher Kaufmann, der hart arbeitete, aber er hätte auch Musikant sein können oder Ansager auf dem Oktoberfest. Jetzt trug Antons Bild eine hässliche schwarze Binde. Hoffentlich wurde sie nach der Trauerzeit wieder entfernt. Balbina lüftete und machte sauber. Sie hatte sich fest vorgenommen, diesen Raum in Ehren zu halten. Im Sommer würde sie Anton immer frische Blumen bringen. Sein Zimmer sollte zu ihrem persönlichen Gedenkraum werden. Auf den Südfriedhof dagegen ging sie nie wieder.

Zwei Wochen nach der Beerdigung traf endlich der Umschlag ein, auf den Therese schon ungeduldig gewartet hatte. Auch Hermann erhielt einen. Absender war das Amtsgericht München in der Pfandhausstraße. Therese spürte doch eine gewisse Erregung, als sie das Couvert öffnete. In einem amtlichen Schreiben auf dickem Papier wurde sie aufgefordert, am Montag, dem 22. März, um 9.30 Uhr zur Testamentseröffnung von Herrn Anton Randlkofer beim Amtsgericht, Raum 21 im Erdgeschoss, zu erscheinen. Dann würde es also bald so weit sein, und sie würde erfahren, wie Anton sein Vermögen und seine Nachfolge im Geschäft geregelt hatte. Dass es ein Testament gab, hatte ihr Notar Gottfried Heller bereits mitgeteilt. Die Frage war nur: Was stand drin?

Es klopfte, und Korbinian streckte den Kopf ins Büro.

»Was gibt's, Korbinian?«

»Ich habe eine Vorladung bekommen, vom Amtsgericht. Zur Testamentseröffnung.« Korbinian kratzte sich hinterm Ohr.

»Ja und?«, fragte Therese. »Du tust ja gerade so, als wäre es eine polizeiliche Vernehmung.«

»Nein, aber ich meine, das ist doch sicher ein Versehen. Ich meine, ich gehöre doch nicht zur Familie.«

»Geh, Korbinian, was redest du denn? Zur Familie gehörst du schon länger als jeder andere hier. Sei nur ganz ruhig. Das wird schon seine Richtigkeit haben, wenn es vom Amtsgericht kommt«, sagte Therese.

»Also gut, Chefin, wenn Sie das sagen. Dann kümmere ich mich um die Droschke für den Montagvormittag. Aber …« Kopfschüttelnd verließ er das Büro, als könne er sich einfach nicht vorstellen, was er bei dem Termin für eine Rolle spielen sollte.

Am Tag der Testamentseröffnung lag bereits ein Hauch von Frühling in der Luft. In einer Rabatte am Promenadeplatz blühten lila Krokusse. Ein Schwarm Saatkrähen saß in den Platanen, die noch kein Laub trugen, und sorgte für gehörigen Lärm. Das Gericht befand sich im Nordflügel der Maxburg, einer ehemaligen Residenz des Herzogs Maximilian Philipp. Die meisten Gebäudeteile waren schon abgerissen und die Flächen mit Wohnhäusern und modernen Gebäuden für Behörden und Ministerien bebaut worden. Nur der Nordflügel mit seinem quadratischen Turm hatte die letzten dreihundert Jahre unbeschadet überdauert.

Beim Aussteigen aus der Droschke wäre Therese fast gestürzt, so nervös war sie. Aber Korbinian war vorangegangen und rechtzeitig zur Stelle, um sie aufzufangen.

Auf dem Flur vor dem Amtszimmer 21 wartete bereits jemand auf sie, den sie gehofft hatte, hier nicht zu sehen: anthrazitfarbener Nadelstreifenanzug, Zylinder, Gehstock und wie immer penibel saubere Lederstiefel. Ihr Schwager Max. Therese hatte ihn seit Antons Beerdigung nicht mehr gesehen, und er hatte ihr auch keinen Tag gefehlt. Er reichte Therese die Hand, klopfte dann Korbinian Fey jovial auf die Schulter. Ganz Wolf im Schafspelz, dachte Therese.

Ein Amtsdiener öffnete ihnen die Tür, und der Nachlassverwalter, ein würdiger Herr mit Zwicker auf der Nase, verlas, sobald alle ihre Plätze eingenommen hatten, Antons Testament. Es war sehr still im Raum, in dem ein Porträt des Prinzregenten an der Wand hing, wie in jedem Amtszimmer der Stadt. Natürlich auch Kunde im Haus Dallmayr, dachte Therese mit einem Quantum Stolz. Sie hoffte inständig, dass Anton sie in den nächsten Minuten mit bösen Überraschungen möglichst verschonen würde. Ihre Anspannung wuchs mit jeder Sekunde. Sie begriff, dass gerade ihr Name vorgelesen wurde. Es wurde also ernst. Sie hatte Mühe, den Einzelheiten, die in bestem Amtsdeutsch vorgetragen wurden, zu folgen. Aber wenn sie es nun richtig verstanden hatte, so war sie, die Witwe, von Anton als Alleinerbin eingesetzt worden. Sie sollte das Haus und das Geschäft erben, und nach seinem Willen den Besitz für die Kinder erhalten und mehren. Wie sie die Übergabe regeln wollte, hatte Anton ihr überlassen. Den Kindern stand mit dem Datum ihrer Volljährigkeit ein Pflichtteil zu, aber es sollte nach Antons Willen möglichst im Familienbetrieb belassen werden. Nach Thereses Tod würden die Kinder alles zu gleichen Teilen erben.

Therese spürte, wie sich ein warmes, wohliges Gefühl in ihrem Innersten ausbreitete. Das klang doch alles sehr vernünftig und günstig für sie. Das Gesicht ihres Schwagers wollte sie jetzt lieber nicht sehen. Was blieb dann eigentlich für ihn? Ein Anteil am Geschäft eher nicht. Oder gab es da noch irgendwo ein Schlupfloch, das sie übersehen hatte?

Hermann erhielt Antons goldene Manschettenknöpfe und eine Perlen-Krawattennadel sowie etwas Startkapitel zur freien Verfügung für die Zeit nach dem Abschluss seiner Lehre.

Korbinian, der um zwanzig Zentimeter größer wurde im Stuhl, als er seinen Namen hörte, erbte Antons goldene Taschenuhr und dazu eine kleine Geldsumme mit der Auflage, sie unter allen Kollegen entsprechend der Dauer ihrer Betriebszugehörigkeit aufzuteilen. Nun fehlte nur noch Max.

Man hätte eine Stecknadel fallen hören, so still wurde es nun. Max Randlkofer verzog keine Miene, als er erfuhr, dass sein Bruder ihm ein Stück Land und einen Wald in Landshut vermacht hatte, wo ihr Vater früher eine Brauerei besessen hatte. Anton dankte ihm für seine Unterstützung, gerade auch als Lehrherr seines Ältesten. Den Weg in den Dallmayr in Form einer Beteiligung hatte Anton ihm nicht eröffnet. Max ließ sich seine Enttäuschung nicht anmerken. Im Gegenteil. Er verabschiedete sich mit einer Freundlichkeit von Therese, die sie nur als Scheinheiligkeit einordnen konnte. Er bot ihr seine Unterstützung in allen Belangen an. Hört, hört, dachte Therese, ich hoffe, ich werde sie nie in Anspruch nehmen müssen.

Auf dem Weg zur Kutsche fasste Hermann seine Mutter am Arm. »Wie ich Onkel Max kenne, war das noch nicht sein letztes Wort in Sachen Dallmayr. So schnell werden wir ihn bestimmt nicht los.«

»Das glaube ich allerdings auch«, stimmte Korbinian zu. »So viel Kreide gibt es doch in ganz München nicht, wie Ihr werter Schwager gefressen hat.«

Es tat Therese gut, dass sie gleich zwei Männer auf ihrer Seite hatte.

»Zusammen werden wir den Laden schon schaukeln«, sagte sie und hakte sich bei beiden unter.

»Du gibst.« Schon zum zweiten Mal an diesem Abend musste Karl Braumiller seinen Freund Max daran erinnern, dass er mit Mischen und Ausgeben der Karten an der Reihe war. Der Zigarrenrauch stand wie Nebel im Raum, und Kathi, die Kellnerin, beschwerte sich jedes Mal darüber, wenn sie Bier und Schnäpse servierte.

»Meine Herren, ich bekomme ja keine Luft mehr. So verraucht haben Sie das schöne Separee, dass ich nicht einmal mehr sehen kann, wo Platz ist, um die Gläser abzustellen. Also bitte durchlüften bis zur nächsten Runde, meine Herren, sonst gibt es keinen Schnaps mehr.«

Max zog ungerührt an seiner Zigarre und stieß einen Rauchkringel aus, der sich auf die Kellnerin zubewegte. »Sei doch nicht gar so streng mit uns einsamen Männern, Kathi. Ein bisschen Entspannung vom harten Berufsleben muss uns doch gestattet sein. Und mit dem Trinkgeld lassen wir uns auch nicht lumpen.«

Sie trafen sich jeden Freitagabend im Panoptikum in der Neuhauser Straße zum Herrenabend. Oft besuchten sie eine der »Elitevorstellungen« nur für Männer, danach spielten sie Karten, rauchten und tranken Bier und Schnaps. Das hatten sie sich ihrer Meinung nach verdient. Braumiller war Bauunternehmer, Johann Kerl und Franz Rambold Banker, Kerl in der Bayerischen Vereinsbank, Rambold im privaten Bankhaus Merck Finck. Bei ihrem wöchentlichen Herrenabend ging es auch um Geschäftliches. Um Immobilien, Baugrundstücke, Kredite, Zwangsversteigerungen, Investitionen und Renditen.

»Du bist aber heute zerstreut«, kommentierte Braumiller, als Max beim Mischen eine Karte auf den Tisch fiel. »Hat nicht letzte Woche die Testamentseröffnung von deinem Bruder stattgefunden?«

Max fing noch einmal mit dem Mischen der Karten an.

»Hat er dir etwas vererbt?«, fragte Johann Kerl.

»Ein Grundstück«, antwortete Max und verteilte die Karten. »Und einen Wald.«

»In München?« Braumiller witterte schon ein dickes Geschäft.

»In Landshut«, sagte Max und trank seinen Obstler auf Ex.

»Ach«, sagte Braumiller enttäuscht. »Nicht mein Revier.«

»Und wie geht es jetzt mit dem Dallmayr weiter?«, wollte Rambold wissen.

»Tja, so wie es aussieht, erbt die Witwe Haus und Geschäft«, sagte Max, und jeder im Raum wusste, dass ihn das lange nicht so kaltließ, wie er vorgab.

»Gibt es da nicht einen Sohn als Nachfolger?« Rambold beobachte Max.

»Doch, aber der ist noch bei mir in der Lehre. Er wird schon in der Firma mitarbeiten, aber Chefin bleibt meine Schwägerin, solange sie will. Als Alleinerbin entscheidet sie über die Übergabe.«

Ein unangenehmes Schweigen machte sich am Tisch breit. Eigentlich dachte keiner mehr an das Kartenspiel. Denn alle wussten, dass Max sehr viel darum gegeben hätte, in irgendeiner Form in den Delikatessenladen mit dem stadtbekannten und wohlklingenden Namen einsteigen zu können. Schon die Lage des Dallmayr war einmalig. Fast am Marienplatz, das Neue Rathaus praktisch gegenüber und nicht weit vom Viktualienmarkt. Sein ausgezeichneter Ruf bei der vornehmen Gesellschaft zog immer weitere Kreise, und die Zahl der Neider nahm immer mehr zu.

Die Männer am Tisch witterten das Potenzial dieses Unternehmens, und so richtig traute es keiner von ihnen einer Frau zu, diese hervorragenden Möglichkeiten tatsächlich voll auszuschöpfen. Die Witwe mochte ein Händchen für Delikatessen haben, sicher auch für das Personal und ihre Kundschaft, aber von Geldgeschäften, männlichen Seilschaften, die sich gegenseitig unter die Arme griffen und zusammenhielten, wenn es um neue Geschäftsideen und ihre Finanzierung ging, hatte sie keine Ahnung. Diese eingeschliffenen Verbindungen waren nicht mit Geld zu bezahlen und unersetzlich für jeden, der in der Stadt wirklich vorankommen wollte. Wirtschaft, Banken und die leitenden Beamten als politische Entscheider arbeiteten bei allen großen Ereignissen zusammen. Und taten sie es nicht, wurde auch nichts Großes draus. Max Randlkofer musste es gar nicht aussprechen, aber in einem waren sich alle vier Männer am Tisch einig. Mit einer Witwe an der Spitze würde Dallmayr auf ewig ein kleiner bis mittlerer Delikatessenladen bleiben. Und eines Tages würde der Laden von einem größeren übertrumpft werden, der die noble Kundschaft abzog und am Ende den ganzen Plunder in der Dienerstraße aufkaufte. Dann wären all die Jahre harter Arbeit von Max Randlkofers Bruder Anton umsonst gewesen.

»Einer Frau«, sagte Braumiller, »fehlt halt oft der Weitblick.«

»Jaja«, pflichtete Kerl ihm bei. »Die Weiber können schon eine Zeit lang einen Betrieb führen. Sie haben es ja jahrelang an der Seite ihrer Männer praktisch erlernt.«

»Aber?«, fragte Max. »Da kommt doch jetzt ein Aber.«

»Aber Frauen haben halt einfach keine Visionen«, behauptete Kerl.

»Sehr richtig«, sagte Braumiller und hob sein Bierglas. »Prost!«

»Frauen bleiben halt lieber in ihrem Rahmen, das ist ihre Natur. Sie füllen ihn mitunter sogar recht fein und fleißig aus. Trotzdem kommen sie in der Regel einfach nicht über ein gesundes Mittelmaß hinaus«, führte Kerl weiter aus.

»Die meisten Damen verstehen nicht, dass Fleiß und Tüchtigkeit und ein paar Grundrechenarten noch lange nicht ausreichen, um ein Unternehmen erfolgreich zu machen. Ist es nicht so?«, fragte Rambold in die Runde. »Was sagst du denn dazu, Max?«

»Tja, die Damen und der Erfolg«, antwortete Max. »So schlecht passt das gar nicht zusammen. Denkt doch mal an das Atelier Elvira in der Kaulbachstraße. Von Frauen gegründet und geführt, und halb München läuft hin und lässt sich fotografieren von den beiden Damen.«

»Was?«, fragte Rambold, »diese zwei Fotografinnen mit den Männerfrisuren und den langweiligen Sackkleidern, sind das überhaupt Damen?«

Die Herren lachten.

»Aber so viel ich weiß«, spielte Braumiller seinen Trumpf aus, »können die beiden mit ihren Tituskőpfen nur deshalb Unternehmerinnen spielen, weil eine von ihnen, diese Augspurg, einen reichen Herrn Papa hat, der die ganze Schose bezahlt.«

»Also ist es doch wieder ein Mann, der hinter dem Erfolg der Damen steht«, schlussfolgerte Rambold. »Genau wie bei den Witwen.«

Kathi brachte noch eine Runde Schnaps und frisches Bier. Max hatte bereits Mühe, sein Schnapsglas nicht zu verschütten.

»Wie wäre es denn«, fragte Johann Kerl von der Vereinsbank, »wenn wir der Witwe unseren Kredit fällig stellen würden? Der Kreditnehmer ist verstorben, es muss also ohnehin ein neuer Vertrag ausgehandelt werden.«

Jetzt spitzte Max die Ohren.

»Und vielleicht«, fuhr Kerl fort, »ist die Bank ja der Meinung, dass die Witwe unmöglich ein Geschäft mit mehr als zehn Angestellten führen kann.«

Max starrte ihn mit glasigem Blick an.

»Dann könnte Max mit seinem Vermögen als Bürge für die Schulden seiner Schwägerin auftreten und hätte einen Fuß im Dallmayr oder auch gleich alle zwei«, führte Rambold Kerls Gedankenspiel fort.

»Das würdest du für mich tun, Johann?« Max sprach schon etwas undeutlich, aber seine Freunde verstanden ihn trotzdem.

»Ich könnte es versuchen, Max. Versprechen kann ich es nicht. Aber die Schulden sind schon gewaltig für eine einzelne Dame. Das Geschäft steht im Moment nicht schlecht da, aber das kann sich ja ändern. Was wissen wir schon, wie es in der Zukunft laufen wird.«

Max öffnete das Fenster und streckte den Kopf hinaus. Die Kälte brannte beim Atmen in der Lunge, aber er musste nüchterner werden. Er musste aufpassen und verstehen, was da gerade ausgeheckt wurde. Schließlich dachte er seit dieser verfluchten Testamentseröffnung an nichts anderes mehr, als auf welche Weise er sich doch noch Zugang zu der Firma seines Bruders verschaffen könnte. Und jetzt stand da eine Idee im Raum, die er nicht vorbeiziehen lassen durfte, bloß weil er zwei, drei Biere oder Schnäpse zu viel getrunken hatte.

»Im Färbergraben, gleich bei dir ums Eck, Max, wird doch jetzt ein Grundstück ganz neu bebaut. Vielleicht kennst du ja den neuen Besitzer und kannst ihn an unser Bankhaus verweisen«, sagte Rambold.

»Oder unseres«, ergänzte Kerl.

»Eine Hand wäscht die andere«, sagte Braumiller.

Max zündete sich am Fenster sein letztes Zigarillo an. Sein Kopf arbeitete wieder. Verfluchte Kälte. »Freunde«, sagte er, »ich will schauen, was ich für euch tun kann. Freilich kenne ich den Grundstückseigentümer. Er ist ein guter Bekannter von mir. Das wird sich schon ausgehen.«

»Dass ich für Bauarbeiten jeder Art der beste Mann weit und breit bin, weißt du ja, Max«, hakte nun auch Braumiller ein. »Und wenn du für die Kreditablösung von der Vereinsbank Geld benötigst, Max, also für den Fall, dass du vielleicht in dem Moment gerade nicht flüssig bist, dann kann ich eventuell einspringen. Ganz inoffiziell, unter guten Freunden.«

»Ich danke euch«, sagte Max. »Noch dazu, wo ich heute so schlecht wie nie zuvor in meinem Leben gespielt habe.«

»Gespielt hast du wie ein lausiger Anfänger, das stimmt«, bestätigte Braumiller.

»Es kommen auch wieder bessere Tage«, versicherte Rambold ihm. »Wenn man Freunde hat wie uns.« Sie stießen mit der letzten Runde Schnaps an.

Kathi kam zum Kassieren und freute sich über die etwas frischere Luft. »Morgen Abend sind die Herren aber bestimmt auch wieder da?«, fragte sie.

»Ich hab kein Glück im Spiel«, antwortete Max, »morgen versuche ich es dann mit der Liebe.«

Die Freunde lachten, denn sie wussten genau, von welcher Art Liebe der Junggeselle Max sprach.

»Dann versäumen sie aber was, Herr Randlkofer«, sagte Kathi. »Morgen werden hier bei uns ›Lebende Gemälde‹ gezeigt. Ich hab die jungen Damen heute schon bei der Probe gesehen. Wirklich viel anziehen werden die nicht, das könnte Ihnen gefallen.«

Die Herren wollten es sich überlegen. Das Programm klang verlockend, aber die beiden Banker hatten Familie und nicht jeden Abend Ausgang. Braumiller war am Samstagabend schon verplant. Und Max hielt nicht allzu viel von leicht bekleideten Modellen in Goldrahmen, die man womöglich nicht einmal anfassen, sondern nur anschauen durfte, wie im Museum.

Die vier Herren trennten sich auf der nächtlichen Neuhauser Straße, auf der bis auf ein paar vereinzelte Nachtschwärmer niemand mehr unterwegs war. Max spürte die nächtliche Kälte bis in die Knochen. Die Temperaturen hatten den Namen Frühling noch nicht verdient. Der Winter war ungewöhnlich streng gewesen dieses Jahr. Max hatte sich mehr als ein Paar Schuhe kaputt gemacht durch den ewigen Schneematsch, den die städtischen Räumdienste einfach nicht sauber von den Straßen runtergebracht hatten. Er betrachtete einen hässlichen

Schneerand, der sich trotz professioneller Pflege auf seiner rechten Schuhspitze abzeichnete.

Er wusste schon, warum er zu diesen Kartenabenden mit seinen Kumpeln erschien, auch wenn er sich bessere Abendunterhaltungen vorstellen konnte und immer dazu neigte, zu viel zu saufen. Es war wichtig, dass man sich gegenseitig unterstützte. Stand man als Unternehmer alleine da, konnte die aufstrebende Großstadt schnell zu einem Dschungel werden. Vier Männer an den richtigen Posten, und das Dickicht begann sich zu lichten. Die Enttäuschung darüber, dass Anton ihm in seinem Testament nicht eine Handbreit Zugang zu seinem Geschäft gewährt hatte, ließ sich so gleich etwas leichter ertragen. Es gab einen Plan, und der hörte sich gar nicht mal schlecht an. Das Grundstück in Landshut hätte Anton behalten können. Max brauchte es nicht. Was sollte einer wie er in der Provinz? Er würde es, sobald er einen Käufer gefunden hätte, an den Meistbietenden verscherbeln.

Auf den alten Bäumen der Isarauen keckerten die Elstern, und eine Goldammer rief immer wieder ihr gleichförmiges Ti-ti-ti-ti-tüüh. Lilly hatte Ludwig und die Mutter überreden können, am Sonntagnachmittag in die Stadt zu gehen, obwohl Ludwig am liebsten den ganzen Tag geschlafen hätte, immerhin hatte er diesen Sonntag frei. Die Mutter legte das Plätteisen aus der Hand. Nach den endlosen Wintermonaten lag nun endlich ein Hauch von Frühling in der Luft, und Lilly wollte raus aus dem Viertel, ein bisschen Stadtluft schnuppern und an den Schaufenstern vorbeibummeln. Sie liefen in einer Reihe untergehakt, die Mutter in der Mitte, rechts Lilly, links Ludwig, der wieder einmal Geschichten aus dem Dallmayr zum Besten gab.

»Du tust ja grade so, als wärst du die rechte Hand der Chefin oder gar selbst der Chef«, spottete Lilly. »Dabei bist du doch nur der Lehrling.«

»Ach ja, das hätte ich fast vergessen. Gut, dass meine Schwester mich mal wieder daran erinnert«, schoss Ludwig zurück. »Sie kennt sich schließlich aus, denn sie arbeitet ja bei Haushaltswaren Wimmer in Haidhausen, wo die ganze Welt ein- und ausmarschiert.«

»Du bist so gemein, Ludwig. Ich wär ja auch lieber beim Dallmayr als beim alten Wimmer, wo es so eng ist, dass die Angestellten sich hinter der Ladentheke auf die Füße treten, aber …«

»Aber das schafft halt nicht jeder«, antwortete Ludwig frech.

»Dann schau, dass sie dich auch behalten, du Kindskopf«, mischte sich seine Mutter ein. »Einen Brief von deiner Chefin habe ich schon bekommen.«

Lilly wusste genau, dass es beinahe eine zweite Mahnung gegeben hätte, aber da konnte Ludwig sich auf seine Schwester verlassen. Sie würde dichthalten.

»Seit diesem Brief ist Ludwig ein Musterlehrling«, behauptete sie.

Ihre Mutter sah von Lilly zu Ludwig, als ahnte sie, dass da irgendetwas im Busch war, doch sie kam nicht mehr dazu, etwas zu erwidern, da ihnen in diesem Moment ein Fahrrad entgegenkam, dessen Lenker allem Anschein nach die Kontrolle über sein Fahrzeug verloren hatte. Ein zweiter Mann lief hinter dem Radfahrer her und fuchtelte mit den Armen.

»Ist das nicht …?«, fragte Anna Loibl.

»Unser Vormund!«, rief Lilly.

»Der Herr von Vollmar auf einem Neckarsulmer Pfeil!« Ludwig fand das Fahrrad fast noch toller als den Fahrer, der an seinem typischen schwarzen Hut und dem schwarz-grau melierten Spitzbart eindeutig zu erkennen war.

»Vorsicht!«, rief der Mann, der hinter dem wackeligen Fahrer herlief. »Er kann nicht bremsen!«

Die Geschwister platzierten sich rechts und links neben der erwarteten Bahn des rasenden Radlers, der auf dem leicht abschüssigen Uferweg gerade schön in Fahrt kam.

»Handbremse«, schrie Ludwig, »aber nicht zu fest!«

Dieses Kommando schien bei dem Radler anzukommen. Er fand den richtigen Seilzug. Trotzdem hätte es ihn aus dem Sattel gehoben, wenn ihn nicht Ludwig auf der einen und Lilly auf der anderen Seite unter der Achsel ergriffen und festgehalten hätten. Alle drei kippten sie zur Seite, und das Fahrrad legte sich nach zwei, drei Metern dazu. Nur der Vorderreifen drehte frei in der Luft.

»Um Himmels willen!« Ludwigs Mutter griff nach der Hand des Radfahrers, die Kinder schoben ihn von hinten an. Mittlerweile war auch Vollmars Freund zur Stelle, und alle zusammen brachten sie diesen Hünen von einem Mann wieder auf die Beine. Er stützte sich an der Schulter seines Begleiters ab und sah die Umstehenden verwirrt an.

»Für mich müsste dieses Gefährt etwas umgebaut werden«, sagte er schließlich und klopfte sich den Staub von der Jacke. »Ich glaube, ich bräuchte doch ein Rad mehr. Am besten eines vorne und hinten zwei, zum Stabilisieren. Wer könnte mir so etwas bauen?« Dann fixierte er seine Helfer und endlich dämmerte ihm, dass er diese Menschen ja kannte. »Ludwig?«, fragte er. »Und Lilly?« Lilly nickte eifrig. »Und Anna ist ja auch da. Woher haben Sie denn alle gewusst, dass ich heute meine allererste Radpartie an der Isar unternehmen werde?«

Lilly prustete als Erste los. Ihre Mutter genierte sich zunächst, aber als alle lachten, stimmte sie auch mit ein.

»Und das war hoffentlich auch deine letzte.« Julia von Vollmar war nun ebenfalls an der Unfallstelle angekommen und reichte ihrem Mann die Krücken, die er zum Gehen benutzte.

»Vielen Dank, Kinder, dass ihr diesen unvernünftigen Kerl gerettet habt! Und dieser Mann ist euer Vormund«, sagte sie. »Erzählt bloß niemandem von dieser Ausfahrt.« Vollmars Frau hatte vom Laufen ganz rote Backen bekommen. »Du hast dich doch hoffentlich nicht verletzt, Georg?«

»Ach was!«, antwortete er. »Da haben wir schon ganz andere Geschichten überlebt. Ist denn der NSU Pfeil noch zu gebrauchen?«

Sein Freund hob das Fahrrad auf und richtete mit dem Vorderrad zwischen den Beinen den Lenker wieder mittig ein. Auch genügend Luft war noch im Reifen.

»Es sollte wieder fahren«, sagte er, »aber nicht mehr mit dir. Sei mir nicht böse, Georg, aber ich glaube, du solltest dir doch besser ein anderes Fortbewegungsmittel zulegen.«

»Nein, nein, wenn ich jemanden finde, der mir dieses zusätzliche Rad anbaut, dann versuche ich es auf jeden Fall noch einmal.«

»So, und jetzt gehen wir alle zusammen ins Café Victoria. Das ist das Mindeste, was wir tun können, oder Georg? Die Kinder haben dir das Leben gerettet.«

Was für ein Glück, dachte Lilly. Von Ludwig wussten alle, dass er das Victoria mit seinen feinen Torten und Kuchenspezialitäten geradezu vergötterte. Und sie selbst war einfach sehr gern mit den Vollmars zusammen. Die beiden waren so feine Menschen und ein süßes Paar. Georg von Vollmar hatte eine Kriegsverletzung und benutzte deshalb meist Krücken zum Gehen. Trotzdem war er ein stattlicher, attraktiver Mann, Vorsitzender der Sozialdemokratischen Partei in Bayern, und seit der Heirat auch vermögend. Denn seine Frau Julia war die Tochter eines reichen schwedischen Fabrikanten. Die Vollmars hatten ein wunderschönes Haus am Jakobsplatz, mitten in der Stadt, sowie ein Landhaus am Walchensee, in dem Lilly aber noch nie gewesen war. Lillys und Ludwigs Vater war ein

Mitstreiter von Georg von Vollmar gewesen. Als er vor einigen Jahren bei einem Arbeitsunfall in einer der Mühlen an den Münchner Stadtbächen starb, hatte Vollmar sich gleich bereit erklärt, die Vormundschaft für die beiden Kinder zu übernehmen. Seither war er eine Art reicher Onkel für die zwei Geschwister. Er war es gewesen, der Ludwig die Lehrstelle im Dallmayr vermittelt hatte, denn er kannte die Familie Randlkofer persönlich und war selbst Kunde im besten Delikatessengeschäft Münchens, wie er stets behauptete. Dass er fast der einzige bekannte »Rote« war, der bei Dallmayr einkaufte, störte ihn nicht weiter.

Lilly war ganz aufgeregt, als sie auf das Eckgebäude an der Maximilianstraße, einer der vornehmsten Straßen Münchens mit den teuersten Geschäften, zusteuerten. Die Ober waren immer schrecklich zuvorkommend. Sie halfen den Damen aus den Mänteln, nahmen ihre Hüte entgegen und brachten sie in die Garderobe. Die langen Seidenkleider der Kundinnen raschelten, während ein Ober sie zum Platz geleitete und ihnen zum Hinsetzen den Stuhl zurechtschob. Das fand Lilly immer sehr lustig, denn zu Hause konnten sich die Damen doch bestimmt auch ohne Hilfe auf einen Stuhl setzen. Aber es sah eben elegant und vornehm aus, wenn sie warteten, bis ein Mann ihnen den Stuhl bereitstellte.

Schon der Eingangsbereich mit der Garderobe war elegant wie in einem Theater, aber das Café selbst erinnerte gar an einen Ballsaal, mit einer sehr hohen Gewölbedecke, schilfgrün gekachelten schlanken Säulen und zierlichen Kronleuchtern. Im hinteren Teil des Raumes spielten die Herren Billard. Man fühlte sich gleich eleganter und bedeutender, als man in Wirklichkeit war, und das machte nur dieser bezaubernde Raum.

»Schwesterchen«, Ludwig kniff Lilly in die Seite. »Wo hast du denn deine Augen? Hier musst du hinschauen.«

Er stand fasziniert vor der Kuchentheke mit den feinsten

Torten, Strudeln, Cremeschnitten, Kuchen, Törtchen und Desserts. Und dazu noch die Petits Fours, die allesamt kleine Kunstwerke darstellten, so liebevoll verziert, dass sie fast zu schade zum Essen waren.

»Weißt du schon, was du nimmst?«, fragte ihr Bruder.

»Bist du verrückt?«, fragte Lilly. »Wie soll ich mich denn da so schnell entscheiden? Das sieht doch alles himmlisch aus.«

»Also ich nehme die Dobostorte dort, aus acht Schichten Biskuit mit Schokoladencreme und feiner Karamellglasur. Und du könntest die Orangentorte bestellen, schau, hier, oder die Punschschnitte, die würde ich auch sehr gern probieren. Wir können ja teilen. Du bekommst meine halbe Dobos und ich deine Punsch.«

»Und wenn ich die gar nicht mag?«

»Sie schmeckt bestimmt genauso prima, wie sie aussieht, da kannst du gar nichts falsch machen.«

Lilly wusste, dass ihr Bruder das wirklich ernst meinte. Am liebsten hätte er sich durch jedes einzelne Gebäckstück aus der Theke probiert. »Frag Mama, ob sie mit dir teilt«, zischte sie. »Ich bestelle, was ich will. Vielleicht das Törtchen dort, mit dem rosa Zuckerguss, oder die Schokoladentorte mit den Walnüssen. Ich könnte natürlich auch einen feinen Apfelstrudel nehmen mit Vanillesoße.«

»Das machst du nicht«, protestierte Ludwig. »Den bekommst du zu Hause auch. Dann nimm doch lieber die Charlotte royale mit Erdbeermarmelade oder …«

»Na, ihr zwei?« Julia von Vollmar hatte sich inzwischen frisch gemacht. »Wollen wir uns vielleicht setzen? Wenn Ludwig sich nicht entscheiden kann, muss er eben zwei Stück Torte bestellen.«

»Ich habe mich ja schon entschieden«, protestierte er, »nur meine Schwester …«

Seine Mutter warf ihm diesen Blick zu, der bedeutete, dass es jetzt gut sein sollte.

»Vielleicht könntest du ja die Punschschnitte bestellen, Mama?«

Sie schüttelte entnervt den Kopf und folgte dem Ober zum Tisch.

»Wie geht es dir denn beim Dallmayr?«, wandte Frau von Vollmar sich an Ludwig und nippte an ihrer Teetasse. »Macht dir die Lehre Freude?«

»Das frühe Aufstehen macht ihm gar keine Freude«, antwortete Lilly für ihren Bruder. »Und dass er immer die Pferdeäpfel aufsammeln muss, schmeckt ihm auch nicht besonders.«

»Dann hast du also den Umgang mit Pferdemist bereits gelernt«, stellte Georg von Vollmar fest. »Etwas anderes vielleicht auch noch?«

»Ich muss zwar noch viele Hilfsarbeiten erledigen, aber dafür habe ich schon fast eine eigene Abteilung unter mir«, prahlte Ludwig.

»Tatsächlich?« Von Vollmar schien beeindruckt. »Welche denn?«

»Die Schokoladenabteilung natürlich.« Lilly grinste.

»Ich darf die Kunden über die feinen Schokoladen beraten und ihnen genau beschreiben, wie welche Sorte schmeckt, woher der Kakao stammt, wo sie hergestellt wurde und solche Sachen. Natürlich dürfen ausgewählte Kunden auch mal ein Stück probieren.«

»Und was qualifiziert dich zum Schokoladenexperten?«, fragte sein Vormund.

»Er ist eben ein Schleckermaul«, sagte Lilly, »und dann denkt er sich auch noch Geschichten aus zu den Süßigkeiten.«

»Dann ist er also außerdem ein Geschichtenexperte«, sagte

Julia von Vollmar, und alle lachten, während Ludwig rote Bäckchen bekam und seiner Schwester einen bösen Blick zuwarf.

Doch alles schien vergessen, als der Kuchen serviert wurde. Ludwig nahm andächtig seine Dobostorte entgegen, zählte die Biskuitschichten nach – es waren wirklich acht –, kostete die Nougatfüllung und biss dann in das Karamellblättchen, mit dem die Torte garniert war. Erst als er das Karamellstück zwischen seinen Zähnen zerknackte, bemerkte er, dass alle ihn gespannt beobachteten.

»Und?«, fragte Lilly. »Bist du zufrieden?«

Ludwig wackelte mit dem Kopf hin und her, ließ das Karamell auf der Zunge zergehen und machte »Hmm, ja«.

Während nun alle damit begannen, ihre Kuchen zu essen, wanderte Ludwigs Gabel hinüber zur Punschschnitte seiner Mutter zum Verkosten. Lilly trat ihm augenrollend ein Stück ihrer Schokoladentorte ab und bekam dafür etwas von der Dobos.

Der Chef des Café Victoria, Konditormeister Julius Reiter, trat an den Tisch und Georg von Vollmar stellte ihm seine Gäste vor.

»Und hier sitzt ein Kollege von dir, Julius. Ludwig Loibl, er führt die Schokoladenabteilung im Delikatessengeschäft Dallmayr.«

Jetzt liefen nicht nur Ludwigs Wangen rot an. Auch seine Ohren glühten. Und Lillys schadenfrohes Grinsen sollte heißen: Siehst du, das kommt davon, wenn man so angibt.

»Und darf ich fragen, wie meine … Was hatten Sie?«

»Die Dobostorte.« Ludwig schluckte.

»… wie meine Dobostorte dem Herrn Kollegen geschmeckt hat?«

»Ja, also, der Biskuit, einfach vorzüglich. Das Karamell genau auf den Punkt, herrlich bernsteinfarben und mit einem köstlichen Röstaroma, mit einem Geschmack zwischen süß und leicht bitter, genau wie es sein soll.«

»Und die Füllung? Was sagen Sie zur Füllung?«, bohrte der Maître nach, angenehm überrascht von Ludwigs präziser Beschreibung von Aromen und Konsistenzen.

»Die Füllung? Also die Nougatcreme? Also …«

»Ja, genau die.«

Ludwig zögerte ein paar Sekunden zu lang, sodass Lilly und auch alle anderen am Tisch merkten, dass es nun ungemütlich werden konnte. Ludwig würde doch jetzt nicht den Inhaber des Café Victoria kritisieren?

»Die Nougatcreme …« Unter dem Tisch traf ein Fußtritt seiner Schwester Ludwigs Schienbein. »Die Nougatcreme ist schon sehr fein …«

»Aber? War sie nicht zu Ihrer Zufriedenheit, Monsieur?« Der Maître runzelte die Stirn. Lilly wäre am liebsten unter den Tisch gekrochen.

»Also wir haben da letzte Woche eine Lieferung Nougat aus Turin erhalten. Aus gerösteten Haselnüssen aus dem Piemont. Sie nennen die Creme ›Nocciolata‹, und sie ist …«, stammelte Ludwig.

»Ja?« Reiter wurde langsam ungeduldig.

Aber jetzt konnte Ludwig nicht mehr zurück. »Sie ist göttlich und vielleicht möchten Sie sie einmal kosten. Zu der Torte wäre der Nougat aus Piemont schlicht die Krönung.«

»Das heißt, Ihr Nougat ist besser als meiner?«

»O nein, ganz und gar nicht«, versuchte Ludwig seinen Hals zu retten. »Er schmeckt nur anders, vielleicht ein bisschen herber, weniger süß und ohne Vanille.«

Lilly sah besorgt zu ihrer Mutter, die einer Ohnmacht nahe schien. Wogegen ihr Vormund amüsiert schmunzelte.

»Sie meinen also, einfach etwas weniger von dieser köstlichen westindischen und, nebenbei bemerkt, sündhaft teuren Vanille? Oder gar keine?«, insistierte Reiter.

»Ich, äh ja, ich würde sie weglassen«, stotterte Ludwig.

Lilly biss sich auf die Lippen und mochte gar nicht mehr zu ihrem Bruder hinsehen. Manchmal überspannte er den Bogen wirklich, und in diesem Moment war er kurz vor dem Zerreißen.

Maître Reiter trat hinter Ludwig und fasste die Lehne seines Stuhls. »Begleiten Sie mich in die Backstube, Kollege«, sagte er. »Kosten Sie meine Nougatrohmasse und sagen Sie mir, was Sie davon halten. Ich will sehen, ob Sie wirklich etwas von der Sache verstehen oder sich nur wichtigmachen. Mit Verlaub, Herr von Vollmar?«

»Aber bitte sehr«, antwortete der.

Ludwig stand wie in Trance auf und begleitete den Hausherrn an seinen Arbeitsplatz, woraufhin Anna Loibl um ein Glas Wasser bat. Frau von Vollmar fragte Lilly in die etwas angespannte Stille hinein, wie es ihr an ihrer Arbeitsstelle erginge, und Lilly beklagte sich, dass sie oft in die Privatwohnung hinaufgeschickt wurde, um sauber zu machen, das Essen vorzubereiten oder den Säugling zu wickeln.

»Ich bin aber keine Dienstmagd«, sagte Lilly trotzig.

»Das ist aber nicht schön, wenn du so unglücklich bist«, sagte Frau von Vollmar.

»Lilly ist gar nicht so unglücklich«, beschwichtigte ihre Mutter schnell. »Wir sind sehr dankbar, dass Ihr Mann uns geholfen hat, für beide Kinder eine Arbeitsstelle zu finden. Lilly hat nun mal ihren eigenen Kopf, und daran ist mein verstorbener Mann nicht ganz unschuldig. Ich glaube, er hat ihr diese Flausen in den Kopf gesetzt.«

»Das sind keine Flausen«, wehrte Lilly sich. »Ich möchte halt was Gescheites lernen, einen richtigen Beruf.«

»Jetzt ist es aber gut, Lilly«, mahnte ihre Mutter.

»Und was wäre so etwas Gescheites?« Frau von Vollmar sah ihren Mann an. Der bestellte noch Kaffee und Tee für die Damen.

»Telefonistin möchte ich werden.« Jetzt war es heraus. Lillys Augen leuchteten auf.

»Was?« Ihr Vormund verschluckte sich fast. »Da musst du mindestens achtzehn Jahre alt sein, wenn du dich bewirbst, und eine Prüfung machen, die gar nicht so leicht ist. Was du in der Volksschule gelernt hast, reicht da nicht, Lilly.«

»Wenn ich weiß, was drankommt bei der Prüfung, kann ich alles lernen«, behauptete Lilly.

»Vielleicht kann ich ihr dabei helfen.« Frau von Vollmar nahm Lillys Hand und drückte sie.

»Dann musst du aber mit dem Heiraten noch warten.« Georg von Vollmar zwirbelte sich seinen Schnauzer. »Es werden ausschließlich ledige Frauen angenommen. Zur Heirat gibt's sofort die Kündigung. Und das ist nicht nur bei der Post so.«

»Ich will ohnehin nicht heiraten.« Lilly rührte in ihrer Teetasse.

Die Mutter seufzte.

»Sag bloß, du magst keine Männer«, machte ihr Vormund sich lustig. »Das gibt es ja jetzt öfter. Kommt in den besten Kreisen vor.«

»Georg!«, schimpfte seine Frau.

»Ich will eben etwas lernen und erreichen im Leben«, flüsterte Lilly.

»Wenn Lilly das will, dann werde ich sie dabei unterstützen. Du kannst doch bestimmt in Erfahrung bringen, wie diese Prüfung aussieht, Georg. Und dann bereiten wir uns darauf vor, und Lilly kann an ihrem achtzehnten Geburtstag eine Bewerbung losschicken. Das wäre doch gelacht, wenn wir das nicht schaffen zusammen.«

In diesem Moment kam Ludwig an den Tisch zurück und sah ganz fröhlich aus.

»Und?«, fragte sein Vormund. »Habe ich im Café Victoria

von nun an Hausverbot, weil ich solche Leute wie dich mitbringe?«

»Ich soll nächsten Sonntag nach der Arbeit wieder beim Maître vorbeischauen, dann probieren wir noch andere Mischungen aus«, verkündete Ludwig. »Und ich soll zwei Gläser von unserem feinen Nougat mitbringen.«

Lilly fiel ein Stein vom Herzen, und der Mutter bestimmt auch.

»Aber du bleibst mir beim Dallmayr«, donnerte Georg von Vollmar. »Damit das klar ist. Das sind wir beide der Frau Randlkofer schuldig, Ludwig. Sie hat dir eine große Chance gegeben, das weißt du hoffentlich. Und gerade jetzt braucht sie bestimmt jeden Mitarbeiter im Geschäft.«

»Freilich weiß ich das.« Ludwigs Selbstbewusstsein war wiederhergestellt. »Ich mache meine Lehre im Dallmayr fertig und lerne alles, was ich dort nur lernen kann. Und dann sehen wir weiter. Vielleicht gehe ich auch ins Ausland.«

Die Mutter schüttelte entgeistert den Kopf. »Von mir haben die Kinder das nicht«, beteuerte sie.

»Deine Kinder haben eben schon in jungen Jahren ihren eigenen Kopf, Anna«, sagte Georg von Vollmar. »Das ist nicht schlimm, nur ein bisschen anstrengend.«

Für die Woche darauf hatte Therese einen Großputztag für den Mittwoch anberaumt und auch Hermann dazubestellt, der normalerweise mittwochs in der Kaufingerstraße arbeitete. Noch vor Ladenöffnung und bei voller Beleuchtung begann Therese mit Balbinas, Ludwigs und Hermanns Hilfe alle Theken, Regale, die Böden, die Dekoration penibel zu säubern, abzustauben, und über das Gewöhnliche hinaus zu wienern, alles ins rechte Licht zu rücken und die Regale bis obenhin aufzufüllen. Therese war aufgekratzt. Sie trug seit dem Begräbnis Schwarz und hatte etwas abgenommen. Und wenn sie sich im Spiegel betrachtete, fand sie, dass ihr beides gut stand. So sah eine verwitwete Chefin aus, eine Respektsperson durch und durch.

Seit der Beerdigung waren Balbina und sie sich so viel wie möglich aus dem Weg gegangen. Vor allem hatten sie nie über das Vorgefallene gesprochen. Was hätte sie dem Mädchen auch sagen können? Dass sie plötzlich den unbezwingbaren Wunsch verspürt hatte, sie vor aller Augen zu demütigen und auszuschließen? Ohne ihr den eigentlichen Grund zu nennen, hatte es ja keinen Zweck, ihr diese Handlungsweise begreiflich zu machen. Aber gerade kam es Therese so vor, als sei sie selbst wieder mehr im Gleichgewicht. Und die Beziehung zwischen ihr und Balbina war dabei, sich zu normalisieren. Hoffentlich blieb es so.

Therese suchte noch nach Unterlagen in ihrem Büro. Die Tür war auf, und sie konnte beim Suchen die Unterhaltung zwischen Ludwig und Balbina zum Teil mithören, die die Vitrinen putzten.

»Was ist denn heute los?«, hörte sie Balbina fragen. Sie sollte alle Glasflächen mit Salmiak säubern, damit alles blitzblank war und glänzte. »Bei uns ist es doch ohnehin immer sauber. Warum muss es denn heute noch schöner sein als sonst? Weißt du was? Kommt vielleicht der Prinzregent wieder höchstpersönlich bei uns vorbei?«

»Ach was, unser Regent interessiert sich doch nur für Zigarren und Austern. Für die Vitrinen hat der gar keine Augen.« Ludwig kümmerte sich darum, dass die Dekoration hübsch aussah und, falls nötig, entstaubt wurde.

»Was ist es denn dann? Irgendwas steht doch bevor. Ich tippe auf einen hohen Besuch. Ich kann es fast riechen. Du auch?«

»Also ich und meine Nase, wir finden es sehr schade, dass es bei der Schokolade jetzt nur noch nach Salmiakgeist riecht und nicht nach Kakao«, sagte Ludwig.

»Der Herr von Poschinger vielleicht?«, mutmaßte Balbina.

»Ach wo, der ist doch nicht so etepetete«, sagte Ludwig.

»Tja, wer kann das sein?« Therese stand nun neben ihnen. »Er ist jedenfalls noch kein Kunde bei uns.«

»Was will er dann hier?«, rief Hermann vom Weinregal herüber. »Jetzt sag schon, Mutter. Wer ist der, für den wir alles so schön herrichten?«

»Also gut. Es ist einer der Söhne aus der Großbäckerei Seidl. Der alte Herr Seidl war ein Freund deines Vaters.«

»Gabriel Seidl vielleicht, der Architekt?«, fragte Hermann, und Therese nickte. »Brauchen wir denn einen Architekten?«, fragte Hermann.

»Nach Antons Beerdigung hat er mir angeboten, sich das Geschäft einmal anzuschauen.«

»Was hast du denn vor?«

»Ich möchte Platz schaffen im Laden, ohne dafür das Sortiment zu verkleinern. Das ist doch eine Aufgabe für einen guten Architekten. Bei uns sollen die Kunden sich wohl fühlen und das Einkaufen genießen können und nicht wie die Sardinen in der Büchse herumstehen und warten, bis sie bedient werden. Sie sollen sich umsehen können, sich schon einmal einen Überblick verschaffen, von schönen Dingen angezogen werden. Ich stelle mir vor«, sagte Therese und kam fast ins Schwärmen, »dass das Einkaufen bei uns ein Erlebnis werden soll, keine Notwendigkeit wie beim Bäcker oder Metzger nebenan. Verstehst du?«

Hermann nickte. »Für mich hört sich das so an, als wolltest du umbauen.«

»Ja, vielleicht.«

»Ein Umbau kostet Geld«, gab ihr Ältester zu bedenken.

Jetzt redete Hermann schon genau wie sein Vater. Therese schmunzelte. »Ja, da hast du recht, Hermann. Und die Herren von der Vereinsbank haben sich auch für diese oder nächste Woche angesagt. Dann kann ich ihnen vielleicht schon ein paar konkrete Ideen zum Ausbau vorlegen.«

»Wieso tauchen die überhaupt hier auf, ist das normal so?«, fragte Hermann.

Sein gesundes Misstrauen erinnerte Therese tatsächlich an Anton. Der war auch immer vorsichtig mit den Banken gewesen. Andererseits pflegte er stets zu sagen: »Wer kein fremdes Geld braucht, hat einfach zu wenig Ideen.« Und damit meinte er, dass man als Kaufmann ohne Banken oft nicht handlungsfähig war, wenn auch die Geschäftsbeziehung zwischen einem Unternehmer und einer Bank nicht unbedingt immer harmonisch verlief.

»Ach, ich denke, die Herren von der Bank werden zum Kondolieren kommen und dann die von Anton unterzeichneten Kreditverträge auf meinen Namen umschreiben«, mutmaßte Therese. »Schau, es hat doch auch sein Gutes, dass ich jetzt Antons Schulden übernehme und du dich nicht gleich zu Beginn deiner Berufstätigkeit damit befassen musst.«

Darauf antwortete Hermann nur, dass er noch einmal ins Lager müsse.

»Frau Randlkofer«, rief Ludwig. »Wollen Sie ein Stück von unserem wunderbaren Piemonteser Nougat probieren? Ich habe da gerade ein einzelnes Randstück.«

»Man sollte ja alles probiert haben, was man so im Geschäft verkauft«, sagte Therese, und Ludwig reichte ihr das Einzelstück mit der Silberzange, als wäre es ein Edelstein oder eine exotische Pflanze, die nur einmal in zehn Jahren blüht. Es war köstlich.

»Was schmecken Sie?«, fragte Ludwig.

»Also, ich schmecke schon mal keinen Urwald, sondern den

sonnigen Süden, Bella Italia, schattige Wälder, eine Flussebene, eine Rösterei im Schuppen eines Landhauses mit dreizehn Zimmern, der Duft von frisch gerösteten Haselnüssen …« Therese lachte.

»Sie können das also auch«, sagte Ludwig ehrfürchtig, »das Geschichtenerzählen zu den Lebensmitteln.«

»Das hab ich von dir gelernt, Ludwig.«

Ludwig schüttelte den Kopf, nein, das konnte nun wirklich nicht sein. Er war der Lehrling, sie seine Chefin. »Jetzt hätte ich es bald vergessen: Der Chefconfiseur im Café Victoria hat zwei Gläser von unserem Nougat bestellt. Zum Probieren.«

»Maître Reiter? Wann war er hier, ich habe ihn gar nicht gesehen.«

»Er war ja auch nicht hier, aber ich war im Victoria, letzten Sonntag. Mit Lilly und der Mutter und unserem Vormund. Und da habe ich den Herrn Reiter kennengelernt und ihm von unserem Nougat vorgeschwärmt, bis er ihn zum Kosten bestellt hat.«

Therese wunderte sich über Ludwigs Beziehungen ins Victoria, aber es sollte ihr natürlich recht sein. Genau so sollte es sein: Empfehlung, Kostprobe, die Ware hält, was sie verspricht, der Kunde ist zufrieden und kommt wieder.

»Gratuliere, Ludwig!« Therese freute sich über seinen Erfolg. »Wenn das Café Victoria seinen Nougat über uns beziehen würde, das wäre schon was, womit man angeben könnte. Jetzt schau mich nicht so an, Ludwig. Ich meine natürlich dezent angeben, nicht einfach so prahlen.«

»So wie ich das immer mache«, setzte Ludwig noch einen drauf.

»Ein Lehrling sollte aber nie das letzte Wort behalten.« Therese lächelte.

Mit Balbina zusammen nahm Therese sich zuletzt noch die beiden Schaufenster vor. Als sie die Rückwand der Auslage abnahm, blieben auf der Straße die Passanten stehen wie bei der Tierschau auf dem Oktoberfest. Therese hatte sich überlegt, nur Waren aus einem einzigen Land im Schaufenster zu zeigen. Bella Italia, das war doch das Richtige für diesen kühlen Münchner Frühlingsanfang. Ein Korb mit Zitronen, Orangen, Pampelmusen und Mandarinen, ein paar dunkelgrüne Orangenblätter dazu. Obwohl sie alle Früchte des Winters waren, riefen sie bei den meisten Menschen doch Erinnerungen oder Sehnsüchte an den Süden, die Sonne und das Meer hervor. In einen zweiten Korb packte sie Schinken aus Parma, getrocknete Pasta, Pecorino und Parmesan, das war der Herrenkorb. Ein Olivenzweig dazu, und die Dekoration war fast fertig. Sie bat Balbina, noch rasch ins Lager zu laufen und einige Dosen mit Oliven zu holen, wegen der schönen bunten Etiketten.

Es war alles so weit fertig, Therese wartete nur noch auf die Olivendosen. Wo blieb denn Balbina jetzt so lange? In ein paar Minuten würden die ersten Kunden eintreffen und Therese musste aufschließen. Hatte das Mädchen vergessen, dass Therese immer noch halb im geöffneten Schaufenster hing? Ludwig sah sie nun auch nicht mehr. Wahrscheinlich waren die beiden zusammen im Lager. Therese kroch aus der Auslage und ging selbst hinunter, um die Konservendosen zu holen. Noch auf der Treppe hörte Therese die beiden herumalbern. Sie überlegte ein wenig zu lang, was sie nun tun sollte. Währenddessen hörte sie, immer noch auf der Treppe stehend, Hermann fragen: »Und wie heißt das Zauberwort?«

»Bitte.« Das war Balbinas Antwort. »Jetzt gib sie schon her.«

Therese war nun unten an der Treppe angelangt und konnte in den ersten Raum hineinschauen, wo Hermann oben auf der Trittleiter stand, mit den Olivendosen in der Hand, während

Balbina zwei Stufen unter ihm versuchte, sie ihm wegzunehmen. Die beiden bemerkten sie gar nicht.

»Jetzt aber, Hermann«, schimpfte Balbina.

Er hielt ihr zwei Dosen hin, zog sie jedoch fort, sobald sie danach greifen wollte. »Komm doch rauf und hol sie dir«, neckte er sie.

Balbina stieg eine Stufe höher, doch Hermann hob die Arme hoch, sodass sie selbst mit ausgestreckten Armen nicht hinkommen konnte. Sie zwickte ihn durch die Hosenbeine in die Waden. »Au, au«, rief er über ihr.

»Gibst du mir jetzt endlich die Dosen? Freiwillig?«

»Jaja«, versprach er und zog sie doch wieder fort, bevor sie sie erwischt hatte.

Die beiden merkten nicht, dass sie beobachtet wurden, und rangelten auf der Leiter um die Dosen, bis die Staffelei fast kippte und Balbina aufschrie und sich an Hermanns Beine klammerte. Er hielt sich am Fenstergriff fest und lachte.

»Gehst du mal wieder mit mir zum Eislaufen?«, fragte Hermann.

Therese trat wortlos in den Kellerraum und ging auf die beiden zu. Dann nahm sie den Korb, den Balbina abgestellt hatte.

»Wo bleiben denn die Oliven?«, fragte sie grimmig, und Balbina kletterte sofort von der Leiter, während Hermann sechs Dosen in den Korb packte. »Dass ihr euch nicht schämt« war alles, was Therese noch hinzufügte, mehr nicht. Sie trug den Korb hinauf und legte die Dosen ins Schaufenster. Dann setzte sie die Rückwand wieder ein und schloss die Eingangstür auf.

»Balbina, zu mir ins Büro.« Therese ging voran und machte die Tür hinter ihnen zu.

»Tut mir leid, Tante. Aber es war doch nur ein kleiner Scherz.«

»Wir tragen unsere schwarzen Kleider nicht zum Spaß«, zischte Therese. Erneut stieg eine Welle von blinder Wut in ihr auf. Es war wieder wie auf dem Südfriedhof bei der Beerdigung.

Sie wusste nicht, was tun, aber sie musste handeln. »Ich dulde es nicht, dass du dich an Hermann heranmachst.«

»Aber …« Balbina blieb die Luft weg. Sie wusste nichts darauf zu sagen.

»Nichts aber. Ich dulde es nicht. Du wirst dich in Zukunft von meinem Sohn fernhalten. Dieses Gekicher und Getuschel ist einfach impertinent.«

»Aber Tante, das stimmt doch nicht. Wir haben uns einfach gern, der Hermann und ich …« Balbina war kreidebleich geworden.

»Damit ist jetzt Schluss, dafür werde ich sorgen. Und wenn ihr euch nicht daran haltet, muss einer von euch das Haus verlassen.«

Balbina konnte die Tränen nicht länger zurückhalten. »Du bist gemein!«, rief sie, sprang zur Tür und lief hinauf in die Wohnung.

Therese sah ihr nach und seufzte auf. Sie saß am Schreibtisch, die Stirn auf die Hände gestützt, als Hermann den Kopf zur Tür hereinstreckte. »Was war denn los?«, fragte er. »Warum hat Balbina geweint?«

»Komm rein und mach die Tür zu«, sagte Therese. Sie öffnete das unterste Fach an ihrem Schreibtisch, nahm eine Flasche Cognac heraus und schenkte sich ein Glas ein. »Keine weiteren Vertraulichkeiten zwischen dir und Balbina.« Therese kippte den Cognac. Wenn der Alkohol ihr nur Mut machte. »Ich bitte dich. Das führt zu nichts außer Kummer. Sei gescheit, Bub, und schlag dir die Balbina aus dem Kopf.«

»Aber warum denn, Mutter? Sie ist doch ein liebes, tüchtiges Mädchen. Und das hübscheste, das ich kenne. Ich hab sie …«

»Davon will ich nichts hören, Hermann. Und dabei bleibt es. Wenn ihr euch nicht an meine Anweisung haltet, dann muss einer von euch gehen. Das habe ich auch Balbina schon gesagt. Du schlägst dir diese Verbindung aus dem Kopf.«

»Ich versteh dich nicht, Mutter. Was hast du denn plötzlich gegen die Balbina. Was hat sie dir denn getan?«

»Das spielt keine Rolle. Es kann einfach nicht sein.«

»Ist sie dir jetzt auf einmal nicht mehr gut genug für mich, weil sie ein lediges Kind ist und ein Habenichts, wie Elsa manchmal so überheblich über Balbina spricht?«

»Auch deshalb«, antwortete Therese. Den wahren Grund konnte und wollte sie ihm nicht sagen. Noch nicht. »Ein Randlkofer hat etwas Besseres verdient.«

»Und wenn ich gar nichts Besseres will? Wenn mir die Balbina genügt?« Hermann hatte jetzt die Hände auf ihrem Schreibtisch abgestützt, und sie konnte seinen Widerwillen förmlich spüren.

»Dafür sind Eltern da, dass sie Vernunft bewahren, wenn bei den Kindern die Gefühle durchgehen.«

»Aber der Vater hätte nichts dagegen gehabt. Er hat die Balbina sehr gemocht.«

Jetzt hasst er mich, dachte Therese.

»Das ist richtig.« Sie sprach leise, vernünftig, beruhigend auf ihn ein. »Anton hat sie wohl gerngehabt, aber er hätte sie nicht als Schwiegertochter gewollt. Das weiß ich ganz sicher. Er hat es mir nämlich genau so gesagt.«

»Das glaube ich nicht.« Hermann ballte die Fäuste.

Es klopfte. Rosa Schatzberger streckte ihren Kopf herein. »Der Herr Architekt Seidl wäre jetzt da.«

»Magst du dabei sein, wenn ich den Architekten durch den Laden führe?« Therese schob sich ein Zitronenbonbon in den Mund.

Hermann schüttelte den Kopf. Etwas anderes hätte Therese in der Situation auch nicht erwartet.

»Geh jetzt bitte nicht hinauf in die Wohnung«, bat sie Hermann. »Lass ein bisschen Zeit vergehen. Balbina muss sich auch erst wieder beruhigen. Bleib bitte im Laden und kümmere dich um die Kunden, während ich beschäftigt bin. Bitte, Hermann. Ich weiß, es ist jetzt schwer für dich, aber irgendwann wirst du es verstehen, ganz bestimmt.«

Therese wollte ihm die Hand auf die Schulter legen, aber er drehte sich wortlos um und ging zur Tür hinaus.

Gabriel Seidl verbreitete diese hektische, nervöse Unruhe, die ihn als viel beschäftigten Mann charakterisierte. Viel Zeit hatte er nicht, aber versprochen war versprochen, also schaute er im Dallmayr vorbei und fand auch alles sehr fein und ordentlich, genau wie er das Geschäft aus früherer Zeit in Erinnerung gehabt hatte. Nur etwas größer hatte er sich den Laden vorgestellt, das würde zum erlesenen Sortiment an Delikatessen und dem feinen Publikum doch tatsächlich besser passen. Und mit dieser Idee rannte er bei Therese offene Türen ein.

Doch zum Vergrößern brauchte sie einfach mehr Platz. Ob sie nicht den Laden nebenan mitübernehmen könne, um Fläche zu gewinnen. Dann wäre man dazu in der Lage, alles offener zu gestalten, die Decken etwas anzuheben, vielleicht sogar das Gewölbe freizulegen und die Verkleidungen der Säulen entweder ganz abzubauen oder filigraner zu gestalten. Man müsste halt schauen, was darunter war und ob es zum gewünschten repräsentativen Stil überhaupt passte. Alles, was Seidl vorbrachte, entsprach sehr genau Thereses eigenen Vorstellungen. Man musste einfach mit der Zeit gehen, am besten noch seiner Zeit ein wenig voraus sein. Sie wollte sich jedenfalls nicht auf dem Ererbten ausruhen, sondern aktuell und modern bleiben, um die Kundschaft dauerhaft zu halten.

Als sie bei ihrem Rundgang an einem Fenster zum Innenhof vorbeikamen, inspirierte den Architekten der Steinbrunnen, der vorwiegend als Pferdetränke genutzt wurde.

»Für Fische und anderes Wassergetier könnte man auch einen Frischwasserbrunnen im Geschäft installieren«, bemerkte Seidl.

»Ist halt alles eine Platzfrage. Aber das wäre doch etwas, was bis jetzt kein anderer hat. In Schlössern und alten Klöstern findet man so etwas gelegentlich, aber ein Geschäft kenne ich keines, das so etwas hätte.«

Eine wunderbare Idee. Ein Marmorbrunnen, das war doch großstädtisch und luxuriös. Viel zu schade für Forelle und Bachsaibling, die außerdem mehr Platz bräuchten. »Ein Brunnen für echte Delikatessen«, dachte sie laut. »Wir könnten Flusskrebse hineinsetzen.«

»So wie ich Sie einschätze, Frau Randlkofer, werden Sie diesen Brunnen sicherlich bald bauen lassen. Vielleicht nicht mehr in diesem Jahrhundert, aber im neuen bestimmt. Es fehlen uns ja nur mehr weniger als drei Jahre. Ausreichend Zeit zum Planen, würde ich sagen.«

»Aber wenn, dann müssen Sie den Dallmayr-Brunnen bauen, Herr Seidl, abgemacht?« Sie streckte die Hand aus, und Seidl schlug ein.

»Es wird mir ein Vergnügen sein, aus dem Delikatessengeschäft einen Delikatessentempel zu machen, gnädige Frau.« Er verbeugte sich zum Abschied. »Ich muss mich jetzt wieder meiner Großbaustelle an der Pfandhausgasse widmen. Ein Haus für die Münchner Künstler. Und was für eines. Die Münchner werden staunen.«

»Wird das denn noch in diesem Jahrhundert fertig?«, erkundigte Therese sich, denn soweit sie wusste, wurde schon seit vier Jahren daran gebaut.

»Ich hoffe es. Aber auch wenn's länger dauert, gnädige Frau, es wird ganz wunderbar. Sie werden schon sehen.«

Kurz vor der Mittagspause war Rosa Schatzberger zur Privatwohnung hinaufgelaufen, um nach Balbina zu sehen, fand sie aber nicht. Rosa hatte bemerkt, wie sie am Morgen heulend davongelaufen war, aber sie hatte nicht weggekonnt von ihrem

Platz. Es gab so viel zu tun, jetzt, wo der Chef nicht mehr im Laden war. Sie musste alle seine Notizen und Gedächtnisstützen sichten und herausfinden, ob etwas für sie Wichtiges darunter war. Denn er hatte sich über Jahre alle Sonderkonditionen der Lieferanten notiert, Geld oder Leistungen, die sie ihm noch schuldeten, ausstehende Lieferungen und vereinbarte Abnahmen. Und, was besonders wichtig war, all die kleinen Zuwendungen und Gefallen, die das Geschäft vorangebracht hatten und es auch in Zukunft voranbringen würden. Er hatte auch ein Heft, in dem er bestimmte Vorlieben von Freunden des Hauses aufgelistet hatte. Bei dem einen war es der Lieblingsweißwein, von dem man ihm nach der Sommerfrische ein paar Flaschen als Willkommensgruß vorbeibringen sollte, beim anderen ein spezieller Wacholderschinken aus dem Schwarzwald. Kleine Geschenke, die, wenn es die richtigen waren, die Freundschaft erhielten und die Kunden in ganz persönlicher Weise ans Geschäft zu binden vermochten. Es lag nun an Rosa, dieses schlaue und ausgeklügelte System im Blick zu behalten und fortzuführen. Aber jetzt musste sie unbedingt Balbina finden und sie fragen, was vorhin im Lager geschehen war.

Balbina rannte unterdessen ohne Ziel durch die Stadt. Sie lief gerade auf der Ludwigstraße in Richtung Schwabing. Die prächtigen Steinfassaden der großen Palais, an denen sie vorbeikam, waren wie eine einzige Wand, geschlossen, undurchdringlich. Sogar die Ludwigskirche mit ihren beiden Türmen fügte sich in diese Zeile ein, kein Blatt passte zwischen Haus und Haus. Die Straße war so breit, dass sich ein gesamtes Dorf darauf versammeln konnte. Diese leere Weite passte gut zu Balbinas Verfassung. Sie fühlte sich allein, missverstanden von der Person, die fast zu einer Mutter für sie geworden war, seit Balbina in ihrem Haus lebte. Die Ablehnung, die sie nun schon zum zweiten Mal so heftig von ihrer Tante zu spüren bekommen hatte, tat verdammt weh.

Sie lief einfach immer weiter fort von der Innenstadt und aus ihrer gewohnten Umgebung. Die Luft war frisch, ein sanfter Wind kam aus einer Seitengasse angeflogen, und hätte sie ein aufgeschlagenes Knie gehabt, so hätte er ihren Schmerz weggepustet. Aber ihre Wunde war tiefer.

Sie lief an der Galeriestraße und an der Eishalle vorbei, die schon geschlossen war, aber sie verbot sich an jenen Sonntag, ihren ersten auf dem Eis, zu denken. Etwas Gewichtiges war seitdem passiert. Nicht nur dass Onkel Anton gestorben war. Schon auf der Beerdigung hatte Balbina gespürt, dass sich etwas bei ihrer Tante verändert hatte. Und sie vermutete, dass es nicht nur die Trauer über den Verlust ihres Mannes war, sondern auf irgendeine Weise mit ihr zu tun hatte. Irgendetwas musste geschehen sein, aber Balbina kam nicht darauf, was es gewesen sein könnte. Sie wusste nur, dass ihr Leben gerade auf den Kopf gestellt wurde. Alles in ihr war erschüttert. Die Liebe zu Tante und Onkel, das Vertrauen, es war noch nicht ganz weg, aber der Boden war mächtig ins Wanken geraten.

Vor der Universität standen kleine Gruppen von Studenten zusammen. Einige mit den Mützen ihrer Verbindungen auf dem Kopf. Einer trug einen noch blutigen Schmiss auf der Wange. Balbina verstand nicht, warum die jungen Männer mit scharfen Degen gegeneinander kämpften, mitten in den ruhigen Friedenszeiten, in denen sie zum Glück lebten. Viele Männer waren für ihr Leben so gezeichnet, und sie trugen ihre Narben stolz wie einen Orden. Balbina fragte sich, ob hier irgendwann auch einmal Studentinnen vor den Universitäten stehen würden. Elsa hatte erzählt, in der Schweiz seien Frauen schon in einigen Fächern wie Medizin zugelassen. Sie würden bestimmt nicht mit Säbeln kämpfen und sich die

Gesichter blutig schlagen, dachte Balbina und schüttelte sich vor Ekel.

An den Bögen des Siegestors vorbei gelangte sie nach Schwabing. Die Ludwigstraße hieß ab jetzt Leopoldstraße. Balbina wollte noch ein Stück weitergehen und dann durch den Englischen Garten laufen. Auf Höhe der Ainmillerstraße trat eine elegant gekleidete Frau aus dem Eckhaus. Das war doch die Schauspielerin, diese Bürkel, die sie vor der Konditorei Erbshäuser getroffen hatte. Balbina blieb stehen.

»Kennen wir uns?«, fragte die Frau, als sie auf gleicher Höhe mit Balbina war.

»Verzeihen Sie, Frau Bürkel, wir sind uns nur einmal kurz begegnet. Ich wollte Sie nicht anstarren«, entschuldigte sich Balbina.

»Sind Sie nicht beim Erbshäuser in Stellung?« Sie zog sich ihre feinen Lederhandschuhe an.

»Nein, beim Dallmayr, aber davor haben wir uns getroffen. Im Winter.«

»Richtig, ich erinnere mich«, sagte die Schauspielerin. »Wie geht es Ihnen? Was machen Sie hier?«

»Ach, ich laufe einfach so herum.«

»Haben Sie Kummer? Sie sehen so schrecklich traurig aus.« Sie musterte Balbina.

»Nein, nein, es ist alles in Ordnung.« Balbina versuchte zu lächeln. Die Bürkel sah aus wie das blühende Leben. Der Pelzkragen ihres hellen Wollmantels schmeichelte ihrem Teint, und das rosa Hütchen saß kokett auf dem kastanienfarbenen Haar, das in Wellen bis über den Mantelkragen fiel. Mit ihren grauen Augen und der feinen Nase war sie eine bezaubernde Erscheinung.

»Das glaube ich Ihnen nicht«, sagte sie und nahm Balbinas Arm. »Kommen Sie, trinken wir eine Tasse Tee zusammen, ich habe noch gar nicht gefrühstückt. Ich wollte Ihnen ja auch noch Freikarten zukommen lassen, sehen Sie, das hätte ich beinahe vergessen. Kommen Sie, das Café Thomas ist gleich hier um die Ecke.«

Balbina ging wie ein Schaf neben ihr her. Eleonore, so hieß die Bürkel, bestellte Tee und ein Tellerchen mit Pralinen, statt eines Frühstücks, wie sie meinte.

»Schokolade ist fast das Einzige, worauf ich nicht verzichten kann«, sagte sie und zwinkerte Balbina zu.

Noch bevor der Tee serviert wurde, hatte Balbina angefangen zu erzählen, was passiert war und wie unglücklich sie war.

»Und jetzt?«, fragte die Bürkel. »Wollen Sie weg von dort?«

Balbina schniefte.

»Dann kommen Sie zu mir. Ich suche schon lange ein Mädchen, das sich um meine Kleider kümmert, mir mittags Pralinen serviert und mich abends ins Theater begleitet, mir den Nacken massiert nach der Vorstellung und so weiter. Wollen Sie?«

»Das ist sehr lieb von Ihnen«, stammelte Balbina.

»Sie sollen nicht freundlich sein, mein Kind. Sie sollen sich überlegen, was Sie wollen. Lassen Sie sich ruhig Zeit. Wenn Sie mögen, kommen Sie doch nächste Woche zu mir. Am späten Vormittag bin ich meist zu Hause und auch schon aufgestanden. Ich werde Ihnen nicht böse sein, wenn Sie etwas anderes für sich finden. Ins Theater lade ich Sie trotzdem ein.«

Der Ceylon-Tee war gut, aber nicht so gut wie der, den sie kürzlich bei Dallmayr neu ins Sortiment aufgenommen hatten. Die Schauspielerin nahm eine Droschke zum Residenztheater, und Balbina stieg mit ein. Sie war jetzt ruhiger geworden. Und sie war sich zumindest über zwei Dinge im Klaren. Sie würde nicht die Stellung wechseln und zu Frau Bürkel gehen. Sie wollte keine Zofe sein, bei wem auch immer. Elsas Schimpfwort klang ihr immer noch in den Ohren. Und es fiel ihr schrecklich schwer, an ihren Platz im Haus von Tante Therese zurückzugehen. Wenn sie nur daran dachte, wurde ihr das Herz schwer. Aber sie wollte kein trauriges Leben führen. Immer in Angst, ausgeschimpft und bloßgestellt zu werden. Sie hatte sich so geschämt vor allen, besonders vor Hermann. Wie sollten sie unter einem Dach zusammen weiterleben? Wäre Onkel Anton noch am Leben, dann wäre das nie passiert. Balbina sah nur einen Ausweg aus ihrer Lage. Sie musste fort. Vielleicht nicht sofort. Wenn ihre Tante ihr noch ein Gespräch anbieten würde, erklären würde, warum sie so gehandelt hatte. Wenn sie eingestehen würde, dass sie ungerecht gewesen war. Balbina ahnte wohl, dass das schwerlich passieren würde, aber sie wollte ihrer Tante und ihrer eigenen Entscheidung noch ein wenig Zeit geben. Therese und Anton hatten so viel für sie getan. Elsa würde sie nicht vermissen, wenn sie wegginge, aber Paul. Und Hermann. Aber auch Ludwig, Rosa, die zu einer treuen Freundin geworden war. Endlich hatte sie eine Freundin. Und das Geschäft. Balbina fühlte sich so sehr verbunden mit alledem. Es war ihr Leben, und es war ein gutes Leben. Doch die Angst vor Therese hatte sich eingenistet wie ein Geschwür, das jederzeit aufbrechen konnte. Und so wollte Balbina nicht leben.

In der Woche darauf blieb alles unverändert. Hermann war kaum noch im Geschäft, er hatte entweder bei seinem Onkel Max zu tun oder übernahm das Ausfahren der Bestellungen. Paul hatte bei seiner Mutter durchgesetzt, dass er allein zur Schule gehen durfte, und Tante Therese blieb ihr gegenüber distanziert. Es war zu keinem Streit mehr gekommen, aber auch zu keiner Aussprache. Sie mied den Kontakt mit Balbina und ging ihr aus dem Weg. Und das machte Balbina todunglücklich. *Dann muss eben einer von euch gehen.* Das hatte Therese gesagt. Vielleicht hatte sie recht.

Also packte Balbina ihr Köfferchen. Als nach dem Frühstück alle an die Arbeit und Paul zur Schule gegangen war, räumte sie die Küche auf, stellte die letzte Tasse ins Regal, holte ihre Sachen und verließ das Haus über den Hinterausgang. Tante Therese würde ihren Abschiedsbrief finden. Am Marienhof drehte sie sich noch einmal um. Alois Dallmayr in der Dienerstraße war viel mehr als ein Delikatessenladen, viel mehr als das feinste Lebensmittelgeschäft in München, es war der Mittelpunkt ihres Lebens. Mit ihm verbunden waren die Menschen, die ihr am meisten bedeuteten. Wie stolz war sie gewesen, ein Teil dieser Welt zu sein. Ihr Scherflein dazu beizutragen, dass alle Rädchen ineinandergriffen und das Geschäft lief und all die Menschen ernährte, die dafür arbeiteten, oft mehr und härter, als sie es anderswo hätten tun müssen. Aber das Personal im Dallmayr, das waren Menschen, denen wichtig war, was sie verkauften, die sich freuten, wenn die Kunden zufrieden waren, wenn es im Dallmayr wieder eine neue exotische Frucht zu kaufen gab, die man sonst nirgendwo in München bekam, die alles dafür gaben, die höchste und beste Qualität zu liefern. Sie zogen alle an einem Strang, und der Erfolg gab ihnen recht. Es machte Balbina furchtbar traurig, dass sie nun kein Teil dieser Gemeinschaft mehr sein würde. Alles verlieren sollte wegen etwas Unaussprechlichem. Aber sie konnte ihr Unglück nicht mehr ertragen und deshalb musste sie fort. Wer weiß für wie lange.

Im Büro ließ Therese derweil Kaffee kochen und Cognacgläser bringen. Fräulein Schatzberger hatte die relevanten Geschäftsunterlagen, die aktuellen Umsatzzahlen, Außenstände und Verbindlichkeiten übersichtlich vorbereitet. Sie standen ganz hervorragend da, und Therese wollte die Gunst der Stunde nutzen und den Herren von der Bank ihre Ausbaupläne, so wie sie sie mit dem Architekten Seidl besprochen hatte, präsentieren.

Die beiden Männer von der Vereinsbank stellten sich als Christoph Penker und Johann Kerl vor. Therese kannte sie beide nicht, da die Bankgeschäfte bislang immer ihr Mann geregelt hatte. Therese erbot sich, ihnen den Laden zu zeigen, doch sie meinten, das sei im Detail nicht nötig. Dass die Witwe als Alleinerbin eingesetzt war, hatten sie bereits über das Nachlassgericht erfahren.

»Dann übernehmen Sie also den Kredit, den wir Ihrem Mann gewährt haben, gnädige Frau«, säuselte Herr Penker, und irgendetwas in seiner Stimme ließ Therese aufhorchen. Doch wahrscheinlich war sie nur zu empfindlich und auch ein wenig angespannt.

»Ich habe einige Pläne für das Geschäft. Erst vor ein paar Tagen war Gabriel Seidl hier, Sie wissen, der Architekt, der das Künstlerhaus an der Pfandhausgasse baut.« Beide nickten beflissen, aber diese zur Schau gestellte Freundlichkeit blieb aufgesetzt. »Ich möchte den Laden ausbauen lassen, mehr Platz schaffen und einige Neuerungen einführen. Die Säulen, die das Gewölbe tragen, sollen freigelegt werden, und vielleicht wollen wir einen Brunnen …«

Der zweite Banker, Herr Kerl, räusperte sich so laut, dass sie mitten im Satz abbrach. Was war das für ein seltsames Verhalten? Unhöflich hätte Therese es genannt. Sie wartete auf eine Erklärung. Cognac und Kaffee hatten die beiden abgelehnt. Therese begann, sich unwohl zu fühlen.

»Frau Randlkofer«, sagte Johann Kerl in die peinliche Stille hinein. »Wir müssen Ihnen leider mitteilen, dass wir aufgrund bankinterner Entscheidungen für eine Weiterfinanzierung Ihres Unternehmens, so wie es sich momentan darstellt, nicht zur Verfügung stehen.«

»Für den Ausbau, meinen Sie?«, fragte Therese irritiert.

»Weder für einen Ausbau noch für die bestehende Finanzierung.«

»Wie darf ich das verstehen?« Therese saß jetzt kerzengerade auf ihrem Stuhl. Das Blut sackte ihr vom Kopf in die Beine. Was wurde hier gespielt?

»Wir bedauern Ihnen mitteilen zu müssen, dass wir den Kredit, den wir Ihrem Gatten gewährt haben, nun kündigen müssen. Interne Umstrukturierungen und strengere Auflagen machen das leider nötig. Die Kreditsumme wird deshalb in einem Betrag fällig.« Während sein Kollege auf seinem Stuhl vor- und zurückrutschte, blieb Kerl ganz ruhig bei seiner Mitteilung, die doch eigentlich eine Katastrophe ankündigte.

»Und warum *müssen* Sie das tun? Was habe ich mit Ihren Umstrukturierungen zu schaffen?« Therese schluckte.

»Das hat allein mit bankinternen Entscheidungen zu tun«, behauptete der Wortführer Kerl.

»Unsere Bank, Frau Randlkofer«, schaltete Penker sich nun wieder ein, »hat bislang keine guten Erfahrungen mit Witwenbetrieben gemacht, um offen zu sein. Und das ist ja eigentlich auch verständlich. Ehefrauen, die den Betrieb für die minderjährigen Söhne erhalten möchten, sind ja meist nicht vorbereitet auf diese Aufgabe. Deshalb ist es auch nicht verwunderlich, dass sie als Geschäftsfrauen nicht immer die gewünschten Erfolge erzielen. Das sind einfach Erfahrungswerte, Frau Randlkofer, die auch in unsere Kreditzusagen mit hineinspielen. Das sollten Sie aber auf keinen Fall persönlich nehmen.«

»Ich habe Ihnen alle Bücher zur Einsicht bringen lassen. Sie können sich selbst davon überzeugen, dass der Betrieb gut läuft. Und mit den Veränderungen, die mir vorschweben, wird er in der Zukunft noch besser laufen, da bin ich mir sicher.«

»Wer von uns kann schon in die Zukunft sehen?« Penker zuckte bedauernd die Achseln.

»Sie von der Vereinsbank offensichtlich«, antwortete Therese, »sonst wüssten Sie ja nicht, dass ich den Betrieb nicht ordentlich und mit Aussicht auf steigende Gewinne führen kann.«

»Ich sprach von Erfahrungswerten, gnädige Frau.«

»Egal ob Erfahrung oder Hellsehen. Es hört sich so an, als hätten Sie den Stab über mich gebrochen, noch bevor ich richtig angefangen habe. Sie wollen die Firma Alois Dallmayr kaputtmachen, das Lebenswerk von meinem Mann und mir.« Was passierte hier gerade? Therese konnte es immer noch nicht glauben.

»Beruhigen Sie sich doch bitte.« Jetzt übernahm wieder der elegante Herr Kerl. »Sie können sich ja immer noch mit einem Partner zusammentun, der Geld einbringt oder eine Bürgschaft übernimmt.«

»Und wo soll ich den hernehmen, vier Wochen nach dem Tod meines Mannes?« Therese dachte nicht daran, sich einen Partner ins Geschäft zu holen.

»Wir bedauern sehr, dass wir Ihnen heute keinen besseren Bescheid geben können. Sie erhalten die Kreditkündigung in den nächsten Tagen noch einmal schriftlich.« Jetzt war wieder Penker dran. »Und dann haben Sie immer noch eine ausreichend lange Frist, um darauf zu reagieren. Vierzehn Tage mindestens, vielleicht kann ich aber auch drei Wochen durchsetzen. Das würde ich natürlich gern für Sie tun.«

»Wir dürfen uns dann …«

Beide standen wie auf ein Kommando auf und reichten ihr die Hand. Therese blieb entgeistert sitzen. Sie fühlte sich, als hätte man ihr einen Kübel Jauche über den Kopf gekippt. Dieser Besuch war eine absolute Frechheit und eine ungeheure Demütigung für sie. Das war eine Katastrophe, mit der sie nicht in den dunkelsten Stunden gerechnet hätte. An eine solche Möglichkeit hatte auch Anton nie gedacht.

Als Rosa Schatzberger mit Kaffee in ihr Büro kam, saß Therese immer noch wie betäubt auf ihrem Stuhl und reagierte nicht. Rosa schenkte ihr auch ohne Antwort eine Tasse ein, gab einen Schuss Milch dazu und ein Stück Zucker. Sie rührte um und schob ihrer Chefin die Tasse hin, die sie trank, ohne aufzuschauen.

»Sind die so schnell wieder weg?«, fragte Rosa.

Therese nickte und hob den Blick.

»Hat mit den Büchern was nicht gestimmt?«

»Das hat sie gar nicht interessiert.«

»Also war alles in Ordnung?«, fragte Rosa besorgt.

»Alles in Ordnung. Gehen Sie nur wieder an Ihre Arbeit. Und nehmen Sie die Bücher bitte wieder mit.«

Therese war plötzlich so müde. Mühsam erhob sie sich. Wieder einmal wurde ihr schmerzlich bewusst, wie sehr Anton ihr fehlte. Mit ihm hätte sie jetzt reden können, er hätte sicherlich Rat gewusst. Wem konnte sie sich sonst anvertrauen? Wenn sie das Geschäft jetzt sofort an ihren Ältesten übergab, ließe die Bank dann mit sich reden? War das die Lösung? Er hatte bald seine Kaufmannsprüfung, und um den Betrieb zu retten, würde sie es tun. Aber noch war sie nicht so weit. Und sie hatte im Augenblick keine Kraft, darüber auch nur richtig nachzudenken. Es war so ungeheuerlich beschämend. Sie fühlte sich beschmutzt. Man traute ihr nicht zu, das Geschäft zu führen. Was hatte sie denn falsch gemacht? Abgesehen davon, dass sie eine Frau war. Denn das konnte sie nun wirklich nicht ändern. Zwanzig Jahre hatte sie an der Seite ihres Mannes gearbeitet, dazu einen Haushalt geführt und die Kinder großgezogen. Und jetzt wollte man ihr den Kredit nicht verlängern? Das konnte einfach nicht wahr sein.

Therese fühlte sich wie erschlagen. Sie gab Korbinian Fey Bescheid, dass sie kurz hinaufgehen und sich ein wenig hinlegen wollte.

»Ist recht, Chefin«, antwortete er.

Therese sah ihm an, dass er gern noch mehr gefragt hätte, doch sie schüttelte nur den Kopf. Sie wollte jetzt nicht darüber sprechen. Er würde ihr nicht helfen können. Nicht in dieser Sache.

Langsam wie eine Greisin stieg Therese die Treppe zur Wohnung hinauf und schlurfte zur Küche, um sich ein Glas Wasser zu holen. Auf dem Küchentisch lag, an den Milchkrug gelehnt, ein Briefumschlag. Therese griff wie in Zeitlupe danach, drehte sich um und ging damit hinauf zu den Schlafkammern. Sie öffnete Balbinas Zimmertür, riss ihren Schrank auf, dann die Wäscheschublade der Kommode. Alles halb leer. Auch der Koffer war fort. Und ihre Malsachen. Therese ließ sich auf Balbinas Bett fallen. Dieses sture Mädchen, das wieder einmal seinen Kopf durchsetzte. Lief einfach davon und ließ Therese hier mit dem Haushalt allein. Gerade jetzt, wo sie jede Hilfe dringend brauchte. Wo wollte sie denn dieses Mal hin? Zu ihrer Mutter nach Cham? Da konnte sie nicht bleiben. Therese riss den Umschlag auf. Aha, »nach Hause« würde sie fahren, auf den Hof von Thereses Bruder. Und sie würde nicht wiederkommen, schrieb sie, denn hier wolle man sie ja nicht mehr haben. Der nächste Schuldige, den Therese ausmachte, war Anton, der das ganze Problem ja überhaupt verursacht und sich dann aus dem Staub gemacht hatte. Doch dann besann sie sich und stellte fest, dass ihr Selbstmitleid nicht nur zu nichts nutze, sondern außerdem nicht ganz ehrlich war. Sie selbst war es doch gewesen, die Balbina im Eifer des Gefechts angedroht hatte, dass einer von den beiden Turteltauben das Haus verlassen müsse, wenn sich nichts ändere an ihrem Benehmen. Und es war doch klar gewesen, wer das sein würde. Doch wo bekam sie jetzt so schnell eine Haushaltshilfe her?

Wie eine Schlafwandlerin schlich Therese zurück ins Geschäft. Alle Geräusche um sie herum schienen gedämpft, wie durch eine dicke Glasscheibe. Das Bimmeln der Türglocke, das Gemurmel, die Gespräche an den Theken, die Scherze, das Rattern der Registrierkasse, das Geraschel beim Abfüllen und

Verpacken der Waren, das Hinaustragen der Pakete, alles, was sonst belebend auf sie wirkte, griff sie plötzlich im Innersten an. Als gehörte sie schon nicht mehr dazu. Sie überlegte, was Anton an ihrer Stelle tun würde. Wahrscheinlich hätte er um einen Termin beim Direktor der Bank oder bei einem der Vorstände gebeten. Jedenfalls hätte er sich diese Behandlung nicht bieten lassen. Und das würde sie auch nicht. Aber für heute gab sie sich geschlagen.

Das Glöckchen über der Ladentür bimmelte, und sie sah einen ihrer liebsten Stammkunden das Geschäft betreten. Herrn von Poschinger. Normalerweise hätte sie sich sehr gefreut, aber heute hätte sie sich am liebsten in ihr Büro verkrochen, so dünnhäutig und menschenscheu war sie in dem Augenblick. Doch von Poschinger mit seinen vielen Lachfalten um die Augen, die von der runden Brille mit den starken Gläsern noch einmal vergrößert wurden, hatte sie schon entdeckt und kam geradewegs auf sie zu.

»Gnädige Frau, es tut mir ja so leid! Mein aufrichtiges Beileid. Entschuldigen Sie, dass ich so spät kondoliere, aber …«

»Kommen Sie doch mit ins Büro, Herr von Poschinger, dann müssen wir nicht hier im Laden … Oder haben Sie es eilig?«

»Nein, nein, meine Frau ist bei der Schneiderin, und dann geht sie noch zum Friseur, das kann eine ganze Weile dauern.«

Er folgte Therese und plapperte unaufhörlich. Frisch sah er aus, das blonde Haar mit den grauen Strähnen kringelte sich an den Spitzen. Er wirkte richtig erholt, wie nach der Sommerfrische. Das musste das Landleben sein. Therese konnte da gerade schlecht mithalten.

»Es tut mir sehr leid, dass ich die Beerdigung Ihres Mannes versäumt habe und erst jetzt zum Kondolieren komme. Aber stellen Sie sich vor, meine Frau hat mir eine Reise abgerungen. Solange die Böden im Moos gefroren sind, ist ja noch kein Torfabbau möglich, sagte sie, und damit hat sie ja auch recht.

Sechs Wochen Italien, Frau Randlkofer, einmal den Stiefel von oben nach unten und wieder zurück. Glücklicherweise nicht wie damals Geheimrat Goethe mit der Postkutsche, sondern sehr komfortabel mit der Eisenbahn. Und ich musste feststellen, es gibt auch ein Leben ohne Arbeit. Aber jetzt erzählen Sie bitte. Musste er viel ertragen in seinen letzten Tagen?«

Therese erzählte von Antons Krankheit und dass sie bei ihm gewesen waren, als er starb, sie und Balbina.

»Gutes Kind«, kommentierte Poschinger, und Therese seufzte.

Sie bat Fräulein Schatzberger um einen weiteren Kaffee, den sie selbst gerade dringend nötig hatte. Wenig später kam Ludwig mit einem Tablett, Kaffee, Tassen und einem Tellerchen mit belgischer Schokolade, die der Herr von Poschinger so sehr liebte.

»Hier wird man noch verwöhnt«, sagte er dankbar. »Und Sie haben wirklich ein gutes Händchen für das beste, das allerbeste Personal, gnädige Frau. Das findet man sonst nirgendwo so.«

Sie erzählte ihm auch, dass Prinzregent Luitpold selbst der Erste gewesen war, der ihr seine Anteilnahme ausgesprochen hatte. Es tat ihr gut, mit jemandem darüber zu sprechen und sich noch einmal an alles zu erinnern.

»Und wie geht es denn nun weiter? Ich nehme an, Sie führen den Betrieb fort? Sie haben ja nie etwas anderes getan.«

Therese nickte. »Das hatte ich vor.«

»Natürlich. Aber Sie trauern immer noch sehr um Ihren Mann oder kommen die Schatten unter Ihren Augen, mit Verlaub, von einem anderen Kummer?«

»Man sieht es mir also an?«, fragte Therese.

»Sagen wir, mir fallen diese Ringe vielleicht etwas früher auf, als andere sie sehen können, denn ich kenne Sie ja schon ein paar Jahre und betrachte mich in bescheidenem Umfang als Ihr Freund. Auch wenn Sie mich immer noch nicht besucht haben draußen in Ismaning. Aber ich komme auch gerne zu Ihnen nach München.«

Therese sah ihn dankbar an. Seine Worte taten ihr gut. Ein Freund, ja, den konnte sie gerade gut gebrauchen.

»Was bedrückt Sie? Ich habe, wie gesagt, sehr viel Zeit. Ich tratsche nichts weiter, dazu fehlt mir daheim auch das Publikum, muss ich zugeben. Auf meine Diskretion können Sie sich also verlassen.«

Therese zögerte. Wer weiß, was alles aus ihr herausbrechen würde, wenn sie erst mit dem Sprechen anfing.

»Was ist denn los? Was tragen Sie für eine Sorge mit sich herum?« Er holte sich ein Stückchen Schokolade und ließ es genießerisch auf der Zunge zergehen. »Trinken Sie doch, Ihr guter Kaffee wird ja ganz kalt«, forderte er Therese auf. »Und dann erzählen Sie endlich. Bitte.«

Therese gab sich einen Ruck. Womit anfangen? »Balbina ist mir heute Morgen weggelaufen«, sagte sie, auch wenn es ihr nicht leichtfiel.

»Wo ist sie denn hin?«, fragte Poschinger. Die kleinen Löckchen machten ihn jünger, fand Therese.

»Nach Hause, schreibt sie, in die Oberpfalz, auf den Hof meiner Eltern. Und zu ihrer … zu ihrer Mutter.« Die nicht ihre richtige Mutter war, aber davon wusste sie ja nichts.

»Aber warum denn? Warum ist sie fortgelaufen? Ist da etwas vorgefallen, hat sie sich etwas zuschulden kommen lassen? Das kann ich mir bei dem Mädchen gar nicht vorstellen. Sie ist doch eher so ein seltenes Exemplar einer jungen Frau, über die man aber auch gar nichts Schlechtes sagen kann, stets fröhlich, freundlich, fleißig, nicht einmal eitel oder aufmüpfig, oder täusche ich mich?«

»Wir hatten einen Streit«, sagte Therese. »Und vielleicht war ich ein wenig ungerecht zu ihr. Sie hat mich einfach auf dem falschen Fuß erwischt.« Therese wollte es dabei belassen.

Poschinger schlug eine pragmatische Lösung vor. »Dann reisen Sie ihr doch hinterher und klären das. Ein paar Tage raus aus dem Geschäft können Ihnen eigentlich nur guttun, gnädige Frau. Ich meine, das Kind gehört doch zu Ihnen, in Ihr Haus, und sie ist so tüchtig. Sie brauchen doch gerade jetzt Menschen, auf die Sie sich verlassen können, im Geschäft wie im Haus. Und Ihr Jüngster hängt ja auch besonders an dem Mädchen, wenn ich das richtig beobachtet habe.«

Poschinger reichte Therese das Tellerchen mit dem letzten Stück Schokolade, aber sie schüttelte den Kopf.

»Bitte, nehmen Sie sie, ich weiß doch, dass Ludwig einen guten Kunden in Ihnen gefunden hat, den er gerne mit besonderen Leckereien verwöhnt.«

»Na gut, andere trinken Absinth«, sagte Poschinger und schnappte sich das letzte Stück.

Therese seufzte noch einmal tief. Wo sie schon beim Beichten war, konnte sie auch gleich damit weitermachen. »Aber dass Balbina fort ist, ist nun auch schon egal«, sagte sie düster, »weil ich das Geschäft ohnehin nicht weiterführen werde.«

»Was sagen Sie da? Aber wieso denn nicht? Ich bitte Sie. Sie werden doch jetzt nicht den Bettel hinwerfen. Das können Sie doch nicht tun.« Von Poschinger verschluckte sich fast an seiner zweiten Tasse Kaffee.

»Freiwillig nicht«, antwortete Therese. »Aber so wie es aussieht, wird man mich nicht weitermachen lassen.« Sie erzählte ihrem Freund Poschinger nun auch von den angeblichen Umstrukturierungen bei der Vereinsbank, und dass sie, statt den geplanten Ausbau anpacken zu können, nun wirtschaftlich am Ende war.

»Unsinn!«, rief Poschinger. »Die Firma Alois Dallmayr ist doch nicht am Ende. Haben diese Bankmenschen denn keine Augen im Kopf? Was ist da los? Ich kann das überhaupt nicht glauben.«

»Ich auch nicht, aber genau da haben sie gesessen und mir den Kredit gekündigt.«

»Na, das verstehe, wer will. Aber, liebe gnädige Frau, machen Sie sich keine Sorgen. Ich bin ja schließlich auch noch da. Meine Vorfahren, diese adeligen Blutsauger, haben so viele Ländereien, Burgen, Minen, Glashütten und was weiß ich noch alles zusammengerafft. Einige von ihnen durchaus auch mit ehrlicher Arbeit, wie ich zum Beispiel, sodass da über die Jahrhunderte ein hübsches Vermögen zusammengekommen ist. Wie Sie wissen, haben meine Frau und ich keine Kinder. Mit mir stirbt die bayerische Linie der Poschingers aus. Und ich will weiterhin bei Alois Dallmayr in der Dienerstraße einkaufen gehen. Also, Karten auf den Tisch, gnädige Frau. Um welche Summe handelt es sich?«

»Herr von Poschinger, nein, also das geht zu weit. Sorgen abladen ist das eine. Ein Freundschaftsdienst, für den ich Ihnen danke. Aber Sie um Geld anbetteln, nein, das tut man nicht, gerade nicht unter Freunden.«

»Anbetteln«, fiel von Poschinger Therese ins Wort. »Was reden Sie denn für einen Unsinn? Ich werde Ihnen doch nichts schenken, das ist nicht meine Art. Ich werde Zinsen verlangen, und das nicht zu knapp. Vielleicht ein bisschen weniger als die Vereinsbank, diese Halsabschneider. Ich sehe das als Investition in ein florierendes Unternehmen. Also bringen Sie mich bitte nicht um meine Renditechancen.«

Therese schüttelte den Kopf. »Das kann ich doch nicht annehmen.«

»Ich dachte, Sie wollen Ihr Geschäft behalten. Sicherlich haben Sie hervorragende Geschäftszahlen vorlegen können. Ich verstehe diese Bank nicht. Und offen gesagt würde ich das auch nicht hinnehmen. Sie sollten einmal überlegen, was das zu bedeuten hat. Ob da nicht noch etwas ganz anderes dahintersteckt. Aber wie dem auch sei. Das Spekulieren hilft uns jetzt auch nicht weiter.« Er holte ein silbernes Zigarettenetui aus seiner Jackentasche. »Sie gestatten? Nur ein paar Züge. Zum Nachdenken.«

Therese stellte den schweren Kristall-Aschenbecher auf den Schreibtisch.

»Also, um wie viel Geld handelt es sich?«

»Hunderttausend Mark. Und eigentlich dachte ich ja, ich könnte den Kreditrahmen noch erweitern, um die nötigen Ausbauten zu planen.«

Dichter Zigarilloqualm durchzog den Raum. Therese öffnete das Fenster zum Hof, doch davon nahm Poschinger keine Notiz.

»Ich habe noch etwas von meinem Erbe aus der Glashütte Theresienthal übrig und es auf einem Bankkonto zwischengelagert. Mir ist ohnehin nicht wohl dabei, so viel Geld herumliegen zu haben. Sie bekommen von mir ein Darlehen über hundertfünfzigtausend Mark ohne Disagio und ein Prozent weniger als die Vereinsbank bisher von Ihnen verlangt hat. Dann zahlen Sie denen das Geld auf einen Schlag zurück und stehen besser da als zuvor. Den Vertrag kann uns einer von meinen Juristen aufsetzen. Wie schnell brauchen Sie das Geld?«

»Es war von einer Frist von vierzehn Tagen bis drei Wochen die Rede, aber ich kann das nicht annehmen, Herr von Poschinger.«

»So? Warum denn nicht? Ich könnte auch mit meinem Vermögen als Bürge für Sie auftreten, gnädige Frau. Aber wissen Sie was, bei einer Bank, die mich so behandelt, möchte ich gar keinen Kredit mehr haben. Zurückbezahlen und die Beziehungen auflösen wäre die bessere Lösung. So etwas lässt sich meistens nicht mehr reparieren.«

Therese wusste, dass er recht hatte. Und im Moment gab es keinen Menschen, dem sie mehr vertraute als ihm. Sie schloss das Fenster wieder. Was hätte Anton ihr geraten? Was würde er in ihrer Lage tun? Therese wusste es. Er würde das Geld nehmen, wenn er es von einem Privatmann, der ebenfalls Unternehmer war, bekommen konnte. Anton war noch nie ein Freund der Banken gewesen. In seiner Familie hatte man sich immer erst gegenseitig ausgeholfen, so gut es ging, bevor man mit einer Bank Geschäfte einging.

Poschinger drückte sein Zigarillo im Aschenbecher aus und trank den letzten Schluck kalten Kaffee.

»Soll ich Ihnen noch etwas zu trinken bringen lassen oder etwas Süßes?«, fragte Therese.

»Nein, Sie sollen sich jetzt entscheiden, ob Sie mein Geld wollen oder nicht. Ich würde es ja wirklich gern bei Ihnen anlegen. In Ihren Händen wird Alois Dallmayr zum führenden Delikatessenhaus Bayerns, was sage ich, Deutschlands oder ganz Europas werden. Die Italiener sind auch nicht schlecht, muss ich gestehen. Aber das können Sie ja alles einkaufen und zu uns nach München bringen.« Er erhob sich. »Ach so, eine Bedingung hätte ich noch, damit Sie das auch noch wissen und für Ihre Entscheidung in Betracht ziehen. Die würde ich dann auch in den Vertrag schreiben lassen. Einmal jährlich kommen Sie mich in Ismaning besuchen, bis entweder der Kredit abbezahlt ist oder der Kreditgeber das Zeitliche segnet. Und diese Bedingung ist nicht verhandelbar.«

»Das ist zwar Erpressung, aber in dem Fall habe ich nichts dagegen.« Therese lachte.

»Dann sind wir uns einig?« Poschinger hatte schon den Türgriff in der Hand.

Therese nickte, und die Schatten unter ihren Augen waren beinahe schon heller geworden.

Poschinger ließ die Tür los und streckte ihr die Hand entgegen. »Schlagen Sie ein, und die Sache ist besiegelt.«

Und das tat Therese.

»Friedrich Volz, den Vorstandssprecher der Vereinsbank«, sagte von Poschinger im Gehen, »treffe ich nächste Woche auf einer Aufsichtsratssitzung bei Maffei. Ich werde ihn fragen, weshalb er so liederlich mit dem guten Ruf seiner Bank umgeht.«

Am Samstagmorgen der darauffolgenden Woche brachte Korbinian Fey seine Chefin zum Bahnhof. Paul lief hinter den schwarzen Röcken seiner Mutter her, in den Händen hielt er einen Schuhkarton, der mit einem blauen Seidenband zugebunden war.

»Jetzt komm endlich«, drängte Therese. »Der Zug wartet selbst auf die Passagiere der ersten Klasse nicht.«

Er schloss zu ihr auf. Hinter ihm lief ein Dienstmann mit Thereses Reisetasche durch die Bahnhofshalle. Korbinian wartete draußen.

»Willst du es ihr nicht doch lieber selber geben, wenn sie zurückkommt?«, fragte Therese.

»Und wenn nicht?«, fragte Paul.

Wenn sie diesen Blick von Paul jetzt sehen könnte, bliebe ihr keine Wahl, dachte Therese. Also war es besser, dass er zu Hause blieb. Balbina sollte sich frei entscheiden können. Und wenn sie sich unter Annahme von Thereses Bedingungen dafür entschied zurückzukommen, dann musste Schluss sein mit diesen Eigenmächtigkeiten und dem Davonlaufen.

Sie kaufte für Paul eine Bahnsteigkarte. Dicke Dampfwolken und die Hitze in den Dampfkesseln der Lokomotiven erhitzten die Gleishalle mit ihrer filigranen Glasdecke, die auf Pfeilern ruhte und jeweils zwei Gleise überspannte. Der Zug würde gut belegt sein. Der Bahnsteig quoll über vor Menschen und Gepäckstücken, sogar ein Korb mit Hühnern war darunter, die aufgeregt gackerten. Ihr Freund Poschinger hatte ihr geraten, die Sache mit Balbina in Ordnung zu bringen, und er hatte ja recht. Deshalb machte sie sich nun auf den Weg in die Oberpfalz. Wenn Ismaning so etwas wie Lappland war, dann war die Oberpfalz quasi die dunkle Seite des Mondes.

Der Dienstmann verstaute das Gepäck an Thereses Platz und Paul seinen Schuhkarton. Als er den Befehlsstab des Schaffners mit weißer Scheibe und grünem Rand sah, lief er noch vor dem Dienstmann zum Ausstieg und winkte seiner Mutter, bis ihr Zug die Gleishalle verlassen hatte.

Der Zug ratterte durch die Münchner Außenbezirke, die zum Teil bereits eingemeindet, zum Teil noch eigenständige Dörfer und Gemeinden waren. Aber alle drängten sie nach München hinein. Straßenbeleuchtung, Strom für die Fabriken und Häuser, Wasserversorgung, Abwasserleitungen, elektrische Straßenbahnen – das alles wollten die Randgemeinden der Großstadt auch gerne haben.

Während Therese zum Fenster hinaussah, zogen die Gedanken wie eine nicht enden wollende Karawane durch ihren Kopf. Die Chancen, dass sie zumindest einen Teil des Nachbarhauses dazukaufen konnte, standen nicht schlecht. Und mit dem Geld von Herrn von Poschinger rückte die Möglichkeit eines Ausbaus in eine realistische Nähe. Poschinger stellte keine Bedingungen für seinen Kredit, nur die marktüblichen Zinsen. Seine wiederholte Einladung nach Ismaning, das war das Mindeste, was sie tun konnte, und sie sollte wirklich keine Last sein.

In Regensburg Ost musste sie nach Schwandorf umsteigen, und dort noch einmal auf die Linie Pilsen und Prag. Je näher sie dem Bayerischen Wald kamen, desto winterlicher wurde die Landschaft, die an den Zugfenstern vorbeizog. Am Horizont glaubte Therese eine weiße Bergkette hinüber zum Böhmerwald zu erkennen. Über den mäandernden Schleifen des Regen stand dieser Nebel, der ihr aus ihrer Kindheit so vertraut war.

Therese erinnerte sich an diese fast unheimliche Stille, die ihr immer auffiel, wenn sie aufs Land kam. Für eine Großstädterin, zu der sie zweifellos geworden war, waren die Geräusche der Stadt normal und gewohnt. Sie bedeuteten Leben. Straßenbahnen, Pferdehufe, die Rufe der Standfrauen auf den Grünmärkten, Türglocken, Fahrradklingeln, quietschende Handkarren. Ihr Fehlen konnte für Unruhe sorgen, denn die Geräusche waren der Puls der Stadt.

Das Bahnhofsgebäude in Cham war eine Baustelle. Als sie noch hier gelebt hatte, als junge Frau, hatte es weder Bahnhof noch Eisenbahn gegeben. Im Winter war kein Durchkommen, oft nicht einmal zum Nachbarort. Sie erinnerte sich noch an die Postkutsche, die nach Schwandorf verkehrte. Die Fahrt hatte ewig gedauert und war alles andere als komfortabel gewesen. Therese wollte eine Droschke nehmen, aber man riet ihr zum Pferdeschlitten. Draußen auf den Feldern und Dörfern lag immer noch Schnee. Die Droschken waren für den Einsatz in der Stadt gedacht, auf die Dörfer gelangte man sicherer im Schlitten. Die zwei Haflingerpferde stießen kleine Dampfwolken aus ihren Nüstern, und der Kutscher trug eine Fellmütze mit Ohrenklappen.

»Ich komme mir vor wie unser König Ludwig«, sagte Therese. »Der war doch oft mit dem Schlitten über Land unterwegs.«

»Es wird erzählt, dass er immer nur nachts ausgefahren ist.« Der Kutscher half ihr beim Einsteigen. »Und dass die Leute hinter den Fenstern zurücktreten sollten, wenn sie die königlichen Schlittenglöckchen hörten. Ich glaube aber nicht, dass sie sich an das Verbot gehalten haben.«

»Die Leute sind halt neugierig. Schauen Sie, wir werden auch schon beobachtet.« Im ersten Stock einer Gastwirtschaft gegenüber stand jemand am Fenster und sah auf die Straße.

»Vielleicht sind Sie ja auch so berühmt?«, fragte der Kutscher.

»Nein, ganz bestimmt nicht. Ich war schon so lange nicht mehr hier.«

»Zum Schmidbauer nach Wulting wollen Sie?«

Therese nickte. »Da war ich einmal zu Hause.«

Der Kutscher ließ die Peitsche knallen, die Pferde setzten sich gemächlich in Bewegung, und Therese legte sich die Decken um die Beine. Die Fahrt, obwohl die Strecke kurz war, würde ein Weilchen dauern. Sie hörte nichts als das Knirschen der Pferdehufe auf dem Schnee. Schon umfing sie die Stille und die Langsamkeit. Hier geschahen die Dinge nicht gleichzeitig, sondern nacheinander, erst das eine, dann das nächste. Therese würde sich erst wieder daran gewöhnen müssen.

»Rolf! Rolfi!« Wie jeden Tag machte Balbina auch an diesem Samstag einen langen Spaziergang mit dem Schäferhund. Er freute sich unbändig, wenn sie ihn holte, denn er war immer, jeden Tag, jede Woche, das ganze Jahr über an der Kette im Hof, und die Nächte verbrachte er in seiner Hütte. Onkel Richard fand das normal. Ein Hofhund sollte das Haus und den Hof bewachen und Eindringlinge vertreiben. Dafür bekam er sein Futter und seinen Platz in der Hütte. »Er macht seine Arbeit, wie ich meine mache«, sagte Richard. Mehr gab es darüber nicht zu reden. Dass Balbina sie besuchen kam, war etwas anderes. Sie arbeitete in der Stadt, wo die Menschen hier und da mal einen Tag freibekamen oder sogar ein paar Tage am Stück, so etwas wie Urlaub. In ihrem »Urlaub« fand Balbina nun Zeit für lange Spaziergänge, und Rolf hatte das große Los gezogen und durfte mit.

Sie war im Frühling in München weggefahren und hier im Spätwinter angekommen. Der Wind hatte in der Nacht den Schnee so verblasen, dass der Weg, den sie hinaus aufs Feld und zum Waldrand genommen hatte, ganz verweht war. An einer Stelle war er so hoch aufeinandergetürmt, dass Rolf praktisch darin versunken war.

»Rolfi!« Sie konnte den Schäferhund weder sehen noch hören. Der Schnee reichte ihr schon bis zur Hüfte. Etwas weiter entfernt konnte sie den Bauernhof ihres Onkels erkennen, ein stattliches Fachwerkhaus, das für sie immer Heimat bedeutet hatte. Welche Angst hatte sie gehabt, von hier wegzugehen. Der Hof war alles, was sie bis dahin gekannt hatte. Aber die Mutter hatte ihr zugeredet, dass sie in München doch viel mehr Möglichkeiten haben würde, dass Tante Therese und Onkel Anton sich einen gewissen Wohlstand erarbeitet hatten und für ihren Haushalt eine Hilfe suchten. Und so hatte sie schließlich eingewilligt. Da war sie elf Jahre alt gewesen.

»Rolf! Wo steckst du? Jetzt gib doch mal Laut! Rolfi!« So ein großer Hund musste sich doch selbst wieder befreien können, wenn er in eine Schneewechte geriet. Langsam kroch die Panik in ihr hoch.

Da hörte sie in der Ferne ein feines Glöckchen und sah einen dunklen Punkt am Horizont, der ganz langsam größer wurde. Was war das? Ein Fuhrwerk, jetzt, mitten im Winter? Rolf musste es auch gehört haben, denn plötzlich sprang er vor ihr wie ein Rehbock senkrecht durch die Schneedecke.

»Rolf«, rief sie. »Hierher!«

Er hüpfte in ihre Richtung, und sobald sie sein Halsband mit dem Eisenring für die Kette greifen konnte, hielt sie sich daran fest.

»Und jetzt lauf! Lauf heim!«

Er wich vom Weg auf den Feldrand aus, auf dem weniger Schnee lag, und schlug die Richtung zum Hof ein. Jaulend zog er Balbina mit sich. Sie stolperte, fiel hin, stand wieder auf, aber zusammen kamen sie doch vorwärts. Bald erkannte sie, dass es ein Pferdeschlitten war, der sich dem Hof näherte.

Bekamen Onkel Richard und Tante Lene Besuch? Sie hatten gar nichts erzählt.

Ihr Bruder Richard stand in der Tür des Elternhauses, als Therese vom Pferdeschlitten stieg. Er nahm dem Kutscher ihr Gepäck ab. Ein fester Händedruck des kräftigen Mannes, der etwas jünger war als sie. Unter seiner Kappe lugte graues Haar hervor.

»Wieso hast du denn nicht telegrafiert?«, fragte Richard. »Ich hätte dich abholen können.«

»Ich wollte euch keine Umstände machen, Richard.«

Ihr Bruder ging durch den breiten Flur mit dem Steinboden, der nachts noch gefror. In den Nischen der Gewölbedecke gab es wie schon zu Thereses Kindheit Schwalbennester, die jetzt verlassen waren, aber im Frühling wieder bezogen würden. Denn im Sommer stand die rückseitige Tür hinaus in den Innenhof so gut wie immer offen, und wenn sie verschlossen wurde, dann nur mit dem unteren Teil der zweigeteilten Tür. Der Kutscher wurde, wie es Brauch war, auf einen Obstler eingeladen und konnte sich in der Stube etwas aufwärmen. Lene, Richards Frau, wischte sich die Hände an der Schürze ab, um Therese zu begrüßen. Auf der Ofenbank saß Thereses Mutter und lächelte freundlich, ohne sie wirklich zu erkennen. Sie mochte gerade noch fünfzig Kilo wiegen. Ihr weißes Haar war zu einem dünnen Zopf geflochten und auf dem Hinterkopf zu einer Schnecke zusammengesteckt. Ihre Finger waren krumm und knotig wie dürre Äste.

»Mutter«, sagte Therese. »Erkennst du mich nicht? Ich bin's, deine Älteste.«

»Grüß Gott«, sagte sie, doch als Therese sich neben sie setzte und ihre Hand nehmen wollte, rückte sie ein Stück von ihr fort.

»Lass ihr Zeit«, sagte Lene. »Sie ist ein bisschen wirr geworden. Unser Beileid, Schwägerin. Wir wären gern zur Beerdigung von Anton gekommen, aber die Mutter, du siehst es ja. Wir konnten einfach nicht weg.«

Therese war so stark gewesen während der letzten Wochen. Alles hatte sie ertragen, auch wenn sie dachte, nun würde alles zusammenbrechen. Antons Krankheit und Tod, seine Beichte, den Albtraum mit der Bank, Balbinas Fortlaufen. Aber jetzt spürte sie, dass sie mit ihrer Kraft an eine Grenze stieß, hinter der die Schwäche lag, der sie bislang nicht nachgegeben hatte. Sie hätte jetzt auch den Kopf in den Schoß ihrer Mutter legen und weinen können wie ein Kind. Doch da ging die Tür auf, und herein stürmte Balbina, das Haar voll Schnee, das Gesicht brennend vor Kälte.

Und nun war es Balbina, die auf Therese zulief, vor ihr auf die Knie fiel und ihren Kopf in Thereses Schoß verbarg. »Wegen mir hast du so weit fahren müssen, Tante.«

Therese strich ihr übers Haar. »Mit dir macht man schon was mit«, sagte sie, »langweilig wird einem dabei nicht.«

Balbina hob den Kopf und grinste. »Dann bist du mir also nicht böse, Tante?«

»Doch«, sagte Therese, »schon, aber ganz unschuldig bin ich ja auch nicht daran, dass du fortgelaufen bist. Aber das besprechen wir am besten zu zweit und nicht hier in der Stube.«

Der Kutscher trank noch einen Schnaps, wegen der verfluchten Kälte, und verabschiedete sich. Lene sagte, der Apfelstrudel sei gleich fertig und ob sie nicht zuerst essen und danach reden wollten.

»Ich muss Rolf noch sein Futter bringen.« Balbina sprang auf, wischte die Tränen fort und rannte hinaus. »Bin gleich wieder da.«

Therese sah, wie ihre Mutter die Hand ausstreckte, und dann spürte sie ihre verschrumpelten, dünnen Finger nach ihrer Hand greifen. Die Tränen traten ihr in die Augen, und sie schämte sich nicht dafür.

Nach dem Essen packte Therese ihre Mitbringsel aus. Ihr Bruder steckte sich eine Pfeife an und die Großmutter nahm ihren Platz auf der Ofenbank ein, wo ihr bald die Augen zufielen, während Balbina die Szene übermütig kommentierte.

»Meine Damen und Herren«, sagte sie in der Art eines Ausrufers am Oktoberfest »Sie erleben nun einige der Spezialitäten aus dem Delikatessengeschäft Alois Dallmayr. Hier ein besonders feines Glas französischer Senf aus der Gegend um Dijon, das spricht man ›Dischoo‹, gell, Tante?« Therese nickte.

»Uns kannst du eh alles erzählen«, sagte Richard, »bei uns kann keiner Französisch.«

»Dann eine Tüte Salzmandeln«, fuhr Balbina fort. »Aus Spanien, denn von dort kommen die allerbesten. Das Fläschchen Marillenschnaps aus der Wachau ist für Onkel Richard, bitte sehr. Und die köstlichen Ölsardinen verpacken wir selbst in Konserven zu je einem Dutzend. Dann haben wir hier noch ein Pfund feinster Kaffeebohnen und eine ausgewählte Ceylon-Mischung. Dann noch ein Glas Rotweingelee, eine italienische Hartwurst, Salami-Art, und ein Glas Hirschpastete mit Preiselbeeren. Diese Spezialität macht Tante Therese selbst. Und das will was heißen!«, sagte Balbina.

»Kochen konnte sie immer schon«, erinnerte sich Richard, »auch schon als junges Mädchen. Die Mutter hat sich immer gefragt, bei wem das junge Ding das nur gelernt hat. Weißt du es noch, Therese?«

Therese nickte. »Freilich. Dabei habe ich das meiste bei ihr gelernt, also die Grundlagen, und dann habe ich selbst weiterprobiert.«

»Schade, dass die Mutter sich nicht mehr an diese Zeit erinnert«, sagte Lene. »Es kommt mir so vor, dass ihre Erinnerungen immer mehr verloren gehen. Unlängst hat sie Rolf angestarrt, als hätte sie ihn nie zuvor gesehen, und sie bekam richtig Angst vor ihm. Seitdem geht sie gar nicht mehr in den Hof hinaus.«

»Ist die Tasche schon leer?«, fragte Therese.

»Da ist noch ein Schuhkarton«, sagte Balbina.

»Den hat Paul mir mitgegeben. Für dich.«

»Für mich?« Hastig öffnete Balbina die Schleife und nahm den Deckel ab. Paul hatte eine Dose mit englischem Teegebäck, das sie so gern mochte, eingepackt, eine Tüte mit Kaffeebonbons, eine Tafel Milchschokolade, einige Mandelkekse und eine Rose aus Papier.

»Ach, Paul ist so lieb.« Balbina packte die Schokolade aus, zerbrach sie in kleine Stücke und bot allen davon an.

Später brachten Lene und Richard die Großmutter zu Bett, und Therese und Balbina blieben noch lange auf der Eckbank sitzen, um zu reden.

Am Montag traf endlich die lang erwartete Lieferung von Südfrüchten aus Italien ein. Ludwig war seit einer Stunde mit dem Ausladen und Einlagern der Früchte beschäftigt, die nicht gleich an die Obsttheke wanderten. Nach der Schokolade waren ihm die Früchte am liebsten. Sie dufteten herrlich, ihre grobporige Haut fühlte sich so glatt an und schützte ihren saftigen Inhalt wie die Muschel ihre Schale oder die Schnecke ihr Haus. Dieses Jahr hatte der Winter in Italien spät eingesetzt, und die letzte Ernte konnte noch bis Ende Dezember eingeholt werden. Die Früchte waren noch frisch und nicht überlagert. Am intensivsten dufteten die Zitronen, mit deren Saft man die Kuchenglasuren verfeinern konnte. Dann die Mandarinen, die sich ohne Messer ganz leicht mit der Hand schälen ließen. Alle Kinder liebten diese Babyorangen und ihren Duft nach Nikolaus und Christkind, auch wenn nur wenige aus den vornehmen und vermögenden Familien sie tatsächlich zu essen bekamen. Ludwig roch an jeder einzelnen, während er sie nach schadhaften Stellen absuchte und einzeln in flachen Holzkisten lagerte.

»So stelle ich mir vor, dass es in Italien duftet.«

Hermann stand hinter Ludwig und schnupperte ebenfalls. Er hatte in der vergangenen Woche seine letzten Prüfungen abgelegt und seine Kaufmannslehre mit Erfolg abgeschlossen. Das hatte ihn abgelenkt. Nicht nur er war traurig, dass Balbina fort war, sondern eigentlich alle. Aber jetzt war die Chefin ja in die Oberpfalz gefahren und hoffentlich würde alles wieder gut werden und Balbina zurückkommen.

Hermann war also jetzt Kaufmann und würde mit seiner Mutter zusammen die Firma leiten. Dass es nun so schnell gehen würde, hatte er wahrscheinlich selbst nicht gedacht. Als sein Vater noch lebte, hatte Hermann Ludwig erzählt, dass er gern reisen würde nach Abschluss seiner Lehre. Er wollte die Produzenten der Lebensmittel, die in der Dienerstraße verkauft wurden, kennenlernen, sich nach neuen Produkten und Lieferanten umsehen, Beziehungen pflegen und neue Kontakte aufbauen. Er hatte sich so darauf gefreut.

»Du wolltest doch nach Italien«, sagte Ludwig.

»Tja, nun muss Italien noch ein bisschen auf mich warten«, meinte Hermann. »Im Moment werde ich hier gebraucht.«

»Nach Italien möcht ich auch gerne mal«, seufzte Ludwig. »Oder in die Schweiz, nach Belgien, Paris!«

»Was willst du denn in Paris? Den Eiffelturm besteigen?«, feixte Hermann.

»Ja doch, den würde ich auch gern sehen. Aber in Paris soll es die besten Schokoladenhersteller der Welt geben. Oder in Belgien. Oder in der Schweiz. Man müsste einmal herausfinden, wer von ihnen recht hat. In eines dieser Länder könnte mich die Chefin jederzeit schicken.«

»Zum Naschen?« Hermann grinste.

»Natürlich, das gehört doch dazu. Wie soll ich sonst herausfinden, wer ein Meister ist? Ich will lernen, wie sie es machen, und dann will ich es selbst noch besser machen. Eine Schokoladenmanufaktur hier bei uns im Haus, eigene Dallmayr-Pralinen, das wäre doch ein Traum.«

»Warum nicht, wenn du mit deiner Lehre fertig bist.«

»Wenn ich mit meiner Lehre fertig bin«, stöhnte Ludwig. »Weißt du, dass mir noch zwei Jahre bis dahin fehlen? Zwei Jahre, das ist doch noch eine Ewigkeit.«

»Ich hab's ja auch geschafft. Es war eine elende Schufterei. Und wenn du denkst, dass mir irgendetwas leichtergefallen ist, weil mein Vater auch schon Kaufmann war, dann täuschst du dich. Eher im Gegenteil. Ich konnte mir überhaupt keine Patzer leisten. Das hätte sofort die Runde gemacht.«

Zusammen trugen sie die letzten Kisten hinunter ins Lager.

»Wie waren denn deine Prüfungen, schwer?«, fragte Ludwig. »Meinst du, ich kann das auch schaffen?«

»In den Fächern Lagerhaltung und Warenkenntnisse bist du, glaube ich, schon ganz gut vorbereitet, vor allem bei den Süßwaren.« Hermann boxte Ludwig freundschaftlich auf den Arm. »Buchhaltung, Kalkulation, Korrespondenz, da musst du vielleicht noch ein bisschen was lernen. Musst dich halt mal mit dem Fräulein Schatzberger gut stellen, damit sie dir zeigt, wie das so geht mit der Buchführung.«

Ludwig reckte den Hals und riss die Augen auf. Hermann grinste.

»Jetzt hör schon auf, die Rosa ist wirklich eine Spitzenkraft. Die weiß, was sie tut. Und als Handlungsgehilfe musst du ohnehin nicht so viel wissen wie ich als Kaufmann.«

»Ich war ja auch nur auf der Volksschule an der Bazeillestraße, nicht wie du am Gymnasium oder wie das heißt.«

»Es heißt Königliches Erziehungsinstitut für Studierende, und meinen Vater haben die Herren Professoren dort schon genauso gequält wie mich.«

»Aber schau, jetzt hast du alles geschafft und bist jemand«, stellte Ludwig fest. »Und ich bin noch niemand, und es ist auch noch nicht raus, was einmal aus mir werden soll.«

»Wieso?«, fragte Hermann, »ich denke es ist ausgemacht, dass du Chocolatier wirst.«

»Chocolatier«, wiederholte Ludwig. »Das wäre genial. Und es klingt auch besser als Handlungsgehilfe, oder?«

»Der Mensch braucht große Ziele«, meinte Hermann und griff in eine der Obstkisten. Die Frucht, die er herausnahm, war kleiner als die anderen Orangen und die Schale noch härter und runzeliger. Er schnitt die Schale mit dem Messer ein, zog die einzelnen Schnitze ab und zerteilte die Frucht, die ganz intensiv säuerlich roch. Als er das erste Stück im Mund hatte, spuckte er es zurück in die Hand.

»Pfui, ist die sauer. Die ist doch nicht reif.« Er schüttelte sich.

Ludwig roch daran, kostete mit der Zunge.

»Das ist gar keine Orange«, sagte er. »Das muss etwas anderes sein. So wie eine Mandarine oder Pampelmuse, aber nicht süß, sondern … «

»Sauer«, sagte Hermann.

»Nein, nicht sauer, bitter.« Ludwig wühlte in der Kiste nach dem Lieferschein und fand einen verknitterten Zettel des Lieferanten aus Ligurien.

Sehr geehrter Herr Randlkofer,
zum Verkosten schicke ich Ihnen dieses Mal einige besondere Früchte mit. Bitte nicht wegwerfen! Es handelt sich um Bitterorangen, die man bei uns in Italien Chinotto nennt. Roh essen wie Orangen kann man sie nicht, dazu sind sie zu bitter. Doch wir machen hier sehr gute Marmelade daraus. Oder kandieren Chinotto-Scheiben in Zucker. Noch besser in Maraschino-Kirschlikör. Das ist eine Spezialität, die wir in

Savona produzieren. Wenn Sie Interesse haben, schicke ich das nächste Mal einige Proben mit. Stets zu Diensten,
Ihr Luigi Pamparino

Ludwig leckte noch einmal an der aufgeschnittenen Chinotto-Frucht und versuchte sie sich in Zuckerlösung kandiert vorzustellen.

»Wenn die Balbina da wäre, könnten wir das gleich ausprobieren«, sagte er. »Sie kommt doch wieder zurück?«

»Bestimmt«, antwortete Hermann.

»Warum ist sie denn eigentlich fortgegangen?«, fragte Ludwig. Man munkelte alles Mögliche im Laden, aber niemand wusste es sicher. Rosa hatte behauptet, dass Balbina in Hermann verliebt war, und der ganze Ärger damit zu tun hatte.

»Ich mag gar nicht mehr daran denken«, sagte Hermann. »Meine Mutter hat sie ausgeschimpft, obwohl Balbina gar nichts getan hat. Die Mutter will nicht, dass Balbina und ich uns gut verstehen.«

»Ist es, weil ihr miteinander verwandt seid?«, fragte Ludwig. »Sie ist doch deine Cousine.«

»Vielleicht«, sagte Hermann. »Die Mutter ist zu ihr in die Oberpfalz gefahren und bleibt ein paar Tage dort. Es liegt ihr also viel daran, dass Balbina zurückkommt. Die Bitterorangen müssen dann eben auch warten, bis sie wieder zurück sind.«

Als Ludwig später einer Kundin die Einkäufe zu ihrer Kutsche hinaustrug, sah er aus der Landschaftstraße einen Mann kommen, der ihm wegen seiner außergewöhnlich eleganten, weltläufigen Erscheinung auffiel. Er trug einen hellgrauen Cut mit Zylinder, hellbraune Stiefel, Gehstock. Für München und die Jahreszeit – noch hatte der Frühling keine Gelegenheit gehabt, sich so richtig zu entfalten – war er entschieden zu sommerlich, zu südländisch gekleidet. Ludwig hatte ihn noch nie gesehen, und er hatte ein gutes Gedächtnis für Menschen, die einmal als Kunden im Haus gewesen waren. Dieser Herr sah auch nicht aus wie ein Einheimischer, sondern vielmehr wie ein Fremder, der auf der Durchreise war. Schnurstracks kam er auf das Geschäft zu und daher öffnete ihm Ludwig die Tür und verbeugte sich. »Grüß Gott, der Herr.«

»Guten Tag«, antwortete der Fremde mit kehligem Akzent.

»Womit kann ich dienen?«, fragte Ludwig.

»Ich möchte zu meinem Freund Anton Randlkofer«, sagte der Mann. »Ich bin ein Geschäftspartner von ihm. Adrian Groeneberg aus Holland.«

Holland, daher also der Akzent. Ludwig überlegte kurz. Diskretion, hatte die Chefin ihm mehrfach eingeschärft. War das nun ein Fall für Diskretion? »Wir sind kein Kramerladen, in dem das Personal mit den Hausfrauen tratscht. Wir sind Fachleute. Uns kann man über die Qualität und Herkunft der Waren ausfragen und wir beraten gut und gern. Über Politik oder andere Leute reden, das gibt es bei uns nicht. Merkt euch das.« All das klingelte Ludwig im Ohr, und er entschied, dass die Stunde der Diskretion gekommen war und er nicht derjenige sein würde, der mit Kunden tratschte, obwohl ihn der Holländer brennend interessierte und er ihn gern dies und das gefragt hätte.

»Ich hole den Junior, einen Moment bitte. Wenn Sie mögen, sehen Sie sich doch ein bisschen im Geschäft um. Wenn Sie schon länger nicht mehr bei uns waren, werden Sie vielleicht staunen, wie unser Sortiment gewachsen ist.«

»Gut, ich warte«, sagte der Holländer. »Aber beeilen Sie sich. Ich bin nicht lange in München und habe noch einiges zu erledigen.«

»Sehr wohl.«

»Hermann?« Der Fremde sprang trotz seines Alters, das gegen Mitte bis Ende fünfzig tendierte, erstaunlich flink von seinem Stuhl auf. »Du kennst mich nicht mehr? Kein Wunder, du warst ja auch noch ein Kind, als ich das letzte Mal hier war.«

Hermann konnte sich nicht an den modischen Herrn erinnern.

»Damals hab ich dir deine erste Mango mitgebracht. Ich bin Adrian Groeneberg aus Holland.«

Hermann wollte ihm die Hand reichen, doch Groeneberg schloss ihn stattdessen sehr herzlich in die Arme und klopfte ihm auf den Rücken.

»Weißt du noch, dass du die Mango von allen Seiten genau betrachtet und dann hineingebissen hast, ohne sie vorher zu schälen?«

Auch daran erinnerte Hermann sich nicht, aber man erzählte die Geschichte gelegentlich in der Familie.

»Dein Vater hat dich damals getröstet und gesagt, wer etwas Neues ausprobiert, muss auch Enttäuschungen verkraften können. Daran erinnere ich mich noch wie heute.« Groeneberg lachte. »Wo ist Anton denn? Ich habe eine Überraschung für ihn.«

Hermann musste ihm die traurige Nachricht überbringen, dass sein Vater Ende Februar verstorben war.

Groeneberg entrüstete sich. »Das kann doch aber nicht sein. Anton war doch nicht alt, sogar jünger als ich! Und so ein freundlicher Mensch und guter Geschäftsmann. Nein, ich kann das gar nicht glauben.«

Hermann reichte ihm ein Sterbebild aus der Schublade.

»Ach, wie leid mir das tut.« Groeneberg nahm ein Taschentuch aus seinem Rock und schnäuzte sich. »Anton wollte einmal im Leben mit mir auf die Kanarischen Inseln reisen, wo ich einige Bananenplantagen besitze.« Er schnäuzte sich. »Schau, und jetzt hat er es nicht mehr geschafft. Ich bin zu spät gekommen, um meinen Freund Anton noch einmal zu sehen. Oder um ihm wenigstens die letzte Ehre zu erweisen.« Er schwieg und hing seinen Gedanken nach. »Wo ist denn deine Mutter?«

»Für ein paar Tage verreist. Wahrscheinlich kommt sie morgen oder übermorgen zurück.«

Groeneberg griff in die Innentasche seines Jacketts und zog einen Umschlag heraus. »Schau, das habe ich für meinen Freund Anton gekauft.«

Hermann öffnete den Umschlag und nahm die Fahrkarte heraus. Das Schiff sollte schon in wenigen Tagen von Hamburg auslaufen.

»Jetzt sieh dir an, wie das Leben einem immer wieder eins auswischt. Da habe ich alles so fein geplant, und jetzt komme ich zu spät. Anton hat mir einmal sehr geholfen, als ich wirtschaftlich fast schon am Ende war. Dafür wollte ich mich irgendwann revanchieren.« Er schüttelte den Kopf. »In unserem Alter sollte man nichts aufschieben.«

Hermann schenkte ihm ein Glas Cognac ein, und Groeneberg nahm es gern an und sagte auch zum zweiten Glas nicht Nein.

»Was mache ich jetzt mit meinem Schiffsbillett?«, fragte er. »Und mit meinem Bananengeschäft auf den Kanaren?«

»Wie läuft es denn mit den Bananen?«, fragte Hermann. »Wir haben hier immer noch keine. In ganz München bekommt man sie nicht. Aber man hört, dass die Engländer und die Amerikaner die Früchte sehr gern essen.«

»Die Engländer sind gerade dabei, sich das Bananengeschäft unter den Nagel zu reißen. Und die Iren. Sie stopfen ihre Schiffe, die von Amerika aus nach Europa zurückfahren, auf den Kanaren mit Bananen voll bis unter die Planken. Die kanarischen Früchte sind zwar kleiner als die amerikanischen, dafür schmecken sie besser. Und von Amerika ist der Weg noch viel zu weit. Jetzt fängt die britische Handelskompagnie sogar schon an, Plantagen auf den Kanaren zu kaufen oder neu anzulegen, vor allem auf Teneriffa. Dann kommt alles in britische Hände und unsere Bananen landen alle auf der Insel und sie diktieren die Preise für ganz Europa.« Groeneberg war offenbar kein Freund der Engländer. »Ich kenne das Geschäft gut, habe viele Kontakte, aber ich will das Bananengeschäft auf den Kanaren aufgeben und mich auf meine Farm nach Brasilien zurückziehen. Mein Traum ist eine Kaffeeplantage, Hermann. Ich habe dort Land gekauft und eine einheimische Frau geheiratet. Wer weiß, wie viele Jahre mir noch gegeben sind. Ich habe vor, meine Zelte auf den Kanaren abzubrechen und meine Felder zu verpachten. Ich wollte Anton anbieten, meine Geschäftskontakte und meine Handelswege nach Holland an die Familie Randlkofer abzugeben. Ich glaube an die Banane. Du wirst ihren Siegeszug in Europa noch erleben, Hermann. Und dann wirst du an mich denken und dir wünschen, du müsstest dich nicht von den Engländern als Monopolisten beliefern lassen müssen.« Groeneberg sah auf seine Taschenuhr. »Vielleicht möchte deine Mutter auf die Kanaren reisen. Oder du? Wer ist denn jetzt der Chef im Hause Alois Dallmayr?«

»Chefin ist meine Mutter«, sagte Hermann. »Wie lange sind Sie denn noch in München, Herr Groeneberg?«

»Nur noch bis morgen Abend. Dann fahre ich mit der Eisenbahn nach Hamburg, wo ich noch einige Termine mit Kaffeehändlern habe. Ich möchte meinen Kaffee aus Brasilien ja auch nach Deutschland exportieren. Dann geht es zurück auf die Kanaren und von dort in die Neue Welt. Und wenn es nach mir geht, bleibe ich dort bis zum Ende meiner Tage, das aber hoffentlich noch nicht so bald sein wird. Meine Ehefrau ist jung und schön. Ich hoffe, sie wird mir noch ein Kindchen schenken, damit wir Groenebergs nicht aussterben.«

»Ich telegrafiere heute noch meiner Mutter«, versprach Hermann und bot dem Holländer an, ihn zu seinem Hotel bringen zu lassen, doch der lehnte ab. Er habe noch so viel zu tun in München.

Die Schiffspassage ließ er bei Hermann liegen. Nur Antons Sterbebild steckte er in die Rocktasche, nahm seinen Zylinder und ließ sich zur Tür begleiten.

»Morgen Nachmittag um vier komme ich wieder und hole sie ab. Oder einen Passagier, der mich begleitet.« Er tippte sich an den Zylinder und ging Richtung Marienplatz davon.

Noch während Hermann ihm nachsah, fing er an, von den Kanarischen Inseln zu träumen, von Bananen, vom Hamburger Hafen, den Kaffeeplantagen in Brasilien, der schönen Frau, die dort auf den eleganten Holländer wartete. Dann holte Hermann seinen Mantel, der lange nicht so elegant war wie Groenebergs Cut, dafür aber ausreichend wärmte, und gab Korbinian Fey Bescheid, dass er kurz wegmusste. Er lief zum Hauptpostamt in der Residenzstraße.

»Ein Telegramm, der Herr?«, fragte der Beamte am Telegrafenschalter und strich sich über den Schnurrbart. Würdig sah er aus in seinem doppelreihig geknöpften Dienstrock in Blau mit schwarzem Samtkragen und Ärmelaufschlägen. Die versilberten Kugelknöpfe blitzten, wie es sich für einen Beamten der Königlich Bayerischen Post gehörte.

Als Empfänger gab Hermann »Schmidbauer Wulting 1 Cham« an und diktierte dem Postler den Telegrammtext: »ADRIAN GROENEBERG EINLADUNG AN VATER. SCHIFF KANAREN AB HAMBURG IN 4 TAGEN. BANANENIMPORT. FÄHRST DU?«

»Kürzer geht es nicht?«, fragte der Postbeamte, der dreiundzwanzig Wörter inklusive Satzzeichen, Empfänger und Adresse zählte.

Hermann schüttelte den Kopf. »Das passt schon so.«

»Haben Sie eine Telegrammadresse?«

»Dallmayr.«

»Ach, vom Dallmayr ist der junge Herr. Dann sind Sie vielleicht der Sohn? Mein herzliches Beileid, ich hab's in der Zeitung gelesen, dass Ihr Herr Vater verstorben ist.«

Hermann bedankte sich und bezahlte vierundzwanzig Wörter inklusive des Absenderadressworts. Mittels eines Zeigertelegrafen würde sein Telegramm zu einem Telegrafenamt in Cham geschickt und dort hoffentlich in den nächsten Stunden ausgefahren. Auf die Bayerische Post war in der Regel Verlass. Eigentlich sollte das Antworttelegramm seiner Mutter noch am selben Abend eintreffen. Spätestens am nächsten Vormittag.

Das Rücktelegramm kam noch am selben Abend kurz vor zweiundzwanzig Uhr. Seine Mutter hatte nicht mit Wörtern gespart und die Lage anscheinend sofort begriffen. Ihr Telegramm musste ein Vermögen gekostet haben.

»HERMANN, FAHR DU. DIE FIRMA SCHENKT DIR DIE REISE ZUR BESTANDENEN KAUFMANNSPRÜFUNG. SCHAU DICH UM UND LERNE. KONTAKTE VON GROENEBERG SIND GOLD WERT. DU FÄHRST, ICH BRINGE BALBINA ZURÜCK. SO HÄTTE ES DEIN VATER GEWOLLT UND SO IST ES DAS BESTE FÜR ALLE. UND BRING BANANEN MIT.«

Nach diesem Telegramm konnte Hermann lange nicht einschlafen. Groeneberg und seine Schiffspassage gingen ihm nicht aus dem Kopf. Allein die Reise nach Hamburg, die Stadt, die sich »das Tor zur Welt« nannte, war verlockend für einen frischgebackenen Kaufmann wie ihn. Er könnte Groeneberg zu den Kaffeeröstereien der Speicherstadt begleiten. Bislang hatte er immer nur von den riesigen Lagerhäusern an der Elbe gelesen und Bilder davon gesehen. Doch nie hatte er einen anderen Fluss als die Isar, geschweige denn einen Ozeanriesen oder die Speicherstadt mit eigenen Augen gesehen. Die Passage war geschäftlich gesehen ein Geschenk des Himmels. Und vielleicht konnte er wirklich neue Waren einkaufen, die in München bislang nicht zu bekommen waren. Dann dachte er wieder an Balbina, und wie gern er sie wiedersehen würde, doch irgendetwas stand zwischen ihnen, das spürte er, obwohl er wusste, dass es nichts mit dem Mädchen und nichts mit ihm zu tun hatte. Etwas, das er nicht fassen und noch weniger lösen konnte.

Am nächsten Morgen, nach einer unruhigen Nacht, stand Hermanns Entschluss fest. Er rief Korbinian Fey, Ludwig und Rosa Schatzberger zu sich ins Büro und erklärte ihnen, dass er noch am selben Abend auf Reisen gehen würde. Wann er zurückkäme, konnte er nicht mit Bestimmtheit sagen. Aber er würde telegrafieren und schreiben, soweit möglich.

Als Paul aus der Schule kam, versprach Hermann ihm, er werde ihm aus jeder Stadt, durch die er reiste, etwas mitbringen. Das tröstete Paul ein wenig, und doch war er traurig.

»Und wer bleibt bei uns?«, fragte er. »Wann kommt die Mama zurück?«

»Sie kommt schon heute oder morgen wieder«, beruhigte ihn Hermann. »Und sie bringt jemanden mit, auf den du dich bestimmt freust.«

Paul sah seinen großen Bruder an, freudig und ein wenig ängstlich, doch wieder eine Enttäuschung zu erleben. »Balbina kommt zurück?«

»Ja, Mutter hat geschrieben, dass sie sie mitbringen wird.«

»Ganz sicher?«

»Ganz sicher.«

»Dann siehst du sie gar nicht mehr, bevor du wegfährst?«

»Nein, aber ich weiß ja, wie sie aussieht und wie sie so ist.

Dann stelle ich mir die Balbina einfach vor, wenn ich in der Eisenbahn sitze und zum Fenster hinaussehe oder wenn das Schiff auf den Wellen auf und ab schaukelt und ich seekrank bin und nach einem Berg, einer Insel oder einem Stück Festland Ausschau halte. So werde ich es machen. Immer wenn es mir nicht so gut geht, denke ich an einen von euch, und schon wird alles besser.«

»Die Balbina gehört doch einfach zu uns, oder?«, fragte Paul ganz ernsthaft.

»Ja natürlich, sie gehört zu uns.« Hermann schloss seinen kleinen Bruder in die Arme und drückte ihn fest an sich.

»Glaubst du, dass es wirklich Seeungeheuer gibt?« Paul vergrub den Kopf an Hermanns Brust.

»Das kann schon sein«, sagte Hermann. »Aber das weiß doch jeder, dass sie in Schottland leben, in diesem See, wie heißt der noch mal?«

»Loch Ness«, flüsterte Paul.

»Siehst du, du kennst dich aus. Und du weißt ja auch bestimmt, dass sich dieser See ganz weit im Norden befindet, und ich von Hamburg aus ganz weit nach Süden, Richtung Afrika reisen werde. Dorthin, wo es dem Ungeheuer einfach zu warm wäre, wenn es denn überhaupt aus seinem See herauskönnte. Aber das glaube ich nicht.«

Paul nickte. Und Hermann legte seine Arme schützend um ihn. Er verstand, was in Paul vorging. Am liebsten hätte er seinen großen Bruder und Balbina um sich gehabt, wie damals auf dem Schachterleis. Alle drei hatten sie gedacht, es könnte noch lange so bleiben. Doch zuerst war Balbina gegangen, und jetzt, wo sie wiederkam, ging Hermann fort. Für ihn würde es leichter werden als für die beiden, die zu Hause blieben. Er würde den Ozean befahren und seine Nase in den salzigen Wind halten, würde Weltgegenden kennenlernen, die noch keiner aus seiner Familie gesehen hatte. Und schließlich würde er zurückkommen und hätte etwas zu erzählen, wie jeder, der sich auf das offene Meer begab und die Kontinente wechselte.

III

April und Mai 1897

Vor dem Einschlafen hatte Therese noch ein Stoßgebet zum Himmel geschickt, dass Hermann die Abenteuerlust packen und er tatsächlich in den Zug nach Hamburg steigen würde. Die letzten Wochen hatte er unermüdlich für seine Prüfungen gelernt. Vielleicht sah ihr Ältester nun eine neue Perspektive für sich. Von Hamburg direkt auf einen Ozeandampfer, der ihn in sechs, sieben Tagen auf eine Inselgruppe bringen würde, die vor der Küste Afrikas lag. Kein Randlkofer war jemals so weit gereist. So wie sie ihren Sohn kannte, musste das einen Reiz auf ihn ausüben. Hermanns Reise gegen Balbinas Rückkehr – was für ein schrecklicher Handel. Sie wusste, dass es grausam war, ihn vor diese Alternative zu stellen. Aber es blieb ihr doch keine andere Wahl. Und Hermann wusste, dass sie nicht leichtfertig handelte und nicht aus einer Laune heraus alles daransetzte, die beiden Verliebten zu trennen. Therese hoffte sehr, dass er ihr vertraute.

Als Therese nun in die Stube trat, saß Balbina bei der Großmutter auf der Ofenbank und fütterte sie mit Brotstücken. Das freundliche Lächeln ihrer Mutter konnte Therese nicht als ein Wiedererkennen deuten. Therese gab ihr einen Kuss und drückte ihre Hand. Es war ein Gruß und zugleich ein Abschied.

Und Therese hoffte, er wäre nicht für immer. Sie fühlte, wie etwas Schweres sich an ihr Leben heftete. Auch wenn sie sich selbst gesund und kräftig fühlte, war ihr die Vergänglichkeit nun doch sehr nahegerückt. Ihre Gesundheit, ihren Kampfgeist und Leistungswillen fasste sie auch als Auftrag auf. Als gäbe es noch einen Plan, den sie zu erfüllen hatte. Und sie fühlte sich bereit dazu. Anton hatte ihr große Aufgaben hinterlassen und auch sein Geheimnis hatte er in ihre Hände gelegt. Er hatte zwar umsichtig für die Zukunft vorgesorgt, aber die Zuneigung zwischen zwei jungen Menschen, die nicht zueinanderkommen durften, hatte er nicht verhindern können. Doch dafür hatte der Himmel ihr jetzt diesen Adrian Groeneberg geschickt.

»Jetzt iss doch etwas, Therese«, sagte ihre Schwägerin. »Dein Kaffee wird kalt, dabei habe ich heute extra den guten gemacht, den du aus München mitgebracht hast.«

»Danke, Lene. Ich war ganz in Gedanken.«

»Ich habe mich ja so erschrocken, als gestern Abend so spät noch der Telegrammbote hier angekommen ist. Um Gottes willen, habe ich gedacht, da wird doch nicht etwas Schlimmes passiert sein. Aber du hast ja gesagt, es ist nur etwas Geschäftliches, bei dem Hermann um deinen Rat gefragt hat.«

»Ja, schau, was passiert, wenn ich einmal zwei Tage weg bin. Schon muss mir ein Telegramm hinterhergeschickt werden«, scherzte Therese. »Zum Glück gibt es in Cham jetzt auch schon ein Telegrafenamt.«

»Eigentlich schade, dass du Balbina nun wieder mitnimmst«, sagte Lene. »Ich hätte sie gerne bei mir am Hof behalten.«

»Kommt uns doch einmal in München besuchen«, schlug Balbina vor, »wenn die Tante einverstanden ist natürlich.«

»Selbstverständlich. Schaut euch doch einmal unsere schöne Stadt an«, lud Therese sie ein.

»Ich würde gern einmal verreisen. Aber mit der Großmutter

können wir jetzt gar nicht weg. Vielleicht später einmal«, seufzte Lene.

Thereses Bruder hatte die Pferde eingespannt und das Gepäck zum Fuhrwerk gebracht. Thereses letzter Blick zurück galt ihrer kleinen, zerbrechlich gewordenen Mutter. Während Therese nach einem Taschentuch suchte, schlang Balbina die Arme um sie.

»Ich bin so gern hier am Hof«, sagte sie. »Aber in München bin ich noch lieber. Wir haben eben zwei Heimaten, Tante, gell?«

Therese nickte. Balbina vertraute ihr voll und ganz. Was würde sie sagen, wenn sie nach München kämen und Hermann wäre nicht mehr da?

Das Fuhrwerk bog in die Bahnhofstraße ein. Vor dem Gerüst, das am Bahnhofsgebäude von Cham hochgezogen war, stand eine hagere Gestalt, ganz eingehüllt in ein graues Lodencape, das ihr bis über die Stiefel reichte. Feine Schneeflocken wirbelten wie kleine Glassplitter um die Person herum, die Therese im ersten Moment gar nicht erkannte. Doch Balbina sprang auf und winkte so heftig, dass Therese sie festhalten musste, damit sie nicht vom Kutschbock fiel.

»Mutter!«, schrie Balbina, und erst da erkannte Therese ihre Schwester Agnes. Antons Komplizin über so viele Jahre hinweg. Die Frau, die sie so lange Zeit hintergangen hatte, Therese ein Kind vorgespielt hatte, das gar nicht ihres war.

Balbina sprang vom Fuhrwerk und flog in die Arme ihrer Mutter. Agnes strich Balbina wieder und wieder übers Haar. »Groß bist du geworden, und so hübsch. Lass dich anschauen.«

»Wo kommst du denn her, Agnes?«, fragte Richard seine Schwester beim Absteigen.

»Ich wollte Balbina besuchen«, antwortete Agnes. »Therese, ich wusste ja gar nicht, dass du auch da bist.«

Agnes war sehr schlank, größer als Balbina, das Haar unter dem schwarzen Filzhut schon sichtbar grau. Sie sah aus wie eine Gouvernante. Und als sie ihre Tochter in die Arme schloss, dachte Therese, warum ihr eigentlich nie aufgefallen war, dass die beiden sich kein bisschen ähnlich sahen. Balbina war kleiner und nicht so schlank wie Agnes, mit weiblicheren Formen. Sie hatte dieses kräftige dunkle Haar, die blauen Augen, und war überhaupt ein ganz anderer Typ. Während Balbina sich von ihrem Onkel Richard und von den Pferden verabschiedete, für die sie noch Zuckerstücke und Karotten eingesteckt hatte, lud Therese ihre Schwester ins Bahnhofsrestaurant ein, um sich aufzuwärmen.

»Mein Beileid, Therese«, begann Agnes vorsichtig. »Wie ist denn Anton gestorben, war es ein Unfall?« Sie bestellten Tee.

»Nein, er ist friedlich eingeschlafen, wie man so sagt, und wir hatten Zeit, uns zu verabschieden.«

Agnes starrte auf die Tischplatte vor sich, als suche sie in den Adern des fast schwarzen Marmors nach einer Antwort oder einer Orientierung, wie es nun weitergehen würde. Der Ober brachte den Tee, und Therese wartete, bis er wieder fort war, dann sah sie ihrer Schwester direkt in die Augen. Für Heucheleien hatte sie keine Kraft mehr.

»Sein großes Geheimnis, euer beider Geheimnis, Agnes, habe ich erst nach seinem Tod erfahren. In einem Brief, den er mir hinterlassen hat.«

Ihre Schwester stellte die Teetasse ab. Ihre Hände zitterten. »Dann weißt du jetzt also Bescheid«, flüsterte sie.

Therese nickte. »Sechzehn Jahre habt ihr euer Geheimnis gehütet, und ich hatte nie auch nur den leisesten Verdacht.«

»Wir haben geglaubt, es sei das Beste für dich.« Darauf wusste Therese keine Antwort. »War es sehr schlimm für dich, als du es erfahren hast?«

»Was denkst du denn, Agnes? Erst der Seitensprung meines Mannes, dann das Kuckuckskind, das ich mitten in der Familie sitzen habe.«

»Es hätte aber doch alles so weiterlaufen können wie bisher«, sagte Agnes.

»Vielleicht hätte es das sogar. Anton ist tot, es ist zu spät für Vorwürfe, und ich bin alt genug, um selbst damit noch fertig zu werden. Auch wenn es schon Augenblicke gab, das gebe ich zu, wo ich fast die Beherrschung verloren habe. Ich bin ja auch kein Übermensch, Agnes. Es war schon ein bisschen viel auf einmal, verstehst du?«

»Ja freilich. Wer würde dich da nicht verstehen.« Agnes wollte nach Thereses Hand greifen, aber Therese entzog sich ihr. Noch war nicht alles ausgesprochen.

»Es gibt da ein Problem, Agnes, mit dem ihr nicht gerechnet hattet. Anton nicht, und du auch nicht. Das Problem ist Hermann, mein Ältester, der dabei war, sich in Balbina zu verlieben.«

»Und Balbina?«, fragte Agnes.

»Und Balbina was?«

»Ist sie auch verliebt?«

»Tja, verliebt, wie man halt mit sechzehn verliebt ist, würde ich sagen. Aber das hilft ja nun nichts.«

»Um Himmels willen«, flüsterte Agnes. »Was machst du denn jetzt? Wirst du dem Kind die Wahrheit sagen?«

»Nein, das ist zu früh für uns alle. Ich brauche zuerst einen Plan. Aber vielleicht ist mir jemand im richtigen Augenblick zu Hilfe gekommen, und Hermann ist schon fort, wenn wir heute Abend in München sind.«

»Wie meinst du das jetzt, *fort*? Wo soll er denn sein, dein Hermann?«

»Auf einer weiten Reise. Von Hamburg mit dem Schiff hinaus auf den Atlantik, auf halbem Weg nach Afrika.«

Agnes schlug die Hand vor den Mund. »Aber das ist doch gefährlich«, rief sie.

»Er wird ein Dampfschiff nehmen, kein Segelschiff, Agnes. Und Piraten gibt es auch keine mehr, also wird er schon wiederkommen. Und bis dahin schaut die Welt vielleicht wieder anders aus, oder mir fällt eine bessere Lösung ein.«

»Weiß Balbina schon davon?«

»Sie wird es in München erfahren. Aber wir haben gestern einen Handel miteinander geschlossen. Sie wird es dir bestimmt erzählen, wenn noch Zeit ist, bis unser Zug kommt. Sie hat mir versprochen, dass sie sich einen anderen jungen Mann aussucht, nicht meinen Hermann.«

»Und das glaubst du?« Agnes schüttelte den Kopf. »Was hast du ihr denn gesagt, warum Hermann nicht der Richtige für sie ist?«

»Weil mein Ältester Dallmayr-Erbe ist und ihm deshalb viele Türen offenstehen. Wenn es nach mir geht, heiratet er in eine angesehene Münchner Unternehmerfamilie ein. Das würde gut passen.«

»Jaja, bestimmt. Bloß gut, dass Anton das damals nicht so gemacht hat, wie seine Eltern es vielleicht genauso für ihn geplant hatten.«

Therese stutzte. »Was willst du damit sagen?«, fragte sie.

»Stattdessen hat er dich geheiratet, ein Mädchen aus der Oberpfalz, von einem Bauernhof. An deiner Mitgift kann es jedenfalls nicht gelegen haben, denn die war bescheiden, wenn ich mich recht erinnere. Bei fünf Kindern bleibt von einem Hof nicht viel übrig.«

Diese Wendung des Gesprächs gefiel Therese gar nicht. Es ging um Balbina, nicht um sie, und nicht um Zeiten, die fünfundzwanzig Jahre zurücklagen. Therese rief den Ober zum Bezahlen.

»Meinst du, Balbina hat dir diese Geschichte mit der guten Partie für Hermann tatsächlich geglaubt?«, fragte Agnes.

»Wieso denn nicht?«

»Weil sie nicht dumm ist, deshalb. Sie kennt dich doch, Therese. Eine arrangierte Ehe, das passt doch überhaupt nicht zu dir, genauso wenig, wie es zu Anton gepasst hat. Balbina weiß, dass es noch einen anderen, gewichtigeren Grund geben muss. Und dass du ihr den nicht nennen willst. Soll ich mit ihr reden?«, bot Agnes an.

»Nein, bitte, das muss wohlüberlegt sein. Überlass das jetzt mir, wer weiß, was sonst noch alles passiert«, bat Therese ihre Schwester. »Ich brauche sie doch auch im Haus und für das Geschäft.«

»Aber sie wird denken, dass du Hermann wegen ihr weggeschickt hast. Und das ist ja auch so, oder?«

»Nur zum Teil. Hermann hat jetzt ausgelernt. Es war alles ziemlich viel für ihn die letzte Zeit. Er hat sich ein wenig Freiheit und Abstand auch verdient. Er ist ja kein Sklave im Betrieb und muss auch seinen eigenen Weg finden.«

»Und wann willst du Balbina die Wahrheit sagen? Was wird danach passieren? Wird sich das Mädchen dann ganz von mir abwenden, weil sie sich von mir getäuscht fühlt? Therese, was machen wir denn jetzt?« Nun griff Agnes doch nach Thereses Hand und drückte sie fest.

»Wenn es nach mir geht, hat das noch Zeit bis zu ihrer Volljährigkeit. Anton hat für sie vorgesorgt. Sie wird ihren Teil am Erbe erhalten.« Aus den Augenwinkeln sah Therese, dass Balbina gerade die gläserne Schwingtür zum Restaurant öffnete. »Und du, Agnes?«, fragte sie schnell. »Geht es dir gut?«

Ein Lächeln huschte über das Gesicht ihrer Schwester. »Vielleicht werde ich doch noch heiraten. August, also der Doktor, bei dem ich in Stellung bin, hat mir einen Antrag gemacht. Er ist Witwer.«

»Und, wirst du es tun?«

»Vielleicht warte ich noch, bis Balbina volljährig ist und seine Kinder größer sind. Uns läuft ja nichts mehr davon.«

»Aber du magst ihn, und er behandelt dich gut?«, fragte Therese.

»Ich kann nicht klagen«, antwortete Agnes lächelnd. »Er ist ein guter Mann, so wie dein Anton. Und die Balbina ist ein liebes Mädel geworden, gib es zu, Therese. Du hast sie doch auch ins Herz geschlossen, seit sie bei euch in München lebt.«

Balbina stand jetzt bei ihr und drängte zur Eile. Der Zug würde bald einfahren. Therese ging ein paar Schritte voraus zum Bahnsteig, die beiden folgten schwatzend und eng untergehakt.

»Willst du nicht hier bei uns bleiben?«, fragte der Bahnhofsvorsteher, als er sah, wie herzlich Balbina ihre Mutter umarmte und mehr als ein Tränchen verdrückte beim Abschied.

»Nein«, sagte Balbina und wischte sich über die Wangen. »Ich bin nämlich in München daheim.«

In Schwandorf mussten sie nach Regensburg umsteigen und von dort fuhr die Bahn bis München durch. In Burgweinting stieg ein Herr in den Wagen der ersten Klasse zu, der sich Therese und Balbina gegenübersetzte. Er stellte sich als Oskar Held, Direktor des Regensburger Gaswerks vor, und war unterwegs nach Landshut. Da Therese nicht besonders gesprächig war, sondern ganz ihren Gedanken nachzuhängen schien, hielt Herr Held sich an Balbina.

»Was macht denn eine so hübsche junge Dame wie Sie in München?«, fragte er. »Sicher besuchen Sie noch die Höhere Töchterschule oder ein Mädchenpensionat?«

»Nein«, gab Balbina bereitwillig Auskunft. »Ich bin schon fertig mit der Schule und fange jetzt eine Ausbildung im besten Delikatessengeschäft von ganz München an.«

»Soso, was lernen Sie denn dort, Fräulein?«

»Ich werde die Buchhaltung lernen, bei unserem Fräulein Schatzberger, die beim Dallmayr die Bücher führt. Sie kann rechnen und ein Journal führen, und das will ich alles auch können. Die Tante hat es mir angeboten, weil die Rosa, also das Fräulein Schatzberger, immer so viele Überstunden machen muss. Jemand muss ihr helfen. Und ich hoffe, ich kann das bald tun.«

Leidenschaftlich erzählte Balbina dem unbekannten Herrn von ihren Plänen. Therese tat, als sei sie müde und höre gar nicht richtig hin. Aber Balbina wusste, dass sie es dennoch tat. Und eigentlich ging es nicht um den Gaswerksdirektor, sondern darum, dass ihre Abmachung noch einmal vor einem Zeugen formuliert und ausgesprochen werden musste, um sie zu besiegeln. »Als Buchhalterin kann ich im Geschäft bleiben und dort mithelfen. Und das ist eigentlich mein größter Wunsch. Das habe ich jetzt in der Oberpfalz gemerkt.«

»Das ist schön, wenn ein junger Mensch so genau weiß, was er will«, sagte der Herr Gaswerkdirektor. »Da wird die Frau Mama«, er lupfte den Hut und nickte in Thereses Richtung, »glücklich sein über ein so frohes junges Geschöpf.«

»Ich bin die Tante und führe das Delikatessengeschäft.« Therese stellte sich nun auch vor, und Direktor Held salutierte.

»Tante Therese hat mir versprochen, ein neues Dienstmädchen einzustellen, damit ich im Betrieb arbeiten kann. Deshalb fahre ich jetzt mit ihr zurück nach München und bleibe bei ihr.«

»Das hört sich ja an, als seien Sie Ihrer Tante weggelaufen.« Direktor Held grinste.

»Wo denken Sie hin, verehrter Herr Direktor«, griff nun Therese in das Gespräch ein, das ihr langsam zu offenherzig wurde. »Manchmal gehen die Leidenschaft und das Drama ein bisschen durch mit meiner Nichte. Haben Sie selbst auch Kinder, Herr Held?«

Das musste der Herr Direktor bedauernd verneinen. Aus beruflichen Gründen sei er noch nicht einmal in den Ehestand eingetreten.

Sie näherten sich Landshut, und ihr Mitreisender machte sich zum Aussteigen bereit.

»Leben Sie wohl, mein Fräulein.« Er verneigte sich tief vor Balbina. »Ich wünsche Ihnen viel Glück an Ihrer neuen Lehrstelle. Aber verlernen Sie das Kochen nicht. Vielleicht entscheiden Sie sich später ja doch für einen braven Ehemann und eine Schar Kinder. Von einem Buchhaltungsjournal bekommen Sie die nicht satt.«

»Auf Wiedersehen«, rief Balbina fröhlich, »und machen Sie sich keine Sorgen um mich.« Und als er schon an der Tür stand, murmelte sie: »Sonst muss ich mir noch um Sie Sorgen machen, warum Sie denn immer noch nicht in den Ehestand eingetreten sind, in Ihrem Alter.« Sie kicherte und war wie aufgedreht, je näher sie München kamen.

Therese dagegen hatte nur mehr einen einzigen Gedanken: War Hermann ihrem Rat gefolgt, oder hatte er Adrian Groeneberg einen Korb gegeben?

Therese und Balbina nahmen am Bahnhofsvorplatz eine Droschke und fuhren zum Marienplatz. Und das war nun etwas ganz anderes als der Marktplatz in Cham. Viel größer und weiter, die Häuser herrschaftlicher, vier- und fünfstöckig. Die Wölkchen am blauen Himmel sahen aus wie verstreute Linsen und die Marienstatue glänzte wie frisch vergoldet auf ihrer Säule. Pferdekutschen standen in einer Reihe, und die Pferdebahn fuhr gerade am Fischbrunnen vorbei. Am Neuen Rathaus mit seinen Spitztürmen bogen sie in die Dienerstraße ab. Noch während Therese den Kutscher bezahlte, konnte Balbina es nicht länger erwarten und lief zur Eingangstür des Ladens, als sei sie monatelang fort gewesen. Die

Türglocken bimmelten ihren Begrüßungsakkord. Balbina war wieder daheim.

Ludwig war der Erste, dem sie im Laden begegnete. Er strahlte über das ganze Gesicht, als er sah, wer da zurückgekommen war. Korbinian Fey salutierte grinsend, und Fräulein Bruckmeier, eine der Verkäuferinnen, lächelte ihr zu. Ludwig brachte ihr Gepäck hinauf zur Wohnung, während Balbina schwatzend neben ihm herlief.

Paul kam aus seinem Zimmer gelaufen und schlang die Arme um sie. Balbina nahm sein Gesicht in ihre Hände und sah, dass er ganz nasse Augen hatte.

»Geh, Paul, jetzt bin ich doch wieder da. Musst doch nicht weinen wegen mir.« Paul presste die Lippen aufeinander und schüttelte den Kopf. »So ein schönes Geschenk hast du der Tante für mich mitgegeben! Lauter feine Sachen.«

»Ich bin so froh, dass du wieder da bist«, sagte Paul.

»Wenn du einer Frau solche Geschenke machst, kommt sie immer wieder. Das musst du dir für später merken«, scherzte Balbina. Aber Paul war nicht aufzuheitern. Er sah so traurig aus. »Was ist denn los mit dir? Hast du das Lachen verlernt in den paar Tagen, an denen ich weg war?«

Sie ging voraus in die Küche, um Kaffeewasser aufzusetzen, und Paul trottete hinter ihr her.

»Sonst wär ich ja ganz allein«, sagte er, setzte sich auf die Fensterbank und sah hinaus in den Hof, aus dem der Schnee schon lange verschwunden war.

»Was redest du denn, Paul? Ich bin wieder da, die Tante ist wieder da, im Geschäft sieht es auch so aus wie immer. Wer fehlt denn?«

Die Reise, die Aussprache mit Tante Therese, die freien Tage in der Oberpfalz, das Zusammentreffen mit ihrer Mutter, das alles hatte Balbina so glücklich gemacht. Und jetzt war sie wieder in der Stadt. Am liebsten hätte sie aus der Droschke heraus nach allen Seiten gewunken und gerufen: Ich bin wieder da, seht her, es wird alles gut. Ich bin da, wo ich hingehöre! Und dann das Dallmayr mit seinen noblen Auslagen, die jubilierende Türglocke, alles war ihr so vertraut, die bekannten Gesichter, die sich mit ihr freuten. Sie ging alles noch einmal durch und konnte keinen Makel entdecken. Keinen. Doch! Ein liebes Gesicht hatte sie im Geschäft gesucht, aber nicht gefunden. Natürlich hatte sie an ihn gedacht, aber er war ja oft unterwegs, im Lager oder beim Ausliefern. Balbina stellte die Kaffeekanne zur Seite und drehte sich zu Paul um. »Hermann?«, fragte sie.

Paul nickte zum Fenster hinaus.

»Wann ist er denn fort?«

»Schon ganz früh am Morgen sind sie los.«

»Wer ist ›sie‹?«, fragte Balbina.

»Hermann und dieser Holländer.«

»Ein Holländer?«

»Hermann hat ihn einen *Gentleman* genannt. Ein feiner Herr im blauen Anzug mit Zylinder. Korbinian hat sie zum Bahnhof gebracht, und von dort reisen sie nach Hamburg.«

»Nach Hamburg?« Balbina schluckte.

»Erst nach Hamburg und dann weiter mit dem Schiff auf eine Insel. Hermann hat sie mir auf dem Globus gezeigt. Soll ich ihn holen?«

Paul sauste in sein Zimmer.

Das war also ihr Preis, den sie für ihre Rückkehr bezahlen musste. Hatte Tante Therese es die ganze Zeit gewusst? Das Telegramm! Natürlich. Und ihnen hatte sie gesagt, dass es um etwas Geschäftliches ginge.

Paul kam mit dem Globus zurück, und sie setzte sich zu ihm an den Tisch und folgte seinem suchenden Finger.

»Da, siehst du?« Paul zeigte auf ein paar winzige Punkte im Atlantischen Ozean. »Und schau, hier ist Hamburg.« Mit

Zeigefinger und Daumen maß er die Strecke. »Das hier ist Afrika, und dort Amerika. Aber so weit fahren sie nicht. Nur bis zu diesen Inseln hier. Sie heißen, warte, da steht es: Ka-na-ri-sche Inseln. Siehst du?«

Aus Pauls Augen leuchtete jetzt die Abenteuerlust. Und Balbina wünschte sich, dass sie ansteckend wäre.

»Aber wo ist denn jetzt dieser Holländer hergekommen?«, fragte sie.

»Er wollte meinen Papa besuchen und ihn mit auf die Reise nehmen. Wegen der Bananen, hat er gesagt.«

»Bananen? Für das Geschäft?«

»Freilich. Hermann meint, dort gibt es ganz viele Bananen, und mit dem Schiff könnte man sie nach Hamburg bringen und mit der Eisenbahn von Hamburg zu uns nach München.«

»Hat Hermann mir eine Nachricht hinterlassen, ein Briefchen, irgendwas?«, fragte sie Paul.

Paul zuckte die Achseln. »Das weiß ich nicht. Aber du bleibst jetzt da, Balbina, gell? Auch wenn der Hermann fort ist. Er kommt ja wieder. Im Sommer vielleicht, oder im Herbst ist er wieder da. Er hat es mir versprochen.«

Balbina suchte in der ganzen Wohnung nach einer Nachricht von Hermann. In ihrem Zimmer, in der Küche, in jedem Schrank, in jedem Regal. Aber da war einfach nichts. Enttäuscht wünschte sie Paul eine gute Nacht und ging selbst zu Bett. Da erst fand sie den Brief. Hermann hatte ihn zwischen Laken und Bettdecke gesteckt.

Adieu, Balbina,
du weißt, wie lieb ich dich habe. Doch heute hat sich mir die Möglichkeit aufgetan zu reisen, wegzukommen von der vielen Arbeit im Geschäft, den Prüfungen, für die ich gelernt habe wie ein Ochse, einfach allem, was in den letzten Monaten

passiert ist, seit wir zusammen Eislaufen waren und die Welt so einfach schien und das Leben so schön. Schön ist es immer noch, aber einfach ist es nicht. Ich will nicht mehr zurückschauen. Und du sollst es auch nicht tun, wenn du kannst.

Dieser Holländer, er heißt Adrian Groeneberg und war ein Freund meines Vaters, stand plötzlich wie ein Magier vor mir mit seiner Schiffspassage. Das Neinsagen fiel mir von Stunde zu Stunde schwerer. Vielleicht hättest du meine Entscheidung anders beeinflusst, Balbina. Aber du warst nicht da, und die Mutter hat mir telegrafiert, dass ich unter allen Umständen fahren soll. Wegen des Geschäfts, wegen der Bananen, aber hauptsächlich wegen dir. Ich habe meiner Mutter bislang immer vertraut und hatte nie Zweifel, dass sie zu meinem Besten entscheidet. Jetzt habe ich sie. Mutter hat dich schlecht behandelt und ich weiß bis heute nicht, was sie dazu getrieben hat.

Ich verstehe die Gründe für das Verhalten meiner Mutter nicht, aber ich bin mir sicher, dass es sie gibt. Ich habe versucht, mit ihr zu reden, aber es ging nicht. In dieser Anspannung will ich aber nicht leben. Dann lieber hinaus in die Welt. Balbina, ich werde dir schreiben. Mach dir keine Sorgen um mich. Alles wird gut werden. Ich werde dich vermissen.

Dein Hermann

»Ich dich auch«, flüsterte Balbina. Dann löschte sie das Licht, aber sie lag noch lange wach, und war sich nicht sicher, ob tatsächlich alles gut werden würde.

Beim Frühstück nahm Therese Balbina zur Seite und sagte auch diesen Satz, als hätte sie ihn mit Hermann abgesprochen. »Alles wird gut werden, Kind. Noch heute spreche ich mit Rosa Schatzberger, und dann machen wir einen Ausbildungsvertrag mit dir.«

Balbina nickte. »Und Hermann?«, fragte sie.

»Hermann unternimmt seine erste große Reise.« Sie sah Balbina in die Augen, nahm ihre Hände und drückte sie. Balbina verstand ihre Botschaft. Sie hieß so viel wie: Ich weiß, dass du tapfer bist. Du schaffst das schon.

Balbina presste die Lippen aufeinander. Jetzt nur nicht weinen. Es tat so verdammt weh.

»Und, Balbina, solange ich noch kein neues Mädchen für den Haushalt habe, würde ich dich bitten, dass du weiterhin dafür sorgst, dass wir nicht verhungern müssen. Ich melde die freie Stelle so schnell wie möglich bei der Arbeitsvermittlung. Aber wir werden nicht von heute auf morgen jemanden bekommen.«

Wieder nickte Balbina und versprach, geduldig zu sein. Der Haushalt schrumpfte immer mehr. Während der Woche waren sie nun nur mehr zu dritt. Onkel Anton war nicht mehr da, Elsa wohnte im Pensionat, und Hermann befand sich auf Weltreise. Aber es würde doch bestimmt alles gut werden, irgendwann.

Nach dem Frühstück kam Ludwig mit einer Kiste Orangen in die Küche.

»Schau, was Hermann und ich ausgepackt haben, an dem Tag, als dieser Groeneberg ankam.«

»Orangen. Na und?«, fragte Balbina.

»Das sind keine Orangen.«

»Was denn dann?«

»Riech doch mal! Das sind Bitterorangen, die kann man gar nicht essen.«

»Wieso schickt der Händler sie dann mit?« Sie wusste, es war dumm, aber fast war sie ein wenig böse auf Ludwig. »Hättest du Hermann nicht davon abhalten können, mit diesem Holländer mitzugehen?«, rutschte es ihr heraus. Sie tauchte die Hand so heftig ins Becken, dass das Spülwasser hochspritzte.

»Wieso denn?«, fragte Ludwig. »Ich wär gern an seiner Stelle gefahren, aber weißt du, das Billett war schon auf den Namen Randlkofer ausgestellt. Und wenn der Lehrling im Geschäft fehlt, dann geht es ja drunter und drüber. Wer kehrt denn dann jeden Morgen die Pferdeäpfel vom Trottoir und schleppt die Kisten?«

»Mach dich bloß nicht über mich lustig!«, drohte Balbina ihm. »Und jetzt sag schon endlich, was ich mit den bitteren Orangen anfangen soll.«

»Kochen sollst du sie! Der Lieferant schreibt, man kann eine Marmelade daraus machen, die noch besser sein soll als Orangenmarmelade.«

»Bitterer bestimmt. Außer ich gebe mehr Zucker hinzu.«

»Und er sagt, dass sie bei ihnen in Italien die Chinotto-Früchte, so heißen die nämlich, kandieren, und dass das eine Spezialität sei. Sollen wir das mal ausprobieren?«

»Wieso wir? Gibt es heute keine Pferdeäpfel für dich zum Auflesen?«

Ludwig stellte die Kiste ab und rannte hinter Balbina um den Küchentisch. Sie kreischte, kippte einen Stuhl um, damit Ludwig ihn auffangen musste. In der nächsten Runde änderte Ludwig die Richtung und Balbina lief ihm direkt in die Arme.

»Friede!«, bot Balbina an und Ludwig ließ sie wieder los. »Gut. Ich bereite alles vor und in der Vormittagspause kommst du vorbei und wir schauen uns das zusammen an. Sag mal, hast du nicht mal gesagt, der Konditor aus dem Café Victoria hätte dich in seine Backstube eingeladen? Traust du dich nicht hin, oder warum wird daraus nichts?«

»Und ob ich mich traue«, antwortete Ludwig. »Da kennst du mich aber schlecht. Letzten Sonntag war ich dort.«

»Und? Was hast du gelernt?«

»Ziemlich viel. Sie waren bloß alle sehr beschäftigt wegen

der bevorstehenden Patisserie-Ausstellung im Glaspalast. Da will der Herr Reiter unbedingt eine Medaille gewinnen. Und ich glaube, das wird er auch.«

»Aber du willst jetzt nicht auch noch Konditor werden, oder? Du bleibst doch hier bei uns?« Es sollte wie ein Scherz klingen, dabei war es Balbina durchaus ernst. Wehe, wenn Ludwig jetzt auch noch fortging.

»Ich mache meine Lehre fertig, das habe ich meiner Mutter versprochen. Außerdem, sei mal ehrlich, kannst du dir den Dallmayr ohne mich vorstellen?«

»Eigentlich schon, lieber Ludwig, denn ich bin schon ein bisschen länger hier im Haus als du. Aber mir musst du es jetzt auch versprechen, dass du bis zum Ende deiner Lehrzeit bleibst. Mindestens.«

»Na gut, versprochen. Aber nur, wenn du mir die Chinotto-Früchte nicht vermurkst. Sie sollen eine Spezialität sein. Wer weiß, wann wir wieder welche bekommen. Vielleicht legen wir sie in Wasser ein vor dem Kochen, damit sie nicht mehr ganz so bitter sind. Du, im Victoria habe ich zugeschaut, wie sie Macarons gemacht haben, nach einem Pariser Rezept.«

»Makronen?«

»Nein, Macarons. Doppelte Kekse mit Füllung dazwischen. Aus Mandelteig, und sie haben sie in allen Farben gemacht. Vielleicht könnte man sogar Chinotto-Macarons machen. Das wäre dann unsere Erfindung.«

»Hast du denn ein Rezept für die Kekse?«

»Aus dem Victoria? Die sind doch nicht blöd und verraten mir, wie sie den Teig machen. Aber ich habe schon eine Idee, wie es gehen müsste.«

»So?«, fragte Balbina. »Woher denn?«

»Ich hab doch welche gegessen«, sagte Ludwig. »Mozart hat ein Musikstück auch nur hören müssen, schon konnte er es spielen. Genauso ist das bei mir. Ich brauche eine Süßigkeit nur essen, dann habe ich eine Idee, was für Zutaten drin sind und wie sie gemacht wird.«

»Soso«, schmunzelte Balbina. »Dann fehlt dir nur noch ein zweiter Vornamen mit A. Sollen wir dich in Zukunft Ludwig Adalbert nennen? Oder wie wäre es mit Adam?«

»Ludwig Adam Loibl. Doch, das gefällt mir. Das passt doch gut, oder?«

»Ja, du eitler Kerl, das passt schon gut. Sag mir dein Rezept von diesen Makronen, dann mache ich die mal, solange ich noch in der Küche arbeite. Ich hatte ohnehin vor, ein paar Kekse zu backen, weil ich mich so freue, dass ich wieder daheim bin.«

»Und ich freu mich auch.« Ludwig sah schüchtern zu Boden, und Balbina war ganz gerührt. »Ohne dich ist ja der ganze Dallmayr nichts.« Ludwig grinste.

»Du musst es natürlich gleich wieder übertreiben. Und jetzt geh an deine Arbeit, du Stift.«

»Selber Stift. Und du willst wirklich bei Rosa im Kontor lernen? Am Ende wächst dir noch so ein langer Hals wie Rosa ihn hat, vielleicht kommt das von diesen langen Zahlenreihen.« Er ging zur Tür. »Hast du Mandeln, Eier?«

»Freilich«, sagte Balbina.

»Dann komme ich in der Vormittagspause vorbei und zeige dir, wie der Teig gehen könnte.«

Balbina roch an einer Bitterorange. Vielleicht konnte man auch einen aromatischen Saft daraus gewinnen, dachte sie. Ein Patissier-Wettbewerb im Glaspalast. Den würde sie sich gern ansehen an einem freien Sonntag. Ludwig würde bestimmt hingehen wollen. Vielleicht konnte er sogar Eintrittskarten organisieren.

Sie wusch die erste kleinere Frucht mit warmem Wasser und trocknete sie sorgfältig. Dann setzte sie das Messer an und schnitt eine dünne Scheibe ab. Der Duft war betörend, süß und bitter zugleich. Genau so, wie sich ihr erster Tag in München anfühlte. Sie versuchte sich Hermann vorzustellen, wie er vor den riesigen Schiffen im Hamburger Hafen stand und beim Löschen der Ladungen aus der ganzen Welt zusah. »Gute Reise und denk auch einmal an mich«, murmelte sie, und dann kochte sie einen Sirup aus Zuckerwasser für die Chinotto-Früchte.

Balbina war den ganzen Tag im Haushalt beschäftigt und fand erst am Nachmittag des nächsten Tages Zeit, sich an ihrem künftigen Lehrplatz vorzustellen. Tante Therese hatte bestimmt schon mit Rosa gesprochen. Als sie den Laden betrat, kam ihr ausgerechnet die Person entgegen, die sie am wenigsten vermisst hatte in der Oberpfalz. Max Randlkofer mit Gehstock, schwarz glänzenden Lackschuhen und im modischen Nadelstreifenanzug. Er hatte Balbina schon entdeckt, deshalb konnte sie nicht sofort wieder kehrtmachen, wie sie es gern getan hätte. Sie knickste, als sie an ihm vorbeiging, sagte »Grüß Gott« und wollte schnell weiter.

»Schau, schau, die reizende Balbina. Wohin denn so eilig?«

»Ich lerne jetzt die Buchhaltung bei Fräulein Schatzberger«, sagte sie und drängte sich an ihm vorbei. »Sie wartet schon auf mich«, behauptete sie, und weg war sie.

Therese befand sich im Gespräch mit der Gräfin von Wolff, die eine Beratung zur bevorstehenden Hochzeit ihrer Tochter wünschte, während ihr Schwager danebenstand und ungeduldig mit den Füßen wippte, weil niemand von ihm Notiz nahm. Therese bat Korbinian, die Gräfin zur Fleisch- und Schinkenauswahl zu beraten und entschuldigte sich für die kurze Unterbrechung wegen wichtiger Familienangelegenheiten.

»Max, was verschafft mir die Ehre?« Therese reichte ihrem Schwager die Hand.

»Ich dachte, ich schau mal, wie es dir so geht, und frage, ob du Hilfe brauchst im Geschäft.«

»Vielen Dank, ich komme zurecht.« Therese bat ihn in ihr Büro.

»Mit der Übernahme der Geschäfte und den Banken alles in Ordnung?«

Therese glaubte, sie habe sich verhört. »Mit den Banken? Wie kommst du darauf, dass mit den Banken etwas nicht in Ordnung sein könnte?«

»Nur so. Die Banken und die Kredite gehören halt auch ganz automatisch zur Geschäftsübernahme, deshalb frage ich.« Max mimte den Ahnungslosen, aber Therese kam es so vor, als wüsste er etwas von ihren Schwierigkeiten mit der Bank. Sie entschied sich für Offenheit.

»Die Vereinsbank hat mir angedroht, den Kredit zu kündigen«, sagte sie, ohne eine Miene zu verziehen.

»Was? Das gibt es doch nicht! Dass sie es wagen, diese Halsabschneider«, regte Max sich auf. »Dabei habt ihr ihnen vor zwei Jahren noch das Haus in der Maffeistraße verkauft, in der sie heute ihre Zentrale untergebracht haben. Es ist doch nicht zu fassen, was die sich herausnehmen, nur zwei Jahre später.«

Therese blieb ganz ruhig und fixierte ihren Schwager.

»Was wirst du jetzt machen?«, fragte Max.

»Nichts«, antwortete Therese.

»Nichts?«, ereiferte sich Max. »Du wirst das Geschäft verlieren, Therese. Ich kenne Antons wirtschaftliche Verhältnisse und damit auch deine. Er war gut im Geschäft und hat auch einiges an Sicherheiten für die Familie zurückgelegt. Aber einen solchen Kredit auf einen Schlag zurückzubezahlen, das hätte er nicht gekonnt. Ihr habt ja in den Laden und in die Waren investiert und nicht eure Einnahmen zur Bank getragen. Geht ja auch gar nicht anders im Aufbau.«

Therese setzte sich und bat auch Max einen Stuhl an, aber er blieb lieber stehen.

»Ich sage dir doch, Max, dass du dir um mich keine Sorgen machen musst.« Therese verschränkte die Arme. »Es ist alles in Ordnung.«

»In Ordnung sagst du?« Max rammte seinen Stock in den Boden. »Was soll in Ordnung sein, wenn du dein Lager auflösen und Leute entlassen musst, um deine Bankkredite zu bedienen? Kannst du mir das sagen?«

»Wer hat behauptet, dass ich das muss?«

Max setzte sich nun doch, stützte die Hände auf den silbernen Knauf seines Stocks und legte das Kinn darauf. »Was soll das heißen?«, fragte er.

»Was soll was heißen?«, fragte Therese.

»Dass du deine Kredite nicht bedienen musst.«

»Meine Kredite bei der Vereinsbank.«

»Hast du eine andere Bank gefunden?«

Therese schüttelte den Kopf. »Das nicht, aber manchmal hat man eben Glück. Und die richtigen Freunde.«

Max stieß einen Pfiff aus. »Jemand hat deinen Kredit übernommen.«

»Richtig. Und es tut nichts zur Sache, um wen es sich dabei handelt. Ein Ehrenmann, langjähriger Kunde des Hauses.«

»Dann kann man dir nur gratulieren, Schwägerin. Anfängerglück, aber auch das muss man erst einmal haben.«

Darauf schwieg Therese. Hatte er »Anfängerglück« gesagt, nach zwanzig Jahren an der Seite eines Kaufmanns, und zwar in guten wie in schlechten Zeiten? Innerlich musste sie schmunzeln. Wie gut ihr diese sichere Position tat. Nicht einmal aufregen musste sie sich mehr über ihren Schwager. Dafür er umso mehr über sie.

»Wo ist denn Hermann? Ich habe ihn gar nicht gesehen im Laden.«

»Er dürfte gerade in Hamburg sein«, antwortete Therese.

»Auf Reisen? So kurz nach Abschluss seiner Ausbildung, und du kannst es dir leisten, auf ihn zu verzichten? Er ist doch geschäftlich unterwegs?«

»Das will ich meinen. Er hat die Einladung eines holländischen Geschäftsmanns und Freundes von Anton angenommen.«

»So? Worum geht es denn?«

»Ach, das wird sich zeigen. Ich lasse mich da überraschen. Es wird ihm guttun, einmal aus München wegzukommen und etwas anderes zu sehen.«

Seinen Besuch hatte Max sich anders vorgestellt. »Na gut, wenn du keine Unterstützung brauchst.« Es klang beleidigt.

»Nein, die brauche ich gerade nicht«, antwortete Therese generös. »Aber ich danke dir, dass du nachgefragt hast, Max.«

»Was macht denn die Balbina bei dem Fräulein Schwanenhals da drinnen?«, fragte er schon mit der Hand an der Tür.

»Sie lernt bei Rosa Schatzberger.«

»Buchhaltung, tatsächlich? Dieses hübsche junge Frauenzimmer willst du im Rechenkontor verstecken? So eine wie Balbina muss doch nicht rechnen können. Die muss wissen, wie man sich anzieht und herrichtet.«

Therese blitzte ihn an. »Und wozu?«, fragte sie ihren Schwager.

»So wie die aussieht, kann sie fast jeden Mann kriegen«, antwortete Max. »Na ja, ihre Herkunft ist schon ein Manko. Ein lediges Kind, und Geld hat sie auch keines. Aber mit ihrem Charme kann sie, wenn sie mag, die Männer um den Finger wickeln und vielleicht doch noch eine gute Partie machen. Und selbst dieses Kratzbürstige, was Balbina manchmal an den Tag legt, das hat ja für manche Männer auch seinen Reiz. Du wirst schon noch sehen.«

»Das lass mal unsere Sorge sein, Max.« Therese war nun

auch aufgestanden und trat zu ihm an die Tür, um ihn hinauszubegleiten. Unsere heutige Begegnung geht eins zu null für mich aus, dachte sie.

»Ach übrigens, Therese.« Ihr Schwager drehte sich noch einmal zu ihr um. »Den Hoflieferantentitel kannst du nicht einfach so übernehmen, das ist dir schon klar, oder?« Offensichtlich befriedigt nahm er zur Kenntnis, dass er Therese damit überrascht hatte. »Pass auf, dass die Konkurrenten da nicht neidisch werden, wenn sie sehen, dass die Tafel weiterhin draußen neben dem Eingang hängt. Es könnte der ein oder andere auf die Idee kommen und dich anzeigen. Den Titel hat Anton verliehen bekommen, nicht du. Man erbt ihn nicht einfach so, zusammen mit dem Geschäft.«

Therese wusste augenblicklich, dass er recht hatte. Dass ihr das nicht selbst eingefallen war!

»Du musst halt nachfragen, ob sie dir erlauben, den Titel als Witwe weiterzuführen. Sonst ist es Betrug. Und du weißt ja, wie die Leute so sind. Das ist im Geschäftsleben vielleicht noch schlimmer als im Privaten.« Er tippte sich grinsend an seinen Hut und verließ das Büro.

Eins zu eins, korrigierte Therese den aktuellen Spielstand. Sie musste zugeben, dass Kritiker, sogar Feinde im Leben, durchaus wichtig sein konnten. Aber dieser eine Feind reichte ihr dann auch. Noch mehr von seiner Sorte hätte sie nicht haben wollen. Sie warf einen Kontrollblick Richtung Korbinian und der Gräfin von Wolff. Die edle Dame war gerade dabei, Kanapees mit den besten Schinkensorten aus Italien und Spanien zu verköstigen, und Ludwig schenkte ihr gerade ein Gläschen Chablis dazu ein. Bestimmt würde er ihr auch noch Kostproben seiner besten Schokoladensorten anbieten. Seit er im Geschäft war, waren die Absätze bei den Süßwaren sprunghaft angestiegen. Die Kunden mochten ihn und fühlten sich bei ihm gut aufgehoben, obwohl er noch ein halbes Kind war. Ein Grünschnabel, aber wenn er einmal in seinem Element war, wuchs er geradezu über sich hinaus. Man braucht eben die richtigen Leute an den richtigen Stellen, dachte Therese zufrieden. Ludwig und Korbinian hatten die Gräfin also im Griff. Deshalb ging Therese direkt ins Kontor und erteilte Rosa Schatzberger den Auftrag, unverzüglich einen Antrag an das Hofmarschallamt zu stellen, worin sie als Witwe um die Erlaubnis bat, den Titel »königlich bayerischer Hoflieferant« für das Geschäft weiterführen zu dürfen. Ihr verstorbener Mann hatte ihn im Jahr davor verliehen bekommen. Und seitdem hing auch die Tafel mit dem königlichen Wappen am Eingang des Geschäfts.

»Die Bewilligung dauert manchmal sehr lange«, wusste Rosa Schatzberger. »Deshalb sollten wir die kleineren Titel auch gleich mit beantragen«, schlug sie vor.

»Welche kleineren Titel?«, fragte Balbina.

»Das sind die einfachen Hoflieferantentitel ohne das ›königlich bayrisch‹. Sie werden für die Belieferung der Prinzen von Bayern gewährt«, erklärte Rosa. »Das geht oft schneller. Und wir beliefern doch den Prinzen Alfons von Bayern. Da stellt man den Antrag direkt an die Adjutantur des Prinzen.« Sie schlug im Auftragsbuch nach und suchte mit dem Finger die Ausgangsposten ab. »Ah, hier ist es. Seinen Bruder, den Prinzen Ludwig Ferdinand von Bayern, beliefern wir auch regelmäßig. Da geht der Antrag an das Hofmarschallamt, soweit ich weiß. Ich habe mir das letztes Jahr schon notiert, aber dann sind wir königlich bayerischer Hoflieferant geworden, und mehr wollte der selige Herr Randlkofer gar nicht. Er meinte, das Geld für die kleinen Titel könnten wir uns dann sparen.«

»Die Titel kosten Geld?«, fragte Balbina.

»Natürlich, was denkst du denn?«, fragte Rosa zurück.

»Wer sich die dreihundert Mark für den Titel nicht leisten

kann«, sagte Therese, »der hat ohnehin keine Chance, ihn zu bekommen.«

»Ein Betrieb, der so einen Antrag stellt, wird auf Herz und Nieren geprüft«, erklärte Rosa. »Da muss das Geschäft schon sehr gut laufen, die Einkünfte müssen stimmen und die Steuern, die bezahlt werden, auch. Der Inhaber oder die Inhaberin muss ein angesehener, unbescholtener Bürger sein und den allerbesten Ruf genießen. Die Qualität der Waren muss außergewöhnlich und gleichbleibend hervorragend sein. Und das Geschäft muss es schon mehrere Jahre geben. Ein königlich bayrischer Hoflieferant soll ja möglichst nicht pleitegehen und zusperren müssen«, erklärte Rosa. »Es wird alles überprüft und deshalb dauert die Bewilligung manchmal auch ziemlich lang.«

»Und die kleinen Titel, kosten die auch etwas?«

»Ja, aber nicht so viel«, sagte Rosa. »Wir könnten es aber auch gleich in Berlin versuchen.«

»Beim Kaiserhof?« Balbina machte große Augen.

»Ja, den haben wir schließlich auch schon beliefert.« Rosa kannte sich aus in ihren Kassenbüchern.

»Gut, dann stellen wir alle diese Anträge«, beschloss Therese. »Und zwar so schnell wie möglich, damit uns keiner der Hochstapelei bezichtigen kann. Keiner von den Konkurrenten unter den Münchner Geschäftsleuten und keiner aus der Familie.«

Balbina und Rosa verstanden auf Anhieb, wer gemeint war.

Zwei Tage später fischte Rosa etwas Buntes aus der Geschäftspost. Es war eine kolorierte Postkarte, auf der vorne eine Reihe hoher, schmaler Backsteinhäuser mit Türmen und Dachgauben zu sehen war, auf dem Wasser davor Dampfschiffe, die schwarzen Rauch ausstießen. Eine Dampflok mit Kohletender und offenen Güterwagen fuhr bis an die Hafenkante heran, um die angelieferten Waren aufzunehmen. Rosa versuchte, die Beschriftung über der roten Häuserzeile zu entziffern. »Sandthorquai« stand da, und daneben war ein rotes Stadtwappen mit einer weißen Burg und drei Türmen zu sehen. Ein »Gruß aus Hamburg« von Hermann. Rosa las nur die Anrede des ganz klein geschriebenen Textes. Sie lautete: »Liebe Mutter, liebe Dallmayr-Familie!«

Rosa suchte im Verkaufsraum nach ihrer Chefin, doch die befand sich im Gespräch mit einem Mann, den Rosa für Ludwig Reindl, den Hofjäger des Prinzregenten hielt. Ob sie mit ihm über den Antrag für den Hoflieferantentitel sprach, den sie erst gestern weggeschickt hatten? Rosa bewunderte ihre Chefin. Sie war eine Frau ohne Dünkel, von angenehmem Äußeren und hervorragenden Manieren. Geschäftsfrau durch und durch, konnte Therese Randlkofer mit jedem reden, egal ob es sich um einen Kutscher, eine Köchin oder eine Gräfin von Zeppelin handelte. Und sie verstand etwas von feinen Lebensmitteln und von der Kochkunst, das merkte jeder sofort, der mit ihr zu tun hatte. Und wenn ihr Gegenüber nicht gerade ein solcher Unsympath wie ihr Schwager Max war, dann gab sie jedem das Gefühl, dass gerade diese eine Person, die ihr im Augenblick gegenüberstand, ihr ganz besonders am Herzen lag. Sie nahm sich viel Zeit für die wichtigen und auch für die weniger wichtigen Leute. Alle Kunden schätzten die Frau Dallmayr, und die allermeisten mochten sie sogar, was ausgesprochen nützlich fürs Geschäft war. Das galt auch für das Personal. Alle arbeiteten gern bei Alois Dallmayr und fühlten sich persönlich verantwortlich für »ihr« Geschäft.

Rosa wartete noch einen Augenblick, dann nahm sie die Karte wieder mit in ihr Kontor, wo Balbina sie ihr gleich aus der Hand riss.

»Hamburg!«, rief sie. »Dann ist sie von Hermann. Gib her!«

»Da steht ›Liebe Mutter!‹«, sagte Rosa.

»Aber da steht auch ›liebe Dallmayr-Familie. Und jetzt gib schon her!« Sie riss Rosa die Karte aus der Hand und las vor.

Liebe Mutter, liebe Dallmayr-Familie!
Wir sind gut in Hamburg angekommen. Am Sandthorquai seht ihr hier auf der Karte die großen Lagerhäuser der Speicherstadt. Da quietschen den ganzen Tag die Seilwinden, mit denen Warensäcke und Kisten in die Speicher hinaufgezogen werden, und aus den Dachluken hört man laute Kommandos. Auf den Wasserläufen, den Fleeten, drängeln sich die Lastkähne, und über die Speicherböden rumpeln die Karren mit den Kisten voll edler Waren. Es duftet nach Gewürzen, Kakao, Tee und Kaffee, die von Männern mit starken Armen und guten Nasen bewegt, begutachtet und eingelagert werden. Man nennt sie Quartiersmänner. In fünf Tagen läuft unser Schiff von Hamburg aus. Unser erster Halt wird London und dann Lissabon sein. Wir werden in einem Frachtschiff mit wenigen Kabinen für Passagiere reisen. Hoffentlich werde ich nicht seekrank. Ich grüße mein München und euch alle, euer
Hermann

Balbina drehte die Postkarte um, aber da war nur ihre Adresse geschrieben und als Absender »Hermann Randlkofer, Hotel Hafen Hamburg (Altes Seemannsheim)«.

»Jetzt sei nicht enttäuscht, auf so einer Postkarte hat eben nicht viel Platz«, sagte Rosa.

»Ich bin nicht enttäuscht«, behauptete Balbina trotzig. »Ich bin doch froh, dass es ihm so gut geht.«

»Ich möchte auch einmal nach Hamburg. In dieser Speicherstadt gibt es bestimmt nicht nur Lagerräume, sondern auch ganz viele Kontore, in denen die Bücher geführt und die

Verträge und Lieferpapiere aufbewahrt werden. Das ist doch aufregend.«

Balbina schüttelte den Kopf. »Aufregend?«, fragte sie.

»Klar, stell dir vor: raschelndes Papier, knisterndes Pergament, Tintenfässer in allen Größen, Kladden aus Karton mit verzierten Umschlägen, in Leder gebundene Jahresbücher …«

»Ein ganzer großer Raum voller Männer mit Vollbärten, Schnurrbärten, Ärmelschonern und schwitzenden Boten …«

»An was du wieder denkst. Was willst du werden? Buchhalterin?« Balbina nickte eifrig. »Na gut, dann fangen wir jetzt mit der Arbeit an, würde ich sagen.«

»Warte, ich schaue nur noch mal, ob die Tante jetzt Zeit hat. Sie wartet bestimmt jeden Tag auf Post von Hermann. Und die anderen auch, vor allem Ludwig. Ich bin gleich wieder da.«

»Elsa«, rief Paul und lief seiner Schwester auf dem Flur entgegen.

Es war Samstagnachmittag. Elsa kam aus dem Internat nach Hause und brachte ihre Freundin Claire mit.

»Schau mal, Balbina ist wieder da!« Paul war ganz aus dem Häuschen vor Freude.

»So«, sagte Elsa kühl. Sie musterte ihre Cousine. »Bist du also doch zurückgekommen?«, fragte Elsa. »Ich dachte schon, du hättest etwas Besseres gefunden als die Dienstmädchenstelle bei uns.«

Ihre Gemeinheit traf Balbina unvorbereitet. Alle in der Familie und im Geschäft hatten sich darüber gefreut, dass sie nach München zurückgekehrt war. Mit Ausnahme von Elsa. Bei ihr hatte sich anscheinend gar nichts verändert. In Balbina kochte die alte Wut hoch. Miststück, dachte sie. Hat alles, was sie sich wünscht, bekommt jedes Kleid, das sie sich einbildet, jedes Paar Stiefel, geht auf eine gute Schule, über die sie nur lästert, muss daheim nie mithelfen, weil sie ja so viel lernen muss, aber hackt sofort wieder auf mir herum. Balbina kam gar nicht dazu, zu antworten, denn Paul war mit seinen Neuigkeiten noch nicht am Ende.

»Balbina macht jetzt eine Lehre im Geschäft, bei Fräulein Schatzberger in der Buchhaltung«, platzte Paul heraus.

»Ach, das ist ja großartig«, höhnte Elsa. »Hast du gehört, Claire? Sie lernt jetzt Zahlen mit dem gespitzten Bleistift untereinanderzuschreiben, am Seitenende einen Strich zu ziehen und die Summe auszurechnen. Ist das nicht grandios?«

»Ach, lass sie doch«, antwortete Claire, »wir müssen ja auch gleich wieder los. Ich habe doch den Termin.«

Balbina schwor sich, dass sie nicht auf Elsas Sticheleien reagieren würde.

»Mein Bruder ist ja jetzt aus dem Weg geräumt worden, wie ich gehört habe. Hat er dir vielleicht schon geschrieben?«

»Wenn, würde ich es dir ganz bestimmt nicht erzählen.« Balbina knallte die Küchentür zu. »Was habt ihr zwei denn noch für einen wichtigen Termin heute?«

»Das werden wir dir ganz bestimmt nicht erzählen«, äffte Elsa Balbinas Ton nach. Und schon war es wieder vorbei mit Balbinas Beherrschung.

»Du bist ein verzogener Fratz, Elsa. Statt dass du dich freust, wenn du heimkommst, dass alles gemacht ist, dein Zimmer, deine Wäsche, das Essen. Stattdessen bist du gehässig und versprühst Gift. Was habe ich dir eigentlich getan?«

»Hört auf zu streiten!«, sagte Paul und hielt sich die Ohren zu.

»Von mir aus hättest du dort in deinem Hinterwäldlerdorf bleiben können. In deiner Oberpfalz. Wegen dir hat Mutter doch den Hermann weggeschickt«, zischte Elsa. »Entweder er oder du, hieß das Geschäft. Und jetzt rate mal, wen ich lieber hier hätte.«

»Ich wusste doch davon gar nichts.« Balbina war den Tränen nah.

»Du bist gemein, Elsa«, sagte Paul, der immer noch die Ohren zugehalten hatte und trotzdem jedes Wort mithörte.

»Komm jetzt, stell deine Tasche ab, damit Balbina sich um deine Wäsche kümmern kann. Und dann müssen wir los.« Claire schob Elsa vor sich her.

»Elsa ist gar nicht so böse«, flüsterte Paul, als die beiden weg waren. »Das muss diese Claire sein, die sie so aufhetzt.«

Balbina stampfte mit dem Fuß auf. Nein, sie wollte auf keinen Fall vor Paul weinen. »Ich weiß nicht, welche von den beiden die Schlimmere ist, Paul. Vielleicht Claire, vielleicht auch deine Schwester. Sie weiß gar nicht, wie gut sie es hat. Sie besucht die bessere Schule, hat viel schönere Kleider und Schuhe als ich …«

»Aber du bist hübscher als sie«, sagte Paul.

»Ach, Paul, das musst du doch nicht sagen. Ich beruhige mich schon wieder.« Balbina setzte sich zu ihm und legte den Arm um seine Schultern.

»Es stimmt aber«, behauptete Paul. »Und das wissen alle, auch Elsa.«

»Bei einer Frau zählt aber nicht nur Schönheit, weißt du? Ich hätte auch gern eine Familie wie du und wie Hermann und Elsa. Ein Haus, ein Geschäft, eine gute Schule.«

»Aber deine Familie ist doch dort in der Oberpfalz, und die haben doch auch ein Haus, und sogar einen Hund.«

»Jaja, Paul, du hast ja recht. Und ich will mich auch gar nicht beklagen. Aber allein von der Schönheit kann man auch nicht leben.«

»Elsa wäre aber gern so schön wie du.«

»Ach komm, sie ist doch auch ein hübsches Mädchen und aus so gutem Hause.«

»Das weiß sie aber nicht. Sie denkt, sie wäre nicht hübsch.«

»Also, Paul, woher willst du denn das wissen? Das hat sie dir doch bestimmt so nicht gesagt, oder?«

Paul schüttelte den Kopf. »Ich weiß es aber trotzdem. Und ich glaube, ich werde einmal nicht heiraten, wenn ich groß bin.«

»Was? Wieso denn nicht?«

»Weil Frauen so schwierig sind. Der Ludwig sagt das auch.«

»Der Ludwig?« Balbina lachte. »Was weiß denn der schon von Frauen? Und worüber redet ihr zwei da überhaupt?«

»Er hat auch eine Schwester.« Das machte ihn in Pauls Augen zu einem Experten in Sachen Frauen. »Balbina?«

»Ja?«

»Darf ich mal von diesen kandierten Früchten probieren, die du mit Ludwig zusammen gemacht hast? Sind die schon fertig?«

Balbina hatte die Chinotto-Fruchtscheiben nach dem Übergießen mit der Zuckerlösung auf ein Backblech zum Trocknen gelegt. Ihr Duft war für Paul unwiderstehlich. Deshalb schlich er also dauernd in der Küche herum.

»Na gut, dann probieren wir einfach mal, wie sie schmecken. Magst du?«

Noch war es nicht richtig warm, aber in den Straßen und Plätzen am Hofgarten konnte man fühlen, dass der Winter tatsächlich vorüber war und das Leben sich endlich wieder mehr nach draußen verlagern und neu beginnen würde. Es lag ein Sehnen in der Luft nach Kleidern und Pumps, nach leichten Anzügen und Strohhüten. Die Krokusse waren schon verblüht, Märzenbecher und Narzissen, Hyazinthen, Osterglocken, Schlüsselblumen, Veilchen und Tulpen standen in den Rabatten, und an den alten Buchenhecken blitzten die ersten grünen Knospen durch das braune Laub. Das Café Tambosi hatte Stühle und Tische nach draußen gestellt und seine Terrasse eröffnet. Die Gäste, die im Freien saßen, trotzten der kühlen Luft in ihren Wintermänteln und Hüten, doch wenn die Sonne die Kuppeln der Türme der Theatinerkirche zum Leuchten brachte, reckten alle ihre Gesichter den wärmenden Strahlen entgegen, und die langen Mäntel hingen offen herunter, sodass ihre Säume den Boden berührten. Man zeigte wieder die freundlicheren Farben der Hemden, Blusen und Kleider, die man unter den ewig dunklen Mänteln trug, an denen man sich nach den langen Wintermonaten sattgesehen hatte.

Elsa und Claire liefen untergehakt über den Odeonsplatz, vorbei an der Feldherrnhalle. Bestimmt würde Claire wieder irgendjemanden kennen von den Leuten, die dort im Tambosi saßen, dachte Elsa. Bei Claires Eltern gab es, anders als bei ihr zu Hause, immer viele Gäste. Wer ein Geschäft hat, hat keine Freizeit, sagte ihre Mutter immer. Und genauso war es. Ihre Mutter stand, wie auch ihr Vater, als er noch lebte, von früh bis spät im Laden. Am Morgen war sie die Erste und am Abend die Letzte. Und bei Hermann war es, seit er seine Ausbildung abgeschlossen hatte, schon fast genauso. Elsa hasste die Vorstellung, all ihre Zeit, ihre Ideen, ihre Kraft in ein Unternehmen zu stecken, egal ob es nun um Delikatessen, um Kurzwaren, um Torten, Wasserleitungen oder Schuhe ging. Das konnte doch nicht ein ganzes Leben lang so gehen. Da blieb ja überhaupt keine Zeit mehr zum Nachdenken, zum Träumen, für die Kunst, zum Lesen oder einfach nur zum Herumstreunen. Zum Reisen. All das konnte sie sich vorstellen für ihr eigenes Leben, nur nicht in einem Laden zu stehen und Kunden zu bedienen. Dass ihr Bruder nun in Hamburg war, das war doch großartig für ihn. Elsa hatte Balbina die Schuld dafür in die Schuhe geschoben. Sie wusste selbst nicht, warum sie immer wieder so auf ihre Cousine losgehen musste. Eigentlich wollte sie ja darüberstehen und sie behandeln, als wäre sie Luft. Wenn Balbina ihr doch bloß aus dem Weg gehen würde.

Aber nein, Balbina ließ sie einfach nicht in Ruhe. Und was tat sie eigentlich die ganze Woche über in diesem Haus? Jeden Tag war sie mitten in der Familie, die nicht einmal ihre eigene war. Täglich war sie zusammen mit Elsas Brüdern daheim oder im Laden, machte sich unentbehrlich. Und nun war ihre Mutter ihr sogar nachgereist aufs Land, um sie wieder mit nach München zu holen. Sie war ein Eindringling, besetzte einen wichtigen Platz in der Familie. Elsa hätte diesen Platz zwar selbst nicht einnehmen wollen. Trotzdem wirkte es manchmal so, als ob sie ihn Balbina neidete. Auch Hermann beneidete Elsa um seine Möglichkeiten, wegzugehen, in eine Stadt wie Hamburg zu reisen. Wie sollte sie es je anstellen, auch irgendwo anders hinfahren zu dürfen, wegzukommen von zu Hause, Neues zu sehen? Wahrscheinlich musste sie vorher heiraten, und zwar einen, der genügend Geld hatte und nicht ein Geschäftsmann war, der wiederum nur den ganzen Tag in seinem Laden verbringen musste. Heiraten. Auch das konnte Elsa sich überhaupt nicht vorstellen. Sie fühlte sich gegängelt, eingezwängt, alles schien vorherbestimmt. Und wenn sie das alles gar nicht wollte, was für sie vorgesehen war? Wenn sie nun weder hinter einer Ladentheke stehen noch einen Handschuhfabrikanten heiraten wollte? Wenn sie sich etwas anderes wünschte, ohne richtig benennen zu können, was das eigentlich war?

Als sie am Tambosi schon fast vorbei waren, fiel Elsas Blick auf einen der weiter entfernten Tische am Eingang zum Hofgarten. Dort saß ein Mann mit dunklem, etwas zu langem, struppigem Vollbart, der Elsa an irgendjemanden erinnerte. Dieser blasse, sehr schlanke Mann mit den spitzen Schultern. War das nicht der Maler, der sie im Winter vor der Pinakothek angesprochen und ihr seine Karte gegeben hatte? Wie auf ein geheimes Zeichen blickte er genau in diesem Moment von seiner Zeitung auf. Sie sahen sich an, und nun schien auch er sie wiederzuerkennen, denn er war schon dabei aufzuspringen und auf sie zuzugehen. Elsa presste die Lippen aufeinander und schüttelte den Kopf. Der Maler, er musste es sein, blieb stehen und schien zu verstehen. Er gab ihr mit den Händen Zeichen, dass er hier an seinem Tisch sitzen bleiben und warten würde. Warten würde, bis Elsa zurückkam. Elsa hakte sich bei Claire unter. Ihr wurde ganz flau.

»Was war denn das jetzt?«, fragte Claire.

»Wieso? Was denn?«

»Jetzt sag bloß, du hast nicht gesehen, wie dieser Mann da mit dem schwarzen Bart uns angestarrt hat? Er hat doch irgendwelche Zeichen gemacht.«

»Welchen Mann meinst du? Und was für Zeichen?« Elsa starrte auf das Pflaster, als müsste sie aufpassen keine Fugenlinien zu betreten, wie Paul das oft machte.

»Der im Kaffeehaus, also auf der Terrasse. Ich dachte schon, er stürmt gleich auf uns zu. Du hast ihn wirklich nicht bemerkt?«

»Ich weiß gar nicht, wovon du sprichst.«

»Den Mann, ganz hinten am Eingang zum Garten, den ohne Hut. Das Haar etwas zu lang, der Mantel abgetragen und ein wenig staubig. Sah aus wie einer von den Schwabinger Künstlern. Er hatte auch einen Skizzenblock auf dem Stuhl neben sich liegen. Hast du ihn nicht gesehen?«

»Nein«, sagte Elsa, »ist mir gar nicht aufgefallen. Vielleicht meinte er ja jemand ganz anderen.«

»Echt? Ich hätte schwören können, ihr kennt euch. Denn mich kann er nicht meinen, ich habe den noch nie zuvor gesehen.«

»Dann muss er mich mit jemandem verwechselt haben.« Es wunderte Elsa, wie wenig es ihr ausmachte, ihre Freundin zu belügen. Der Maler hatte sie also wiedererkannt. Ihre erste Begegnung lag doch schon Wochen oder gar Monate zurück. »Schaffen wir es überhaupt noch rechtzeitig zu deinem Termin?«, fragte sie.

»Jetzt lenkst du ab, Elsa, du kannst mir nichts vormachen. Ich kenne dich doch. Na warte, das kriege ich schon noch heraus, falls es da irgendwas geben sollte, das du mir verschweigst.« Claire boxte Elsa in die Seite. »Die beiden Damen werden sich eben ein wenig gedulden müssen, falls wir zu spät kommen.«

»Wieso müssen wir eigentlich genau zu diesen beiden? Es gibt doch genügend Fotoateliers in München. Muss es ausgerechnet das Elvira sein?« Elsa verdrehte die Augen.

»Natürlich! Die ganze Stadt spricht von diesen beiden Fotografinnen, und ich war noch nie da. Meine Patentante bezahlt die Rechnung, also ist es egal, in welches Atelier wir gehen. Sie will unbedingt ein schönes aktuelles Foto von mir haben, so wie ich jetzt aussehe. In der Blüte meiner Jahre.« Claire schnitt eine Grimasse.

»Hat sie einen Ehemann für dich gefunden?«, fragte Elsa und bekam gleich den nächsten Knuff.

»Wehe! Meinen Mann möchte ich mir schon selber aussuchen«, sagte Claire. »Oder meine Frau, wer weiß.«

»Das meinst du jetzt nicht im Ernst, oder?« Elsa blieb stehen.

»Nein, ich glaube nicht«, antwortete Claire und lachte. »Aber interessieren würde es mich schon, wie das wohl so ist zwischen zwei Frauen.«

Elsa hatte darüber noch nie nachgedacht, und sie fand es peinlich.

»Jetzt tu doch nicht so überrascht. Hast du dir das noch nie vorgestellt, wie das sein könnte, zwischen Frauen?«

Elsa schüttelte den Kopf. »Und du?«

»Ich schon. Ich war in den ersten beiden Klassen schrecklich verliebt in unsere Musiklehrerin, Schwester Gertrudis.«

»Gertrudis?« Elsa konnte es kaum glauben. Ausgerechnet diese hagere Nonne mit den knochigen Männerhänden?

»Wie oft habe ich mir vorgestellt, dass ich abends, wenn ich nicht einschlafen konnte, zu ihrem Zimmer gehen und bei ihr klopfen würde«, erzählte Claire. »Manchmal habe ich an nichts anderes mehr denken können als an Schwester Gertrudis im Nachthemd.«

Spielte Claire ihr gerade wieder eines ihrer Dramen vor? Doch Claire wirkte ganz ernsthaft. »Und«, fragte Elsa, »hast du es gemacht?«

Claire streckte beide Arme aus und drehte sich einmal im Kreis. »Ja, einmal wurde die Sehnsucht so stark, dass ich fürchtete, ich würde krank werden, wenn ich es nicht wenigstens einmal versuche. Und dann ging ich hin.«

»Und was ist passiert?«, fragte Elsa.

»Was wird schon passiert sein? Weggeschickt hat sie mich. Und sie hatte noch einen Morgenmantel über dem Hemd an, und ihre Haare waren zu zwei langen Zöpfen geflochten, die ihr bis zum Gürtel reichten.«

Elsa zuckte die Achseln.

»Nicht dein Typ, die Gertrudis?«, fragte Claire und grinste.

»Nein, wirklich nicht mein Typ«, antwortete Elsa. Und der Maler? War der ihr Typ? Ach, so ein Blödsinn, schalt Elsa sich, aber in ihrem Bauch kribbelte es, wenn sie an ihn dachte.

Am Ende der Von-der-Tann-Straße, gegenüber dem Prinz-Carl-Palais, hatte das letzte Haus vor dem Eingang zum Englischen Garten einen ziemlich hässlichen, schmucklosen Anbau erhalten, wie eine riesige Schuhschachtel. Und ausgerechnet darin befand sich das Hofatelier Elvira, von dem ganz München sprach. Nicht weil dort die besten Porträts gemacht wurden, sondern weil es der erste Betrieb in München, manche behaupteten in ganz Deutschland war, der von zwei Frauen geleitet wurde. Zwei Fotografinnen, die außerdem ein Paar waren. Manche fanden das ganz schrecklich und zerrissen sich die Mäuler. Andere gingen genau deshalb hin. Die Leute waren einfach neugierig. Und Claire gehörte auch zu dieser Sorte. Elsa war wie immer etwas reservierter als ihre Freundin. Nicht aus moralischen Gründen, eher aus einer Scheu heraus, die sich gern als Argwohn äußerte.

In einem Schaukasten neben dem Eingang hingen Porträts, wie alle Ateliers sie machten. Ein kleiner Junge mit einer Spielzeug-Heugabel und einem Holzpferd – der kleine Landmann. Eine Frau mit Pausbacken und rundem Kinn, die ihre Wange an den Pelzkragen ihres Kleides schmiegte. Warum sie das tat, konnte Elsa sich nicht erklären. Sie mochte das Bild nicht und hoffte, Claire würde nicht auch so eine romantische Pose wählen.

Trotz ihrer kleinen Verspätung war die Empfangsdame sehr freundlich zu Claire und Elsa und geleitete sie in ein Ankleidezimmer, in dem sie ablegen und sich ein wenig zurechtmachen sollten. Als sie die Tür hinter ihnen schloss, prustete Claire gleich los.

»Hast du den Namen von dem Empfangsdrachen gesehen? Viktoria Knollmüller. Bestimmt heißt sie wegen ihrer Nase so. Das muss bei denen in der Familie liegen.«

»Schau mal hier.« Elsa las aus einem der ausliegenden Handzettel vor. »›Gesellschaft zur Förderung geistiger Interessen der Frau, gegründet von Anita Augspurg‹. Ist das nicht eine der beiden Fotografinnen?«

»Ja, stimmt. Aber das ist doch gut. Oder glaubst du nicht, dass Frauen auch geistige Interessen haben?« Claire stand vor dem Spiegel und bürstete ihr Haar, um es für das Foto wieder ordentlich aufzustecken.

»Ziel der Gesellschaft ist die ›systematisch auf allen Gebieten durchgeführte und vollgültige Teilnahme der Frauen an unserem gesamten öffentlichen Leben‹.«

»Genau!«, rief Claire. »Da bin ich auch dafür. Und wählen will ich auch dürfen.«

»Wählen? Du träumst doch«, sagte Elsa. »Wüsstest du denn überhaupt, wen du wählen würdest?«

»Nein, weiß ich nicht«, antwortete Claire. »Aber wenn ich volljährig bin und wählen darf, dann werde ich es schon wissen. Soll ich ein bisschen Rouge auftragen? Schau mal, da darf man sich bedienen«, sagte sie und zeigte auf eine Schminkschatulle unter dem Spiegel.

»Übertreib mal nicht«, ermahnte Elsa sie, »ich finde, du bist schön genug.«

Elsa bewunderte Claires Geschmack und den von Claires Mutter. Denn bestimmt hatte Claire sich diese extravagante blaue Jacke bei ihr ausgeliehen. Sie war eng anliegend, mit einer Doppelreihe von großen Perlmuttknöpfen zu schließen und hatte einen spektakulären hochgestellten Kragen. Auf der kräftig blauen Wolle waren schwarze Bordüren eingenäht, ebenso an den Ärmelaufschlägen, wie bei einer Uniformjacke. Die Schößchen betonten Claires sehr schmale Taille. Sie war eine Augenweide.

»Ach Elsa, du bist immer so furchtbar nüchtern. Ein Besuch im Atelier, das ist doch wie Theaterspielen. Alle Männer schauen grimmig, weil sie zeigen wollen, dass sie stark sind und dass man sich auf sie verlassen kann. Ist dir das noch nie aufgefallen? Und die Frauen machen sich hübsch und lassen ihren verführerischen Blick in die Ferne schweifen, weil von dort der ersehnte Liebhaber kommen wird, der sie aus ihrem öden Leben befreien und auf Händen tragen wird.«

»Aha«, sagte Elsa. »Worüber du dir immer Gedanken machst. Ich finde einfach, das Rouge macht dich älter.«

»Ist doch nicht schlimm.« Claire zwinkerte ihr zu. »Jetzt sei doch nicht so bierernst, Elsa. Ich weiß ja, dass du mir nur etwas vorspielst. In Wahrheit hast du's faustdick hinter den Ohren. Oder was war das vorhin im Tambosi?«

»Nichts«, antwortete Elsa und sah weg, denn sie merkte,

wie sie sofort wieder errötete. Die Erinnerung an die Szene auf der Caféterrasse war noch ganz frisch. Da kam die »Knolle«, wie Claire die Empfangsdame getauft hatte, um sie abzuholen.

Das eigentliche Atelier befand sich im ersten Stock des Anbaus. Den Raum bestimmte ein seitlich sehr weit heruntergezogenes Glasdach, das ihm die Atmosphäre eines Gewächshauses oder einer noblen Orangerie verlieh. Die Schräge war mit Stoffbahnen verhüllt, die je nach Tageszeit und Intensität der Lichteinstrahlung zu- oder aufgezogen werden konnten. Der wichtigste Gegenstand in dem Atelier mit seinem warmen Holzdielenboden war die große Kamera mit den Ziehharmonika-Falten, die auf ein massives Stativ aus Holz montiert war. Gerichtet war sie auf eine idyllische Szene mit einem großen Gemälde im Hintergrund. Es sah aus wie ein Bühnenbild. Der Englische Garten mit dem Säulenrundbau des Monopteros war darauf abgebildet. Davor eine weiße Bank mit abgerundetem Rücken und zwei Kissen darauf. Auf dem Perserteppich lag ein weißer Sonnenschirm mit durchbrochener Spitze an den Rändern.

»Nehmen Sie doch schon Platz, meine Damen«, forderte Knolle sie auf. »Fräulein Goudstikker kommt sofort.«

Claire prustete sofort wieder los, als die Knollmüller draußen war. »Wie hat sie gesagt? Chaudstikker? Ist das holländisch?«

Sie nahm den aufgespannten Schirm und drehte ihn in der Hand. Er passte perfekt zu ihrem Frühlingskleid aus cremeweißem Musselin mit den hellblauen Stickereien auf der Brust und an den Ärmeln. Um die Taille trug sie eine Schärpe aus Spitze, die auf Hüfthöhe in den Rock eingearbeitet war. Netztüll verlängerte die Armbündchen. Claire sah so schön aus. Sie hatte ihr dunkelblondes Haar aufgesteckt, ein paar Strähnen kräuselten sich dennoch widerspenstig um Gesicht und Hals.

Mit ihren hellblauen Augen wirkte die Freundin ein wenig wie eine Nymphe. Elsa konnte gar nicht wegsehen und fühlte sich wie eine gescheckte, tollpatschige Ente neben einem Schwan.

Als Sophia Goudstikker hereinkam, blieb Elsa der Mund offen stehen. Ihr Haar war so kurz geschnitten wie das eines Mannes. Dennoch sah sie sehr weiblich aus damit. Ihr mauvefarbenes, mit schwarzen und weißen Perlen besticktes Hängerkleid hatte keine Taille, keinen Gürtel, dafür einen zipfeligen Saum, der asymmetrisch wirkte. Die Perlen flossen zu großen Blumen zusammen, und der taillenlose Schnitt wirkte aufregend modern. Man sah, dass die Fotografin darunter kein Korsett und kein enges Mieder trug, und doch war sie eine elegante Erscheinung.

Die Fotografin wechselte sofort das fröhliche, sommerliche Monopteros-Bild gegen eine eher düstere Kulisse mit einem Säulenportikus aus, hinter dem sich eine Landschaft in diffusem Morgen- oder Abendlicht öffnete. Im Hintergrund standen eine Burgruine und ein einsames Steinhaus. Claire in ihrem cremefarbenen Sommerkleid war vor diesem dunklen Hintergrund die Reinheit und Unschuld in Person. Der Kontrast hätte nicht stärker sein können. Eine Inszenierung wie im Theater, von der alle wussten, dass nichts daran echt, und doch alles irgendwie auch wahr war.

Claire sollte nicht lachen, nicht einmal lächeln. Die Fotografin sagte, sie sollte an etwas sehr Schönes denken, an etwas, das ihr im Augenblick fehlte, oder das sie gern gehabt, aber nie bekommen hätte. Claire sah zu Elsa, zuckte die Schultern und lachte nervös. Wahrscheinlich fiel ihr nichts ein, weil sie alles bekam, was sie haben wollte. Nicht einmal an Freiheit fehlte es ihr, dachte Elsa.

»Denk an Schwester Gertrudis im Nachthemd«, flüsterte Elsa, und Claire lief rot an. Aber nun schien ihr tatsächlich etwas einzufallen. Sophia Goudstikker schlüpfte unter das dunkle Tuch, das dazu da war, das Licht von der Kameralinse fernzuhalten, wie sie den beiden jungen Frauen erklärte.

»Jetzt nicht mehr bewegen«, rief sie und drückte den Auslöser.

Sie brachte die Glasplatte aus der Kamera in einen Nebenraum und legte eine zweite und dritte Platte ein. »Möchten Sie nicht zusammen mit Ihrer Freundin auf ein Bild?« Die Fotografin sah Elsa an.

»Nein, nein, die Bilder sind doch für Claires Tante, sie hat sie bestellt.«

»Ich möchte Sie gern beide zusammen fotografieren«, sagte Fräulein Goudstikker. »Sie sind so ein schönes Paar. So unterschiedlich, aber gerade das finde ich besonders reizvoll. Wenn Sie die Bilder nicht mögen, behalte ich sie einfach. Sie müssen sie nicht kaufen.«

»Jetzt komm schon, Elsa«, sagte Claire. »Ich möchte auch ein Bild von uns beiden haben. Für mich, nicht für die Tante. Und vielleicht brauchst du ja auch eins?« Sie grinste. »Ich meine ja nur, für diesen Monsieur Tambosi vielleicht?«

Elsa schüttelte den Kopf. »Ich bin nicht einmal frisiert, und Rouge habe ich auch keines aufgetragen.«

»Das müssen Sie auch nicht. Sie sind von Natur aus sehr apart. Ein bisschen herb, aber sehr anziehend.« Die Fotografin verschwand unter ihrem Kameratuch und betrachtete die Szene durch das Objektiv. »Der Schirm kann am Boden liegen bleiben.«

Elsa setzte sich zu Claire auf die Bank, und die beiden fassten sich an den Händen. Sie sahen ernst, im zweiten Bild mit einem sehr leichten Lächeln in die Kamera. Von draußen, aus dem Empfangsraum im Erdgeschoss drang nun Lärm zu ihnen herauf. Es hörte sich an wie ein Streit. Während Sophia Goudstikker die letzte Platte in der Entwicklungskammer verstaute, flog die Tür zum Atelier auf und ein Mann trat ein. Die Empfangsdame lief aufgeregt hinter ihm her.

»Sie wünschen, mein Herr?«, fragte die Fotografin.

»Ich wünsche, dass meine Frau wieder von Ihrer Liste gestrichen wird. Sie hat sich bei Ihnen für diesen Frauenverein angemeldet«, polterte er los. »Ich verbiete ihr das und verlange, dass Sie das sofort rückgängig machen. Käthe Brey, streichen!«

»Dürfen wir Ihnen eine Tasse Kaffee anbieten, einen türkischen Mokka vielleicht? Ein Glas Arrak? Nehmen Sie doch bitte Platz. Wir sind hier keine Menschenfresserinnen. Oder sehen wir so aus?« Sie zeigte erst auf sich, dann auf die beiden Mädchen und auf die Empfangsdame. »Wir haben alle ganz viele verschiedene Interessen. Einige davon haben mit Ehemännern, Kindern, Schneidern und Friseuren zu tun. Andere nicht. Wir sprechen im Verein auch über Dinge wie Arbeit, Ausbildung und Löhne zum Beispiel. Möchten Sie nicht doch ein Gläschen?«

»Käthe Brey wird gestrichen. Ich verbiete ihr, weiterhin hier mit Ihnen zu verkehren. Und sollte sie hier auftauchen, schicke ich Ihnen die Polizei ins Haus. Die wird die Adresse ja kennen.« Er schritt zur Tür.

»Wer unserem Verein beitritt, muss lediglich volljährig sein«, rief die Fotografin ihm hinterher. »Sonst nichts. Eine Erlaubnis, von wem auch immer, muss keine Frau vorweisen. Wir nehmen auch Männer in den Verein auf. Vielleicht wollen Sie ja zum nächsten Treffen mitkommen.«

Der Mann stand schon in der offenen Tür.

»Vorausgesetzt«, rief Sophia Goudstikker ihm hinterher, »Käthe möchte, dass Sie mitkommen.« Die Eingangstür fiel krachend ins Schloss.

»Auf Wiedersehen«, rief Sophia Goudstikker ihm hinterher.

Elsa und Claire standen etwas beklommen von ihrer Requisitenbank auf. Die Aggressivität des Besuchers hatte sie richtig eingeschüchtert. Aber die Fotografin tat, als sei nichts geschehen. Oder als sei sie so ein Verhalten bereits gewohnt. Sie wirkte sehr souverän.

»Ab Mitte der Woche können Sie die Bilder abholen«, sagte sie. Ich glaube, sie sind gut geworden. Sie beide sind ein sehr schönes Paar. Sagte ich das schon?«

»Ich finde auch, dass wir ein schönes Paar sind.« Claire hakte sich bei Elsa unter, als sie auf die Straße traten. »Kommst du noch mit zu mir?«

»Ich muss zum Klavierunterricht, weißt du doch.«

»Ach komm, du hast doch sowieso die ganze Woche nicht geübt. Das hätte ich mitbekommen.«

»Trotzdem muss ich hin.«

»Soll ich mitkommen?«

»Bitte nicht, es ist so schon schlimm genug. Und Frau Krozill wird wieder auf mir herumhacken, weil ich so faul bin und nicht genug übe.«

»Ich kann ja draußen auf dich warten.«

»Eineinhalb Stunden? Wir haben heute eine Doppelstunde vereinbart. Nein, lass mal. Da muss ich jetzt eben durch.«

Claire trat einen Schritt zur Seite und sah ihre Freundin eindringlich an. »Oder hast du etwa noch was anderes vor, bei dem du mich nicht brauchen kannst? Elsa, Elsa, es wird noch ein schlimmes Ende nehmen mit dir.« Claire hätte ihrer Freundin zu gern ein Geheimnis entlockt, hätte es eines gegeben. Sie sah so wunderschön aus in ihrer blauen Jacke, dagegen fühlte Elsa sich wie ein Mauerblümchen.

Elsa schüttelte den Kopf. »Du träumst doch. Mit mir und Frau Krozill kann es allerdings ein schlimmes Ende nehmen. Und ich hoffe, das geschieht ganz bald. Ich mag nämlich nicht mehr Klavierspielen üben.«

Die Freundinnen verabschiedeten sich, und Elsa lief auf den Odeonsplatz zu. Je näher sie dem Café Tambosi kam, desto heftiger klopfte ihr das Herz. Würde er immer noch dasitzen? Hatte er tatsächlich auf sie gewartet? War es überhaupt »ihr« Maler oder hatte ihr die Erinnerung einen Streich gespielt?

Die Marmortische auf der Terrasse waren fast alle belegt, aber der Maler war nicht darunter. Enttäuscht ließ Elsa die Schultern sinken. Also doch zu Frau Krozill. Elsa ging ein paar Schritte Richtung Hofgarten und blieb unter dem Torbogen stehen. Da sah sie ihn aus dem Café nach draußen kommen. Er war es. Der Skizzenblock unter dem Arm ließ Elsa nicht länger zweifeln. In ihrem Bauch fing es an zu rumoren, als hätte sie etwas Schlechtes gegessen. Elsa fühlte sich mit einem Mal sterbenskrank. Wieso war sie bloß hergekommen, was wollte sie eigentlich hier? Ein erwachsener Mann, bestimmt fünf, sechs Jahre älter als sie. Er war immer noch sehr dünn und blass, aber er sah ein wenig gepflegter aus als damals, im Winter vor der Pinakothek. Ein Teil von ihr wollte auf der Stelle weglaufen, durch den Hofgarten und zu einem anderen Ausgang hinaus, ein anderer Teil wollte sich nicht fortbewegen. Da entdeckte der Maler sie. Er sprang die Treppe hinunter, immer zwei Stufen auf einmal nehmend, und Elsa lief in den Hofgarten hinein, schlüpfte durch einen schmalen Durchgang in der Hecke und setzte sich dort auf eine Bank. Er folgte ihr, fand den Durchgang und setzte sich neben sie. Ohne zu zögern, ergriff er ihre Hand.

»Ihren Namen«, stotterte er. »Ich weiß nicht einmal Ihren Namen.«

»Elsa«, flüsterte sie, als verriete sie ihm damit ein großes Geheimnis.

»Elsa«, wiederholte der Maler und sah ihr in die Augen. Seine Blicke wanderten über ihr Gesicht, als müsse er sich jedes Detail einprägen, um es aus dem Gedächtnis zeichnen zu können. »Der Name passt sehr gut zu Ihnen, Fräulein Elsa«, sagte er andächtig.

»Was sehen Sie denn, wenn Sie mich so genau betrachten?«, fragte Elsa.

»Ich sehe eine hohe Stirn mit einigen hübschen Flaumhärchen am Haaransatz. Dann den eher flachen Bogen Ihrer Brauen, samtblaue Augen mit ein paar wenigen braunen Einsprengseln. Eine schmale, gerade Nase, deren Spitze ein klein wenig nur nach oben zeigt, zarte, aber markante Wangenknochen, einen breiten Mund mit einem fein gezeichneten Lippenbogen, der Ihrem Gesicht eine Spur von Trotz oder auch Geringschätzung, oder nein, vielleicht eher Überheblichkeit verleiht.«

»Ist das nun ein Kompliment, oder finden Sie auch, dass ich etwas Herbes an mir habe?«

»Wer sagt das?«

»Die Fotografin, bei der ich gerade mit meiner Freundin war.«

»Nein, ich würde es eher verschlossen nennen, aber zugleich aufregend und sehr begehrenswert.«

Elsa schlug die Augen nieder.

»Entschuldigen Sie meine tollpatschige Ausdrucksweise. Ich bin eben Maler, kein Poet. Nicht böse sein.« Er wirkte verlegen. »Erinnern Sie sich denn noch an meinen Namen?«

Elsa nickte. »Sigmund Rainer, Kunstmaler«, hauchte sie. Wie hätte sie es vergessen können.

Vom Muschelpavillon her kam eine Blumenverkäuferin auf sie zu. Ihr weit ausladender Rock schwang hin und her wie eine Glocke. Der Maler kramte in seiner Tasche nach einer Münze.

»Nein, bitte«, stammelte Elsa, »ich könnte die Blumen doch ohnehin nicht behalten.«

»Warum denn nicht?«, fragte er. »Sie können ja sagen, Sie hätten sie selbst gepflückt.«

Elsa schüttelte den Kopf und hoffte, er würde die Blumenfrau wieder wegschicken. Doch er ging ihr entgegen, suchte etwas aus ihrem Korb aus und gab ihr eine Münze. Mit einem Strauß blauer Leberblümchen kam er zurück.

»Sie müssen sie für mich tragen, sie passen so gut zur Farbe Ihrer Augen, Elsa.«

Elsa wusste nichts anzufangen mit den Blumen und hielt sie einfach in der Hand.

»Wenn Sie gestatten«, murmelte er und steckte die Blumenstiele in eines der Knopflöcher von Elsas Mantel. »Ich würde Sie so gern malen.« Der Maler nahm ihre Hand.

»Die Blumen?«, fragte Elsa grinsend.

Er lachte. »Ach, Elsa, wenn Sie mich doch nur in meinem Atelier besuchen könnten.«

»In Ihrem Atelier?«

»Ein Gemeinschaftsatelier, wir sind eine ganze Bande von Künstlern und teilen uns den Raum. Ganz in der Nähe der Pinakothek, wo wir uns zum ersten Mal getroffen haben. Heßstraße, Ecke Luisenstraße. Sie müssen von der Heßstraße aus in den Hinterhof gehen, das Tor ist immer offen. Werden Sie mich besuchen kommen? Wann?«

»Ich weiß es nicht«, sagte Elsa. »Eigentlich …«

»Vielleicht nächsten Samstag?«, unterbrach er sie. »Am Nachmittag, so wie heute? Sagen Sie doch Ja, Elsa.« Er hob ihre Hand an seinen Mund und drückte seine Lippen auf ihre Finger. Dann schien er vergessen zu haben, dass er sie etwas gefragt hatte und betrachtete mit demselben forschenden Blick, mit dem er ihr Gesicht studiert hatte, ihre Hände mit den langen, schlanken Fingern und folgte mit seinem Zeigefinger ihren Außenlinien, beginnend mit dem kleinen Finger und beim Daumen endend. Eine Gänsehaut auf ihren Armen ließ Elsa zusammenzucken. Sie sah sich erschrocken um. Samstagnachmittag im Hofgarten, da konnte jederzeit jemand vorbeikommen, der sie und ihre Familie kannte. Sie löste ihre Hand aus seiner und spürte seiner Wärme nach.

»Wie alt sind Sie, Fräulein Elsa?«, fragte er. »Sechzehn? Siebzehn?«

»Sechzehn«, flüsterte sie, obwohl es bis dahin noch mehr als ein halbes Jahr dauern würde.

»Heute lernst du einen der wichtigsten Orte für Kaufleute kennen«, kündigte Adrian Groeneberg am zweiten Tag nach ihrer Ankunft in Hamburg an.

Sie waren auf dem Weg durch die Speicherstadt. Der Holländer wie immer im feinen langen Gehrock mit passender Weste, andersfarbiger, gestreifter Hose und Zylinder. Zum Hemd mit Kläppchenkragen trug er ein breites Krawattentuch, das aufwendig gelegt und mit einer Perlennadel gesteckt war. Hermann kam sich neben ihm vor wie ein Bauer, und sagte ihm das auch so. Groeneberg bemerkte dazu nur trocken, er würde jederzeit seine gediegene Eleganz gegen Hermanns Jugend eintauschen.

Gegenüber dem Sandtorkai betraten sie eines der hohen, schlanken Backsteinhäuser.

»Das ist der Ort, an dem die meisten Hamburger Kaffeefirmen ihren Sitz haben. Du wirst gleich sehen, warum.«

Sie stiegen im Treppenhaus an Stapeln von Kaffeesäcken und Teekisten und den meist offen stehenden Türen zu den Kontoren und Lagerräumen vorbei und gelangten im ersten Stock in großzügigere Räumlichkeiten. Dunkle Ledersitze, niedrige Holztische, gerahmte Stiche an den Wänden, die exotische Landschaften zeigten. Plantagen, dunkelhäutige Pflückerinnen und Arbeiter mit Strohhüten, die auf ihren Schultern die Kaffeesäcke zu den Hafenanlagen hinuntertrugen. Auf einer breiten Glastür stand in goldenen Buchstaben, wer hier residierte, nämlich der »Verein der am Kaffeehandel beteiligten Firmen«. Nach einer zweiten Glastür gelangten sie in einen großen Saal, an dessen Stirnseite ein farbiges Fensterbild Hermanns Aufmerksamkeit fesselte. Eine bis zum Horizont reichende Kaffeeplantage, sattes, üppiges Grün, aus dem die roten Kaffeekirschen und die weißen Kopftücher der Kaffeepflückerinnen leuchteten.

Das war also die berühmte Hamburger Kaffeebörse. Über der Eingangstür hingen drei Uhren, die die Uhrzeit in den Zentren des Weltkaffeehandels anzeigten. In der Mitte, zentral und etwas erhöht Hamburg, links Rio de Janeiro, rechts New York. Auf einer riesigen schwarzen Schiefertafel waren die aktuellen Tagespreise für brasilianischen Santos-Kaffee notiert. Hier liefen alle Fäden des Kaffeehandels zusammen. Es wurde gekauft und verkauft, man tauschte Informationen aus und knüpfte Geschäftsbeziehungen. Jetzt war gerade Pause, und die Herren standen draußen auf den Gängen, rauchten Zigarren, tranken Kaffee und redeten über das Geschäft. Groeneberg begrüßte den ein oder anderen von ihnen persönlich und stellte Hermann einen blonden jungen Mann vor, der die Menge um einen Kopf überragte.

»Darf ich vorstellen: Georg Edelmann, Sohn meines langjährigen Freundes Adolf Edelmann, der eine Kaffeefinca im Hochland von Mexiko betreibt.«

Die Finca, erfuhr Hermann, trug den Namen Hamburgo und war vor neun Jahren von Edelmann und weiteren deutschen Einwanderern gegründet worden.

»Wir Deutschen sind überall fleißig und strebsam, wo wir auch hinkommen«, erklärte Edelmann. »Sogar in den Tropen. Obwohl uns dort die Hitze und die Feuchtigkeit doch sehr zusetzen. Wir sind es eben nicht gewöhnt nach dem vielen Schietwetter in unserer Heimatstadt.«

»Gibt es viele Deutsche dort?«, fragte Hermann.

»Man schätzt, dass etwa ein Drittel der jährlichen Kaffee-ernten aus Mexiko und Guatemala von deutschen Plantagenbesitzern kommt.«

»Und bei der Vorfinanzierung der Ernten spielen die Hamburger Handelshäuser und die Banken eine wichtige Rolle«, sagte Groeneberg. »Deshalb schicken die Emigranten auch gern ihre Söhne zurück in die Heimat, damit sie das Geschäft von der Pike auf lernen und die wichtigen Leute kennenlernen.«

»Und wie ist das Leben auf einer Plantage?«, wollte Hermann wissen.

»Ganz anders, als es sich der europäische Kaffeetrinker so ausmalt«, antwortete Edelmann. »Es ist ein hartes, nüchternes, unromantisches und auch oft ein entbehrungsreiches Leben. Es tut mir leid, wenn ich Ihre Vorstellungen da eventuell korrigieren muss.«

»Nein, nein«, sagte Hermann, »fahren Sie nur fort. Ich finde das sehr interessant.«

»Wissen Sie, wir haben oft über Monate keine Gesellschaft, keine Ansprache außerhalb der Familie. Von irgendwelchen gesellschaftlichen Zerstreuungen gar nicht zu reden. Der nächste Nachbar wohnt fast eine Tagesreise entfernt, und die Wege sind unfassbar schlecht.«

»Nur gut, dass ihr von morgens bis abends zu tun habt«, unterbrach Groeneberg ihn.

»Leider stimmt auch das nicht.« Edelmann zuckte die Achseln. »Es gibt Tage, da gibt es wenig bis gar nichts zu tun auf der Plantage. Besonders schlimm ist es, wenn nasses oder kaltes Wetter herrscht. Wochen- oder monatelang hören wir nur die Sprache der Indianer, die bei uns arbeiten, oder, wenn es gut geht, Spanisch von einem der Aufseher. Was wir zumindest einigermaßen verstehen.« Edelmann winkte dem jungen Kellner, der auf seinem Tablett dampfende Kaffeetassen balancierte. »Versuchen Sie doch unseren herrlichen Kaffee. Er entschädigt uns für alle Mühsal und die Belastungen unseres Tropenlebens. Kosten Sie.«

Hermann sog den Duft des Kaffees in die Nase und nahm einen ersten kleinen Schluck.

»Du musst ihn schlürfen«, raunte Groeneberg, »das machen alle Kenner so.«

»Aber die Kenner spucken ihn anschließend wieder aus, und das sollten Sie sich hier verkneifen. Ich nehme an, Spucken ist im Foyer der Börse unerwünscht.« Edelmann grinste. »Na, wie ist Ihr Eindruck?«

»Ich würde ja fast sagen, das Aroma hat eine leicht schokoladige Note«, antwortete Hermann.

Edelmann nickte.

»Unser Lehrling könnte Ihnen jetzt verraten, nach welcher Schokolade, und welche Gewürze er sonst noch herausschmeckt, aber Sie müssen verzeihen, so geübt ist mein Gaumen nicht. Ich kann nur sagen, dass mir dieser Kaffee ganz vorzüglich schmeckt. Ich glaube sogar, dass ich noch nie zuvor so guten Kaffee getrunken habe.«

Edelmann nickte zufrieden, auch Groeneberg grinste und schlug ihm anerkennend auf die Schulter. Er sagte noch etwas, aber Hermann überhörte es. Zu abgelenkt war er jetzt von der Männerrunde, denn an der Glastür des Foyers huschte eine Gestalt vorüber und verschwand über die Treppe zum nächsten Stockwerk, die seine ganze Aufmerksamkeit auf sich zog. Was er erkennen konnte, war eine schlanke, groß gewachsene Frau in einem seidig schimmernden grünen Kleid mit roter Schärpe um die schmale Taille. Sie hatte langes dunkles Haar, das in mehreren zusammengefassten Zöpfen auf ihren Rücken fiel. Hermann hatte nur kurz ihr Profil gesehen, aber sie war ihm sofort überirdisch schön erschienen.

Der junge Herr Edelmann hatte wohl das Wort an ihn gerichtet, aber Hermann war für die Dauer des Erscheinens dieser Schönheit taub geworden.

»Entschuldigen Sie«, stotterte Hermann.

Der Kaffeeproduzent sah Richtung Treppe, wo der auffällige grüne Rock der Dame nach oben verschwand. Das Letzte, was sie von ihr sahen, waren die wippenden Enden ihrer Schärpe. Edelmann hatte seinen Bericht aus den Tropen für ein paar Augenblicke unterbrochen, es konnten nur wenige Sekunden gewesen sein, die Hermann, und wohl auch Georg Edelmann, die fremde Dame beobachtet hatten, die bisher einzige in diesem Haus. Edelmann erzählte von den beschwerlichen Transportwegen von den Kaffeeplantagen an die Küsten. Aber Hermann hatte Mühe, sich wieder auf seine Erzählung zu konzentrieren. Keiner verlor ein Wort über die Dame, die flüchtig ihre Wege gekreuzt hatte, aber, so kam es Hermann vor, alle hatten sie bemerkt.

Die Kaffeesäcke wurden von Maultieren zu den Häfen transportiert, erzählte Edelmann, und von dort auf Schiffe verladen, die an der Pazifikküste bis Panama hinauffuhren. Dort wurde die Fracht auf die Eisenbahn verladen und zum Kanal gebracht. Und erst vom Panamakanal traten sie die Reise mit dem Dampfer über den Atlantik nach Hamburg an. Günstigstenfalls kamen sie noch vor den Schiffen der Konkurrenz aus Brasilien an, denn dann erzielten die Kaffeebauern der Finca Hamburgo und ihre Kollegen die besten Preise.

»Sollten Sie kaufen wollen«, sagte Edelmann, bevor er mit den anderen Herren zurück in den Börsensaal ging, dann sehen Sie bei der Rösterei San Cristóbal vorbei. Für Erstkunden gibt es bei uns immer ein Spezialangebot.«

Während die Herren das Foyer verließen, nahm Groeneberg Hermann zur Seite. »Ich sehe, du hast Geschmack, mein Junge. Und damit meine ich jetzt nicht nur den Kaffee.«

Hermann sah ihn an. »Ich verstehe nicht. Was meinen Sie?«

»Ich meine, dass du eine schöne, eine ganz besondere Frau gleich erkennst, wenn sie dir begegnet.« Er lupfte den Zylinder und fuhr sich mit der Hand über die dünn gewordenen Haare. Hermann bekam rote Ohren. »Die Frau, die du vorhin gesehen hast, war Inés. Ich kenne sie schon ziemlich lange. Soll ich euch miteinander bekannt machen? Inés betreibt hier im Haus eine eigene Kaffeerösterei. Damit ist sie die einzige Frau in dem Metier, zumindest die einzige, die mir bekannt ist. Sie versteht etwas vom Geschäft. Und man bekommt den besten Kaffee in ganz Hamburg bei ihr. Na, was meinst du? Statten wir ihr einen Besuch ab?«

Inés war wie eine Naturgewalt. Hermann hatte noch nie eine Frau mit solchen Muskeln an den Oberarmen gesehen, die sich unter dem Ärmel ihres Kleides anspannten, während sie selbst einen Stock zur Hand nahm und die Kaffeebohnen in der Trommel des Rösters wendete, um sie möglichst gleichmäßig der Hitze auszusetzten. Ihr Gesicht war ein fast herzförmiges Dreieck und unter ihrem smaragdgrünen Kleid trug sie ganz offensichtlich kein Korsett. Da war keine Wespentaille zu sehen und kein Hohlkreuz.

»Gefällt Ihnen mein Kleid?«, fragte Inés, die seine Blicke bemerkte. Sie sprach mit deutlichem Akzent. »Ich habe es selbst genäht, wie alle meine Kleider. Ich kann diese engen Schnürungen nicht ertragen, sie stören mich einfach bei der Arbeit.«

Arbeiter brachten eine Lieferung mit sechzig Kilo schweren Kaffeesäcken in die Rösterei, und Inés dirigierte sie je nach Sorte zu verschiedenen Ablageplätzen.

»Ich stelle meine Mischungen aus den gewaschenen Kaffeesorten selbst zusammen«, erklärte sie. »Das sind alles Arabica-Sorten, aber aus unterschiedlichen Gegenden: Mexikanisches Hochland, Guatemala, auch Kolumbien und Brasilien. Möchtet ihr probieren?«

»Das weißt du doch, Inés. Deshalb sind wir da, oder Hermann?« Groeneberg grinste. »Mein junger Freund hat dich vorher schon im Treppenhaus erblickt, und seinem Gesichtsausdruck nach muss er gedacht haben, es habe sich um eine himmlische Erscheinung gehandelt.«

Hermann errötete und suchte nach Worten, aber Inés kam ihm zuvor.

»Genau so fühle ich mich auch«, sagte sie. »Wie ein Geist, der in diesem Haus lebt und ab und zu unauffällig durch das Treppenhaus huscht.«

»Unauffällig?« Groeneberg zwinkerte Hermann zu.

»Ich bin die einzige Frau hier im Kaffeehaus und, na ja, ursprünglich waren hier nur Toiletten für Männer vorgesehen.« Inés schüttete Kaffeebohnen in eine kleine Handmühle. Ein intensiver Duft erfüllte das Kontor. Sie ließ ihre beiden Gäste an der offenen Schublade mit dem gemahlenen Kaffee riechen. »Chiapas mit Brasil-Beimengung«, erklärte sie.

»Fantastisch«, kommentierte Groeneberg.

Hermann fühlte sich umsorgt und gut aufgehoben in diesem Kontor, in dem die schöne Inés schaltete und waltete. Es war fast wie zu Hause, wo seine Mutter den Überblick über alles hatte und alles dirigierte.

»Kann ich etwas helfen?«, fragte er, wie aus einem Traum aufgewacht, und sprang auf.

»Sie können den Wassertopf anschalten, Señor.«

»Ich heiße Hermann«, antwortete er und steckte den Stecker in die elektrische Wasserkanne. Groeneberg hatte ihm erzählt, dass die Speicherstadt innen wie außen elektrisch beleuchtet wurde. Sie war ganz neu, und immer noch wurde hier gebaut. Alle Häuser wurden über ein Kesselhaus, in dem eine Dampfmaschine stand, mit Strom versorgt. Hier gab es keine Gasbeleuchtung mehr, die in München noch gang und gäbe war.

Inés füllte den Porzellanfilter einer bauchigen Kaffeekanne und goss das Wasser auf, sobald es kochte.

»Entschuldigen Sie, Fräulein Inés, aber wie haben Sie denn jetzt Ihr kleines Problem hier im Haus gelöst?«, fragte Hermann, der froh war, etwas zu tun zu haben, um dieses weibliche Weltwunder nicht permanent anstarren zu müssen.

»Was meinen Sie?«, fragte sie zurück.

»Na, das Problem mit der ... Herrentoilette. Ich hoffe, ich bin nicht indiskret.«

»Ach so, nein, ich habe ja selbst damit angefangen. Es gab keine andere Lösung, als für mich und all die Damen, die mir hoffentlich bald folgen werden, eine Herrentoilette, nämlich die im Erdgeschoss, sperren zu lassen. Ich muss jetzt allerdings immer zwei Stockwerke rauf und runter, aber ich will mich nicht beklagen. Dass die Herren ihre Toilette im ersten Stock, wo auch die Kaffeebörse untergebracht ist, nicht aufgeben wollten, ist ja verständlich. Dort sind die Männer beim Geschäftemachen wie am stillen Örtchen weiterhin unter sich.«

»In unserem Feinkostgeschäft in München haben wir viele Frauen«, sagte Hermann. »Auch eine Chefin, nämlich meine Mutter.«

»Ich bin meine eigene Chefin, zum Glück.«

»Inés«, sagte Groeneberg, »ist selbst eine wunderbare Mischung, genau wie ihre Kaffeesorten. Tochter einer waschechten Mexikanerin und des Hamburger Kaffeebarons Wilhelm Steinhau. Dein Vater weiß bestimmt, was du hier in Hamburg so treibst, oder?«

Inés servierte den fertigen Kaffee in vorgewärmten Trinkschalen.

»Natürlich weiß er es. Wenn er einen Sohn hätte, würde der hier stehen und nicht ich. Aber da er keinen hat, musste er sich daran gewöhnen, dass ich seine Vertretung in Hamburg bin, solange er die Plantagen leitet, und dass ich hier ein bisschen experimentiere mit eigenen Röstmischungen.«

»Na, habe ich zu viel versprochen?«, fragte Groeneberg, als Hermann den ersten Schluck gekostet hatte.

»Er schmeckt noch besser als der, den wir zuvor im Foyer getrunken haben«, sagte Hermann. »Obwohl der schon ausgezeichnet war.«

»Bestimmt der Beste, den du in Deutschland bekommen kannst«, behauptete Groeneberg.

»Der Kaffee, den ihr vor der Börse getrunken habt, war wahrscheinlich von Edelmann. Er hat es leichter, von dem Männerhaufen dort unten akzeptiert zu werden. Leichter als ich. Sein Kaffee ist gut.«

»Nicht so gut wie deiner«, sagte Groeneberg, der sich offenbar entschieden hatte. »Da werden wir uns anstrengen müssen auf meiner Plantage in Brasilien, damit wir beste Rohware liefern, die vor Inés Gnade findet. Also, willst du hier kaufen oder bei Edelmann?«

»Hier«, antwortete Hermann.

»Dann helfe ich dir bei den Preisverhandlungen, denn auch da lässt sich Inés nicht die Butter vom Brot nehmen. Sagt man so auf Deutsch?«

Hermann nickte. »Das habe ich auch nicht anders erwartet«, sagte er anerkennend.

»Ich warne dich. Sie ist wirklich ein harter Knochen. Aber ich werde sie bestechen und heute Abend zum Essen einladen. Was sag ich, Essen, es müsste schon eher Speisen heißen.«

»Oh«, sagte Inés, »ich ahne, was du vorhast, Adrian.«

»Ja, wir gehen zum kleinen Franz Pfordte und werden an einem schneeweiß gedeckten Tisch mit feinsten Gläsern und Silberbesteck dinieren. Ich hoffe, das ist euch beiden recht?«

»Ach«, schwelgte Inés, »Pfordtes Restaurant ist die erste Adresse in Hamburg.«

»Siehst du«, wandte Groeneberg sich an Hermann. »Damit kriegen wir sie.«

»Es ist schrecklich vornehm dort«, schwärmte Inés weiter. »Lautlos schweben die Kellner über die dicken Läufer; kein normales Alltagsgeräusch stört den Gast. Und man muss gar nichts selbst bestellen, denn der Ober weiß immer ganz genau, was man wann haben möchte.«

»Gut, also abgemacht, neunzehn Uhr dreißig bei Pfordte. Wir holen dich um neunzehn Uhr zu Hause ab.«

»Das ist nicht nötig, Adrian. Ich nehme eine Droschke, mach dir keine Gedanken.«

»Und ich schicke meiner Mutter ein Telegramm, wie viel Kaffee wir ordern wollen.«

Hermann hatte schon von Pfordte gehört. Man kannte diesen erstklassigen Koch, der, wie es hieß, ein kleiner, schmächtiger Mann war, in ganz Deutschland. Auch das würde er nach Hause telegrafieren, dass sie heute bei Pfordte speisen würden. Sie würden ihn darum beneiden. Nur musste Hermann sich für den Abend unbedingt noch so ein Plastron besorgen, wie Groeneberg seine modische Seidenkrawatte nannte, die aus zwei gleich breiten Stoffstücken bestand, die gebunden und mit einer Krawattennadel zusammengesteckt wurden. Außerdem wollte er sich einen passenden Gehrock bei einem guten Schneider besorgen oder anpassen lassen. Zu Pfordte ging man nicht im Münchner Straßenanzug. Seine Mutter wäre bestimmt derselben Meinung.

Der Sonntag war ein strahlender Frühlingstag. Es fehlte nicht mehr viel, und die Bäume würden ausschlagen und ihr Grün würde sich seinen Teil der Stadt zurückerobern. Die Damen hatten bereits die dunklen Winterröcke, die Wollkleider und Mäntel und das »Schwarzseidene« in Schränken und Truhen eingemottet und wollten nichts anderes mehr tragen, als die Pastellfarben des Sommers, Cremeweiß, Hellblau, Lindgrün, Lachs und Rosé. Die Sommerkleider waren aus weich fließender Musseline, kühlem Leinen, Baumwolle, Kattun oder Seide. Ludwig meinte ein Rascheln in der Luft wahrzunehmen von Balbinas Leinenkleid, das die Farbe geschlagener Sahne hatte, mit indigoblauen Stickereien am Ausschnitt und an den Ärmelsäumen, die bis zur Mitte ihrer Unterarme reichten. Sie waren an der Schulter leicht angekräuselt und fielen wie Puffärmel auseinander, um sich noch vor den Ellbogen wieder eng an den Arm zu schmiegen. Balbina trug die dunklen Haare aufgesteckt, mit einem blauen Seidenband, das in den lockeren Dutt eingeflochten war und perfekt mit den Stickereien harmonierte. Ludwig hätte vor Stolz platzen mögen und bemühte sich, sehr aufrecht zu gehen, damit er von der Größe her seiner Begleiterin ebenbürtig war, auch wenn er weder so schön, noch so elegant war wie sie. Sein kurzes blondes Haar war voller Wirbel und kaum zu bändigen. Die Hosenbeine seines Anzugs begannen schon etwas zu schillern und er trug zu einem einfachen weißen Leinenhemd eine seltsam zwischen golden und silbern schimmernde Krawatte, die noch von seinem Vater stammte und für ihn umgearbeitet worden war. Er hoffte jeden Tag, dass noch einmal ein Wachstumsschub käme und ihn über seine lausigen ein Meter siebzig hinaustragen würde. Doch er trug schon lange dieselbe Anzugjacke, ohne dass Brust oder Ärmel spannten. Stellte er sich prüfend vor den Spiegel und seine Schwester erwischte ihn dabei, dann sagte sie Dinge wie »So viel man auch am Gras zupft, so wächst es doch nicht schneller«. Er wurde auch nicht kräftiger, obwohl er ein guter Esser war. »An dem Buben bleibt einfach nichts hängen«, pflegte die Mutter zu sagen. Ludwigs Schultern waren immer noch nicht viel breiter als seine Hüften, obwohl sie ihm schon kleine Polster in die Jacke genäht hatte.

Ludwig hatte alle vierzehn Tage einen freien Sonntag, wie alle Angestellten im Dallmayr. Sie wechselten für den Sonntagsdienst. Deshalb hatte er Balbina gleich nach dem Mittagessen abholen können. Denn an diesem Sonntag war große Patisserie-Schau im Glaspalast, an der auch Konditor Reiter vom Café Victoria teilnahm. Ludwig hatte bei der Vorbereitung mitgeholfen und dafür zwei Eintrittskarten überreicht bekommen. Auch auf die Gefahr hin, dass Lilly ihm böse sein würde, hatte er all seinen Mut zusammengenommen und zuerst Balbina gefragt, ob sie nicht mitgehen wollte. Mit klopfendem Herzen hatte er auf eine Absage oder, vielleicht noch schlimmer, einen Lachanfall von Balbina gewartet. Aber sie hatte ihn nur angesehen, ihn zehn Sekunden auf die Folter gespannt und dann Ja gesagt und ihm dazu ihr allerliebstes Lächeln geschenkt. Dann war sie gleich losgelaufen, um ihr Sommerkleid aus dem Kasten zu holen, um es zum Lüften in den Hof zu hängen. Ludwig konnte sein Glück zuerst kaum fassen, dann überlegte er sich eine Geschichte, die er seiner Schwester erzählen würde, damit sie nicht traurig war, dass er sie nicht mitnahm. Er musste ihr ja nicht erzählen, dass Balbina mitging, obwohl, er war ja so euphorisch, dass sie Ja gesagt hatte.

Und jetzt, als sie den Botanischen Garten durch das Säulenportal an der Sophienstraße betraten, hakte sich Balbina bei Ludwig unter, der ein bisschen steif seinen Arm anwinkelte, aber vor Stolz hätte platzen können. Er durfte heute das schönste Mädchen von ganz München ausführen. So kam es ihm zumindest vor. Sie roch nach Bergnarzissen und Orangenblüten, wie ein italienischer Frühlingsmorgen nach dem Regen. Ludwig kannte den Geruch genau, er kam von Johann Maria Farina, dem Eau de Cologne Hoflieferanten aus Köln, und wahrscheinlich hatte Balbina sich das Kölnisch Wasser von ihrer Tante ausgeliehen, die es gern benutzte. Wenn er einmal ein Parfüm erfinden sollte, dachte Ludwig, dann müsste es nach dunkler Schokolade duften, der er verschiedene Gewürze zusetzen würde. Als er seine Idee Balbina erzählte, meinte die jedoch nur, dass er sich da etwas mehr einfallen lassen müsste, denn sie kannte keine Frau, die wie ein Lebkuchenherz duften wollte.

Die seltenen und exotischen Baumarten waren mit Schildern versehen, auf denen zu lesen war, woher sie stammten, wie groß sie wurden und solche Dinge. Sie interessierten Ludwig jetzt allerdings nur mäßig, denn das größte Wunder des Botanischen Gartens war doch der Glaspalast. Das moderne zweigeschossige Ausstellungsgebäude war vollständig aus Glas und Gusseisen errichtet und kam ganz ohne tragendes Mauerwerk aus.

»Schau, wie die Glasscheiben in der Sonne glitzern«, sagte Balbina. »Wie tausend Spiegel.«

»Oder zehntausend«, antwortete Ludwig. Er legte die Hand schützend über die Augen, weil die Sonne so blendete. Am Eingang zeigte Ludwig die Eintrittskarten vor, und ein uniformierter Saaldiener ließ sie passieren.

Womit sie gar nicht gerechnet hatten, war der ohrenbetäubende Lärm, der in der großen Halle herrschte. Von einer Galerie im ersten Stock hingen schwere Teppiche, um die Geräusche etwas zu dämpfen. Es schien nicht viel zu helfen. Balbina wollte sich fast die Ohren zuhalten. Sie flüchtete sich an den Kristallbrunnen in der Mittelachse des Gebäudes, wo die Luft ein wenig frischer war und das Geplätscher gegen den Lärm der Halle ankämpfte. Hier ging es zu wie am Stachus.

Für Ludwig war es das Paradies. Auf langen Tischen präsentierten die besten Patissiers aus München und ganz Bayern, was sie konnten. Er wusste gar nicht, wo er anfangen sollte. Alles sah so köstlich aus. Die feinen Torten waren in Vitrinen ausgestellt, Törtchen in Etageren aus Silber, Porzellan oder Glas präsentiert. Desserts wurden in Behältern mit Eis gekühlt, Pralinés, Bonbons und Schokoladen lagen auf feinstem Nymphenburger Porzellan oder auf Silberschalen, und manchmal wurden sie aufgefordert zu kosten. Ludwig sagte nie Nein.

Es war sehr heiß, denn entlang einer der Außenwände standen Backöfen, für deren gleichmäßiges Heizen zwei Arbeiter zuständig waren. Eine würzige süße Kuchen-Duftmischung lag wie eine dichte Wolke über den Besuchern. Ludwig unterschied auf Anhieb geröstete Haselnüsse, Mandelnougat, Pistazien, Zimt, Kardamom, Honig und Safran. Fasziniert sah er an einem Stand einem Schweizer Patissier beim Herstellen von heller und dunkler Ganache zum Glasieren von Torten und Gebäck zu. Die Tätigkeit verlangte viel Routine und Fingerspitzengefühl, denn man musste die Temperatur und Konsistenz der Schokolade genau beobachten und im richtigen Moment die Masse mit einem Spatel wenden und neu zusammenfügen, damit sie zart, aber zugleich streichfest wurde und den optimalen Geschmack behielt oder erst bekam. Es wurde ihm fast schwindelig beim Zusehen.

»Was hast du denn?«, fragte Balbina. »Ist dir nicht wohl?«

»Doch, doch«, beteuerte Ludwig, »es ist nur so viel auf einmal und alles so wunderbar.«

»Wo hat denn das Café Victoria seinen Stand? Wollen wir dort nicht anfangen? Du wolltest mir doch zeigen, woran du gestern noch mitgearbeitet hast.«

Ludwig sah sich um und entdeckte Maître Reiter an einem mit »Victoria, Maximilianstraße« überschriebenen Stand, wo er gerade mit einem Teigschaber und einem Tortenspatel eine Schokoladenfüllung auf einer Steinplatte temperierte.

Auch der Maître erkannte ihn sofort. »Ludwig, willst du mein Retter sein?«, fragte er. »Ach so, oh, du bist ja in ganz bezaubernder Begleitung gekommen. Küss die Hand, mein Fräulein. Wirklich sehr charmant. Ludwig, Ludwig, wo hast du denn diese junge Dame aufgetrieben?«

»Bei uns im Dallmayr findet man halt von allem nur das Feinste und Beste«, scherzte Ludwig. »Das ist bei den Mitarbeitern, vor allem den Mitarbeiterinnen auch so. Darf ich vorstellen: meine Kollegin Balbina. Sie lernt zwar Buchhaltung, aber sie ist auch eine gute Köchin und Feinbäckerin.«

»Soso, dann bist du ja ein echter Glückspilz, Ludwig.« Er erfasste die langsam erkaltende und fester werdende Ganache mit dem Spatel, ließ die Masse in eine Schüssel mit flüssiger Creme gleiten und rührte mit dem Teigschaber um.

»Wieso haben Sie denn den Ludwig als Ihren Retter begrüßt, Herr Reiter?«, wollte Balbina wissen.

»Ach, Fräulein, vergessen Sie das wieder. Mir ist nur einer meiner Lehrlinge ausgefallen, den ich für die heutige Schau eingeteilt hatte. Und da habe ich gedacht … Aber der Ludwig ist ja heute als Besucher hier, mit meinen Freikarten, und das hat er sich auch redlich verdient.«

»Was wird denn das, was Sie da zusammenrühren?«

»Die Füllung für meine Safran-Trüffel, mein Fräulein. Wenn sie fertig sind, dürfen Sie gerne probieren.«

»Haben Sie auch Schürzen da?«, fragte Balbina.

»Schürzen? Was haben Sie denn vor, schönes Fräulein?«

»Balbina heiße ich, Herr Reiter, und der Ludwig und ich, wir würden so gerne einmal einen Rundgang durch die Halle machen. Es riecht ja so gut hier, dass man es fast nicht aushalten kann. Und wir sind ja auch das erste Mal auf einer Patisserie-Schau«, plapperte sie dahin. »Aber wenn wir einmal durchgegangen sind, dann können wir Ihnen bestimmt zur Hand gehen. Also wenn Sie Schürzen für uns beide haben, denn mein Kleid, wissen Sie …«

Reiter sah von ihr zu Ludwig, der über das ganze Gesicht grinste.

»Also Fräulein Balbina, zur Not gebe ich Ihnen meine eigene Schürze.«

»Aber das geht doch nicht. Da steht ja ›Maître‹ drauf«, protestierte Balbina.

»Dann werden Sie eben schnell noch befördert, Sie Dallmayr-Perle. Und jetzt los, ihr zwei, schaut euch nur um. Beim Rottenhöfer müsst ihr euch unbedingt ansehen, was die wieder für protzige Kübel und Schirmständer präsentieren. Und beim Kreutzkamm könnt ihr zuschauen, wie ein Baumkuchen gemacht wird. Und ihr müsst nicht hetzen. Meine Safran-Trüffel schaffe ich schon noch allein.«

»Rottenhöfer«, sagte Balbina, als sie ihren Rundgang starteten, »ist das nicht der von der Confiserie Rottenhöfer in der Residenzstraße?«

»Das Geschäft wird von den vier Söhnen von Johann Rottenhöfer weitergeführt. Der Senior war viele Jahre Leibkoch von Ludwig II.«

Bei Rottenhöfer wurden gerade dünne Biskuitböden gebacken und eine Schokoladenbuttercreme für die Prinzregententorte angerührt. Denn Johann Rottenhöfer selbst rühmte sich, sie erfunden zu haben.

»Bestimmt wird sie auch gerade drüben beim Erbshäuser gebacken«, sagte Ludwig. »Denn auch der will höchstpersönlich ihr Erfinder sein.«

Das Prunkstück am Rottenhöfer-Stand war ein riesiges vasenartiges Gefäß, das auf einer silbernen Platte ruhte. Die terrassenförmigen Etagen waren jeweils mit verschiedenem Gebäck bestückt. Ein handgeschriebenes Schild klärte die

Besucher über dieses Kunstwerk der Patisserie auf. »Vase en pâte d'office garnie de meringues à la Chantilly«, darunter die Übersetzung »Vase von hartem Zuckerteig mit Meringuen gefüllt«.

»Der protzige Kübel, von dem Maître Reiter gesprochen hat«, flüsterte Ludwig.

»Dann ist die Vase gar keine Vase, sondern Backwerk?«, fragte Balbina. »Wie geht denn das?«

»Da wird eine Form mit Zuckerteig ausgelegt, mit getrockneten Erbsen gefüllt und gebacken. Danach entfernt man die Erbsen und hat ein Gefäß aus harter Zuckermasse, das aussieht wie ein Kübel oder eben wie eine Vase, die dann außen, auf den Galerien, noch mit Gebäck garniert wird. Schau, hier steht, womit es garniert ist.« Ludwig zeigte auf ein zweites Schild. »Unten: Tarteletten von Haselnuss-Biskuit-Masse, gefüllt mit Aprikosenmarmelade und glaciert mit Orangenglace, garniert mit eingemachten Früchten. Darüber: Nougats mit Schlagrahm und Erdbeeren gefüllt. Dritte Reihe: Herzogbrot. Obenauf: Mit Pistazien bestreute und mit Schlagrahm gefüllte Meringuen, erhaben aufgerichtet.«

»So etwas habe ich überhaupt noch nie gesehen.« Balbina bestaunte dieses Kunstwerk.

»Für die Könige muss es eben immer etwas Besonderes sein«, sagte Ludwig. »Vor allem für meinen Namensvetter, den Ludwig zwo, obwohl der immer ganz allein bei Tisch gesessen und diniert hat.«

»So? Woher willst du denn das wissen?«, fragte Balbina. »Warst du vielleicht dabei?«

»Nein, wenn er allein gegessen hat, kann ich ja gar nicht dabei gewesen sein.« Ludwig grinste sie frech an. »Das hat mir ein Neffe vom Theodor Hierneis erzählt. Der war Kochlehrling am Hof und von dem hat er es erfahren. Und dass alle Bediensteten immer aufpassen mussten, dass sie dem König ja nicht auf einem der Gänge in der Residenz begegnet sind, denn er wünschte keinen von seinen Untertanen zu sehen. Überhaupt keinen Menschen.«

»Unser verstorbener König? Wirklich?« Balbina glaubte ihm nicht.

»Ja wirklich, das weiß ich gewiss. Wahrscheinlich war der König genauso krank wie sein Bruder Otto. Ich hätte jedenfalls nicht dort arbeiten mögen, jedenfalls nicht ohne Tarnkappe. Denn stell dir vor, wenn du ihm einmal nicht mehr rechtzeitig ausweichen konntest und er dich gesehen hat, dann warst du fällig. Rauswurf, Lehrstelle verloren, einfach weil du dich in dem Moment nicht in Luft aufgelöst hast.«

»Psst, Ludwig, wenn dich jemand hört! So redet man doch nicht über einen König, auch wenn er tot ist.«

»König hin oder her, aber stell dir das mal vor. Da ist mir unser Dallmayr auf jeden Fall lieber. Dort muss ich mich wenigstens nicht verstecken.«

»Ja, ist gut, aber jetzt komm weiter. Wir haben dem Herrn Reiter versprochen, dass wir ihm helfen.«

»Du hast ihm das versprochen, nicht ich.«

»Ach geh, du willst doch auch noch was lernen, oder kannst du vielleicht schon alles?«

»Alles nicht«, gab Ludwig zu. »Aber den Baumkuchen müssen wir uns unbedingt noch anschauen. Hast du schon mal gesehen, wie der gemacht wird?«

Balbina schüttelte den Kopf.

Am Gast-Stand der Konditorei Kreutzkamm aus Dresden war eine quadratische Herrentorte auf einer passenden Kristallplatte angerichtet. Sie war aus feinen Sandböden, mehrfach mit Weincreme gefüllt und mit dunkler Schokolade überzogen.

»Quadratisch«, murmelte Balbina. »Ich wüsste gar nicht, wie man die aufschneidet. Aber gut sieht sie aus, oder?«

»Genial«, antwortete Ludwig. »Schau, dort wird der Baumkuchen gemacht.«

Der Konditor goss eine dünne Schicht flüssigen Teig aus einer Kelle auf eine Walze, die auf einem Spieß mit gleichmäßiger Geschwindigkeit gedreht wurde. Über dem offenen Feuer, das unter dem Spieß in einer Metallwanne brannte, wurde jede Schicht Teig goldbraun gebacken, bevor die nächste Schicht darüber aufgetragen wurde. Ein fertiger Baumkuchen war, mit Kuvertüre überzogen, bereits auf einer Porzellanplatte aufgerichtet worden. Auf einem Zinnteller wurden die »Baumspitzen« präsentiert, kleine Dreiecke, die vom großen Baum abgeschnitten und über Eck glasiert worden waren. Beim Probieren machte Ludwig ein ernstes Gesicht, er setzte diesen prüfenden Blick auf, den Balbina schon kannte. Dann nickte er.

»Hat es Ihnen geschmeckt, der Herr?«, erkundigte sich der Konditor.

»Der beste Baumkuchen, den ich je gegessen habe«, antwortete Ludwig.

»Und wie viele hast du schon gegessen?«, fragte Balbina, als sie weitergingen.

»Der hier war mein erster. Und mein bester. Also bisher.«

»Gut, dass der Herr Kreutzkamm das nicht gehört hat. Er hat dich für einen Experten gehalten.«

»Bin ich ja auch, nur eben noch nicht für Baumkuchen.«

Bei der Konditorei Erbshäuser gab es die »echte« Prinzregententorte, beim Café Luitpold extravagante mehrstöckige Hochzeitstorten, verziert mit Rosensträußchen und Margeriten aus Marzipan, kandierten Veilchenblüten, Schwänen, weißen Hasen und Pfauen inklusive Krönchen aus Porzellan.

»Wenn ich mal heirate«, seufzte Balbina, »möchte ich auch so einen Schwan auf meiner Torte haben. Aber wahrscheinlich kann ich mir das nicht leisten, oder mein Bräutigam.«

»Ich backe die Torte und du sparst schon mal für den Schwan«, sagte Ludwig leichthin. »Oder du angelst dir einen Bräutigam, der eine Porzellanmanufaktur besitzt.«

»Ja genau.« Balbina verdrehte die Augen. »Der wird gerade auf mich gewartet haben, der Herr Geschäftsführer.«

»Warum denn nicht?« Ludwig war ganz entrüstet. »Du bist jung, du bist ...«

»Na?«, fragte sie.

»Ungeduldig, das bist du auf jeden Fall.«

Balbina funkelte ihn an. »Noch etwas?«

Ludwig musste nicht lang überlegen. »Und das schönste und tüchtigste Mädel in ganz München bist du außerdem.«

»Ach komm«, antwortete sie lächelnd. Also hatte er sich diesmal nicht blamiert. Ihm fehlte es einfach noch an Erfahrung. Mit Lilly, seiner Schwester, lag die Sache anders. Die erwartete keine Komplimente von ihm, er musste sie nur zum Lachen bringen, und das war so viel leichter.

»Ach, so habe ich mir immer das Schlaraffenland aus dem Märchen vorgestellt«, seufzte Ludwig, als sie an all den Köstlichkeiten der Konditorkunst vorbeigingen.

»Wie genau?«, fragte Balbina. »Wie im Café Luitpold, bei Kreutzkamm oder beim Erbshäuser? Oder beim Rottenhöfer?«

»Du hast das Victoria vergessen und den Maître Reiter.«

»Stimmt! Dann los jetzt, Ludwig, wir haben genug gesehen und probiert, oder?«

»Ich kann überhaupt nicht genug sehen«, maulte Ludwig. »Am liebsten würde ich die Nacht über hierbleiben.«

»Jetzt komm schon, der Herr Reiter wartet doch auf uns. Du, wenn er mir wirklich seine Schürze leiht, dann denken doch die Leute, dass ich die Chefin vom Victoria bin.«

»Madame Reiter«, sagte Ludwig und machte eine Verbeugung. »Bitte nach Ihnen.«

Der echte Monsieur Reiter wartete schon mit einer Tasse Kaffee und einem Stück Zitronentarte auf sie.

»Was machen die Trüffelpralinen?«, fragte Balbina.

»Die Füllung muss noch ein bisschen abkühlen, bevor ich sie glasieren kann.«

»Darf ich das übernehmen?«, fragte sie. »Das heißt, natürlich nur, wenn Sie eine Schürze für mich haben.«

»Jetzt setzt euch erst mal hin und probiert meine Tarte. Die Kollegen werden vor Neid platzen, wenn sie uns sehen. Ich weiß, was sie sich denken werden. ›Jetzt hat der Reiter nicht nur die besten Torten und Pralinen und das eleganteste Kaffeehaus von ganz München, sondern auch das hübscheste Fräulein im schönsten Sommerkleid bei sich am Tisch sitzen.‹ Das möchte ich jetzt noch ein wenig auskosten, bevor ich Sie und Ihr Kleid unter einer Schürze verstecke. Und du, Ludwig, was sagst du zu der Tarte? Passt alles? Zu süß? Zu sauer? Die Meringue schön kross?«

Ludwig ließ sich Zeit. Führte seine Gabel langsam zum Mund, sog den Geruch des Gebäcks ein, schloss die Augen, ließ sich das erste Stück auf der Zunge zergehen, das zugleich sauer und süß schmeckte und beide Geschmacksrichtungen aufs Köstlichste verband, schluckte und schwieg.

»Ja und?«, fragte Reiter.

»Er spannt einen immer so auf die Folter«, erklärte Balbina, »das macht er mit Absicht.«

»Perfekt«, sagte Ludwig, und der Maître wirkte erleichtert.

Auch wenn Ludwig nicht im Glaspalast übernachten durfte, wurde der Tag noch sehr lang. Patissier Reiter ließ sie beide mit einer Droschke nach Hause bringen. Denn am nächsten Morgen um sieben musste Ludwig wieder im Geschäft stehen. In der Nacht hatte er von einem schwarzen Schwan aus dunkler Schokolade geträumt, der auf einer weißen Cremetorte saß.

Er trug ein Krönchen, hatte aber den breiten Schnabel einer Ente. Schwitzend war er aufgewacht, weil er dachte, dass er für dieses Missgeschick verantwortlich war.

Nach dem Mittagessen brachte der Hoteldiener das Telegramm mit der telegrafischen Postanweisung aus München. Hermann holte sich das Geld in der Hypothekenbank in den Hohen Bleichen und ließ sich auch einiges an Devisen ausbezahlen. Die spanische Peseta, die auf den Kanaren Zahlungsmittel war, hatte den Wert einer italienischen Lira oder eines französischen Franc. Für Kaffee aus Hamburger Spitzenröstungen gab seine Mutter ihm grünes Licht.

In Sachen Eleganz hatte Groeneberg Hermann einen der großen Konfektionshäuser am Neuen Wall empfohlen, Semler, Robinsohn oder Schenk in der Altstadt, hinter dem alten Domplatz. Das Konfektionshaus fand er wohl, auch den Domplatz, aber keinen Dom. Er fragte den Verkäufer bei Schenk danach.

»Ich bin zwar jüdischen Glaubens«, antwortete der, »aber soweit ich weiß, haben die Hamburger, die ja immer schon Protestanten waren, den alten Marien-Dom vor ungefähr hundert Jahren abreißen lassen. Hat man mir so erzählt.«

Einen Dom abzureißen, das fand Hermann ungeheuerlich. Er dachte an die Frauenkirche in München, mit den beiden Türmen, die man von der Dienerstraße aus sehen konnte. Würde in München jemand den Frauendom abreißen wollen, dann gäbe es Krieg.

Jetzt musste er nur noch etwas bei der Konfektionsware finden, das passte oder noch rasch auf ihn angepasst werden konnte. In München gingen die allermeisten Bürger und Geschäftsleute immer noch zum Schneider. Konfektionsware zu kaufen, kam für die wohlhabenderen Schichten überhaupt nicht infrage. Obwohl viele schon bei Isidor Bach in der Sendlinger Straße einkauften und das Geschäft mittlerweile eine Auslage hatte, die über die ganze Hausfront ging, und das waren fast dreißig Meter. Es hieß, Bach plane schon einen Neubau, was natürlich besonders seine Mutter interessierte, die ja auch immer ans Vergrößern dachte.

Der Verkäufer bei Schenk hatte ihm einige Gehröcke gezeigt, und Hermann griff nach einem grauen mit feinen Nadelstreifen. Er schlüpfte hinein, und er schien zu passen.

»Wohin wollen Sie denn damit?«, fragte der Verkäufer. »Eine Festlichkeit, Hochzeit oder für einen geschäftlichen Anlass?«

»Ich brauche ihn für das Restaurant Pfordte heute Abend.«

»Ins Pfordte, verstehe. Doch, da ist der Graue keine schlechte Wahl. Er sitzt fast perfekt und steht Ihnen.«

Dazu suchte er sich ein weißes Hemd mit Klappkragen aus, wie er es auch beim jungen Herrn Edelmann gesehen hatte. Anstelle des Plastrons, das Groeneberg trug, empfahl der Verkäufer eine cremefarbene, Ton in Ton gemusterte Fliege und eine bestickte Weste in Silbergrau. Hermann fand, er sah aus wie ein englischer Salondichter. Einen Zylinder lehnte er ab. Der Verkäufer meinte, ohne Kopfbedeckung könne er nicht gehen, und eine Kappe, welcher Machart auch immer, käme nicht infrage. »Nicht bei Pfordte.«

Am Ende zog er eine weiche, hellgraue Melone mit schmalem schwarzem Hutband aus einer Schublade. Hermann fand das übertrieben, aber der Verkäufer bekniete ihn, sie zu nehmen. Hier gehe es um den Ruf des Hauses Schenk. Es fiele auf ihn persönlich zurück, wenn er den jungen Herrn ohne Kopfbedeckung zu Pfordte schickte.

»So sieht ein eleganter junger Geschäftsmann in Hamburg aus. Da wird man sogar bei Pfordte auf Sie aufmerksam. Sie werden sehen. Wenn Sie zufrieden sind mit der Wirkung, dann empfehlen Sie uns gern weiter. Wenn nicht, dann kommen Sie wieder und geben Sie uns eine zweite Chance. Wir machen jeden glücklich.«

Das Restaurant Franz Pfordte am Rathausmarkt, vis-à-vis des eben fertiggestellten Neuen Hamburger Rathauses, war in einem repräsentativen Eckhaus untergebracht. Der Markt war um diese Uhrzeit belebt. Eine Straßenbahn der Linie 19 fuhr auf ein Geschäftshaus zu, dem ein mächtiger Dachaufbau aufgesetzt war, auf dem für »Stollwerck's Adler Cacao« geworben wurde. Hermann kannte die Werbung mit dem Adler, der auf zwei Weltkugeln stand, von den Kakaoverpackungen und den Reklameschildern der Firma. Nervös näherte er sich dem Eingang. Als er sich selbst in der Glastür zum Speisesaal gespiegelt sah, erkannte er sich fast nicht wieder. Wenn sie ihn im Dallmayr, wo seine Uniform aus Hemd, Hose und schwarzer langer Schürze bestand, so sehen könnten! Hermann nahm sich vor, so zu tun, als trüge er nie etwas anderes als diesen komischen Hut mit dem schwarzen Trauerband und das Einstecktuch, das ihm der Verkäufer bei Schenk gefaltet hatte, »comme il faut«, wie er sich ausgedrückt hatte. Hermann wusste nicht, ob er den Rock zum Essen ausziehen durfte. Er würde es einfach so machen wie Groeneberg, zu dem ihn der Ober nun an den Tisch geleitete. Der Holländer war noch prächtiger gekleidet als sonst, also war es kein Schaden, dass Hermann auch sehr dick aufgetragen hatte. Zumindest kam es ihm so vor.

»Das wäre aber nicht nötig gewesen, Junge, dass du dich wegen mir so herausputzt«, begrüßte ihn Groeneberg. »Ach so, es ist wegen Pfordte. Oder womöglich wegen der Dame, die wir erwarten?«

»Kommt sie nicht?«, fragte Hermann.

»Mein Junge, überleg doch einmal. Säße die Dame jetzt schon am Tisch, so hätten wir sie, und uns, um ihren ganzen Auftritt gebracht. Die Vorfreude, die Erwartung, das Herzklopfen. Welcher Dummkopf würde sie, und uns, darum betrügen wollen? Nein, heute wollen wir das ganz große Abendvergnügen. Wir dinieren bei dem besten Koch außerhalb von Paris, und wir erwarten eine der schönsten Damen Hamburgs. Was sind wir doch für Glückspilze.«

Der rechteckige Speisesaal erschien Hermann vornehm und von schlichter Eleganz. Hohe Fenster, Kristalllüster, blütenweiße Tischdecken und große Servietten aus Damast, Silberbesteck, erlesenste Kristallgläser. Eine Karaffe gekühltes Wasser stand parat und drei Menükarten aus edlem Büttenpapier, elegant von Hand beschriftet, lagen auf dem Tisch. Sie waren auf Französisch und Deutsch verfasst.

Ein Raunen ging durch den Raum, dann herrschte Stille, und sogar die Kellner hielten die Luft an. Dann riss der Empfangsdiener die Glastür auf und verbeugte sich, bis seine Nase fast ans Knie stieß. Beobachtet aus fünfundzwanzig, vielleicht mehr Augenpaaren legte Inés ihren schwarzen Tüllhut und das Seidencape ab und reichte es dem Ober.

»Geleite dieses göttliche Wesen an unseren Tisch«, sagte Groeneberg leise, und Hermann stand wie in Trance auf und ging ihr entgegen.

Sie trug ein extravagantes Abendkleid, das über und über mit schwarzen und grünen Pailletten bestickt war, die unter den Kronleuchtern märchenhaft schimmerten. Der Brustbereich des Kleides war aus hellgrünem Samt gearbeitet und ärmellos. Die Schultern bedeckte feine schwarze Spitze, die in zwei Bahnen auf den Rücken herabfiel. Die schmale Silhouette mit der kleinen, spitz zulaufenden Schleppe wirkte, als sei Inés soeben dem Meer entstiegen. Hermann reichte ihr seine leicht zitternde Hand und sie lächelte schelmisch, als er sie zu ihrem Tisch führte, wo Groeneberg ihr die schwarz behandschuhte Hand küsste und hinter ihrem Stuhl wartete, bis sie sich gesetzt hatte.

»Sie können jetzt weiteratmen, meine Herren«, sagte Inés und bat um einen Schluck Wasser. »Dieser Aufwand mit der Abendtoilette bringt mich noch einmal um«, sagte sie. »Seit zwei Stunden habe ich Hunger wie ein Schauermann.«

»Dann lassen wir uns von Maître Franz Pfordte und seinen Leuten bedienen, bis wir singen wie die Engel im Himmel.«

Auf ein Zeichen des Holländers brachte der Ober drei Champagnerkelche. Der Pommery perlte wie Goldtropfen aus der Flasche.

»Wie ich sehe, hinkt Bayern in der Konfektion den Hanseaten nicht hinterher«, bemerkte Inés, und Hermann dachte voller Dankbarkeit an den Verkäufer bei Schenk und beließ es dabei.

»Dabei hast du das Beste noch nicht gesehen«, sagte Groeneberg und zeigte auf die Hutablage der Garderobe. Hermann konnte ein leichtes Erröten nicht verhindern.

»Très chic«, sagte Inés. Und es klang nicht so, als mache sie sich lustig.

Sie erhoben die Gläser. Der erste Toast gebührte dem Gastgeber.

»Die Liebe ist das Werk der Jugend«, sagte Groeneberg charmant und nickte seinen Gästen zu. »Es lebe die Jugend.«

Der erste Gang wurde serviert. »Real turtle soup«, verkündete der Ober.

Die echte Schildkrötensuppe wurde in weißen Porzellantassen mit Henkel serviert, die mit grünen Schildkröten bemalt waren. Die klare Suppe hatte die Farbe von Bernstein. Sie enthielt gewiegte frische Kräuter, fein gewürfelte Fleischstücke und war mit Sherry verfeinert. So betörend wie ihr Geruch war auch der Geschmack, und die Präsentation bildete das i-Tüpfelchen dieser Kreation.

»Hier geht es nicht ums Sattwerden, auch wenn das womöglich zu früh geschehen wird«, sagte Groeneberg. »Wir erleben hier eine perfekte Inszenierung. Das ist wie ein Opernbesuch.«

»Ein gesunder Appetit kann trotzdem nicht schaden«, antwortete Inés und machte sich über die Suppe her.

Als nächster Gang wurde eine »Brouillade aux truffes«, ein kleines, im Wasserbad gegartes Omelett mit schwarzem Périgord-Trüffel, serviert. Dazu ein Schlückchen Madeirawein. Zum Saibling aus dem Königssee, dem nächsten Gang, trank man Marcobrunner Auslese.

Hermann ließ sich einen Bleistift bringen und machte sich Notizen auf seiner Menükarte über Aroma, Duft, Konsistenz der Speisen und der begleitenden Weine und deren Jahrgänge. Für ihn war es ein Delikatessen-Seminar. Und zu Hause würden sie ihn bestimmt löchern, was er alles erlebt und gekostet hatte bei Pfordte.

»Mir gegenüber sitzt ein Experte«, sagte Inés, »und ich weiß nicht einmal, was ein Saibling ist.«

»Ein Süßwasserfisch aus der Familie der Lachse, der kalte, sehr saubere Gewässer liebt. Wir verkaufen ihn auch. Er wird sehr nachgefragt«, antwortete Hermann.

»War bei den bisherigen Gängen etwas dabei, was es bei Alois Dallmayr – so heißt Hermanns Delikatessenladen in München – nicht gibt?«, fragte Groeneberg.

Hermann schüttelte den Kopf. »Wir führen alle Zutaten, aber was hier aus ihnen gemacht wird, das übertrifft alles, was ich je gesehen und gekostet habe.«

Mit dieser Antwort war der Holländer sehr zufrieden.

Zwischen einem Gang von Frischlingskoteletts und Fasanen à la Belle-Alliance mit Minerva-Salat wurde ein Tellerchen Austern serviert und dazu ein 1869er Château d'Yquem, den Hermann nun doch wieder probieren musste, nachdem er einige Runden ausgesetzt und nur Wasser getrunken hatte.

Denn er merkte, dass der Alkohol ihm zu viel wurde. Er hätte gern den Rock ausgezogen, aber alle anderen Herren im Raum behielten ihn an. Alles begann an ihm vorbeizuziehen, und Hermann spürte, wie ihm langsam die Kontrolle entglitt. Er konnte kaum mehr der Unterhaltung folgen, Thema waren die Rohstoffpreise und die Kosten für eine neue Trommelröstmaschine. Dann ging alles sehr schnell. Er spürte einen Schwindel, und sein Magen fuhr Karussell. Hermann entschuldigte sich und begab sich zur Toilette. Er sperrte sich in eine der Kabinen ein, befreite sich aus dem schrecklich engen Rock, sank nieder und legte die Hemdsärmel über die Klobrille. Er zwang sich, die Augen offen zu halten, und wartete darauf, dass das Karussell endlich stoppen würde. Die Peinlichkeit seiner Lage war ihm bewusst, aber er konnte jetzt nicht aufstehen. Nur ein paar Minuten noch, dachte er.

Da klopfte es an seiner Kabinentür.

»Verzeihen Sie, Monsieur, kann ich Ihnen behilflich sein?« Das musste einer der Garçons sein. »Ist Ihnen nicht gut?«

»Es wird gleich wieder gehen«, behauptete Hermann.

»Ich habe eiskaltes Wasser für Sie und kann Sie in den Innenhof führen, dort ist es angenehm kühl. Öffnen Sie bitte, Monsieur. Ihr Gastgeber macht sich bereits Sorgen. Ebenso wie Maître Pfordte.«

»Nein, bitte, es war nur etwas viel Wein für mich. Es wird gleich wieder gehen.«

Hermann stützte sich auf und kam mit Mühe zum Stehen. Er entriegelte die Tür und ließ sich von dem Jungen, der höchstens sechzehn war, hinausführen, wusch sich die Hände und das Gesicht und gelangte über einen Seitengang an der Küche vorbei in einen Innenhof. Endlich frische Luft. Er setzte sich an einen der Tische und leerte das große Glas Wasser mit Eis in einem Zug. Der Garçon legte ihm außerdem ein nasses Handtuch in den Nacken.

»Besser?«, fragte er.

Hermann nickte. »Ich heiße Hermann.« Er reichte ihm die Hand.

»Gustav«, sagte der Junge verlegen und brachte ein zweites Glas.

»Danke, Gustav.«

»Jetzt müssten Sie aber wieder zurück in den Speisesaal, wenn Sie nicht das Beste verpassen wollen«, sagte Gustav.

»Und was kann nach Austern und Fasan und Trüffeln jetzt noch Besseres kommen?«

»Eine Spezialität unseres Patissiers: Croquembouche à la parisienne. Schon einmal gehört?«

»Gehört schon, aber nicht gegessen«, antwortete Hermann.

»Sollte man nicht verpassen. Ich muss dann wieder.«

Er reichte Hermann seinen Rock und wandte sich zur Küche. Hermann atmete noch einmal tief durch, dann ging er zurück in den Speiseraum.

Auf einem Mitteltisch war die Croquembouche aufgebaut und zog alle Blicke auf sich. Auf einem Sockel aus Silber erhob sich ein kegelförmiger Aufbau aus gefüllten und mit Schokolade übergossenen Profiteroles, die mit Karamell verklebt und wie zu einem Weihnachtsbäumchen aufgetürmt waren. Ein Patissier löste die Profiteroles aus ihrer Baumform und verteilte sie portionsweise auf Glasschälchen, die von den Garçons zu den Tischen gebracht wurden. Hermann folgte einem von ihnen an seinen Platz. Doch dort saß Groeneberg ganz allein. Das Gedeck von Inés war bereits entfernt worden. Er war doch nicht länger als zehn, höchstens fünfzehn Minuten fort gewesen.

»Geht es dir besser?«, fragte Groeneberg.

Hermann nickte. »Es tut mir leid.«

»Jaja, der Alkohol«, sagte Groeneberg. »Du wirst sein wie einer, der auf hoher See sich schlafen legt, und wie einer, der oben im Mastkorb liegt. Heißt es schon in der Bibel.«

»Wo ist Inés?«, fragte Hermann.

»Sie hat sich verabschiedet. Ich soll dich von ihr grüßen. Sie bekommt morgen eine neue Lieferung von Kaffee aus Äthiopien und muss sehr früh raus.«

Hermann spürte, dass das nicht der wahre Grund war. »Sie ist wegen mir gegangen. O Gott, habe ich mich so danebenbenommen? Hat sie bemerkt, dass ich etwas zu viel hatte?«

»Das konnte man schon merken, Junge. Aber das ist ja kein Verbrechen. Du wirst schon noch lernen, richtig einzuschätzen, wie viel du verträgst und wann du besser aufhörst. Mach dir keine Sorgen.«

Gustav brachte zwei Schalen Profiteroles an ihren Tisch.

»Kaffee?«, fragte er Hermann. Der nickte dankbar.

»Für Sie einen Roederer Carte Blanche Demi-Sec, Monsieur?«

»Ich fürchte, auf den muss ich heute verzichten, denn der Yquem war doch ein wenig voluminös. Für mich bitte auch Kaffee, schwarz.«

»Warum ist Inés wirklich gegangen?«, fragte Hermann.

»Hör zu, mein Junge, wenn du es unbedingt wissen willst. Ich glaube, Inés ist nicht entgangen, wie du sie immer wieder angesehen hast. Ich kann dich verstehen, wir reden jetzt offen, unter Männern. Und du bist auch nicht der erste Mann, dem das passiert. Aber versetz dich mal in ihre Lage. Inés steht unter Beobachtung der halben Stadt, auf jeden Fall aller, die mit dem Kaffeehandel in Verbindung stehen. Sie ist eine Frau, die auffällt. Und sie hat einen angesehenen Hamburger Kaufmann zum Vater. Man kennt die Familie. Jetzt probier doch mal. Diese Profiteroles sind einfach köstlich. Und die Füllung so herrlich kühl, fast wie Gefrorenes.«

Hermanns Appetit kam erst nach dem zweiten Schluck Kaffee zurück, als er sich sicher war, sein Magen würde das Dessert auch behalten. Die Chantilly-Creme zerging auf der Zunge und vermischte sich aufs Köstlichste mit der glänzenden kühlen Schokoladenglasur.

»Du musst verstehen, dass Inés einen Ruf zu verteidigen hat. Ihren eigenen und den ihrer Familie. Sollte irgendjemand mitbekommen, dass sie abends länger als für ein Diner nötig ausgeht, oder in Verdacht geraten, dass sie sich mit Männern einlässt, dann hätte sie als Person wie als Geschäftsfrau kein gutes Leben mehr in Hamburg. Sie könnte ihren Laden dichtmachen und alle würden sagen, jaja, war doch klar, dass eine so schöne Frau wie sie nicht damit durchkommt, eine Kaffeerösterei zu betreiben. Inés wird in dieser Männergeschäftswelt gerade so toleriert. Sie musste ein ganzes Jahr für eine einzige Toilette im Haus am Sandtorkai kämpfen. Es wäre sehr dumm, wenn sie ihren Erfolg, alles, was sie durch harte Arbeit erreicht hat und was sie noch erreichen will, für ein kleines Abenteuer, ein bisschen Verliebtheit oder was auch immer aufs Spiel setzt. Jetzt bleib mal schön sitzen, Hermann. Wir reden hier ganz vertraut unter Männern, und du wolltest die Wahrheit wissen.«

Hermann bestellte sich einen zweiten Kaffee. Schwarz und bitter, die beste Medizin für sein Leiden. Er hatte ihnen allen den Abend vermiest. Wie hatte das bloß passieren können.

»Sie ist eine wunderbare Frau«, sagte er zu seiner Verteidigung. »Sie ist so bezaubernd, alles an ihr.«

Groeneberg nickte. »Ich könnte dir jetzt sagen, dass es in Hamburg nicht nur eine schöne Frau gibt, sondern noch viele mehr. Vielleicht möchtest du dich selbst davon überzeugen, dann gehe ich mit dir nach St. Pauli. Die Mädchen dort sind leichter zu bekommen, du musst nur einen Geldschein auf den Tisch legen.«

Hermanns Tasse klirrte, als er sie auf die Untertasse stellte. »Sie beleidigen mich mit Ihrem Vorschlag«, sagte er.

»Ich meine es aber nicht so. Hör zu, es gab schon einige Nächte in St. Pauli, in denen ich Trost und Entspannung bei den Mädchen dort gesucht habe. Manchmal braucht ein Mann in seinem Leben genau das. Und weißt du was, es sind nicht einmal die schlechtesten Momente. In der Erinnerung werden sie außerdem immer besser, je älter du wirst. Überleg es dir. Jeder Kutscher bringt dich hin und hat einen sicheren Geheimtipp. Irgendwann wirst du es ausprobieren wollen. St. Pauli ist nicht der schlechteste Ort dafür. So, und jetzt Schluss damit. Herr Ober, die Rechnung bitte, es ist spät geworden.«

»Chefin!« Ludwig lief hinter Therese her, die gerade auf dem Weg zum Mittagessen war. »Frau Randlkofer, da ist ein Herr von der Vereinsbank, der Sie sprechen möchte.«

»Vielleicht einer von den beiden Herren, die schon einmal hier waren?«, fragte sie. »Für die bin ich nicht zu sprechen.«

»Nein, nein, ich glaube, das ist keiner von denen, sondern ein wirklich feiner Herr. Er sagt, er komme vom Vorstand der Bank.«

Therese warf einen Blick Richtung Eingang, wo ein eleganter Herr mit glattem graumeliertem Haar stand und sich im Laden umsah. Eine der Verkäuferinnen fragte ihn gerade nach seinen Wünschen, und er plauderte freundlich mit ihr.

»Dann sag ihm bitte, dass ich gleich komme. Er darf sich gern inzwischen im Geschäft umsehen. Zeigst ihm halt ein bisschen unser Sortiment und lässt ihn auch etwas probieren, Ludwig. Vielleicht hat er ja genauso viel Hunger wie ich.«

Sie ging sich die Hände waschen und kontrollierte Frisur und Garderobe vor dem Flurspiegel. Sie fand, dass die heutige Kombination von schwarzem, matt schimmerndem Seidenrock und weißer Bluse mit einer feinen schwarzen Paspel am Kragen und entlang der Knopfleiste für den Anlass passend war. Sie wollte nicht monatelang in Schwarz im Laden erscheinen und auf Schritt und Tritt Trauer verbreiten. Das hätte Anton bestimmt nicht gewollt. Wenn man ihr begegnete, sollte man Freude empfinden, an gutes Essen und Trinken denken, nicht an den Tod. Einige würden sich darüber das Maul zerreißen, doch die fanden sich immer, egal, was man tat. Und als Frau Dallmayr musste man das schon aushalten können. Sie befeuchtete die Zeigefinger mit Spucke und strich sich die Augenbrauen glatt. Sie waren ebenso dunkel wie ihr Haar, das seit Antons Tod zwar mehr graue Fäden bekommen hatte, aber insgesamt immer noch fast schwarz war.

Und nun, liebe Vereinsbank, was immer du auch von mir willst und welche Möglichkeiten dir noch eingefallen sind, mich zu ärgern, nur damit du es weißt: Ich brauche dich nicht! Denn ich habe einen lieben, großzügigen Freund, dessen einziger Fehler es ist, dass er außerhalb von München wohnt, sonst würden wir uns bestimmt öfter sehen.

»Verehrte gnädige Frau!« Der Bankier eilte ihr entgegen. Er war einen guten Kopf größer als sie und wirklich eine sehr elegante Erscheinung. Er strahlte, als habe er nie im Leben etwas Schöneres gesehen als seine Kundin, der er den Kredit aufgekündigt hatte.

»Es ist nachgerade unverzeihlich, dass ich schon längere Zeit nicht mehr im Dallmayr gewesen bin. Mir gehen ja die Augen über, welche Köstlichkeiten Sie hier zur Schau stellen und in welch beeindruckender Präsentation. Ihr junger Kommis war so freundlich, mich ein bisschen herumzuführen.«

»Das war Ludwig, unser Lehrling und Schokoladenspezialist. Guten Tag.«

»Verzeihen Sie bitte, gnädige Frau. Friedrich Volz, Vorstandssprecher der Bayerischen Vereinsbank.« Er verneigte sich tief.

»Was verschafft mir denn die Ehre Ihres hohen Besuchs, Herr Volz?«

»Vielleicht könnten wir das kurz irgendwo besprechen?«

»Bitte!« Therese ging voraus in ihr Büro.

»Ich bin hier, um mich aufrichtig persönlich wie im Namen meiner Bank für das Verhalten von zwei unserer Mitarbeiter bei Ihnen zu entschuldigen. Sie haben ihre Kompetenzen überschritten und eine eklatante Fehlentscheidung getroffen, die durch nichts zu rechtfertigen ist. Seien Sie versichert, dass das ein Nachspiel haben wird für die beiden.«

Therese blieb ungerührt, aber innerlich musste sie doch schmunzeln. Ihr Freund von Poschinger hatte also Wort gehalten und seinen Bekannten Volz darüber in Kenntnis gesetzt, dass seine Leute sich vergaloppiert hatten.

»Wir werden den Kredit selbstverständlich wie gewohnt weiter abwickeln.«

»Das wird nicht nötig sein«, antwortete Therese, »denn es hat sich eine andere Lösung gefunden, die für mich vorteilhafter ist.« Was für ein Triumph. Während Therese diesen Moment auskostete, entschwanden die geschmeidige Überfreundlichkeit und der Charme des Herrn Volz, und sein strahlendes Lächeln verdüsterte sich. Nach wenigen Sekunden hatte er die Lage erfasst und ahnte vielleicht sogar, dass sein alter Bekannter Poschinger, der vielleicht in diversen Gremien sein Kollege sein mochte, sich beim Hoflieferanten Dallmayr finanziell engagiert hatte.

»Selbstverständlich respektiere ich Ihre Entscheidung, gnädige Frau, auch wenn ich sie aufrichtig bedauere.« Nun war die Irritation vorüber, und Volz hatte sich wieder im Griff. »Sollten Sie weitere Geldmittel benötigen …«

Nachdem ihr die Revanche geglückt war, kehrte auch Therese zu einem sachlichen Ton zurück. »Ich plane tatsächlich eine Erweiterung des Geschäfts. Herr Seidl war bereits hier, um sich umzusehen. Er wird den Umbau planen, sobald es ihm seine Arbeiten für das Künstlerhaus erlauben.«

Der Name Seidl zeigte die erwünschte Wirkung bei Volz. Therese legte noch eins drauf.

»Vielleicht schauen Sie ja jetzt wieder öfter bei uns herein, wo wir unsere Differenzen glücklicherweise beseitigen konnten. Ich würde mich freuen.«

»Sehr gern, gnädige Frau.« Volz versuchte zu lächeln. Mission erfüllt, Ziel nicht erreicht. Aber so war das im Leben wie im Geschäft. Sicher würde er den beiden Mitarbeiten noch einmal gründlich auf den Zahn fühlen, um herauszufinden, was sie dazu gebracht hatte, diesen dicken Fisch von der Angel zu lassen.

»Vielleicht kann Ihnen Ludwig noch eine kleine Kostprobe aus seiner Vitrine servieren. Er macht das immer sehr gern. Oder mögen Sie nichts Süßes?«

Sie gab Ludwig ein Zeichen, und er übernahm den Herrn Bankdirektor, der jetzt wieder Thereses Verbündeter war.

»Hat Ihnen denn mein Freund Volz von der Vereinsbank mittlerweile einen Besuch abgestattet, gnädige Frau?«

Herr von Poschinger saß nach seinem Wocheneinkauf am Freitag in Thereses Büro. Ludwig hatte Kaffee und dazu ein Tellerchen mit Schokolade und kandiertem Obst serviert.

»Ja, tatsächlich, er war hier. Ein äußerst angenehmer Mensch. Er hat mir einen Kredit angeboten, aber ich habe ihm gesagt, ich hätte momentan keinen Bedarf.« Therese nahm einen Schluck Kaffee, Poschinger grinste. »Wobei ihn die Umbaupläne von Herrn Seidl schon sehr interessiert haben.«

»Das kann ich mir vorstellen. Der Name Seidl hat in München ja einen ganz besonderen Klang.«

»Ich habe angedeutet, dass, wenn er ein guter Kunde in meinem Haus wird, ich vielleicht auch wieder sein Bankhaus für meine Erweiterungspläne in Erwägung ziehen werde.« Therese grinste.

»Tja, so schnell kann sich das Blatt im Geschäftsleben wenden«, sagte von Poschinger.

»Denken Sie an meine Verzweiflung, als die Bank mir den Kredit kündigte. Ich war überzeugt, dass es das Ende für das Hause Dallmayr unter meiner Leitung sein würde. Dank Ihrer Hilfe, werter Herr von Poschinger, schwimme ich wieder obenauf wie das Fett in der Suppe, und konnte dem Bankchef so keck entgegentreten, wie ich es getan habe.«

»Das hat er auch verdient. Und er wird es verkraften, auch wenn es ihn wurmt. In der Haut seiner beiden Angestellten möchte ich allerdings nicht stecken. Ich begreife das ja bis heute nicht so recht, wie sie so eigenmächtig handeln konnten und warum. Es sei denn …«

»Ja? Sprechen Sie ruhig weiter.«

»Es sei denn, Sie hätten Feinde, oder auch nur einen einzigen Feind, der da willige Helfer gefunden hat.« Therese antwortete nicht. »Haben Sie denn Feinde, gnädige Frau?«

»Ich weiß es nicht mit Bestimmtheit. Es ist so unerfreulich.«

»Dann seien Sie weiterhin wachsam. Diese Runde ist an Sie gegangen. Aber seine Feinde sollte man im Geschäftsleben nicht unterschätzen. Nehmen Sie es nicht auf die leichte Schulter.«

»Ich weiß. Deshalb haben wir jetzt auch den Hoflieferantentitel beantragt, der ja meinem seligen Anton verliehen worden war. Als Witwe darf ich den Titel nicht einfach so weiterführen. Er muss mir persönlich verliehen werden. Auch das könnte den einen oder anderen Neider auf den Plan rufen. Die Konkurrenz schläft ja nicht, und sie drückt auch nicht ein Auge zu zugunsten einer Frau.«

»Den Titel bekommen Sie wieder, da bin ich ganz sicher.« Poschingers Widerstand gegen den Teller mit den feinen Süßigkeiten brach zusammen. Zuerst naschte er von der Schokolade, dann probierte er die kandierten Früchte. »Oh, was ist das, Orange? Es schmeckt sehr interessant. Wo kommt das her?«

»Das ist Bitterorange aus Ligurien«, sagte Therese. »Kandiert wurde sie hier im Haus.«

»Von Ihnen selbst?«

»Die Idee kam von Ludwig, ausgeführt hat sie Balbina.«

»Ach. Ich dachte, das Kind lernt Buchhalterin.«

»So haben wir es vereinbart, als ich sie aus der Oberpfalz geholt habe. Aber sie kocht noch für uns und in ihrer Freizeit übernimmt sie gern solche Sachen wie das Kandieren. Letzten Sonntag war sie mit Ludwig bei der Patisserie-Schau im Glaspalast. Am Ende halfen sie beide beim Café Victoria als Konditoren aus, weil Reiter Probleme mit seinem Personal hatte.«

»Schau, schau, dann haben die beiden sich ein wenig angefreundet, wie es scheint.«

»Wie meinen Sie denn das? Die zwei verstehen sich immer schon gut, habe ich den Eindruck. Aber Ludwig ist ja noch ein Bub.«

»Na, wer weiß«, meinte von Poschinger. »Nett ist er ja, und tüchtig. Irgendwann wird er ja auch noch einmal wachsen und ein Mann werden. Wenn ich mich nicht irre, passiert das mit allen Buben rundherum.«

Therese lächelte. »Hoffentlich bleibt er uns, wenn er einmal ausgelernt hat. Seit er die Süßwaren betreut, hat sich allerhand am Umsatz getan. Nicht nur wir haben einen Narren an diesem Lehrling gefressen, die Kunden mögen ihn auch sehr.«

»Er hat so eine natürliche Art und seinem jugendlichen Charme kann man ohnehin nichts abschlagen. Ich glaube, er könnte fast alles verkaufen.« Er nahm das letzte Stück der kandierten Früchte. »Dass etwas so Bitteres zugleich so süß sein kann«, sagte er und wischte sich die Finger an der Serviette ab. »Was macht denn Ihr Ältester, haben Sie Nachricht von ihm?«

»Er hat in Hamburg Kaffee eingekauft und Kontakte geknüpft für zukünftige Geschäftsbeziehungen. Außerdem war er bei Pfordte zum Essen eingeladen.«

»Pfordte? Der Pfordte?«, fragte von Poschinger. »Deswegen will meine Frau schon lange nach Hamburg. Nicht wegen des Hafens oder der See, sondern wegen Pfordte. Ist Hermann noch in Hamburg?«

»Bestimmt weiß ich es nicht, aber eigentlich müsste er gerade auf hoher See sein. Denn von Hamburg wollte er mit dem Schiff über London nach Lissabon reisen. Seit Hamburg haben wir aber nichts mehr von ihm gehört. Entweder hat er vergessen, uns zu schreiben, oder die Post dauert Wochen. Ich hoffe bloß, ich muss mir keine Sorgen machen. Aber ein Geschäftspartner meines Mannes, ein Holländer, begleitet ihn.«

»Es wird schon alles in Ordnung sein.«

»Wahrscheinlich hat er nur noch keine Zeit gefunden, zu schreiben. Er muss sich ja die Welt ansehen.«

»Fehlt er Ihnen sehr?«

»Freilich fehlt er mir. Aber er wird viel lernen, für sich selbst auch, nicht nur fürs Geschäft.«

»Er wird ein Mann werden auf seiner Reise, Sie werden es sehen«, prophezeite Poschinger. »Irgendwann wird er heiraten und Ihnen Enkelkinder schenken.«

Therese seufzte. »Das ist der Lauf der Dinge«, sagte sie. »Den Jungen gehört die Zukunft. Aber solange wir da sind, tun wir auch noch ein bisschen was, nicht wahr?«

Poschinger nickte. »Ich alter Kerl werde immer müder, aber Sie stehen mitten in der Blüte Ihrer Jahre!«

Therese schüttelte lächelnd den Kopf.

»Und was ist das?« Poschinger fischte einen Reklamezettel von Thereses Schreibtisch. »Koch-Olympiade, die Überschrift kann ich ohne Brille gerade noch lesen. Ist das ein Wettbewerb?«

»Das haben Ludwig und Balbina mir aus dem Glaspalast mitgebracht. Sie sagen, dass wir als Firma Dallmayr daran teilnehmen könnten. Aber ich weiß nicht, ob ich mir das antun soll. Es ist bestimmt ein riesiger Aufwand. Wir sind ja kein Restaurant.«

»Dann machen Sie doch etwas anderes als ein Acht-Gänge-Menü«, sagte Poschinger spontan. »Oder ist das Pflicht? Für das Geschäft wären Preise und Medaillen auf jeden Fall gut.«

Therese las sich den Zettel noch einmal durch. »Es gibt Medaillen für die drei Besten, und von einem Gänge-Menü steht da nichts. ›Speisen- und Lebensmittelschau‹ heißt es hier.«

»Das wäre doch etwas für Sie! Dallmayr ist ja nun nicht irgendein Kolonialwaren- und Delikatessenhändler. Er ist, zumindest meiner bescheidenen Meinung nach, der beste in ganz München. Mir kommt da gerade eine Idee.«

Ludwig streckte kurz den Kopf zur Tür herein und fragte, ob er frischen Kaffee bringen dürfe. Er durfte. Außerdem brachte er noch zwei Teller mit Macarons.

»Wir experimentieren noch«, sagte er, »aber vielleicht möchten Sie schon einmal vorkosten, bevor wir in Produktion gehen?«

»Wer ist denn wir?«, fragte Poschinger.

»Balbina und ich«, antwortete Ludwig.

»Ah, das hatte ich mir schon fast gedacht. Die Backabteilung des Dallmayr.« Von Poschinger ließ sich nicht lange bitten und biss zuerst in das helle Macaron mit Vanille-Buttercremefüllung. »Köstlich«, sagte er, während er noch kaute, »einfach himmlisch. Und woraus ist diese rosafarbene Versuchung?«

»Himbeere«, antwortete Ludwig. »Balbina hat den Farbton mit einem Auszug aus roter Bete ein wenig kräftiger gemacht.«

»Und das habt ihr alles im Glaspalast beim Reiter gelernt?«, fragte Therese.

»Die Patisserie-Schau hat uns auf die Idee gebracht, und jetzt probieren wir selbst einiges aus. Alles, was wir brauchen, finden wir ja hier im Laden, und solange die Chefin uns machen lässt …«

»Phänomenal!« Poschinger war begeistert. »Also, ich war gerade dabei, Ihnen von meiner Idee zu erzählen, gnädige Frau. Nein, nein, bleib nur da, Ludwig, ich brauche jetzt einen Zeugen. Also: Da ich Sie mit einer einfachen Einladung zum Kaffee nicht nach Ismaning locken kann – ich weiß nicht mehr, wie lange ich das jetzt schon versuche –, habe ich mir Folgendes überlegt: Ich engagiere Sie, liebe gnädige Frau, mit den Kindern und allen wichtigen Personen aus dem Geschäft, wozu sicher auch ihr findiger Lehrling zählt, meinen runden Geburtstag in sechs Wochen auszurichten. Und zwar bei mir zu Hause im Schloss Ismaning. Meine Frau und mein Küchenpersonal werden Sie nach Kräften dabei unterstützen. Was sie machen, ist Ihre Sache. Einzige Bedingung, die ich stelle, ist, dass sie mit Köstlichkeiten aus dem Dallmayr nicht geizen und unbedingt genügend Süßes für das Dessert dabei ist. So viel meine Frau sonst auch schimpft, an meinem Geburtstag will ich schlemmen können, ohne auf meine Linie oder meine Zähne achten zu müssen. Es wird der erste Samstag im Juli sein, Sie haben also noch Zeit für alle Planungen, den Kostenvoranschlag und die nötigen Vorbereitungen. Sie müssen mir nur versprechen, dass Sie zumindest bis Sonntag bleiben werden, denn wir werden einen Ausflug ins Moos zusammen machen. Das ist mein Geburtstagswunsch. Für Ihre Unterbringung und den Transport sorge ich selbstverständlich. Sie müssen nur noch Ja sagen.« Er erhob sich feierlich.

Therese überschlug im Kopf, welchen Aufwand das alles bedeuten würde, und dass sie den Laden zumindest für zwei Tage Korbinian und dem Personal überlassen müsste. Aber von Poschinger war ihr Freund, er hatte sie gerettet mit seinem

Kredit. Und er war einer ihrer treuesten Kunden. Sie konnte jetzt nicht Nein sagen, das wäre absolut herzlos.

»Äh, Frau Randlkofer, wenn ich etwas sagen darf«, meldete Ludwig sich.

Therese nickte. Was der Bursche alles schon dazugelernt hatte im letzten halben Jahr. Jetzt fragte er sogar schon, ob er sprechen durfte.

»Wie wäre es mit einem Delikatessenbüfett für den Herrn von Poschinger. Dann könnten wir auch gleich für die Koch-Olympiade im Herbst üben. Und bis dahin hat unsere hauseigene Patisserie sicherlich schon genug Erfahrung gesammelt, um die Macarons auch in anderen Farben einzufärben. Wir dachten etwa an Pistaziengrün oder Veilchenblau.«

Poschinger stand immer noch vor Thereses Schreibtisch und wartete auf eine Antwort. »Geben Sie sich einen Ruck, gnädige Frau. Sie werden doch einem alten Mann wie mir nicht seinen Herzenswunsch zum Geburtstag ausschlagen.«

»Das ist Erpressung«, sagte Therese. »Und zwar gemeinschaftliche.«

»Jetzt seien Sie doch so gut und lassen sich von uns erpressen. Das wird großartig.« Von Poschinger blieb hartnäckig stehen und wartete auf ihre Antwort.

»Also gut«, willigte Therese ein und nahm von Poschingers Hand. »Stellen wir ein Büfett zusammen, wie es Ismaning noch nicht gesehen hat.«

∾

Beim freitäglichen Herrenabend im Panoptikum war das übliche Kartenspieler-Kleeblatt nur unvollständig vertreten. Einer fehlte, und das war Johann Kerl von der Vereinsbank.

»Dann spielen wir heute eben einen kurzen Schafkopf«, sagte Bauunternehmer Braumiller nach der ersten Runde Bier, während der sie vergeblich auf Kerl gewartet hatten.

»Ich spiele aber keinen Dreier«, verkündete Max Randlkofer schlecht gelaunt. »Das macht man einfach nicht, dass man seine Kartenrunde sitzen lässt.«

»Johann wird schon seine Gründe haben, warum er nicht kommen kann«, warf Franz Rambold vom Bankhaus Merck Finck ein.

Es hatte sich längst herumgesprochen, dass etwas nicht nach Plan gelaufen war bei der Dallmayr-Geschichte, aber keiner von ihnen wollte es aussprechen und sich den Zorn von Max Randlkofer zuziehen. Waren sie nicht die Unbesiegbaren, die immer schneller als andere wussten, wo baulich was passierte in der Altstadt? Und hatten sie nicht noch jedes Mal einen guten Schnitt gemacht bei ihren Geschäften, den offiziellen wie den inoffiziellen? Sie redeten gar nicht gern darüber, dass ihre Glückssträhne auch hin und wieder einen Rückschlag zu erleiden hatte.

Mit der nächsten Runde legte die Kellnerin ein Briefchen auf den Tisch, das der fehlende Stammspieler Kerl wohl vorbeigebracht hatte.

»Jetzt seht euch diesen Feigling an«, höhnte Max und nahm den Zettel an sich. »Schickt Brieflein wie ein verliebter Bierkutscher, statt selbst vorbeizukommen und sich zu erklären.«

»Was schreibt er denn?«, wollte Braumiller wissen.

Max begann zu lesen. »Hier steht, dass er vom allerhöchsten aller Vereinsbank-Chefs verwarnt worden ist ›wegen einer Angelegenheit, die beim Schafkopfen in diesem Raum geboren und ausgeheckt worden ist‹. Er gedenkt deshalb, hört, hört, dass er sich in nächster Zeit vom Panoptikum fernhalten wird. ›Bis die Wogen sich entweder wieder geglättet haben oder ich mir eine neue Stelle suchen muss‹.«

»Und weiter?«, fragte Rambold. »Da steht doch noch mehr. Lies vor, Max!«

»›Der Plan ist in die Hose gegangen‹«, las Max. »›Die infrage stehende Frauensperson scheint Verbindungen zu allerhöchsten vermögenden Kreisen zu haben. Ich fürchte nicht nur um meine nächste Beförderung, denn die kann ich mir ohnehin an den Hut stecken, sondern gleich um meine Anstellung‹.«

»Tja, das ist dann aber gründlich schiefgegangen. Dann sollte er in nächster Zeit verdammt aufpassen«, sagte Rambold. »Hat er sonst noch was geschrieben?«

»Dass er uns viel Vergnügen beim Dreier-Schafkopf wünscht«, antwortete Max. »Danke auch, aber ohne das richtige Weib reizt mich ein Dreier kein bisschen.«

Weder Braumiller noch Rambold fanden das witzig. Braumiller traute sich nicht, Max direkt anzugreifen, aber Rambold ließ die Sache nicht so einfach auf sich beruhen.

»Der Kerl ist ein hohes Risiko eingegangen für dich«, sagte er. »Hast du denn nichts davon gewusst, dass deine Schwägerin sich das Geld auch anderswo beschaffen kann?«

»Nein, hab ich nicht. Was interessiert mich der Lebenswandel meiner Schwägerin?« Max stierte in sein halb leeres Bierglas.

»Weißt du denn, von wem sie das Geld bekommen hat?«

»Ich weiß es nicht, und was sollte das nun noch bringen, das auszuforschen. Lasst mich in Ruhe, ja? Das war einfach Pech. Wer hätte das voraussehen sollen? Der Geldgeber war jedenfalls niemand aus der Familie, sonst hätte ich davon erfahren.«

»Es geht jetzt aber nicht um dich, Max, sondern um den Kerl. Wenn der seine Stelle verliert bei der Vereinsbank, dann solltest du dir aber was überlegen.«

»Willst du mir drohen, du sauberer Bankangestellter? Als Unternehmer muss man halt auch Risiken eingehen. Das verstehst du nur nicht, weil du selbst keiner bist.«

»Allerdings hast du in der Sache das Risiko vollständig auf deinen Freund Kerl abgewälzt. Du bist aus dem Schneider, auch wenn er untergeht.«

»Jetzt hörst du aber auf, du Hansl! Wie oft habe ich dem Burschen schon zu geschäftlichen Einnahmen verholfen, die er sich von seinem Arbeitgeber hätte genehmigen lassen müssen, wenn er denn je davon erfahren hätte. Womit, glaubst du, hat er den Kuraufenthalt seiner kränkelnden Frau in Bad Reichenhall bezahlt, von seinem Einkommen bei der Vereinsbank? Glaubst du, das hätte dafür gereicht? Jetzt heul mir nichts vor. Meine Spielschulden habe ich noch jedes Mal bezahlt, und das werde ich auch diesmal tun, glaub es mir oder nicht.«

Rambold gab sich geschlagen. Er und Braumiller zahlten und eilten davon. Ein weiterer Kartenspielabend wurde nicht vereinbart.

»Rutscht mir doch alle den Buckel runter«, schimpfte Max und trank sein Bier aus.

Nachdem er von Kathi eine Ohrfeige kassierte, weil er versucht hatte, ihr beim Zahlen an die Brust zu greifen, trieb Max sich noch eine Weile im Panoptikum herum. Auf der Bühne stand an dem Tag Miss Alwanda, der auf Plakaten überall in der Stadt angekündigte Star des Abends. Die Dame hatte sich, weiß Gott wo und von wem, ihren ganzen Körper tätowieren lassen. Und zwar seltsamerweise mit den Köpfen aller möglichen europäischen Staatsoberhäupter, von denen Max lediglich den russischen Zaren Nikolaus und den deutschen Kaiser Wilhelm zu erkennen glaubte. Beine, Arme, Rücken, Dekolleté – alles war mit den Köpfen von Königen und Kaisern, Kronen, Sternen, Ketten, Bändern geschmückt. Die Zuschauer durften näher treten und sich ihre Haut ansehen, allerdings ohne sie anzufassen. Die kuriose Dame wurde rechts und links von zwei Wärtern bewacht. Max kam sich vor wie im Zoo, nur dass hier keine Bären und Löwen, sondern ein Mensch ausgestellt wurde. Miss Alwanda trug ein eng geschnürtes kurzes Kleid. Die Strümpfe waren bis zu den Knöcheln eingerollt, damit man die gestochenen Tintenbilder auch gut sehen konnte.

Sie hatte Schenkel und Oberarme wie eine Kellnerin auf dem Oktoberfest, während die Brust von ihrem Korsett eher platt gedrückt als ansehnlich präsentiert wurde. Max wandte sich angewidert ab. Das war nichts nach seinem Geschmack. Er mochte die Frauen lieber kindlich schlank, rosig, jung. Rastlos zog Max weiter. Hinaus in die Nacht, seinen Frust vor sich hertreibend wie einen Reifen, auf den er unbarmherzig mit dem Stöckchen einschlug, schneller und schneller.

In der folgenden Woche trafen zwei Bewerbungen für die Stelle als Hausmädchen ein. Balbina brachte ihrer Tante die Post ins Büro.

»Tante, schau, ich glaube, da sind zwei Bewerbungen dabei und ein Brief von der Vermittlungsstelle.«

»Ist schon recht, ich sehe es mir gleich an.« Therese lehnte sich im Sessel zurück. »Rosa sagt, dass du ihr eine große Hilfe bist in der Buchhaltung. Stimmt das oder sagt sie es nur, weil ihr zwei euch angefreundet habt? So lustig, wie es bei euch beiden zugeht, ist man das aus anderen Büros nicht gewöhnt.«

»Aber wir machen unsere Arbeit doch immer gut, Tante Therese.«

»Ich sag ja auch nicht, dass ihr etwas schlecht macht, Kind, nur hört es sich halt nicht immer nach Arbeit an.«

»Muss man beim Arbeiten immer ernst dreinschauen? Onkel Anton hat doch auch seine Späße gemacht«, rechtfertigte Balbina sich.

»Ist ja schon gut. Und sei nicht immer gleich so empfindlich, Balbina. Du bist schließlich schon fast erwachsen.«

Als Balbina das Büro verlassen hatte, fragte Therese sich, was denn eigentlich so schlimm daran war, dass die beiden jungen Frauen sich gut verstanden und die Arbeit ihnen Spaß machte. Therese seufzte. Würde dieser kleine Streitteufel denn nie aufhören, sie zu reiten, solange Balbina in ihrem Haus war? Wochen- und monatelang ging es gut, dann kämpfte das Teufelchen sich wieder nach oben. Ja, dachte Therese, ich weiß es selbst, dass ich ungerecht bin.

Therese öffnete die beiden Bewerbungen. Beide waren sauber verfasst und mit ordentlichen Referenzen. Das eine Fräulein war Anfang, das andere Ende zwanzig. Die Ältere aus der Stadt, die Jüngere vom Land, aus Franken, evangelisch. Das war Therese egal. Fleißig und ehrlich mussten sie sein und ins Haus passen. Die Religion interessierte sie nicht.

Sie öffnete den Umschlag der Vermittlungsstelle. Vielleicht gab es noch weitere Vorschläge.

Sehr geehrte Frau Randlkofer,
vor einiger Zeit hatten Sie bei uns angefragt, ob wir in unseren Unterlagen noch den Namen und die Adresse der Haushaltshilfe finden könnten, die …

Therese stockte der Atem. Sie legte den Brief weg und stieß die Luft aus. Im März, kurz nach Antons Tod und Geständnis, hatte sie einen Brief an diese Stelle geschrieben, als die Unruhe in ihr fast unerträglich geworden war und die Schmach wieder zu brodeln begonnen hatte. Den Brief zu schreiben, hatte ihr eine kurzfristige Erleichterung verschafft. Nachdem er abgeschickt war, hatte sie ihn schon fast vergessen. Sie rechnete damit, dass siebzehn Jahre eine zu lange Zeit waren, um Arbeitsverhältnisse, noch dazu von Aushilfen, nachzuverfolgen.

Sie nahm den Brief wieder zur Hand.

… die im Sommer 1880 bei Ihnen zur Aushilfe tätig war. Wie sie sehen, hat es etwas gedauert, aber wir freuen uns umso mehr, Ihnen heute den Namen des damaligen Fräuleins mitteilen zu

können. Bei der Personalvermittlung Eveline geht eben nichts verloren, wie wir heute stolz unter Beweis stellen können. Wir hoffen sehr, dass Ihre Gründe, nach dem Fräulein zu fragen, nur gute sind. Ihr Name war Louise Ringstetter. Die Streichung aus der Vermittlungskartei hat sie vier Jahre später als verehelichte Louise Hartbrunner, ansässig in der Marktgemeinde Glonn, unterzeichnet. Wir verbleiben stets zu Diensten und in der Hoffnung, Sie auch dieses Mal wieder tatkräftig bei der Wahl Ihres Dienstpersonals unterstützen zu können. Hochachtungsvoll, Margarethe Sammer, Geschäftsführung.

Louise Ringstetter. Das war sie also. Balbinas Mutter und Antons Verhältnis. Wie alt mochte sie jetzt sein, vierunddreißig, fünfunddreißig? Sie hatte nun einen Namen, aber was fing sie jetzt mit dieser Auskunft an? Wollte sie diese Person tatsächlich kennenlernen? Was sollte sie mit ihr besprechen?

Dass Therese nun ihren Namen kannte, hieß noch lange nicht, dass sie etwas unternehmen musste. Niemand drängte sie dazu. Nur dieser kleine Teufel, der sich ihr von Zeit zu Zeit in den Nacken setzte und ihr Dinge ins Ohr flüsterte, die sie hinterher bereute. Für heute schickte sie ihn fort und verwahrte den Brief in der Schublade des Schreibtischs, die stets abgesperrt war. Nur sie selbst besaß einen Schlüssel dafür.

IV

Juni bis September 1897

Nach dem strengen Winter und dem nur zögerlich sich heranschleichenden Frühling machte der Frühsommer seinem Namen alle Ehre und entschädigte die Münchner für ihr langes und sehnsüchtiges Warten auf die Spaziergänge im Englischen Garten, die Bootspartien auf dem Kleinhesseloher See und ihre frisch gezapfte Maß Bier am Chinesischen Turm. Am Wochenende waren alle Biergärten brechend voll, die Blaskapellen spielten auf, und egal ob in Tracht oder Sommerkleidern, mit Strohhut oder Sonnenschirm, alles strebte hinaus, um den Sommer und das Leben und die Geselligkeit im Freien gebührend zu feiern.

Elsa kam am Samstagmittag aus dem Pensionat nach Hause, und wie immer wollte sie gleich wieder fort.

»Sag mal, muss man für die Buchführung eigentlich auch irgendwas können?«, fragte Elsa Balbina, die noch in der Küche beschäftigt war. Sie hatte ihre Sachen in ihr Zimmer gebracht, ihre Wäsche abgeliefert und sich schnell umgezogen. Nun sah sie aus wie eine junge Dame, nicht wie die fünfzehnjährige Schülerin eines Mädchenpensionats. »Zum Beispiel rechnen. Oder geht das auch so?«

Ekelhaft sein kann sie auch ganz allein, dachte Balbina. Dazu braucht sie nicht einmal ihre Freundin Claire.

»Ach, kümmere dich nicht darum, was normale Menschen so arbeiten, du feines Dämchen«, schoss Balbina zurück. »Wo hast du denn diesen Hut her? Das ist doch nicht deiner.«

Sie musste zugeben, dass Elsa wirklich sehr hübsch aussah in ihrem blauen Kostüm. Der lange Rock war aus dünnem Wollstoff, die passende Jacke mit dem breiten Revers und der engen Taille aus Wildseide. Sie schimmerte wie das Firmament. Der Topfhut aus feinem Garn, den Balbina noch nie bei ihr gesehen hatte, war im Stirnbereich mit blauen Stiefmütterchen aus Stoff und einem in Falten gelegten hellblauen Seidenband dekoriert.

»Hat mir Claire geliehen.«

Der Hut sah hinreißend aus zu dem Kostüm. Balbina packte der Neid und schüttelte sie einmal innerlich durch. Aber war dieser Aufzug nicht eine Spur zu elegant für den Klavierunterricht bei Frau Krozill? Elsa putzte sich doch sonst nicht so heraus für die arme Frau, die unter schwerem Asthma litt und deshalb das Haus nicht mehr allzu oft verließ.

»Wieso spielst du eigentlich zu Hause nicht mehr Klavier? Musst du gar nicht üben?«

»Ich übe in Nymphenburg, bei den Schwestern. Das Klavier dort ist besser als unseres«, behauptete Elsa. »Außerdem gibt es auch Menschen, die können halt was, auch wenn sie nicht dauernd lernen und üben. Das nennt man Talent.«

»Dann lass doch mal was hören von deinem Talent«, forderte Balbina sie heraus.

Doch schon drückte Elsa sich an Balbina vorbei zur Treppe. »Ich habe heute eine Doppelstunde, weil der Unterricht einmal ausgefallen ist«, sagte Elsa.

»Tante Therese hat gesagt, du sollst bei ihr im Büro vorbeischauen, sobald du heimkommst«, rief Balbina ihr hinterher.

»Keine Zeit, muss zum Unterricht«, sagte Elsa noch, und weg war sie.

Elsa lief zu Frau Krozills Wohnung im zweiten Stock eines Mietshauses in der Kaulbachstraße und schob einen Zettel unter ihrer Tür durch, den sie schon in Nymphenburg vorbereitet hatte.

Verehrte Frau Krozill,
meine Tochter unternimmt heute einen Ausflug mit den Englischen Fräulein nach Kloster Schäftlarn. Sie kann leider nicht zum Klavierunterricht kommen.
Hochachtungsvoll, Th. Randlkofer

Elsas Herz klopfte, als sie die Treppen wieder hinunterlief, und sie blies sich eine Haarsträhne aus dem Gesicht. Alles lief nach Plan. Sie hatte nicht eine Sekunde gezögert, und sie war stolz darauf. Elsa ahnte schon länger, dass sie ein wenig anders war als die anderen Mädchen um sie herum. Oft stand sie abseits, wenn die anderen tratschten, sich über die Eigenheiten ihrer Lehrerinnen lustig machten, um dann doch sofort zu verstummen und freundlich und mit strahlenden Gesichtern zu knicksen und ihnen kichernd und schwatzend in die Klassenräume zu folgen, lieb und brav zu sein und vor allem fleißig. Gegen dieses Liebsein hatte Elsa einen regelrechten Widerwillen entwickelt. Es war ihr zuwider, wie sich ihre Mitschülerinnen bei den Pädagoginnen einzuschmeicheln versuchten. Da wurden kleine Geschenke überreicht von zu Hause, hier eine Tafel Schokolade, dort ein Stück Rauchschinken, eine extra für sie angefertigte Handarbeit, ein besticktes Deckchen oder ein Kissenbezug. Elsa hätte sich nie so angebiedert. Die Eltern zahlten immerhin Schulgeld, und das nicht zu knapp. Wozu brauchte es dann noch Geschenke? Wieso mussten alle immer so furchtbar lieb zueinander sein? Sie ging dorthin, um einen Schulabschluss zu machen, mit dem sie später vielleicht einmal etwas anfangen konnte. Sie wollte etwas Richtiges lernen.

In der Schweiz waren Mädchen an einigen Fakultäten der Universitäten zugelassen, Medizin zum Beispiel. Elsa träumte nicht davon, Lehrerin oder Krankenschwester zu werden. Eher schon Physikerin, Juristin oder eben Ärztin. Doch zuerst musste sie ihre Schulzeit bei den Englischen Fräulein hinter sich bringen.

Von der Kaulbachstraße lief Elsa hinauf zur Ludwigstraße und von dort Richtung Pinakothek. Sie folgte der Luisenstraße bis zur Ecke Heßstraße und suchte den Weg vom Eckhaus in den Hinterhof. Das Tor sei immer offen, hatte der Maler gesagt. Als sie vom vorderen Durchgang in den Hof blickte, sah sie einen niederen zweistöckigen Anbau, die Werkstatt eines Handwerkers, wie es viele in den Hinterhöfen der Stadt gab. Nur die kräftig blaue Farbe des Anstrichs war ungewöhnlich, auch der grobe Verputz, der eine ungleichmäßige, organisch wirkende Oberfläche ergab. Die zweigeteilte Tür aus einzeln gefassten Glasscheiben war zu, nirgendwo gab es eine Klingel. Das Herz schlug ihr bis zum Hals. Sie konnte doch nicht einfach diese Tür aufmachen und in das Atelier hineinspazieren. Dafür reichte ihr Mut nun doch nicht. Elsa drehte sich um und lief zurück auf die Straße. Was hatte sie denn erwartet, dass die Tür offen stand und eine Empfangsdame sie hereinbitten würde wie im Atelier Elvira? Sie wartete, bis ihr Atem sich wieder beruhigte, doch dann stand plötzlich diese Frau neben ihr und starrte sie durch dicke Brillengläser an.

»Suchen Sie jemanden, Fräulein?« Die Frau stützte sich mit beiden Armen auf einen Stock. »Sind Sie von hier? Ich glaube, ich habe Sie noch nie gesehen. Zu diesen Künstlern im Hinterhof werden Sie doch nicht wollen, Fräulein, dazu sind Sie viel zu elegant. Und viel zu jung. Was suchen Sie denn?«

»Ich wollte eigentlich zur Pinakothek«, antwortete Elsa.

»Da gehen Sie am besten vor bis zur Theresienstraße und dann nach links.« Sie wies ihr mit dem Stock den Weg. »Immer geradeaus, dann kommen Sie zur Pinakothek.«

»Danke schön.«

So hatte sie sich ihren Ausflug nicht vorgestellt, und die Unterschrift der Mutter hätte sie dafür auch nicht fälschen brauchen. Sollte sie nun doch noch zu Frau Krozill gehen und sagen, sie seien früher zurückgekommen? Sie hatte nicht ein einziges Mal geübt die vergangenen zwei, drei oder waren es schon vier Wochen? Sie konnte sich nicht einmal mehr erinnern, was sie zuletzt gespielt hatte. Elsa erreichte die Pinakothek mit den Grünanlagen davor. Auch diesmal achtete ein uniformierter Wächter mit weißem Schnurrbart darauf, dass der Rasen nicht betreten wurde. Wagte es doch jemand, so verscheuchte er die Person mit seiner Trillerpfeife. Elsa sah sich um. Hier hatte sie ihren Maler zum ersten Mal getroffen. Aus dieser hohen Bronzetür war er getreten. Elsa ballte die Fäuste in der Jackentasche. Nein, nicht zu Frau Krozill, die hätte sie jetzt nicht ertragen. Ihr Plan, der so gut eingefädelt war, löste sich in Luft auf, und sie kam sich dümmer vor als jede ihrer kichernden Mitschülerinnen, die sie so sehr verachtete.

Elsa folgte weiter der Theresienstraße, an deren Ende sie schon den breiten Treppenaufgang zur Staatsbibliothek erkennen konnte. Vor dem Eckhaus Theresien- und Amalienstraße standen zwei Kellner des Café Stefanie auf dem Gehweg und rauchten. Ein Fahrrad lehnte an der Hauswand neben dem großen Schaufenster zur Theresienstraße hin und die Straßenbahn fuhr bimmelnd hinter einem langsameren Pferdefuhrwerk her. Elsa blickte durch die große Schaufensterscheibe direkt auf einen Schachtisch drinnen im Café. Einer der Spieler, ein hagerer Mann mit struppigem, ungepflegtem Haar und Augen wie Kohlen hob den Blick vom Schachspiel und starrte sie aufdringlich an. Elsa senkte den Blick. Sie wartete das Vorbeifahren der Trambahn ab und überquerte die Amalienstraße, da hörte sie eilige Schritte hinter sich, und plötzlich griff jemand nach ihrem Arm. Wütend entriss sie sich dieser Berührung und fuhr herum. Aber es war nicht der Schachspieler mit den stechenden Augen. Es war Sigmund.

»Fräulein Elsa!«, flüsterte er.

Sie befürchtete schon, er würde sie mitten auf der Straße in den Arm nehmen und küssen, und wich zurück. »Ich sah Sie durch das Fenster, trotz der schrecklichen Rauchschwaden im Stefanie, und glaubte schon an ein Trugbild meiner Fantasie, oder vielmehr ein Wunschbild. Aber Sie sind es wirklich! Was tun Sie hier?« Sie gingen zurück auf den Gehsteig vor dem Café. »Kommen Sie doch mit herein, ich möchte Sie so gern auf eine Tasse Schokolade einladen. Oder trinken Sie lieber Kaffee? Tee?«

»Ich weiß nicht.« Elsa zögerte. Der Ruf des Künstlercafés war nicht gerade der beste.

»Ach, Sie müssen keine Angst haben, da drinnen sind nur kultivierte, na ja, fast nur kultivierte Leute. Nur er hier, der Schachspieler, ist ein stadtbekannter Wüstling.«

»Soll das ein Scherz sein?«, fragte Elsa.

»Nein, eher eine Warnung.« Er fasste Elsa unter dem Arm und wollte sie mit in das Café ziehen, aber sie blieb bockig stehen. »Natürlich ist das ein Scherz, was denken Sie denn?«

Zögernd ließ sie sich von ihm zum Eingang führen. »Sind da nur Herren in diesem Café?«, fragte Elsa.

»Nein, wir haben auch sehr schöne Damen, kommen Sie, ich zeige sie Ihnen. Heute ist auch die Gräfin mit einer Freundin da, nun kommen Sie schon, sie werden doch keine Angst haben? Wir beißen nicht.«

Das Innere des Cafés sah aus wie ein Wohnzimmer mit etwas mehr Stühlen als üblich. Eine geblümte Tapete, Samtvorhänge, im hinteren Teil gab es eine zweite Ebene mit einer kleinen Galerie. Dorthin führte sie der Maler zu seinem Tisch, der so etwas wie ein Beobachtungsposten war. Doch auch sie wurden von den Untensitzenden beobachtet. Elsa spürte die Blicke aller Anwesenden, Männer wie Frauen, auf sich gerichtet. Sie war hier die Neue, während die anderen Stammgäste sich alle kannten.

»Denken Sie nicht darüber nach, warum man Sie so anstarrt«, sagte Sigmund Rainer, »die sind alle nur neugierig. Sie wollen wissen, wie ich armer Künstler zu so einer hübschen Begleitung komme. Offen gestanden frage ich mich das selbst auch. Aber ich freue mich wie verrückt. Was es doch für merkwürdige Zufälle gibt, dass wir uns gerade hier, vor meinem Stamm-Café begegnen. Nun ist München nicht gerade eine Metropole, aber auch kein Dorf. Und Sie wohnen doch gar nicht hier, sondern in der Altstadt, habe ich recht?«

Elsa nickte. »Ich kam vom Klavierunterricht bei Frau Krozill. Sie wohnt hier ganz in der Nähe.«

»Ach so.« Sigmund stand hinter ihrem Stuhl, und Elsa setzte sich. »Was spielen Sie denn?«

Elsa fühlte sich überrumpelt. »Etüden«, sagte sie schnell.

»Etüden, und alles auswendig und ganz ohne Noten?« Er lachte. »Was hätten Sie denn nun gern?«

Elsa bestellte eine heiße Schokolade. Der Schachspieler starrte sie immer noch unverhohlen an.

»Schauen Sie einfach nicht hin«, riet Sigmund ihr. »Er kann nicht anders. Ein Schriftsteller. Wahrscheinlich inspirieren Sie ihn für eine seiner Romanfiguren. Sie sehen übrigens umwerfend aus. Diese Farbe Ihres Kostüms und das Hütchen dazu, Sie dürfen sich wirklich nicht wundern, wenn Sie die Blicke der Männer auf sich ziehen. Sie sind wunderschön, Elsa, und das wissen Sie.«

Elsa knöpfte sich die blaue Seidenjacke auf, entschied sich

aber, die Jacke anzubehalten. Sie wäre sich nackt vorgekommen in der bestickten weißen Musselinbluse, die sie darunter trug.

»Ist die Dame an dem Tisch dort hinten schwanger?«, fragte Elsa und versuchte nicht hinzusehen.

»Die mit der Zigarette? Ja, die Gräfin wird wohl bald ihr Kind bekommen.«

»Und der Herr Graf?«, fragte Elsa. »Ist der auch hier?«

»Einen Herrn Graf gibt es soweit ich weiß nicht.«

»Wie meinen Sie das?«, fragte Elsa.

»Die Dame hat keinen Ehemann, und somit das Kind keinen Vater. Also natürlich hat es einen, aber den kennt niemand, außer der Gräfin selbst. Sie verrät ihn aber nicht und will das Kind ganz allein aufziehen.«

»Dann ist sie wohl vermögend.« Eine andere Erklärung fand Elsa nicht für dieses seltsame Verhalten bei einer Frau ihres Standes.

»Ach, das würde ich nicht sagen, Fräulein Elsa. Hier im Raum sehe ich gerade gar niemanden, der vermögend wäre. Schnorrer dagegen gibt es mehrere, seien Sie auf der Hut. Die Gräfin gehört im Übrigen auch dazu. Der schachspielende Schriftsteller sowieso. Sie müssen mal sehen, wie er ab und zu seine Hosentaschen nach außen stülpt, ob sich nicht doch noch irgendwo eine winzige Münze in der Naht versteckt. Dabei hat er einen vermögenden Vater, aber der macht gerade kein Geld mehr locker, wie ich gehört habe.«

»Aber meine Schokolade können Sie sich schon noch leisten?«, fragte Elsa. Es sollte nicht kokett klingen, sie war eher beunruhigt.

»Seien Sie unbesorgt, Fräulein Elsa. Im Stefanie dürfen wir alle anschreiben, bis uns von irgendwoher Geld zufließt, in der kommenden Woche, im nächsten Monat oder so. Das ist hier üblich, und deshalb kommen wir auch gern hierher. Manchmal, wenn es gar nicht mehr anders geht, dürfen wir Künstler sogar mit einem Bild oder einer Skizze bezahlen. Das hat die Wirtin des Alten Simpl bei sich eingeführt. Im Stefanie ist es noch nicht üblich, aber als Pfand darf man, wenn man die Zeche nicht bezahlen kann, schon mal ein Bild dalassen, um es später wieder einzulösen.«

»Ist Ihnen das auch schon mal passiert?«, fragte Elsa.

»Nein, zum Glück noch nicht. Meist komme ich mit meinem Studiengeld, das meine Eltern mir schicken, bis zum Monatsende über die Runden.«

»Und wenn nicht?«

»Wenn nicht, dann lasse ich mir was einfallen. Ich habe jetzt einen Galeristen gefunden, der Bilder von mir ausstellen will. Vielleicht geht es also finanziell endlich bergauf.«

»Sie ist so hübsch«, sagte Elsa und sah immer wieder verstohlen zur Gräfin hinüber.

Sie war bestimmt zehn Jahre älter als Elsa, hatte ein weiches Madonnengesicht mit großen hellen Augen und einem Mund mit samtig wirkenden Lippen. Ihr Körper war trotz der deutlich sichtbaren Schwangerschaft immer noch sehr zart und feminin. Gegen ihre verführerische Erscheinung fühlte Elsa sich wie ein aus Holz geschnitzter Hampelmann. Alles an ihr kam ihr kantig und knochig vor.

»Elsa.« Sigmund nahm ihre Hand und riss sie aus ihren Gedanken. »Ich möchte Sie so gern malen. Darf ich?«

»Wie?«, fragte Elsa, »hier?«

Er hatte einen Skizzenblock aus seiner Aktentasche gezogen und drehte seinen Bleistift durch den Anspitzer, bis eine perfekte Krause auf seine Untertasse fiel.

»Nur eine erste Skizze. Sie sehen bezaubernd aus, Elsa. Wo haben Sie nur diesen Hut mit den Stiefmütterchen her? Dürfte ich Sie nur bitten, dass Sie die Jacke ablegen, damit ich den natürlichen Fall Ihrer Schultern besser erkennen kann?«

Meine eckigen, spitzen Schultern wissen nicht einmal, was ein natürlicher Fall ist, dachte Elsa. Sie stehen einfach von mir ab, als gehörten sie nicht zu mir. Sie sah sich im Café um, während sie nun doch aus der Jacke schlüpfte. Außer dem Schachspieler, dessen Augen überall waren, nur nicht bei seinem Schachbrett, nahm gerade niemand Notiz von ihnen. Es war wohl in diesem Café nichts Besonderes, dass jemand ein Porträt zeichnete. Verlegen nahm sie noch einen Schluck Schokolade und stellte die Tasse wieder ab.

»Genau so bleiben, bitte. Und jetzt für ein paar Minuten nicht mehr bewegen«, bat der Maler. Die weiche Bleistiftspitze glitt über das Papier und bewegte sich wie der Zeiger einer rasend gewordenen Uhr. Dabei hob der Maler immer wieder für Sekunden den Kopf, um irgendein Detail ihres Gesichts, des Halses oder der Schultern, einen Schatten oder einen bestimmten Lichtpunkt zu erfassen. Das Auge maß die Entfernungen und Abstände von gebogenen und geraden Linien, und der zitternde Zeiger seiner Hand übertrug dieses Maß auf das Papier. Elsas Blick traf auf den des wilden Schachspielers, und ein Schauder durchfuhr sie. Denn erst in diesem Moment fiel ihr ein, dass niemand, nicht eine Menschenseele, wusste, wo sie gerade war.

»Ihnen ist kalt«, bemerkte der Maler. »Was sind wir Künstler doch für Egoisten«, gestand er, dachte aber nicht daran, Elsa die Jacke wieder anziehen zu lassen. »Gleich habe ich genügend Material, um daran weiterzuarbeiten, wenn Sie nicht mehr bei mir sind.«

Elsa versuchte auf den Skizzenblock zu schielen, konnte aber ohne den Kopf vorzustrecken nichts erkennen. Ein Herr von einem der Nebentische war aufgestanden, um dem Maler über die Schultern zu schauen. Mit kritischem Blick verglich er das Abbild mit dem lebenden Modell und zwirbelte sich mit einer Hand den Schnurrbart, während er in der anderen eine brennende Zigarre hielt. Der Rauch kitzelte Elsa, und sie musste sich räuspern.

»Verzeihung, mein Fräulein«, sprach der Herr und klopfte dem Maler auf die Schulter. »Gute Arbeit, Sigmund, bei dem Original aber auch kein Wunder. Meine Verehrung, gnädiges Fräulein. Sie werden sehen, es lohnt sich, diesem Mann Modell zu stehen.« Damit ging er zurück an seinen Tisch.

»Kultivierte Leute, Fräulein Elsa, ich sagte es Ihnen ja. Freiherr von Wolzogen. Auch ein Literat. Sie sind hier im Stefanie in bester Gesellschaft.«

»Ist er verheiratet?«, wollte Elsa wissen.

»Ich weiß nicht, nein, ich glaube nicht. Aber wieso wollen Sie das wissen?« Er zeichnete unaufhörlich weiter.

»Wenn er ein Freiherr ist, könnte er doch die Gräfin mit ihrem Kind, ich meine, dann bekäme das Kind einen Vater.«

»Ach so, nein, die Gräfin möchte keinen Mann, um einen Vater für ihr Kind zu bekommen. Sie möchte den Jungen allein großziehen.«

»Woher weiß sie denn, dass es ein Junge wird?«, fragte Elsa.

»Sie weiß es einfach«, behauptete der Maler.

Das fand Elsa sehr seltsam.

»Wird es noch lange dauern?«, fragte Elsa. »Ich bin dieses Stillsitzen nicht gewöhnt. Mir tut jetzt schon alles weh.«

»Gleich ist die Skizze fertig, nur noch einen Augenblick, wirklich. Ich arbeite dann zu Hause weiter daran.«

Nach einer weiteren Ewigkeit sagte Elsa, dass sie nun wirklich nicht mehr könne und außerdem nach Hause müsse.

»Was? Jetzt schon?« Sigmund schien entsetzt. »Wir haben uns ja noch gar nicht richtig unterhalten.«

»Sie mussten mich ja malen, statt sich mit mir zu unterhalten«, antwortete Elsa und trank den Rest ihrer nun kalten Schokolade. »Darf ich es sehen?«

Als er den Block zu ihr drehte, sah sie zunächst so viele Linien dieses Blatt durchkreuzen, dass es ein wenig dauerte, bis sie darin ein Gesicht erkannte. Ihr Gesicht. Der Maler hatte sie noch knochiger dargestellt, als sie selbst sich sah. Hohe Wangenknochen, breiter Mund, ein zu kantiges Kinn, die Schultern spitz, mager.

»Gefällt es Ihnen?«, fragte Sigmund und strahlte sie so beseelt an, dass sie einfach nicht Nein sagen konnte.

»Ich weiß nicht«, antwortete sie. »Ich muss mich erst daran gewöhnen.«

»Es ist ja nur eine Skizze. Es wird sich noch verändern, bis es fertig ist«, sagte er. »Ach, ich liebe dieses trotzige Gesicht, Ihre Jugend, Fräulein Elsa. Sie sind sehr schön, ich bin sicher, Sie wissen das.«

Elsa zuckte verlegen die Achseln. Nein, sie wusste es nicht, und sie konnte es auch in seiner Zeichnung nicht erkennen. Sie zog ihre Jacke an und wollte schon aufstehen.

»Warten Sie. Ich begleite Sie. Ich gebe nur noch schnell dem Kellner Bescheid.«

Sie schüttelte den Kopf. »Nein, bitte nicht. Ich muss wirklich los.«

»Wann sehen wir uns wieder?« Er war aufgesprungen, stand ganz nahe bei ihr, umfasste mit dem Arm ihre Hüfte. Sie trat einen Schritt zurück. »Nächste Woche, wenn Sie vom Klavierunterricht kommen? Vielleicht habe ich das Bild bis dahin fertig.«

Elsa gab ihm die Hand, die er schnell an seine Lippen presste und küsste.

»Ich werde hier sein und auf Sie warten«, versprach er.

Beim Hinausgehen winkte ihr die Gräfin zu, und Elsa lächelte scheu zurück. Sie spürte den heißen Blick des Schachspielers auf ihrem Gesicht und auf dem ganzen Körper. Schnell trat sie durch die Glastür hinaus auf die Theresienstraße.

War es jetzt noch wärmer geworden oder kam es ihr nur so vor?

Elsa hastete davon, erst als sie in die Ludwigstraße einbog, atmete sie tief durch. Sie hatte es tatsächlich getan. Mit großen Schritten lief sie auf den Odeonsplatz und die Feldherrnhalle zu. Der Gedanke, dass ihr Plan nun doch noch aufgegangen war, machte sie ganz euphorisch. Elsa fühlte sich fast erwachsen. Sie hatte ein Café besucht, zusammen mit einem Mann. Was für ein Abenteuer. Nur schade, dass sie es niemandem erzählen konnte. Auch ihrer Freundin Claire nicht, die ohnehin schon einen Verdacht geäußert hatte, ein männliches Wesen könnte hinter all den Heimlichkeiten der letzten Zeit stecken. Es war einfach herrlich, sich so überlegen zu fühlen.

»Quel beau chapeau!«, flüsterte ihr ein Herr im Vorbeigehen zu, und Elsa lächelte, versuchte sogar, sich leicht in den Hüften zu wiegen, und kam sich sehr verrucht dabei vor. So war das Leben doch um einiges schöner und aufregender als im Internat bei den Englischen Fräulein, in den Schlafräumen mit den anderen Mädchen, dem Speisesaal mit diesem ewig gleichen gedünsteten Gemüse und dem zähen Rindfleisch. Den Studierstuben, den staubigen Büchern und dem täglichen Morgen- und Abendgebet. Den Kruzifixen in jedem Raum. Dem frommen Geknickse vor den Schwestern, wo immer man ihnen begegnete. Den Ermahnungen, wenn Elsa während des Unterrichts zu lange aus dem Fenster starrte, weil ihr langweilig war, weil sie sich wegträumte und nicht glauben konnte, dass das tatsächlich ihr Leben sein sollte. Dieses Warten auf das Vergehen der endlos erscheinenden Zeit, das Warten auf das richtige Leben. Noch hatte keiner bemerkt, dass sie Gedichte las während der obligatorischen Studierstunden in der Bibliothek. Alles musste man vor ihnen verstecken und geheim halten.

Als sie in die Jackentasche griff, hielt sie ein Stück Papier in der Hand. Eine gefaltete Postkarte mit einer Landschaftsskizze vorne drauf, ein kleines Aquarell mit Bergen, einem See und einer bunten Wiese. Auf die Rückseite hatte der Verfasser ein Gedicht geschrieben, das Elsa ein Lächeln entlockte, auch wenn es ganz einfach und scheinbar kunstlos war.

O wie herrlich sind die Wiesen und die Höh'n.
Beflügelt zieh ich in die Weite.
Und doch fänd ich es noch mal so schön,
wären Sie, Elsa, an meiner Seite.

൬

Je näher der Geschäftsschluss an diesem Samstagabend rückte, desto mehr wurde unter den Angestellten geflüstert und getuschelt. Die Heimlichtuerei nahm ungewohnte Ausmaße an. Immer, wenn Therese sich näherte, hörte das Getuschel auf einen Schlag auf, und wenn sie nachfragte, wurde alles abgestritten. Gar nichts Besonderes gäbe es, alles sei wie immer. Man habe sich nur über die Kunden und ihre seltsamen Wünsche unterhalten. Therese wurde nicht schlau daraus. Sie hätte schwören können, dass irgendetwas in der Luft lag, aber sie hatte nicht die leiseste Ahnung, was es war.

Als Elsa vom Klavierunterricht nach Hause kam, wurde sie von Rosa, der Buchhalterin, im Laden abgefangen und in das Kontor gelotst, was ebenfalls sehr merkwürdig war. Elsa hatte mit dem Geschäft so gut wie nie zu tun. Schule, Klavierunterricht, mehr verlangte ihre Mutter nicht von ihr. Äußerst selten, und nur wenn große Personalnot herrschte, weil Krankheitsfälle sich im Winter häuften, bat sie ihre Tochter gelegentlich, im Geschäft auszuhelfen. Elsa tat es stets nur widerwillig. Sie brachte ihrerseits sehr gute Zeugnisse nach Hause und glänzte mit vorbildlichen Betragensnoten, weil sie nicht schwätzte und keine offenen Widerworte gab im Pensionat. Therese sah die Zukunft ihrer Tochter nicht im Geschäft. Elsa war eine gute Partie, sie sah gut aus, etwas mager vielleicht, aber das konnte sich ja noch ändern, war gebildet, zeigte gute Umgangsformen, vorausgesetzt sie wollte sich gut benehmen. Nach den Vorstellungen ihrer Mutter würde sie einmal in ein gutbürgerliches Haus einheiraten, in einen Geschäftshaushalt, oder sie würde einen Herrn Ingenieur oder Architekten ehelichen und seinem Haushalt vorstehen. Elsas Kratzbürstigkeit, ihre häufig aufflammende Feindseligkeit Balbina gegenüber, die Therese manchmal miterlebte, führte sie auf eine gewisse Empfindlichkeit und vielleicht auch Rivalität zwischen beiden zurück. Das würde sich schon wieder legen. Irgendwann würde Elsa vernünftig werden, den für sie vorgesehenen Platz in der Gesellschaft einnehmen und ihn hoffentlich gut ausfüllen.

Ludwig eilte ein ums andere Mal in den Keller und kam mit leeren Händen wieder herauf. Wenn Therese ihn fragte, was er denn dauernd im Keller mache, antwortete er, er müsse nur schnell noch etwas nachsehen, denn sie hätten ein wenig umsortiert.

Kurz nach Ladenschluss befand sich immer noch eine Kundin im Geschäft. Sie war Köchin im Haus eines Eisenbahningenieurs in der Schwabinger Georgenstraße und händeringend auf der Suche nach einer leichten Vorspeise für das Geburtstagsdinner des Hausherrn. Therese legte ihr die Schwarzreiter genannten, fein geräucherten Saiblinge ans Herz, von denen sie gerade eine frische Lieferung erhalten hatte. Eine Spezialität vom Königssee, die man am besten zusammen mit Eiern servierte.

»Das ist etwas ganz besonders Feines«, versicherte Therese der Köchin. »Ihre Herrschaften werden begeistert sein.«

»Vom Preis vielleicht nicht«, entgegnete die Köchin.

»Aber vom Geschmack bestimmt. Der Herr Ingenieur hat doch nicht jeden Tag Geburtstagsgäste im Haus, die zu bewirten sind. Mit den Schwarzreitern machen Sie bestimmt nichts falsch. Und Sie müssen auch nichts mehr kochen, außer ein Ei pro Gast. Das schaffen Sie um die Uhrzeit noch leicht.«

»Ich verlasse mich auf Sie, Frau Randlkofer.«

Therese begleitete die Köchin zum Ausgang und schloss die Ladentür hinter ihr ab. Als sie sich umdrehte, war da ein kleiner Serviertisch mit weißer Damasttischdecke und einigen Sektgläsern mitten im Raum aufgebaut, und Ludwig stellte eine gekühlte Flasche Crémant de Loire auf den Tisch. Korbinian Fey kam mit zwei Verkäuferinnen hinter dem Tresen hervor. Er hatte den langen Schurz abgelegt, und sein weißes Hemd sah frisch gebügelt aus. Aus dem Kontor traten Elsa und Balbina. Beide trugen je ein Silbertablett mit Windbeuteln, die unterschiedlich gefüllt und garniert waren. Mit Puderzucker, Schokoladenguss, Zuckerguss mit gehackten Pistazien oder rosa eingefärbter Glasur.

»Ich habe doch heute gar nicht Geburtstag«, wunderte Therese sich.

Aus dem Kontor traten Rosa Schatzberger und Paul, Hand in Hand. Er grinste über das ganze Gesicht und schwenkte einen Briefumschlag.

»Aufmachen, Mama«, sagte er.

Therese sah die braune Drei-Pfennig-Briefmarke mit dem Porträt des Prinzregenten für die Ortszustellung, und daneben ihren Namen und ihre Anschrift »Dienerstraße 12, München«.

»Maria und Josef«, seufzte sie, als sie auf einem der Stempel »Adjutantur des Prinzen Alfons von Bayern« entzifferte. »Woher wisst ihr denn, was in dem Brief drinsteht?«, fragte sie in die Runde. »Wenn es eine Absage ist, was feiern wir denn dann?«

»Es wird schon keine Absage sein«, behauptete Korbinian.

»Wieso bist du dir da so sicher?«

»Absagen kommen schneller. Die hätten wir längst erhalten«, behauptete er.

Therese schüttelte den Kopf. »Oder habt ihr am Ende schon reingeschaut in den Umschlag?«

»Der war doch zu, Mama«, behauptete Paul.

Rosa reichte ihr einen Brieföffner, Therese ratschte ihn einmal durch den Umschlag und nahm ein locker beschriebenes dünnes Blatt Papier heraus.

»Vorlesen!«, rief Balbina.

»... verleihen wir«, las Therese vor, »Frau Therese Randlkofer, Inhaberin des erstklassigen Delikatessengeschäfts Dallmayr den Titel ›Hoflieferant seiner Königlichen Hoheit, des Prinzen Alfons‹.«

Ludwig ließ den Korken knallen, alles schrie »Hurra«, und Paul schlang die Arme um die Taille seiner Mutter und drückte den Kopf an ihre Brust. Korbinian reichte Therese das erste Glas mit dem perlenden Crémant, nahm sich dann selbst eines und sagte feierlich: »Herzlichen Glückwunsch, Chefin! Von jetzt an geht's nur noch bergauf.«

»Aber du hast doch jetzt einen Titel«, sagte Paul. »Brauchst du denn noch mehr?«

»Solche Titel kann man gar nicht genug haben«, erklärte Rosa ihm. »Und es gibt ja auch noch mehr Prinzen als den einen Alfons.«

»Aber Prinzregenten gibt es nur einen«, wusste Paul.

»Bei uns in Bayern gibt es nur den einen«, antwortete Rosa. »Aber andere Länder haben auch Könige, und dann ist da ja auch noch der deutsche Kaiser.«

»Der Kaiser«, flüsterte Paul ehrfürchtig.

»Wir könnten Hoflieferanten für alle werden, den deutschen Kaiser wie den König von Belgien oder sonst wo.«

»So wie ich Sie kenne, Fräulein Schatzberger, haben Sie die Anschreiben schon auf dem Schreibtisch liegen«, scherzte Therese.

»Du freust dich doch, Tante?«, fragte Balbina. »Auch über unsere kleine Feier?«

»Und dass wir ein, zwei Flaschen von dem guten Crémant organisiert haben«, ergänzte Ludwig.

»Freilich. Aber jetzt möchte ich von diesen Windbeuteln probieren. Selbst gemacht?«

»Natürlich.« Der Stolz blitzte Ludwig aus den Augen.

»Gestern Abend haben Balbina und ich sie gebacken und heute in der Mittagspause gefüllt und glasiert.« Er wurde um mindestens fünf Zentimeter größer.

»Und sie heißen nicht Windbeutel«, sagte Balbina, »sondern Profiteroles.«

Therese kostete einen mit Schokoladenglasur. »Ich glaube«, sagte sie, »die sollten wir ins Sortiment aufnehmen.«

»Vielleicht kann uns Elsa ja helfen am Wochenende, wenn sie zu Hause ist«, sagte Balbina plötzlich, und Elsa zuckte zusammen.

Sie schüttelte unwillkürlich den Kopf und sah ihre Cousine an, als habe sie den Verstand verloren.

»Ich fände das schön«, setzte Balbina noch eins drauf und brachte Elsa vollends in Bedrängnis.

»Ich glaube nicht, dass ich Zeit dafür haben werde«, sagte sie wie ein Sparkassendirektor ohne Humor.

»Ich meine, wenn du genug für die Schule gelernt und Klavier geübt hast«, stichelte Balbina und jeder fragte sich, was die beiden wohl wieder für Kämpfe miteinander ausfochten. Elsa presste die Lippen aufeinander.

»Schenk noch mal ein, Ludwig«, sagte Korbinian Fey. »Wir werden doch den guten Crémant nicht warm werden lassen.« Während Ludwig nachschenkte und Korbinian noch eine zweite Flasche öffnete, verdrückte Elsa sich.

Therese las den Brief noch einmal.

»Der erste Titel ist also geschafft«, sagte sie zu Korbinian.

»Und Ihr Schwager muss jetzt auch Ruhe geben«, antwortete Korbinian und stieß mit ihr an. »Der nächste ist dann der ›königlich bayerische‹«.

»Oder auch erst der übernächste«, sagte Therese. »Aber darauf kommt es jetzt nicht mehr an. So machen wir jetzt einfach weiter«, wandte sie sich an alle Mitarbeiter. »Ich danke euch für eure Unterstützung! Ohne euch hätte ich das nicht geschafft. Danke!«

Zwei der Verkäuferinnen sahen sich verwundert an. Sie konnten sich nicht erinnern, dass sie von ihrer Chefin je so gelobt worden waren.

Als die kleine Feier beendet war und die Angestellten nach Hause gegangen waren, klopfte Balbina an Elsas Tür.

»Wer ist da?«, fragte Elsa.

»Ich bin es«, sagte Balbina. »Mach auf.«

»Warum? Was willst du?«

»Das sage ich dir, wenn du mich reinlässt.«

»Wieso sollte ich dich reinlassen?«

»Weil ich dich etwas fragen muss.«

»Dann frag, wenn du musst.«

»Ich will wissen, wo du heute Nachmittag gewesen bist«, flüsterte Balbina.

»Beim Klavierunterricht, das weißt du doch. Lass mich gefälligst in Ruhe.«

»Ich weiß, dass du nicht dort warst«, sagte Balbina. »Und jetzt mach auf.«

Balbina hielt den Atem an. Aus Elsas Zimmer drang kein Laut. Dann ein Knarzen des Holzbodens, und schließlich wurde der Schlüssel im Schloss umgedreht. Balbina drückte die Klinke und schlüpfte durch die Tür in Elsas Zimmer. Ihre Cousine saß mit dem Rücken zur Tür an ihrem Schreibtisch. Balbina blieb hinter ihr stehen.

»Also?«, fuhr Elsa sie an. »Ich höre.«

»Wo bist du gewesen am Nachmittag?«

»Woher willst du wissen, dass ich nicht in der Klavierstunde war?«

»Wir wollten dich abholen.« Balbina setzte sich auf Elsas Bettrand, weil kein zweiter Stuhl im Raum war.

»Was? Warum denn?«

»Wir wollten dich überraschen. Ich war mit Paul im Hofgarten beim Eisessen. Da hatten wir die Idee, dass wir doch bei Frau Krozill in der Kaulbachstraße vorbeigehen könnten, ein bisschen zuhören, wie du spielst, und dann zusammen nach Hause gehen.«

»Eine sehr gute Idee. Wolltest du mich kontrollieren?«, fragte Elsa verächtlich.

»Ich weiß nicht mehr, wer zuerst die Idee hatte, Paul oder ich. Ist ja jetzt egal. Du warst jedenfalls nicht da, und die Krozill hat mir deine Entschuldigung gezeigt.«

Elsa biss sich auf die Lippen. Damit hatte sie überhaupt nicht gerechnet.

»Es war nicht die Unterschrift von Tante Therese, die da auf dem Papier stand. Du hast sie gefälscht«, sagte Balbina. »Wie konntest du das nur tun?«

»Hast du es ihr schon erzählt?« Jetzt erst sah Elsa Balbina an.

Aha, dachte Balbina, jetzt bekommt sie es doch mit der Angst zu tun. Sie schüttelte den Kopf. »Nein, habe ich nicht.«

»Also, was willst du jetzt von mir?« Elsas Hochmut schien ungebrochen. »Soll das eine Erpressung werden?«

»Was treibst du so Geheimes, dass du dafür lügst und betrügst?« Aus Balbinas Worten sprach eher Sorge als Genugtuung oder Triumph. Das erkannte sogar Elsa.

»Ich war in einem Café«, sagte sie schließlich. »In der Amalienstraße.«

»Mit wem?«

»Mit Claire«, behauptete sie.

Balbina schüttelte wieder den Kopf. »Das glaube ich dir nicht. Dafür fälschst du keine Unterschrift.«

»Und was glaubst du dann, du Schlaumeierin?«

»Du warst doch nicht etwa allein dort oder mit einem Herrn? So dumm und dreist wirst doch selbst du nicht sein. Mit wem warst du dort?«

»Ich habe es dir bereits gesagt, mit Claire.«

Balbina schüttelte den Kopf. »Ist es das, was bei der Erziehung im feinen Pensionat der Englischen Fräulein herauskommt? Lügen und Unterschriften fälschen? Ich kann es gar nicht glauben. Ich habe wirklich gedacht, du bist gescheiter.«

»Was willst du eigentlich von mir? Was geht es dich an, was ich tue oder nicht tue? Wenn meine Mutter dich nicht zurückgeholt hätte aus deiner Oberpfalz, dann wäre mein Bruder jetzt noch hier.«

Das wirft sie mir also immer noch vor, dachte Balbina. Es beschäftigte sie immer noch, und nun war es heraus. Oder wollte sie damit nur von ihrer Schandtat ablenken?

»Ich wusste doch nichts davon. Tante Therese hat mir nichts gesagt. Ich habe es erst von Paul erfahren, als ich zurückgekommen bin. Ich weiß bis heute nicht, warum Hermann weggegangen ist oder weggeschickt wurde.«

»Weil du es auf ihn abgesehen hast, oder etwa nicht?«

»Du bist gemein. Und du weißt, dass das nicht stimmt. Wir haben uns eben gemocht, Hermann und ich.«

»Gemocht«, äffte Elsa Balbina nach. »Vielleicht wärst du ja auch gern eine Frau Randlkofer geworden.«

Es tat verdammt weh, aber Balbina war sich sicher, dass Elsa nur ablenken wollte, und sie war nicht gekommen, um wieder einen neuen Streit anzufangen.

»Schluss jetzt, das spielt doch jetzt keine Rolle. Es geht hier nicht um mich, Elsa, sondern um dich.«

»Was hast du vor? Willst du mich verpfeifen, um bei meiner Mutter gut dazustehen?«

»Nein, das brauche ich nicht. Aber pass auf, Elsa, du bist fünfzehn. Wenn irgend so ein Herr mit dir ins Café geht, macht er sich strafbar, verstehst du das nicht? Was ist das für ein Kerl, dem das egal ist? Und was ist das für ein unmoralisches Café, das so etwas unterstützt?«

Elsas Verteidigung brach nun völlig zusammen. Sie schlug die Hände vors Gesicht. »Ein Maler«, sagte sie leise. »Nicht irgend so ein Herr. Und er hat mich durchaus nach meinem Alter gefragt.«

»Und das war ihm egal?«

Elsa schüttelte den Kopf.

»Ach, verstehe«, sagte Balbina. »Du hast ihn angelogen. Ein Maler sagst du? Was denn für ein Maler?«

»Er wollte mich unbedingt malen.«

»In dem Café?«

Elsa nickte.

»Und wo ist das Bild?«

»Es ist eine Zeichnung und sie ist noch nicht fertig.«

»Aber du bekommst sie?«

Elsa nickte.

»Dann triffst du ihn noch einmal?«

»Keine Ahnung«, gab Elsa zu. »Ich weiß ja nicht, ob du mir jetzt jeden Samstagnachmittag hinterherläufst.«

Elsa hatte ihr blaues Kostüm achtlos über die Stuhllehne geworfen, der feine Hut mit den Stiefmütterchen lag auf der Kommode. Balbina musste sich dazu zwingen, nicht aufzustehen und alles sauber auf Kleiderbügel zu hängen, damit die schönen Stoffe nicht verknitterten. Bald würde sie kein Dienstmädchen mehr sein und sie musste damit aufhören, sich für alles und jeden in diesem Haushalt verantwortlich zu fühlen. Bald würden sich die beiden Bewerberinnen vorstellen, und

Tante Therese würde eine von ihnen einstellen. Dann wäre sie endlich frei von der Hausarbeit und nur noch in der Firma. Balbina freute sich so darauf.

»Also, nächsten Samstag gehst du zu Frau Krozill. Keine Absagen mehr«, bestimmte Balbina. »Und ins Café, zu diesem Maler, komme ich mit. Wir holen das Bild, und dann ist alles wieder gut und wir vergessen die Sache. Aber alleine gehst du dort auf keinen Fall mehr hin, hast du verstanden?«

»Sag mal, spinnst du?«, fuhr Elsa sie an. »Du glaubst doch nicht im Ernst, dass ich mit dir zusammen dort hingehe. Bist du meine Gouvernante oder so etwas? Mach dich doch nicht lächerlich.«

»Doch, das glaube ich schon, dass wir das zusammen machen. Sonst gehe ich nämlich doch noch zu deiner Mutter und erzähle ihr alles. Von vorn bis hinten, das darfst du mir glauben. Und noch was. Seit dein Vater gestorben ist und jetzt auch noch Hermann auf Reisen ist, fehlen uns helfende Hände im Geschäft. Deine Mutter kann wirklich jede Unterstützung brauchen.«

Elsa sah sie groß an. »Ja wie, und was habe ich damit zu tun?«, fragte sie.

»Ich finde, du kannst auch mal mithelfen, wenn du am Wochenende da bist. Der Sonntagmorgen ist oft besonders anstrengend, weil wir uns da immer abwechseln, damit jeder wenigstens alle vierzehn Tage den Sonntag freibekommt. Dann kannst du halt mal nicht ausschlafen am Morgen. Dafür hast du den späten Vormittag und den ganzen Nachmittag frei.«

»Ist das dein Ernst? Ich soll um fünf Uhr morgens am Sonntag im Geschäft antreten?«

»Du kannst auch etwas später dazukommen. Sechs Uhr oder halb sieben genügt völlig.«

»Aber ich kann doch gar nichts«, behauptete Elsa. »Wie soll ich euch denn da helfen?«

»Dann lernst du es eben. Du wirst später eine gute Mitgift aus diesem Geschäft erhalten und irgendwann auch einen Anteil überschrieben bekommen. Ich finde, dafür kannst du auch etwas tun. Es schadet dir nicht, und deiner Mutter würde es sehr helfen.«

Darauf sagte Elsa nichts mehr. Doch plötzlich, als hätte sie Balbinas Gedanken gelesen, stand sie auf, ging zum Schrank, nahm zwei Kleiderbügel heraus und hängte ihre Bluse und ihr Kostüm auf. Balbina lächelte. Dann stand sie auf und ging zur Tür.

»Überleg es dir«, sagte sie zu Elsa. »Ach, und von mir aus könnten wir allmählich aufhören so gehässig zueinander zu sein. Für solche Kindereien sind wir doch eigentlich schon zu alt, findest du nicht?« Als sie schon in der offenen Tür stand, kam Elsa noch einmal auf sie zu.

»Und was ist mit Paul?«, flüsterte sie. »Weiß er etwas?«

Balbina schüttelte den Kopf. »Ich habe allein mit Frau Krozill geredet. Ich habe ihm gesagt, du seist schon ein bisschen früher gegangen, weil du Kopfweh hattest.«

»Danke«, flüsterte Elsa. Und zum ersten Mal schien es Balbina, als sähe Elsa nicht von oben auf sie herab.

Paul nahm seine Aufgabe sehr ernst. Ganz sorgfältig rollte er den Klumpen Teig, den Balbina ihm abgeschnitten hatte, zu einer dicken Rolle, von der er kurze Stücke abschnitt und sie einzeln zu fingerlangen, dünnen Nudeln rollte. Er achtete peinlich auf eine perfekte Form. Gerieten sie ihm zu dick oder ungleichmäßig, dann rollte er sie noch mal zu einer Kugel und versuchte es ein zweites Mal. Dabei ließ er sich auch von Balbina nicht unter Druck setzen, dic augenrollend auf die nächste Lage Schupfnudeln wartete, die im Topf mit dem simmernden

Salzwasser landen sollten. Sobald sie oben schwammen, nahm sie sie heraus und briet sie in der Pfanne an, bis sie schön kross waren. Das Sauerkraut, das es dazu gab, war schon zweimal aufgekocht worden. Paul, das Leckermaul, bevorzugte Apfelkompott zu den Kartoffelnudeln und einen Löffel Zucker und Zimt.

Therese saß schon am Mittagstisch, und Balbina tat ihr gerade auf, als es klopfte und Rosa den Kopf zur Tür hereinstreckte.

»Entschuldigung, dass ich störe«, sagte sie, »aber ...« Sie zog einen Briefumschlag hinter ihrem Rücken hervor und legte ihn lächelnd auf den Tisch. Die Marken und der runde Poststempel waren so verwischt, als ob der ganze Brief in eine Regentonne gefallen wäre, aber die Adresse war glücklicherweise noch zu lesen.

»Von Hermann«, rief Paul. »Darf ich vorlesen?« Paul griff nach dem Umschlag. »Darf ich?«

»Und was ist mit deinem Essen?«, fragte Therese.

»Ach, das schmeckt kalt genauso gut.« Rosa hatte einen Brieföffner aus dem Büro mitgebracht, und Paul war schon dabei, das Couvert vorsichtig zu öffnen.

»Setz dich doch zu uns, Rosa«, lud Therese sie ein. »Es ist bestimmt genug für uns alle da. Balbina?«

Als alle Platz genommen hatten, begann Paul zu lesen.

Liebe Mutter, liebe Geschwister, liebe Balbina, Ludwig und alle Dallmayrs,

»Der Ludwig ist aber gar nicht da«, unterbrach sich Paul selbst.

»Er konnte gerade nicht weg«, sagte Rosa, »aber ich kann ihm den Brief ja später zeigen.«

hätte ich vorher gewusst, wie eine Reise zur See verläuft, wenn man sich in den Nordatlantik begibt, vielleicht wäre ich stattdessen mit der Eisenbahn wieder zurück nach München gefahren.

Aber ich wusste es nicht, und so habe ich mich in Bremen in die »La Palma« der britischen …

An der Stelle stoppte Paul, denn es folgte ein schwieriges Wort.

… der britischen Reederei Elder Dempster & Company eingeschifft, die schon seit Jahren mit modernen Dampfschiffen einen Handels- und Passagierdienst von London über die Kanarischen Inseln nach Afrika betreibt. Die »La Palma« soll als Postschiff zwischen den einzelnen Inseln eingesetzt werden, mit Heimathafen Santa Cruz de La Palma.

Per Eisenbahn sind mein väterlicher Freund Groeneberg und ich von Hamburg in die Hansestadt Bremen gefahren, die zwar etwas kleiner als Hamburg ist, aber auch einen sehr großen Hochseehafen hat. Dort bestiegen wir unser Schiff und richteten uns in der ersten von drei Klassen ein. Die »La Palma« ist zwar nicht mit den Ozeanriesen der Linien zu vergleichen, die Reisende und Auswanderer nach New York befördern, aber sie ist trotzdem ein stattliches Schiff mit etlichem Komfort, zumindest in der ersten Klasse. Unsere Kajüten sind sehr vornehm eingerichtet, mit eigenem Badezimmer und einem bequemen Bett. Es gibt auch einen schon fast luxuriösen Salon, in dem wir unsere Speisen einnehmen, sowie einen kleinen Rauchersalon, in dem die Herren genüsslich eine Pfeife rauchen oder eine Zigarre paffen können. Dabei unterhalten sie sich vor allem über Geschäfte, weshalb ich mich auch dort aufhalte, bis mir der Rauch regelmäßig Übelkeit verursacht, sodass ich an die frische Luft gehen muss.

Paul spießte schnell zwei Schupfnudeln auf seine Gabel, tunkte sie in das Apfelmus und steckte sie sich in den Mund.

»Lass dir Zeit«, sagte Balbina, »dann haben wir länger was davon.«

Paul las weiter.

Dass eine Seefahrt lustig ist, gilt vielleicht für den Starnberger See, nicht jedoch für den Nordatlantik, denn dort begibt man sich in Gottes Hand. In Bremen abgefahren sind wir am Morgen bei Sonnenschein, angekommen sind wir in London bei Sturm und Regen. Während die »La Palma« im Hafen beladen wurde und auf weitere Passagiere wartete, konnte ich ein bisschen durch London streunen und staunen. Doch wenn ich nun damit beginne zu schildern, wie mächtig und pompös die Hauptstadt des Britischen Empires ist, wird mein Brief nie fertig.

Auch London verließen wir bei Sonnenschein, doch noch bevor sich die Themse in die Nordsee ergießt, verdeckten Wolken die Sonne und eine ordentliche Brise begann die Wellen höher zu schaukeln und in der wolkenverhangenen Dunkelheit weiß leuchtende Kronen auf die Wellen zu malen.

Es war ungemütlich, als ich zu Bett ging, und ich konnte nicht gut schlafen, obwohl ich unempfindlich bin und auf meinen nächtlichen Freigängen gesehen habe, dass andere Passagiere bereits größere Probleme mit dem Seegang hatten.

Es fühlte sich in einem Augenblick so an, als wäre das Schiff gegen etwas Schweres, Großes, unbeweglich im Wasser Liegendes gestoßen, und ich dachte sofort an einen dieser Eisberge, die schwer zu erkennen sind, da der größte Teil von ihnen sich unter Wasser versteckt, die aber schon Schiffen, die größer als die »La Palma« waren, zum Verhängnis geworden sind. Ein Ruck, der mich fast aus dem Bett katapultiert hätte, und ein Donner, der mein Trommelfell fast zerriss. Er war wohl nicht die Ursache für den Schlag gegen den Schiffsrumpf, sondern ein fast gleichzeitiges Ereignis. Das Schiff neigte sich in Blickrichtung zum Bug hin so stark nach links, bei Seeleuten heißt das nach Backbord, dass mein Wasserglas auf dem kleinen Tisch neben meinem Bett begann, sich talwärts zu bewegen. Einen Augenblick dachte ich wirklich, das war es. Ein Eisberg hatte sich ganz ungewöhnlich gegen den Golfstrom vom Nordpol oder der großen Grönland-Insel direkt auf den Weg in Richtung Biskaya gemacht, nur um das Schiff zu versenken, in dem ich nach La Palma unterwegs war.

An der Stelle musste Paul schlucken. »Hoffentlich ist Hermanns Schiff nicht untergegangen«, sagte er.

»Wie hätte Hermann denn diesen Brief schreiben können, wenn er untergegangen wäre«, beruhigte Balbina ihn. Paul las weiter.

Erst als das Schiff sich wieder in die andere Richtung neigte und das Glas in die entgegengesetzte Richtung rutschte, wurde mir klar, dass wir nicht leckgeschlagen waren und unsere Schlagseite den baldigen Untergang ankündigte, sondern dass wir gerade Wellen befuhren, die gewaltig wie Gebirge sein mussten. Als ich die Tür zum Außendeck öffnete, stieß mich eine Windbö wieder nach drinnen, und ein Schwall salziges Wasser schlug mir ins Gesicht. Ich gab nicht auf und wollte mir das Schauspiel, das leicht mein letztes hätte sein können, aus der ersten Reihe ansehen. Halb fiel, halb glitt ich zur Reling und beinahe verlor ich das Gleichgewicht, hätte ich nicht mit beiden Händen den Handlauf der Reling zu fassen bekommen.

Schon hob sich der Schiffsrumpf, und das Schiff neigte sich im Wellental in Richtung Steuerbord, und ich hatte Angst. So große Angst, dass ich für einen Moment meine rechte Hand von der Reling löste, um rasch ein Kreuzzeichen zu schlagen und ein Stoßgebet zum Himmel zu schicken. »Heilige Maria, Mutter Gottes«, schrie ich in die Nacht. »Hilf mir, hilf mir jetzt, denn später nützt es nichts mehr.« In meiner Not sprach ich ein Gelübde, so nahe fühlte ich mich den toten Seeleuten, die schon zu Tausenden am Grunde des Golfs von Biskaya lagen.

Paul dachte jetzt nicht mehr an sein Essen.

Ein Schwall Wasser stürzte wieder über mich her. Mein Festklammern hielt der Kraft dieser Gischt nicht stand. Sie riss mich von meinem Anker los und spülte mich quer über das ganz Deck. Mein Oberschenkel schlug gegen den Fuß einer verschraubten Sonnenbank, und augenblicklich wurde mir hell vor Augen, vor Schmerz sah ich ein Funkeln wie von tausend Sternen. Ein Matrose fing mich auf und zog und schubste mich, bis er mich wieder unter Deck und in Sicherheit gebracht hatte. Dort wies er mich an, nicht mehr nach draußen zu gehen, bis sich der Sturm gelegt hätte.

Unser Schiff, mit einem Rumpf aus Stahl und fast 70 Metern Länge nicht gerade eine Hafen-Barkasse, wurde von der Wucht der Wellen und dem höllischen Orkan herumgewirbelt, gestreckt und gedrückt, gestaucht und gebogen, dass dem zähen Stahl nichts anderes blieb, als zu knarren, zu quietschen und immer wieder hell aufzukreischen, und öfter als einmal konnte ich selbst beobachten, wie die Kräfte eine stählerne faustdicke Niete unter lautem Knall sprengten. Sogar die erfahreneren Passagiere, auch Mijnheer Groeneberg, hatten einen derartigen Sturm noch nicht erlebt, und einige von ihnen hatten die Hoffnung aufgegeben, unser nächstes Ziel, den Hafen von Lissabon, lebend zu erreichen.

Am nächsten Morgen aber hatte der Wind sich gelegt, die See war wohl noch etwas rau, doch nicht mehr mörderisch wie noch Stunden zuvor. Die Sonne brach langsam hervor, und die Luft war klar und wie reingewaschen, das Atmen erfrischend wie ein Schluck Wasser aus einer Bergquelle. Schiffsplanken, eine Truhe und ein paar Fässer trieben an uns vorbei. Der Kapitän ließ, was zu erreichen war, aus der See fischen und befahl seinen Leuten achtzugeben, ob irgendwo Menschen zu sehen wären, an Balken geklammert oder in einem Rettungsboot geborgen. Doch nichts war zu erkennen, und als der Trümmerstrom vorüber war, ließ er die Schiffsglocke schlagen und forderte uns auf, für das Seelenheil der Schiffbrüchigen zu beten, die mit dem Schiff, dessen Trümmer wir vorüberziehen sahen, im Sturm versunken waren. Ich versprach, mein Gelübde, das ich jetzt nicht verraten werde, zu erfüllen, und war dankbar, nicht nur für meine Rettung, sondern auch dafür, dass ich nun, ich bilde es mir zumindest ein, mehr Mann bin als noch am Tag zuvor, vielleicht sogar mehr Mensch.

Es war jetzt ganz leise in der Küche, keiner rührte sich. Alle lauschten begierig, wie es weiterging.

Es dauerte noch zwei Tage, bis die See immer glatter wurde und die Temperaturen anstiegen und wir Lissabon, die schöne Stadt an der Tejomündung, erreichten. Diese Stadt, die am Allerheiligentag 1755 durch ein Erdbeben, Feuer und eine Flutwelle fast vollständig zerstört worden war und dabei ein Drittel ihrer Einwohner verlor, ist noch im 18. Jahrhundert prächtig wieder aufgebaut worden von einem Marquis von Pombal. Mit einer rechteckig angelegten Unterstadt auf Hafenhöhe, breiten Boulevards und prächtigen Gebäuden. In der Stadt mit ihren vielen Hügeln verkehren zwei Linien einer Kabelstraßenbahn und drei Standseilbahnen, die ich mich bemühte, alle an den beiden Tagen Landgang, die uns gewährt wurden, wenigstens zu sehen, mit einigen auch zu fahren.

Während ein großer Teil unserer Fracht gelöscht und dafür wieder neue Kisten und Fässer sowie die für die Weiterfahrt benötigten Kohlen geladen wurden, zeigte mir Groeneberg, der scheinbar überall zu Hause ist, etwas von der Unterstadt und ihren wunderbaren Geschäften.

In den Auslagen, die man sonst nur auf Märkten suchen würde, sind Krebse, Krabben, Langusten und Muscheln aller Art ausgebreitet, die noch lebenden Tiere kann man in gläsernen Aquarien beobachten. Als besondere Spezialität zeigte mein Begleiter mir die Entenmuscheln, die aussehen wie Miniatur-Elefantenzehen mit schwarzen Rüsseln. Man muss sie aufreißen und aussaugen, ungefähr so wie eine Weißwurst. Wenn man sich dazu überwinden kann, wird man mit einem einzigartigen Geschmack belohnt.

Alle versuchten sich diese merkwürdigen Muscheln vorzustellen, aber es war doch zu seltsam.

Eine Eigenart in Lissabon ist auch der Stockfisch, das ist getrockneter Kabeljau, der an jeder Ecke verkauft wird und der vor dem Kochen wieder gewässert wird. Es soll mehr Stockfisch-Gerichte in Portugal geben als das Jahr Tage hat. Wenn man in den Lokalen beim Stockfisch sitzt, gibt es dort zumeist eine musikalische Begleitung, die Fado heißt und anscheinend weder Glück noch Hoffnung kennt. Es klingt so traurig, wenn die Frauen und Männer zur Gitarre singen, gerade so, als würden sie weinen. Mir verging fast der Appetit bei so viel Schwermut, doch Groeneberg meinte, darin läge die Seele der Portugiesen, die vor Sehnsucht zergeht, aber ohne sie niemals glücklich sein könnte. Ich habe außerdem den Dallmayr von Lissabon kennengelernt, der übrigens auch von einer Chefin geführt wird.

Alle sahen zu Therese, die zufrieden in sich hineinlächelte.

Sie heißt Doña Quitéria, und so heißt auch ihr Delikatessengeschäft. Ich habe eine Bestellung an exzellenten Sardinen und Sardellen in Konservendosen aufgegeben und dazu noch Proben ihres sonstigen Sortiments angefordert. Auch feine luftgetrocknete Würste aus dem Norden des Landes habe ich mitbestellt, deren Qualität mich auf Anhieb überzeugte.

»Ein echter Kaufmann, der Hermann«, sagte Rosa Schatzberger.

So, und nun beende ich diesen Brief und lasse ihn zum Postamt bringen, damit ihr wieder einmal Nachricht von mir bekommt, bevor ich mich auf den nächsten Abschnitt meiner Reise begebe.

Adeus, wie man hier sagt, und beste Grüße aus Lissabon in die Heimat,

sendet euch euer Hermann

»Anscheinend ist das Postschiff zurück von Lissabon auch fast im Sturm untergegangen, so wie der Briefumschlag aussieht«, sagte Balbina.

»Und wie lange er gebraucht hat«, wunderte Therese sich. »Bestimmt ist Hermann schon längst auf den Kanarischen Inseln angekommen.«

»Hoffentlich«, sagte Paul und lud sich noch eine Portion Schupfnudeln auf den Teller.

Während Therese sich nach dem Essen noch ein paar Minuten aufs Kanapee legte, dachte sie daran, dass Hermann auf seiner Reise bestimmt noch viel erleben würde. Alle Erfahrungen würden ihn weiterbringen, auch die weniger schönen. Sie würden ihn hoffentlich lehren, das mehr zu schätzen, was ihm gegeben war, und zu erkennen, was er selbst einmal erreichen wollte. Nicht zu klein zu denken, aber auch nicht vielen Hasen zugleich nachzujagen, um am Ende keinen einzigen zu fangen. Das wünschte sie ihrem Ältesten. Sie musste aufpassen, nicht melancholisch zu werden, als sie plötzlich die Bilder jenes heißen Julitags vor sich sah, als Anton und sie mit ihm im Familientaufkleid auf dem Arm in die Frauenkirche eingezogen waren. Sie hatten ihren Erstgeborenen nicht auf den Namen seines Großvaters und nicht auf den seines Vaters taufen lassen, sondern auf den, der ihr, seiner Mutter, gefallen hatte und der in ihren Augen viel besser in die größer und größer werdende moderne Stadt passte: Hermann.

Im Mietshaus in der Haidhauser Orleanstraße stemmte Lilly sich mit der Schulter gegen die schwere Eingangstür. In der einen Hand hielt sie einen Korb mit Kartoffeln, Brot und Quark. In der anderen die Milchkanne. Im Treppenhaus roch es wie immer nach Weißkrautsuppe mit Mehlschwitze. Dieser ewige saure Kohlgeruch, er würde wohl nie mehr aus diesem Haus verschwinden. Es war, als hätte er sich schon im Putz des Treppenhauses festgefressen wie ein Hausschwamm. Über die ausgetretenen Stufen der Treppe zog sich eine weißliche Tröpfchenspur von Stockwerk zu Stockwerk hinauf. Da hatte wohl jemand die Milchkanne zu vollgemacht, oder der Boden war undicht geworden. Die Hausmeisterin würde keine Ruhe geben, bevor der Schuldige nicht die ganze Treppe nass rauf und runter gewischt hatte.

Lilly schellte an der Wohnungstür, aber nichts bewegte sich. Also war sie die Erste, die an diesem Abend nach Hause kam. Ihr Bruder arbeitete jetzt oft länger, seit der Juniorchef nicht mehr im Laden war. Und wenn Ludwig nicht arbeitete, dann tüftelte er an Gebäck- und Pralinenrezepten herum, und meistens half ihm diese Balbina dabei. Lilly war fast ein wenig eifersüchtig auf sie. Sie hätte gern wieder mehr Zeit mit ihrem Bruder verbracht, so wie früher.

Während Ludwig es zwar immer noch nicht mochte, zeitig aufzustehen, aber doch gern zur Arbeit ging, war Lilly jeden Tag unzufriedener mit ihrer Anstellung im Haushaltswarengeschäft am Weißenburger Platz. Fast jeden Tag wurde sie jetzt hinauf in die Privatwohnung geschickt, um sich um die Kinder zu kümmern. Lilly mochte den kleinen Peter und die etwas größere Erna sehr gern, aber sie wollte einfach keine Kindsmagd sein. Sie wünschte sich einen Arbeitsplatz außer Haus, feste Arbeitszeiten und ein Gehalt, von dem sie einmal würde leben können. Nicht wie die Mutter, die annehmen musste, was ihr angeboten wurde. Hilfe im Haushalt, bei der Wäsche, bügeln, flicken, nähen zu Hause.

Lilly setzte die Kartoffeln zum Kochen auf, da sah sie den Brief auf dem Küchentisch. Er war an sie adressiert. Aufgeregt drehte sie das Couvert um. Absender des Briefes war Julia von Vollmar-Kjellberg, Soiensäß, Urfeld am Walchensee. Das war das Landhaus der Vollmars im Gebirge. Hatte Frau von Vollmar Wort gehalten und würde sie Lilly tatsächlich, wie im Café Victoria versprochen, zu sich einladen?

Lilly nahm ein spitzes Messer aus der Schublade und öffnete das Couvert. *Liebe Lilly …* Sie überflog den ersten Teil des Briefes, der sehr nett auf ihre zufällige Begegnung in der Isarau Bezug nahm. Als sie fast ans Ende des Briefes gelangt war, klopfte Lillys Herz.

Ich habe mich erkundigt, wie man es am besten anstellt, Telefonistin zu werden, und mein Mann hat auch seine Fühler ausgestreckt und seine Kontakte genutzt. Jetzt sehen wir etwas klarer und möchten dich einladen, zu uns an den See zu kommen. Du darfst gerne deine Mutter und auch den Ludwig mitbringen, und ihr könnt natürlich so lange bleiben, wie ihr wollt. Mein Mann ist seit einer Woche in München und wird auch die zweite Woche noch dort zu tun haben mit dem Landtag und seiner SPD. Aber am Samstagmorgen fährt er mit dem ersten Zug nach Holzkirchen und von dort nach Tölz. Ein Kutscher bringt ihn dann zu uns herauf und ebenso alle unsere Gäste, die mitreisen wollen. Vielleicht passt das ja bei dir?

Samstag, überlegte Lilly, ja, da könnte sie sich bestimmt einmal freinehmen, nur Ludwig würde arbeiten müssen, und ob die Mutter fahren wollte, die immer so leicht reisekrank wurde? Sie würde sie fragen. Aufgeregt las sie weiter.

Unser Prinzregent Luitpold, auch wenn mein Mann und ich politisch nicht auf seiner Seite stehen, hat in den letzten Jahren die Kesselbergstraße hinauf nach Urfeld neu anlegen und ausbauen lassen. Nicht wegen uns natürlich, sondern weil sie seit jeher ein wichtiger Pass über Mittenwald nach Tirol ist. Nun ist sie etwas länger geworden, aber auch viel weniger steil und daher für Fuhrwerke leichter befahrbar. Es ist jetzt das reinste Vergnügen, zu uns zu kommen. Auf dieser Passstraße reisten in früheren Zeiten berühmte Männer wie der Philosoph Michel de Montaigne oder der deutsche Genius Johann Wolfgang von Goethe gen Italien. Und, stell dir vor, hier auf dem Weg zum Walchensee herauf, begegnete Goethe einem Harfenspieler mit seiner Tochter. Man weiß nicht, was sie hier taten und wohin sie wollten. Die Tochter muss jedenfalls sehr hübsch gewesen sein, denn sie hat den Geheimrat zu einem seiner schönsten Gedichte inspiriert, dem »Mignon-Lied«. Vielleicht habt ihr es in der Schule gelernt.

Kennst du das Land, wo die Zitronen blüh'n,
Im dunkeln Laub die Goldorangen glüh'n,
Ein sanfter Wind vom blauen Himmel weht,
Die Myrte still und hoch der Lorbeer steht,

Dahin! Dahin
Möcht' ich mit dir, o mein Geliebter, zieh'n.

Nein, Lilly konnte sich nicht daran erinnern, dass sie dieses Gedicht in der Schule gelernt hatten. Ganz bestimmt nicht. Sie las den Brief zu Ende.

Liebe Lilly, bei uns blühen die Bergwiesen und die Obstbäume. Orangen haben wir keine, aber blauen Himmel, einen herrlichen See und auch den sanften Wind, von dem Mignon singt. So hoffe ich also, dass es dir vielleicht möglich sein wird, am kommenden Wochenende zu uns und zur Villa Soiensäß zu zieh'n. Georg und ich freuen uns sehr, wenn du dich dazu entschließt.
Deine Julia von Vollmar-Kjellberg

Lilly las das Gedicht so oft, bis sie es auswendig konnte, und sagte die dunklen, sehnsüchtigen Zeilen ein ums andere Mal vor sich hin, während sie die noch heißen Kartoffeln schälte. »Kennst du das Land, wo die Zitronen blüh'n«, deklamierte sie, während sie Zwiebeln und Schnittlauch für den Quark klein schnitt. Ihre Mutter musste es einfach erlauben, dass sie zu ihrem Vormund und seiner Frau fuhr. Sie war ja kein kleines Kind mehr.

Aufgeregt deckte sie den Tisch. Dann holte sie das Reisekleid aus dem Schrank, das die Mutter ihr zum Geburtstag genäht hatte. Vielleicht müsste man es noch einmal aufbügeln. Sie suchte nach der Korbtasche, die sie dazu auf der Auer Dult erstanden hatte. »Dahin! Dahin möcht' ich mit dir, o mein Geliebter, zieh'n.«

Am Samstagmorgen begleitete Lillys Mutter ihre Tochter zum Bahnhof. Es herrschte bereits reger Betrieb auf dem Bahnhofsvorplatz, die Straßenbahnen fuhren bimmelnd los und bremsten kreischend vor dem Eingang. Die Droschkenpferde schienen sich an die elektrische Konkurrenz gewöhnt zu haben und hoben nicht einmal mehr die Köpfe, sondern warteten geduldig auf Kundschaft.

Sie lösten eine Fahrkarte und eine Bahnsteigkarte für die Mutter und gingen zum Zug Richtung Holzkirchen. Reisende warteten auf den Bahnsteigen auf die Abfahrt der Züge, Dienstmänner schoben Handkarren mit vornehmem Gepäck und weniger vornehmen Schachteln und verschnürten Bündeln. Eine Schulklasse mit etwa fünfzig Knaben zwängte sich schwatzend und drängelnd durch den Eingang zu den Bahnsteigen und marschierte dann in Dreierreihen zu ihrem Zug. Lilly hatte nicht mehr als eine Strickjacke und etwas Proviant für die zwei Tage in der Korbtasche, deren Deckel mit blauem Wollgarn bestickt war. Sie passte zu dem blaugrauen Leinenkleid, das die Mutter ihr genäht hatte. Es hatte weiße Ziernähte an den Armbündchen und am Saum und einen weißen Spitzenkragen. Der Rock fiel leicht glockenförmig, und das Leinen war sehr fein gewebt. Der Stoff war teuer gewesen, aber Lilly hatte ihn sich so gewünscht. Kleider aus gröberem Leinen waren in ihren Augen Dienstbotenuniformen, und so wollte sie auf keinen Fall aussehen.

Auf der großen Bahnhofsuhr beobachteten die beiden, wie der Sekundenzeiger dahinraste und die Abfahrtszeit des Zuges immer näher rückte.

»Er wird doch nicht etwa zu spät kommen?«, fragte Lilly.

»Allein fährst du auf keinen Fall«, entschied ihre Mutter.

»Ja, aber …«, protestierte Lilly.

»Kommt nicht infrage.«

Die Lokomotive fauchte und stieß einen langen, sehr dringlichen Pfeifton aus.

»Einsteigen, meine Damen«, rief ihnen der Schaffner zu.

Die Mutter hielt immer noch Lillys Arm fest. Da kam ein Dienstmann mit einem beladenen Kofferwagen gestikulierend angerannt.

»Halt!«, schrie er schon von Weitem. »Der Herr Abgeordnete kommt noch! Er ist schon auf dem Weg. Sie müssen noch warten!«

»Der Herr Abgeordnete?«, rief der Schaffner zurück. »Ja, was glauben denn Sie? Wenn wir auf jeden warten, dann brauchen wir gar keinen Fahrplan mehr drucken, weil wir ihn eh nicht einhalten können. Da müsste schon der Herr Prinzregent selbst mitfahren wollen oder meinetwegen der Kaiser. Aber ein Herr Abgeordneter? Der kann sich doch wie jeder andere auch pünktlich am Bahnsteig einfinden. Sonst muss er halt den nächsten Zug nehmen.«

»Nein, halt!«, rief der Dienstmann wieder, ganz außer Atem. »Das ist doch nicht irgendein Abgeordneter, sondern ein Herr Ritter.«

Auch ein Ritter schien auf den Schaffner keinen allzu großen Eindruck zu machen. Er sah auf die große Uhr am Bahnsteig.

»Sie sturer Kerl«, schimpfte der Dienstmann. »Der Herr Ritter von Vollmar ist doch ein Versehrter aus dem Franzosenkrieg 1870/71, der kann nicht so schnell laufen wie Sie oder ich.«

»Der Herr von Vollmar, von den Sozis? Ja, warum sagen Sie das denn nicht gleich?« Der Schaffner schien jetzt milder gestimmt. Lilly wusste nicht, ob wegen der Kriegsverletzung ihres Vormunds oder wegen seiner Parteizugehörigkeit.

Der Dienstmann lud die beiden Koffer und eine Reisetasche von seinem Wagen und stellte sie in die offene Tür zur ersten Klasse. »Da kommt er ja schon, der Herr Abgeordnete.«

Nun sahen auch der Bahnbedienstete und der Lokomotivführer, der den Kopf aus seinem Seitenfenster gestreckt hatte, den schwarz gekleideten Hünen mit schwarzem Hut und wehendem Rock auf Krücken durch die Bahnhofshalle eilen.

»Dann rein mit dem Gepäck!«, ordnete der Schaffner an. »Und Sie, meine Damen, auf was warten Sie jetzt noch?«

Lilly umarmte ihre Mutter und stieg rasch ein.

»Das ist aber die erste Klasse, Fräulein. Oder gehören Sie etwa auch zu dem Herrn Abgeordneten?«

Lilly nickte ganz stolz und wurde gleich ein paar Zentimeter größer. Wie froh war sie, dass sie in ihrem feinen Kleid aussah wie eine junge Dame, nicht wie ein Dienstmädchen. Der Schaffner kratzte sich am Kopf. Schwitzend und mit rotem Kopf erreichte Georg von Vollmar den Zug, bezahlte den Dienstmann und bedankte sich beim Schaffner und dem Lokomotivführer, dass sie gewartet hatten.

»Dann fahren Sie halt ein bisschen schneller, damit wir die Verspätung bis Holzkirchen wieder aufholen, oder?«, rief Vollmar dem Lokführer zu.

»Wird gemacht, Herr Abgeordneter.« Der Lokführer salutierte und stieß mit der Trillerpfeife einen schrillen Pfeifton aus, dann setzten sich die schweren Räder stampfend in Bewegung und Lilly und ihr Vormund winkten ihrer Mutter, bis sie aus der Bahnhofshalle hinausgefahren waren und in den dichten Dampfwolken den Bahnsteig nicht mehr erkennen konnten.

Vollmar fragte Lilly, wie es der Mutter ging, was der Ludwig beim Dallmayr so trieb und woher sie dieses hübsche Kleid hätte, das ihr so gut stand. Sein Kompliment machte sie ganz verlegen, worüber er aber nur lachte. Lilly kannte ihren Vormund. Obwohl er ein Ritter von Vollmar war, konnte er manchmal derber sein als ein Bierkutscher. Vielleicht wollte er damit zeigen, dass er sich nicht für etwas Besseres hielt. Er zählte auch Arbeiter und Handwerker zu seinen Freunden, so wie Lillys Vater, der bis zu seinem Unfall in einer Sägemühle gearbeitet hatte.

Als der Schaffner kam, bezahlte Georg von Vollmar den Zuschlag für die erste Klasse für Lilly und löste für sich selbst ein Billett, denn dazu hatte er am Schalter keine Zeit mehr gehabt. Als alles erledigt war, blieb der Schaffner stehen, nahm seine Mütze ab und kratzte sich wieder am Kopf.

»Sie müssen schon entschuldigen, Herr Abgeordneter, dass ich anfangs etwas ungnädig war wegen der Verspätung.«

»Keine Sorge, Herr …«, antwortete Vollmar.

»Grill, Herr Abgeordneter, Josef Grill.«

»Das gehört sich doch für einen bayerischen Eisenbahner, dass er darauf schaut, dass die Züge pünktlich verkehren, Herr Grill. Sie haben nur Ihre Pflicht getan. Ich war der nachlässige Trödler, der zu spät gekommen ist. Ich müsste mich bei Ihnen entschuldigen.«

»Aber nein, so weit kommt's noch, Herr Abgeordneter. Wo Sie schon so viel Arbeit im Landtag haben und dann auch noch Ihr Andenken an den Franzosenkrieg.« Immer noch wandte Grill sich nicht zum Gehen, sondern kratzte sich stattdessen weiter am Hinterkopf, wobei seine Dienstmütze ihm fast über die Augen rutschte. »Seit zwei Jahren bin ich jetzt bei der Bahn. Davor war ich zehn Jahre als Lohnarbeiter beschäftigt, zuerst in einer Mühle, dann als Hilfsmaurer auf Baustellen und zuletzt in einer Maschinenfabrik. Ich habe zehn Jahre kein Bürgerrecht in München bekommen und nicht wählen dürfen. Den Arbeiter-Gesangsverein, in den mich mein Vater schon als Kind mitgenommen hat, haben die Preußen und der Reichskanzler Bismarck uns verboten. Jetzt, wo ich kein Lohnarbeiter mehr bin, sondern bei der Bahn, bin ich Gründungsmitglied des Arbeiter-Turnvereins München-Ost geworden und stolz, dass ich jeden Monat meinen Beitrag von fünfzig Pfennig bezahlen kann. Und wenn ich bei den nächsten Landtagswahlen als Bürger wählen gehen darf, dann, das wollte ich Ihnen nur sagen, Herr von Vollmar, wähle ich die Sozialdemokraten. Das wollte ich schon immer, und irgendwann wird es mir doch noch einmal gelingen.« Er strich sich nach seiner langen Rede über den Schnurrbart und sah zu Boden.

»Herzlichen Dank, Herr Grill. Ich wünsche es Ihnen sehr.« Vollmar schüttelte ihm die Hand. »Und falls es nicht dazu kommen sollte, dann schreiben Sie mir in den Landtag, und ich will sehen, ob ich etwas tun kann für Sie.«

Endlich wandte der Schaffner sich ab und machte einen Schritt in Richtung der Wagen der zweiten Klasse. Dann jedoch drehte er sich noch einmal um und flüsterte im Ton eines Verschwörers: »Dem guten Willen die offene Hand, dem schlechten die Faust!« Er tippte sich an die Mütze, nickte von Vollmar zu und ging.

»Wer hat denn das gesagt oder geschrieben?«, fragte Lilly, die genau zugehört hatte. »Das mit der Hand und der Faust?«

»Tja, das war wohl ich«, sagte Vollmar. »Ist schon ein paar Jahre her, aber manche Sätze aus meinen Reden und Aufsätzen prägen sich die Leute dann doch ein. Für die einen bin ich deshalb ein Held und Revolutionär. Für die anderen, das sind die, die die Faust bevorzugen und denen die offene Hand nicht ins Konzept passt, das genaue Gegenteil. Sie nennen mich einen windelweichen Revisionisten, der die sozialistischen Ideale verraten hat und lauter faule Kompromisse im Landtag schließt. Und manche nennen mich gleich einen ›königlich bayerischen Sozi‹. Also such dir was aus, Lilly, was dir am besten gefällt.« Vollmar grinste. Er trug wie immer seinen schwarzen zweireihigen Rock mit den Goldknöpfen und dem Stehkragen, unter dem der Kragen seines weißen Hemdes hervorsah. Eine Art schlichte, bescheidene Uniform ohne Tressen und Orden. Er war fast fünfzig Jahre alt, hatte aber immer noch sein volles dunkles Haar und einen aufmerksamen, wachen Blick aus tief liegenden dunklen Augen. Ein kluger, aber auch mitfühlender Mann, der stattlich war, ohne dick zu sein, und immer alle, egal, wo er sich aufhielt, mit seiner enormen Größe von fast zwei Metern überragte und aus jeder Menge hervorstach.

»1891 habe ich das gesagt mit der Faust und der offenen Hand, in der ersten meiner sogenannten Eldorado-Reden«, erklärte Vollmar.

»Eldorado?«, fragte Lilly.

»So hieß damals das Lokal, wo ich die Rede gehalten habe.«

»Und ich dürfte sie mir nicht einmal anhören«, sagte Lilly. »Ich verstehe nicht, warum wir Frauen bis heute nicht an politischen Veranstaltungen teilnehmen dürfen. Warum ist das so?«

»Offiziell wegen angeblicher ›sittlicher Gefährdung‹. Und du bist sogar doppelt gefährdet, Lilly.«

»Ich? Wieso denn?«

»Einmal, weil du eine Frau bist, und zweimal, weil du noch nicht volljährig bist. Männliche Jugendliche sind nämlich auch ausgeschlossen von solchen politischen Vorträgen und Veranstaltungen.«

»Das ist doch ungerecht«, empörte Lilly sich.

»Das ist es auch, wie übrigens auch noch vieles andere. Wir fünf Sozialdemokraten kämpfen seit unserem Eintritt in den Bayerischen Landtag für die Schaffung eines freiheitlichen Vereins- und Versammlungsrechts. Und es könnte sein, dass wir in gar nicht so ferner Zukunft unser Ziel erreichen. Ich bin da ganz zuversichtlich, andere sind es nicht. Aber ich bin schon so lange dabei. Ich habe gelernt, Geduld zu haben und auch mal kleinere Brötchen zu backen. Aber es geht vorwärts, Mädchen, du musst gar nicht so böse dreinschauen. Bismarck ist weg, der ›Eiserne Kanzler‹. Wer hätte das gedacht, dass der Kaiser ihn eines Tages entlassen wird. Und mit ihm sind die Sozialistengesetze fort, die uns über zwölf Jahre hinweg isoliert und kriminalisiert haben. Die Zensur war ja allgegenwärtig. Dagegen wittern wir jetzt Morgenluft und haben so viele Ideen und Pläne zur Verbesserung der Lebensbedingungen derer, die endlich auch an der Gesellschaft, am Wohlstand, an der sozialen Absicherung teilhaben sollen. Jetzt sind die Arbeiter dran, später kommen auch die Handlungsgehilfen, die Lohnarbeiter, die Dienstboten dazu. Du wirst es sehen, Lilly!« Vollmars Augen leuchteten.

Obwohl er schon so lange dafür kämpfte, waren sein Eifer und seine Begeisterung noch lange nicht erloschen, dachte Lilly voller Bewunderung. »Für eine Teilhabe der Frauen am Gesellschaftsleben, an den Universitäten, an den Wahlurnen und in der Politik ist die Zeit noch nicht reif. Es tut mir leid, wenn ich dir das sagen muss, Lilly. Ihr müsst euch noch gedulden, aber beharrlich bleiben, euch organisieren. Denn wenn der Tag kommt – und er wird kommen, wenn auch noch nicht morgen oder übermorgen –, dann solltet ihr vorbereitet sein.«

»Werde ich ihn denn noch erleben, diesen Tag?«, fragte Lilly, als sie sich Tölz näherten, wo sie in die bereitstehende Kutsche umsteigen würden. »Eines Tages möchte ich einen Wahlzettel in den Händen halten und für den Bayerischen Landtag meine Stimme abgeben. Und für die Reichsregierung.«

»So wird es kommen«, sagte Vollmar und legte ihr seine Hand auf die Schulter. »Ich glaube ganz fest daran, also kannst du es auch tun.«

Sie fuhren ein gutes Stück mit der Kutsche Richtung Westen. Nach Süden hin war eine Reihe von Vorbergen zu sehen, die grün bewaldet, also noch nicht so hoch waren wie die felsigen Gipfel im Hochgebirge.

»Das ist der Blomberg«, erklärte Vollmar ihr. »Wenn wir um diese Berge herum sind, kommen wir nach Benediktbeuern und nach Kochel am See. Nach Kochel beginnt die Wildnis, und dann wirst du auch die hohen Berge sehen.«

»Kommt dann der Pass, über den auch der Dichter Goethe gereist ist?«, fragte Lilly.

»Ach«, sagte Vollmar belustigt. »Da ist doch die Romantik wieder mit meiner Julia durchgegangen. Sie liebt diesen alten Geheimrat und verschlingt seine Gedichte und Romane. Nun bin ich selbst kein Literat, aber mich liest sie auch, glücklicherweise. Und darauf bin ich sehr stolz«, seufzte er. An dem Glanz in seinen dunklen Augen glaubte Lilly zu erkennen, dass er es ernst meinte. »Sie wird sich sehr freuen, dass ich dich mitbringe. Wir haben ja selbst keine Kinder. Aber wenn Julia wieder einmal traurig darüber ist, dann sage ich ihr, dass wir ohne Kinder eben für immer ein Liebespaar bleiben.« Er sah Lilly verschmitzt an. »Und manchmal glaubt sie mir sogar.«

Seine Offenheit machte Lilly zwar verlegen, aber sie fand es auch schön, dass ein erwachsener Mann so mit ihr sprach, so vertraut. Es erinnerte sie an die Gespräche, die sie manchmal mit ihrem Vater geführt hatte, als er noch lebte. Er hatte sich nicht so gewählt ausdrücken können wie ihr Vormund, aber er hatte sich nie von oben herab mit seiner Tochter unterhalten, und daran erinnerte sie sich gern.

Am steil ansteigenden Kesselberg wurden die Pferde merklich langsamer, und der Kutscher musste ihnen immer wieder gut zureden und Mut machen, dass bald das Ende geschafft wäre und er schon ein Zipfelchen des herrlichen blauen Walchensees sehen könne, worin sie ihren Durst löschen konnten. Das wiederholte sich in jeder Kurve, aber immer, wenn Lilly den Kopf reckte, um vielleicht auch schon etwas zu sehen, wurde sie enttäuscht. Da war nichts, nur wieder die nächste Kurve.

»Ein Kutscher, der seine Pferde belügt, das gibt es auch nur in Urfeld«, sagte Vollmar so laut, dass der Droschkenlenker es hören konnte.

»Einen Rübezahl in Menschengestalt, der alle vierzehn Tage mit so viel Gepäck aus München anreist, dass meine zwei Braunen kaum hinaufkommen bis auf die Passhöhe, den findet man anderswo auch nicht so leicht«, gab der Kutscher mit gleicher Münze zurück.

Die beiden kannten sich wohl schon einige Zeit, dachte Lilly, sonst hätte der Kutscher sich das nicht erlauben können.

»Ich muss meinen Gäulen ja schon Scheuklappen anlegen am Tölzer Bahnhof, damit sie nicht sehen, wen sie da den Kesselberg hinaufziehen müssen. Die würden sonst glatt wieder umdrehen«, behauptete er.

»Glauben Sie nicht, Moosbauer, dass ich nicht weiß, dass Sie von mir den dreifachen Preis verlangen«, erwiderte von Vollmar.

»Und das ist noch zu wenig«, knurrte der Kutscher zurück. »Ho, meine braven Rösser, gleich sind wir oben. Jetzt habe ich es grade schon gesehen, das wundersam blaue Wasser.«

Als der See dann wirklich hinter der letzten Kurve auftauchte, dachte Lilly, dass es im Paradies nicht viel schöner sein konnte. Wie ein dreieckiges Segel lag die Wasserfläche aufgespannt zwischen den Bergen. Auf den höchsten Gipfeln entdeckte sie jetzt im Sommer sogar noch Schnee, der in der Sonne blitzte und funkelte. Alles war so sauber und ordentlich, sogar der Himmel schien blank gewischt. Die kleinen Wölkchen waren wie mit dem Pinsel nachträglich aufgetupft. Lilly kam es so vor, als sei es ein anderer Schnee und ein anderer Himmel als in der Stadt, in der alles augenblicklich verrußte und verdreckte. Sie klopfte sich den vielleicht gar nicht vorhandenen Reisestaub aus dem Kleid. Obwohl die Sommersonne kräftig schien, war es nicht einmal heiß. Der See lag auf achthundert Metern Höhe, und das raue Klima der Bergwelt war auch am Wasser spürbar.

»Lilly, bist du sicher, dass du wieder in die Stadt zurückwillst?«, fragte Julia von Vollmar sie zur Begrüßung. »Du könntest auch hierbleiben. Ich hätte nichts gegen eine Gesellschafterin und ein wenig Hilfe in Haus und Garten einzuwenden«, sagte sie. »Wie hübsch du geworden bist, Lilly. Und dein Kleid steht dir ausgezeichnet. Ach, du würdest den Burschen bis hinunter nach Kochel den Kopf verdrehen.«

»Aber sie hat sich nun mal in den Kopf gesetzt, den weiblichen Postdienst in München zu verstärken. Und dass wir hier draußen einmal ein Telegrafenamt bekommen, ich weiß nicht, ob wir das noch erleben werden, Julchen.«

»Lilly vielleicht schon, sie ist ja noch so jung.« Julia führte sie an die gedeckte Kaffeetafel auf der Terrasse, die direkt über dem See lag.

Das Landhaus der Vollmars, die Villa Soiensäß, war ein rechteckiger verputzter Steinbau mit zwei Stockwerken. Es war nach einem der Zweitausender im Karwendel benannt, dessen Gipfel man von der Terrasse aus sehen konnte, die markante Soiernspitze.

»Eigentlich ist es ja das Haus meiner Frau«, erklärte Vollmar. »Denn von ihr stammt das Geld. Ich bin bloß ein verarmter deutscher Junker, sie dagegen eine reiche Industriellentochter aus Schweden. Die Soiensäß könnte also genauso gut ›das schwedische Mitgifthäusl‹ heißen.«

»Zum Glück macht Georg sich nichts aus meinem Geld«, antwortete Julia von Vollmar. »Seit unserer Heirat gehört alles, was mir gehörte, ihm, und ich müsste meinen Gatten theoretisch um Erlaubnis bitten, bevor ich mir bei der Schneiderin ein neues Kleid machen lasse.«

Georg von Vollmar schnitt sich ein riesiges Stück Streuselkuchen vom Blech ab und aß es aus der Hand.

»Ich bin sehr glücklich, dass du gekommen bist. Also, Fräulein Loibl.« Sie setzte sich eine Lesebrille auf und nahm einen Stapel Papiere von der Kredenz, die unter dem Balkon an der Hauswand stand. »Ich habe mich kundig gemacht und weiß jetzt ganz genau, welche Voraussetzungen man mitbringen muss, um in den weiblichen Postdienst aufgenommen zu werden. Aber iss doch, Lilly, nimm dir noch Kuchen. Georg schafft das ganze Blech auch alleine, ich warne dich. Man könnte denken, er bekommt in München vierzehn Tage nicht ein Stück Brot.«

»Brot schon«, sagte Vollmar mit vollem Mund, »aber keinen Kuchen.« Er nahm einen großen Schluck Kaffee mit Sahne. »Wenn ihr denkt, meine Damen, dass es ein großer Fortschritt ist, dass seit drei Jahren Frauen bei der Post eingestellt werden, dann habt ihr zwar recht, ich muss euch aber trotzdem einen Schuss Essig in euren süßen Wein gießen. Die Sache ist nämlich folgendermaßen gelaufen. Ab 1894 bekam die Post nicht schnell genug ausreichend qualifiziertes Personal für die Zahl von Telefonanschlüssen, die die Leute haben wollten. Also ließen sie Frauen zu, nachdem sie jahrelang steif und fest behauptet hatten, sie würden niemals Frauen einstellen, weil Frauen für den Postdienst grundsätzlich nicht geeignet seien.«

»Ist doch gut, dass sie ihre Meinung geändert haben«, sagte Lilly.

»Jaja, das könnte man meinen. Aber Frauen, die dieselbe Arbeit machen wie Männer und dann vielleicht auch noch dasselbe Geld dafür wollen, nein, das ging diesen Herren bei der Post entschieden zu weit. Am Ende hätte es vielleicht noch eine Chefin gegeben, die den Männern in der Abteilung den Marsch geblasen hätte. Ungeheuerlich und undenkbar bei der Reichspost.«

»Irgendwann werden die Männer begreifen müssen, dass sie nicht für immer die Herren der Welt spielen können«, prophezeite Julia. »Es wird ihnen durch den technischen Fortschritt nichts anderes übrig bleiben.«

»Da muss ich dich fürs Erste enttäuschen, und dich auch, Lilly. Denn den Männern bei der Post ist etwas ganz Gerissenes eingefallen. Zuerst haben sie die Aufgabenbereiche der Männer und die der Frauen ganz klar voneinander abgegrenzt. Den kompletten Telegrafendienst übernahmen die männlichen Beschäftigten, und beim Fernsprechdienst gibt es ab sofort nur mehr weibliches Personal. Die Bereiche sind komplett voneinander getrennt, und jetzt ratet mal, welcher besser bezahlt wird. Die Arbeitsleistung von Männern und Frauen kann so auch nicht mehr verglichen werden, und es gibt keine unmittelbare Konkurrenz. Ein sehr kluger Schachzug«, behauptete Vollmar und schnitt sich ein weiteres Stück Kuchen ab. »Der behördliche Arbeitsmarkt ist damit aufgespalten in einen weiblichen Beschäftigungszweig, der, wer hätte es gedacht, zu hundert Prozent laufbahnlos ist, während die männlichen Berufsfelder die vielfältigsten Aufstiegsmöglichkeiten bieten. Mindestens zwei Fliegen mit einer Klappe erwischt. Männer sind eben einfach cleverer, oder, meine Damen?«

Lilly wusste keine Antwort auf diese Frage. Sie hatte davon noch nicht einmal gehört.

»Sie sind nicht cleverer, wie du sagst«, gab Julia ihrem Mann kontra, »sie sitzen einfach am längeren Hebel und haben nicht vor, mit den Frauen zu teilen. Es ist ja ganz einfach. Eigentlich primitiv«, seufzte sie. »Aber wie ich unsere Lilly kenne, möchte sie trotzdem in diesen Dienst eintreten und weg von ihrer Arbeit als Verkäuferin, habe ich recht?«

»Ja«, sagte Lilly. »Außerdem muss es ja nicht für immer so bleiben, wie es jetzt ist. Und als Verkäuferin bin ich doch auch nicht bessergestellt.«

»Hört, hört!«, rief von Vollmar. »Ich hoffe, du wirst eine der ersten Frauen sein, die in die SPD eintreten, sobald wir das durchsetzen können.«

»Fragt sich nur, warum das so lange dauert«, murrte seine Frau.

»Gut Ding will Weile haben«, antwortete ihr Mann, »zumal in Deutschland. Wären wir Franzosen, ginge es schneller.«

»Apropos männliche Arbeitsbereiche, Georg.«

»Ja? Stets zu Diensten, Madame.«

»Ich wollte dich bitten, uns ein Stück auf den See hinauszurudern. Leider ganz laufbahnlos, dieser ganze Arbeitsbereich auf dem Ruderboot«, sagte Julia. »Aber dafür in bester Gesellschaft.«

»Die Gesellschaft ist mir ohnehin wichtiger«, antwortete ihr Mann. »Meinen Rock und die Landtagshosen darf ich aber hoffentlich noch ablegen vorher.«

Julia brachte Lilly einen Strohhut, und zusammen spazierten sie in den Garten und über die Schotterstraße zum Bootssteg, an dem das Ruderboot lag. Die »Julia« hatte zu beiden Bootsseiten dünne Eisenstangen stecken, die sich über das Boot wölbten und mit Segeltuch bezogen waren. Ein Ruderboot mit Sonnendach, wie Lilly es noch nicht gesehen hatte.

»Das hat mein Mann selbst konstruiert«, erklärte Julia, »weil meine Haut so schrecklich empfindlich gegen die Sonne ist. Er nennt mich immer seine Wikingerin.«

Lilly staunte. »Und er kann wirklich rudern?«, fragte sie und dachte an Vollmars Kriegsverletzung. »Sonst versuche ich es. Ich bin auch schon am Kleinhesseloher See gerudert.«

»Er kann es gut, du wirst sehen, wie kräftig er ist. Nur das Einsteigen wirkt etwas unelegant.«

Der See war ein Spiegelbild des Sommerhimmels. Wie gern hätte Lilly ihre Eindrücke für Ludwig und die Mutter festgehalten. Aber zum Zeichnen hatte sie gar kein Talent.

Georg von Vollmar erschien in ledernen Kniebundhosen und einem kurzen Hemd. Zwischen Strümpfen und besticktem Hosensaum sah Lilly zwei spitze, knochige Knie, von denen das eine mit Narben übersät war. Man konnte auch die einzelnen Nadelstiche erkennen, als wäre das Knie zuerst geschält und dann wieder zusammengenäht worden.

»So wird man zum Pazifisten«, sagte Vollmar, dem Lillys Blicke nicht entgangen waren.

»Verzeihung«, murmelte sie und errötete.

»Ich freue mich über jeden Pazifisten mehr auf der Welt.« Vollmar klopfte ihr auf die Schulter. »Und jetzt rein mit meinen Passagieren und festhalten, wenn ich an Bord gehe.«

Er schwang sich mithilfe seiner Krücken ins Boot, das gefährlich schwankte, ließ sich auf die Ruderbank fallen und stabilisierte das Boot, indem er die Ruderblätter ins Wasser hielt. Georg von Vollmar legte sich mächtig ins Zeug, und sie nahmen schnell Fahrt auf.

»Soll ich dir noch etwas über die Einstellungsbedingungen für Frauen im Fernsprechdienst erzählen, bis Georgs Arme müde werden? Ich habe uns etwas Wasser und Proviant mitgebracht und meine Notizen.«

Lilly nickte und ließ die Hand im Wasser dahingleiten. Es war angenehm frisch.

»Dann schauen wir mal, wie lange es dauert, bis der Hecht anbeißt«, rief von Vollmar, dem schon die Schweißtropfen auf der Stirn standen.

»Unsinn«, rief Julia, »lass dir keine Angst einjagen.« Sie setzte ihre Brille auf und las vor.

»*Die Bewerberinnen – Mädchen oder kinderlose Witwen – müssen zwischen achtzehn und fünfundzwanzig Jahre alt sein.* Bist du denn schon achtzehn, Lilly?«

»Im Dezember werde ich achtzehn.«

»Gut. Also ... *achtzehn und fünfundzwanzig Jahre alt sein, eine gute häusliche Erziehung erhalten und sich sittlich tadellos geführt haben.«* Sie sah auf und lachte verschmitzt. »*Sie sollen von entstellenden Gebrechen frei und körperlich vollkommen gesund sein. Na, das trifft wohl alles zu. Namentlich ein gutes Seh- und Hörvermögen aufweisen sowie normale Atmungswerkzeuge besitzen.* Atmungswerkzeuge? Was ist das?«

»Sie soll keine Tuberkulose haben«, schaltete ihr Mann sich ein.

»*Und nicht zu Ohrenleiden, Nervosität und Bleichsucht neigen.* Tust du nicht, oder?«

Lilly schüttelte den Kopf.

»*Zur Einstellung als Telegrafengehilfin ist im Allgemeinen eine Körpergröße von mindestens hundertachtundfünfzig Zentimetern erforderlich.* Oh, dann wäre ich ungeeignet. Und du? Mit Schuhen?«

»Ich glaube schon. Die Mutter sagt, dass ich noch einmal gewachsen bin«, antwortete Lilly.

»*Die Bewerberinnen dürfen keine Schulden haben. Es können in der Regel nur solche Bewerberinnen angenommen werden, welche in dem Orte der Beschäftigung dauernd festen Familienanhalt durch nahe Verwandte haben und bei diesen wohnen. Ausnahmen hiervon unterliegen der Genehmigung der Oberpostdirektion. Die Beschäftigung ist eine widerrufliche und gewährt keinen Anspruch auf Zulagen oder Unterstützungen.*«

»Ha!«, stieß von Vollmar aus. »Was habe ich euch gesagt?«

»Scht! Es kommt noch ein Satz. Hört zu: *Die Verheiratung hat den Verlust der Stelle zur Folge.* Ist das nicht blöd?«, fragte Julia. »Ich meine, wenn die Frau weiterarbeiten will und der Mann damit einverstanden ist, wo ist das Problem?«

»Nach der Heirat dauert es neun Monate – bei manchen geht es auch schneller –, und dann kommt ein Kind. Das ist das Problem. Spätestens dann ist Schluss mit der Arbeit. Am Ende verlangen die Telefonistinnen noch Geld für ihren Krankenstand.« Vollmar ließ das Boot dahingleiten und wischte sich den Schweiß von der Stirn.

»Ich will eh nicht heiraten«, sagte Lilly

»So? Warum denn nicht?«, donnerte Vollmar los. »Magst du doch Frauen lieber als Männer?«

»Georg!«, schimpfte seine Frau. »Jetzt sei doch nicht so indiskret.«

»Nein«, sagte Lilly, »so habe ich es nicht gemeint. Ich will einfach selbst entscheiden, wie ich durchs Leben komme und meine Zeit verbringen möchte.«

»Nicht jeder Mann ist ein Tyrann, Lilly«, beschwichtigte Julia sie. »Georg ist zum Beispiel keiner. Auch wenn er aussieht wie ein Bär, so kann er doch sanft sein wie ein Schäfchen.«

»Ach ja«, sagte von Vollmar, »und das ist jetzt nicht indiskret?«

»Ich möchte trotzdem Telefonistin oder Telegrafistin werden, wenn das geht«, beharrte Lilly und wischte sich mit der nassen Hand über das heiße Gesicht.

»Na gut. Ich habe mir auch die Unterlagen für die Aufnahmeprüfung schicken lassen. Da steht genau drin, was sie alles fragen können. Wenn wir das zusammen lernen, dann müsstest du das schon schaffen. Im Frühjahr sind die neuen Einstellungen und davor die Prüfungen. Und Georg kann auch noch mal ein gutes Wort für dich einlegen bei der Einstellungskommission. Ihr habt doch da einen Parteigenossen in der Postdirektion, oder nicht?«

»Hm«, brummte Vollmar, »obwohl mir das mit dem Nichtheiraten nicht passt, muss ich sagen. Und die schlechten Arbeitsbedingungen auch nicht.«

»Bitte!«, flehte Lilly.

Vollmar grummelte.

»Darf ich auch mal rudern?«

»Dann haltet euch mal gut fest«, sagte Vollmar und stemmte sich mit den Armen, wie ein Reckturner, von der Ruderbank auf die nächste Sitzbank. Julia schrie auf, als das Boot zu schwanken begann, doch Lilly sprang geschickt in die Mitte, packte beide Ruder und brachte das Boot wieder ins Gleichgewicht. Sie wendete in weitem Bogen und ruderte etwas langsamer als ihr Vormund, aber gleichmäßig durchziehend zurück.

Am nächsten Morgen wurde Lilly als Erste wach. Schnell zog sie sich an und lief hinunter zum See. Die Sonne war noch nicht aufgegangen, aber die Bergspitzen reckten sich bereits nach dem ersten Tageslicht. Das Wasser war fast schwarz. Von der Terrasse aus sah sie zu, wie die Sonne aufging. Die Bäume am Ufer und die großen Steine glänzten wie Silber. Lilly dachte daran, wie sehr sie ihren Vater vermisste. Sie hätte alles darum gegeben, ihn wieder bei sich zu haben. Sie wusste aber auch, dass sie es gut getroffen hatten. Einen besseren Vormund als Georg von Vollmar hätten sie und ihr Bruder nicht bekommen können. Aber den Vater ersetzen konnte er ihnen doch nicht.

Als es Tag geworden war, ging sie zurück ins Haus und fing an, den Tisch auf der Seeterrasse fürs Frühstück zu decken. Sie suchte im Wohnzimmer nach einer Tischdecke. Über dem Sekretär, der Julia gehörte, denn Vollmar hatte sein Arbeitszimmer im ersten Stock, hing ein zweiseitiges handgeschriebenes Gedicht, das in zwei Rahmen gefasst war. Im ersten grauen Tageslicht fing sie an zu lesen. Es war ein Liebesgedicht und sehr persönlich. Vielleicht hätte sie es gar nicht lesen dürfen, aber nach den ersten beiden Strophen konnte Lilly nicht mehr aufhören.

Im Bergwald steht ein Haus
Alleine, weltverloren.

Darin wohnt eine Maus
Mit einzig schönen Ohren.

Mit Augen braun und rund
Nur kleinen kalten Füßen,
Mit einem vollen Mund
So recht gemacht zum Küssen.

Die Maus ist eine Fee,
Der Zauber wohnt in ihren Spuren.
Sie lebt von nichts als Tee,
Und modernen Lit'raturen.

Von Allem, was es gibt
Ansonst noch Groß und Kleines
Nur eines sie noch liebt –
Das ist der Duft des Weines.

So führt sie mild und still
Ein Leben voller Segen.
Nicht Glanz und Prunk sie will,
Ihr ist nichts dran gelegen.

Und dieses Dasein sehr
Mit einem Freund sie teilet.
Das ist ein ries'ger Bär,
Der immer bei ihr weilet.

Der zottige Gesell
Mit seinen mächt'gen Tatzen
Krault zärtlich ihr das Fell
Tut kosend mit ihr schwatzen.

Er ist ein lichter Ries,
Der wider Götter krieget
Der oft das Heerhorn blies
Nur hier in Frieden wieget.

Das was dort in der Welt
Er sieht, gering nur schätzt er,
Die Maus ihm nur gefällt,
Mit ihr das Schnäblein wetzt er.

So lebt das selt'ne Paar,
Ein Leben voller Wonnen,
Nur größ're Seligkeit fürwahr,
Gibt's nimmer unter Sonnen.

Indessen soll die Maus
Nicht an den Füßen frieren,
Nur darum mög ihr Haus
Dies Fell hinfüro zieren.

Mög es der Jahre viel
Dich hegen und erwarmen,
Nur mögst finden bis ans Lebensziel
Du Glück und Freud in meinen Armen.

Lilly standen Tränen in den Augen, als sie ans Ende der zweiten Seite gelangt war. Sollte ihr je im Leben ein Mann begegnen, der so ein wunderschönes Gedicht für sie verfassen würde, dann würden ihre Einwände dahinschmelzen wie der Schnee im Frühling. Gegen einen solchen Mann wäre sie wehrlos.

Aus Claires Bett war leises Schnarchen zu hören. Aber nicht deswegen war Elsa wach geworden. Das störte sie sonst nie. Es war eher ihre eigene Unruhe, die sie nicht schlafen ließ. Das Gespräch mit Balbina. Nicht unbedingt ein schlechtes Gewissen über das, was sie getan hatte, aber die Sorge, was nun mit dem Bild geschehen würde. Sie mochte den Maler, etwas an ihm hatte sie von Anfang an fasziniert, aber sie kannte ihn doch überhaupt nicht. Und woher sollte sie auch irgendetwas über Männer wissen, wenn sie doch nie Umgang mit ihnen hatte, abgesehen von ihren Brüdern, ihrem Onkel Max, den sie nicht mochte, und ihrem Vater. Aber nie mit Männern außerhalb der Familie. Sicher konnte sie sich täuschen. Und was würde dann aus ihrem Bild werden? Da hatte Balbina schon recht. Was Elsa aber auf keinen Fall wollte, war, zusammen mit ihr im Café Stefanie aufzukreuzen und den Maler zu suchen. Es war ihre Welt, in die sie ihrer Cousine keinen Zugang verschaffen wollte. Das Café, der Maler, die Schwabinger Künstler, das alles ging Balbina rein gar nichts an. Elsa wälzte sich hin und her. Irgendwann drehte Claire sich zur Seite. Ihr Atem ging nun leiser, und Elsa gelang es, wieder einzuschlafen, bevor der Morgen dämmerte. Sie hatte jetzt einen Plan.

Am Nachmittag sagte sie einer ihrer Lehrerinnen, sie habe Zahnschmerzen und bat während der Studierzeit um Erlaubnis, den Zahnarzt aufsuchen zu dürfen. Sie hatte die Stunde gewählt, zu der ihre Freundin Claire beim Geigenunterricht war. Wegen des bohrenden Schmerzes könne sie sich nicht mehr auf ihre Bücher konzentrieren, sagte sie. Ob sie nicht von einer Mitschülerin begleitet werden wolle, fragte die Mater Oberin. Das sei nicht nötig, antwortete Elsa, sie kenne den Weg und wolle keiner ihrer Mitschülerinnen die Studierzeit verkürzen. Man ließ sie gehen und ermahnte Elsa, ihrer Mutter zu Hause Bescheid zu geben. Sie sagte, sie würde sich vielleicht vom Kutscher abholen und nach Hause bringen lassen, falls sie nach der Behandlung immer noch Schmerzen hätte. Dann nahm sie die Straßenbahn und fuhr Richtung Maxvorstadt und Schwabing.

Elsa wunderte sich kaum noch darüber, wie leicht ihr das Lügen fiel, wenn sie ein bestimmtes Ziel verfolgte. Sie nannte es Notlüge, doch eigentlich war es eine Strategie, damit sie ihren Plan ohne Behinderungen durchführen konnte. Hätte man ihr den Ausgang einfach so erlaubt, dann hätte sie auch nicht lügen müssen. Also waren es im Grunde die anderen oder die Umstände, die sie zum Lügen zwangen. Man musste nur ein wenig darüber nachdenken, um zu diesem Schluss zu kommen. Im Grunde ließ man ihr gar keine andere Wahl.

Es war angenehm, in der Straßenbahn zu sitzen, hinauszusehen, nichts reden zu müssen, keine Mitschülerinnen um sich herum zu wissen, den gewohnten Ablauf zu verlassen und frei zu sein. Sie konnte die Menschen beobachten, wie sie hierhin und dorthin rannten und ihren Beschäftigungen nachgingen. Elsa war sich bewusst, welche Privilegien sie genoss, darauf musste sie ihre Cousine gar nicht erst hinweisen. Natürlich ging sie lieber zur Schule, als täglich in irgendeiner Arbeit womöglich immer dieselben Dinge zu tun. Dass ihr manches mehr, manches weniger Freude bereitete, spielte keine große Rolle. Sie mochte Deutsch, Sprachen, Geschichte, aber am meisten hätten sie die Naturwissenschaften interessiert. Die Fächer, die sich für höhere Töchter nicht schickten. Am Ende wüssten sie genauso viel oder noch mehr als ihre zukünftigen Männer, und das konnte ja nur schiefgehen.

Elsa fuhr mit der Straßenbahn zum Zentralbahnhof und stieg um Richtung Schwabing. Sie erreichte das Café Stefanie und ging einmal daran vorüber, als sei es gar nicht ihr eigentliches Ziel. Dabei konnte sie feststellen, dass der Schachtisch unbesetzt war, was es ihr sehr viel leichter machte einzutreten.

Sie hatte gehofft, ihren Maler zu treffen, doch da wurde sie enttäuscht. Elsa blieb unschlüssig stehen.

»Bitte schön, mein Fräulein?« Ein Kellner hatte sich neben ihr aufgebaut, über dem Arm eine Serviette mit einem hässlichen Kaffeerand. »Womit kann ich dienen?«

»Ich suche den Kunstmaler Rainer«, erklärte Elsa.

»War der Sigi heute schon hier?«, fragte der Ober den Schankkellner. »Kommt bestimmt noch«, antwortete der. »Möchten Sie vielleicht warten?«, fragte der Ober. »Bei einer Tasse Tee oder Schokolade?«

»Nein, danke«, antwortete sie, immer noch unschlüssig.

»Möchten Sie ihm etwas ausrichten lassen? Er kommt bestimmt heute noch vorbei. Wir sind ja so etwas wie sein zweites Wohnzimmer, vielleicht sogar sein erstes.«

Gerade als sie sich abwenden und fortgehen wollte, sah sie es. Ihr Bild. Die Zeichnung, die er von ihr angefertigt hatte, mit Bleistift, noch weiter ausgeführt als in der ersten Skizze, koloriert in der Partie ihrer Augen, die sie von der Galeriewand her anstarrten. Der Ober folgte ihrem Blick, erkannte sie nun auch wieder.

»Wie kommt dieses Bild dort an die Wand?«, flüsterte Elsa. Ihre spitzen Schultern. Der Maler hatte sie ohne Bluse gezeichnet, als habe sie ihm mit bloßem Oberkörper Modell gestanden.

»Aber so setzen Sie sich doch, Fräulein.« Der Ober schob einen Stuhl zurück. Doch Elsa wollte sich nicht hinsetzen.

»Warum hängt es da?«, fragte sie.

»Kommen Sie mal mit«, sagte der Ober, und Elsa folgte ihm in die Küche, wo eine korpulente Frau ein mit Teigtaschen gefülltes Backblech in den Ofen schob.

»Frau Wagner, das Fräulein fragt wegen des Bildes.«

»Welches Bild?« Sie regulierte die Hitze im Backrohr.

»Diese Zeichnung von Sigi«, erklärte er.

»Ach so. Sind Sie das? Ein schönes Porträt.«

»Aber warum hängt es da?«, fragte Elsa.

»Warum? Weil der liebe Sigi mir die Zeche von ungefähr sechs Wochen schuldig geblieben ist. Darum. Ich gebe maximal vier Wochen Kredit. Er hat es auf sechs Wochen ausgereizt mit seinen Versprechungen und Schmeicheleien. Aber jetzt ist es genug. Ein Pfand. Er kann es jederzeit einlösen, sobald er seine Schulden bei mir bezahlt.«

»Aber es ist mein Bild«, behauptete Elsa.

»Dann kaufen Sie es doch«, schlug die Wirtin ungerührt vor. »Mir ist es egal, wer es auslöst. Ich muss ja schließlich auch leben und meine Rechnungen bezahlen.«

»Was ist er Ihnen denn schuldig?«, fragte Elsa.

Sie wischte sich die Hände an einem Lappen ab und ging an ein Regal, in dem sie ihr Anschreibheft deponiert hatte. »Hier, bitte schön, Fräulein, lesen Sie selbst. Ich habe meine Brille nicht auf.«

»Fünfundvierzig Mark und siebzig Pfennige«, las Elsa.

»Ja, da kommt schon was zusammen in sechs Wochen.«

»So viel Geld habe ich nicht dabei«, gab Elsa kleinlaut zu.

»Ich gebe keinen Rabatt mehr, wenn Sie das meinen«, sagte die Frau und fuhr mit ihrer Arbeit fort.

»Das meine ich nicht. Ich meine, ich muss erst nach Hause und das Geld besorgen. Dann komme ich wieder.«

»Tun Sie das, Fräulein.«

»Könnten Sie es abhängen und verwahren, bis ich wiederkomme?«

»Bei uns kauft das keiner, da müssen Sie keine Angst haben. Unsere Kunden, die Herren und Damen Künstler, kaufen keine Kunst, sondern machen sie selbst. Und wenn sie Geld haben, dann schmeißen sie eher eine Runde für alle, als dass sie das Bild eines Kollegen erwerben. Besorgen Sie das Geld und lösen Sie Sigis Pfand ein. Mir soll's recht sein.«

Elsa ging hinaus und warf noch einmal einen Blick auf ihr Bild. Wie konnte er nur? Statt die Zeichnung fertigzustellen, hatte er sie verhökert, so wie sie war, unfertig und mit nackten Schultern. Wie konnte er ihr das antun?

Elsa war so niedergeschlagen, dass es ihr nun wirklich schlecht ging. Sie fühlte sich grippal und fiebrig und beschloss, nach Hause zu gehen. Balbina war die Erste, die Elsas Schuhe und ihre Jacke an der Garderobe bemerkte.

Es klopfte an der Tür.

»Elsa? Bist du da? Was ist denn los?«

»Ich bin krank, lass mich schlafen.«

»Darf ich reinkommen?«

»Ich brauche nichts.«

Die Klinke wurde heruntergedrückt, Elsa hatte vergessen abzusperren, und Balbina streckte den Kopf ins Zimmer.

»Was fehlt dir denn? Du siehst ja ganz elend aus.« Sie trat näher. »Ich kann dir einen Tee machen, oder möchtest du ein wenig heiße Brühe?«

Elsa schüttelte den Kopf.

»Du musst aber etwas trinken. Was tut dir denn weh?« Sie fasste Elsa an der Stirn. »Warm bist du schon. Seit wann liegst du hier?«

»Weiß ich nicht mehr, ich bin irgendwann am Nachmittag gekommen. Ich hatte Zahnschmerzen, deswegen wollte ich zum Zahnarzt gehen.«

»Zahnschmerzen?«

»Die waren dann aber wieder weg. Stattdessen habe ich jetzt Kopfweh, und mir ist kalt.«

»Wissen die Schwestern, wo du bist?«

Elsa zuckte die Achseln.

»Dann sage ich jetzt Tante Therese Bescheid und bringe dir etwas Warmes zu trinken. Bin gleich wieder da.«

»Fünfundvierzig Mark und siebzig Pfennige«, flüsterte Elsa vor sich hin. Wo sollte sie die bloß hernehmen?

»Was willst du denn mit fünfundvierzig Mark und siebzig Pfennigen?«, fragte jemand über ihr, und Elsa schlug erschrocken die Augen auf. Sie musste im Schlaf gesprochen haben.

Balbina hatte den Tisch an ihr Bett gerückt und schenkte einen Teller Suppe ein.

»Kannst du dich aufsetzen?« Elsa nickte, und Balbina wickelte eine Decke um sie. »Deine Mutter ist informiert, sie hat schon in der Schule Bescheid geben lassen. Geht es dir ein bisschen besser?«

Elsa nickte, löffelte ihre Suppe.

»Und jetzt sag schon, wofür brauchst du das Geld?« Sie lachte, hielt es für einen Scherz, irgendeine dumme Traumgeschichte.

»Für ein Bild«, sagte sie.

»Was denn für ein Bild?«

»Diese Zeichnung von mir«, sagte Elsa und sah Balbina an.

»Moment mal. Sprichst du von dem Bild, das dieser Maler von dir gemalt hat, in dem Café? Warum musst du es denn kaufen?«

Elsa fühlte sich so schwach, zu schwach, um es allein zu schaffen. Also erzählte sie Balbina, was geschehen war.

»Du musst verrückt geworden sein«, war alles, was Balbina dazu einfiel. »Ich frage mich, wo du das bloß herhast.« Sie öffnete das Fenster. Die frische Luft fühlte sich gut an.

»Was meinst du mit ›das‹?«

»Diese Kaltblütigkeit, mit der du den Leuten ins Gesicht lügst.«

Sie setzte sich wieder zu Elsa ans Bett.

»Wie viel hast du?«, fragte sie.

»In meiner Sparkasse habe ich fünfzehn Mark.«

»Gut, dann gebe ich dir den Rest von meinem Ersparten.

Das müsste reichen. Wir fahren gemeinsam dorthin, lösen das Bild aus und lassen es verschwinden.«

»Was heißt, wir lassen es verschwinden? Du meinst doch nicht etwa, dass ich es wegwerfen soll?«

»Hast du eine bessere Idee? Verbrennen?«

»Kommt überhaupt nicht infrage. Das ist ein richtig gutes Bild. Ich könnte es Mutter zum Geburtstag schenken. Irgendwann.«

»Schlag dir das aus dem Kopf, du kannst es nicht verschenken. Es muss weg.«

Elsa stöhnte auf. »Jetzt müssen wir es erst einmal haben, bevor wir entscheiden, was wir damit machen.« Hatte sie jetzt wirklich »wir« gesagt? Auch Balbina hatte es nicht überhört. Die beiden sahen sich an und grinsten.

»Gut, also, wir legen zusammen, gehen morgen dahin, holen das Bild und dann sehen wir weiter. Du bist krank, und ich begleite dich zu Doktor Eichengrün. Da müssen wir wirklich hin. Aber ich schätze, wir werden nicht lange dort sein.«

»Alles klar, ich schlafe dann mal. Hol doch mal meine Sparkasse aus dem Schrank und schau nach, wie viel überhaupt drin ist. Ja?« Dann drehte Elsa sich zur Wand und schlief wieder ein.

Am nächsten Morgen fühlte sich Elsa etwas besser. Dennoch gingen sie zunächst in die Praxis von Doktor Eichengrün in der Ledererstraße. Er sagte, es sei eine Erkältung und Elsa solle sich wieder hinlegen und den Infekt auskurieren. Doch stattdessen liefen sie erst einmal die Ludwigstraße hinaus bis zur Theresienstraße. Elsa kannte ja den Weg. Ohne zu zögern, riss sie die Tür zum Café Stefanie auf, rannte zur Theke, sah zur Galerie hinauf – doch das Bild war verschwunden.

»Wo ist das Bild, *mein* Bild?«, rief sie aufgebracht, noch bevor der Ober überhaupt Guten Tag sagen konnte. Er führte sie in die Küche.

»Sigi, also der Herr Rainer, hat es gestern Abend noch ausgelöst, Fräulein«, erklärte die Wirtin. »Hat seine Schulden auf Heller und Pfennig bezahlt, der Herr Maler. Es ist sein Bild, er hat bezahlt, den Rest können Sie dann mit ihm ausmachen, das geht mich nichts an.«

Elsa stampfte mit dem Fuß auf.

»Komm«, sagte Balbina und zog sie fort.

Im Gastraum des Cafés stand eine Frau von ihrem Tisch auf und kam auf sie zu. Es war die hochschwangere Gräfin. Sie nahm Elsas Hand und sagte leise: »Der Sigi ist ein ganz Lieber. Er wollte Sie bestimmt nicht kompromittieren. Die wirtschaftlichen Verhältnisse haben ihn dazu gezwungen. Aber Sie sehen ja, er hat das Bild ausgelöst, er wird es fertig malen. Er ist ein großer Künstler, wirklich. Seien Sie ihm nicht böse. Er wollte Sie ganz sicher nicht verletzen.«

»Komm«, sagte Balbina noch einmal und ging voraus zur Tür.

»Einen Moment noch.« Elsa trat an den Schachtisch, wo der Mann mit dem stechenden Blick saß und die Szene unverhohlen beobachtete. »Und Sie«, blaffte Elsa ihn an, »hat man Ihnen nicht beigebracht, dass man andere Menschen nicht so schamlos anstarrt? Das tut man nicht, selbst wenn man ein neugieriger Schriftsteller ist wie Sie. Außerdem muss ich Ihnen sagen, dass Sie sehr hässlich sind.«

Balbina war völlig erstarrt, doch die anderen Gäste im Stefanie grölten, und jemand klatschte Beifall. Auch die Kellner feixten.

Der Mann sprang von seinem Schachtisch auf. »Sie sind noch schöner als auf Sigis Bild, Mademoiselle. Vor allem, wenn Sie so wütend sind. Au revoir, ich schätze mich glücklich, dass Sie mich überhaupt beachtet haben.« Und dann verneigte er sich tief, aber Balbina zog so heftig an Elsa Hand, dass ihr nichts anderes übrig blieb, als ihr zu folgen.

»Ja, und jetzt?«, fragte Balbina, als sie draußen auf der Straße waren.

»Ist doch gut, wenn das Bild weg ist. Dann kann ja nichts mehr passieren. Er hat gesagt, er macht es fertig, und dann bekomme ich es.«

»Und du glaubst ihm?« Balbina schüttelte den Kopf. »Und wenn ihm nächsten Monat wieder das Geld ausgeht?«

»Dann kommen wir mit dem Sparschwein und lösen es wieder aus.«

Arm in Arm liefen sie auf die Ludwigstraße zu.

»Sag mal, muss man diesen Schriftsteller eigentlich kennen?«, fragte Balbina.

»Bestimmt nicht. Wahrscheinlich ist er gar keiner, sondern einfach nur ein Wüstling.«

»Hast du wirklich zu ihm gesagt, dass er hässlich ist?«, fragte Balbina. Sie sahen sich an und prusteten los.

Nach der stürmischen Überfahrt sehnte Hermann die Kanarischen Inseln geradezu herbei. Als er eines Morgens einen schneebedeckten Vulkankegel aus dem Dunst von Meer und Wolken aufsteigen sah, glaubte er zunächst an eine Fata Morgana. Doch Groeneberg erklärte ihm, das sei der Pico del Teide auf der Insel Teneriffa. Der höchste Berg der Kanaren. Höher als jeder Berg auf dem Festland Spaniens. Sie fuhren weiter nach La Palma und gingen im Hafen von Santa Cruz an Land, wo sie vor die Wahl gestellt wurden, die Reise auf die Westseite der Insel mit dem Segelboot oder mit der Kutsche fortzusetzen. Hermann wählte die Kutsche, so froh war er, endlich wieder festen Boden unter den Füßen zu haben. Er wollte ihn nur für die Heimreise wieder verlassen.

Die Insel war so gebirgig, dass der Weg vom Osten nach Westen nur über den Umweg um die Südspitze der Insel herum zu bewältigen war. Da es schon Mittag war, nahmen sie Quartier in der Hauptstadt und reisten am nächsten Morgen weiter. Groeneberg zeigte ihm das hübsche Städtchen, dessen Hafen einst der drittgrößte des spanischen Weltreiches gewesen war, und nun beschaulich vor sich hin dämmerte. Die Hauptexporte der Insel gingen auf das spanische Festland und nach England, eben auf den Schiffen der Elder-Dempster-Afrikalinie.

Hermann verliebte sich vom ersten Moment an in diese vom Ozean umtoste Insel, die bunten Häuserzeilen der Hauptstadt, die sich entlang der Küstenlinie ausrichteten, mit ihren geschnitzten Balkonen und den gepflasterten Sträßchen, auf denen das Hufgetrappel der Pferde sich wie ein harmloses Sommergewitter anhörte. Der Wind fuhr durch die Kronen der Palmen, und ihre Blätter krümmten sich und richteten sich wieder auf, als winkten sie freundlich. Hermann krempelte die Hemdsärmel auf. Er wollte ihn auf der Haut spüren, diesen Wind vom Meer. Groeneberg war wieder der perfekte Gentleman. Er hatte seinen hellen Tropenanzug angelegt und trug leichte braune Lederschuhe. Seinen Panamahut hielt er in der Hand, so kräftig war der böige Wind. Sie bezogen Quartier in der Pension einer Seemannswitwe zwischen dem Hafen und dem Franziskanerkonvent. Was Groeneberg mit Doña Livia besprach, klang in Hermanns Ohren exotisch. Er verstand kein Wort. Auf dem Schiff war nur Englisch gesprochen worden. Ein paar Brocken Englisch hörte man auch in den Kontoren, in die Groeneberg ihn mitnahm. Sie aßen im Casino zu Mittag und tranken im Lesesaal der Kosmologischen Gesellschaft Kaffee aus Mokkatassen zwischen in Leder gebunden

Folianten. Nebenan befand sich der Rauchsalon. Hier trafen sich die Geschäftsmänner, Händler, Grundbesitzer, und sie schienen nach einem anderen Rhythmus zu leben und zu arbeiten als dem, den Hermann bislang von München oder Hamburg kannte. Wohlhabend waren sie allesamt, was Hermann auch an der vornehmen Ausstattung ihrer Büros sehen konnte.

Abends waren sie in die Villa eines Freundes von Groeneberg eingeladen, die auf einem Felsen über der Hafenpromenade errichtet worden war. Das Essen wurde auf einer Terrasse mit Blick auf den Ozean serviert. In einem großen Vogelbauer saß ein Graupapagei namens Carmelo und flüsterte in einem fort »noche, noche, noche«, was so viel wie »Guten Abend« heißen sollte, und doch so viel mehr zu verheißen schien. Während die Gastgeberin Hermann Wein nachschenkte, dachte er, dass er diesen Abend, genau diese Stunde, das Flüstern des Vogels, den Blick aufs Meer, den Wein, dessen burgunderrote Farbe sich vielfach in dem geschliffenen Kristall seines Glases brach, in seinem ganzen Leben niemals vergessen wollte. Er spürte einen Frieden in sich und zugleich eine nervöse Erwartung, die seinen Magen kitzelte. Im Geist sah er die Strecke von mehr als zweitausend Seemeilen, die ihn von zu Hause trennte, vor sich. Wie ein Zugvogel würde er irgendwann wiederkommen, aber jetzt war er genau hier. Man fragte ihn, worüber er gerade lächle, und er antwortete, er wisse es selbst nicht, aber er fühle sich gerade sehr wohl in seiner Haut.

»Das ist der Zauber der Insel«, stellte Groeneberg zufrieden fest, und das Mahl wurde eröffnet.

Am nächsten Morgen brachen sie auf. Die Inselwege waren erbärmlich schlecht. Pferde, Esel, Maultiere zogen Lasten und Passagiere über Land. Sie wurden in ihrer Kutsche durchgeschüttelt wie das Korn beim Dreschen.

»Die Reise auf dem Segelschiff wäre bequemer gewesen«, sagte Groeneberg. »Aber so kannst du dir ein besseres Bild vom Leben auf der Insel und ihren Bewohnern machen.«

An der nächsten Pferdetränke verschwand Groeneberg im Hof eines Hauses. »Warte, ich bin gleich wieder da«, rief er Hermann zu.

Er kam kurz darauf mit einem leichten Einspänner aus dem Innenhof getrabt, blieb neben Hermann stehen.

»Komm, steig ein«, forderte er Hermann auf. »Damit sind wir schneller auf der anderen Seite. Unser Gepäck wird uns nachgebracht.«

Hermann sprang auf. Der Wagen hatte ein Verdeck, das sie vor der Sonne schützte. Tänzelnd, als freute sich der Rappe, keine allzu große Last ziehen zu müssen, fuhren sie in flottem Trab einen Weg entlang, der kaum breiter war als die Achse des Wagens. Groeneberg hielt die Zügel locker. In der Nähe des Hafens standen noch ein paar herrschaftlichere Häuser, doch schnell wurde die Besiedlung spärlicher, und die vereinzelt und planlos stehenden niedrigen strohgedeckten Hütten wirkten armselig. Kühe sahen sie gar nicht auf ihrem Weg, höchstens ein paar Ziegen, Schafe und neben den Hütten hier und da ein einzelnes Schwein.

Die Erde in den Gärten war schwarz. Darauf wuchsen Paprika, Zwiebeln, Kartoffeln, Tomaten und Bohnen. Sonst konnte Hermann nicht viel erkennen, und einen Augenblick überlegte er, was er hier eigentlich suchte und ob es auf der Insel überhaupt Bananen gab.

Die Sonne brannte vom Himmel, als sie den südlichsten Punkt ihrer Reise erreichten und sich nach Nordwesten wandten. Hermann konnte an der Südspitze einen Leuchtturm erkennen und vorgelagert zwei erloschene Vulkankegel. Sie machten halt in einem Dorf, ein paar Häuser umstanden einen kleinen Platz, auf dem Händler Früchte und andere Lebensmittel auf improvisierten Holzständen anboten. Ein kräftiger Nordostpassat fegte über den Platz und kräuselte den Sandboden.

»In den letzten hundert Jahren haben sie sich ruhig verhalten«, sagte Groeneberg und zeigte auf die erloschenen Vulkankegel, »aber das muss nichts heißen.«

Hermann probierte an den Ständen Früchte, die er nie gesehen und gekostet hatte, und lernte ihre Namen: Guave, Papaya, Avocado, Mispel, Kaki. Er dachte daran, wie die Kunden zu Hause staunen würden, brächte er sie nur heil nach Hause.

Der Weg führte nun steil hinab zur Westküste, wo die Brandung gegen die Felsenküste gischtete.

»Es ist noch ein Stück, auch wenn man unser Ziel dort am Horizont schon erkennen kann«, sagte Groeneberg.

Es wurde Abend, bis sie ihr Ziel Tazacorte erreichten. Und hier gab es endlich auch Bananen. Die Plantagen belagerten die kleine Stadt wie ein grünes Heer. Dazwischen behaupteten sich die alten Villen der Zuckerbarone, wie Groeneberg Hermann erzählte, allesamt ausländische Kaufleute, die hier reich geworden waren. Die Balkone sahen alle zur Küste hinunter, von der zu früheren Zeiten nicht nur die Handelsschiffe, sondern auch die Piraten gekommen waren.

Sie nahmen Logis in einem Herrenhaus mit dem wohlklingenden Namen Hacienda de abajo, außen fast unscheinbar, aber innen der wundersamste und luxuriöseste Ort, den Hermann je betreten hatte. Das Gästehaus war mit Himmelbetten, Ölgemälden, chinesischen Vasen und anderen Antiquitäten ausgestattet und verfügte über einige Privatbäder, die mit Wasser über eine Leitung in offenen Holzrinnen versorgt wurden. Die Familie, der die Hacienda gehörte, stammte von einer Dynastie von Zuckerbaronen ab. Bei ihrer Ankunft wurden sie von Estéban und seiner Schwester Sonia, den Kindern der

Familie, empfangen. Estéban war etwa in Hermanns Alter, aber etwas stämmiger, und er hätte mit seinem rotblonden Kraushaar ein Nachfahre von Erik dem Roten sein können. Sonia hingegen hatte langes dunkles Haar und fast schwarze Augen, einen olivfarbenen Teint und passte von ihrer ganzen Erscheinung her besser an diesen Ort als ihr Bruder. Estéban lud Hermann ein, ihm am nächsten Morgen die Plantagen zu zeigen. Sonia führte sie zu ihren Zimmern, die mit Möbeln aus Mahagoni, bestickten Leinenvorhängen, Sekretären und samtbezogenen Polstersesseln auf das Luxuriöseste ausgestattet waren.

Im Speisesaal dinierten sie inmitten raumhoher Vitrinen mit hauchdünnem chinesischem Porzellan, bemalten Terrinen, Krügen und Vasen. Hermann fühlte sich in eine andere, zauberhafte Welt versetzt.

»Der Zucker hat diese Leute unermesslich reich gemacht«, sagte Groeneberg. »Aber das Land und die Wasserrechte, die sie sich sofort von den spanischen Eroberern gesichert haben, waren noch viel wichtiger. Das Zuckergeschäft hat schon einige Krisen erlebt, Land und Wasser jedoch werden immer ihren Wert behalten.«

»Auf den Zucker folgen nun gerade die Bananen«, sagte Sonia.

»Sie sprechen Deutsch?« Hermann war überrascht.

»Ich habe ein Schweizer Internat besucht und spreche ein wenig Deutsch«, erklärte sie. Sie schenkte Hermann ein Lächeln, das ihm für einen Moment den Atem nahm. Sie war so sanft und anmutig, und ihre Stimme brachte die Luft zum Vibrieren. »Dann weise ich die Köchin an, Ihnen Ihr Mahl zuzubereiten.«

Hermann hatte gehofft, Sonia beim Abendessen noch einmal zu sehen, aber das köstliche Menü aus Fisch, Gemüse und Reis wurde ihnen von einem Hausdiener serviert. Als Dessert gab es gegrillte Bananen, die Hermann zum ersten Mal kostete. Wie hätte dieses wunderbare Essen in diesem zauberhaften

Rahmen seiner Mutter gefallen. Jeder einzelne Mensch auf der Welt würde es genießen, hier Gast zu sein, dachte er.

Nach dem Essen fiel Hermann erschöpft in sein Himmelbett. Vom geöffneten Fenster hörte er das Rascheln des Windes in den Blättern der Bananenstauden und weiter entfernt, leise, aber stetig wie ein Uhrwerk, die Brandung. Sie wiegte ihn in einen tiefen Schlaf. Endlich war er angekommen.

Am frühen Morgen weckte ihn der insistierende Ruf eines Käuzchens. Er schloss das Fenster, legte sich wieder hin, betrachtete verwundert sein Herrenzimmer und war mit einem Mal hellwach. Er zog sich an und verließ leise das Haus durch die Hintertür, in der ein Schlüssel steckte.

Der Duft von grünen Pflanzen lag in der Luft, am Haus blühte eine lila Bougainvillea und andere Sträucher, die er nicht kannte. Es war noch angenehm frisch, und Hermann meinte, den Ozean riechen zu können. Er nahm einen Weg durch die Bananenstauden, die im leichten Seewind miteinander tuschelten. Auf dem Trampelpfad, der zum Dorf hinaufführen mochte, kam ihm ein Reiter auf einem zierlichen Rappen entgegen. Erst beim Näherkommen erkannte er, dass es sich um eine Reiterin handelte. Sonia! Hermanns Herz begann heftig zu schlagen.

»Guten Morgen. Schon so früh auf?« Als sie ihn erreicht hatte, sprang sie vom Pferd und reichte ihm die Hand. Sie brannte wie Feuer in seiner.

»Buenos días, señorita.« Hermann verbeugte sich leicht.

»Wo wollen Sie denn hin, hinauf ins Dorf?«

»Ich war ohne Ziel«, sagte Hermann. »Vielleicht wollte ich einfach ein Stockwerk höher hinauf, um einen Blick aufs Meer zu erhaschen, bevor der Tag anbricht.«

»Na gut, wir kommen mit.«

Sie zog ein Tuch aus ihrer Reithose und wischte ihrem Andalusier, den sie Chico nannte, über Hals und Flanken. Sie trug Reitkleidung wie ein Mann, und durch die eng anliegende Hose zeichnete sich ihre zierliche Figur deutlich ab. Hermann versuchte nicht zu oft hinzusehen. Sonia erzählte ihm vom Dorf und von den Tagelöhnern, die auf ihrem Gut arbeiteten.

»Die Leute können kaum lesen und schreiben, und die medizinische Versorgung ist schlecht. Wir haben Krankheiten, die es anderswo wahrscheinlich schon lange nicht mehr gibt. Und die Ärzte sind schlecht ausgebildet. Wir leben hier wie vor hundert Jahren.«

Hermann hatte die ärmlichen Behausungen gesehen und auch dieses Gefühl gehabt, als sei die Zeit stehen geblieben.

»Wir sind so weit entfernt von der Zivilisation. Niemand schaut auf uns. Wir können hier tun, was wir immer schon getan haben. Das Land bebauen, exportieren, Gewinne daraus ziehen. Ich hatte vor, noch ein wenig in Europa zu bleiben und mich umzusehen, wissen Sie? Aber meine Eltern haben es nicht erlaubt. Ein Mädchen aus der Familie Massieu-Van Dale. Man wird mich an einen reichen Bananenbaron aus Teneriffa oder Las Palmas verheiraten. So wird es kommen. Aber bis dahin jage ich mit Chico durch die Plantagen und unterrichte sonntags in einem Raum der Villa Massieu die Dorfkinder im Lesen und Schreiben. Vielleicht lernen sie später auch noch etwas rechnen bei mir. Das war das Höchste, was mir zugestanden wurde.«

Hermann kämpfte mit seinen Gefühlen. Er versuchte, sich auf das Gesagte zu konzentrieren, aber es fiel ihm schwer. Eine plötzliche und heftige Leidenschaft packte ihn und brachte ihn fast aus der Fassung.

»Sind Sie immer so schweigsam, oder langweile ich Sie?«, fragte Sonia.

»Nein, nein, gar nicht. Ich weiß nicht, vielleicht ist es die lange Reise oder das Klima. Ich habe gerade das Gefühl, ich bekomme zu wenig Luft.«

»Das ist dieser ewige Wind, die Trockenheit und die Hitze. Aber wir sind gleich oben auf meiner Lieblingsterrasse. Nur noch wenige Schritte. Halten Sie durch, es ist wirklich schön dort oben.«

Hermann nickte. Vielleicht war wirklich das ungewohnte Klima mit schuld an seinem desolaten Zustand. Nach der letzten Steigung erreichten sie ein Plateau mit einer Steinbank und einem Felsen als Tisch. Eine Schirmpinie beschattete den Platz. Sonia strich dem Rappen zärtlich über die Blesse auf seiner Stirn. Hermann sah hinunter auf den Ozean, auf dem die ersten Sonnenstrahlen, die über die Hügel in ihren Rücken krochen, zu glitzern begannen.

»Schauen Sie nur«, rief Sonia und zeigte auf eine Spur im Wasser. Es waren Delfine, die auf ihrem Zug parallel zur Küste aus dem Wasser sprangen und spritzend wieder eintauchten.

»Wo bin ich hier eigentlich gelandet?«, fragte Hermann träumerisch. »Es kann doch eigentlich nur das Paradies sein.« Er beneidete Chico um jede einzelne Zärtlichkeit, die ihm aus Sonias Händen zuteilwurde. »Ich heiße Hermann«, sagte er und setzte sich auf die Bank, »und es wäre schön, wenn Sie sich ein wenig zu mir setzen würden. Nein, es wäre nicht schön, sondern sogar das Schönste, was ich mir gerade vorstellen kann.«

Hatte er das nun tatsächlich gesagt oder nur gedacht? Er erschrak über sich selbst. Sonia lachte. Also hatte er es wirklich ausgesprochen. Sie stellte sich seitlich an den Tisch und zeigte ihm den Hafen, der etwas weiter nordwärts lag. Hermann betrachtete ihre Hand, die sie auf dem Tisch abgestützt hatte, ihre langen schmalen Finger. Was geschah hier auf dieser Insel mit ihm? Er wischte sich mit dem Ärmel über die Stirn, die sich schweißnass anfühlte.

»Vielleicht lege ich mich doch vor dem Frühstück noch einmal etwas hin«, sagte er und stand auf.

Etwas Unbestimmtes drängte ihn zur Flucht. Vielleicht hatte er Angst vor einer Niederlage. Die peinliche Situation im Restaurant Pfordte in Hamburg brannte immer noch in seiner Erinnerung. Er wollte nicht, dass ihm so etwas noch einmal passierte. Dann lieber fort von hier.

»Sie sind doch hoffentlich nicht krank?«, fragte Sonia besorgt. »Ich begleite Sie hinunter zur Hacienda.«

»Nein, nein«, wehrte Hermann ab. »Ich habe Ihren Ausritt schon lange genug unterbrochen. Chico wird mich hassen.« So wie ich ihn, dachte er. »Wir sehen uns später. Bis dahin wird es mir bestimmt wieder besser gehen. Adiós, señorita Sonia.«

»Adiós«, hauchte sie. Klang es ein klein wenig bedauernd? Hermann riss sich los.

Das Huschen des Windes durch die Blätter der Bananenstauden klang, als verspotteten sie ihn, den Fremdling, der nicht recht wusste, wie man sich hier benahm. Und vor allem nicht, wie man mit jungen Damen umging, die einem den Atem raubten.

»Sie können doch reiten?« Estéban hatte Hermann nach dem Frühstück abgeholt. »Ich dachte mir, ein morgendlicher Ausritt würde Ihnen guttun.«

»Also gut, dann werde ich mich als Großstädter eben ein wenig blamieren.« Hermann gab sich einen Ruck.

Seine Stute, sie hieß Morena, die Dunkelhäutige, war gut zugeritten und robust genug, auch einen nicht so geübten Reiter ans Ziel zu bringen.

Sie ritten durch die Plantagen in Küstennähe. Ab und zu trafen sie auf Arbeiter, die mit Macheten Bananenblätter abschlugen oder in Ziegenlederschläuchen Wasser von den Leitungen zu den einzelnen Stauden brachten. Die Arbeiter gingen praktisch in Lumpen gekleidet. Wie Sklaven sehen sie aus, dachte Hermann. Auch wenn Groeneberg ihm erzählt hatte, dass die Sklaverei auf der Insel vor zwanzig Jahren abgeschafft worden war.

»Die Briten haben als Erste Bananen hierhergebracht«, erzählte ihm Estéban. »Die Sorte, die wir anbauen, ist kleiner als die aus Mittelamerika. Kleiner, weniger anfällig für Krankheiten, und sie schmeckt besser als die großen. Über kurz oder lang werden wohl alle nutzbaren Flächen bis hinunter zur Küste mit Bananen bepflanzt werden. Wir exportieren alle unsere Erträge nach Großbritannien.«

»Wir hätten auch gern welche für unser Geschäft«, sagte Hermann. Sie waren jetzt in einen langsamen Trab gefallen, und Hermann gewöhnte sich allmählich daran, nach langer Zeit einmal wieder auf dem Rücken eines Pferdes zu sitzen. »Sie könnten per Schiff nach Hamburg, und von dort mit der Eisenbahn nach München gebracht werden. Wir müssen nur sicherstellen, dass der Transport funktioniert. Die wenigen Bananen, die aus England zu uns kommen, sind braun, wenn sie ankommen.«

»Und dann kaufen die Kunden sie nicht mehr.« Estéban stieg ab und half einem Arbeiter, den schweren Fruchtstand einer Staude mit Stangen abzustützen.

»Wir verkaufen sie dann nicht mehr. Wir handeln mit Delikatessen, nicht mit faulem Obst«, sagte Hermann. »Wann ist denn Erntezeit für die Bananen?«

»Jede Bananenpflanze hat ihre eigene Blüte- und Erntezeit«, erklärte ihm Estéban. »Wir ernten das ganze Jahr über. Aus einer Blüte entstehen in sechs Monaten Fruchtstände mit hundert oder mehr Früchten. Für den Export ernten wir sie, wenn sie noch grün sind.«

Estéban zeigte ihm verschiedene Reifestadien, junge und ältere Pflanzen, die Rinnen zur Bewässerung der Plantagen, aber Hermann interessierte vor allem eines: »Wie bekomme ich sie heil bis nach München?«

»Du musst darauf achten, dass der Lagerraum auf dem Schiff kühl gehalten wird. Und, genauso wichtig, die unreifen Bananen dürfen auf keinen Fall mit einer gelben Frucht in Berührung kommen.«

»Wieso?«, fragte Hermann.

»Das würde sofort die Reifung aller Früchte einleiten«, erklärte Estéban. »Mit einem reifen Apfel oder einer Mango passiert genau dasselbe. Du kannst Wein mit zuladen, wir produzieren hier einen süßen Malvasier, oder auch Zigarren von der Insel, nur kein reifes Obst.«

»Jetzt fehlt bloß noch, dass unser König Ludwig in die Kutsche einsteigt und mitfahren will«, schimpfte Korbinian Fey. Es war der 3. Juli, vier Uhr morgens, noch vor Sonnenaufgang. Seit einer Stunde war er dabei, das Fuhrwerk zu beladen. Ludwig fand vier Uhr schon eine mörderische Uhrzeit und musste ständig gähnen.

Als Korbinian sich am Vorabend ans Schlachten der Saiblinge und Regenbogenforellen machen wollte, war Therese dazwischengegangen. Sie wollte die Fische lebend nach Ismaning, zum großen Geburtstagsfest des Herrn von Poschinger, bringen, nicht auf Eis, wie Fey sie gern transportiert hätte. Lebend, das bedeutete schwere Wasserbehälter und Fässer. Korbinian murrte. Als ob man da einen Unterschied merken würde, ob die Fische nun am Vortag oder am selben Tag geschlachtet wurden. Aber Therese hatte darauf bestanden.

»Und was hat das mit dem König zu tun?«, fragte Ludwig den älteren Kollegen.

»Der ist doch die letzten Jahre seiner Regentschaft nur mehr nachts aus dem Haus gegangen und dann mit der Pferdekutsche zu seinen Schlössern und Berghütten gefahren. Nur hat er halt eine bessere Beleuchtung gehabt als wir. Elektrisch, sagt man.«

Ludwig war fünf Jahre alt gewesen, als der König starb oder umgebracht wurde, wie manche behaupteten. Die Königstreuen, wie Korbinian Fey, glaubten immer noch an eine Verschwörung gegen ihren Regenten. An den Trauerzug durch die Stadt konnte Ludwig sich noch erinnern. Er hatte mit Lilly und der Mutter an der Sophienstraße am Botanischen Garten gestanden, als der Zug mit dem schwarzen Sarg an der Stelle vorbeikam und zum Stachus abbog. Tausende Menschen hatten die Straßen gesäumt. Neben der königlichen Familie begleiteten Bischöfe und die gesamte Bayerische Regierung den Leichenwagen. Am gruseligsten waren die Guglmänner mit ihren spitzen Kapuzen und den langen Gewändern, die ihr Gesicht und ihre ganze Gestalt verhüllten. Der Sarkophag des Königs wurde in einer Gruft in der Michaelskirche beigesetzt. Sein Herz, das hatte ihm die Mutter erzählt, und Ludwig erinnerte sich an den Schauder, den diese Geschichte ihm über den Rücken gejagt hatte, wurde in die Gnadenkapelle nach Altötting gebracht. Ganz München trauerte damals, mit Ausnahme von Ludwigs Vater und seinen Genossen, die allesamt Gegner der Monarchie waren, es aber nicht sagen durften. Zu Hause allerdings sprach der Vater schon darüber, auch wenn die Mutter immer »Pscht, pscht!« machte, wenn er davon anfing, als hätten die Wände Ohren gehabt.

»Was ist denn in dem schweren Bottich drin?« Ludwig versuchte ihn auf den Wagen zu heben. Es gelang erst, als Korbinian mit anpackte.

»Lebende Krebse, pass auf, dass sie dich nicht zwicken«, sagte Korbinian. »Die würden bestimmt auch lieber in ihren Bächen am Starnberger See bleiben, als einen Ausflug nach Ismaning zu machen.«

»Und wo sind die Austern?«

Korbinian zeigte auf zwei kleinere Kisten, die mit Eis gefüllt waren. »Vier Dutzend habe ich eingepackt. Den Kaviar haben die Russen zum Glück gleich in Dosen abgefüllt.«

Am Vortag hatten sie zusammen die Sardinenbüchsen aus Nordspanien und die Gläser mit der Gänseleberpastete verpackt. Das Geflügel, das mitmusste, war gerupft und gekühlt und das Rindfleisch in Öl und Kräutern mariniert. Gemüse und Kartoffeln waren in Kisten verpackt, alles Obst zusätzlich in Holzwolle eingeschlagen. Fey hatte Mangos, Kokosnüsse und Melonen dazugetan, und Balbina in einer eigenen Kiste kleine Porzellanvasen, gestärkte Leinenservietten und anderen Krimskrams zur Tischdekoration zusammengesucht und zum Transport bereitgestellt. Wein, Champagner und Liköre hatte Fey selbst zusammen mit der Chefin ausgewählt, passend zur geplanten Speisenfolge.

Ludwig überprüfte noch den Inhalt seiner Kiste mit den Zutaten für die Nachspeisen und schleppte einen Holzkübel mit Kurbel an, bei dem es sich um nichts anderes als eine Eismaschine handelte. Es war Ludwig gelungen, sie dem Eismacher aus der Parkstraße im Westend für dieses Wochenende abzuluchsen. Dessen Initialen waren auf der Eismaschine in Messing angebracht. PPS, Peter Paul Sarcletti, war der erste und berühmteste italienische Eismacher in München.

»Machst du jetzt eigentlich eine Kaufmanns- oder eine Konditorlehre?«, fragte Korbinian Fey. »Oder bist du jetzt auch noch unter die Eismacher gegangen?«

»Am liebsten würde ich alles gleichzeitig machen«, antwortete Ludwig ihm wie erwartet.

Fey schüttelte den Kopf. »Dann machst es halt alles hintereinander«, grantelte er. »Und mit dreißig bist dann auch schon fertig.«

Korbinian erzählte ihm von seinem Neffen Valentin Fey, der ungefähr in Ludwigs Alter war. Sein Vater, Korbinians Bruder, hatte dem Jungen eine Lehrstelle bei einem Schreiner in der Au besorgt und das Lehrgeld für ein Jahr im Voraus bezahlt. Und jetzt wollte der dumme Bub, ein dünner, langer Schlaks oder »Lulatsch«, wie Korbinian ihn nannte, seine Lehre abbrechen und stattdessen Komiker werden. Man stelle sich so etwas vor. Komiker.

»Er will vom Spaßmachen leben«, entrüstete Korbinian sich. »Und jetzt tritt er auch schon auf den Volkssängerbühnen in der Stadt auf. Mit zu großen Schuhen und einer schwarzen Melone auf dem Kopf. Fehlt nur noch, dass er sich eine rote Nase aufsetzt wie ein Clown im Zirkus. Ein solches Unglück, der Bub!«

»Wenn ich nicht Kaufmann oder Konditor werden könnte, dann wäre ich auch gern ein Clown oder ein Komiker«, sagte Ludwig. »Wo tritt er denn auf, der Valentin Fey? Den würde ich sehr gern einmal sehen.«

»Das weiß ich nicht so genau. Da muss ich meinen Bruder fragen«, brummte Fey, der offenbar nicht verstehen konnte, dass jemand seinen Neffen, diesen Nichtsnutz, auch noch auf der Bühne sehen wollte.

»Für wie viele Gäste von dem Herrn von Poschinger haben wir denn jetzt Verpflegung eingepackt? Kommt da ein ganzes Regiment?«, grantelte Korbinian weiter.

»Dreißig bis vierzig Personen könnten es schon werden, hat die Chefin gesagt.«

»Und warum müssen diese Herrschaften von uns persönlich bekocht und gefüttert werden?«, schimpfte er wieder. »Bis jetzt waren wir ein Delikatessengeschäft. Werden wir jetzt auch noch ein fahrendes Restaurant?« Fey breitete eine Plane über die Kisten und Fässer und befestigte sie mit Schnüren.

»Gar keine so schlechte Idee«, sagte Ludwig. »Ein mobiles Restaurant, das man mieten kann. Wir liefern die besten Lebensmittel und Getränke, decken den Tisch ein, kochen und servieren und entlasten die Hausfrau und das Hauspersonal bei größeren Gesellschaften«, fantasierte Ludwig dahin.

»So weit kommt's noch. Und wer steht dann im Laden und kümmert sich um die Kundschaft? Sperren wir zu, weil die ganze Belegschaft außer Haus ist?«

»Das geht natürlich nur, wenn wir größer werden und mehr Personal haben«, sagte Ludwig.

»Was geht nur, wenn wir mehr Personal haben?« Therese stand plötzlich hinter ihnen.

Korbinian Fey sah Ludwig an, schließlich war es seine Idee gewesen, eine Schnapsidee in Feys Augen.

»Guten Morgen, Chefin. Ja also, wir haben hier gerade darüber geredet, dass man ja ein Geschäft daraus machen könnte, also, wie wir jetzt für den Herrn von Poschinger ein Geburtstagsfest ausrichten. Wir planen alles, liefern die Waren und bauen selbst auf oder kochen sogar vor Ort. Die Kunden bestellen, und wir liefern das Bestellte inklusive Service, wenn es sein muss bis zum Menü. Und zu der Idee hat Korbinian gemeint, dass uns dann die Leute ausgehen würden für den Dallmayr. Und dann hab ich gemeint …«

»Jaja, das habe ich ja gehört, was du gemeint hast«, kürzte Therese das Gespräch ab. »Wer wachsen will, muss aber erst einmal sicher stehen und laufen können. Das ist wie bei den kleinen Kindern. Im Moment wackeln wir noch ein bisschen, aber das wird schon werden. Und dann probieren wir auch wieder etwas Neues aus. Übrigens gar nicht so dumm, die Idee.«

Ludwig grinste Fey an, der bloß den Kopf schüttelte.

»Und was ist jetzt das genau?«, fragte Therese und deutete auf die Eismaschine, die unter der Plane hervorlugte.

»Für die Nachspeise haben Sie Balbina und mir freie Hand gegeben, Frau Randlkofer. Und wir werden eben auch ein Speiseeis machen. Sie können sich auf uns verlassen.«

»Und wieso kannst du die Maschine bedienen?«

»Auf der Patisserie-Schau im Glaspalast hab ich beim Sarcletti zugeschaut, wie sie's machen.«

»Zuschauen kann jeder. Aber ihre Rezepte werden sie dir wohl nicht verraten haben«, vermutete Therese.

»Wegen den Eisrezepten habe ich den Maître Reiter gefragt, und dann habe ich bei ihm ein bisschen herumprobiert. Das ist überhaupt nicht schwer.«

Therese schüttelte den Kopf. »Das wird ein echtes Abenteuer heute. Das halbe Geschäft wird unterwegs sein nach Ismaning. Aber das Wichtigste ist eure Wagenladung. Habt ihr alles eingeladen?«

»Man könnte meinen, wir verpflegen eine ganze Offizierskaserne mit Spezialitäten.« Fey kontrollierte noch einmal, ob alles gut verstaut war. Seine Chefin betrachtete die Kutsche mit kritischem Blick. »Passt irgendwas nicht?«

»Also wenn wir in Zukunft so einen … hm, Lieferdienst mit Personal anbieten wollen, dann sollten wir bald damit anfangen, unsere Fuhrwerke schön herzurichten und zu beschriften, damit jeder in München davon erfährt.«

»Alois Dallmayr – Delikatessen.« Ludwig strahlte. »Goldene Schrift …«

»… auf weiß-blauem Grund«, ergänzte Fey.

»Blau reicht auch«, beschied Therese. »Ein nobles Dunkelblau, darauf die goldene Schrift. Und dazu noch ›Hoflieferant‹.« Sie sah die Beschriftung förmlich vor sich. »Also auf geht's und gute Fahrt, Korbinian. Und pass mir auf die kostbare Fracht auf. Du weißt, welche Werte du da spazieren fährst.«

»Ich fahre mit und passe auf den Schwertransport auf«, versprach Ludwig und sprang auf den Kutschbock.

»Eine Decke kannst du von mir haben«, brummte Korbinian Fey, »aber ein Gewehr hab ich keines dabei, wenn uns welche überfallen von den Wilden da draußen im Ismaninger Moos, die es womöglich auf unsere Austern abgesehen haben. Hü, meine Braunen. Auf geht's.«

»Tante Therese, jetzt komm doch mal schauen!«, drängte Balbina.

Nach einem kurzen Rundgang durch das Schloss, das vor den Poschingers dem Herzog von Leuchtenberg gehört hatte, stand Therese nun seit ihrer Ankunft in der Küche. Korbinian und Ludwig packten die Kisten aus, und Therese dirigierte die Köchin und ihre beiden Küchenhelferinnen und bereitete die einzelnen Gänge des Mahls so weit vor, dass sie möglichst rasch zubereitet und zügig serviert werden konnten. Sie schwitzte vor Anstrengung, aber sie hatte alles im Griff.

»Ach, Kind, in der Aufmachung?« Sie strich sich eine Haarsträhne aus dem Gesicht. »Ich bin doch noch mitten in der Arbeit.«

»Du kannst ja gleich wieder zurück in deine Küche, und sehen wird dich auch keiner, weil die Herrschaften sich alle in ihre Gemächer zurückgezogen haben, um sich für das Souper zurechtzumachen.«

»Ja, genau. Und das sollte ich auch tun, statt wie eine Vogelscheuche durchs Schloss zu geistern.«

»Aber wir haben uns so viel Mühe gegeben. Elsa hat die Tafel so schön hergerichtet, das musst du dir anschauen. Jetzt komm doch mit!«

»Gehen Sie nur«, sagte die Köchin, »ich passe schon auf, dass hier nichts passiert.«

Therese wusste gar nicht, wo sie zuerst hinsehen sollte. Auf die prächtige Tafel, das feine Porzellan mit Goldrand, die Damasttischdecken und Servietten mit silbernen Serviettenringen, das blank geputzte Silberbesteck, die Kristallgläser, die bestimmt aus der Manufaktur des Herrn von Poschinger in

Niederbayern stammten, die vergoldeten Silberschälchen für Salz und Pfeffer, silberne Kerzenständer und kleine Porzellanvasen mit frischen Kornblumen und Mohnblüten oder auf den außergewöhnlichen Speisesaal, in dem die Tafel aufgebaut war.

»Der Rote Salon«, erklärte Elsa und breitete die Arme aus wie eine echte Schlossherrin.

Der hohe Raum hatte eine zweite Reihe mit Rundfenstern über den mannshohen Doppelfenstern, die bis zum Boden reichten. Decke wie Wände waren üppig bemalt. Brunnen, Pflanzen, Vögel, Girlanden, Amphoren, und auf der Galerie römische Büsten aus weißem Marmor oder Alabaster. Hellgelb und Rot waren die vorherrschenden Farben. Karminrote Vorhänge rahmten die Bodenfenster, der prächtigste Kronleuchter, den Therese je gesehen hatte, hing von der Decke und war dem Roten Salon wie ein funkelndes Diadem aufgesetzt. Therese war überwältigt. So viel Schönheit und Eleganz wohnte in diesem Raum, und mittendrin bewegten sich mit vor Eifer glühenden Wangen ihre Kinder, die diese Tafel mit ihrer liebevollen Dekoration all der edlen und ausgesucht schönen Gegenstände zum Leben erweckt hatten. Das erlesene Porzellan war eine Spezialanfertigung aus der Nymphenburger Manufaktur, wie Therese an dem Stempel mit dem Wittelsbacher Rautenschild an der Unterseite erkannte. Dieses Speiseservice war speziell für die Familie von Poschinger entworfen worden. Weiß, mit zartem Goldrand und einem Dekor mit blauen Kornblumen. Die Nelken und Mohnblüten für die kleinen Tischvasen hatten die Kinder draußen an den Feldrändern gesammelt. Das Silberbesteck war tadellos poliert, und die Kinder waren stolz auf ihr Werk. Es war ein feierlicher Moment. Therese war ganz ergriffen, sie wusste gar nicht, was sie sagen sollte.

Die Tür ging auf, und Herr von Poschinger, schon in eleganter Abendgarderobe, betrat den Salon, der ihm seit Langem vertraut sein musste, aber auch er schien überwältigt zu sein.

»Ich weiß, dass ich Sie nicht zu einem Umzug nach Ismaning bewegen kann, gnädige Frau. Aber ich sage Ihnen, Sie würden hervorragend hier in das Schloss passen, und mit ihrem Jungvolk käme auch endlich mehr Leben in diese Hallen, auch wenn die Kinder gerade auffallend leise sind. Es fehlt ihnen doch hoffentlich nichts?«

Poschinger blieb neben Therese stehen und ließ seinen Blick über die Tafel wandern.

»So alt musste ich also werden, dass ich den schönsten Geburtstagstisch meines Lebens gedeckt bekomme und bald auch mit den köstlichsten Speisen bedacht werde. Da lohnt sich doch das Älterwerden. Ich weiß, was ich Ihnen für Umstände bereite, liebe gnädige Frau, und ich weiß es zu schätzen, dass Sie das alles auf sich nehmen. Sehr sogar.«

»Was man für liebe Freunde eben so tut«, antwortete Therese. »Und weil wir gerade dabei sind: Ich möchte keine gnädige Frau mehr für Sie sein. Ich heiße Therese.« Sie streckte ihm die Hand entgegen, und er ergriff sie mit beiden Händen und drückte sie herzlich.

»Michael«, sagte er, »es freut mich sehr.«

»Die Tafel zu loben, ist erlaubt«, meinte Therese, »aber das Essen sollten Sie zuerst probieren, bevor Sie Komplimente verteilen. Wir geben unser Bestes, aber schmecken muss es Ihnen und Ihren Gästen. Nun sind es ja doch nicht so viele geworden, da können wir etwas üppiger servieren.«

Poschinger trat von einem Bein auf das andere und räusperte sich.

»Therese, ich muss Ihnen ein Geständnis machen. Ein Teil der Gäste aus Niederbayern konnte heute nicht anreisen. In der Glasmanufaktur in Zwiesel gab es einen Betriebsunfall. Ein Brand, der glücklicherweise gleich gelöscht werden konnte, aber zwei Arbeiter wurden verletzt und mussten ins Krankenhaus gebracht werden. Deshalb kommen sie nun erst morgen. Zum Diner.«

Therese sah ihn erschrocken an. »Aber, Sie hatten ein Souper bestellt, nicht ein Souper und ein Mittagsmahl.«

»Ich weiß.« Poschinger gab sich zerknirscht.

»Ich habe Lebensmittel für eine, nicht für zwei Mahlzeiten eingepackt.«

»Ich weiß«, wiederholte Poschinger. »Aber ich habe schon eine Lösung eingefädelt, Ihr Einverständnis vorausgesetzt.«

»Da bin ich aber gespannt.« Therese war irritiert und leicht verärgert, und das merkte man auch.

»Also. Ich habe mit den Jägern vor Ort gesprochen. Was sie heute noch oder morgen früh frisch liefern könnten, wären Wachteln …«

»Haben sie auch Wachteleier, das wäre sehr gut«, unterbrach ihn Therese.

Poschinger lachte, als er sah, dass sie augenblicklich Feuer fing. »Ja, ich glaube, sie sprachen auch von Eiern.«

»Pro Gast mindestens eines, am besten aber zwei«, sagte Therese.

»Gut, das wird notiert. Außerdem gäbe es frisches Reh, Wildschwein, Bachforellen, frische Pfifferlinge …«

»Die servieren wir heute schon zum Souper. Aber ich möchte sie gerne kosten und sehen, wie die Qualität ist. Und ob sie mit meinen Pilzen aus dem Alpenvorland vom Geschmack her mithalten können.«

»Wird gemacht. Auch einen Fisch pro Gast?«

Therese nickte. »Dann machen wir als Vorspeise Wachteleier mit Kaviar, ich habe zum Glück genügend Dosen eingepackt. Danach ein Rehragout mit Pilzen, mit dem Wildschwein muss ich mir noch was überlegen, und für die Nachspeise sind Balbina und Ludwig zuständig. Lasst euch was einfallen, Kinder.

Vielleicht gibt es ja auch Beeren aus dem Moos. Die zwei haben eine Maschine dabei, mit der sie Speiseeis machen können.«

»Wunderbar!« Michael von Poschinger rieb sich die Hände. »Dann wäre ja alles geklärt.«

»Sie sagen mir noch, wie viele Gäste Sie um wie viel Uhr erwarten und schicken mir morgen früh um sechs die Jäger mit ihrer Beute. Und jetzt gehe ich wieder in die Küche. Nur schade, dass ich nicht mit an dieser herrlichen Tafel sitzen und soupieren kann«, seufzte sie.

»Wenn der Hauptgang serviert ist, kannst du dich dazusetzen, Tante«, sagte Balbina. »Du musst unsere Desserts probieren, und zwar nicht in der Küche, sondern hier. Kannst dich auf uns verlassen. Elsa und Paul helfen ja auch mit.« Sie errötete leicht.

Therese wollte protestieren, aber von Poschinger ließ sie gar nicht zu Wort kommen.

»Ein Platz wird für Sie freigehalten, Therese. So wird es gemacht und nicht anders. Und zum Nachtisch kommen Sie, sonst hole ich Sie höchstpersönlich, so wie Sie sind, aus der Küche.«

»Das Dessert habe ich mir dann eigentlich verdient. Aber geben Sie mir ein paar Minuten, bis ich meine Schürze abgelegt und meine Haare gerichtet habe. Sonst fürchten sich ja die Leute vor mir.«

»Therese«, von Poschinger strahlte über das ganze Gesicht, als er ihr am nächsten Tag beim Einsteigen half. »Sie haben sich in die Herzen meiner Gäste gekocht, und zwar in jedes einzelne von ihnen.« Er musste die Stimme erheben, weil die Lokomotive stampfte und fauchte und der Heizer seine Schaufel in den Kohlehaufen stieß und ihre Fracht ins Feuer kippte. Während er ihr die Stufen hinauf folgte, verschwand sie vor ihm in den dichten Dampfschwaden. »Alle beneiden mich um das Geburtstagsgeschenk, das Sie mir gemacht haben. Mein schönstes, das dürfen Sie mir glauben. Am liebsten würden meine Vettern und Cousinen Sie vom Fleck weg engagieren.«

Therese sah sich im offenen Waggon nach einem günstigen Sitzplatz um, auf dem sie nicht die ganze Fahrt über eingenebelt würde.

»Es tut mir leid«, sagte Poschinger hinter ihr, »aber in meiner Moosbahn gibt es keine erste Klasse. Sie dient ausschließlich den Arbeitern und ihren Gerätschaften. Der Torf, den sie draußen im Moos stechen, wird in den angehängten Loren transportiert.«

Therese sah durch die offenen Waggons nach hinten, wo die Kinder, Ludwig und Korbinian eingestiegen waren. Paul hatte rote Backen, als sie am Moosbahnhof ankamen, und Therese hörte Gelächter und Neckereien unter den jungen Leuten. Richtig ausgelassen waren sie nach den beiden Vorbereitungs- und Koch-Marathons am Abend und am heutigen Mittag. Sie hatten alle ihr Bestes gegeben, kein Streit, kein böses Wort, wie es sonst zwischen Balbina und Elsa häufig vorkam. Elsa hatte die Leitung der Tischdekoration übernommen und mit Paul beim Servieren geholfen. Alles, was Ludwig und Balbina an gefüllten Windbeuteln, Schokoladensoßen und frischem Himbeereis à la Sarcletti, von Elsa mit Gartenblüten, Minze, geraspelter belgischer Schokolade oder gerösteten Mandelblättchen angerichtet und verziert, zum Abschluss des Menüs auf den Tisch gebracht hatten, war von den Gästen gefeiert worden. Zum Abschluss verteilten sie noch an jeden Gast eines ihrer selbst gemachten Pralinés, und der Rote Saal war erfüllt von Ahs und Ohs. Es wurde mucksmäuschenstill, während die Köstlichkeiten verspeist wurden, dann beklatschte man die drei Patissiers. Und da standen sie, Ludwig in der Mitte, einen Arm um Balbina, den anderen um Elsa gelegt, daneben Paul, alle ein wenig verlegen, aber vor allem sehr, sehr stolz verbeugten sie sich. Die Mädchen machten einen Knicks und sahen sich an, wie Therese es noch nie erlebt hatte: wie Komplizinnen. Der Samstagabend und das feine Mittagsmahl am Sonntag erfüllten sie mit Stolz. Sie alle hatten ihre Sache sehr gut gemacht. Von Poschinger saß ihr gegenüber und beobachtete lächelnd, wie sie ihren Gedanken nachhing. Therese räusperte sich.

»Wenn Ihre Gäste aber jetzt glauben, ich würde durch ganz Niederbayern reisen und sie zu besonderen Gelegenheiten bekochen, dann muss ich sie enttäuschen. Ich habe ein Geschäft in München zu führen.«

»Das wissen ja jetzt alle. Aber eine bessere Dallmayr-Werbung als die beiden Gelage gestern und heute gibt es nicht, das verspreche ich Ihnen. Sie haben an diesem Wochenende ungefähr fünfundzwanzig bis dreißig neue Kunden gewonnen, gute, vermögende Kunden. Sie werden es am Umsatz merken. Und es wird sich schnell herumsprechen, wo man die feinsten Sachen für die eigene Tafel bekommt.«

»Womit habe ich das eigentlich verdient, dass Sie mich so fördern, Michael?«

Therese sah ihm in die Augen, die so grau waren wie der leicht verhangene Himmel über Ismaning. Die runden Brillengläser mit dem feinen goldenen Rand, die vielen Lachfältchen, das kurze, aber noch kräftige grau-blonde Haar, das immer ein wenig nach oben abstand und unzähmbar wirkte, gab ihm ein fast jugendliches Aussehen, das nicht zu seinen fünfzig Jahren passen wollte, die sie am Vortag gefeiert hatten. Er sah so aus, als habe er noch einiges vor.

Poschinger nahm ihre Hand.

»Ich erkenne einen guten Unternehmer mit einem frischen Geist, mit Umsicht und einer Portion Wagemut, sobald ich ihn sehe. Und in Ihnen, Therese, habe ich all diese Eigenschaften sofort bemerkt.« Er ließ ihre Hand wieder los, und sie wusste nun gar nicht, wohin damit. »Und während ich hier wenig romantisch Eisenbahnschienen verlegen lasse und Torf abbaue, um meine Glashütten in Zwiesel mit Brennmaterial zu versorgen und ein paar Arbeitsplätze zu schaffen, haben Sie ja ein unvergleichlich schöneres, edleres Gewerbe. Was kann es Herrlicheres geben als eine Delikatessenhandlung? Zumindest für einen Gourmet und Schokoladenliebhaber wie mich. So etwas muss man doch fördern, wenn man die Gelegenheit dazu erhält.«

Therese schüttelte abwehrend den Kopf, musste aber fast lachen. Er hatte mit seinem Darlehen ihren ganzen Betrieb und sie womöglich vor dem vorzeitigen Untergang bewahrt, aber er spielte seine Rolle herunter auf die eines Schleckermauls, der sich seine Einkaufsquelle bewahren wollte.

»Wann fahren wir denn endlich los, damit ich mir einen Eindruck von Ihren Pioniertaten hier im Moos verschaffen kann?«, machte Therese der romantischen Stimmung ein Ende.

Poschinger sprang auf, streckte den Kopf aus dem Waggon, vergewisserte sich, dass die ganze Gesellschaft eingestiegen war und gab dem Lokführer ein Zeichen. »Auf nach Lappland!«, rief er Therese zu, und der Zug setzte sich pfeifend in Bewegung.

Sie fuhren durch eine flache Moorlandschaft mit Pfeifengraswiesen, auf denen büschelweise blaue Schwertlilien ihre Köpfe im Fahrtwind duckten. Die weißen Birkenrinden blitzten auf, sobald die Sonne durch die Wolkendecke drang. Erlen standen an den Ufern der schnurgerade gezogenen Entwässerungsgräben. Das Land schien so weit wie der Himmel. Jetzt verstand Therese, was es mit dem Vergleich mit Lappland auf sich haben mochte. So stellte man sich eine Steppe vor, und sie staunte, dass es eine solche Landschaft so nahe bei München gab.

Sie passierten das Gut Karlshof, ein Vorwerk des Schlossguts Ismaning, das ebenfalls den Poschingers gehörte, und schließlich das Gut Zengermoos. Der Besitz umfasste mehr als siebenhundert Hektar, von denen rund sechshundert zum Torfabbau genutzt wurden. Hier wuchsen Getreide und Futterpflanzen, Kartoffeln, Kraut und Gartengemüse, alles Pflanzen, die im sandigen Boden des Moors besonders gut gediehen. Es gab außerdem eine kleine Ochsenzucht, auf die von Poschinger zwar stolz war, aber ein Landwirt wurde deshalb nicht aus ihm. Was ihn interessierte, war der Torfstich und die Erschließung des Moors.

Zengermoos war die Endstation der Moosbahn. Dort warteten Pferdefuhrwerke auf die Ausflugsgesellschaft, die sie auf einem groben Schotterweg weiter hinein ins Niedermoor brachten. Die Luft war erfüllt vom Gezwitscher der Lerchen. Es sah so aus, als ob sie sich zum Singen hoch in die Luft hinaufschraubten. Winzige blassblaue Schmetterlinge umkreisten die kleinen Inseln aus Seggen und Binsen in den Moorteichen. Zwei Kiebitze ließen sich übermütig im Sturzflug vom Himmel fallen, um erst knapp über dem Boden die schwarz geränderten Flügel wie einen Fächer auszubreiten und sich wieder mühelos in die Höhe zu schwingen. An einer Stelle ließ Poschinger die Wagen anhalten und zeigte seinen Gästen in einem kleinen Wiesenstück die violetten Mehlprimeln, das rosa Knabenkraut und den weiß blühenden Stendelwurz, die beiden häufigsten Orchideen im Moos. Eine schillernde Libelle flog über der Wiese, und Poschinger fing eine goldgrüne Heuschrecke und brachte sie zu den Kutschen, um sie seinen Gästen von ganz nahe zu zeigen. Die Damen kreischten, als sich die Große Goldschrecke über den Umweg eines Strohhuts einer Freifrau von Poschinger aus dem Bayerwald mit einem Riesensatz davonmachte.

»Meine Herrschaften«, sprach Herr von Poschinger, »ich werde Ihnen nun eine wirkliche Einmaligkeit zeigen, die zugleich das Ziel unseres kleinen Ausflugs ist.«

»Hoffentlich keine vier- oder sechsbeinige«, rief die Freifrau mit dem Strohhut.

»Nein, keine Angst, Cousine Margarethe. Was ich euch zeigen werde, ist fast imaginär, also nichts zum Anfassen, und weder hüpft noch flattert es.«

»Hört, hört! Etwas Imaginäres«, sagte einer der Herren. »Und was soll das sein?«

»Ich werde euch, liebe Gäste, die »Base de la Goldach« vorführen, von der aus seit anno 1801 ganz Bayern vermessen wurde. Wodurch Bayern das erste exakt vermessene Land in ganz Europa wurde. Die Methode war, dass man das Land zuerst auf dem Reißbrett in Dreiecke aufteilte. Und als Basis für das erste Dreieck wählten die Landvermesser just eine Linie zwischen Unterföhring und Aufkirchen bei Erding, die nur geringe Höhenunterschiede aufweist. Diese Basislinie kreuzt den kleinen Bach Goldach, an dem ein Gutshof liegt, zu dem wir jetzt hinfahren. Es ist eine Einöde, die nach ihrem Besitzer Klitsch die Klitsch-Einöde heißt. Kein besonders schöner Name, ich gebe es zu. Aber vergessen Sie den Namen und denken Sie an die bedeutende Rolle des Ortes, an dem quasi die Geburtsstunde der Landesvermessung liegt.«

»Warum hat denn die Grundlinie der Vermessung Bayerns den französischen Namen »Base de la Goldach« erhalten?«, wunderte sich die Freifrau.

»1800, das war die Zeit, als halb Europa französisch war. Und ein französischer Beamter benannte die Basisstrecke, die durch die Goldach führt, eben in seiner Muttersprache. Ein paar Jahre später wurde dann neu vermessen, und dabei hat man mit sogenannten ›Theodoliten‹ aus der Werkstatt von Georg von Reichenbach auch die Erdkrümmung berücksichtigt. Denn ohne sie kommt man zu keiner exakten Berechnung.«

»Dann war es am Ende doch wieder ein Münchner, der das richtig gemacht hat«, sagte Therese, und die ganze Gesellschaft ließ ihn hochleben.

So hässlich der Name Klitsch-Einöde war, so zauberhaft war die Lages des Guts an der Goldach. Als sie abstiegen und ein paar Meter den Bach entlangwanderten, kamen sie zu einer Reihe von Teichen, in denen es nur so wimmelte von Fischen. Die Wiesen zwischen den Wasserflächen waren von der Sonne beschienen, der Fluss von Kopfweiden gesäumt. Die Kutscher breiteten Decken aus, und es wurde ein kleines Picknick improvisiert mit den Überresten der beiden Gelage im Schloss. Therese genoss ihre Landpartie. Wie lange hatte sie sich geweigert, dieses garstige Moos zu besuchen, das ihr jetzt wie ein kleines Paradies erschien. Die Goldach plätscherte vor sich hin, und sie dachte flüchtig daran, dass man hier eine Fischzucht aufbauen könnte. Auch für Hühner, Gänse und Enten wäre ausreichend Platz.

»Sie lächeln ja so selig, Therese. Woran denken Sie?«

»Ach, ich stelle mir gerade vor, was man hier alles machen könnte, wenn man das Gut bewirtschaften würde. Kaum habe ich Geld in der Tasche oder auf der Bank, schon geht die Fantasie mit mir durch.«

»Sie denken an eine Dallmayr-Dependance im Moos?« Poschinger gab sich überrascht. »Wer hätte das gedacht.«

»Na, Sie«, antwortete Therese. »Sonst hätten Sie mich schließlich nicht hergelockt in die Wildnis. Moosbahn, Goldschrecke und Base de la Goldach. Haben Sie noch einen Trumpf im Ärmel?«

Poschinger schlenkerte mit seinen Armen. »Nix mehr, alles ausgespielt. Hat's gereicht?«

Therese schüttelte lachend den Kopf. »Ich kenne jetzt das Geheimnis Ihres Erfolgs als Unternehmer. Wenn Sie sich etwas einbilden, fahren Sie so viel Charme auf, bis Ihr Opfer keinen Widerstand mehr leisten kann.«

»Habe ich Ihre Augen und Ihr Herz für die Schönheiten des Mooses öffnen können?«, fragte er treuherzig.

»Ja, und jetzt helfen Sie mir bitte aus der Kutsche. Ich habe gerade bemerkt, dass ich doch keine zwanzig mehr bin.«

»Im Herzen ganz sicher«, sagte Poschinger und reichte ihr die Hand.

Auf dem Rückweg nach Hause in die Stadt spürte Therese plötzlich ein Kribbeln, ausgehend vom Bauch, das sich über die Haut fortsetzte, als habe sich ein Schwarm Schmetterlinge auf ihren Armen niedergelassen. Ganz gegen ihre sonstige Gewohnheit drängte sie nun zur Eile. Der Fahrtwind wehte ihr um die Nase. An den Feldrainen blühte es bunt, und es war richtig gewesen, mit dem offenen Landauer durch die Isarauen zurückzufahren. Trotzdem ging es ihr auf einmal viel zu langsam.

»Können Sie vielleicht ein bisschen schneller fahren?«, rief sie dem Kutscher zu.

Der Kutscher ließ die Peitsche durch die Luft sausen. »Ho!«, rief er, und die beiden Apfelschimmel fielen in einen etwas zügigeren Trab.

Es war Sonntag, und es gab nichts, was sie zu Hause noch unbedingt hätte erledigen müssen.

»Besser so?«, fragte der Kutscher.

Therese nickte. Die Pferdchen liefen im Schatten des Auwaldes immer an der Isar entlang flussaufwärts nach München.

In der Dienerstraße angekommen, gab Therese dem Kutscher ein gutes Trinkgeld und eilte zur Eingangstür. Als sie in ihrem Büro stand, wusste sie, was sie so zur Eile getrieben hatte. Rosa hat den Brief ganz auffällig auf ihrem Schreibtisch platziert. Er kam aus München und war auf der Rückseite versiegelt. Thereses Herz klopfte. Ein Bescheid vom Obersthofmarschallstab. Entschlossen öffnete sie das Couvert und las.

... wird Frau Therese Randlkofer, Inhaberin des Feinkost- und Delikatessengeschäfts Dallmayr in der Dienerstraße, aufgrund ihrer hervorragenden Leistungen, ihres unbescholtenen Rufes und der tadellosen Führung des Unternehmens der Hoflieferantentitel seiner Durchlaucht, des Prinzen Ludwig Ferdinand von Bayern verliehen.

Therese schenkte sich ein Gläschen Cognac ein und prostete Anton auf dem gerahmten Foto zu, das immer noch mit Trauerflor versehen war. Na bitte. Ein zweiter kleiner Prinzentitel war besser als eine Absage, wenn auch weniger als ein großer, königlicher Titel. Wie war das mit der Hasenjagd? Man erwischte sie eben nicht alle auf einen Streich. Man musste Geduld haben. Deshalb also hatten die beiden Pferdchen die Peitsche knallen gehört. Therese schloss die Augen und dachte, dass Anton gerade sehr stolz auf sie gewesen wäre.

Zwei Monate war Hermann nun schon auf La Palma, und er gewöhnte sich allmählich an das subtropische Klima, die heiße Westküste und die kalten Nächte im Bergland. Er lernte die Insel kennen und die Plantagenwirtschaft. Die morgendlichen Ausritte mit Estéban oder auch mit Sonia machten ihm jeden Tag mehr Freude. Er liebte seine Morena, und auch sie schien sich jeden Tag auf das Ausreiten mit ihm zu freuen. Er lernte die großen Landbesitzer kennen und studierte ihren Lebensstil. Einige hatten in Venezuela oder auf Kuba ein Vermögen gemacht und waren dann auf ihre Insel zurückgekehrt. Andere hatten den Weg nach Amerika erst noch vor sich. Wie Groeneberg. Er war Hermann ein väterlicher Freund geworden, von dem er unendlich viel gelernt und erfahren hatte. Vor seiner Abreise machte er Hermann das Angebot, seine Zuckerrohr- und Bananenplantagen auf der Insel zu einem Freundschaftspreis zu erwerben. Er sollte das mit seiner Mutter besprechen, wenn er wieder zu Hause war.

»Die Banane wird Europa, ach was, die ganze Welt erobern«, prophezeite Groeneberg. »Sie ist ja eigentlich die ideale Frucht, denn sie schmeckt, ist gesund, hat ein festes Fruchtfleisch und bringt ihre Verpackung selbst mit. Sobald das Transportproblem gelöst ist und schnellere, größere Schiffe auf den Weltmeeren unterwegs sind, wird der Bananenhandel ein riesiges Geschäft werden, das garantiere ich dir. Es kann nicht schaden, beizeiten einzusteigen.«

Groeneberg wünschte Hermann beim Abschied viel Glück, riet ihm aber auch zur Vorsicht.

»Vorsicht?«, fragte Hermann. »Wobei denn?«

»Die Massieus sind eine der angesehensten Familien der Insel. Sie wachen mit Argusaugen über ihre Tochter.«

Hermann errötete.

»Glaube nur nicht, dass ihnen eure Zuneigung zueinander verborgen geblieben ist. Es gibt hier im Umkreis von zwanzig Meilen niemanden, der nicht mitbekommen hätte, dass du und Sonia ineinander verschossen seid.«

»Es ist nichts zwischen uns, außer Freundschaft«, behauptete Hermann. Was nicht gelogen war, auch wenn er sich längst viel mehr wünschte.

»Überlege dir die Sache sehr gut, Hermann. Lasst euch Zeit für eine Entscheidung, ihr seid beide noch so jung.«

Hermann schüttelte den Kopf. Weder war Sonia mit ihren zwanzig Jahren besonders jung noch er selbst mit seinen fünfundzwanzig. Aber er verstand, was Groeneberg meinte. Er erinnerte ihn an die Verantwortung, die er übernahm, wenn es zu mehr als nur Freundschaft zwischen ihnen beiden kommen sollte.

Zum Abschied umarmte Groeneberg Hermann wie ein

Vater seinen Sohn. Hermann musste sich eine Träne aus den Augen wischen, doch er schämte sich nicht dafür.

Hermann blieb noch bis Ende September auf La Palma. Als er am 1. Oktober schließlich sein Schiff in Santa Cruz bestieg, war ihm bewusst, dass er sich verändert hatte. Es fühlte sich so an, als sei er hier, mitten im Atlantik, erwachsen geworden. Der Wind blies ihm durchs Haar, als er an Deck stand, während die Schiffssirene das Auslaufen mit einem tiefen, fast traurigen Ton begleitete. Schon kurz nach Groenebergs Abreise war aus der Freundschaft zu Sonia doch mehr geworden. Auf einem ihrer morgendlichen Ausritte war sie beim Absteigen aus dem Steigbügel direkt in Hermanns Arme gerutscht. Überwältigt von dem brennend heißen Gefühl, sie in seinen Armen zu halten, glaubte er in ihrem Blick Einverständnis zu erkennen und näherte sich mit seinen Lippen ihrem Mund. Es war ihr erster Kuss. Ein wenig verlegen sah Sonia aus, als ihre Lippen sich wieder trennten, aber auch glücklich. Sie strahlte geradezu.

Es passierte nicht bei jedem ihrer Ausritte, aber doch oft. Hermann sehnte sich praktisch jede Minute des Tages und der Stunden, in denen er wach lag, nach ihrer Nähe. Manchmal standen sie auch nur eng umschlungen an Sonias Lieblingsplatz mit dem Blick über den Ozean, und er streichelte ihr duftendes Haar, ihre Arme, die Hände, ihren Rücken. Da fing es an, dass ihre Seelen eine ganz enge und innige Bindung eingingen, und die Sehnsucht nach dem Verschmelzen ihrer Körper wuchs von Tag zu Tag. Zumindest war Hermann sich bewusst, dass es bei ihm so war. Mit Sonia traute er sich darüber nicht zu sprechen.

Als der Hafen von Santa Cruz immer kleiner und kleiner wurde und das Schiff sich hinausbewegte aufs offene Meer, dachte Hermann an die Stunde, in der es schließlich passierte.

In der Nacht vor seiner Abreise hatte sich die Klinke seiner Zimmertür lautlos nach unten bewegt, und Sonia war zu ihm in sein Himmelbett geschlüpft. Ihre Leidenschaft war stärker als alle Vorsicht, und weiß Gott, womit sie das Hauspersonal bestochen hatte, damit sie alle zusammen ihren Fehltritt, der doch nur aus Liebe geschah, deckten. Als Hermann im Morgengrauen in Sonias Armen einschlief, dachte er: Dafür musste ich also so viele Meilen hinter mich bringen und sogar fast einen Schiffbruch überstehen. Und er wusste, er würde diese gefährliche Reise, wenn es sein musste, immer wieder riskieren, nur um das zu erleben, was er mit Sonia erfahren durfte. Es war wie ein Wunder, und er konnte nicht genug davon bekommen. Als er am Morgen erwachte, war sie fort. Und als die Familie, seine Gastgeber, ihn verabschiedeten, war Sonia unter ihnen, doch sie hielt den Abstand zu ihm, der sich geziemte, und reichte ihm zum Abschied brav die Hand, während Estéban ihn wie einen Bruder umarmte und ihm auf die Schulter klopfte, bis ihm alles wehtat. Noch während er in Santa Cruz auf das Auslaufen seines Schiffes wartete, schrieb er Sonia einen langen Brief, in dem er alles, was er ihr nachts ins Ohr geflüstert hatte, noch einmal wiederholte und dazu noch alles, was er sich nicht getraut hatte auszusprechen. Er versuchte, seine Gefühle für sie zu beschreiben. Wenn er doch jetzt ein schönes Gedicht zur Hand gehabt oder auswendig gewusst hätte. Aber nichts Fremdes fiel ihm ein, so musste er es selbst formulieren, so gut er eben konnte. Er war Kaufmann, kein Poet, aber sie würde ihn verstehen, da war er sich sehr sicher. Hermann fand den Fuhrbetrieb wieder, der ihn und Groeneberg bei ihrer Ankunft auf die Westseite der Insel gebracht hatte. Gegen einen großzügigen Lohn versicherte er sich, dass sein Auftrag ausgeführt und der Brief Sonia erreichen und ihr diskret übergeben würde.

»Si Dios quiere«, versprach ihm der Kutscher, dem er seinen Brief übergab. »So Gott will.«

Therese hatte den kleinen Teufel immer wieder zurückdrängen können, aber plötzlich war er wieder da, und dieses Mal hatte er sie so lange gepikst, bis sie ihm nachgab. Sie saß im Zug Richtung Rosenheim. Backsteinbauten, Schienen und Baustellen. Überall wurde neu gebaut, es wurden Gleise verlegt, Stellwerke errichtet, immer mehr und immer schneller wuchs die Zahl der Schienenstränge, der Lokomotiven, der geschlossenen und offenen Güterwagen. Man konnte überall die Zeichen dafür erkennen, dass tatsächlich eine neue Zeit angebrochen war. Eine, in der man sich wie auf der Überholspur fühlte und am besten nicht um Vergangenes kümmerte, sondern stets nach vorne blickte, um ja nicht abgehängt zu werden.

Doch der Zug, den Therese nun beschlossen hatte zu besteigen, fuhr in die andere Richtung. Er raste von den modernen Zeiten direkt zurück in die Vergangenheit. Dorthin, wo vor siebzehn Jahren etwas geschehen war, aus dem ein Menschen entstanden war, der bei ihr in der Familie lebte und dem sie jeden Tag ins Gesicht blicken konnte, musste oder durfte, je nachdem in welcher Stimmung und Verfassung sie sich befand. Sie wusste nicht genau, was sie dort tun würde, nur, dass sie jetzt dorthin musste, sich durchfragen musste zur Familie Hartbrunner, um sie dann mit eigenen Augen einmal zu sehen. Vielleicht genügte das ja schon. Therese hätte nicht sagen können, was sie sich eigentlich davon erhoffte. Sie wusste nicht einmal, was sie dieser Frau sagen wollte, wenn sie ihr wirklich begegnete. Vielleicht lebte das damalige Fräulein Louise auch gar nicht mehr in Glonn. Vielleicht war sie krank geworden und vor der Zeit gealtert oder gar verstorben. Wollte sie wirklich wissen, was aus der blutjungen Aushilfskraft von damals geworden war? Ihr Verstand sagte Nein, doch ihre Gefühle widersprachen heftig. Es kämpften zwei Kräfte in ihr, aber der Drang, diese Person aufzusuchen, war zu stark, um sich dauerhaft unterdrücken zu lassen. Wenn Therese nur mehr Klarheit gespürt hätte. Wenn ihre Vernunft diese dumpfen, rückwärtsgewandten Gefühle hätte besiegen können, dann hätte sie die Reise sofort abgebrochen. Sie hing aber zwischen beiden Welten, nicht wach und nicht schlafend, nicht heiß und nicht kalt, und nicht ganz mit beiden Beinen auf der Erde, auf der sie sich sonst so sicher bewegte. Sondern auf einer anderen Ebene ihres Bewusstseins, in der sie sich nicht so richtig zu Hause fühlte. Sie glaubte, keine Wut oder Rachegedanken zu hegen. Sie hatte nur das Bedürfnis, sich von dieser Person selbst ein Bild zu machen, zumindest das.

Berg am Laim, Trudering, Riem, das waren alles eigenständige Gemeinden, durch die die Eisenbahn ratterte, aber irgendwann in nicht ferner Zukunft würden sie alle nach München eingemeindet werden. Alles drängte hinein in die Stadt, und die Stadt ihrerseits streckte ihre Arme weit ins Umland aus. Es war eine kurze Bahnfahrt nach Grafing. Nach dem Umsteigen ging es über fünf Dörfer mit Bahnhofsgebäuden, die einfache Holzhütten waren, nach Glonn. Der Schaffner erzählte ihr, dass die zehn Kilometer lange Eisenbahnstrecke vor ein paar Jahren wegen einer Raupenplage gebaut worden war, die die Bäume bedrohte und die man nicht zu bekämpfen wusste. Man wollte das wertvolle Holz im Ebersberger Forst schlagen, bevor die Raupen des Schmetterlings auch noch die zweite Hälfte des Waldes kaputt machen würden. So schlug man das Holz und transportierte es auf der neuen Eisenbahn fort. Therese konnte sich noch gut an diese Begebenheit erinnern. Es musste ungefähr fünf Jahre her sein. Die gruselig anzusehenden schwarz-weißen Falter flogen damals bis in die Münchner

Biergärten. In den Zeitungen waren Bilder zu sehen gewesen, wie die Falter zwischen den kahl gefressenen Bäumen hindurchflatterten, dass es aussah wie ein Schneegestöber mitten im Sommer.

Der Zug hielt in Glonn. Das Dorf war Endstation der Linie, und Therese musste aussteigen. Es war ein sehr warmer Spätsommertag, und trotz der Unruhe, die Therese in sich trug, bemerkte sie doch, wie gut die Luft auf dem Land war. Sie meinte, das üppige Gras auf den Weiden zu riechen und das Stroh, das als Streu in den offenen Stallungen lag. Ein Pferdefuhrwerk bewegte sich gemächlich über die Dorfstraße, und eine Katze lag unter einem Gartenzaun und ließ sich die Sonne auf den Bauch scheinen. Beim Kirchenwirt erkundigte sie sich nach der Familie Hartbrunner. Das sei der Dorfschmied, sagte man ihr. Sie solle sich Richtung Süden halten, auf die Wiesmühle zu, dann fände sie das richtige Haus. Es war ein kleines zweistöckiges Handwerkerhaus mit flachem Satteldach und verputzten Mauern. Kleiner als die umliegenden Bauernhöfe, aber gepflegt. Fünf, sechs kleine Kinder sprangen vor dem Haus herum. Sie spielten mit Tonmurmeln, von denen die Glasuren abgeplatzt waren, sodass alle dieselbe Farbe, nämlich ziegelrot, hatten. Therese sah sich die Kinder an und konnte nicht anders, als nach Ähnlichkeiten mit Balbina zu suchen.

»Ist eure Mama daheim?«, fragte sie. »Die Frau Hartbrunner?«

»Meine Mama ist da«, sagte eines der Mädchen und deutete auf die offene Haustür. »Bist du aus der Stadt?«

»Ja, ich komme aus München«, antwortete Therese.

»Und was machst du bei uns?«

»Ich wollte deine Mama besuchen.«

»Kennst du meine Mama denn?«

»Ich habe sie vor vielen Jahren kennengelernt«, sagte Therese, »als du noch nicht auf der Welt warst.«

Das Mädchen, blond und mit Sommersprossen, vielleicht fünf Jahre alt, lief ins Haus. Was tue ich nur hier, fragte Therese sich. Doch jetzt war es zu spät, um umzukehren.

Als die Mutter des Mädchens aus dem Haus trat, war Therese überwältigt. Sie schien etwas größer als Balbina, auch kräftiger, das sehr dunkle Haar, aus dem seitlich eine einzelne silberne Strähne herausblitzte, hatte sie in einem Zopfkranz um den Kopf gelegt. Sie trug ein hellblaues Baumwollkleid mit Schürze, und es war genau dieses Blau, das auch Balbina so gernhatte, weil es zur Farbe ihrer Augen passte. Ebendiese Augen sah Therese nun im Gesicht ihrer Mutter, und jeder Zweifel war mit einem Schlag ausgeräumt.

Die Frau des Schmieds trocknete sich die Hände an ihrer Schürze ab. »Grüß Gott«, sagte sie, »was verschafft uns denn die Ehre?« Ein fragender Blick, eine leicht gerunzelte Stirn. Erkannte sie ihre frühere Dienstgeberin wieder? Sie hatten sich damals kaum gesehen vor Thereses Abreise in die Kur.

»Therese Randlkofer«, stellte sie sich vor, »Sie sind einmal bei mir als Aushilfe im Geschäft gewesen, in München. Vor siebzehn Jahren.« Sie reichte ihr die Hand. »Sie sind doch die Louise?«

Die junge Frau wurde blass. »Ist es also endlich so weit«, sagte sie und gab Therese die Hand. Dann bat sie sie ins Haus, schickte ihr Töchterchen, sie hieß Ida, wieder hinaus zum Spielen und kochte Kaffee.

Der Haushalt war ordentlich geführt. Auf der Eckbank in der Wohnküche lagen karierte Kissen für die drei Kinder des Ehepaars. Ein viertes war ihnen mit ein paar Monaten gestorben, wie Louise erzählte. »Und das fünfte«, sagte sie, »ist schon groß und lebt in München.« Ihr Mann war an diesem Morgen auf das nahe gelegene Schloss Zinneberg zum Beschlagen der Pferde gerufen worden. Noch vor der Hochzeit damals hatte sie ihm erzählt, dass sie ein Kind geboren hatte, das nun bei einer Pflegemutter lebte.

»Und Sie haben das Kind all die Jahre nicht ein einziges Mal gesehen?«, fragte Therese. »Wie haben Sie das ausgehalten?«

»So war es ausgemacht, und daran habe ich mich gehalten. Es war alles so gut eingerichtet, und das Wichtigste war doch, dass es dem Kind gut ging. Ich war zu jung damals und hätte es nicht geschafft, es in Liebe großzuziehen. Für mich ist eine Welt zusammengebrochen, als ich von der Schwangerschaft erfuhr. Aber nun ist ja alles gut gegangen. Und wo sollte es ihm auch besser gehen als in München, bei Ihnen?«

»Auch das wissen Sie also«, stellte Therese fest. Anscheinend hatte jeder in diesem Dreieck Anton, Agnes und Louise alles gewusst, nur sie gar nichts.

Louise stellte den Kaffee auf den Tisch und bot Therese ein Stück Apfelstrudel an, der vom Mittagessen übrig geblieben war.

Therese erfuhr von Louise, dass sie nach ihrer Eheschließung noch einmal Kontakt zu Anton aufgenommen hatte. Sie hatte ihn darum gebeten, dass er ihr einmal im Jahr berichtete, wie Balbina sich entwickelte, was sie gern machte, was weniger gern, ob sie fleißig war und gesund. Die ersten Jahre hatte Agnes, Thereses Schwester, die jährlichen Briefe verfasst. Seit Balbina in München lebte, hatte Anton diese Aufgabe selbst übernommen. Jedes Jahr, um den Geburtstag des Mädchens herum, hatte der Glonner Briefträger ihr Post aus München gebracht. Und jedes Jahr hatte Louise schon seit dem Dreikönigstag darauf gewartet.

»Dann war ich also die Einzige, die nichts davon gewusst hat«, sagte Therese. Es klang bitterer, als sie es empfand. Hätte sich alles so friedlich entwickelt, wenn sie Mitwisserin gewesen wäre? Wahrscheinlich nicht.

»Wir Frauen sind halt oft mutiger als die Mannsbilder«,

sagte Louise freimütig und entschuldigte sich gleich dafür. Wie Therese es denn nun erfahren habe, wollte sie wissen.

»Anton ist Ende Februar gestorben. Mit seinem Geständnis hat er aber gewartet bis nach seinem Tod. Er hat mir einen Brief hinterlassen, in dem er mir alles erzählte.«

»Es tut mir sehr leid für Sie. Ihr Mann war ein guter Mensch, auch wenn es für Sie schlimm gewesen sein muss, alles zu erfahren. Es ist doch keinem ein Leid entstanden aus diesem ... Vorfall.« Louise schlug die Augen nieder. »Seit vielen Jahren wünsche ich mir nichts mehr, als dass Sie mir eines Tages diese Jugendsünde vergeben könnten.«

Gib deinem Herzen einen Ruck und mach Frieden, wisperte eine Geisterstimme in Thereses Kopf, vielleicht war es auch kein Geist, nur ihr Herz, das besser wusste, was gut für sie war, als ihr Kopf.

»Es geht mir nicht um Schuld oder Sühne, Louise, mir geht es um meinen inneren Frieden. Balbina ist ein gutes Mädchen, und sie sieht Ihnen sehr ähnlich. Sie werden sie also nicht verleugnen können, wenn sie Ihnen einmal gegenübersteht. Trotzdem, wenn man täglich zusammen im selben Haus lebt, dann gibt es auch einmal Streit, verschiedene Meinungen, die aufeinandertreffen, und ich muss immer die Klügere sein und die Entscheidungen fällen. Manchmal wird es mir auch zu viel, und dann kann schon einmal der Gaul mit mir durchgehen. Und gerecht wäre ich dann nur gern, bin es aber leider nicht immer.«

»Das glaube ich gern, dass es viel für Sie ist, jetzt, wo Ihr Mann nicht mehr da ist. Wer führt denn das Geschäft jetzt weiter?«

»Raten Sie mal, wer«, antwortete Therese. »Aber jetzt ist Schluss mit dem Gejammere.« Sie holte Luft und gab sich einen Ruck. »Also gut, dann soll es jetzt so sein«, seufzte Therese. »Was geschehen ist, ist geschehen, und damit schließen wir jetzt Frieden, alles andere hat ja doch keinen Sinn.«

Louise sprang auf, griff nach Thereses Händen und küsste sie. »Vergelt's Gott, Frau Randlkofer. Ich weiß, dass es Ihnen bestimmt nicht leichtgefallen ist.« Dann holte sie zwei Gläser und ihren selbst angesetzten Johannisbeerlikör aus dem Büfetschrank. Sie stießen »auf die Zukunft« an, und dann musste Therese erzählen, was seit Antons letztem Brief, der dieses Jahr schon Anfang Februar gekommen war, als hätte er geahnt, dass er länger krank sein würde, alles geschehen war. Und Therese ließ nichts aus. Es war wie eine Beichte. Auch nicht die hässliche Szene auf der Beerdigung überging sie, Balbinas Flucht in die Oberpfalz und wie sie sie wieder zurückgeholt hatte, selbst den Grund für Hermanns erste große Geschäftsreise ließ sie nicht unerwähnt. Das war eine Verstrickung, die auch Louise sich nicht hatte vorstellen können.

Als der Schmied nach Hause kam, ein mächtiger, aber gutmütig wirkender Mann mit strubbeligem Haar und Vollbart, lief Louise ihm noch an der Tür entgegen.

»Stell dir vor, Balbina macht eine Lehre als Buchhalterin. Beim Dallmayr!«

»Und wann soll das Kind erfahren, wer seine leibliche Mutter ist?«, fragte ihr Mann und gab Therese die Hand.

»Das Kind hat alles, was es braucht«, antwortete Louise. »Eine Mutter in der Oberpfalz, eine Tante, in deren Haus sie leben darf, einen Beruf, den sie lernt, nette Kollegen im Geschäft, ein feines, sorgloses Leben in der Stadt. Sie ist doch ein Glückskind! Hat sie nette Kollegen, Frau Randlkofer? Eine Freundin? Ihre Tochter vielleicht?«

»Sie ist ganz dick mit Rosa, unserer Buchhalterin, befreundet, einer sehr vernünftigen jungen Frau. Und mit unserem Lehrling Ludwig versteht sie sich auch sehr gut. Meine Tochter Elsa ist ja die Woche über im Internat, die zwei sehen sich nicht so häufig. Aber Paul, mein Jüngster, liebt Balbina heiß und innig, und sie ihn ebenfalls.«

»An ihrem einundzwanzigsten Geburtstag, wenn sie volljährig wird, soll sie die Wahrheit erfahren«, sagte Therese. »So schreibt es auch Anton in seinem Vermächtnis. Entweder erfährt sie es dann von uns, oder der Nachlassverwalter setzt sie über alles Nötige ins Bild.«

»Fünf Jahre noch«, sagte der Schmied und schüttelte ungläubig den Kopf. »Ob das gut gehen kann, wie ihr es euch hier am Küchentisch so schön ausdenkt? Da wäre ich nicht so zuversichtlich. Aber vielleicht kommt euch ja noch ein Zufall zu Hilfe, oder das Schicksal selbst will es anders. Wir werden sehen.«

Louises Mann fuhr Therese im Einspänner zum Bahnhof Grafing, weil der letzte Zug schon abgefahren war. Einen Teil der Last, mit der sie gekommen war, konnte Therese in dem sonnigen Dorf inmitten grüner Felder zurücklassen. Erleichtert fuhr sie zurück in die Stadt.

In dem Moment, als sie aus der Kutsche stiegen, machte der dichte Wolkenschleier vor dem blauen Himmel der Sonne Platz, und die Bavaria schien ihnen von ihrem Sockel herunter mit dem Eichenkranz zuzuwinken. Am zweiten Wiesnsonntag im September waren alle Dallmayr-Mitarbeiter auf das Oktoberfest eingeladen, und Balbinas Herz klopfte ganz unsinnig. Sie hakte sich bei Rosa unter und drückte den Arm ihrer Freundin. Rosa sah sie neugierig an.

»Was hast du denn?«, fragte sie. »Du grinst ja so seltsam vor dich hin, als wärst du schon ein bisschen beschwipst, dabei haben wir ja noch keinen Schluck Bier getrunken. Ist irgendwas?«

»Ach, ich bin einfach grad so glücklich.« Kaum hatte sie es ausgesprochen, wusste sie, dass es wirklich so war, auch wenn sie keinen genauen Grund dafür hätte nennen können. Einmal hatte sie heute an Hermann gedacht, und dass er ihr fehlen würde an diesem Sonntagnachmittag auf der Oktoberfestwiese. Seit seinem Brief vor seiner Abreise nach Hamburg hatte sie keine persönliche Nachricht mehr von ihm erhalten. Es waren nur noch Briefe an die Familie und sie alle gekommen. Ein bisschen tat es freilich weh. Inzwischen war er schon Monate auf seiner Insel. Sie hatten ein paar Briefe bekommen, aber sie waren nicht mehr so ausführlich wie der von der Überfahrt nach Lissabon. Aber er schrieb, dass es ihm gut ging und dass er viel lernte, über den Bananenanbau, den Export, die Kalkulation und das örtliche Gesellschaftsleben. Und es schien, dass er seine freie Zeit genoss, täglich ausritt und in einem hübschen kleinen Hotel untergebracht war. Er hatte Delfine im Meer und einmal sogar einen Wal schwimmen sehen. Wie gern hätte Balbina ihn dort beobachtet in den Bananenplantagen und an den Stränden der Insel. Seine Briefe waren immer sehr lange unterwegs, sie mussten ja auch die mühsame Schiffsreise unternehmen, in den Postsäcken, zwischen der Ladung und den Lebensmitteln für die Matrosen und Passagiere. Balbina dachte mit großer Zuneigung und Zärtlichkeit an Hermann, aber der Schmerz der Trennung brannte längst nicht mehr so heiß wie am Anfang. Er war unterwegs in der großen weiten Welt, aber auch sie empfand ihr Leben so, wie es jetzt war, als großes Abenteuer. Obwohl sie sich kaum aus der Stadt fortbewegt hatte, bis auf ihren Ausflug in die Oberpfalz. Sie lernte jetzt einen Beruf, hatte eine beste Freundin gefunden, teilte mit Ludwig die Leidenschaft fürs Backen und Experimentieren, hatte sich mit Tante Therese ausgesöhnt. Es ging ihr gut, auch wenn zwei wichtige Menschen aus ihrem Leben verschwunden waren, die sie schmerzlich vermisste. Onkel Anton noch mehr als Hermann, denn der würde nie wiederkommen. Hermann war zwar fort, aber nicht aus der Welt. Vielleicht, dachte Balbina, fühlt man sich so, wenn man erwachsen wird. Es war ein gutes Gefühl.

»Was macht dich denn so glücklich?«, fragte Rosa.

»Ach, irgendwie alles«, seufzte Balbina. »Dieses ganze schöne Leben. Uns geht es doch gut, oder?«

Rosa schüttelte den Kopf. »Ich hab dich auch schon anders erlebt, Balbina, und das ist noch gar nicht so lange her. Aber so gefällst du mir viel besser.«

Balbina drückte sich noch näher an ihre Freundin. Am liebsten hätte sie sie in dem Moment geküsst. Einfach so.

»Was habt ihr zwei denn dauernd zu tuscheln?« Ludwig drehte sich zu ihnen um.

»Ach«, sagte Balbina, »wir freuen uns halt. Es ist doch schön, dass Tante Therese uns nun doch alle aufs Oktoberfest eingeladen hat. Sie war sich ja erst nicht sicher, ob sich das schickt, noch im ersten Trauerjahr. Und jetzt, sieh sie dir an, wie stolz sie die ganze Belegschaft anführt. Es macht sie doch selbst auch froh.«

Sie waren zweiundzwanzig Personen. Therese ging mit Paul und Elsa voran, dahinter Korbinian und die anderen männlichen Angestellten, dann kamen die Verkäuferinnen und die beiden Lehrlinge Ludwig und Andreas, der gerade neu angefangen hatte, und als Schlusslichter Rosa und Balbina, die beiden Buchhalterinnen. Alle würden sie auf dem Oktoberfest ihre Maß Bier und ihr halbes Hähnchen bekommen, so wie es auch schon früher war, als Anton noch lebte und die Belegschaft noch etwas kleiner gewesen war. Für Paul gäbe es eine Limonade, und die jungen Leute würden ermahnt werden, nicht über die Stränge zu schlagen, denn so besonders gut das Bier auf der Wiesn schmeckte, so besonders stark war es auch. »Für unsere jungen Leute muss nicht so gut eingeschenkt sein«, hatte Onkel Anton immer zu den Kellnerinnen gesagt. »Für mich schon.«

Es war Sonntagnachmittag, und alle trugen ihr Festtagsgewand. Dirndlkleider sah man nur bei den Bedienungen in den Bierhallen und bei den Verkäuferinnen in den Buden, wo duftende Lebkuchenherzen hingen und gebrannte Mandeln und Magenbrot die Keramikschütten füllten.

Ein Tagpfauenauge flatterte um Ludwigs Kopf herum, der nun wieder vor ihnen lief, und ließ sich auf seinem Hut nieder.

»Unser Ludwig ist halt etwas Besonderes. Er geht als Einziger mit Schmetterling am Hut auf die Wiesn«, lachte Rosa.

Doch Ludwig hörte sie nicht, denn in dem Moment explodierte die Zündkapsel am Hau den Lukas neben ihnen, und der ganze Dallmayr-Zug geriet ins Stocken. Der kräftige Mann, der die Maus mit der Kapsel bis nach oben gejagt hatte, wurde beklatscht und für seinen nächsten Versuch angefeuert. Noch einmal ließ der Aspirant den schweren Hammer auf den Stöpsel niedersausen und die Maus nach oben steigen. Dieses Mal blieb sie jedoch knapp unter dem Ziel hängen und sauste unter »Ooooh«-Rufen wieder nach unten.

»Na, Ludwig, willst du es nicht auch versuchen?«, stachelte ihn eine der Verkäuferinnen an.

Ludwig hob die Arme, um seinen unterentwickelten Bizeps zu zeigen, ließ dann die Unterarme fallen wie ein Hampelmann, schlenkerte damit herum und ließ die Mundwinkel sinken wie ein trauriger Clown.

»Der Korbinian kann's«, rief einer der Männer. Korbinian sah zu seiner Chefin, sie nickte ihm zu. Er legte seine Jacke und den Hut ab, krempelte sich die Hemdsärmel auf und trat hinter die Absperrung. Er fixierte das Ende der Schiene, in der die Maus nach oben schießen sollte, zahlte dann seine zwanzig Pfennige für die ersten drei Versuche und ergriff den Hammer mit beiden Händen. Er hob ihn über Schulterhöhe, nahm Schwung und ließ ihn auf den Stöpsel krachen. Die Maus sauste nach oben, die Zündkapsel explodierte mit lautem Knall. Balbina hielt sich zu spät die Ohren zu, dann fiel sie in das Klatschen und Johlen der anderen ein. Der Schausteller kündigte laut den zweiten Versuch des »Korbinian Fey von der Firma Dallmayr in der Dienerstraße« an. Wieder sauste der Hammer nieder und traf den Stöpsel sicher und präzise. Und ein drittes Mal ebenso.

»Wer nimmt es mit Korbinian, dem Schrecklichen, auf?«, fragte der Schausteller in die Runde. »Wer traut sich? Wo sind die starken Männer?« Er überreichte Korbinian eine Papierrose, die dieser galant seiner Chefin überreichte. »Wo hast du das bloß gelernt, Korbinian?«, fragte die Reitmeier. »Du bist doch kein Schmied.«

»Wenn du wüsstest, wie viele Pfosten für Weidezäune ich in meiner Jugend eingeschlagen habe«, antwortete Korbinian. »Als Pfosteneinschläger bin ich durch ganz Nieder- und Oberbayern gezogen.«

»Jetzt hast du dir deine Maß aber verdient«, sagte Therese. »Also, auf zum Schottenhamel.«

Girlanden aus Latschenkiefern schmückten den Eingang zum Festzelt, die Fassade war einer gemauerten Burg mit Turm und Türmchen nachempfunden. Das Festbier wurde in Keferlohern, Maßkrügen aus grauem Steingut, ausgeschenkt. Die eigentliche Sensation im Schottenhamelzelt in diesem Jahr befand sich allerdings über den Köpfen der Gäste.

»Schaut mal da rauf«, sagte Ludwig zu Balbina und Rosa.

»Ja und?«, fragte Balbina und entdeckte nichts Besonderes.

»Alles elektrisch«, sagte die Kellnerin und zeigte auf die Lampen, die von der Decke des Festzelts hingen. »Wir sind das erste Bierzelt auf dem Oktoberfest, das elektrisch beleuchtet wird.«

»Und wer hat die Installation gemacht?«, fragte Therese.

Die Kellnerin deutete auf ein Reklameschild an der Wand. »Elektrotechnische Fabrik J. Einstein & Cie« war darauf zu lesen.

»Einstein. Sind das Münchner?«, fragte Therese.

»Freilich«, antwortete die Kellnerin. »Die Fabrik ist in der Lindwurmstraße. Sie hätten wahrscheinlich auch gern so eine Beleuchtung im Geschäft, Frau Randlkofer.«

»Das wär schon was für den Dallmayr.«

»Der Bertl, also der Sohn von der Firma Einstein, ist grad noch da, weil er noch etwas reparieren hat müssen. Soll ich ihn vorbeischicken, wenn er fertig ist?«

»Gern«, antwortete Therese, und eine halbe Stunde später kam ein junger Mann mit einem dicken schwarzen Schnauzbart an den Tisch. Er stellte sich als Albert Einstein vor. Therese lud ihn auf ein Bier ein und ließ ihn zwischen ihr und Elsa Platz nehmen. Er begann gleich, ihnen das Prinzip der elektrischen Bogenlampen zu erklären und über die nötigen Maßnahmen zur Einrichtung der elektrischen Beleuchtung zu fachsimpeln. Elsa hörte ihm sehr interessiert zu und stellte kluge Fragen. Das blaue Kleid mit dem Matrosenkragen, das sie trug, stand ihr hervorragend. Sie sah jung und überaus reizend aus. Das schien auch dem jungen Einstein nicht zu entgehen. Nach der Elektrik redete er über die Schweiz, wo er die Naturwissenschaften studieren wollte, sobald er sein Abitur bestanden hätte. Das Einzige, was dem noch im Wege stand, waren die modernen Sprachen, von denen er das Französische geradezu hasste. Elsa bot ihm an, ihm Nachhilfeunterricht zu erteilen. In dem kleinen Techtelmechtel, das Balbina und Rosa aus nächster Nähe beobachten konnten, passierte es dem jungen Einstein, der für einen Physikus erstaunlich ungeschickt mit seinem Maßkrug hantierte, dass er ihn fast umstieß und das Bier herausschwappte und auf Elsas Kleid landete.

Am Tisch entstand eine große Aufregung, jeder wollte Elsa zu Hilfe kommen und der arme junge Elektriker entschuldigte sich tausendfach. Währenddessen spürte Balbina plötzlich, dass ihr jemand unter dem Tisch gegen das Schienbein trat. Sie sah auf und begegnete Ludwigs Blick, der mit dem Kopf zum Ausgang deutete. Er ging voraus. Balbina wartete ein paar Minuten und schlich sich ebenfalls davon. Rosa wusste Bescheid und rückte einen Platz weiter, um die Lücke zu schließen.

Sie trafen sich draußen am Eingang.

»Schiffschaukel?«, fragte Ludwig. Balbina nickte und strahlte über das ganze Gesicht. Er nahm ihre Hand und zog sie durch die Menschenmenge mit sich fort. Vorbei an einer Wurfbude, wo man mit Bällen auf verbeulte Konservendosen zielen konnte, und einem Irrgarten aus Glas, aus dem die Betrunkenen ohne fremde Hilfe nie mehr hinausfinden würden. Vor einem Varietétheater, in dem »die dicke Elvira«, die angeblich dickste Frau der Welt, präsentiert wurde, stand ein kleinwüchsiger Mann in Frack und Zylinder und lockte die Besucher in das Zelt. Beim Schichtl wurde eine Extra-Galavorstellung mit noch nie da gewesenen Sensationen angekündigt und als Höhepunkt die »Enthauptung einer lebendigen Person mittels Guillotine«.

»Möchtest du vielleicht vorher noch schnell enthauptet werden?«, fragte Ludwig.

»Nein, ich möchte lieber mit Kopf in die Schiffschaukel. Sonst sehe ich ja nichts.«

Balbinas Röcke flatterten, je schneller sie sich bewegten, und ihr Haar löste sich mit jedem Meter, den sie höher kamen, mehr aus dem Knoten, der im Nacken mit ein paar Haarklammern gehalten wurde. Doch alles, was jetzt zählte, war dieses aufregende Kitzeln im Bauch, der angenehme Schwindel, der ihren Kopf erfasste. Balbina fühlte sich leicht wie ein Vogel, schwerelos flogen sie durch die Luft und konnten sich die Menschen und Zelte, die Fahrgeschäfte, Fressbuden und Sensationstheater von oben ansehen. Sie schaukelten höher und höher, bis sie den Anschlag erreichten, der die maximale Höhe und den Überschlag verhinderte. Dabei hätten sie so gern den

Schwung ausgenutzt, um hinüberzufliegen, einmal und noch einmal und ein drittes Mal.

Sie schaukelten ganz lang, länger als alle anderen. Balbina hoffte schon, dass man sie vergessen hätte, doch irgendwann zog dann doch einer der Schausteller die Bremse, und mit jeder Berührung der Schaukel wurden sie langsamer und kamen schließlich zum Stehen. Sie stiegen aus und liefen zurück zum Zelt, vorbei an einem der ambulanten Fotografen, der Ludwig ansprach und ihm zum Spezialsonderpreis ein Porträtfoto zur Erinnerung aufschwatzte. Es ginge auch ganz schnell, weil er über eine der modernsten Kameras verfüge, die derzeit weltweit erhältlich seien. Balbina verdrehte die Augen, aber Ludwig verhandelte noch ein bisschen über den Preis und sagte dann zu. Der Fotograf schlüpfte unter die Abdeckung seiner Ziehharmonikakamera und dirigierte sie mit den Händen an die richtige Position. Dann machte er ihnen ein Zeichen, dass sie näher zusammenrücken sollten. Ludwig legte den Arm um Balbina und sah sie an. »Wie ein verliebter Uhu«, dachte Balbina. Sie schlüpfte schnell unter seinem Arm durch, stellte sich mit etwas Abstand neben ihn, und als der Fotograf rief, sie sollten sich jetzt nicht mehr bewegen, schnitt Balbina eine Grimasse. Das Magnesiumpulver wurde entzündet und beleuchtete grell die hereinbrechende Dämmerung. Die elektrische Beleuchtung in den Außenbereichen der Wiesn war noch nicht eingeschaltet.

»Wahrscheinlich sitzt der Einstein Bertl immer noch bei unserer Elsa und trocknet ihr Kleid, statt sich um die Beleuchtung zu kümmern«, sagte Ludwig und ahmte dessen ungelenke Bewegung mit dem Maßkrug nach.

Balbina lachte. So gefiel Ludwig ihr viel besser. Für einen verliebten Uhu war er doch noch viel zu jung.

V

November 1897 bis März 1898

»Ach, da ist es ja wieder.« Während Görres näher an das Bild trat, um es genau zu betrachten, strich er sich immer wieder mit Daumen und Zeigefinger über seinen gepflegten Vollbart.

Der Maler fand diese Geste seines Galeristen irgendwie indiskret, fast lüstern. Er konnte ihm nicht länger dabei zusehen, wie er seinen Bart liebkoste.

»Danke, dass du mir das Geld geliehen hast, es bei der Wirtin im Café Stefanie auszulösen. Ich gebe es dir zurück, sobald ich von zu Hause wieder etwas geschickt bekomme.«

»Wieso?« Albert Görres drehte sich zu ihm um. »Ich dachte, dein alter Herr hat dir eröffnet, dass er dich nicht weiter bei deinen unfruchtbaren Studien unterstützen wird, wenn du nicht bald Erfolge vorweisen kannst. Hast du mir doch selbst erzählt, als wir vor ein paar Tagen bei Kathi Kobus saßen«, sagte Görres.

Er sah sich in dem schäbigen Atelier im Hinterhof der Heßstraße um. Kalt war es hier, die Fensterscheiben waren schmutzig und altersschwach. Das machte den kleinen Raum düster und unbehaglich. Ein Atelier, das diesen Namen nicht verdiente. Eher war es ein Schuppen oder ein Verschlag, wären da nicht die Staffeleien, Leinwände und Bilder von Sigmund und dem ein oder anderen Malerkollegen gewesen.

»Du könntest das Atelier untervermieten, ich meine, so lange, bis du wieder flüssig bist.«

»Untervermieten? An wen denn?«

»An eine der vielen Damen, die an den privaten Malschulen Unterricht nehmen. Es sind nicht alles verkrachte Existenzen wie die Gräfin. Unter ihnen gibt es auch Wohlhabendere.«

»Wenn jemand Geld hat, findet er etwas Besseres als das hier.«

»Dann eine, die nicht ganz so vermögend ist, dafür auch mit dem Staublappen und Wischmopp umgehen kann. Dann sähe es hier auch gleich etwas freundlicher aus.«

»Ach, Albert«, seufzte der Maler. »Soll ich malen oder putzen?«

»Malen natürlich. Ich kann dir die einmalige Chance bieten, einige deiner Bilder im Glaspalast auszustellen.«

Görres wandte sich den anderen Bildern zu, die an der Wand lehnten. Er hob eines davon hoch, trug es an die Fensterfront, betrachtete es im Zwielicht. Es war sehr dunkel gehalten, in Grau- und Schwarztönen.

»Was soll denn das sein?«, fragte der Galerist.

»Der Viktualienmarkt am Aschermittwoch«, antwortete der Maler.

»Aschermittwoch? Wieso Aschermittwoch?«

»Weil alle Leute an diesem Tag Fisch kaufen. Einmal im Jahr gibt es auf dem Markt diese langen Fleischbänke, auf denen die Fische ausgenommen und für die Küche vorbereitet werden. Es ist alles bleigrau dort und es herrscht, je weiter der Tag fortschreitet und die Sonne den Frost aufweicht, ein unbeschreiblicher Gestank. Das alles habe ich versucht, in diesem Bild zu erfassen. Gefällt es dir?«

»Ein bisschen düster vielleicht, aber kein schlechtes Bild. Du bist ein guter Maler, Sigi, und kannst noch ein viel besserer werden. Aber jetzt musst du einfach mehr Bilder verkaufen, um leben zu können und bekannt zu werden. Du musst dir einen Namen machen, der bei den Leuten hängen bleibt.«

»Und du willst ja schließlich auch etwas verdienen mit mir«, sagte der Maler.

Von jedem Bild, das Görres von ihm verkaufen würde, bekäme er die Hälfte des Erlöses. Viel Geld für einen armen Schlucker wie Sigmund Rainer, aber so lief nun einmal das Geschäft.

»Natürlich«, antwortete der Galerist. »Wenn es einem von uns gut geht, geht es dem anderen auch gut. Und wir wissen beide, dass es uns bisher ziemlich schlecht ging, weil du fast nichts verkauft hast.«

»Oder du hast nichts verkauft«, erwiderte Sigmund Rainer, »schließlich ist das Verkaufen deine Aufgabe, meine ist das Malen.«

»Nein, Moment, falsch gedacht. Ich bringe dich in die Ausstellung. Ich weiß, was die Kunden wollen, und ich weiß, was du in der Lage bist zu liefern. Deshalb kann ich dir auch genau sagen, was du malen sollst. Und ein professioneller Kunstmaler hält sich an die Empfehlungen seines Galeristen, soweit er über einen solchen verfügt. Und dieses Glück hat längst nicht jeder. Nur Genies und Versager dürfen malen, was sie wollen. Die brauchen keinen Galeristen und keine Hinweise auf den Markt und die Kundenwünsche. Entweder haben sie einen Namen, wie unser verehrter Malerfürst Franz von Lenbach, dann kaufen die Leute alles, worauf er seine Signatur setzt. Der Versager hat entweder genügend Geld für sein Hobby, oder er sucht sich irgendwann einen anderen Beruf.«

Der Maler war aufgestanden und hatte einem Regal an der Rückwand eine Flasche Sherry entnommen, den Korken gezogen, am Inhalt der Flasche gerochen und ihn für gut, zumindest trinkbar befunden. Mit einem Lappen wischte er zwei Gläser aus und schenkte ihnen ein.

»Auf die Ausstellung«, sagte Görres.

»Welche meiner Bilder möchtest du ausstellen?«, fragte der Maler.

»Das hier«, sagte der Galerist, ohne noch einmal zu überlegen, und zeigte auf Elsas Porträt. »Es ist sehr zart gemalt, richtig anrührend. Das Mädchen scheint gerade aus ihrer Kindheit zu erwachen wie aus einem Traum und sich sein Erwachsenwerden vorzustellen. Das Kindliche steckt noch in diesem Blick, der ohne Argwohn ist. Ihr Körper ist schon der einer Frau, etwas kantig noch, aber gerade deshalb ausgesprochen reizvoll. Du hast diesen süßen, vergänglichen Augenblick des Wandels, der Metamorphose sehr gut erfasst, Sigi. Und der Betrachter sieht sie wie durch deine Augen. Man kann gar nicht anders, man muss sie einfach begehren, diese Kindfrau.«

Der Maler sah ihn erschrocken an. Es war ihm nicht bewusst, dass genau dies in seinem Bild steckte und sich so offen mitteilte. Er dachte, er hätte das alles für sich behalten und einfach nur ein Porträt gezeichnet, nach der Natur.

»Wie heißt denn dieses Modell?«, wollte der Galerist wissen.

Sigmund Rainer schüttelte den Kopf. »Sie ist kein Modell«, antwortete er. Den Namen würde er Görres niemals nennen. Es wäre ihm wie Verrat vorgekommen.

»Du kennst sie also näher?«, fragte Görres. »Jemand aus der Familie?«

Der Maler schüttelte wieder den Kopf. »Ich möchte das Bild nicht ausstellen«, sagte er schwach.

»Aus Rücksicht auf das Mädchen?«, fragte Görres. »Das ehrt dich, Sigi, aber du kannst es dir leider nicht leisten, Bilder aus privaten Gründen zurückzuhalten. Wir haben einen Vertrag, wenn ich dich daran erinnern darf. Natürlich kannst du ihn kündigen. Ich kann dich nicht zu deinem Glück zwingen, das ist klar. Aber warst nicht du derjenige, der unbedingt ausgestellt werden wollte? Deshalb bist du doch zu mir gekommen, und ich habe dich angenommen, nachdem ich mich von deinem Talent überzeugen konnte. Du wolltest deinem alten Herrn beweisen, dass du als Künstler leben und Geld verdienen kannst. Dass man deine Werke sieht und dafür bezahlt, dass man sie sich zu Hause ins Wohnzimmer oder in die Bibliothek hängen kann. Schon vergessen?«

»Es sind genug andere Bilder hier im Atelier. Such dir so viele aus, wie du möchtest, nur dieses bitte nicht. Ich kann nicht, ich darf es nicht tun. Ich habe ihr versprochen, dass es zwischen uns bleibt, dass sie es bekommen wird, wenn es fertig ist.«

»Ich will aber kein anderes, Sigi. Ich sage dir, dieses Porträt wird Aufsehen erregen, genau dieses, und nicht deine bleigrauen, stinkenden Fische auf den langen Holztischen mit den dicken Marktfrauen, die ihnen die Flossen absäbeln. Mach meinetwegen noch mehr Bilder von diesem Mädchen, deren besondere Aura du so gut einfangen kannst. Lass sie verträumt an einem Teich, auf einer kleinen Brücke stehen. Lass sie Blumen in eine Vase ordnen, lass sie auf einer Decke in der Wiese sitzen, mit einem Picknickkorb vor sich und einem Baum in der Nachbarschaft. Nimm Licht dazu und Farbe und bleib bei deiner modernen, flüssigen Pinselführung. Lass ihr auch im Tageslicht das Kantige und diese unfassbare Jugend, den Moment des Erwachens und des Sich-seiner-selbst-Bewusstwerdens. Das wollen die Leute sehen, da bin ich mir sehr, sehr sicher. Und zieh ihr wenn möglich nicht allzu viel an. Diese spitzen Schultern, die Schlüsselbeine, die so scharf hervortreten, das ist, ich würde fast sagen ergreifend, Sigi. Das ist große Kunst, wie es dir gelungen ist, all das so unmittelbar und natürlich, völlig überzeugend darzustellen. Daran kann niemand vorbeigehen, ohne sich berühren zu lassen. Nicht der gröbste Klotz. Du wirst sehen, dass ich recht behalte. Ich täusche mich selten mit meinen Vorhersagen. Nur deshalb konnte ich in meinem Metier überleben, glaub mir. Und das ist wahrlich kein leichter Beruf, bei dem einem die Geldscheine nur so zufliegen. Die Schultern des Mädchens müssen unbedingt nackt bleiben.«

»Damit wird das Fräulein aber nicht einverstanden sein.«

»Sigi, soll das ein Scherz sein?« Görres hielt dem Maler sein Glas hin und ließ sich noch einmal nachschenken. »Seit wann fragt der Maler sein Modell, wie er es malen soll? Also nein, das kannst du jetzt nicht ernst gemeint haben.«

»Sie ist kein bezahltes Modell, wie oft soll ich es dir noch sagen?« Sigi wollte gar nicht daran denken, was Elsa sagen würde, wenn er sie fragte, ob er das Bild auf einer Ausstellung zeigen dürfe. Er wusste, dass sie niemals damit einverstanden wäre.

»Aber sie hat dir offensichtlich erlaubt, sie zu malen, sonst gäbe es ja das Bild überhaupt nicht. Sie ist dir also eine Weile Modell gesessen. Denn ausgedacht hast du dir dieses Gesicht nicht, da bin ich mir sicher. Es lebt, es gehört zu einem echten Menschen, dem ich in der Straßenbahn, im Café Luitpold oder am Sonntagnachmittag im Hofgarten begegnen könnte. Ich weiß ja nicht, wo du sie aufgetrieben hast, und es geht mich auch nichts an. Sie hat es dir erlaubt, und darum gibt es nun dieses Gemälde. Sie ist aber nicht seine Besitzerin. Sie hat es nicht bestellt, sie hat keine Anzahlung geleistet für dein Material und die Stunden, die du daran gesessen hast. Also jetzt sei bitte nicht kindisch. Mach in diesem Stil weiter, und wir schaffen etwas zusammen. Sigmund Rainer – der Maler der geheimnisvollen Kindfrau, nennen wir sie Marie, Fanny oder Lina. Vertreten durch die Galerie Görres in der Kurfürstenstraße, Schwabing. Na, wie klingt das?«, fragte Görres selbstgefällig.

»Falsch«, antwortete der Maler. »Es klingt einfach nur falsch.« Er kippte seinen Sherry auf Ex. »Wieso muss es ausgerechnet dieses eine Bild sein? Ich verstehe es immer noch nicht. Es gibt andere, schau dich doch um.«

»Darauf soll ich dir eine Antwort geben, ja? Dabei kennst du sie längst, Sigi. Dieses Bild hast du mit echter Hingabe, ja womöglich mit tief empfundener Liebe oder Zuneigung und mit Begehren gemalt. Und genau das spürt jeder, der das Bild betrachtet. Diese Hingabe rührt den Betrachter bis ins Herz. Und zeig mir den, der sich nicht hingeben will an die Schönheit, an die Jugend, an ein Mädchen wie dieses.« Wieder strich Görres sich mit Spinnenfingern über seinen verdammten Bart. »So musst du malen, Sigi, und die Leute werden dir deine Bilder aus der Hand reißen. Der Preis spielt dann überhaupt keine Rolle mehr.«

Der November war ungewöhnlich mild in diesem Jahr. Am 27. November hatte es ganze zwölf Grad. Ein starker Föhnwind aus den Alpen zauberte die wundersamsten Wolkenkringel auf den Himmel über München und bescherte den empfindlicheren Naturen heftige Kopfschmerzen. Es war einer der Tage, an denen man vom Turm des Alten Peter die Zugspitze erkennen konnte, flankiert von einer Schar von weiß beschneiten Bergrücken, als läge der höchste Berg Deutschlands vor den Toren Münchens. Wie lange war es her, dass Therese mit Anton dort oben gewesen war? Zehn Jahre? Fünfzehn? Zwanzig? Heute wäre so ein Tag gewesen, an dem es sich gelohnt hätte, die dreihundert Stufen des Turms emporzusteigen. Therese dachte nicht ernsthaft daran, es wieder zu tun. Seit Anton nicht mehr lebte, hatte sich vieles verändert. Die Arbeit war mehr geworden, doch das war keine Überraschung. Das hatte sie gewusst, als sie sich auf das Abenteuer einließ, Chefin zu werden ohne ihren Mann an der Seite, ohne alles mit ihm durchsprechen zu können, ohne sich auch einmal bei ihm anlehnen und ausruhen zu können. Er fehlte ihr, und sie spürte es eigentlich jeden Tag. Nicht nur, wenn es irgendwo Probleme gab. Auch wenn sie sich über einen besonders guten Geschäftsabschluss mit einem Lieferanten oder üppige Bestellungen vom Hof besonders freute. Sie belieferten seit Neuestem auch die königliche Hofproviantkammer mit Schinken und Wurstspezialitäten, Fisch und Meeresfrüchten, mit Südfrüchten, feinen Konfitüren, speziell einer englischen Orangenmarmelade, die, so hieß es, der Prinzregent und seine Tochter besonders schätzten. Therese von Bayern hatte in diesem Jahr von der Philosophischen Fakultät der Universität München die Ehrendoktorwürde für ihre Verdienste als Geografin erhalten. Die Prinzessin machte Expeditionsreisen, forschte über Pflanzen und Tiere in exotischen Weltgegenden und lebte überhaupt fast so frei wie ein Mann. Sie war immer noch unverheiratet und würde es wohl auch bleiben. Erst kürzlich hatte Therese einen Bericht über ihre Reisen nach Südamerika in den *Münchner Neuesten Nachrichten* gelesen.

Rosa Schatzberger, die Buchhalterin, klopfte und trat in Thereses Büro.

»Warum schleichst du denn herein wie ein geprügelter Hund, Rosa? Bringst du etwa schlechte Nachrichten?«

Rosa legte den Poststapel auf Thereses Tisch, blieb stehen, suchte nach den passenden Worten.

»Es ist doch hoffentlich niemand gestorben?«, fragte Therese. Es sollte ein Scherz sein, aber sie forschte nun doch in Rosas Gesicht nach einer Reaktion. »Bist du über Nacht stumm geworden?«

»Nein, aber ich überbringe halt auch lieber bessere Nachrichten als schlechtere«, antwortete Rosa und wusste nicht, wohin mit ihren Händen. »Aber gestorben ist keiner. Und wir versuchen es einfach weiter, oder?«

»Eine Absage also. Von wem?«

»Aus Berlin«, antwortete Rosa. »Vom deutschen Kaiserhaus.«

»Dann waren wir mit unserem Ansinnen etwas zu früh dran für das Haus Hohenzollern«, sagte Therese und versuchte sich ihre Enttäuschung nicht anmerken zu lassen. »Da haben wir ein wenig zu forsch agiert. Und vielleicht auch eine Spur zu hochmütig, kann das sein? Und der Hochmut kommt doch bekanntlich vor dem Fall.«

»Der Kaiserhof war für den Augenblick vielleicht noch zu hochgegriffen«, gab Rosa zu. »Dafür werden die Bestellungen aus der Hofproviantkammer in der Münchner Residenz immer mehr«, sagte Rosa. »Und neulich gab es eine Bestellung aus Schloss Fürstenried. Wir beliefern jetzt auch König Otto.«

»Der aber leider nur auf dem Papier Regent ist. In Wirklichkeit fristet er ein armseliges Leben in Fürstenried und muss durchgehend medizinisch betreut werden. Was für eine Tragödie.«

»Ja, da haben Sie recht«, sagte Rosa, »aber auch König Otto, sein Hofstab, seine Ärzte und Pfleger müssen versorgt werden. Und alles andere als eine hervorragende Qualität kommt für einen König, auch wenn er gemütskrank ist, nicht infrage«, stellte Rosa geschäftstüchtig fest.

Therese wunderte sich ein wenig über ihre Nüchternheit, aber sie passte zu einer Buchhalterin mit Leib und Seele, wie Rosa eine war.

»Und dann sind da ja auch noch die Prinzen Leopold, Arnulf, Ludwig Ferdinand, Alfons und Georg Siegfried«, zählte Rosa den halben Stammbaum der Wittelsbacher auf. »Außerdem noch der Großherzog von Luxemburg und der Fürst von Thurn und Taxis in Regensburg. Sie alle haben schon einmal bei uns eine Bestellung aufgegeben, und wir arbeiten daran, sie zu Stammkunden zu machen.«

»Dann können wir auf den Kaiser ja noch leicht verzichten. Ist es das, was du mir sagen möchtest, Rosa?«

»Der Kaiser entkommt uns schon nicht.«

Kurz darauf stand Rosa schon wieder bei ihr in der Tür, doch diesmal mit leeren Händen.

»Was gibt es denn noch?«

»Da ist eine junge Dame im Laden beim Einkaufen, die nach Ihnen gefragt hat. Sehr elegant ist sie und eine richtige Schönheit.« Rosa wirkte ganz verlegen. »Hätten Sie kurz Zeit?«

»Eigentlich nicht.« Therese stand auf und warf einen Blick in den Spiegel. Mit »sehr elegant« konnte sie im Augenblick nicht dienen, dafür mit gediegenem und dezentem Auftreten, wie es sich für eine Geschäftsfrau gehörte.

Als sie in den Laden trat, wusste Therese sofort, welche junge Dame Rosa gemeint hatte. Sie war nicht nur hübsch und elegant, sie war angezogen, als käme sie direkt aus Paris. Beige, wollweiß, altrosa, ein Traum in Wolle, Seide und Tüll. Sehr schick, sehr kostspielig und mit sehr viel Geschmack ausgewählt. Ihre Einkäufe waren schon an der Kasse gesammelt, sie stand aber noch mit Ludwig an der Schokoladentheke und ließ sich von ihm einige Kostproben auf einem kleinen Silbertablett reichen. Da fiel ihr ein Stückchen Blätterkrokant aus der Hand. Sie wartete ab, bis Ludwig sich beflissen nach dem Stückchen bückte, es aufhob und weglegte, um ihr sogleich ein neues anzubieten. Dabei beobachtete Therese, wie Ludwig etwas aus seiner Schürzentasche rutschte. Auch die Dame hatte es bemerkt und sah neugierig darauf. Es war eine Fotografie, und Ludwig bückte sich sofort, um sie aufzuheben.

»Nein, was für ein Zufall«, flötete die Dame. »Entschuldigen Sie meine Indiskretion, aber genau dieses junge Fräulein, das auf der Fotografie mit Ihnen zusammen abgebildet ist, suche ich eigentlich. Wegen ihr bin ich überhaupt hier.«

»Balbina?«, fragte Ludwig, rot wie ein Krebs im heißen Wasser.

»Ja, genau, Fräulein Balbina, Ihre … Kollegin? Sie arbeitet doch hier?«

Nun trat Therese näher. Ludwig hatte das Foto in seiner Tasche verschwinden lassen. »Guten Tag, wie können wir Ihnen helfen, gnädiges Fräulein?«

»Gestatten, ich heiße Bürkel, Eleonore, ich bin Schauspielerin am Residenztheater, vielleicht haben Sie schon von mir gehört? Sind Sie die Frau Dallmayr?«

»Ich heiße Randlkofer, aber ja, ich führe hier die Geschäfte.«

»Ja, wie interessant. Das hat Fräulein Balbina mir schon erzählt. Wir sind uns einmal zufällig vor dem Erbshäuser begegnet, und sie war so nett, meine Torte zu retten. Ich habe versprochen, ihr Freikarten zu überlassen. Jetzt bin ich endlich hier. Doch anscheinend ist das Mädchen gerade nicht im Geschäft?«

»Wo ist sie denn?«, fragte Therese Ludwig.

»Mit Paul beim Einkaufen«, antwortete Ludwig und nahm langsam wieder seine normale Gesichtsfarbe an.

»Können wir ihr denn etwas ausrichten, Fräulein Bürkel?«

Die Dame zog zwei Theaterkarten aus dem Biedermeier-Beutel, der von ihrem Handgelenk baumelte.

»Wenn Sie ihr einfach die beiden Karten geben würden von mir und ihr sagen, dass sie unbedingt kommen soll am nächsten Samstag. Es sind sehr gute Karten, zweite Reihe. Es wäre sehr schade, wenn da eine hässliche Lücke bliebe. Vielleicht kann sie ja den jungen Mann hier mitnehmen, wenn sie schon mit ihm so nett auf dem Oktoberfest war?«

Therese ahnte, was sie sehen würde, wenn sie Ludwig ansah, und sie behielt recht. Leuchtend rote Ohren, aber auch ein sehr stolzes Grinsen im Gesicht.

»Was wird denn gespielt?«, fragte Therese.

»*Die Räuber* von Friedrich Schiller«, antwortete die Bürkel. »Ich spiele die Amalia von Edelreich.«

»*Die Räuber*?« Therese runzelte die Stirn. »Ich weiß nicht, ob das für unsere jungen Leute gerade das Richtige ist.«

»Gerade für die jungen Leute«, ereiferte sich die Bürkel wie auf Kommando. »Schiller war selbst erst zwanzig, als er das Stück schrieb. Und seine Ballade um die zwei ungleichen Brüder, um Gut und Böse, kann uns heute noch zu Tränen rühren.«

»Na gut, ich werde Balbina die Karten geben, sobald sie zurück ist. Haben Sie vielen Dank. War denn alles zu Ihrer Zufriedenheit hier bei uns?«

»Es war ein Vergnügen bei Ihnen einzukaufen, Frau Dallmayr. Ich habe es sehr genossen.« Sie wandte sich an Ludwig. »Wenn Sie mir noch ein wenig von dem Blätterkrokant einpacken, würde mich das überglücklich machen.«

»Sehr gern«, murmelte Ludwig und füllte eine Konfektschachtel mit dem Krokant.

Als die Schauspielerin mit ihrem verschnürten Paket das Geschäft verlassen und Ludwig ihr noch eine Droschke gerufen hatte, bat Therese ihn zu sich ins Büro.

»Habe ich etwas falsch gemacht?«, fragte er.

»Nein, nein, du machst das schon ganz richtig mit den Kunden. Besonders die Damen finden dich sehr charmant, sogar dein häufiges Erröten.«

Ludwig trat von einem Fuß auf den anderen.

»Mach dir nichts draus«, riet Therese ihm. »Irgendwann wird das auch wieder verschwinden. Das wächst sich aus.«

»Sind Sie sicher?«, fragte Ludwig. Er grinste.

»Du bist doch ein echter Lausbub.« Therese schüttelte den Kopf. »Wenn du über dich selbst lachen kannst, wirst du es am schnellsten überwinden. Und wenn nicht, ist es auch nicht schlimm. Die Damen finden das sympathisch. Das weckt so einen Beschützerinstinkt in ihnen. Dann wollen sie dir etwas Gutes tun und kaufen eben noch etwas mehr ein, als sie vielleicht vorhatten.«

»Gut für das Geschäft«, antwortete Ludwig, »aber nicht gut für mich. Ich meine, also, eher privat.«

»Ach so. Ja, da weiß ich auch nicht, was ich dir raten soll.«

»Aber deswegen haben Sie mich ganz bestimmt nicht herzitiert. Wenn Sie …«

»Wenn ich was?«

»Wenn Sie selbst mit Balbina ins Theater gehen wollen … also ich will mich nicht vordrängeln. Ich war eh noch nie in einem Theater, und wahrscheinlich ist mir das nur wieder alles so peinlich, und ich bringe Balbina dann auch noch in Verlegenheit.«

»Jetzt hör aber auf, Ludwig. Das ist doch jetzt ein ganz falsches Bild, das du von dir zeichnest. Du gehst zum Herrn Reiter ins Café Victoria und sagst ihm, was in seinen Torten fehlt, das macht kein Feigling. Nur mit den Damen, da hast du halt noch zu wenig Erfahrung, deshalb passiert es dir da manchmal. Und gerade deshalb, Ludwig, gehst du natürlich ins Residenztheater. Es wird Zeit, dass du dich auch an Orte traust, wo es für dich nicht so leicht ist, deinen Mann zu stehen. Und zwar mit Balbina, denn auch da hast du womöglich ein bisschen Nachholbedarf. Da könntest du jetzt übrigens gleich wieder rot werden. Na?«

Aber Ludwigs Schaltzentrale sah offenbar keinen Anlass zum Erröten. Nicht einmal unter dem prüfenden Blick seiner Chefin. Unberechenbar war das.

»Warum ich dich hergebeten habe. Kann ich diese Fotografie einmal sehen, die dir vorher aus der Tasche gefallen ist?« Therese streckte die Hand aus.

Ludwig zögerte. Er gab das Bild nicht gern aus der Hand.

Das Foto war auf dem Oktoberfest aufgenommen. Ludwig und Balbina, Arm in Arm. Balbina zog eine Schnute, aber es war ein nettes Bild der beiden.

»Gut«, sagte Therese. »Das wird beschlagnahmt.« Sie legte das Bild auf ihren Schreibtisch.

»Frau Randlkofer …«, protestierte Ludwig.

»Es wurde während eines Betriebsausflugs aufgenommen, zu dem ich euch eingeladen hatte, also könnte man sagen, es steht mir auch ein wenig zu. Nein, im Ernst, Ludwig, ich hätte das Bild wirklich sehr gern. Gibt es nur dieses eine Exemplar, oder hast du mehrere bei dem Fotografen bestellt?«

»Es gibt zwei«, sagte Ludwig zögerlich. »Meines, also das da, und ein zweites, das ich Balbina schenken wollte.«

»Und warum hast du es ihr noch nicht geschenkt?«

»Ich warte noch auf die passende Gelegenheit.«

»Dann hast du zu lange gewartet«, sagte Therese. »Vielleicht kannst du ja noch einmal welche nachkaufen. Ich bezahle dir das Bild natürlich.«

Ludwig war verunsichert. »Also gut. Ich schaue nächste Woche bei dem Fotografen vorbei, ob ich noch einen Abzug bekommen kann«, gab er schließlich nach. Aber recht war ihm die ganze Sache nicht.

Therese sah die große Frage in seinen Augen: Was will die Chefin mit meinem Foto?

»Hier hast du fünf Mark, Ludwig, dann kannst du Balbina am Samstag in der Theaterpause auf ein Glas Sekt einladen, auf ein ganz kleines Glas aber, gell? Nicht über die Stränge schlagen.«

Damit war die Unterredung beendet, und Therese behielt das Foto. Beim Hinausgehen warf sie einen Blick auf Ludwigs Ohren. Allenfalls ein wenig abstehend, von der Farbe her völlig unauffällig.

Noch war nicht Dezember, aber die Weihnachtsvorbereitungen liefen bereits auf Hochtouren. Auch die Kunden fingen jetzt, viel später als die Kaufleute, allmählich an, sich damit zu beschäftigen, wie sie die Festtage verbringen würden, ob sie Gäste hätten, ob es dasselbe Festessen geben sollte wie immer, der Karpfen, die Ente am Fünfundzwanzigsten, die Würstchen mit Kartoffelsalat wie üblich am Abend des Vierundzwanzigsten, wenn keine Zeit war zum Kochen, weil man mit den Kindern zum Krippenspiel und später zur Christmette in die Kirche ging. Auch der Verleger Wirtensohn, einer von Thereses Stammkunden, begann, sich Gedanken zu machen, zumal dieses Jahr auch der Verlobte seiner ältesten Tochter zum Weihnachtsessen eingeladen war. Da sollte es schon etwas Besonderes geben, wenn auch nicht zu protzig, das war ihm wichtig. Bodenständig, münchnerisch, nicht zu sehr »verkünstelt«, wie er sich ausdrückte, aber deshalb auch nicht provinziell. Therese erriet ziemlich genau, was er meinte. Sie ließ sich noch etwas über die Vorlieben des Hausherrn, seiner Gattin und der beiden Töchter erzählen und ob er vielleicht auch etwas über die Lieblingsspeisen des zukünftigen Schwiegersohns wüsste. Sie erfuhr, dass der Vater des jungen Mannes ein Universitätsprofessor aus Frankfurt am Main war, aber der Sohn ein deftiges Essen nicht verachtete und großen Wert darauf legte, die lokalen Eigenheiten und Spezialitäten im Königreich Bayern kennenzulernen. Weshalb Wirtensohn auf jeden Fall ein Weißwurstfrühstück an einem der Feiertage eingeplant hatte. Er werde gleich vorbestellen, denn die Würste von Dallmayr seien doch die besten in ganz München. Therese ließ ihn reden, hörte zu und fragte nach, bis sich ein Bild in ihrem Kopf abzeichnete mit einer Speisenfolge, die zum Haushalt des Verlegers und seinen Gästen am besten passte. Sie schlug ihm vor, bei einer bewährten traditionellen Hauptspeise zu bleiben, und das Raffinierte sich mehr in der Vorspeise und der Nachspeise entfalten zu lassen. Als der Verleger sich in seinen Wünschen erkannt fühlte und Zustimmung signalisierte, zog sie Papier und Bleistift aus der Tasche und ging daran, Nägel mit Köpfen zu machen. Der Herr Verleger würde gut zuhören, das Wasser würde ihm im Mund zusammenlaufen und dann würde sie ihm versichern, dass sie sich um alles Nötige kümmern würde. Sie würde ihm eine Zutatenliste für fünf Personen und eine entsprechende Einkaufsliste zusammenstellen, schon mit den damit harmonierenden alkoholischen Getränken und den Zigarren für die Herren. Und sie würde ihm alle nötigen Zutaten für den 24. Dezember vormittags zehn Uhr zusammenstellen und fertig machen zum Abholen oder sie ihm frühmorgens liefern lassen.

Wirtensohn lächelte und fühlte sich schon jetzt rundum versorgt und sicher, das Richtige zu tun. »Dann schießen Sie mal los«, forderte er sie auf.

»Also.« Therese schrieb mit. »Als Vorspeise schlage ich Reh mit Maronenmousse vor. Dafür nehmen wir Rehmedaillons, aus den besten und zartesten Teilen der Rehkeule geschnitten. Verziert werden die Medaillons mit je einer Mandarinenspalte und einer halbierten Walnuss.«

»Maronenmousse?«, fragte Wirtensohn irritiert. »Unsere Köchin hat an den Feiertagen frei, sie fährt zu ihrer Familie nach Deggendorf. Und meine Frau, also ob sie so etwas kann?«

»Das bereite ich Ihnen gern schon kochfertig vor. Bei mir gelingt die Mousse immer.« Therese meinte es nicht als Scherz, sondern zu seiner Beruhigung. »Ihre Gattin muss es nur noch aufwärmen und die Rehmedaillons damit bestreichen und garnieren. Das wird ihr sicher gelingen. Und es weiß ja keiner, dass sie das Mousse nicht selbst gekocht hat. Zubereitet hat sie es ja.«

Wirtensohn lächelte. So macht man Männer glücklich, dachte Therese.

»Als traditionell bayerisches Hauptgericht schlage ich einen Gänsebraten vor, mit einer feinen Apfelfülle, dazu Blaukraut, das in Frankfurt bestimmt Rotkraut heißt, und zweierlei Knödel, nämlich Semmel- und Kartoffelknödel. Dazu die feine Ganserlsoße.«

»Himmlisch«, kommentierte Wirtensohn.

»Wie das Kraut am besten gewürzt wird und wie lange es kochen soll, das schreibe ich Ihrer Gattin noch auf. Als Nachspeise schlage ich etwas Leichtes vor, eine italienische Pannacotta, die ist nicht so fett wie Schlagrahm, aber sehr fein. Mit einer leichten Fruchtsauce, eingemachte Aprikose oder Pfirsich vielleicht, das harmoniert geschmacklich und farblich auch sehr gut. Die kann ich Ihnen ebenfalls vorbereiten, wenn Sie möchten.« Dankbares Nicken aufseiten des Kunden. »Dazwischen, damit wir noch eine französische Note mit reinbringen, eine Käseplatte mit französischem Brie und was unsere Lieferanten alles noch Schönes aus Frankreich zu uns bringen bis Weihnachten. Dazu ein paar Fläschchen Wein, rot zum Reh, rot oder weiß zur Gans, wie es den Herrschaften beliebt, ein Dessertwein zum Käse und zur Pannacotta oder danach eine Tasse feinsten äthiopischen Kaffees von unserer Rösterei aus Hamburg. Wäre das so recht?«

»Das klingt wunderbar, Frau Randlkofer. Ich glaube, so können wir uns sehen lassen bei dem Herrn Assessor aus Frankfurt. Es hat mir einfach keine Ruhe gelassen. Meine Josephine ist nicht so erfinderisch, was die Küche betrifft. Wenn die Köchin nicht da ist, ist sie immer so hilflos. Dann kommt sie über das Bekannte und hundertmal Gegessene einfach nicht hinaus. Aber Sie schon!«

»Sonst hätte ich meinen Beruf verfehlt, lieber Herr Wirtensohn. Ich schreibe mir noch schnell das Menü ab und die Personenzahl, damit ich mich um alles kümmern kann. Sollte Ihre Frau Gemahlin Einwände oder weitere Wünsche haben, kann sie jederzeit bei mir vorbeikommen, und wir passen das Menü entsprechend an.«

»Danke. Auch wenn ich nicht davon ausgehe, dass es so weit kommt«, sagte Wirtensohn. »Ich denke, sie wird begeistert und vollkommen glücklich sein, dass wir uns da ganz in Ihre Hände begeben können.«

Aus den Augenwinkeln sah Therese ihren Freund von Poschinger den Laden betreten. Auch er hatte sie gleich entdeckt. Sie nickten sich zu.

»Noch so ein Strohwitwer, der in Küchendingen Beratung braucht?«, fragte der Herr Verleger.

»Seine Frau verbringt ihre Zeit am liebsten bei der Schneiderin und Friseurin, wenn sie in München ist, er im Dallmayr«, antwortete Therese.

»Das kann ich absolut verstehen«, versicherte Wirtensohn.

Doch von Poschinger hatte heute anderes im Sinn, als sich durch Ludwigs Schokoladevorräte zu probieren.

»Ich wollte Sie heute entführen und zum Mittagessen einladen.« Von Poschinger war ganz aufgekratzt. Und vielleicht auch ein bisschen nervös, ob Therese ihm einen Korb geben würde. Es war schließlich das erste Mal, dass er etwas Derartiges vorschlug. »Also, wie ist es, Hunger?«

»Hunger schon, aber …« Sollte sie die Einladung annehmen? Sie zögerte. Es war schließlich das erste Mal seit über zwanzig Jahren, dass ein Mann sie zum Essen einlud.

»Wenn einem im November ein so schöner Tag geschenkt wird, muss man einfach raus.«

»Also gut«, sagte Therese schnell, bevor sie es sich anders überlegen konnte.

Sie sprach kurz mit Korbinian Fey, gab noch bei Rosa Schatzberger Bescheid, dass sie ein, zwei Stunden auswärts wäre, und ließ sich Jacke und Hut aus der Wohnung bringen. Dann spazierten sie wirklich los, Therese an von Poschingers Arm, auch das eine ungewohnte Vertraulichkeit. Wahrscheinlich war es nicht schicklich für eine Witwe. Sie war eine bekannte Persönlichkeit in der Altstadt. Doch von Poschinger war ebenfalls kein Unbekannter. Er war ein Ehrenmann, und Therese allmählich über das Alter hinaus, wo man verdächtigt wurde, jemandes unsittliches Verhältnis zu sein.

»Wohin gehen wir eigentlich?«, fragte Poschinger. »Es wirkt so, als hätten wir ein bestimmtes Ziel. Darf ich es auch erfahren?«

»Überraschung«, antwortete Therese. Sie wandten sich vom Marienplatz zum Alten Rathaus und bogen dort nach rechts ab.

»Auf den Viktualienmarkt entführen Sie mich?«

»Bist du in guter körperlicher Verfassung, Michael?« Therese fand, dass es Zeit wurde, dass sie sich endlich duzten.

Poschinger grinste. »Was hast du mit mir vor?«

»Nichts, wofür du dich hinterher schämen müsstest, hoffe ich.«

Sie bogen zum Petersberg ab. Am Eingang zum Kirchturm des Alten Peter bezahlte Therese den Eintritt für zwei Personen.

Poschinger lachte. »Schaffe ich das? Wie viele werden es denn noch?«, keuchte er nach den ersten zwanzig Stufen.

»Dreihundert«, antwortete Therese. »Sag ruhig, wenn du eine Pause brauchst.«

Der Ismaninger Schlossherr brauchte keine. Bevor ihr selbst trotz des gemächlichen Tempos die Luft ausging, waren sie oben. Ein kräftiger Föhnsturm riss an ihren Kleidern, von Poschinger nahm seinen Hut ab, und Therese hielt ihren, der mit einer Handvoll Hutnadeln gut befestigt war, mit der Hand fest.

»Wer legt jetzt wem München zu Füßen?«, rief Poschinger gegen den Wind an.

»Die Stadt selbst legt sich uns zu Füßen«, antwortete Therese. »Schau, wie klein die Marktstände dort unten wirken, wie in einem Puppenhaus.«

»Und vor der gewaltigen Bergkette am Horizont schrumpft die ganze Stadt zu einem Spielzeugladen.«

»Mir ist die Stadt lieber als die Natur, so gewaltig sie auch sein mag«, sagte Therese. »In der Stadt ist es auch nicht so kalt, und man ist nie allein.«

»Das stimmt. Vor allem, wenn man mittendrin ist in ihren Eingeweiden und die Leute sich die Türklinke in die Hand drücken von früh bis spät. Wann warst du das letzte Mal hier oben?«, fragte Poschinger.

»Ich kann mich nicht einmal mehr erinnern.«

»Und wieso gerade jetzt?«

»Ich hatte heute Morgen bei den milden Temperaturen so eine ganz blasse Erinnerung an diesen einmaligen Blick, und dann hast du plötzlich im Laden gestanden, und alles hat sich zusammengefügt wie …«

»Wie bei einem Mosaik.« Poschinger nahm Thereses Hände in seine und drückte sie. »Danke, dass du mich heute entführt hast, obwohl ja eigentlich ich dich entführen wollte, nämlich zum Mittagessen. Hunger habe ich übrigens immer noch.«

Therese lächelte und machte sich an den Abstieg. Nach den ersten zwanzig Stufen hörte sie ihren Freund Poschinger etwas murmeln.

»Was sagst du?«, fragte sie.

»Ich überlege gerade. Vor wie vielen Jahren hätten wir uns begegnen müssen, damit etwas aus uns hätte werden können?«

»Was für einen Unsinn du redest, Michael«, antwortete Therese. »Aus dir ist doch was geworden, und aus mir auch.«

»Aus dir schon«, knurrte Poschinger.

Therese drehte sich zu ihm um und strich ihm mit der Hand zärtlich über die Wange. »Jetzt sind wir hier auf dem Turm, du und ich. Und wir haben die dreihundert Stufen geschafft. Dafür sollten wir dankbar sein. Das ist doch jetzt das Einzige, was zählt.«

»Das und mein Hunger«, sagte Poschinger.

Vom Petersbergl gingen sie ein paar Schritte hinüber ins Tal und über die Straße zum Schneider Weißbräu, setzten sich in die Gaststube, die »Schwemme« hieß, aber längst nicht so groß war wie die im Hofbräuhaus. Sie bestellten Weizenbier, und

Therese empfahl ihrem Freund Poschinger eines der Kronfleisch-Gerichte, die für die Münchner Gastronomie besonders typisch waren. Als Poschinger erfuhr, dass es sich beim Kronfleisch um das Zwerchfell des Rindes handelte und darüber hinaus alle Innereien vom Herz über die Lunge bis zu den Stierhoden einschloss, entschied er sich doch lieber für ein Schnitzel mit Kartoffelsalat.

»Ich werde im neuen Jahr für einige Monate zurück nach Niederbayern gehen«, sagte Poschinger nach dem Essen. »Vielleicht auch länger. Die Torfbahn ins Moos und das Geschäft mit dem Torfstich braucht mich nicht ständig. Aber die Glasfabrik in Zwiesel, die verlangt nach meiner leitenden Hand. Gut, dass du mich noch im Schloss in Ismaning besucht hast mit den Kindern. Es war übrigens mein schönster Geburtstag, aber das weißt du ja.«

»Es war auch für mich und die Kinder ein sehr schönes Wochenende«, versicherte Therese ihm.

»Mit der Klitsch-Einöde geht es übrigens stetig bergab. Du erinnerst dich an den Hof im Moos?« Therese nickte. »Es würde mich nicht wundern, wenn dieses Gut irgendwann zum Verkauf stünde.«

»Aber wer kauft einen Hof mit einem solchen Namen?« Therese trank ihr Bier aus.

»Den Namen kann man doch leicht ändern«, meinte Poschinger. »Daran sollte es nicht scheitern. Der Besitzer ist ein unsteter Mensch, er trinkt zu viel und schafft es einfach nicht, einen guten Betrieb daraus zu machen. Das muss ein anderer anpacken, der etwas versteht von der Sache und auch über ein wenig Geld zum Investieren verfügt. Und dieser neue Besitzer kann dem Gut auch einfach einen neuen Namen geben. Was Schönes, Romantisches.«

»Irgendwas, worin der Name des bezaubernden Flüsschens vorkommt«, sagte Therese.

»Du meinst die Goldach?«

»Ja, dort, wo diese Vermessungslinie durchläuft.«

»Die Base de la Goldach.«

»Genau. Vielleicht Hof an der Goldach.«

»Oder Goldachhof«, schlug Poschinger vor. »Das klingt doch vielversprechend.« Dabei nahm er Thereses Hand und küsste sie.

»Aber Michael, wir sind doch Freunde«, protestierte Therese.

»Wer sagt, dass man einer Freundin nicht die Hand küssen darf? Ich danke dir für diesen wunderbaren Mittag, liebe Therese. Auch wenn ich nicht verstehen kann, wie man als Feinschmecker so schlechtes Fleisch essen kann.«

»Es ist nicht schlecht«, widersprach Therese. »Es kommt allein darauf an, wie man es zubereitet. Selbst aus einem Zwerchfell kann man eine Delikatesse machen.«

Poschinger schüttelte den Kopf. Dann begleitete er Therese zurück ins Geschäft und machte seine Einkäufe.

Für Weihnachten gab er noch eine Extrabestellung Pralinen bei Ludwig auf. »Für meine Frau«, behauptete er.

Doch Therese und Ludwig sahen sich nur an und grinsten. Sie waren sich ziemlich sicher, wer diese Pralinen verspeisen würde.

Nach seiner Landung konnte es Hermann gar nicht schnell genug gehen, ins Telegrafenamt am Stephansplatz zu kommen. Das Telegramm an seine Mutter war knapp und schnörkellos.

ANKOMME MÜNCHEN 5. DEZEMBER MIT 200 KISTEN BANANEN. WERBUNG SCHALTEN, VERKAUF AB 8. HERMANN HAMBURG

Während der Überfahrt auf dem Schiff hatte Hermann immerzu an »seine« Insel zurückdenken müssen, an »seine« Sonia, »seine« mit Antiquitäten ausgestattete Unterkunft mitten in den Bananenplantagen, an den kräftigen Wind, die Atlantikwellen, die gegen die schwarzen Strände anstürmten. Kaum war er in Hamburg an Land gegangen und hatte seine Muttersprache wieder gehört, wenn auch in einer ganz anderen Färbung und Melodie als in seiner Münchner Heimat, schon fühlte er sich endlos weit weg von jenem Eiland, wo er sein Glück gefunden hatte. Die Frage, wie es nun weitergehen sollte, verbot er sich fürs Erste, denn sie war zu groß für ihn. Stattdessen würde er kleine Schritte machen, immer einen nach dem anderen.

Als er bei der Einfahrt in den Hamburger Hafen an Deck gegangen war, hatte ihm eine eiskalte Bö so viel Regen ins Gesicht gepeitscht, dass er erst einmal nach Luft schnappen und sich mit einem Taschentuch das Gesicht trocknen musste. Dann war die imposante Speicherstadt wie eine Fata Morgana in der Wüste aufgetaucht. Und fast sofort hatte er an sie denken müssen, die schöne Inés mit ihrer Kaffeerösterei in einem der Kontorhäuser. Gleich darauf war ihm auch der Abend bei Pfordte eingefallen, der ihm immer noch die Schamesröte ins Gesicht trieb. Seine Unpässlichkeit zur Unzeit, Inés' Verschwinden und wie schlecht er sich dabei gefühlt hatte, schlecht und schuldig. Er hatte sich vorgenommen, dass er, falls genügend Zeit in Hamburg sein sollte, sein Malheur wiedergutmachen wollte. Wie, das wusste er noch nicht genau, aber irgendwas würde er sich einfallen lassen. Jetzt musste er ohne seinen Mentor und Beschützer Groeneberg zurechtkommen. Es würde mindestens noch einen Tag dauern, bis die ganze Fracht gelöscht war und die Bananenkisten von seinem Dampfschiff auf die Eisenbahn umgeladen werden konnten.

Hermann ließ sich zum selben Hotel bringen, in dem er mit

Groeneberg logiert hatte, machte sich frisch, ließ Hemd und Hose aufbügeln und besorgte einen Strauß weißer Chrysanthemen.

Er fand in seinem Gepäck diesen weichen Hut mit dem schwarzen Band, den er bei Pfordte und danach nie wieder getragen hatte, und setzte ihn auf. Er sah aus wie damals, als er hier angekommen war, und doch war er im letzten halben Jahr ein anderer geworden.

Er betrat das Backsteingebäude mit der Kaffeebörse, stieg die Treppen hinauf, vorbei an dem Café vor dem Auktionssaal mit den drei Weltuhren. Er näherte sich dem Stockwerk, in dem das Kontor von Inés lag. Er entfernte das Papier von seinem spektakulären Blumenstrauß und wollte eben an der Tür klopfen, als er bemerkte, dass sie einen Spalt geöffnet war. Er überließ sich seiner Neugierde und gab der Tür nur einen kleinen Schubs, der den Spalt etwas vergrößerte, so weit, dass Hermann sie dort sehen konnte.

Inés stand, mit dem Rücken zur Tür, den Kopf mit dem langen dunklen Haar nach hinten geneigt. Sie war an den Körper eines Mannes geschmiegt, der einen Arm um sie gelegt hatte und sie leidenschaftlich küsste. Hermann trat einen Schritt zurück, beschämt über seine Neugier. Er wandte sich zur Treppe, ging ein Stockwerk tiefer, setzte sich an einen der Tische des Cafés und bestellte sich eine Tasse Kaffee. Die gewünschte Sorte und Röstung konnte er nicht angeben, er wollte einfach nur Kaffee und etwas Schokolade dazu. Die Blumen legte er auf den leeren Stuhl neben sich, er wusste nun nichts mehr damit anzufangen. Erst der Kaffee brachte sein Gehirn wieder zum Laufen, und er konnte sogar schmunzeln über die Situation.

Du musst verstehen, dass Inés einen Ruf zu verteidigen hat. Hatte Groeneberg ihm nicht genau das gesagt, als er bei Pfordte zurück an ihren Tisch zurückgekommen war? Wenn Inés da wirklich etwas zu verteidigen hatte, dann war ihr gerade ein grober Fehler unterlaufen. Noch dazu bei geöffneter Tür. Es lag ihm fern, sich darüber zu erheben. Er schüttelte eher über jenen Hermann den Kopf, der vor ein paar Monaten im nagelneuen Anzug, einem Hemd mit Klappkragen und einem lächerlichen Hut hier erschienen war und sich einen Bären hatte aufbinden lassen. Er hatte sofort die Schuld auf sich genommen und alles geglaubt, was Groeneberg ihm erzählt hatte.

Hermann hatte seine zweite Tasse Kaffee bestellt, als er herunterkam. Der blonde Haarschopf war noch ein wenig zerzaust, der Krawattenknoten gelockert. Als er Hermann dort sitzen sah, starrte Georg Edelmann, der Sohn der Plantagenbesitzer aus Mexiko ihn an, als erblickte er ein Gespenst.

»Was machen Sie denn hier?«, fragte Edelmann.

»Ich bin auf dem Heimweg zurück nach München und wollte mich nur noch verabschieden«, antwortete Hermann. »Wollen Sie sich nicht setzen? Kaffee?«

Georg Edelmann schüttelte den Kopf. »Ein Glas Rum vielleicht. Jamaica, bitte.« Er setzte sich, sah die Blumen ausgepackt auf dem Stuhl liegen, und Hermann konnte sehen, wie es hinter seiner hohen Stirn arbeitete. »Dann kommen Sie jetzt von den Kanaren zurück?«, fragte er. »Wie hat es Ihnen dort gefallen?«

»Gut«, sagte Hermann, »sehr gut sogar. Ich habe eine halbe Schiffsladung Bananen mitgebracht. Und wenn ich sie heil bis nach München bringe und unsere Kunden sie mögen, dann werden wir vielleicht selbst auch Plantagenbesitzer.«

»Dann wünsche ich viel Glück mit Ihrer heiklen Fracht! Die Amerikaner sind ja ganz wild auf Bananen. Sie organisieren den Anbau und den Transport, als führten sie einen Krieg.«

»Auf der Afrikalinie von den Kanaren nach England funktioniert es auch schon einigermaßen gut«, sagte Hermann. »Mal sehen, in welchem Zustand ich meine Fracht nach Hause bringe. Und Sie? Mussten Sie beruflich schon wieder nach Hamburg?«

»Nein, dieses Mal war es mehr privat. Meine Großmutter ist verstorben. Ich kam zur Testamentseröffnung nach Hamburg. Es geht um den Familiensitz, eine Villa in Ohlstedt. Jemand muss dieses Erbe antreten und sich um das Haus kümmern. Meine Frau ist mitgekommen. Sie will alles umgestalten lassen, Kinderzimmer einrichten und all solchen Kram.« Er kippte seinen Rum.

Edelmann sah desolat aus. Er tat Hermann fast leid.

»Mein Beileid«, sagte er. »Und die Kaffeeplantagen?«

»Das wird nicht ohne mich gehen, aber die neuen Dampfschiffe werden ja auch immer schneller, irgendwann werden diese Reisen ein Klacks und nicht mehr diese Strapazen, die sie heute noch sind.« Edelmann wirkte gehetzt, und Hermann konnte sich vorstellen, in welchem Zwiespalt er lebte, nicht nur räumlich, sondern auch ganz persönlich. Und darum beneidete er ihn nicht.

»Tja, ich muss dann auch wieder«, sagte Edelmann und rief den Kellner.

»Ich bitte Sie, Sie sind mein Gast«, sagte Hermann ganz weltmännisch. Das hatte er sich bei seinem Lehrmeister Groeneberg abgeschaut. »Sollten Sie einmal in den Süden reisen, dann kommen Sie doch bei uns vorbei«, lud er Edelmann ein. »Merken Sie sich nur den Namen Dallmayr, jeder Münchner Kutscher kennt den Weg zu uns. Ich würde mich sehr freuen.«

»Danke, das mache ich, auch wenn mir mein Leben im Moment nicht sehr viele Freiheiten bietet.«

Edelmann erhob sich, Hermann ebenso. Sie gaben sich die Hand zum Abschied.

»Entschuldigen Sie«, murmelte der Hamburger Kaufmann, »heute ist irgendwie kein guter Tag.« Damit wandte er sich zur Treppe und war fort.

Hermann bezahlte, nahm sein Bouquet und klopfte an Inés' Tür. Er überreichte der verblüfften und auch nicht mehr ganz so perfekt zurechtgemachten Inés seine Blumen und entschuldigte sich für sein Verhalten bei Pfordte. Er habe wohl mit dem Alkohol nicht aufgepasst und die Ratschläge von Mijnher Groeneberg zu wenig beherzigt.

»Seien Sie unbesorgt«, antwortete Inés, und endlich entspannten sich ihre Züge ein wenig und das Funkeln kehrte in ihre schwarzen Augen zurück. »Ich habe mich selbst nicht wohlgefühlt an dem Abend, ich glaube fast, es war von allem Guten doch zu viel.«

»Ja, das kann sein.« Hermann nickte. »Ich möchte von Ihrem Röstkaffee einige Säcke mitnehmen, wenn ich morgen oder spätestens übermorgen nach München abreise. Vielleicht drei oder vier verschiedene Röstungen und Mischungen, damit wir eine Verköstigung im Laden machen können unter den Kaffeeliebhabern. Wäre es möglich, dass Sie mir heute noch etwas zusammenstellen, sodass ich es bei der Bahn aufgeben kann? Den Lieferschein unterzeichne ich gerne sofort, und die Rechnung können Sie mit der Ware mitliefern. Sie haben mein Wort, dass mit der Bestellung alles in Ordnung ist.« Hermann diktierte ihr die Lieferadresse und ihre Telegrammadresse, falls es Nachfragen geben sollte.

Zum Abschied küsste Inés Hermann links und rechts auf die Wange. Ihre Haut duftete nach Mandeln, und ihr seidig glänzendes Haar nach Kaffeebohnen.

»Es scheint, als hätte ich zwei Herren mit Ihrem Namen kennengelernt.« Inés sah Hermann in die Augen. »Im Frühling diesen sehr jungen Hermann, der aufbrach, um die Welt zu bereisen. Und den anderen, der im Winter wiederkam und einiges gesehen und erlebt haben muss da draußen. Es muss viel Schönes dabei gewesen sein.«

Hermann suchte nach Worten, die am besten beschrieben,

was er erlebt hatte auf seiner langen Reise. Aber Inés schüttelte ganz leicht den Kopf.

»Das Schönste«, sagte sie, »behält man am besten für sich. Dann kann es einem keiner mehr nehmen.«

Ins Theater, zu Schillers *Räubern*. Sie waren tatsächlich auf dem Weg ins Residenztheater, an dem Balbina schon so oft vorbeigelaufen war, zu dem Säulengang am Ende der breiten Treppe hinaufgesehen und sich vorgestellt hatte, wie es wäre, in einem festlichen Kleid dort hinaufzuschreiten, die Röcke anhebend, um nicht zu fallen, eine Schleppe hinter sich herziehend wie einen Wasserfall aus Seide oder Samt. Als sie die Stufen jetzt vor sich sah, empfand sie jedoch eher Panik. Sie klammerte sich noch fester an Ludwigs Arm, dem es vielleicht auch nicht viel anders ging als ihr selbst.

Droschken drängten sich am Fuß der ausladenden Freitreppe eng aneinander. Es waren so viele, dass die Warteschlange bis zur Maximilianstraße hinausreichte. Sie konnte eine Parade von Ballkleidern, Pelzcapes, Hutkreationen, bei denen Balbina der Mund offen stehen blieb, verfolgen. Verbeugungen der Herren, geraffte Röcke, Garderoben, die ein Vermögen gekostet hatten.

»Hast du die Karten eingesteckt?«, fragte Ludwig nervös. Balbina nickte.

»Denk dir einfach, es ist ein Spiel«, sagte sie plötzlich und drückte Ludwigs Arm. »Wir sind zu Hause und spielen nur, dass wir zusammen ins Theater gehen. Wir spielen, dass wir ein Paar sind. Sagen wir, wir sind verlobt. Du bist der Sohn des Grafen von Poschinger und ich die Tochter des Herrn Gesandten von …« So spontan fiel ihr gerade kein Name ein.

»Von Kieselstein«, sagte Ludwig, ohne eine Miene zu verziehen.

»Kieselstein?« Balbina gluckste.

»Elfriede Gertrude Amalie von Kieselstein«, sagte Ludwig, und Balbina schlug sich die Hand vor den Mund, um nicht laut loszulachen. »Du kannst mich Otto August nennen.« Ludwig grinste über das ganze Gesicht und schüttelte seinen verkrampften linken Arm kräftig durch. Dann nahm er Balbinas Hand. Das mochte sich zwar nicht schicken, aber als Otto August von Poschinger konnte er darauf pfeifen.

Sie blieben unter dem Denkmal mitten am Platz stehen und beobachteten die Ankunft der Droschken, die eine nach der anderen wie Gondeln am Fuß der Freitreppe anlegten. All die feinen Herrschaften ließen sich natürlich ins Theater fahren, auch wenn sie gleich nebenan wohnten. Fußgänger waren eigentlich gar nicht vorgesehen. Ludwig und Balbina suchten sich einen Weg zwischen den Pferden und Kutschen hindurch, um zum Einlass zu gelangen.

Als sie das Foyer betraten, schickte Balbina Ludwig mit ihren Jacken und Hüten zur Garderobe und ging sich frisch machen. Vor den großen Spiegeln prüfte sie den Sitz ihres Kleides. Sie hatte es von Elsa geliehen, aber es hatte für sie umgearbeitet werden müssen. Die Schneiderin hatte den Saum gekürzt, die Schultern etwas verschmälert und am Oberteil musste sie noch etwas Stoff zugeben, sonst wäre Balbina während der Vorstellung erstickt. Das schwarze Samtkleid war schmal geschnitten und hatte eine kleine Schleppe. Das Oberteil war über der Taille innen mit Fischbein verstärkt. Der Clou des Kleides war jedoch die breite Halskrause aus schwarzem Tüll, die am Saum des Ausschnitts festgenäht war, und die Tüllspitze, die die Ärmel vom Ellbogen an bis auf den Unterarm verlängerten und trompetenförmig auseinanderflossen. Dazu trug Balbina lange Handschuhe in einem Farbton, der zwischen resedagrün und grau changierte, denn die Schneiderin hatte behauptet, Handschuhe seien für eine feine Abendgarderobe Pflicht, und sie müssten immer einige Nuancen heller sein als die Garderobe selbst. Den eigentlichen Blickfang aber bildete das goldene Collier mit der wie in einem Blütenkelch gefassten Perle, das sie an dem Abend zum ersten Mal trug. Es war das Collier von Heiden, das Onkel Anton ihr zum Geburtstag geschenkt hatte. Zu Hause hatte es niemand gesehen, weil sie einen Schal darübergelegt hatte. Doch den Schal hatte Ludwig mit in die Garderobe genommen und nun glänzte das Schmuckstück an Balbinas Hals, dass sie meinte, jeder müsste davon Notiz nehmen. Die Damen um sie herum waren jedoch ganz mit ihren Frisuren, den Bändern und Blüten, die sie in ihre Coiffure eingearbeitet hatten, beschäftigt. Vor den Spiegeln wurden Wangen getätschelt, Lippen bemalt und Nasen gepudert.

Als Balbina zurückkam, wartete Ludwig schon auf sie. In seinem geliehenen Gehrock mit den gestreiften Hosen sah er tatsächlich aus wie ein junger Herr.

»Otto August, Ihren Arm«, sagte Balbina.

»Was für eine wunderbare Kette, Gnädigste«, antwortete er. »Ich bin geblendet von Ihrer Schönheit.«

Untergehakt gingen sie zu ihrem Eingang, und ein Saaldiener führte sie zu ihren Plätzen.

»Gut, dass wir ein Theaterstück sehen werden und keine Oper«, flüsterte Balbina.

»Wieso?«, fragte Ludwig.

»Die Schneiderin hat behauptet, für die Oper hätte ich ein Ballkleid mit Dekolleté anziehen müssen. Für das Schauspiel dagegen genügt ein hübsches Kleid mit Handschuhen, zumal, wenn wir Plätze im Parkett haben. In den Logen wäre das wiederum anders. Schrecklich, was man alles wissen muss, wenn man sich in der feinen Gesellschaft richtig bewegen will.«

»Also ich hätte nichts gegen so ein Dekolleté gehabt«, gestand Ludwig. »Ich meine, von dir.«

Balbina kniff ihn in die Seite, und er verzerrte schmerzvoll das Gesicht. Der Pausengong ertönte, und die Reihen füllten sich. Es raschelten die Röcke, es roch nach einer Mischung aus Parfüm und Schweiß. Die Herren verbeugten sich galant, wenn Balbina und Ludwig aufstanden, um ihnen den Durchgang zu ihren Plätzen zu erleichtern. Balbina wartete ungeduldig darauf, dass das Licht ausging und sie für einige Zeit unsichtbar würden. Als es endlich so weit war, atmete sie auf und drückte Ludwigs Hand. Der Vorhang öffnete sich, und das Spiel begann. Balbina war so beeindruckt von der Kulisse, den auftretenden Schauspielern und wie altmodisch sie redeten, dass sie gar nicht so viel vom Stück mitbekam. Doch als sie sich erst einmal an die Sprache gewöhnt hatte, die doch offensichtlich Deutsch war, wenn auch nicht von der Art, wie es bei ihnen in München gesprochen wurde, wurde sie schnell in das Stück hineingezogen und folgte aufmerksam und mit leicht geöffnetem Mund der Handlung. Die Bürkel trat erst am Ende des ersten Aufzugs auf. Sie spielte eine ehrbare Frau, die vom Bruder ihres Verlobten über ihn belogen wird und trotzdem zu ihm hält und sich weigert, all die schlimmen Gerüchte über ihn zu glauben. Balbina konnte nicht beurteilen, ob sie eine wirklich gute Schauspielerin war. Sie selbst glaubte ihr jedenfalls jedes Wort. Sie ließ sich mitreißen von diesem Spiel und konnte es bald nicht mehr von der Wirklichkeit unterscheiden.

Die ganze Geschichte nahm sie von Anfang an entsetzlich mit, und es rührte sie zu Tränen, wie durch die Intrigen des einen Bruders eine ganze Familie zugrunde gerichtet wurde, denn das zeichnete sich von Beginn an ab und war auch nicht mehr abzuwenden. Warum hatte ihr nie jemand gesagt, dass ein Theaterstück grausam, ja noch grausamer als das Leben selbst sein konnte? Es blieb ihr nichts anderes übrig, als sich dieser Tragödie auszuliefern. Sie konnte ja nicht wie als Kind im Kasperletheater dazwischenrufen und den Kaspar warnen, wenn das Krokodil sich unbemerkt näherte. Stumm musste sie dem Verlauf dieses Dramas, das nichts als Verderben ankündigte und ahnen ließ, folgen. Ihr Herz blutete angesichts des schrecklichen Schicksals, das der Dichter für den armen Karl Moor, seinen Vater und Amalia vorgesehen hatte.

Als endlich der Vorhang zur Pause fiel, das Publikum applaudierte und sich Reihe um Reihe erhob, eilte Balbina hinaus. Sie war außer sich und atmete schwer. Es war, als würde sie nicht genügend Luft bekommen.

»Was ist denn mit dir?«, fragte Ludwig erschrocken.

»Ich weiß es nicht.« Balbina hörte sich jämmerlich an. »Es ist unrecht, was diesem Karl Moor angetan wird, warum hilft ihm denn keiner? Warum klärt niemand den Vater über diese Lügen auf, die Karls Bruder über ihn verbreitet?«

»Dann hast du mir also deshalb deine Fingernägel in die Hand gebohrt?«, fragte Ludwig. Er zeigte ihr sein linkes Handgelenk. Es war blutig gekratzt.

Balbina schlug die Hände vor den Mund. »Das war ich? Oh, es tut mir so leid.« Sie hatte es nicht einmal bemerkt.

»Es ist doch nur ein Spiel«, sagte Ludwig. »Dass dir das so an die Nieren geht.« Er schüttelte den Kopf. »Also, Fräulein von Kieselstein, nehmen Sie sich das doch nicht so zu Herzen. Glauben Sie denn, dass es diesen Karl Moor, seinen Bruder und den alten Moor wirklich gegeben hat? Das ist doch alles nur erfunden.«

»Nur, sagst du? Es mag erfunden sein, aber es wirkt so echt, als lebten sie da draußen irgendwo.«

»Was möchtest du trinken? Die Chefin hat ein kleines Glas Sekt erlaubt.«

Balbina schüttelte den Kopf.

»Dann vielleicht ein Bier?«

»Spinnst du? Ich trinke doch kein Bier im Theater. Eine Limonade vielleicht.«

»Also gut, du bleibst aber hier stehen, damit ich dich wiederfinde, gell?«

Er stellte sich an der Theke im Foyer an, und Balbina wartete.

Sie erkannte ihn sofort, er sie jedoch auch, deshalb war es schon zu spät, sich wegzudrehen, zu Ludwig zu laufen oder unsichtbar zu werden. Wenigstens ist er in Begleitung, dachte Balbina noch, da steuerte er auch schon auf sie zu, die Dame an seiner Seite am Arm mitziehend.

»Ja, da schau her, das ist aber eine Überraschung. Meine Schwägerin schickt doch jetzt tatsächlich schon ihr Personal ins Residenztheater. So gut laufen die Geschäfte im Dallmayr, dass sie sich das leisten kann?«

Max Randlkofer hielt es anscheinend nicht für nötig, Balbina und die blonde Dame an seinem Arm einander vorzustellen. Ihre Modistin war nicht auf dem Stand von Tante Thereses Schneiderin, denn das, was ihr Ausschnitt zeigte, war kein Dekolleté mehr, sondern ein Tiefblick Richtung Nabel. Balbina versuchte, nicht hinzusehen. Sie schämte sich wegen des schlechten Benehmens ihres Onkels und bemühte sich, die Sache mit den Karten aufzuklären. Sie hätte sie von ihrer Bekannten Eleonore Bürkel geschenkt bekommen, die in dem Stück mitspiele.

»Soso«, sagte Max amüsiert, »die Bürkel ist also eine Bekannte von dir?«

Er machte immer noch keine Anstalten, sie vorzustellen. Balbina betete, dass Ludwig bald mit den Getränken käme und sie aus dieser unangenehmen Lage befreite, aber er stand immer noch in der Schlange und zuckte nur hilflos mit den Schultern, als sie ihm hektisch zuwinkte.

Statt endlich weiterzugehen, trat Max nun noch einen Schritt näher an Balbina heran und starrte auf ihren Hals. Balbina legte reflexhaft die Hand auf das Collier und bedeckte die Perle mit den Fingern.

»Ein schönes Schmuckstück trägst du da«, sagte Max, aber es klang nicht wie ein Kompliment. »Wo hast du es denn her? Hat meine Schwägerin es dir für den heutigen Abend geliehen?«

»Tante Therese?« Balbina verstand die Frage nicht. »Nein, das Collier gehört mir.«

»Dir?«, zischte Max erregt. Er schien seine Begleiterin völlig vergessen zu haben. »Ein Collier von Heiden, und es soll dir gehören?«

Woher wusste er, dass das Schmuckstück von Heiden war? »Onkel Anton hat es mir zum Geburtstag geschenkt«, sagte Balbina. »Du kennst das Collier?«

Der Dame an Max' Seite wurde es nun unangenehm. Sie verschwand in Richtung der Toiletten. Max achtete gar nicht darauf.

»Und ob ich es kenne«, knurrte er. Balbina zuckte zusammen. »Ich habe es schließlich selbst besorgt. Für Anton, als er schon sehr krank war. Für mich war klar, dass es für Therese bestimmt war, so ein teures Schmuckstück hätte er doch nicht für seine Nichte besorgen lassen. Das glaubst du doch selbst nicht.«

Balbina war wie vor den Kopf gestoßen. Verdächtigte Max sie tatsächlich, dass sie das Collier Tante Therese gestohlen hatte oder dass sie die Kette aus Antons Nachttisch genommen und behalten hatte, obwohl sie wusste, dass sie nicht für sie bestimmt war? Das war ja jetzt wie in diesem Theaterstück. Alles Lüge und Betrug und Intrige. Plötzlich geriet das ganze Foyer in Bewegung und schien sich um Balbina zu drehen, immer schneller und schneller. Sie konnte nur noch die Hände auf das Collier pressen, damit es ihr niemand wegnehmen konnte. Das war ihr letzter Gedanke. Dann wurde es schwarz um sie. Max war fort und ließ sie endlich in Ruhe.

Als sie aufwachte, lag sie am Boden, erkannte Ludwigs Gesicht über ihrem. Er sah sie besorgt an.

»Gott sei Dank, Balbina, was war denn los?«

»Onkel Max«, flüsterte sie. »Ist er noch da?«

»Herr Randlkofer war hier? War er der Herr, mit dem du vorhin gesprochen hast? Ich habe ihn nur von hinten gesehen. Als ich mit den Getränken hierherkam, hast du schon am Boden gelegen und die Leute haben um dich herumgestanden und versucht, zu helfen. Aber ihn habe ich nicht gesehen.«

Sie setzte sich auf, dann half Ludwig ihr wieder auf die Beine.

»Geht's dir besser?«, fragte Ludwig. »Möchtest du was trinken? Ich habe Bier und Limonade.«

»Ach, gib mir einen Schluck Bier, Otto August«, sagte Balbina und setzte sich auf eine Bank.

Der Pausengong war zu hören, die Leute strömten zurück in den Saal.

»Ich kann jetzt nicht«, flüsterte Balbina. »Es ist schlimm, und das Fräulein Bürkel wird sofort sehen, dass unsere zwei Plätze leer sind.« Sie sah ganz schuldbewusst drein. »Aber ich kann da jetzt nicht reingehen. Mir ist alles zu viel. Es tut mir so leid, Ludwig.« Die Tränen liefen ihr über die Wangen.

»Aber Fräulein von Kieselstein, ich bitte Sie. Wer wird denn um einen Räuber oder zwei weinen? Die sind es doch wirklich nicht wert.«

Balbina lächelte, auch wenn ihr die Tränen immer weiter herunterkullerten. Es war wie Nasenbluten, und im Augenblick fiel ihnen beiden nicht ein, wie man sie hätte stoppen können. Der zweite Pausengong erklang, und Balbina schloss die Augen. Sie war innerlich wie zerrissen.

»Ich schäme mich so, aber ich kann einfach nicht anders«, schluchzte sie.

Ludwig setzte sich zu ihr, legte den Arm um sie, flößte ihr abwechselnd einen Schluck Bier, dann wieder Limonade ein, und beteuerte, es mache ihm überhaupt nichts aus, die nächsten Akte des Stücks im Foyer zu verbringen.

»Fräulein von Kieselstein, ich würde sehr gern wissen, was Ihnen geschehen ist. Wenn dieser Wüstling Sie beleidigt hat, so werde ich ihn auf der Stelle zum Duell fordern.«

Wieder lachte Balbina unter Tränen. Sie schnäuzte sich in Ludwigs Taschentuch. »Meine Kette«, flüsterte sie. »Er meint, ich hätte sie gestohlen. Dabei hat Onkel Anton sie mir zum Geburtstag geschenkt. Max glaubt, sie sei für Tante Therese gewesen und ich hätte sie mir aus Onkel Antons Nachttisch genommen.«

»Aber woher weiß er denn überhaupt von der Kette?«, fragte Ludwig.

»Weil er selbst sie beim Juwelier Heiden besorgt hat, für seinen Bruder, also Onkel Anton.«

»Bei Heiden?«, fragte Ludwig. »Dann hat sie bestimmt ein Vermögen gekostet.«

»Meinst du am Ende auch, ich hätte sie gestohlen?«, schluchzte Balbina.

»Nein, das meine ich natürlich nicht. Bist du verrückt? Es ist nur, hast du dich nicht selbst gewundert über so ein wertvolles Geschenk? Ich habe die Kette noch nie bei dir gesehen.«

»Weil ich sie noch nie getragen habe. Niemand weiß von der Kette.«

»Außer Max.«

»Ich hatte doch keine Ahnung, dass er es war, der sie gekauft hat. Onkel Anton hat sie mir geschenkt. Zu meinem sechzehnten Geburtstag. Das war kurz bevor er starb. Ich würde doch nichts aus seiner Schublade nehmen, niemals, das glaubst du mir doch.«

»Natürlich glaube ich dir. Was hast du denn gedacht, wieso du so ein wertvolles Geschenk von ihm bekommen hast?«

»Weil ich ihn gewaschen und gepflegt habe all die Wochen, als er krank war. Ich habe sein Zimmer sauber gehalten, ich habe ihn rasiert und ihm die Haare geschnitten. Ich habe jede Nacht für ihn gebetet, bin zur heiligen Notburga gefahren, um für ihn zu bitten, und ich habe ihn so schrecklich lieb gehabt.« Balbina schluchzte jetzt wieder heftiger. »Und er hat mich auch sehr liebgehabt. Ich weiß das.«

Ludwig legte wieder den Arm um sie. »Komm, trink aus, und dann gehen wir nach Hause. Die frische Luft wird dir guttun.«

Sie liefen unter den prächtigen Kristalllüstern durch das Foyer und verließen das Theater.

»Du, Balbina«, fragte Ludwig, als sie draußen auf dem Vorplatz waren.

»Ja?«

»Wer ist eigentlich dein Vater?«

»Wieso willst du das wissen?«, schniefte Balbina.

Ludwig zuckte die Achseln. »Es interessiert mich einfach.«

»Ich habe keine Ahnung. Man hat mir nie eine Antwort gegeben, wenn ich gefragt habe. Nicht meine Mutter, und die Großmutter auch nicht.«

»Aber hast du eine Idee? Gab es einen Mann, ich meine, hatte deine Mutter …«

Balbina schüttelte den Kopf. »Ich weiß von gar nichts.«

»Aber hast du nicht ein Recht darauf, zu erfahren, wer er ist?«

»Ein Recht? Wohin soll ich gehen und es einfordern, was meinst du? Ins Rathaus? In die Kirche? In meiner Geburtsurkunde ist kein Name eingetragen, nur der meiner Mutter, und daneben der Vermerk ›ledig, Vater unbekannt‹. Das ist alles.«

»Aber deine Mutter muss es doch wissen.«

»Es hat keinen Zweck, ich habe es so lange versucht. Er hat sich nie für mich interessiert, wieso sollte ich jetzt wieder damit anfangen, nach ihm zu suchen?«

»Mein Vater ist tot«, sagte Ludwig. »Aber immerhin erinnere ich mich an ihn.«

»Meiner war offenbar ein schlechter Mensch. Sonst wäre er nicht davongelaufen.«

Balbina fühlte sich unendlich schwach. Sie wollte heute über nichts mehr nachdenken, nur noch ins Bett. Was hatte es mit diesem Collier bloß auf sich? Hing da irgendein Fluch dran? Wie konnte es sein, dass ein so schönes Ding so viel Unheil anrichtete?

»Nächste Woche dann lieber Varieté, Fräulein von Kieselstein?«, fragte Ludwig, als habe er ihre Gedanken erraten. Er verbeugte sich galant vor dem Eingang zur Dienerstraße.

»Wie kommst du denn jetzt noch nach Hause?«, fragte Balbina.

»Die Chefin hat mir erlaubt, heute in Hermanns Zimmer zu übernachten«, antwortete Ludwig.

»Was du in letzter Zeit alles für Vertraulichkeiten mit der Tante hast«, wunderte Balbina sich und sperrte die Tür auf. »Du hast gerade einen ganz besonderen Draht zu ihr. Wie ist es denn dazu gekommen?«

»Ich weiß es nicht. Sie mag mich eben und schätzt meine Arbeit«, behauptete Ludwig großspurig.

»Übrigens habe ich neue Pralinenrezepte aus dem Victoria. Sollen wir da morgen mal ein bisschen herumprobieren? Ich meine, wenn ich sowieso schon da bin.«

»Ich weiß noch nicht. Schließlich bin ich heute in Ohnmacht gefallen, Otto Adalbert, das muss man auch erst einmal verdauen.«

»August«, korrigierte Ludwig sie leise, während sie zusammen die Treppe zur Wohnung hinaufgingen.

»Ich danke Ihnen für den schönen Abend, auch wenn wir nur einen Akt gesehen haben von dieser Räuberposse.«

»Macht nichts, Fräulein, ich würde jederzeit wieder mit Ihnen ins Theater gehen. Das nächste Mal vielleicht in die Oper, ich meine, mit Dekolleté?«

Balbina strich ihm zärtlich über die Wange.

»Gute Nacht«, flüsterte sie und verschwand in ihrer Kammer.

»Korbinian, was machst du denn da oben?«

»Ja, was werde ich wohl machen? Das Schild aufhängen, wie Sie es mir aufgetragen haben.«

»Aber warum steigst du denn selbst auf die Leiter? Das kann doch Ludwig übernehmen.« Therese schüttelte den Kopf. »Ich brauch dich noch länger, Herrschaftszeiten.«

»Ich laufe Ihnen bestimmt nicht weg, da müssen Sie gar keine Angst haben.« Korbinian Fey schmunzelte.

»Du weißt genau, was ich meine.«

»Soll der Ludwig runterfallen? Wär dann irgendwas besser?«

»Er hat es mich einfach nicht machen lassen, der alte Sturkopf«, mischte Ludwig sich ein.

»Was bin ich? Na warte, Bürschchen, ich geb dir gleich einen Sturkopf.« Korbinian hängte das Schild am Haken über dem ersten Gewölbebogen ein und stieg von der Leiter.

»Schauen Sie, so kriegt man ihn von der Leiter herunter«, flüsterte Ludwig. »Und wenn er weg ist, steige ich noch mal rauf.« Er zwinkerte Therese zu.

Das Schild mit der Begrüßung »Willkommen, lieber Hermann!« hing schief, aber es hing, und Ludwig würde das schon noch richten.

Am Tag nach Nikolaus würden in allen Zeitungen die Anzeigen geschaltet werden. In den *Münchner Neuesten Nachrichten*, der *Münchener Zeitung* und sogar in der *Ratsch-Kathl*, einer lokalen Wochenzeitung, hatte Therese inseriert.

Alle Welt liebt sie: BANANEN – endlich auch in München, natürlich exklusiv bei Dallmayr! Gesund, praktisch und so gut. Lieferung ab 8. Dezember, solange der Vorrat reicht. Einmalig in Deutschland.

Balbina hatte eine Illustration dazu gefertigt, auf der ein Junge – er sah eindeutig Paul ähnlich – beherzt in eine halb abgeschälte Banane biss. Hermann hatte in einem Brief aus La Palma eine Zeichnung mitgeschickt, damit sie sich zu Hause vorstellen konnten, wie eine Bananenplantage aussah und wie die Früchte wuchsen. Er hatte ihnen geschrieben, dass die Bananen sich dem Licht entgegenstreckten, weshalb sie auch so krumm wuchsen. Er schickte ihnen auch einige Rezepte mit, wie die Bananen auf der Insel zubereitet wurden. Halbiert und mit Honig frittiert als Dessert, als Pudding und als Kuchen. Sie bewahrten das alles auf, auch wenn sie selbst die Rezepte noch nicht nachkochen konnten, weil die Bananen noch nicht eingetroffen waren. Balbina schrieb kleine Rezeptkarten auf Vorrat, die sie mit Abbildungen verzierte. Sie wollten sie an die Kunden verteilen, wenn, ja wenn die Bananen tatsächlich reif und in gutem Zustand in München ankamen.

Es herrschte eine hektische, angespannte Stimmung im Hause Dallmayr. Würde alles so funktionieren, wie Hermann es sich vorstellte und sie alle es sich erhofften? Es konnte noch allerhand schiefgehen auf dem Weg von Hamburg bis zu ihnen, was die Bananen betraf. Außerdem ging es nicht nur um die Bananen. Hermann würde endlich zurückkommen. Über ein halbes Jahr war er nun schon fort. Weder Therese noch Balbina hatten seitdem mehr ein Wort über seine Abwesenheit und die Hintergründe für seine Reise fallen lassen. Sie hatten eine stillschweigende Vereinbarung, und keine der beiden hatte daran gerührt. Wie sich die Sache inzwischen entwickelt hatte, wusste keiner so recht. Therese wagte gar nicht, darüber nachzudenken. Jetzt musste ihr Ältester erst einmal wieder vor ihr stehen, lebendig, gesund, vielleicht gesünder als bei seiner Abfahrt, wo er sich jetzt so viel in der frischen Luft und unter der heißen Sonne bewegt hatte. Er war geritten, hatte er geschrieben, wozu er in München nie Zeit gefunden hatte. War ihr Hermann jetzt von der Stadtpflanze zum Naturburschen geworden?

Sie fragte sich, warum der Bananenhandel in Deutschland bislang nicht in Schwung gekommen war, während die Briten und Amerikaner, wenn man den Zeitungsberichten und dem, was Hermann in Hamburg und auf den Kanaren erfahren hatte, Glauben schenkte, zentnerweise Bananen importierten und in ihren Ländern auch mit Erfolg absetzten. Die Briten hatten ihre Schiffslinien nach Afrika und auf die Kanaren, die Amerikaner ihre Companies, die Land aufkauften, selbst Plantagen anlegten, anfingen Kraftwerke zu errichten und auf eigenen Bananendampfern die Früchte von Kolumbien und Costa Rica in die amerikanischen Pazifikhäfen zu transportieren. Es konnte doch nicht so schwer sein, auch Hamburg und Bremerhaven anzulaufen und die Fracht auf die Eisenbahn umzuladen. Andererseits, wenn es so einfach wäre, hätte es bestimmt schon längst jemand getan. Wieso es gerade ihrem Ältesten auf seiner allerersten Auslandsreise gelingen sollte, hätte Therese auch nicht zu sagen gewusst. Aber warum eigentlich nicht? Andererseits mochte sie gar nicht daran denken, was wäre, wenn die Bananen entweder gar nicht, nicht rechtzeitig, oder verfault bei ihr in München ankämen. Doch mit Pessimismus würde man das bestimmt nie hinbekommen, also zwang sie sich dazu, schön zuversichtlich zu bleiben. Einmal musste es doch klappen, und wie grandios wäre es, wenn Hermann derjenige sein und die Bananen nach München zum Dallmayr bringen würde?

Doch zuvor geschah noch etwas, das sie sich nicht unbedingt gewünscht hätte, hätte man sie vorher dazu befragt. Therese bemerkte ihren Schwager in dem Augenblick, als er die Hand an den Türgriff legte und die Glocke schellte. Die Energie, mit der er die Tür aufriss, ließ darauf schließen, dass er nicht auf einen netten Plausch vorbeigekommen war.

»Beehrt der Junior diesen Ort auch mal wieder mit seiner Anwesenheit?«, fragte Max und zeigte auf das Schild, das ein kräftiger Luftzug in Schwingung versetzt hatte. »Wann wird er denn eintreffen, heute noch?«

»Eher morgen oder übermorgen«, erwiderte Therese, »je nachdem, wie es mit seinen Geschäften läuft. Aber wir haben schon einmal das Schild aufgehängt, für alle Fälle.«

»Geschäfte? Was macht er denn für Geschäfte, der Hermann?«

»Das weiß ich auch noch nicht so genau. Er will uns überraschen und macht ein ziemliches Geheimnis daraus. Aber wir werden es ja sehen, wenn er wieder da ist.« Max würde es in der Zeitung lesen können, die Überraschung gönnte Therese ihm. »Was führt dich zu mir?«

»Hat dir Balbina nicht erzählt, dass wir uns im Residenztheater getroffen haben letzte Woche?«

»Im Theater? Nein, mir hat sie nichts erzählt, Ludwig auch nicht. Also, vom Stück haben sie schon erzählt, das muss ja eine ziemliche Räuberpistole gewesen sein. Und von dem Fräulein haben sie erzählt, dieser Bürkel, die ihnen die Karten geschenkt hat. Du warst auch dort?«

»Vielleicht gehen wir besser in dein Büro«, sagte Max Randlkofer, als zwei Kundinnen schwatzend das Geschäft betraten. Er wartete keine Antwort von Therese ab, sondern lief einfach voraus. Therese blieb gar nichts anderes übrig, als ihm zu folgen.

»Das kann ich mir vorstellen, dass Balbina nichts erzählt hat über unseren Zusammenstoß in der Pause. Aber sie wird doch nicht glauben, dass sie damit durchkommt. Ich bin als dein Schwager ja geradezu verpflichtet, dir davon zu berichten.«

Therese reagierte nicht, sie überlegte, was das nun zu bedeuten hatte. Was war vorgefallen?

»Willst du es vielleicht gar nicht hören?«, zischte Max.

»Wenn du extra deshalb herkommst, wirst du es mir bestimmt gleich erzählen.«

»Sie hat dein Collier getragen, das wirst du sicher nicht gewusst haben. Denn als ich sie danach fragte, sagte sie mir, es sei ihr eigenes.«

Er starrte seine Schwägerin an, aber sie verstand überhaupt nichts und wusste deshalb auch nicht, wie sie reagieren sollte.

»Mein Collier? Was für ein Collier?«

»Das goldene mit der großen Perle in der Mitte. Das Heiden-Collier.«

Heiden? Meinte er den Hofjuwelier Heiden am Maximiliansplatz?

»Meines Wissens besitze ich kein Heiden-Collier«, sagte Therese.

»Was ist denn das für ein Unsinn, Therese, willst du mich auf den Arm nehmen oder Balbina damit schützen?«

Therese wünschte, sie könnte es, aber sie wusste nicht, wovon er redete. Ein Heiden-Collier? »Du kennst dieses Collier?«, fragte sie.

»Ja, allerdings.«

Wie üblich, wenn er hier auftauchte, nahm sie an ihrem Schreibtisch Platz, und er blieb stehen und stützte sich auf seinen silbernen Gehstock, der möglicherweise genau dafür da war, dass er das Sitzen vermeiden und stehen bleiben konnte. Es hatte etwas Ungeduldiges, Aggressives.

»Ich selbst habe es bei Heiden besorgt, für Anton.«

»Und er hat gesagt, es sei für mich?«, fragte Therese.

»Ich weiß nicht mehr, ob er es gesagt hat, aber daran besteht doch kein Zweifel. Weißt du, was dieses Schmuckstück gekostet hat? Ich dachte, es sei vielleicht eine Art Vermächtnis von ihm an dich.«

Ha, dachte Therese, wenn du wüsstest, welches Vermächtnis er mir tatsächlich hinterlassen hat.

»Und was sagt Balbina dazu?«

»Sie behauptet frech, dass mein Bruder es ihr zum Geburtstag geschenkt habe.«

»Balbina hat Anfang März Geburtstag, das könnte doch passen.«

»Therese, wenn nicht einmal du Schmuck von Heiden besitzt, wieso sollte mein Bruder das Collier dann ausgerechnet seiner Nichte schenken? Kannst du mir das verraten?«

Ja, das könnte ich, dachte Therese, die gerade dachte, dass »Vermächtnis« in dem Zusammenhang doch gar nicht so falsch war. Nur dass es nicht an die Ehefrau gerichtet war, sondern an das ledige Kind, dem man lieber Gold und Perlen schenkte, statt sich zu ihm zu bekennen. Im Grunde ein – und es tat ein bisschen weh, es zuzugeben – feiges Vermächtnis. Die Wahrheit wäre nicht so kostspielig, aber schwieriger auszusprechen gewesen. Ein Collier von Heiden. Wie schwer musste sein Gewissen Anton geplagt haben.

»Dann hat mein Mann seine aufopfernde Pflegerin also fürstlich belohnt«, sagte Therese.

»Du willst mir erzählen, dass du dich nicht über diese maßlose Großzügigkeit wunderst?« Max' Stimme klang wie Frost unter den Schuhen. »Wenn er nicht mein Bruder wäre, würde ich sagen, er hatte was mit ihr.«

Therese starrte ihren Schwager an. Es dauerte ein paar Sekunden, bis die Ungeheuerlichkeit des Gesagten zu ihr durchdrang.

»Das geht jetzt wirklich zu weit, Max. Dass du dich nicht schämst, so etwas auszusprechen. Anton war dein Bruder. Ich bitte dich, jetzt zu gehen.« Therese sah ihn nicht mehr an, als er seinen Stock schwunghaft in den Boden knallte und die Tür aufriss.

»Glaub ja nicht, dass ich nicht merke, dass du mir hier etwas vorspielst«, fauchte er. »Ich bin doch nicht blöd. Aber ich werde schon noch dahinterkommen. Darauf kannst du dich verlassen!«

Während er beim Frühstück aus dem Fenster sah, wirbelte ein Wind um die Ecken der Häuser, der im nächsten Augenblick einen Schwall nassen Schnees gegen die Fensterscheiben presste und sie in kürzester Zeit undurchsichtig machte. Doch gleich darauf wusch der Wind die dünne Schneeschicht mit schweren Tropfen, die er zu Millionen gegen Wand und Fenster schleuderte, wieder ab. Danach erst konnte Hermann das Geschehen draußen wieder durch die Scheiben beobachten. Männer und Frauen versuchten sich mit der bloßen Hand, mit Schirmen, Hüten oder Tüchern gegen die Nässe, den Wind und die Kälte zu schützen, weil sie genau jetzt eine dringende Besorgung machen mussten, die sich nicht aufschieben ließ.

Hermann freute sich, dass er jetzt nicht draußen herumlaufen musste. Er genoss das Frühstück, den eleganten Speisesaal, der warm geheizt war und mit seinen großen Fenstern nicht nur einen Ausblick auf die Straße, die Landungsbrücken und den Hafen bot. In seinem Inneren gingen elegant gekleidete Gäste aus allen Weltgegenden und Kulturen aus und ein. Er lauschte einer Unterhaltung am Nebentisch, die zwar flüsternd, aber doch laut genug geführt wurde, sodass Hermann jedes Wort verstehen und in seiner Fantasie das Erzählte miterleben konnte. Als die Petite Sonnerie auf seiner Taschenuhr die Stunde schlug, nahm er sie in die Hand, um bestätigt zu sehen, was er ohnehin schon wusste. Neun Uhr. Es wurde Zeit loszugehen, um beim Löschen der Ladung seines Schiffes anwesend zu sein. Er wollte unbedingt dabei sein, wenn die Bananen an Land gebracht wurden, um persönlich zu überwachen, ob alles so durchgeführt wurde, wie er es angeordnet hatte. Er musste prüfen, ob seine Bananen noch grün den Schiffsbauch verließen und eine Chance hatten, auch heil in München anzukommen, wo sie dann reifen würden. Davon hing alles ab. Kein Mensch würde grasgrüne Bananen kaufen, so wie auch kein Mensch matschige braune Früchte kaufen würde. Sie mussten genau auf den Punkt reif und goldgelb sein, wenn sie bei Dallmayr im halben Dutzend oder auch einzeln, zum Probieren, auf dem mit Bananenblättern dekorierten Verkaufstisch präsentiert würden. Hermann hatte auch einige exotische Grünpflanzen auf der Insel ausgegraben und zu Dekorationszwecken einpacken lassen, dazu einige Früchte der großen Kakteen, auf deren Blättern Cochenille-Läuse gezüchtet wurden, aus denen man einen intensiven roten Farbstoff, das Karmesin, gewann.

Als er vom Hotel ins Freie trat, trieb der Wind gerade die letzten Wolken vom Himmel und machte der Sonne Platz, die nun begann, den Tag in klares Licht zu tauchen und das ganze Viertel bis hinunter zum Wasser hoffnungsfroh erglänzen zu lassen. Vom Concierge hatte er sich den Weg aufs Genaueste erklären lassen und war sich sicher, dass er sich unmöglich verlaufen könnte. Doch irgendwo musste er eine Straße zu früh abgebogen sein, und nichts stimmte mehr. Jedes Mal, wenn er seinem Orientierungssinn vertraute und eine Abzweigung wählte, wurde die Gasse dahinter noch enger. Die Wohnhäuser standen sich noch dichter gegenüber, die Fenster so nahe, dass die Bewohner zwangsläufig bei einem Blick nach draußen nicht ins Freie, sondern nur bei ihren Nachbarn in die Wohnung hineinsahen. In den Gassen lagen Mist und Unrat. Der Gestank war so bestialisch, dass Hermann sich die Hände an die Nase hielt. Das also war das Hamburg, das sich vor ihm bislang versteckt hatte oder das Groeneberg vermieden hatte, ihm zu zeigen.

Die Menschen gingen zerlumpt, und das Wenige, was er von den Wortfetzen verstand, die ihn erreichten, klang nach Flüchen und Beschimpfungen. Sie schienen keine Notiz von ihm zu nehmen, beobachteten ihn höchstens aus den Augenwinkeln und begriffen sofort, dass er ein Fremder war, der sich in ihr Armeleuteviertel verlaufen hatte. Nur eine Dirne stellte sich ihm in den Weg, jung, aber ungepflegt, mit dicken blonden Haaren, die wenig raffiniert zu einem fransigen Zopf geflochten waren.

»Hey, kleiner Lord, hast dich wohl ein bisschen verirrt? So elegante Kundschaft sehen wir hier im Gängeviertel nicht jeden Tag«, sagte sie.

Sie griff mit den Händen unter ihren Busen, sodass er fast aus der fleckigen weißen Leinenbluse quoll, dem möglichen Freier entgegen.

»Ich hatte noch nie was mit einem so feinen Pinkel wie dir. Mit dir mach ich alles, sogar Sachen, von denen du noch nicht einmal geträumt hast«, sagte sie und ließ die Hand sinken, um sie an der Innenseite ihres Oberschenkels aufreizend nach oben zu schieben.

Hermann war schockiert von ihrer Schamlosigkeit. Als er ihr nach links ausweichen wollte, machte auch sie einen Schritt nach links und stand wieder vor ihm. Sie grinste ihn frech an. Vielleicht gelang ihr ja doch noch ein Deal mit dem feinen Jüngling.

»Greif doch zu«, forderte sie Hermann auf und streckte sich ihm entgegen. Er fühlte sich sehr unwohl in seiner Haut.

»Ihr Angebot kann ich leider nicht annehmen«, sagte er. »Ich bin in Eile und habe mich verlaufen. Ich müsste ganz schnell zum Sandtorkai. Könnten Sie mir den Weg dorthin zeigen?«

»Ach, was glaubt der feine Herr, weshalb ich hier stehe und jedem Idioten erlaube, sich mit mir ins Bett zu legen? Zum Spaß vielleicht?«

Hermann holte ein Geldstück aus seiner Rocktasche und drückte es ihr in die Hand. Sie drehte sich um und ließ es irgendwo in ihren Kleidern verschwinden. Dann ging sie voran, und Hermann folgte ihr mit pochendem Herzen. Er war sich nicht sicher, ob er ihr vertrauen konnte oder ob sie ihn noch tiefer in dieses Gassengewirr hineinführen würde, aus dem es kein Entrinnen zu geben schien.

Nach nicht einmal zehn Minuten kamen sie aus dem Armenviertel hinaus und zurück ins Licht. Schon sah man hinunter aufs Wasser und dort lag auch schon sein Schiff am Kai, und die Arbeiter hatten bereits begonnen, die Kisten hinauszuschleppen. Als Hermann sich wieder umdrehte, war die Gasse leer, die Dirne wie vom Erdboden verschluckt.

Das Erlebnis hatte ihn durcheinandergebracht, aber nun hatte er seine Sinne wieder beisammen. Als er am Schiff ankam, fragte er den Vorarbeiter, wo sie seine Bananen hingebracht hatten. Er zeigte hinüber zu den eingeschossigen Lagerschuppen, die den ersten Häusern der Speicherstadt vorgelagert waren.

»Tor 54«, sagte der Vorarbeiter.

Dort fand Hermann seine Kisten, ließ von einem der Arbeiter den Deckel zu einer der Kisten öffnen und inspizierte die Früchte. Er brach eine von einem Büschel, die als einzige schon anfing, gelb zu werden. Hermann zog die Schale ab und biss hinein. Sie war noch nicht richtig reif, aber der Geschmack war gut.

»Wir müssen jede einzelne Kiste öffnen und kontrollieren, ob gelbe dabei sind. Die müssen raus, bevor wir sie auf die Eisenbahn verladen.«

»Alles aufmachen? Warum das denn? Das wird Sie eine ganze Stange Geld kosten.« Der Arbeiter zog die Mütze ab und kratzte sich am Kopf.

»Können Sie gleich damit anfangen?«, fragte Hermann. »Wenn die Bananen jetzt schon reifen, sind sie braun, wenn sie bei uns in München auf den Verkaufstisch kommen. Dann war alle Mühe umsonst. Also ran an die Arbeit. Und dann ab zum Hauptbahnhof.«

»Ey, ey, Käpten.« Der Arbeiter setzte seine Mütze wieder auf und spuckte in die Hände. »Und was machen wir mit den gelben Früchten?«

»Essen«, schlug Hermann vor. »Oder verschenken. Haben Sie Kinder?«

»Sechs Stück, und 'ne Frau, oben im Gängeviertel.«

»Bisschen eng dort«, sagte Hermann, der nun wusste, wovon die Rede war.

»Ein Zimmer mit Küche«, sagte der Mann und setzte den Deckel der ersten Kiste wieder drauf und nagelte ihn fest. »Wenn es mir zu eng wird, schlafe ich schon mal hier.« Er zeigte in eine dunkle Ecke des Schuppens, wo ein Strohsack und eine Decke lagen.

Hermann nickte.

»Sie können sich ja noch 'n büschn umsehen, bis wir hier fertig sind.«

»Nein, danke. Ich bleibe hier. Ich muss sicher sein, dass alles passt und meine Fracht heil ankommt. Meine Mutter reißt mir sonst daheim den Kopf ab.«

»Ach so. Wenn die Hinrichtung droht, dann bleiben Sie mal lieber hier und kucken zu.«

Hermann hatte schon Übung darin, denn auch auf dem

Schiff hatte er immer wieder Stichproben gemacht und seine Fracht kontrolliert. Schließlich war es sein erster Bananentransport, und Groeneberg und Estéban hatte ihm eingeschärft, dass er unbedingt täglich prüfen musste, dass auch nirgendwo eine zu frühe Reifung ausgelöst wurde. Ein Stück reifes Obst, egal ob Banane, Apfel oder sonst eine Frucht, konnte den Reifungsprozess über ein Gas in der Luft auf alle Kisten übertragen, die ja nicht luftdicht, sondern in halboffenen Lattenkisten gepackt waren, innen mit Stroh und Blättern ausgekleidet, um die Bananen zu schützen. Hermann hatte darauf geachtet, dass sie nicht zu nahe am Heizkessel gelagert waren. In der Bahn wiederum musste er aufpassen, dass es ihnen nicht zu kalt wurde. Frost würden sie nicht überstehen. Aber Therese hatte ihm telegrafiert, dass es in München schon seit Ende November ungewöhnlich mild war. Hermann betete, dass der Wintereinbruch erst kommen würde, wenn seine Kisten sicher zu Hause wären. Seine Mutter hatte ihm geschrieben, dass die Anzeigen aufgegeben waren. Es durfte jetzt einfach nichts mehr schiefgehen. Himmel, wenn jetzt der Hamburger Dom noch gestanden hätte, so wäre Hermann hineingegangen, um ein Stoßgebet nach oben zu schicken. So musste er es eben hier, im Schuppen am Sandtorkai tun, während der Arbeiter mit der Schiebermütze dabei war, die Nägel aus dem nächsten Kistendeckel zu ziehen. Hermann nahm seinen Hut ab, drehte sich zu einer dunklen Ecke und faltete für einige Augenblicke die Hände.

Sobald der Güterzug am Münchner Zentralbahnhof einlief, standen auch schon die Träger parat, die Korbinian angeheuert hatte, um die Bananenkisten möglichst sicher ins Dallmayr-Lager zu bringen. Die Ladefläche des Fuhrwerks hatte er mit Stroh ausgelegt, darüber waren Decken gebreitet, um die wertvolle Fracht vor Frost und niedrigen Temperaturen zu schützen. Auch beim Ausladen wurde darauf geachtet, dass es möglichst schnell ging. Während die Träger noch Kisten schleppten, wurden die ersten im Lager schon geöffnet und ihr Inhalt auf Schäden kontrolliert. Es sah aber so aus, als fehle nichts. In einige Kisten hatte Hermann Zitrusfrüchte von den Kanaren packen lassen. Von ihnen ging keine Gefahr aus. Eine weitere Kiste war voll mit Spezialitäten aus einem Feinkostgeschäft in Lissabon, hauptsächlich Dosen mit Fisch. Der geröstete Kaffee aus Hamburg sollte extra geliefert werden, war aber zufällig auch im selben Zug gekommen und wurde gleich mit verladen. Als Therese Zeit fand, die Lieferung anzuschauen, konnte Korbinian Vollzug melden. Alles war eingelagert und kontrolliert worden, alles schien in Ordnung zu sein.

»Und wer soll jetzt diese vielen Kisten Bananen kaufen, die unser Weltreisender hoffentlich mit dem Zauberstab berührt, wenn er kommt, damit sie auch schnell noch schön gelb werden?«, fragte Korbinian.

»Wer, fragst du? Ganz München natürlich! Und dass ganz München davon erfährt, dafür habe ich gesorgt. Es wird Anzeigen in allen Zeitungen geben, und gleich stellen wir noch die handgemalten Schilder in die Schaufenster«, erklärte Therese. »Ich habe sogar einen Reporter der *Ratsch-Kathl* über die wertvolle Fracht aus Hamburg informiert. Er hat mir versprochen, einen Bericht darüber zu bringen.«

»So ein Tamtam.« Korbinian kratzte sich unter der Schiebermütze. »Dabei geht es nur um Bananen.«

»›Nur‹, sagst du? Das will ich aber nicht gehört haben, Korbinian. Es sind die ersten Bananen, die jemals nach München, ach was, nach Bayern geliefert wurden. Mein Sohn Hermann Randlkofer hat sie höchstpersönlich von dieser weit entfernten Kanareninsel hergebracht. Ich geb dir gleich ›nur Bananen‹!« Therese drohte ihm mit dem Zeigefinger.

Am 5. Dezember, dem Vorabend des Nikolaustags, fuhr Hermanns Zug nach einer langen Reise in die Gleishalle des Münchner Zentralbahnhofs ein. Er war über ein halbes Jahr fort gewesen, hatte so viel erlebt, aber jetzt freute er sich zuallererst darauf, Korbinian wiederzusehen. Seit Hermann denken konnte, war Korbinian im Geschäft gewesen und um die Familie herum. Er war nur wenig jünger als sein Vater und ihm fast ebenso vertraut. Aus dem Zug aussteigen, durch die Bahnhofshalle gehen, auf den Vorplatz hinaustreten und nach Korbinian auf dem Kutschbock des Dallmayr-Fuhrwerks Ausschau halten, das war wie die Türme der Frauenkirche aus dem Gewirr der Altstadt aufragen zu sehen oder durch das Karlstor in die Neuhauser Straße hineinzufahren, nur dass die Kirchtürme und das Stadttor aus Stein und stumm waren. Korbinian dagegen ein echter Münchner Grantler, wie er im Buche stand, aber einer, der es nicht böse meinte, sondern das Herz auf dem rechten Fleck hatte.

»Da hat sich aber jemand verändert«, begrüßte Korbinian ihn, als Hermann auf den Kutschbock kletterte. »Ist er's nun oder ist er's nicht?«

»Er ist's«, rief Hermann und schüttelte Korbinians Hand. »Habe ich mich so verändert, dass du mich nicht mehr wiedererkennst?«

»Du wirst es schon sein, aber«, er sah Hermann von der Seite an, griff nach seinem Ohr, »früher warst du hier grüner. Ich dagegen war schon alt, als du fort bist, und jetzt bin ich noch älter, aber derselbe geblieben. Hü, Brauner, jetzt kann's Weihnachten werden, weil unser Juniorchef wieder da ist.«

»Sind meine Kisten gut angekommen?«, war Hermanns größte Sorge.

Korbinian beschwerte sich über die Plackerei vom Vortag, versicherte Hermann aber, es sei alles sicher eingelagert und heil. Die Bananen seien aber immer noch grasgrün.

»Dann ist es gut«, meinte Hermann. Er fragte Korbinian, wie es der Mutter und den Geschwistern ging. Alle wohlauf, mehr war nicht aus ihm herauszubekommen, er grinste nur vor sich hin.

»Und was machen Balbina und Ludwig?«

»Die zwei sieht man jetzt öfter zusammen. Wenn sie nicht Kuchen backen oder Pralinen selber machen, gehen sie neuerdings sogar zusammen ins Theater.«

»Ludwig im Theater?«, fragte Hermann.

»Er hätte sich gerne gedrückt, aber er konnte doch diese junge Dame, die jeden Tag schöner wird, nicht allein hingehen lassen.«

Hermann schmunzelte in sich hinein. Er freute sich so darauf, sie alle wiederzusehen. Noch nie war er so lange von zu Hause fort gewesen. Die Stadt war ihm fast ein wenig fremd geworden. Als gehörte er nicht ganz selbstverständlich hierher, wo er geboren und aufgewachsen war, wo das Geschäft stand, das er einmal leiten würde, wo sein Weg vorgezeichnet war. Es war, als ginge ein kleiner Riss durch dieses vertraute Bild hindurch, die prächtigen Häuserzeilen am Marienplatz, das Neue Rathaus, das sich wieder ein Stück weiter in die Weinstraße hineinschob und für eine Zukunft stand, in der München noch städtischer, noch größer und moderner würde. Die Kutsche schwankte ganz leicht, als fahre sie über einen nachgiebigen, schwimmenden Moorboden, den die Hufe der Pferde und die Räder der Kutsche ganz sanft in Schwingung versetzten. Diese feine, fast unmerkliche Bewegung übertrug für Hermann das sehr zarte und unbestimmte Gefühl, dass nichts für immer und ewig war und alles sich immer wieder aufs Neue ändern würde. Und dass er selbst immer auch ein Teil dieser Veränderung sein würde. Und er fragte sich, warum ihm das früher nie aufgefallen war. Wieso gerade jetzt, da er aus einer anderen Welt in sein geliebtes Zuhause zurückkehrte.

Korbinian hielt vor dem Geschäft, das hell erleuchtet war. Die Tür war abgeschlossen, und Hermann legte die Hände und den Kopf an die Scheibe und sah hindurch. Jetzt hatte man ihn bemerkt, und jemand kam aus dem hinteren Teil des Ladens, um die Tür aufzusperren. Das musste Rosa sein.

Unter dem großen »Willkommen«-Schild, das mit Girlanden behängt war, betrat er den Geschäftsraum, in dem er jede Ecke und jedes Stück Tisch oder Wand kannte. Aus dem Hintergrund kamen ihm seine Mutter, flankiert von Elsa und Paul entgegen, außen rechts und links Balbina und Ludwig, mit brennenden Wunderkerzen in der Hand. Ein richtiges Begrüßungskomitee, das ihn fast ein wenig verlegen machte.

»Wie elegant du angezogen bist«, sagte Therese und nahm ihn in die Arme.

»Ein richtig feiner Pinkel«, sagte Ludwig und boxte ihn auf den Arm.

Paul verdrückte ein Tränchen, so glücklich und gerührt war er, weil sein Bruder endlich wieder nach Hause gekommen war. Elsa war immer noch sehr schlank, doch sie wirkte weiblicher und weicher als noch im Frühling. Was Balbina betraf, so hatte Korbinian recht gehabt. Sie war noch schöner geworden, auch erwachsener. Sie sah Hermann nur kurz an, dann schlug sie die Augen nieder und errötete leicht. Natürlich wusste sie nicht genau, wie die Sache zwischen ihnen jetzt stand. Sie konnte es allenfalls ahnen, da Hermann sich nicht mehr bei ihr gemeldet hatte. Doch was hätte er auch schreiben sollen? Er reichte ihr die Hand und sah sie offen und unbefangen, fast neugierig an. Sie bemerkte es wohl, auch seinen Händedruck, der nichts wirklich Besonderes sein sollte, eben ein Händedruck.

Bevor er zum Festessen mit in die Wohnung hinaufging, ließ er sich von Ludwig noch die eingelagerten Kisten zeigen und warf einen Blick in ein paar davon, um sich zu überzeugen, dass alles in Ordnung war. Gleich nach dem Essen würde er mit den gelben Bananen, die er aus Hamburg mitgebracht hatte, die Reifung einleiten. Aber zuvor musste er mit seiner Mutter noch den Zeitplan besprechen.

»Korbinian hat mir erzählt, dass du mit Balbina im Theater warst«, fragte er Ludwig beim Hinaufgehen. »Seid ihr, ich meine, seid ihr zusammen?«

Ludwig blieb kurz stehen, starrte erst Hermann an, dann seine Schuhspitzen. »Wir unternehmen schon viel miteinander«, sagte er schließlich. »Es ist aber nichts offiziell, wenn du das meinst.«

»Und warum nicht?«, fragte Hermann.

»Warum nicht? Du bist ja immerhin auch noch da, oder? Balbina hat dich nicht vergessen, das hast du wahrscheinlich schon bemerkt.«

»Ich sie auch nicht«, antwortete Hermann. »Aber nicht so, wie du denkst. Ich hab sie genauso gern wie ich dich auch gernhab, verstehst du, Ludwig?«

»Nicht mehr?«, fragte Ludwig wieder die Kappen seiner Arbeitsschuhe.

»Nein, nicht mehr.«

»Und woher weißt du das so sicher?«, fragte Ludwig. »Sag bloß, du hast dich auf deiner Reise verliebt.«

Hermann lächelte vor sich hin, innerlich war es eher ein Strahlen. Zum ersten Mal sprach er mit jemandem über seine tiefsten Gefühle, und doch wollte er vorsichtig sein. »Ich weiß nicht, wie es weitergehen wird, drum sprich bitte noch mit niemandem darüber. Ich muss sehen, wie ich es meiner Mutter beibringe und wie sich das alles überhaupt entwickelt.«

Ludwig fiel ein Stein vom Herzen, das konnte Hermann richtig sehen. Plötzlich hielt er seinen Kopf wieder gerade und musste den Blick nicht mehr senken. Ludwig war in genau diesem Moment ein ganzes Stück gewachsen.

»Sag mal, du bist doch jetzt nicht etwa größer als ich?«, fragte Hermann da auch prompt. »Das geht nicht, Ludwig, das sage ich dir. Du bist der Lehrling und ich dein zukünftiger Chef, also halt dich da bitte zurück, sonst muss ich noch irgendwann zu dir aufschauen. Das wäre ja die reinste Revolution.«

»Wegen der Kleidung ist es schon blöd«, gab Ludwig zu und zeigte auf seine Hosenbeine, die ein paar Zentimeter mehr in der Länge gut vertragen hätten, ebenso die Hemdsärmel. »Aber sonst ist es mir schon recht.« Er grinste. »Es wirkt einfach männlicher, weißt du?«

Nach dem Essen gingen die beiden wieder ins Lager und sortierten die Kisten noch einmal um. Hermann legte zu einer abgetrennten Hälfte der Kisten seine reifen Bananen und hoffte, es würde genau so funktionieren, wie er es mit Groeneberg und mit Estéban auf La Palma besprochen hatte. Es sollten nicht alle Bananen zur gleichen Zeit reif werden, denn man konnte ja nicht wissen, wie die Nachfrage sein würde. Waren die Münchner schon bereit für seine kanarischen Bananen?

Am nächsten Tag brachte die *Ratsch-Kathl* tatsächlich eine kleine Rätselgeschichte zu den ominösen Kisten, die per Fuhrwerk vom Bahnhof in die Dienerstraße transportiert worden waren. Was mochte in diesen Kisten stecken?, fragte die Zeitschrift. Alle, die es wissen wollten, sollten sich am 8. Dezember bei Dallmayr in der Dienerstraße einfinden. Lohnen würde es sich allemal, denn was es zu sehen geben würde, wäre nichts weniger als eine Sensation. »Nach New York und London jetzt auch in München!«, endete der Artikel, ohne das Geheimnis zu lüften.

Das geschah erst am 7. Dezember in allen Tageszeitungen, in denen Therese Anzeigen geschaltet hatte. Ihr Plan war also aufgegangen. Im Geschäft lagen außerdem Handzettel aus, die auf die Bananenverkaufstage hinwiesen. Hermann verbrachte jetzt fast mehr Zeit im Lager als im Geschäft. Er war nervös. Schließlich war es sein erstes eigenes Projekt, und er hatte so viel Mühe und Geld hineingesteckt.

Am Morgen des 8. Dezember war Hermann schon sehr früh wach. Sie hatten am Abend die Bananen ausgepackt und in Händen zu einem halben Dutzend Früchten auf einem Extratisch ausgelegt, auf Bananenblätter drapiert, Körbe von Zitronen und Orangen standen malerisch darum herum. Nun konnte er vor Aufregung nicht mehr schlafen. Er lief die Treppe hinunter, diesem typischen Bananenduft entgegen, den er aus La Palma so gut kannte. Er schaltete das Licht ein, und da lagen sie, waren wie Chamäleons dabei, ihre Farbe zu wechseln von grün zu gelb und demnach also in der Reifung, genau so, wie er es geplant hatte. Er schloss die Augen und dankte Gott, Groeneberg, dem Schiffskapitän, der ihm einen Frachtplatz möglichst weit entfernt von den Heizkesseln gewährt hatte, den Packern im Hamburger Hafen und der Eisenbahn, die seine Kisten in einem Güterwagen untergebracht hatte, durch die die Rohre für die Dampfheizung der Personenwagen führte, um sie vor der Kälte zu schützen. So war es ihm, wie es aussah, gelungen, die Früchte fünftausend Kilometer heil bis nach Hause zu bringen.

Rasch lief Hermann in den Lagerraum, um die restlichen Kisten zu kontrollieren. Er nahm ein paar der noch grünen Kaktusfeigen mit nach oben. Sie würden sich als exotische Dekorationsstücke gut machen. Auch ein Kaktusohr, aus dem zur Sicherheit die langen Stacheln der Opuntien entfernt worden waren, packte er aus. Damit er den interessierten Kunden die Pflanzen zeigen konnte, auf denen diese feigenartigen Früchte wuchsen, die man nur mit dicken Lederhandschuhen ernten konnte.

Als er über die Treppe wieder nach oben ins Geschäft kam, bildete er sich ein, es rieche nach frischem Kaffee. Und tatsächlich: Auf dem Verkaufstresen stand ein Tablett mit drei Bechern Kaffee und einem Teller mit kleinen Kuchenstücken. Im Kontor brannte Licht. Dort stand Ludwig über einem Holzfass und drehte die seitlich angebrachte Kurbel. Balbina füllte von oben gesiebten Puderzucker und das ausgeschabte Mark einer Vanilleschote ein.

»Was macht ihr denn hier?«, fragte Hermann. »Butter?«

»Vanilleeis«, antwortete Balbina. »Und wenn du uns zwei oder drei von deinen gelben Bananen abgibst, könnten wir versuchen, Bananeneis zu machen. Herr Sarcletti hat uns noch mal seine Eismaschine geliehen. Er braucht sie im Winter nicht.«

Bananeneis! Daran hatte Hermann überhaupt noch nicht gedacht.

»Wir müssen den Leuten schließlich zeigen, was man mit den Bananen alles machen kann, also außer die Früchte einfach zu schälen und reinzubeißen, wie du es uns gestern gezeigt hast. Oder?« Balbina sah Ludwig an.

»Und deswegen haben wir uns dazu ein bisschen was überlegt«, sagte er.

»Wo kommst du überhaupt so früh am Morgen schon her?«, fragte Hermann.

»Ich habe hier übernachtet, in Pauls Zimmer, weil wir bis spätabends gearbeitet haben und heute schon früh anfangen wollten. Balbina musste ja gestern unbedingt noch diesen Bananenkuchen backen.«

»Wir haben fünf Früchte dafür verwendet, ich hoffe, du bist uns nicht böse. Ich konnte dich nicht mehr fragen, weil du schon geschlafen hast.«

Hermann wusste nicht, was er sagen sollte. Am liebsten hätte er die beiden abgeküsst.

»Wollen wir probieren, wie der Kuchen schmeckt?«, fragte Balbina, die seine Verlegenheit bemerkt hatte.

»Und was ist mit der Eismaschine?«, fragte Ludwig. »Die Kurbel läuft leider nicht von selbst und ist auch nicht an eine Dampfmaschine angeschlossen.«

»Zumindest kühlt sie von allein. Komm, ein paar Minuten Pause machen bestimmt nichts. Sonst wird unser Kaffee kalt«, überredete Balbina ihn.

Der Kuchen erinnerte an einen Nusskuchen, er war nur eben ohne Nüsse, dafür mit Bananen und Schokoladestücken zubereitet. Der Geschmack war himmlisch.

»Erinnert mich an die Kanarischen Inseln«, sagte Hermann.

»Obwohl die Schokolade aus Belgien kommt«, wandte Ludwig ein.

»Hat sich eben geschmacklich gut vermischt.« Balbina war sehr stolz auf ihre Kreation. Hermann nahm ihre Hand in eine und Ludwigs Hand in die andere Hand und drückte sie.

»Ich …«

»Ich muss weiterkurbeln«, sagte Ludwig und lief ins Kontor zur Eismaschine.

»Balbina, ich bin so froh, dass du … dass ihr mir helft. Ich weiß nicht, wie ich es dir sagen soll, dass ich …« Er wusste es wirklich nicht und stockte.

»Wir bleiben Freunde, oder?«, fragte Balbina und sah auf seine Hand, die immer noch ihre hielt.

»Ich hoffe, wir werden immer Freunde bleiben«, antwortete Hermann, »die besten Freunde.«

»Aber wir werden kein Paar.«

»Nein, wir werden wohl kein Paar.«

»Ist es wegen Tante Therese?«, fragte Balbina.

Hermann schüttelte den Kopf.

»Wegen mir?«, fragte sie.

»Nein. Es ist wegen Sonia«, antwortete Hermann. »Aber pst, niemand weiß bislang davon.«

»Sonia«, flüsterte Balbina. »Das klingt wie die Sonne. Stammt sie von dort? Wie ist sie so? Älter als ich?«

»Sie ist so schön wie du«, sagte Hermann und sah ihr in die Augen. Genau so war es. »Nur …«

»Nur noch schöner?«

»Nein, nur anders. Ich habe dich sehr gern, Balbina. Das war vor meiner Reise so, und daran hat sich auch nichts geändert. Aber Sonia habe ich noch einmal anders gern, verstehst du?«

Balbina presste die Lippen zusammen. »Und die Tante weiß noch nichts davon?«, fragte sie dann.

Hermann schüttelte den Kopf.

»Also gut.« Balbina nickte. »Ich muss den Kuchen noch aufschneiden, bevor die Kundschaft kommt.«

Sie befreite ihre Hand aus seiner und wandte sich ab. Sehr aufrecht ging sie mit ihrem Tablett durch den Laden und die Treppe zur Wohnung hinauf. Die Tränen würden erst laufen, wenn sie oben in der Küche war und die Tür hinter sich zugezogen hätte, dachte Hermann. Das Herz wurde ihm schwer, dass er ihr solchen Kummer bereiten musste. Er lief ins Kontor, um Ludwig an der Eiskurbel abzulösen.

»Wenn uns die Leute nicht gleich alle Bananen aus den Händen reißen, könnten wir auch noch gebratene Bananen mit Honig machen«, schlug Ludwig vor.

Hermann nickte abwesend. Er war traurig, fühlte sich aber auch um eine Last erleichtert.

»Ich habe das Rezept irgendwo, vielleicht im Rottenhöfer-Kochbuch, gelesen. Ich würde natürlich noch Schokolade darüberraspeln, dann sieht es als Dessert edler aus und schmeckt auch feiner.«

Schon zu sehr früher Stunde hatte Therese die jungen Leute rumoren gehört, sich aber nicht gerührt. Sie genoss das Treiben, das ohne ihr Zutun geschah. Ludwig hatte hier übernachtet, es war klar, dass er und Balbina irgendetwas ausheckten. Sie ließ sich gern überraschen und sah es mit Wohlwollen, dass sie Hermann so eifrig unterstützten und vielleicht sogar eigene Ideen mit einbrachten. Darin waren die beiden wirklich gut. Hermann musste sich ja erst wieder einleben zu Hause. Ein bisschen fremd war er die letzten Tage herumgelaufen, hatte bestaunt, was sich alles verändert hatte und wie sie ohne ihn zurechtgekommen waren. Zweifellos war ihr Ältester erwachsener geworden, das Gesicht schmaler, markanter, insgesamt kräftiger, muskulöser war er geworden, was bestimmt vom vielen Reiten kam. Die gebräunte Haut ließ ihn gesünder aussehen. Er hatte ihr noch längst nicht alles erzählt, das war Therese klar. Sie spürte genau, dass etwas Wichtiges noch fehlte. Er hatte Geschenke für alle mitgebracht. Ein Tuch aus einer kanarischen Seidenmanufaktur für sie, das sehr fein gewebt und zartrosa eingefärbt worden war. Balbina hatte einen Strohhut mit Seidenblumen und Bändern als Garnitur bekommen, den Hermann in einer hübschen Hutschachtel den weiten Weg bis nach München transportiert hatte. Für Paul und Ludwig gab es jeweils ein Taschenmesser mit einem Griff aus Pinienholz und für Elsa einen bemalten Fächer. Er hatte an sie alle gedacht und nichts schien zwischen ihm und der Familie zu stehen. Und doch war Therese sicher, dass er ein Geheimnis in sich trug, das er noch nicht bereit war, mit ihr zu teilen.

Es war kalt geworden über Nacht, und eine dünne Schneeschicht lag auf der Dienerstraße. Therese streckte den Kopf zur Tür hinaus, sah nach links, Richtung Marienplatz, hinüber zum Marienhof und zur ewigen Baustelle des Rathauses, auf der die Arbeiter auf dem mehrstöckigen Gerüst entlangliefen. Die Dienstmädchen und Köchinnen, die kommen und ihnen die Bananen aus den Händen reißen sollten, waren noch nirgendwo in Sicht. Aber der Tag hatte ja gerade erst begonnen.

Therese trank noch einen Kaffee, lächelte Korbinian zu, der genau wusste, wie ihr zumute war, und mit seinem freundlichen Nicken Zuversicht verbreitete. Aber die Leute ließen sich Zeit.

Kurz vor acht kam eine kleine Gruppe von Angestellten aus dem Rathaus herüber. Sie waren entzückt über die exotische Dekoration, befühlten scheu die Schalen der Bananen, rochen daran. Erkundigten sich, was man damit machen konnte. Balbina bot kleine Probierstücke ihres Bananenkuchens an. Als noch mehr Kunden, auch ein Sous-Koch aus der Hofküche in der Residenz dazugekommen waren, wurde feierlich die erste Banane geschält. Hermann selbst übernahm die Präsentation. Er schnitt die blassgelbe krumme Frucht in dünne Scheiben und Balbina reichte Zahnstocher, damit die Kunden ein Stück anpiksen und probieren konnten. Hermann erklärte, wie praktisch die Banane für unterwegs war, beim Picknick, zum Radfahren, bei Ausflügen. Man musste die Frucht nicht gesondert verpacken, man musste sie nicht kühlen, sie lag geschützt in ihrer Hülle, und zum Öffnen brauchte man nichts weiter als die eigenen Hände. Hermann erzählte von den Kanarischen Inseln, dem Rascheln des Windes in den Plantagen und der Bewässerung.

Bei dem zweiten Schwall Kunden, den der Vormittag in den Laden spülte, servierten Ludwig und Balbina ihr Bananeneis. Eine Sensation, wie Ludwig betonte, denn schließlich war Dallmayr die erste Firma, die Bananen nach München brachte, folglich konnten nur sie auch die Ersten sein, die Bananeneis herstellten. Das wolle er hier schon einmal klarstellen. Nicht dass die Firma Sarcletti, der Marktführer in Sachen Eisherstellung in München, später etwas anderes behaupten würde.

Therese hielt sich im Hintergrund und ließ die Jungen einfach machen. Sie begrüßte hier eine Hofratsgattin, schüttelte dort einem Kollegen die Hand, denn auch die Konkurrenz kam, um zu sehen, was Dallmayr wieder einmal Außergewöhnliches zu bieten hatte. Als auch ihr Schwager Max gegen Mittag zum »Kiebitzen« kam, war der Präsentationstisch bereits leer geräumt. Auf den grünen Bananenblättern lagen häufchenweise Balbinas Zahnstocher wie nach einem Kampf unter Zwergen, und leere Teller türmten sich um die Probierschüsselchen für das Bananeneis. Ludwig kratzte ihm noch einen Rest aus der Kühltrommel und versprach ihm für den nächsten Tag mehr davon.

»Habt ihr es mal wieder geschafft«, musste Max eingestehen. »Du hast schon ein Glück mit deinen Leuten, Therese.«

Das war das größte Lob, das Therese je aus seinem Mund gehört hatte. Sie traute ihren Ohren kaum.

»Aber den Hermann habe ich in der Lehre gehabt. Was er kann, hat er bei mir gelernt, Therese, das darfst du nicht vergessen«, sagte er, bevor sie noch etwas erwidern konnte.

»Ja, er hat wohl etwas gelernt«, gestand Therese ihm zu. »Bei dir, bei Anton und mir, und auf seiner Weltreise. Und natürlich bin ich stolz auf ihn, das kannst du dir vorstellen. So wie auf alle meine jungen Leute, die heute hier diesen sagenhaften Erfolg errungen haben. Den ganzen Nachmittag werden wir enttäuschte Kunden wegschicken und auf morgen vertrösten müssen.«

»Am besten, Sie kommen morgen gleich um sieben Uhr zur Ladenöffnung«, verabschiedete Ludwig gerade zwei Kundinnen im vertraulichen Ton. »Nur solange der Vorrat reicht, wie es in der Zeitung zu lesen war. Sie wissen ja, dass die Bananen einen sehr weiten Weg hinter sich haben. Und unser Juniorchef wird nicht gleich wieder die Seereise auf die Kanarischen Inseln auf sich nehmen wollen, bei der er beinahe schiffbrüchig geworden wäre.«

Ein Raunen ging durch die anwesenden Kunden.

»Aber keine Sorge«, flüsterte Ludwig ihnen vertraulich zu,

»wir arbeiten schon mit Feuereifer daran, dauerhaft und regelmäßig Bananen nach München zu bringen.«

Therese schmunzelte, als sie hörte, wie geschickt Ludwig die Kundschaft bearbeitete. Balbina dagegen wirkte bei allem Eifer ein bisschen traurig und sah immer wieder zu Hermann, wehmütig, wie es Therese schien. Vielleicht hatten die beiden sich schon ausgesprochen. Aber sie arbeiteten Hand in Hand, und Therese staunte nur so, was sie alles schafften. Sie würde warten, bis Hermann zu ihr kam, und ihn nicht drängen. Denn jetzt war Bananenhochsaison im Dallmayr.

Auch in der Nachmittagsausgabe der *Münchner Neuesten Nachrichten* und in den morgigen Tageszeitungen würden wieder Anzeigen erscheinen. »Nach dem überragenden Erfolg am ersten Tag ...«, so fingen sie an. Dazu hatte sie auch noch weitere Angebote aufgenommen wie spanischen Wein, eingelegte Oliven, Sardellen und die Spezialitäten aus Lissabon, bei denen sie testen würden, ob eine dauerhafte Bestellung der Waren sich rechnete.

Am darauffolgenden Morgen wartete bereits eine Traube von Kundinnen vor der Ladentür, als Therese wie üblich um sieben Uhr aufschloss. Bis halb neun waren alle Bananen weg, auch die letzten Krümel von Balbinas nachgebackenen Bananenkuchen sowie Ludwigs zweites und drittes Fass Bananeneis. Die Kunden, die weiterhin kamen, kauften die Zitrusfrüchte, ließen sich von Hermann von den schwarzen Stränden auf La Palma und den Dampfschiffen im Hamburger Hafen erzählen, beglückwünschten Therese zu so einem tüchtigen Stammhalter und nahmen Sardellen von der Tejomündung mit, aus dem Laden der Doña Quitéria.

Noch vor Ladenschluss schickte Therese Ludwig nach Hause. Seine Mutter hatte ihn jetzt drei Tage lang nicht gesehen. Sie gab ihm am nächsten Tag frei, aber er meinte, ein halber Tag würde auch reichen, nur einmal ausschlafen, das wäre schön. Seit Hermann wieder da war, schien er richtig aufzublühen. Auch Paul stürmte jeden Tag nach der Schule ins Geschäft und sprach ein paar Worte mit seinem Bruder, als müsste er sich versichern, dass er noch da war und nicht gleich wieder weggehen würde. Paul war richtig gewachsen die letzten Monate und sah gar nicht mehr kindlich aus. Und während Balbina die erste Vertraute aus Kindertagen blieb, klebte er jetzt wie eine Klette an seinem Bruder.

Nach dem Abendessen saß Therese mit Hermann, der todmüde, aber auch sehr stolz und glücklich über seinen großartigen Erfolg war, im Salon zusammen, wo sie sich sonst sehr selten aufhielten. Aber heute fand sie den Ort angemessen. Balbina war noch in der Küche beschäftigt. Sie hatten zwar schon ein neues Hausmädchen verpflichtet, das konnte aber erst zu Lichtmess Anfang Februar seinen Dienst antreten.

Sie tranken ein Glas Portwein zusammen, den Hermann aus einer seiner Kisten geholt hatte. Es war ein Ferreira Port von 1895, einem besonders guten Jahrgang. In den kleinen Tulpengläsern funkelte der Portwein in einer Farbe zwischen Granatrot und Kastanie, und er schmeckte nach Mandel, Haselnuss und Holz. Ein feiner Tropfen, zu dem man ein Tellerchen Käse mit Nüssen servieren konnte, dachte Therese. Denn ohne Begleitung stieg er fast sofort zu Kopf, wenn auch auf eine sehr ruhige, zurückhaltende Art und Weise.

»Dann ist es dir also gut ergangen in der Fremde?«, fragte Therese. »Du wirkst so ausgeglichen, trotz der vielen Arbeit und Aufregung, die hier in den letzten Tagen seit deiner Rückkehr herrscht.«

Hermann schnupperte am Inhalt des Glases. Er hatte einen seligen Ausdruck der Zufriedenheit auf seinem jungen Gesicht.

»Gibt es einen besonderen Grund für deine innere Ruhe,

über den du uns noch nichts erzählt und auch nichts in deinen Briefen berichtet hast?«, fragte Therese und nahm noch einen kleinen Schluck von dem Portwein.

»Ja, den gibt es«, antwortete Hermann. »Und ich werde ihn dir auch sagen, Mutter. Aber vorher musst du mir noch eine Frage beantworten.«

»So?« Darauf war Therese nun nicht gefasst in dieser wohligen Stimmung. Sie spürte ein Kribbeln im Nacken, dass es vielleicht sogar unangenehm für sie werden könnte. Sie stellte ihr Glas auf dem Kartentisch ab. »Was möchtest du denn wissen?«

Hermann blieb vor dem Kamin stehen, schwenkte den funkelnden Wein in seinem Glas. Plötzlich quälte Therese eine Vorstellung, als sie ihren großen Sohn, ihren Erstgeborenen, dort stehen sah, wie er versunken der Bewegung des Portweins in seinem Glas folgte. Sie würde ihn doch nicht eines Tages verlieren? Konnte es sein, dass auf seiner Reise etwas Unvorhergesehenes geschehen war? Etwas, das ihn von ihr entfremden konnte? Dass er andere Pläne haben könnte als die, die Anton und sie immer für ihren Sohn gehabt hatten? Ihnen hatte vorgeschwebt, dass er irgendwann die Firma leiten würde. Das war für sie beide selbstverständlich gewesen. Einen anderen Weg hätten sie sich für ihn nicht vorstellen können. Nie. Bis jetzt.

»Meine Frage ist …«, begann Hermann, und Therese hatte plötzlich das Gefühl, als sei er sehr viel weiter weg von ihr als die drei Schritte, die ihn von ihr trennten, dort am Kamin, das hübsche Tulpenglas in der Hand.

»Ja?«, fragte sie und versuchte ruhig zu bleiben.

»Warum wolltest du unter keinen Umständen, dass ich mit Balbina zusammenkomme? Warum hast du mich auf eine Weltreise geschickt mit Mijnheer Groeneberg? Warum hast du mich gehen lassen, obwohl du mich im Geschäft dringend gebraucht hättest? Warum war dir alles lieber, als mich an Balbinas Seite zu sehen? Denn du hast schon richtig bemerkt, dass wir gerade anfingen, uns ineinander zu verlieben. Warum durfte das nicht sein? Ich habe auf der Reise viel darüber nachgedacht, aber keine Erklärung gefunden außer der, dass sie meine Cousine ist und keine Mitgift in eine Ehe einbringen würde und dass ihr Vater unbekannt ist. Wofür sie schließlich nichts kann. Also warum?«

Therese verstand, dass er nicht böse auf sie war, sondern nur eine Erklärung wollte, aber die würde sie ihm nicht geben. Nicht jetzt. Es war noch zu früh.

»Es ist nicht wegen des Geldes«, sagte sie. »Mehr kann ich dir jetzt nicht sagen, Hermann, noch nicht. Bitte bedränge mich jetzt nicht.«

»Wirst du es mir eines Tages verraten?«, fragte er.

»Ja, das werde ich. Früher oder später wirst du es erfahren, ganz sicher. Es hat nichts mit dir zu tun und auch nicht mit Balbina als Person. Ich schätze sie sehr, das weißt du. Ist es …«, Therese strich sich den Rock glatt, nervös, unsicher. »Wirst du weiter um sie werben?«

Hermann schüttelte den Kopf. »Nein, ich habe es ihr auch schon gesagt.«

Therese atmete einmal tief durch und entspannte sich wieder. »Und warum?«, fragte sie.

»Weil ich mich auf La Palma verliebt habe. Was heißt verliebt. Ich liebe eine junge Frau, sie heißt Sonia und stammt aus einer der angesehensten Familien der Insel. Und außerdem ist sie die schönste, die klügste, die sanfteste und die beste Frau der Welt.«

Therese saß ganz still in ihrem Stuhl und bewegte sich nicht. Sie befürchtete, dass sie bald weder sitzen noch aufstehen können würde. Es waren zu viele Neuigkeiten an diesen zwei, drei Tagen. Sie wäre jetzt gern zu Bett gegangen oder hätte sich taub gestellt, um nicht noch mehr hören zu müssen. Verliebt. Auf den Kanaren. Was um Himmels willen hatte das zu bedeuten?

»Und was soll nun werden?«, flüsterte Therese. »Ich meine, wie soll denn das weitergehen? Kann es denn überhaupt weitergehen?«

»Wir haben uns ein Jahr Zeit gegeben«, sagte ihr Sohn ernsthaft. »Wenn unsere Liebe dieses Jahr übersteht, dann wollen wir uns wiedersehen. Wenn nicht, war es ein Irrtum, eine Täuschung, die Sonia teurer zu stehen kommen kann als mich. Das ist mir klar.«

Therese presste die Lippen aufeinander. In dem Moment war ihr die Offenheit ihres Sohnes fast zu viel.

»Und wenn ihr in einem Jahr, ich meine, wenn ihr dann immer noch zueinandersteht, was passiert denn dann? Wissen ihre Eltern überhaupt davon?« Sie sah Hermann an und wusste Bescheid. »Das dachte ich mir schon, dass sie keine Ahnung haben. Oder nicht mehr als eine Vermutung. Aber wenn dem wirklich so wäre, gibt es ja wohl nur eine Möglichkeit.«

Hermann sah sie über sein Glas hinweg an. Eine Haarsträhne fiel ihm ins Gesicht, und er pustete sie fort, wie Anton es immer getan hatte, als er noch jünger war und genügend Haar gehabt hatte.

»Welche, Mutter?«, fragte Hermann.

»Die, dass du deine Braut hierherbringst, mit ihr in München lebst und das Geschäft führst natürlich. Was denn sonst? Die Leute werden sich das Maul darüber zerreißen, warum der Dallmayr junior in ganz München keine Braut gefunden hat, die seinen Ansprüchen genügt. Aber gut, das muss uns dann egal sein, was die Leute sagen.« Bei sich dachte Therese, dass es auch Menschen geben würde, die sie dafür verantwortlich machen würden, denn sie war es schließlich gewesen, die Hermann zu dieser Reise gedrängt hatte. »Was ihre Eltern dazu sagen werden, weißt du ja noch gar nicht, Hermann. Stell dir vor, die eigene Tochter in die Fremde schicken. Ist sie die einzige Tochter?«

Hermann nickte. »Sie war aber schon einmal in Europa, in einer Schweizer Schule für höhere Töchter. Sie haben sie also schon einmal fortziehen lassen, wenn auch nur auf Zeit.«

An Thereses linker Schläfe begann sich ein Kopfschmerz einzunisten. Sie stand auf, machte einen Schritt auf ihren Sohn zu.

»Ich muss zu Bett gehen, mein Kopf sagt, es ist genug für heute. Ich wünsche dir Zuversicht und Geduld. Sei fleißig und prüfe dein Herz. Ein Jahr ist kurz, aber es kann auch sehr lang werden. Wir sind alle so froh, dass du wieder bei uns bist, das hast du gemerkt. Gute Nacht, Hermann.«

»Gute Nacht, Mutter«, sagte er und schenkte sich noch ein Glas Wein ein.

Elsa heckte einen Plan aus und hatte darüber auch schon mit ihrer Mutter gesprochen. Der Klavierunterricht bei Frau Krozill war ihr unerträglich geworden. Es war sinnlos, Geld auszugeben, während sie sich nur quälte. Doch Therese hatte ihr zu verstehen gegeben, dass Frau Krozill Schüler brauchte, um ihren Lebensunterhalt zu verdienen, da sie sonst über kein Einkommen verfügte. Also war Elsa auf die Idee gekommen, der Lehrerin einen anderen Schüler an ihrer Stelle zu vermitteln. Noch bis vor ein, zwei Jahren hatte Paul oft bei ihr am Klavier gesessen, wenn sie gespielt hatte, und immer mitlernen wollen. Ein paar einfache Stücke hatte er sogar spielen gelernt und war sehr stolz darauf gewesen. Offenbar besaß er ein wenig Talent, und mit dem Notenlesen hatte er sich leichtgetan. Wie überhaupt manches in Paul schlummerte, was er gar nicht so nach außen trug. Er war wie ein kleines Überraschungspaket.

Elsa machte ihm im Dezember, als sie am Wochenende nach Hause kam, den Vorschlag, ob er sie nicht zu Frau Krozill begleiten wolle. Dort könne er sehen, wie das so ablief bei einer Klavierstunde mit einer Lehrerin. Paul fühlte sich einerseits geschmeichelt, dass seine große Schwester ihn dazu einlud. Andererseits war er auch ein bisschen misstrauisch, das merkte Elsa sofort. Sie bemühte sich, seine Bedenken zu zerstreuen. Wie alle im Haus hatte auch Paul bemerkt, dass Elsa ihre Freundin Claire schon länger nicht mehr mitgebracht hatte an den Wochenenden.

»Habt ihr euch gestritten?«, fragte Paul.

»Nein, aber sie macht jetzt viel mit Käthe. Käthe Waldstein. Ihr Vater ist Gesandter oder so etwas Ähnliches. Sie wohnt in einer Villa in Nymphenburg, dort ist alles ganz vornehm, mit viel Personal, Gärtner und so weiter. Das gefällt Claire, und sie ist jetzt oft dort, auch am Wochenende. Käthe hat auch einen älteren Bruder. Ach, was weiß ich, ist mir auch egal. Kommst du jetzt mit zur Krozill? Früher wolltest du immer.«

»Na gut«, sagte er. »Ich kann es mir ja mal ansehen.«

Die Eingangstür zum Haus in der Galeriestraße stand wie immer offen. Die Treppe zum ersten Stock war alt und ausgetreten, aber frisch gebohnert. Für Frau Krozill, die an schwerem Asthma litt, war sie jedoch fast unüberwindbar. Sie verbrachte ihr Leben nahezu ausschließlich in ihren vier Wänden, mit ihrem Klavier, und beobachtete den Jahreszeitenwechsel an den Bäumen vor ihrem Fenster.

Als sie den ersten Treppenabsatz erreicht hatten, sah Elsa aus dem Augenwinkel einen Umschlag auf dem Fensterbrett liegen. Als Adressat stand mit schwungvoller Handschrift »Fräulein E.« daraufgeschrieben. Die Briefmarke, das fiel ihr sofort auf, war nicht echt, sondern gezeichnet. Sie zeigte nicht wie üblich ein Porträt des Prinzregenten, sondern einen Steinbock, der auf einer Felsklippe stand. Was bildete dieser Mensch sich eigentlich ein? Elsa zögerte zwei Sekunden, dann nahm sie den Umschlag und ließ ihn in ihrer Rocktasche verschwinden. Paul war bereits ein Stück über ihr und mit dem Zählen der Stufen beschäftigt.

Frau Krozill schien gerührt, dass Elsa ihren Bruder mitbrachte. Sie machte ihm Komplimente, was für ein hübscher Bursche er sei und wie wohlerzogen und bot ihm selbst gebackene Anisplätzchen an. Elsa spielte zerstreut und lustlos die Etüde, die sie wieder einmal schlecht geübt hatte. Die Lehrerin schimpfte nicht wie sonst, sondern schüttelte nur leicht den Kopf. Sie schloss beim Zuhören die Augen und ließ sich keinen Unmut anmerken.

»Wo sind Sie nur heute wieder mit Ihren Gedanken, Fräulein Elsa?«, fragte sie, als Elsa fertig war. »Verzeihen Sie, aber Sie spielen wie eine Jahrmarktsorgel. Wo ist denn Ihr Gefühl? Offenbar nicht in Ihren Fingern.«

Elsa hatte die Hände in den Schoß gelegt. »Mir ist nicht gut«, sagte sie und stand auf.

»Möchten Sie uns nicht Tee machen, Fräulein Elsa? Sie finden alles in der Küche. Ein Tässchen Tee und ein paar Kekse werden Ihre Kräfte bestimmt bald zurückbringen.«

Die Küche war so winzig, dass Elsa nicht lange suchen musste, bis sie Teedose, Kanne und Tassen gefunden hatte. Während sie darauf wartete, dass das Wasser kochte, zog sie den Umschlag aus der Tasche und öffnete ihn. Er war tatsächlich von ihm, von ihrem Maler Sigmund Rainer, aber diesmal hatte er nicht gereimt und gedichtet, sondern da stand nur ein Satz: *Ich warte im Tambosi auf Sie.* Sie dachte kurz darüber nach, wie er auf Frau Krozill gekommen war. Hatte sie ihren Namen erwähnt, damals im Hofgarten oder im Café Stefanie? Hatte sie ihm die Straße genannt? Sie erinnerte sich nicht, aber das war ja nun egal. Er hatte sie gefunden und wartete auf sie.

Als Elsa mit dem Tee ins Wohnzimmer zurückkam, saß Paul auf der Klavierbank, hinter ihm stand Frau Krozill und kontrollierte seine Fingerhaltung. Und Paul sah nicht einmal gequält aus. Dann setzte sie sich zum ihm auf die Klavierbank und spielte dieselbe Etüde, die Elsa zuvor vorgetragen hatte, und selbst ein hörgeschädigter Waldarbeiter hätte den Unterschied wahrgenommen.

»Vielleicht hat mein Bruder mehr Talent als ich«, sagte sie. »Ich muss jedenfalls an die frische Luft, mir ist wirklich nicht gut, Frau Krozill. Kann ich Paul in einer Stunde wieder hier abholen?« Sie hörte, wie Paul neben ihr kurz nach Luft schnappte. »Bitte Paul«, sagte sie, »versuch es doch einfach mal. Mutter würde sich so freuen. Und ich auch.«

Nun sah Paul sie doch ziemlich gequält an. So hatte er sich das offenbar nicht vorgestellt. Aber Elsa dachte, dass das nun sozusagen so etwas wie ein Notfall war und ihr Bruder schon einen Weg finden würde.

»Wenn Sie länger als eine Stunde mit ihm machen möchten, dann ginge das auch. Meine Mutter bezahlt auch zwei Stunden, jetzt für den Anfang.«

»Ich weiß nicht«, wagte Paul zu sagen. Aber sein Widerstand war einfach nicht groß genug. Er kannte ja diese ältere Dame nicht und wollte nicht unhöflich sein.

»Ich glaube, eineinhalb Stunden wären vorteilhaft für den Anfang«, sagte die Krozill. »Ich habe bereits gemerkt, dass der junge Mann talentiert ist. Und er hat nicht diese starke Widerstandskraft, die Sie ja nun bedauernswerterweise besitzen, Fräulein Elsa. Wer weiß, vielleicht spielt er Ihnen schon etwas vor, wenn Sie ihn wieder abholen.«

»Dann bis später«, sagte Elsa, und ihr Herz pochte so heftig, dass sie dachte, man könne es hören.

Sie zwinkerte ihm zu, was sie noch nie im Leben getan hatte. Das wusste auch Paul und fühlte sich offenkundig noch mehr überrumpelt. Während Frau Krozill seine Handhaltung korrigierte, verließ Elsa leise den Raum, band rasch ihre Schnürstiefel zu und ließ die Tür hinter sich ins Schloss fallen.

Ich warte im Tambosi auf Sie. Und ich bin gleich da, flüsterte Elsa und sprang die Treppenstufen hinunter, immer zwei auf einmal nehmend, eine Hand am Geländer, denn sie hatte ja nur neunzig Minuten, bis sie den armen Paul wieder befreien musste.

Als Elsa auf die Straße trat, in die Ludwigstraße einbog und auf das Tambosi zulief, hatte sich ihre anfängliche Empörung über die Dreistigkeit des Malers bereits in Luft aufgelöst. Die Terrassentische vor dem Café waren im Winter fortgeräumt. Elsa holte einmal tief Luft, straffte die Schultern, streckte den Rücken durch und drückte die Schwingtür auf. Sie sah ihn oben auf der Galerie sitzen, den Eingang fest im Blick. Auch er bemerkte sie sofort, und langsam huschte ein Lächeln über sein Gesicht. Sie stieg die halbe Wendeltreppe hinauf, bis er endlich aufsprang und ihr aus der Jacke half.

»Wie schön Sie sind«, sagte er, als sie sich setzten. »Wir haben uns so lange nicht gesehen.«

»Wie kommen Sie dazu, mir hinterherzuspionieren?«, fuhr Elsa ihm über den Mund. Sie zupfte an den Fingerspitzen ihrer Handschuhe und zog sie nacheinander aus. Der Maler beobachtete sie dabei.

»Eine heiße Schokolade, wie immer?«, fragte er, als der Ober kam. Elsa nickte.

»Sie hatten einmal diesen Namen erwähnt«, sagte er, »und dass Ihre Klavierlehrerin gleich hier um die Ecke wohnt. Es war nicht so schwer, sie ausfindig zu machen.«

»Wollen Sie damit andeuten, ich selbst hätte Sie dazu ermuntert, mir nachzuspionieren?«

»Keineswegs. Ich wollte nur sagen, dass es keiner großen Spionageanstrengung bedurfte, das Haus Ihrer Klavierlehrerin zu finden. Sie sehen bezaubernd aus, Elsa.« Er wollte ihre Hand berühren, aber sie entzog sie ihm. »Und Sie tragen wieder so eine entzückende Hutkreation. So geschmackvoll und farblich wieder genau auf Ihre Augenfarbe abgestimmt.«

Elsas Hut war breitkrempig, aus schwarzem Wollfilz und mit einer Garnitur aus einem graublauen Samtband, locker drapiertem Seidensamt und einer Straußenfeder, die in demselben Blau eingefärbt war. Die Modistin, bei der Elsa ihre Hutgarnituren aussuchte und fertigen ließ, hatte ihr Atelier an der Sonnenstraße. Auch die Schauspielerin Bürkel vom Residenztheater und viele Damen der Gesellschaft zählten zu ihren Kundinnen.

»Im Grunde Ihres Herzens sind Sie eine Künstlerin, da bin ich ganz sicher«, sagte Sigmund gerade und wandte den Blick nicht von Elsa ab.

Das war nun das Stichwort, auf das Elsa gewartet hatte. »Und Sie«, fuhr sie ihn an, »was sind Sie eigentlich für ein Künstler? Einer, der seine Bilder an Wirtinnen verpfändet, die sie öffentlich zur Schau stellen, ohne dass der Maler sein Modell gefragt hätte, ob sie das erlaubte. So ein Künstler sind Sie, ja?«

Sie sah, wie Sigmund in sich zusammensank. »Also stimmt es, dass Sie da waren«, sagte er. »Die Gräfin hatte es mir erzählt, aber ich war mir nicht sicher, ob sie mich nicht auf den Arm nehmen wollte. Sie beliebt oft mit mir zu scherzen.«

»So, beliebt sie das. Hat diese Dame denn jetzt ihr Kind geboren?«, fragte Elsa.

»Ja, das hat sie. Ihr Sohn kam im September auf die Welt. Er heißt Rolf, aber sie nennt ihn nur Bubi, und so nennt ihn nun auch alle Welt.«

»Bubi? Wie banal«, sagte Elsa. »Für mich passt das zu einem Hund, aber nicht zum Sohn einer Gräfin. Falls sie überhaupt eine echte Gräfin ist.«

»So streng urteilen Sie über Menschen, die Sie gar nicht kennen?«, fragte der Maler.

»Ach, es geht doch nicht um die Gräfin und ihren Bubi, es geht um das Bild, das im Café Stefanie hing. Gott, wie peinlich!«

»Es hängt nicht mehr dort, Sie können beruhigt sein.«

»Das weiß ich bereits, denn ich war ein zweites Mal dort, um es auszulösen. Aber da war es bereits fort. Die Wirtin sagte mir, Sie hätten Ihre Schulden bei ihr beglichen. Wovon leben Sie eigentlich, wenn ich fragen darf? Bekommen Sie kein Geld von Ihren Eltern, während Sie an der Kunstakademie Ihre Ausbildung absolvieren?«

»Doch, aber es reicht keinen Monat. Ich habe jetzt angefangen, an einer privaten Malschule zu unterrichten, der von Professor Nämlich, in der Schwabinger Georgenstraße.«

»Professor Nämlich? Ist das ein Scherz, so wie Graf Bubi?«

Sigmund lachte. »Der Professor heißt Azbe. Aber wir nennen ihn Nämlich, nach seinem Lieblingswort.«

»Und macht es Ihnen Freude zu unterrichten?«, fragte Elsa.

»Wenn ich ehrlich sein soll, nein, eigentlich nicht. Es hält mich vom Malen ab, und ich habe dort nicht nur begabte Schüler, bei denen sich die Mühe des Unterrichtens tatsächlich lohnen würde.«

»Das geht Frau Krozill auch so«, meinte Elsa. »Sie sagte mir heute, mein Klavierspiel klinge wie eine Jahrmarktsorgel.«

»Oh.« Der Maler heuchelte Mitgefühl, aber Elsa konnte hören, wie er vor sich hin kicherte.

»Lachen Sie nur, ich weiß ja, dass sie recht hat. Genau deshalb möchte ich auch damit aufhören.«

»Vielleicht versuchen Sie es in meiner Malschule?«, schlug Sigmund vor. »Dann könnten wir uns jede Woche sehen.«

»Wer sagt denn, dass ich Sie jede Woche sehen will?«, fragte Elsa schnippisch.

»Wären Sie sonst gekommen?«, gab er zurück. »Ich habe da übrigens noch etwas für Sie.« Aus einer Mappe, die gegen das Geländer der Galerie gelehnt war, nahm er ein Blatt und reichte es Elsa. Sie drehte es um und betrachtete es stumm.

»Gefällt es Ihnen nicht?«, fragte Sigmund besorgt.

»Es ist schöner als ich«, antwortete Elsa.

Sie betrachtete ihr Porträt, das der Maler nun fertiggestellt hatte. Er hatte alle Mängel ihres Gesichts in Vorzüge umgewandelt. Das Kantige, das sie an sich so gar nicht mochte, war noch da, aber durch seine Augen betrachtet wirkte es sehr anziehend. Die Schultern waren nun auch bedeckt, von einer zarten hellblauen Bluse, deren oberste Knöpfe etwas leger, aber nicht anzüglich offen standen und einen dreieckigen Ausschnitt andeuteten, ohne weibliches Dekolleté, das Elsa ohnehin nicht zu bieten hatte. Das Haar war etwas lockerer aufgesteckt, und darauf saß dieser Strohhut mit den blauen Stiefmütterchen. Das Porträt wirkte durch seinen verwischten Hintergrund und die selbstbewusste Pose sehr modern.

»Gefällt es Ihnen nicht?«, fragte der Maler.

»Doch, sehr«, antwortete Elsa.

»Ich sehe Sie gerade zum ersten Mal lächeln. Tauschen Sie das Klavier gegen Papier und Bleistift, Elsa, und bewerben Sie sich bei Azbe. Dann würde ich mit viel mehr Freude in meine wöchentliche Malklasse gehen, und alles wäre leichter. Wollen Sie? Die Gräfin war auch schon bei uns an der Schule eingeschrieben, und Frau von Werefkin. Wir haben viele begabte Malerinnen an der Schule. Ich bin sicher, dass man sich ihre Namen merken wird.« Seine Augen leuchteten und sahen noch schwärzer aus als sonst.

»Und wo sind die Bilder von diesen Malerinnen? Ich habe noch keine ausgestellt gesehen. Zumindest kann ich mich an kein Museum erinnern, das Bilder von Frauen zeigen würde. Kennen Sie eines?«

»Ach, das wird sich alles bald ändern, wir leben an der Schwelle zu einer neuen Zeit, Fräulein Elsa. Es wird nicht mehr lange dauern, und Frauen werden überall präsent sein: in der Kunst, an den Universitäten, als Musikerinnen, Schriftstellerinnen.«

»Es wäre schön, wenn Sie recht behielten. Ich fürchte, dass ich jetzt gehen und meinen Bruder befreien muss.«

»Soll ich Ihnen dabei helfen?«

»Bloß nicht! Aber wie bringe ich nun das Bild nach Hause? Ich kann es wohl schlecht unter den Arm klemmen und damit durch die Tür spazieren. Wenn meine Mutter es sieht, werde ich bestimmt einem strengen Verhör unterzogen. Und mein Bruder würde sich nur verplappern.«

»Kann nicht eine Freundin es für Sie abholen?«

Elsa überlegte kurz. Balbina vielleicht? Schließlich wusste sie ja schon von der Sache und hing also auch in gewissem Sinne mit drin.

»Ich muss darüber nachdenken. Wann unterrichten Sie denn in der Malschule, an welchem Tag?«

»Immer am Mittwochnachmittag, von fünf bis neun Uhr. Georgenstraße 16, im russischen Pavillon. Sie können ihn gar nicht verfehlen.«

»Gut, dann behalten Sie das Bild vorerst noch. Ich überlege, wie ich das am besten machen kann.« Sie stand auf, er half ihr in die Jacke, küsste zum Abschied ihre Hände.

»Und dass Sie es ja nicht wagen, mein Bild noch einmal zu versetzen oder in fremde Hände zu geben!«, sagte sie.

»Natürlich nicht«, antwortete er. »Auf bald, Elsa!«

Als Elsa die Treppe zu Frau Krozills Wohnung hinaufging, konnte sie erst nicht glauben, was sie da hörte. Sie legte das Ohr an die Tür. Tatsächlich, die beiden lachten miteinander und jemand, womöglich Frau Krozill, machte ganz merkwürdige Geräusche. Es hörte sich an wie ein Elefant. Sie schellte. Paul öffnete ihr. Im Wohnzimmer war nur die Krozill, sonst niemand.

»Fräulein Elsa, ist es wirklich schon so spät? Wir haben gar nicht gemerkt, wie die Zeit verging. Sie haben einen so netten und begabten Bruder. Ich bin sehr froh, dass ich ihn kennenlernen durfte. Ich hoffe, wir sehen uns wieder? Vielleicht schon nächste Woche?«

Paul zuckte die Achseln, aber er sah nicht so aus, als hätte er besonders gelitten in den letzten eineinhalb Stunden.

»Auf Wiedersehen, Frau Krozill«, sagte er artig und machte einen Diener. »Ich wünsche Ihnen ein schönes Wochenende.«

»Das wünsche ich dir auch, mein lieber Junge.«

Als sie draußen waren, fragte Elsa Paul, welch seltsame Geräusche sie da gehört hatte, wie von einem Elefanten.

»Ach das«, sagte Paul. »Wir haben uns eine Tiergeschichte ausgedacht und dann versucht, sie am Klavier nachzuspielen. Und da kam auch ein Elefant vor. Eigentlich bin ich ja schon zu groß für Tiergeschichten, aber Frau Krozill hatte so viel Freude damit.«

Paul musste noch einmal nach oben laufen, weil er vergessen hatte, die Stufen zu zählen.

»Hört sich so an, als hättet ihr Spaß miteinander gehabt, kann das sein?«

Paul antwortete nicht, denn er war immer noch mit Zählen beschäftigt.

»Bedeutet das, dass du nächsten Samstag wieder hingehst?«

Elsa hielt ihrem Bruder die Haustür auf. Er hüpfte hinaus auf den Gehsteig, wo er gleich damit weitermachte, die Pflasterreihen zu zählen.

»Mensch Paul, jetzt sag doch mal.«

»Es war gar nicht so schlecht«, gab Paul zu und blieb in der Mitte eines Pflastersteins stehen. »Aber wenn du deinen Klavierunterricht an mich loswerden willst, dann kostet dich das was.«

»Wie bitte?«

»Na, Geld eben, Penunzen«, sagte er frech.

»Ich hör wohl nicht recht. Willst du mich erpressen, sag mal? Wofür brauchst du denn Geld?«

»Für eine Reise.«

»Na und, weiter?«

»Ich möchte auch einmal nach Hamburg und diesen riesengroßen Hafen sehen, von dem Hermann erzählt hat. Am liebsten mit ihm natürlich. Aber wenn er nicht will oder keine Zeit hat …«

»Was dann?«

»Dann fahre ich alleine. Und dazu brauche ich Geld.«

»Und das soll ausgerechnet ich dir geben? Woher soll ich es denn nehmen, hm?«

»Ach, ich glaube, du hast bestimmt was gespart. Ich ja auch. Aber es reicht einfach nicht. Übrigens spielst du wirklich nicht so gut Klavier, wie man es nach drei Jahren Unterricht erwarten könnte.«

»Und du willst mein Bruder sein?«, fauchte Elsa ihn an. »Eine Bestie bist du, damit du es weißt. Von mir bekommst du nicht einen Pfennig. Und jetzt ab nach Hause.«

Elsa lief voraus, während Paul hinter ihr weiter die Pflastersteine zählte. An der Straßenecke zum Café Tambosi versteckte sie sich und sprang heraus, als Paul vorbeikam, um ihn zu erschrecken. Lachend lief er an ihr vorbei in Richtung Residenz davon.

»Balbina?« Elsa war dabei, ihre Sachen für die kommende Woche im Internat zu packen. »Wo ist denn meine Bluse mit dem Matrosenkragen, hast du die gesehen?« Sie stand an Balbinas Zimmertür und sah zu ihrer Cousine hinein. Die saß am Tisch und zeichnete.

»Müsste gewaschen sein.« Balbina wandte den Blick nicht von ihrer Vorlage ab.

»Aber sie ist nicht geplättet«, beschwerte Elsa sich. »Wie sieht denn das aus? So kann ich sie doch nicht anziehen.«

»Tja, du weißt ja, wo das Plätteisen ist.« Balbina ließ sich nicht aus der Ruhe bringen.

»Du weißt, dass das bei mir nichts wird. Balbina, bitte, jetzt hilf mir doch.«

»Was krieg ich denn dafür?«

»Wie bitte? Bist du verrückt geworden?«

Murrend legte Balbina den Stift weg und ging hinunter in die Küche, um das Eisen auf dem Ofen anzuwärmen. Elsa brachte ihre Bluse.

»Muss es jetzt genau diese Bluse sein?«, fragte Balbina.

Elsa nickte.

»Was ist denn jetzt eigentlich mit deinem Bild? Hast du es inzwischen bekommen?«, fragte Balbina.

»Noch nicht«, antwortete Elsa, »aber gesehen habe ich es schon.«

»Und hat es sich noch verändert, ich meine, hat er dir auch Kleider gemalt?« Balbina grinste.

»Die Schultern sind bedeckt, wenn du das meinst. Ich sehe ganz züchtig aus.«

»Und warum hast du es noch nicht hier?«

»Weil ich nichts zum Transportieren dabeihatte. Aber ich kann es holen. Immer mittwochs unterrichtet Sigmund jetzt an einer Malschule. Da kann ich jederzeit hin, hat er gesagt.«

»Eine Malschule, echt? Sag mal, darf ich da mitkommen? Ich würde zu gern sehen, wie es dort zugeht, mit all den Künstlern, den Bildern, den Farben und Leinwänden und alledem. Wo ist denn diese Schule?«

»In der Georgenstraße, in einem russischen Pavillon, hat er gesagt.«

»Russischer Pavillon? Und was soll das sein? Es klingt jedenfalls aufregend. Nimmst du mich mit, wenn du hingehst? Bitte, Elsa.«

Elsa überlegte kurz. Wer weiß, ob sie sich trauen würde, alleine in diese Malschule zu gehen. Wenn Balbina dabei war, würde sie bestimmt nicht kneifen. Dann würde sie es auch nicht vor sich herschieben. Und dass Sigmund als Lehrer dort war, machte sie durchaus auch ein wenig stolz. Das durfte Balbina ruhig sehen. Und sie war ohnehin schon ihre Komplizin in dieser Sache.

»Also gut, dann gehen wir da zusammen hin. Mittwoch um fünf nachmittags. Bist du dabei?«

»Ginge auch um sechs? Vorher kann ich schlecht weg. Aber darfst du denn abends einfach so fort aus dem Pensionat?«

»Einfach so nicht, aber da fällt mir schon was ein. Dann muss ich eben noch mal zum Zahnarzt, oder meine Firmpatin aus der Oberpfalz kommt zu Besuch und bleibt nur ein paar Stunden.«

»Es wird noch ein schlimmes Ende nehmen mit dir«, meinte Balbina. »Du lügst ja wie gedruckt und schämst dich nicht einmal dafür.«

Elsa zuckte die Schultern. Wozu leugnen, wenn es so war. Die Englischen Fräulein in Nymphenburg waren ihre Lehrerinnen. Ihre Mutter bezahlte jeden Monat, den sie dort verbrachte. Und Elsa tat ihre Pflicht und folgte dem Unterricht, obwohl ihr meistens stinklangweilig war. Aber die Schwestern waren keine Polizistinnen, die auch noch über ihre Freizeit zu bestimmen hatten. Elsa war klug genug, nicht offen gegen die strengen Regeln im Internat aufzubegehren. Sie betrachtete sie lediglich für sich persönlich nicht als absolut verbindlich. Sie dachte, es stünde ihr zu, ein wenig mehr Freizügigkeit zu genießen als die anderen, die mit dem engen Rahmen, der ihnen gesteckt war, zufrieden waren und gar nicht auf die Idee kamen, mehr zu fordern. Sollten sie büffeln, kichern, sich über Mode unterhalten und über junge Herren tuscheln, heimlich ihre Liebesromane lesen oder ihre harmlosen Gesellschaftsspiele spielen. Elsa bedeutete das alles nicht viel, auch nicht die Kameradschaft, das Getuschel, die dicken Mädchenfreundschaften. Und das Lügen fiel ihr von Natur aus leicht. Das war schließlich auch eine Gabe, fand sie. Wer weiß, wofür sie noch einmal gut sein würde.

Sie trafen sich am Siegestor. Es war ein schöner Wintertag gewesen, aber jetzt, wo die Sonne fort war, blies ein frischer Wind durch die Ludwigstraße, und der richtige Schnee in diesem Winter würde sicher nicht mehr allzu lange auf sich warten lassen. Elsa fror, weil sie unbedingt diese weiße Matrosenbluse unter ihren Mantel hatte anziehen müssen. Es fühlte sich an, als ob der Wind bis zu ihren Knochen durchdringen würde. Sie schüttelte sich.

»Komm, lass uns die Akademiestraße rauflaufen, vielleicht kommt da der Wind nicht so durch. Du frierst ja«, sagte Balbina. »Matrosenbluse im Winter.« Sie schüttelte den Kopf.

»Die Malschule in der Georgenstraße ist übrigens gemischt«, sagte Elsa, als sie an der geschwungenen Freitreppe der Akademie der Künste vorbeiliefen. »Alle werden in denselben Klassen unterrichtet. Wer Talent hat und bezahlen kann, wird aufgenommen, egal ob Mann oder Frau.«

»Sonst könnten wir da auch nicht so einfach zuschauen, oder? Stell dir das mal vor. Wenn da nur Männer wären. Nein, da würde ich nicht reingehen. Noch dazu, wo ich keinen kenne. Das ist ja bei dir anders.« Balbina grinste. »Ach, ich bin so neugierig!«

»Worauf denn?«, fragte Elsa.

»Auf deinen Maler natürlich, und die ganze Atmosphäre. Ich war noch nie in einer Malschule.«

»Ich auch nicht«, antwortete Elsa.

Hinter dem Akademiepark bogen sie in die Georgenstraße ein.

»Das muss es sein«, sagte Elsa. »Sieht doch aus wie ein russischer Pavillon.«

»Findest du? Ich dachte, ein Pavillon wäre kleiner. Der sieht ja aus wie ein ganzes Haus, nur dass er im Garten einer Villa steht. Und wie kommen wir da jetzt rein?«

»Durch die Tür?« Elsa hatte schon die Hand am Gartentor, das nicht abgesperrt war. Die Villa gehörte, wie sie am Türschild lesen konnten, dem Architekten Friedrich von Thiersch, der den Justizpalast erbaut hatte. In München kannte jedes Kind seinen Namen.

Der Pavillon war zweistöckig, die Eingangstür stand offen. Dahinter befand sich ein Vorraum, der in zwei getrennte Bereiche führte. Über der rechten Tür hing eine Krawatte, über der linken ein von den Jahren und vom vielen Tragen vergilbtes Schnürmieder. Elsa öffnete die linke Tür zur Damengarderobe, in der bereits eine Jacke und zwei Morgenröcke hingen. Ein Paar Damenstiefel standen in der Ecke. Da ging die Tür auf und eine junge Frau, kaum älter als Elsa und Balbina, kam herein. Sie grinste die beiden an und begann sich auszuziehen. Jacke, Bluse, Rock. In Mieder und Unterwäsche setzte sie sich auf einen Stuhl und begann ihre Strümpfe abzurollen.

»Sind wir heute zu dritt?«, fragte sie.

Balbina hatte sich abgewandt und nestelte an ihrer Jacke.

»Was meinst du mit zu dritt?«, fragte Elsa zurück.

»Ob ihr heute auch Modell steht und wir zu mehreren sind. Ihr seht nämlich nicht aus wie Malerinnen.«

»So?«, fragte Elsa. »Wie sehen wir dann aus?«

»Hm, ich weiß nicht. Wie Aktmodelle eigentlich auch nicht.«

»Aktmodelle?« Balbina fuhr erschrocken herum.

»Mittwochabend ab halb sieben ist immer Aktklasse. Ich heiße übrigens Emmy.«

»Hast du das gewusst?«, fragte Balbina und sah Elsa an.

»Nein«, antwortete Elsa. »Aber du hattest ja um fünf Uhr noch keine Zeit. Da wäre vielleicht noch keine Aktklasse gewesen.«

»Dann geh ich da nicht rein«, sagte Balbina.

»Ich dachte, du wolltest diese Atmosphäre unbedingt einmal erleben.« Elsa grinste Emmy an.

»Was hat sie denn?«, fragte die. »Geniert sie sich? Du hast doch gesagt, ihr seid keine Modelle. Dann muss sie sich ja auch nicht ausziehen.«

»Und warum machst du so etwas?«, fragte Balbina.

»Gibt gutes Geld, und ich muss nicht viel dafür tun.«

»Und dass dich alle anstarren, diese Männer?«

»Es sind Männer und Frauen. Und in der Malschule sind die Männer viel anständiger als in der Gastwirtschaft, in der ich arbeite. Als Kellnerin verdiene ich ja fast nichts. Nur das, was ich als Trinkgeld bekomme. Und die Gäste wissen natürlich, dass ich auf ihr Trinkgeld angewiesen bin. Deshalb denken sie auch, sie können sich alles erlauben. Dagegen sind die Maler ziemlich brave Burschen.«

Elsa half Emmy aus der Schnürung ihres Mieders. Nachdem sie einen der Morgenmäntel angezogen hatte, schlüpfte sie auch noch aus ihrer knielangen Leinenunterhose, und legte sie zu ihren Kleidern.

»Kommst du jetzt mit?«, fragte Elsa.

Balbina schien hin- und hergerissen zwischen Neugier, Ängstlichkeit und Scham. Da nahm Elsa sie am Arm und zog sie einfach mit durch die Tür, die direkt in das Atelier führte.

Was Elsa in dem rechteckigen Raum mit den hohen Fenstern zuerst auffiel, waren die vielen verschiedenen Geräusche. Das Umherlaufen zwischen den Staffeleien und den Tischen mit den Farbtuben und -tiegeln, den Pinseln und Lappen, die gemurmelten Gespräche, das Kratzen von Spachteln und Malmessern auf den Leinwänden, das Reiben von Kreide auf Papier. Über allem der Geruch von Ölfarbe aus den Bleituben, auf den Paletten und Pinseln. Es lag eine besondere Ernsthaftigkeit auf dieser Szenerie. Elsa zählte fast ebenso viele Malerinnen wie Maler in der Gruppe. Auf der Straße, den Stammtischen, aber auch in der Zeitung wurden sie verächtlich »Malweiber« genannt. Es herrschte in der Öffentlichkeit immer noch die Meinung, es sei unanständig, wenn eine Frau künstlerischen oder überhaupt irgendeinen Ehrgeiz entwickelte für eine Tätigkeit außer Haus. Wenn die Leute, die so dachten, die Malerinnen hier in der Aktklasse gesehen hätten, hätte das vermutlich einen Aufschrei verursacht. Elsa fragte sich, wie lange es noch dauern würde, bis man es als normal empfand, dass Frauen ihren Neigungen nachgingen und versuchten, eine Ausbildung zu erhalten, die für Männer selbstverständlich war. Würde das je passieren? Elsa hielt Ausschau nach Sigmund, doch der Lehrer war anscheinend noch nicht da.

Jetzt wurden die Staffeleien zur Seite gerückt. Zwei Männer stellten in der Mitte des Raumes ein Podest auf. Ein dritter hob Emmy in ihrem Bademantel hinauf. Emmy legte den Mantel ab und gab ihn einem der Herren. Da stand sie nun, das Bäuchlein leicht vorgewölbt, mit tropfenförmigen, etwas nach außen drehenden Brüsten, und es war bestimmt nicht ihr erstes Mal, denn sie wirkte ganz entspannt, als geniere sie sich kein bisschen. Im Gegenteil, sie schien es zu genießen, sich ohne Mieder und Wäsche frei zeigen zu können. Während Balbina ganz vertieft ein Frauenporträt an der Wand betrachtete, blickte Elsa gebannt auf Emmys vollkommen unbefangene und in diesem Sinne schamlose Haltung. Es war faszinierend. Das Mädchen, das ihr Geld recht und schlecht als Kellnerin verdiente, stand da, als sei das Nacktsein ihr natürlicher Zustand. Alle richteten ihre Staffeleien so aus, dass sie Emmy gut sehen konnten, und da und dort begannen bereits die Bleistifte über die Leinwände oder das Papier zu jagen.

Elsa wartete gespannt, wann der Lehrer nun endlich auftauchen würde. Alles schien auf ihn zu warten. Da öffnete sich die Tür, und Sigmund Rainer kam herein. Schwarze Hose, kragenloses weißes Hemd, den Bart gestutzt und das Haar frisch gewaschen. Und er entdeckte Elsa sofort, verneigte sich vorher jedoch leicht vor Emmy, deren Nacktheit er kaum zu bemerken schien. Er hatte nur Augen für Elsa. Balbina bemerkte er erst, als er bereits Elsas Hände ergriffen hatte. Den Herren und Damen Malschülern entging kein Detail dieser Begegnung.

»Fräulein Elsa, schön, dass Sie gekommen sind. Und Sie haben eine Freundin mitgebracht?« Sigmund Rainer strahlte.

»Meine Cousine Balbina«, stellte Elsa vor.

»Was für ein schöner Name«, sagte er, und seine Blicke wanderten zwischen ihnen beiden hin und her, als vergleiche er sie nach einer Liste mit einer bestimmten Anzahl von Merkmalen. Dann holte er ihnen zwei Klappstühle. »Wollen Sie sich nicht setzen? Sie bleiben doch noch ein bisschen?«

»Eigentlich wollten wir nur das Bild abholen«, sagte Elsa.

»Ja, gleich, aber ein paar Minuten haben Sie doch bestimmt«, meinte er. Er nahm zwei Blätter Zeichenpapier und eine Schachtel Kohlestifte von einem der Tische und brachte sie ihnen. »Bitte sehr, die Damen. Dies ist eine Aktklasse, also wird hier auch gezeichnet. Versuchen Sie es einfach. Denken Sie nicht, dass es beim ersten Mal gleich ein Meisterwerk werden wird. Seien Sie nicht zu ehrgeizig.«

Dann ging er zu Emmy, um eine Haltung mit ihr zu besprechen, in der sie für einige Zeit ohne Bewegung verharren konnte.

»Meine Damen, meine Herren«, wandte er sich an seine Schüler. »Wir machen heute ein kleines Experiment. Wie ich Ihnen in der letzten Stunde versucht habe zu vermitteln, geht es beim Aktzeichnen nicht darum, mit dem Kopf zu beginnen, oder mit den Füßen, wenn Sie wollen, und sich dann hinunter- oder hinaufzuarbeiten, Detail für Detail. Es geht vielmehr darum – hängen Sie sich doch den Mantel um, Emmy, solange ich hier doziere. Sie sollen ja nicht erfrieren. Einen Stuhl für unser Modell, bitte!«

Jemand stellte einen Stuhl auf das Podest.

»Also, denken Sie daran, es geht nicht um Details. Es geht um Proportionen, um geometrische Formen und um eine Gesamtschau, eine Vision des vollständigen Menschen, den Sie vor sich sehen. Über Proportionen haben Sie schon eine Menge gelernt: des Kopfes zum Rumpf, der Oberschenkel zu den Unterschenkeln und so fort. Das kennen Sie bereits. Lassen Sie uns jetzt ein kleines Experiment mit Kohle oder Bleistift wagen. Sehen Sie sich für einige Minuten unser Modell an, dann wird Emmy wieder in ihrem Bademantel verschwinden, und erst danach beginnen Sie damit, ihre Gestalt in ihren spezifischen Proportionen sozusagen aus dem Gedächtnis, aus der freien Hand und dem freien Geist zu skizzieren. Kümmern Sie sich nicht um die Details, sondern bleiben Sie bewusst grob. Ich will keine Augen mit Wimpern sehen, Sie wissen, was ich meine. Sind Sie bereit?« Er wandte sich an Emmy. »Sie auch? Dann los. Schauen Sie, liebe Kollegen und Kolleginnen.«

Elsa versuchte, Emmys Gestalt von Kopf bis Fuß zu erfassen, schloss dann die Augen zu engen Schlitzen und betrachtete sie durch die Wimpern hindurch, verschwommen, sodass keine Details mehr zu erkennen waren. Dann versuchte sie das Bild in Rechtecke entlang einer senkrechten Mittelachse zu zerlegen. So wie sie es auch schon im Zeichenunterricht an der Schule gelernt hatten. Natürlich mit angezogenen Personen, echten oder gemalten, die sie zu kopieren versuchten. Sie merkte, dass eine nackte Figur noch viel schwerer abzubilden war als eine angezogene, denn unter einem langen Rock ließ sich alles Mögliche verstecken. Ohne Kleider dagegen mussten die Proportionen stimmen, sonst war die Zeichnung missglückt.

Nun gab ihr Lehrer Emmy das Zeichen, dass sie wieder in ihren Mantel schlüpfen und bequem sitzen sollte. Und alle, auch die beiden Gastschülerinnen, begannen, ihren Entwurf zu Papier zu bringen. Elsa übertrug ihr Raster an Rechtecken und versuchte dann die erinnerten Formen von Gesicht, Schultern,

Taille, Hüfte, Beinen und Armen einzupassen. Gern hätte sie hier und dort radiert, aber Sigmund hatte ihnen nur die Kohlestifte gegeben, sonst nichts. Der Lehrer fing nach einiger Zeit an herumzugehen, sah den Malenden über die Schulter, wies sie auf grobe Proportionsfehler hin, beantwortete Fragen, lobte, nickte. Als er zu Elsa und Balbina kam, betrachtete er auch deren Skizzen und schmunzelte.

»Sind Sie sicher, dass sie miteinander verwandt sind?«, fragte er und legte die beiden Zeichnungen nebeneinander auf einen Tisch. »Ein analytischer Verstand«, sagte er zu Elsas Bild, das mehr einer technischen Konstruktionszeichnung glich mit seinen Rechtecken, Quadraten, der Kopfkugel und den Extremitäten, die wie Zylinder aussahen. »Sie tendieren zur Geometrie, Fräulein Elsa, wirklich bemerkenswert für eine junge Dame. Ihr Entwurf, Fräulein Balbina, kommt dagegen aus dem Bauch, ist intuitiv. Sie haben Ihr Hauptaugenmerk auf die Rundungen von Emmys Körper gerichtet, die ja ohne Zweifel reizvoll sind und ins Auge springen. Sie haben das Weibliche gesehen und versucht es abzubilden. Es sind zwei völlig gegensätzliche Ansätze, aber beide sind in meinen Augen vollkommen berechtigt. Sie können sogar am Ende, bei einer verlässlichen handwerklichen Geschicklichkeit und dem entsprechenden Vorwissen, zu einem ähnlichen Ergebnis führen, auch wenn man das in diesem Stadium noch nicht erkennen kann. Ein sehr interessantes Experiment, wie ich finde. Ich hoffe, ich habe Sie nicht zu sehr damit gefordert.« Er wandte sich wieder an die gesamte Klasse. »Emmy wird jetzt noch einmal den Mantel ablegen, und Sie können für den Rest der Stunde an ihren Formen arbeiten, und wenn Sie denken, das Grobe passt, dürfen Sie nun auch ins Detail gehen und sich um die Muskulatur kümmern. Bitte, Emmy.«

Er führte Elsa und Balbina in einen Nebenraum, wo die Papiere, Farben und Stifte in Regalen lagen, und reichte Elsa eine Kartonmappe. Sie band das Leinenbändchen auf und nahm ihre Porträtzeichnung heraus. Balbina machte große Augen.

»Und, gefällt sie dir?«

»Sehr«, antwortete Balbina. »Es ist wie eine Fotografie, nur viel …«

»Ja?«, fragte der Maler.

»Viel wahrhafter«, sagte Balbina und errötete.

»Ich danke Ihnen. Und jetzt muss ich leider zurück in die Klasse. Es hat mich sehr gefreut, dass Elsa Sie mitgebracht hat.«

Balbina ging diskret ein paar Schritte voraus. Sigmund begleitete Elsa zur Tür, drückte ihre Hände, und Elsa meinte, in seinem Blick zu versinken. Dann schloss sich die Tür zum russischen Pavillon hinter ihnen, und sie liefen auf der Leopoldstraße zurück zum Siegestor und waren ganz aufgedreht von ihrer ersten Stunde in der Malschule Azbe.

»Was hast du eigentlich meiner Mutter erzählt, wo du bist?«, fragte Elsa.

»Ich habe gesagt, ich mache mit Rosa einen Stadtbummel und wir trinken vielleicht noch irgendwo eine Limonade zusammen.«

»Und Rosa weiß Bescheid?«

Balbina nickte. »Und du?«

»Ich hatte mein Französischbuch zu Hause vergessen, das ich unbedingt brauche, weil wir übermorgen eine Prüfung schreiben. Ich musste es von daheim holen. Und das hat jetzt eben etwas länger gedauert, weil meine Cousine es ausgeliehen hatte und ich es nicht gleich finden konnte.«

»Na klar, deine Cousine, die nie Französisch gelernt hat. Und wo ist das Buch wirklich?«

»Unter meiner Matratze in Nymphenburg.«

Sie gingen zusammen bis zum Odeonsplatz, von dort nahm Elsa eine Droschke.

»Nimm du bitte die Mappe mit«, bat sie Balbina. »Du bringst sie schon irgendwie ins Haus, ohne dass man dich ausfragt. Lass dir was einfallen.«

Balbina nahm die Mappe.

»Und wie findest du ihn?«, die Frage lag Elsa schon die ganze Zeit auf der Zunge.

»Viel sympathischer und gepflegter, als ich dachte. Er ist nett. Aber Elsa, er ist ein Mann. Viel zu alt für dich und du zu jung für diese ganze Geschichte. Lass dir Zeit.«

Elsa verdrehte die Augen. »Jetzt rede doch nicht wie eine Gouvernante, sondern wie meine Cousine. Oder wie meine Freundin.«

»Ich verstehe, dass er dir gefällt«, sagte Balbina. »Und ich finde ihn durchaus liebenswürdig. Aber …«

Elsa legte ihr den Finger auf die Lippen. »Scht! Mach es bitte nicht gleich wieder kaputt.« Dann stieg sie in die Droschke und warf Balbina eine Kusshand zu.

Das Jahr 1897 war mit sehr guten Geschäften vor Weihnachten und Neujahr zu Ende gegangen. Therese hatte noch gar keine Zeit gehabt, in Ruhe Bilanz zu ziehen. Sie sah auf den Abreißkalender in der Küche. Heute, am 13. März 1898, würde sie sich diese Zeit nehmen. Sie tunkte ihr Hörnchen in den Milchkaffee. Wie ruhig es war, wenn man Pause machte, während alle anderen ihrer Arbeit nachgingen. Paul war in der Schule, Elsa im Pensionat, Balbina im Kontor und Hermann im Laden. Das neue Mädchen, sie hieß Anni, hatte in den Zimmern oben zu tun, nur Therese gönnte sich eine Auszeit.

Die Faschingstage waren vorüber, und es ging in Riesenschritten auf Ostern zu, das in diesem Jahr auf Anfang April fiel. Ein ganzes Jahr war Therese nun Witwe. Sie trug schon länger nicht mehr nur Schwarz. Ihre bevorzugten Farben blieben Schwarz und Weiß. Das trug sie eigentlich schon immer, es war wie eine Uniform. Besonders eitel war sie schon in jungen Jahren nicht gewesen, warum sollte sie jetzt, mit fünfzig Jahren, damit anfangen? Sie gönnte sich noch eine Tasse Kaffee. Es war der gute, den Hermann aus Hamburg mitgebracht hatte.

Danach wollte Therese sich in ihr Büro zurückziehen und einige Dinge erledigen, die sie vor sich hergeschoben hatte. In Notfällen würde man sie trotzdem ins Geschäft holen. Es war alles mit Hermann abgesprochen. Therese war so froh, dass er wieder da war und sie entlasten konnte. Er arbeitete für zwei und identifizierte sich immer mehr mit seiner Rolle als Juniorchef.

Hermann bekam regelmäßig Post aus La Palma und gab dem Postboten auch häufig Briefe mit. Ein Teil davon war geschäftlich. Darin ging es um die Übernahme der Bananenplantagen von Adrian Groeneberg, um die Pflege durch Estéban, der sozusagen Hermanns Verwalter war, und dem er in allen Dingen vertraute. Estéban würde bald eine weitere Bananenlieferung Richtung Hamburg auf den Weg schicken. Ein Herr Edelmann junior, selbst Besitzer von Kaffeeplantagen in Mittelamerika, sollte sich in Hamburg um den Weitertransport der Bananen kümmern, auf die die Münchner Kunden schon ungeduldig warteten. Sollte Edelmann aus irgendeinem Grund nicht vor Ort sein, wenn die Bananen eintrafen, so wollte Hermann selbst hinfahren. Seit Wochen lag ihr Paul, der dieses Jahr fünfzehn wurde, in den Ohren, dass er unbedingt mit seinem Bruder mitfahren wolle, um den großen Hafen mit den Dampfschiffen und die Speicherstadt zu sehen.

Das Haus Dallmayr bezog seit Hermanns Aufenthalt in Hamburg regelmäßig Kaffee von der Firma I. Steinhaus. Die feinen Röstmischungen fanden immer mehr Liebhaber. Ja, es gab geradezu »süchtige« Kaffeetrinker, die speziell auf die Lieferungen aus Hamburg warteten und oft schon so viel vorbestellt hatten, dass fast nichts mehr im Laden frei verkauft werden konnte. Hermann träumte davon, dass Dallmayr irgendwann selbst Kaffee rösten würde, doch das hielt Therese für eine Utopie. Dazu bräuchten sie einen Spezialisten, der sich in die Kunst des Kaffeeröstens einarbeitete. Sie bräuchten direkte Lieferbeziehungen in die Anbauländer, und jemanden, der sich mit der technischen Ausstattung auskannte. Doch diese Experten saßen entweder in Hamburg oder in Bremen. Und ihren Ältesten konnte sie nicht für noch weitere Jahre in die Ausbildung schicken. Wenn sie nur endlich eines der Nachbarhäuser hinzukaufen und das Geschäft erweitern könnte. Würde es ihr in diesem Jahr endlich gelingen?

Therese nahm ihr schwarzes Schultertuch vom Haken. Dann sah sie auf dem Weg durch das Geschäft Korbinian draußen am Eingang stehen und ging zu ihm hinaus. Er stand vor dem Firmenschild an der Eingangstür und putzte mit einem weichen Lappen das Wappen der bayerischen Könige, den geöffneten Baldachin unter der Königskrone, die beiden Löwen rechts und links, die das Wappenschild hielten, und darunter die Inschrift »KOENIGL. BAYER. HOFLIEFERANT«.

»Jetzt kann uns keiner mehr nachsagen, wir hätten uns den Titel nicht selbst erarbeitet«, sagte Korbinian.

Therese lächelte. »Ich bin dann heute im Büro, wenn du mich brauchst, gell?«

Korbinian Fey tippte sich an die Mütze und spuckte noch einmal kräftig auf seinen Putzlappen.

Sogar die Post war die letzten Tage über liegen geblieben. Nur die dringendsten Schreiben hatte sie geöffnet, alles andere einfach auf einen Stapel gelegt. Aus dem zog Therese jetzt einen Brief heraus, der in Abbazia abgestempelt war, wenn sie es recht entzifferte. War das nicht dieser österreichisch-ungarische

Badeort an der Adria? Sie hatte Bilder in einer Zeitschrift gesehen vom Strand, einer hübschen Promenade und luxuriösen Grandhotels. Sogar der Kaiser und seine Gemahlin, die aus Bayern stammende Elisabeth, machten dort Urlaub. Und wer schrieb ihr aus Abbazia? Sie drehte den Umschlag um. Ihr Freund Michael von Poschinger. Therese nahm den silbernen Brieföffner zur Hand.

Meine liebste Therese!
Stell dir vor, wohin meine Frau mich nun wieder geschleppt hat: Zur Kur an die österreichisch-ungarische Adria, in das zauberhafte Abbazia, wie das Städtchen von den Italienern und Österreichern genannt wird. Die Einheimischen nennen die Stadt Opatija. Wir sind im Hotel Kronprinzessin Stephanie untergebracht, das ist die Schwiegertochter von Kaiser Franz Joseph und Kaiserin Sisi. Ich muss sagen, es ist wirklich sehr schön, gepflegt, das Meer sanft, die Strandpromenaden sauber, prachtvolle Gärten, na ja, wie es halt überall ist, wo das feine Publikum auftaucht. Sie lassen die Orte nur für sich und ihresgleichen herausputzen und glauben vielleicht sogar, dass es überall in ihren Ländern so schön ist wie hier. Ich dagegen weiß, wie jeder vernünftige Mensch, der ab und zu die Augen aufmacht, dass diese Orte zwar nicht wie die Dörfer des Feldmarschalls Potemkin nur Attrappen sind. Aber sie sind nur für den Kaiser- und die Fürstenhöfe ausgerichtet. Sollte es die Hocharistokratie einmal nicht mehr geben, dann werden wohl auch Städte wie Abbazia verschwinden. Oder sie werden ganz anders aussehen und wahrscheinlich auch anders heißen, nämlich nach der Landessprache. Aber genug von meinen Zukunftsvisionen.

Weshalb ich dir schreibe: Über einen Gast aus München, einen Sprössling aus dem Hause von Leuchtenberg, der hier ebenfalls weilt, bin ich an eine aktuelle Ausgabe der Münchner

Neuesten Nachrichten *gekommen. Und was lese ich da? Dass das Haus Dallmayr eine Goldmedaille gewonnen hat bei der Großen Kochkunstausstellung in München unter dem Protektorat der Prinzessin Gisela von Bayern. Und dazu gratuliere ich natürlich ganz herzlich. Das ist großartig, Therese. Nichts anderes hätte ich von dir und deiner phänomenalen Kochkunst erwartet, aber bitte, die Konkurrenz schläft ja auch nicht, und so leicht ist es nicht, sich an der Spitze zu behaupten. Meine Frau und ich freuen uns sehr mit dir und deiner tüchtigen Familie sowie dem treuen Personal. Haben Ludwig und Balbina wieder alle mit ihren phänomenalen Desserts begeistert?*

Wie geht es denn dem Jungvolk? Hermann müsste ja von seiner Weltreise zurück sein. Bleibt er nun da, oder will er gleich wieder fort? Ha, ha, das ist natürlich ein Scherz. Er wird froh sein, wieder in den heimatlichen Hafen eingelaufen zu sein. So wird es mir an Ostern auch gehen. Bis dahin hat mir meine Gemahlin diese Kur verordnet. Mehr als mit Bädern bin ich allerdings mit Speisen, ach was, Schlemmen beschäftigt, was sich auch in einem bereits ansehnlichen Bäuchlein niederschlägt.

Falls es dich gelüsten würde, eine Kur in diesem mondänen Badeort anzutreten, wärst du herzlich eingeladen, uns Gesellschaft zu leisten. Aber ich weiß schon, das Geschäft, die Kinder. Welche nächste Großtat heckst du nach der Goldmedaille wohl aus?

An Ostern kommen wir dich besuchen, wir müssen dann ja auch unsere Vorräte wieder auffüllen. Von den Bananen wurde mir viel erzählt, probieren konnte ich bislang leider keine einzige, da ich um Nikolaus herum geschäftlich unterwegs war.

Alles Gute und die besten Wünsche für ein erfolgreiches Jahr 1898,

dein treuer Freund Michael

Hätte man nicht gewusst, dass ihr Freund Michael ebenjenem Hochadel entstammte, den er so gern kritisierte, man hätte meinen können, er wäre zumindest gedanklich ein Sozialdemokrat. Dabei war Poschinger Aristokrat durch und durch, wohnte in einem Schloss mit weiß Gott wie vielen Zimmern und beschäftigte jede Menge Personal. Aber er ließ, anders als seine aristokratischen Freunde, auch andere Gedanken zu. Und gerade diese Mischung war es, die Therese so erfrischend fand. Außerdem war er ein ehrlicher Mensch, der sich nichts einbildete auf seine Herkunft, zu der er, wie er selbst sagte, schließlich selbst nichts beigetragen hatte.

Die Goldmedaille war ein großer Erfolg gewesen. Vielleicht hatte sie das letzte Quäntchen zur Entscheidung beigetragen, ihr den königlichen Hoflieferantentitel zu gewähren.

Sie steckte den Brief zurück in seinen Umschlag. Dann nahm sie Ludwigs Foto vom Oktoberfest aus der verschlossenen Schublade. Ludwig mit Balbina auf der Festwiese, Ludwig übers ganze Gesicht grinsend, während Balbina eine Schnute zog, aber immer noch sehr hübsch und natürlich aussah. Therese konnte gut verstehen, wie sie sich in dem Moment gefühlt haben musste. Sie war wohl mit dem Foto überrumpelt worden. Balbina wollte nicht in dieser Zweisamkeit einer typischen Wiesn-Liebschaft abgelichtet werden. So verstand Therese die Geste. Sie kannte Balbina schließlich schon eine ganze Weile, und manchmal konnte sie in Balbinas Gesicht lesen wie in einem aufgeschlagenen Buch.

Therese nahm ein Blatt Briefpapier und ihren besten Füllfederhalter zur Hand. Dieser Federhalter der Firma Waterman aus New York war einer der ersten gewesen, die man in Deutschland hatte bekommen können. Er war ein Geschenk von Anton. Mittlerweile gab es auch gute Federhalter in Deutschland, aber Therese liebte ihren Waterman, der niemals kleckste und gut in der Hand lag. Schwarzer Griff, Goldfeder.

Sie begann mit *Liebe Louise*, und dann erzählte sie Balbinas Mutter von dem, was im vergangenen Jahr alles geschehen war. Dass ihre Tochter bei Rosa Schatzberger fleißig lernte und dass die zwei dicke Freundinnen geworden waren. Dass sie nun ein neues Mädchen für den Haushalt eingestellt hatte und Balbina nicht mehr waschen, putzen, aufräumen und kochen musste und nur noch freiwillig in der Küche stand, wenn sie mit Ludwig wieder neue Rezepte für Törtchen oder Pralinen, Eis oder Desserts ausprobierte. Eine Leidenschaft, die beide miteinander teilten.

Am Ende setzte Therese einen Gruß unter ihren Brief. *So verbleibe ich mit den besten Grüßen aus dem Hause Dallmayr, Ihre Therese Randlkofer.*

Es waren zwei eng beschriebene Seiten geworden. Thereses Jahresbericht. Sie faltete das Papier und steckte das Foto mit in den Umschlag. *Mit Ludwig auf dem Oktoberfest 1897*, schrieb sie auf die Rückseite des Bildes. Von Balbinas Kummer über Hermanns lange Abwesenheit berichtete Therese nichts. Auch nicht, dass seine Zuneigung zu Balbina sich nun in eine andere Richtung entwickelt hatte. Louise würde das Foto und Thereses Absicht dahinter schon verstehen. In einem Postskriptum fügte sie noch an, dass Balbina an ihrem Geburtstag vor ein paar Tagen, dem siebzehnten, mit Rosa im Deutschen Theater in der Schwanthalerstraße gewesen war. Sie selbst hatte ihr die Karten zum Geburtstag geschenkt.

Therese steckte den Brief ein und brachte ihn selbst zur Post. Dort ging sie praktisch nie hin, weshalb man sie auch nicht sofort erkannte. Sie genoss es geradezu, mit den anderen Bewohnern des Viertels in der Schlange vor dem Postschalter zu stehen und einmal nicht an tausend Dinge zugleich denken zu müssen. Anschließend spazierte sie über den Viktualienmarkt zurück und erstand bei einer Blumenhändlerin einen Bund hübscher rosa Primeln. Damit bog sie vom Marienplatz in die Dienerstraße ab und blieb vor dem Schaufenster des Nachbarhauses stehen. Ein Juwelier, nicht rasend erfolgreich, aber die Einkünfte reichten wohl gerade so zum Leben, wie man sich erzählte. Therese hatte schon länger ein Auge auf das Haus geworfen, aber es stand nicht zum Verkauf. Der Juwelier und seine Gattin hatten nicht vor, aufzuhören oder zu verpachten und umzuziehen. Schade, dachte Therese, wie jedes Mal, wenn sie vor dem Geschäft stand. Wenn man ihre beiden Läden vereinen könnte, dann wäre endlich genügend Platz im Geschäft. Dann wäre schon von der Größe her klar, dass der Dallmayr kein Kolonialwarenladen wie viele andere war, sondern ein Tempel für Delikatessen. Das war wie bei den Gotteshäusern. Kirchen gab es viele in der Stadt, aber den Dom gab es nur einmal.

Als Therese das Geschäft betrat, kam ihr Hermann entgegen, der auch nur schnell zur Post hinüberlaufen wollte. Ein Couvert lugte aus seiner Jackentasche, das nicht nach Geschäftspost aussah.

»Bin gleich zurück«, rief er.

»Ist schon recht«, antwortete Therese.

Zurück im Geschäft, schenkte Therese ihre Blümchen den beiden Buchhalterinnen. Die sahen sie verblüfft an.

»Was ist, gefallen sie euch nicht?«, fragte Therese.

»Doch, doch«, sagte Balbina. »Es ist nur das erste Mal, dass du uns Blumen schenkst, Tante. Wir sind es nicht gewöhnt.«

»Das heißt, ich sollte es öfter machen?«

»Nein, es heißt einfach ›danke‹.«

Meine geliebte Sonia,
so gerne würde ich dir ein Liebesgedicht schreiben. Aber mir fehlt die Zeit, Gedichte zu lesen oder zu lernen, wie man selbst eins verfasst. Wir haben auch gar keine im Haus. Soll ich in

ein Buchgeschäft gehen und nach Liebesgedichten fragen? Doch wie seltsam käme ich mir vor, einem Menschen, den ich nicht kenne, der mich und dich nicht kennt, zu erzählen, warum ich gerade jetzt ein schönes Liebesgedicht bräuchte. Dieser Person gar von uns, von dir zu erzählen, käme mir vor wie Verrat. Und selbst wenn ich etwas finden würde, das mir zusagt, würde ich dann die Zeilen eines Dichters abschreiben, der sein Gedicht für eine andere Frau, nicht für dich, geschrieben hat. In einer Zeit, die gar nicht unsere ist. Ich weiß gar nicht, ob ich das möchte, dir das Gedicht eines anderen senden. Nennst du mich jetzt wunderlich, wenn du das liest? Ja, ich glaube, das tust du, und vielleicht hast du sogar recht. Ich bin hier, in meiner Stadt, bei meiner Familie, es scheint alles so, wie es immer war, nur ich bin ein anderer, seit ich dich kenne. Ein Teil von mir ist immer noch bei dir, auch wenn das hier hoffentlich keiner merkt.

Immerzu will ich dich berühren und streicheln und von dir erfahren, was dich bewegt. Ob du wieder mit meinem größten Rivalen die kühlen Morgenstunden verbracht hast, diesem Chico, der dich auf seinem Rücken tragen und Leckerbissen aus deiner Hand fressen darf. Ich habe ihn von Anfang an beneidet, nicht nur wegen seiner Kraft und Anmut, vielmehr wegen der Zuneigung, die du ihm entgegenbringst und, ich gestehe es, ich habe ihn nicht auf Anhieb gemocht. Aber ich glaube, er mochte mich auch nicht, weshalb ich mir jetzt nicht allzu viele Sorgen darüber mache.

Was soll ich dir von meinem Leben berichten? Seit ich hier bin, ist es kalt. Du wirst dich an die Kälte erinnern, als du in der Schweiz lebtest. Wir haben hier monatelang Winter. Die Pflanzen und Bäume schlafen wie Bären und wachen erst im Frühling wieder auf. Wir Menschen haben es nicht so gut. Wir ziehen uns warm an und müssen trotz der Kälte hinaus, auf den Kutschbock früh am Morgen, den Korbinian schon bela-

den hat, während man noch beim Frühstück saß. Es ist ungemütlich dort oben, trotz der Wolldecken. Die Finger und die Zehen frieren immer zuerst. Ich schlummere meist noch ein wenig und träume von dir. Ich höre den Wind und sehe die Sonne, wie sie übers Meer springt, von Welle zu Welle.

Wir haben Weihnachten gefeiert mit einem bunt geschmückten Tannenbaum, wie es ihn auf deiner ganzen Insel womöglich nicht gibt. Silberfäden hingen daran wie Flechten.

Mein Bruder Paul ist sehr glücklich, dass ich wieder zurück bin. Er träumt davon, dass ich ihn einmal mitnehme nach Hamburg. Man könnte meinen, er wolle Seemann werden, aber er sagt sehr bestimmt, dass er Kaufmann wird. Und dass er seine Lehre nicht in München, sondern in einem der ersten Delikatessenhäuser irgendwo in Deutschland machen möchte. Paul, unser Kleiner, will fort, und wir müssen uns erst noch daran gewöhnen, dass er jetzt auch groß wird.

Dass unsere Kunden uns die Bananen aus La Palma aus den Händen gerissen haben, habe ich dir bereits geschrieben. Wenn wir den Transport geregelt bekommen, dann wird das ein wunderbares Geschäft, da bin ich mir ganz sicher. Erst gestern hat mich die Hausdame einer wirklich sehr noblen Familie gefragt: »Und wann gibt es endlich wieder Bananen bei Dallmayr?«

Wenn ich es mir recht überlege, dann denke ich eigentlich immerzu an dich.

Und du, denkst du auch manchmal an mich?

Und nun habe ich doch ein Gedicht für dich gefunden, verzeih, dass es nicht von mir ist. Das Dichten kann ich ungefähr so gut wie das Reiten, nein, das stimmt nicht, sogar noch schlechter. Ich bin alles in allem sehr unvollständig, das weiß ich. Aber mit dir zusammen wäre ich komplett. Vergiss mich nicht, meine Geliebte. Heute also ein Gedicht, von einem alten Herrn, der sicherlich kein Unbekannter für dich ist. Für mich auch nicht, und doch wusste ich nicht, wie verliebt er gewesen war und wie schöne Gedichte er darüber verfasst hat.

Es küsst dich tausendmal,
dein Hermann

Hier das Gedicht von diesem Herrn von Goethe. Es könnte aber auch von mir sein, wenn ich so schöne Gedichte schreiben könnte wie er.

Ich sah dich, und die milde Freude
Floß aus dem süßen Blick auf mich.
Ganz war mein Herz an deiner Seite,
Und jeder Atemzug für dich.
Ein rosenfarbnes Frühlingswetter
Lag auf dem lieblichen Gesicht
Und Zärtlichkeit für mich, ihr Götter,
Ich hofft' es, ich verdient' es nicht.

Der Abschied, wie bedrängt, wie trübe!
Aus deinen Blicken sprach dein Herz.
In deinen Küssen welche Liebe,
O welche Wonne, welcher Schmerz!
Du gingst, ich stund und sah zur Erden
Und sah dir nach mit nassem Blick.
Und doch, welch Glück, geliebt zu werden,
Und lieben, Götter, welch ein Glück!

Ja, welch ein Glück, meine Liebste!

VI

Mai 1898 bis Dezember 1899

»Ja, da schau her, der Karl. Lange nicht gesehen. Was führt dich zu mir?«

Max Randlkofer machte eine resignierte Geste. Sein Büro war klein, unaufgeräumt, vollgestellt mit Geschäftsbüchern, Lieferpapieren, Warenmustern. Kein repräsentativer Raum, in dem man gern Geschäftsfreunde empfing. Selbst der Stuhl, den er seinem Freund, dem Bauunternehmer Braumiller, anbieten hätte können, war voller Papiere.

»Grüß dich, Max.« Braumiller lupfte den Zylinder. »Wie geht's denn immer so? Man sieht sich ja kaum noch, seit wir nicht mehr zusammen Karten spielen. Schon schade, dass sich das einfach so aufgelöst hat.«

»Ach was!« Max drückte sein Zigarillo im Aschenbecher aus. »Es gibt nichts Lästigeres als eine Kartenrunde mit Spielern, auf die man sich nicht verlassen kann. Einmal kommen sie, das nächste Mal wieder nicht. Diese Unzuverlässigkeit ist nichts für mich.«

»Unserem Vereinsbanker ist es fast an den Kragen gegangen wegen deiner Sache damals. Der hat viel riskiert und hätte beinahe seine Stelle verloren«, gab Braumiller zu bedenken. »Also beklag dich nicht, dass er den Spaß am Schafkopfspielen verloren hat. Das wäre dir nicht anders ergangen.«

»Aber ich hätte dasselbe für ihn umgekehrt auch getan«, insistierte Max.

»Du hast also gar kein Mitleid mit ihm?«, fragte Braumiller.

»Mitleid? Das fragst ausgerechnet du mich? Als hättest du dein Baugeschäft mit Mitleid oder Mitgefühl aufgebaut«, antwortete Max. »Du sagst ja selbst, dass er seinen Arbeitsplatz in der Bank nur beinahe verloren hat. Er hat ihn also noch. Warum stellt er sich dann so an? Manchmal wird's halt ein bisschen eng, aber so ist das im Leben. Das ist schließlich das Salz in der Suppe, oder? Wäre doch langweilig, wenn immer alles glattliefe.«

Braumiller schüttelte den Kopf. »Du bist schon ein harter Hund, Max. Zumindest tust du so. Aber Freundschaften muss man auch pflegen, sonst steht man am Ende allein da.« Er sah sich in dem Kämmerchen um, in dem der Zigarillorauch stand. »Ein bisschen düster ist es hier drinnen. Magst du das so?«, fragte Braumiller.

Max machte eine unwirsche Handbewegung, als würde er fragen: Was geht es dich an?

»Warum bist du hier, Karl? Bestimmt nicht, um mein Büro zu inspizieren.«

»Doch, irgendwie schon. Du solltest hier mal lüften, neu streichen lassen und vielleicht ein schönes Bild aufhängen, damit es ein wenig wohnlicher wird. Bei deiner Kleidung legst du doch auch so viel Wert auf Stil. Eigentlich kannst du hier gar niemanden hereinlassen.«

»Wie bitte? Was ist denn mit dir los? Was redest du da? Ein Bild aufhängen. Wie kommst du denn darauf?«

»Pass auf, Max, ich mach's kurz. Hast du jetzt am Feierabend schon was vor?«

»Heute? Wieso?«

»Ich bin auf dem Weg zum Glaspalast. Meine Fini ist unpässlich, Kopfschmerzen. Jetzt wollte ich dich fragen, ob du mich nicht vielleicht begleiten willst.«

»Glaspalast, und was ist da heute los?«

»Die Eröffnung der großen Kunstausstellung, wie jedes Jahr. Münchner und nationale, sogar internationale Maler.«

»Und was soll ich da? Sehe ich aus wie ein Kunstsammler?«

»Nicht unbedingt, aber in anderen Dingen giltst du ja durchaus als Experte.«

»So, und was meinst du damit?«

»Es sollen schon auch ein paar pikantere Bilder mit dabei sein, hat man mir erzählt.«

»Und deshalb willst du dahin?«

»Nein, ich doch nicht. Ich bin schließlich ein verheirateter Mann. Aber meine Fini wünscht sich ein Gemälde für unser Wohnzimmer und eines für unser neues Schlafzimmer. Das darf ruhig etwas pikanter sein, aber natürlich im Rahmen, hat sie gesagt.«

Braumiller und seine Josefine, genannt Fini, von der man nicht so genau wusste, woher sie stammte und was sie angestellt hatte, bevor sie den zehn Jahre älteren ledigen Bauunternehmer traf. Manche munkelten, es könnte nichts Ehrbares gewesen sein. Sie hatte Braumiller den Kopf so gründlich verdreht, dass ihn weder die Gerüchte um ihr Vorleben noch ihre Mittellosigkeit mehr interessiert hatten. Sie war jung, sie war kokett, ein bisschen zu drall für Max' Geschmack, und sie hatte den gestandenen Unternehmer im Sturm erobert. Und jetzt war sie also unpässlich.

»Und was genau soll ich dabei?« Max schenkte ihnen beiden einen klaren Schnaps ein. Sie stießen an.

»Mich beraten, jetzt, wo die Fini Migräne hat.«

»Ich bin weniger als ein halber Kunstexperte, Karl.«

»Du bist in anderer Hinsicht mindestens ein halber Experte,

und ich kenne immerhin meine Frau und ihren Geschmack, also werden wir schon was finden. Schau, ich habe die zwei Karten, der Rambold hat heute Abend keine Zeit …«

»Ach so, und da bin ich dir noch eingefallen, auf halbem Weg zum Glaspalast.« Max schenkte noch einmal beide Gläser voll.

»Es gibt auch ein Büfett, also zumindest von Würstchen weiß ich was, so steht es auf der Eintrittskarte.«

»Na meinetwegen.« Max sprang von seinem Stuhl auf. »Ich geh mir nur noch schnell ein neues Hemd anziehen. Bin gleich wieder da. Bedien dich ruhig«, forderte er Braumiller mit einem Blick auf die Flasche auf.

Es dauerte zwanzig Minuten, bis Max wiederkam. Er hatte sich vollständig umgekleidet und parfümiert. Gestärkter Hemdkragen, Manschettenknöpfen aus Gold und Onyx, sogar ein Monokel hatte er in das rechte Auge geklemmt.

»Wozu das denn?«, fragte Braumiller.

»Damit ich die Pikanterien besser sehen kann natürlich«, behauptete Max. Und so verließen sie sein Büro Richtung Botanischer Garten.

Die Münchener Jahresausstellung von 1898 zeigte ungeheuer viele Bilder in Öl, Aquarelle, Pastelle, Radierungen. An die dreitausend Exponate in allen Größen und Formaten, von denen die allermeisten zum Verkauf standen. Es war eine solche Fülle von Gemälden, dass sie trotz der Größe des Glaspalastes dicht an dicht gehängt waren.

»Man möchte gar nicht glauben, wie viele Maler in unserer Stadt zu Hause sind. Wovon leben denn all diese Leute? Verkaufen die so viele Bilder?«, fragte Max seinen Freund Braumiller.

»Frag mich nicht. Ich weiß nicht, wie viele so erfolgreich sind wie unser Franz von Lenbach, den der Prinzregent sogar geadelt hat.«

»Und jetzt malt er nur noch den Bismarck«, bemerkte Max, der mit seinem Monokel selbst wie ein preußischer Junker aussah.

»Es gibt auch andere Künstler, Max. Denk an ›Die Sünde‹ von Franz Stuck, das ist doch schon eher nach deinem Geschmack, oder?«

»Die Frage ist nur, ob du dir so ein Bild wie ›Die Sünde‹ überhaupt leisten könntest.«

Sie standen vor Ölgemälden mit dem Titel »Im Krautgarten«, »Am Kaminfeuer« oder »Einsame Kirche«, »Ruine im Wald«, »Mondaufgang an der Nordsee«.

»Ein langweiliges Stillleben will deine Fini sicher nicht«, sagte Max, »und auch keine religiöse Andacht.«

Braumiller winkte ab.

»Da, schau, die hat aber doch was. Das bunte Blumenmädchen mit den nackten Schultern. Das könnte sogar mir gefallen. Wie heißt es? Ah, schau, ›Flora‹, von einem gewissen Lovis Corinth. Was meinst du? Für euer Schlafzimmer vielleicht?«

»Ach, ich weiß nicht. So bunt? Es soll ja auch zu den Möbeln und zur Tapete passen. Was soll das Bild denn kosten? Ach, diese Frauenzimmer. Schicken einen Mann zum Dekoration einkaufen.«

»Ach, weißt du was, suchen wir doch einfach das Büfett, von dem du gesprochen hast. Es war eine Schnapsidee, Karl, dass du mich hergeschleppt hast und dass ich mitgekommen … Warte mal. Karl! Jetzt bleib doch mal stehen!« Max hielt Braumiller am Ärmel fest.

»Was ist denn? Was hast du denn jetzt?«

»Das Bild da, das … Aquarell«, stotterte Max. Er betrachtete ein zartes Porträt, eher schnell gemalt, wie eine Skizze. Ein junges Mädchen mit einem neckischen Hut mit blauen Blüten, die aussahen wie Stiefmütterchen.

»Ach so, ja, das gefällt dir?«, fragte Braumiller, der nun hinter seinem Freund stand und sich das Bild ansah. »Nackte Schultern, ziemlich junges Gemüse, ein halbes Kind noch, aber reizend. Die junge Dame wäre mir ja etwas zu mager, vor allem obenherum. Aber du hast schon recht, irgendetwas hat sie, die kleine Nymphe.«

»Dem Maler scheint sie gefallen zu haben, das sieht man.« Max trat mit seinem Monokel noch näher an das Bild heran.

»Ist sie nur sein Modell oder hat er was mit ihr, was meinst du?«, fragte Max.

»Was du schon wieder denkst. Aber du hast recht. Ein wenig fühlt man sich, als würde man durch ein Schlüsselloch schauen. Ich weiß nicht, ob ich das bei mir in der Wohnung hängen haben möchte.«

»Aber das ist doch gerade der Witz an der Sache. Der Reiz, wenn du so willst. Ich werde das Bild kaufen«, sagte Max.

»Was, du?« Braumiller kratzte sich am Kopf. »Gerade wolltest du noch ans Büfett.«

»Du kannst ja schon vorausgehen, ich komme dann nach. Aber jetzt kaufe ich das Bild, bevor es mir ein anderer wegschnappt.«

»Wie heißt es denn eigentlich?«

»Bildnis Fräulein E.«, las Max von dem Schild neben dem Bild ab, »von einem gewissen Sigmund Rainer.«

»Oh, ein Rätsel. Wie heißt sie denn nun: Erna, Elisabeth, Eva, Ernestine …?«

»Oder Elsa«, sagte Max.

»Was soll es denn kosten?«, fragte Braumiller.

»Das ist mir egal. Ich muss es einfach haben.«

»Du kennst sie doch nicht etwa, dieses Fräulein E., oder?« Braumiller sah seinen Freund misstrauisch an. »Volljährig ist das Mädchen sicher nicht.«

»Was denkst du denn schon wieder von mir? Ich bin doch

kein Unhold«, antwortete Max und sah sich nach einem der Saaldiener um.

Im Sekretariat im ersten Stock teilte ihm ein groß gewachsenes Fräulein, das in anderer Aufmachung vielleicht ausgesehen hätte wie Stucks Sünde, den Kaufpreis mit. Zweihundertfünfzig Mark, das war Wucher. Als ob der Maler das Bild gar nicht verkaufen wollte.

»Ein Drittel bar als Anzahlung sofort, den Rest bei Abholung am Ende der Ausstellung«, sagte das Fräulein.

»Kann ich das Bild nicht gleich mitnehmen?«

»Nein, wo denken Sie hin? Dann hätten wir ja mit jedem Tag mehr Lücken in unseren Ausstellungswänden.«

»Aber es gehört mir und kein anderer kann es mehr erwerben, richtig?«

»Sobald Sie die Anzahlung geleistet haben, ist es für Sie reserviert. Und der Kauf wird wirksam. Sie können dann auch nicht mehr davon zurücktreten.«

»Alles klar, Fräulein. Ich hole jetzt das Geld, denn dreiundachtzig Mark trage ich nicht im Portemonnaie mit mir herum. Ich bin gleich wieder zurück. Und Sie reservieren mir das Porträt. Ich war zuerst da.«

Max suchte das Büfett, wo sich sein Freund Braumiller herumtrieb, der sicher etwas Geld einstecken hatte, immerhin hatte der ja vorgehabt, Bilder zu kaufen. Braumiller lieh ihm fünfundsechzig Mark, den Rest brachte Max selbst zusammen. Die Sekretärin stellte eine Quittung aus und legte die Anzahlung in einen Tresor. Sie notierte den Namen des Käufers und seine Adresse.

»Sie können das Bild dann am letzten Tag ab Mittag abholen. Es ist ja nicht groß. Wenn Sie einen anderen Rahmen wünschen, kann der Galerist ihn bestimmt austauschen.«

Max winkte ab. »Nicht nötig«, sagte er. »Kennzeichnen Sie in irgendeiner Form, dass ich das Bild gekauft habe?«

»Über den Namen des Künstlers und des Bildes kommt ein Zettel mit der Aufschrift ›Verkauft‹. Den Namen des Käufers geben wir natürlich nur an den Galeristen weiter. Da sind wir sehr diskret.«

»Sehr gut. Und wann machen Sie das Schild hin?«

»Heute Abend, der Herr, sobald wir schließen. Aber Sie können unbesorgt sein. Sie sind auf jeden Fall der Erste, also der Käufer des Bildes.«

Max spürte ein Kribbeln im Bauch, wie bei einer vielversprechenden Geschäftsidee oder einem gelungenen Abschluss. Das Bild gehörte jetzt ihm. Und irgendwann würde er darangehen, sein Geheimnis zu ergründen. War der Maler ein Freund der Familie, oder hatten die Schwarzröcke in Nymphenburg vielleicht nicht richtig aufgepasst? Die ganze Sache versprach auf jeden Fall, aufregend zu werden. Irgendwas war da im Busch, Max hatte einen Riecher für solche Sachen.

Ein paar Tage später schaute Max bei seiner Schwägerin im Dallmayr vorbei, um sich zu erkundigen, wie die Geschäfte liefen. Wie immer war sie kurz angebunden und behauptete, alles liefe bestens. Er konnte sehen und sogar riechen, dass es stimmte. Der Laden war voll mit zahlungskräftiger Kundschaft, seine Schwägerin als umschwärmte Matrone mittendrin, hierhin nickend, dorthin einen wichtigen Hinweis gebend, Rezeptideen preisgebend, über Zubereitungsarten fachsimpelnd. Die Frau Dallmayr mauserte sich zur obersten Instanz der Stadtgourmets und derer, die es werden wollten. Der Name Randlkofer, der groß über seinem eigenen Geschäft in der Kaufingerstraße prangte, konnte da nicht mithalten. Er sagte den Leuten nichts, nur »Dallmayr«, den Namen kannte jeder. Er war nicht nur kürzer und sprach sich leichter, er blieb auch im Kopf. Die erste Silbe, das »Dall«, war dynamisch, es hüpfte und sprang wie ein Ball, und die zweite Silbe, den »Mayr«, konnte sich jedes Kind merken. Kein ordinärer »Meier« oder »Maier«, sondern ein elegantes »ay«, das doch gleich viel vornehmer daherkam. »Randlkofer« klang nach Hausmannskost aus München, »Dallmayr« dagegen mehr wie ein Versprechen. Ja Herrschaftszeiten, was fantasierte er denn jetzt hier herum und machte sich selbst kleiner, als er war? Er war hergekommen, um die Fährte zu einem kleinen giftigen Geheimnis zu legen, das sich zu einer ausgewachsenen Bombe entwickeln konnte, die diesen märchenhaften Witwenbetrieb und die zwar unvollständige, aber anscheinend gut funktionierende Familie dahinter erschüttern konnte wie ein Erdbeben. Und da machte er sich Gedanken über den ein oder anderen Namen und welcher wohl den besseren Klang hatte. War es zu fassen?

Max suchte Hermann und fand ihn im Lager. Er gratulierte ihm zu seinem Erfolg mit den Bananen, den er wie jeder andere in München natürlich mitbekommen hatte. Man sprach während der Woche nach Nikolaus über nichts anderes als die Bananen im Dallmayr, die die Kundschaft angezogen hatten wie drei Fässer Freibier. Und dabei mussten die Leute für dieses krumme Obst auch noch ordentlich Geld auf den Tisch blättern. Er lud Hermann zu einem Bier und einer Schweinshaxe ins Hofbräuhaus ein, aber der gab ihm einen Korb. Zu viel Arbeit. Ein neues Hausmädchen gab es jetzt auch, und Balbina war nur noch in der Buchhaltung und gelegentlich im Geschäft. Tja, wie machten sie es nur, dass sie so erfolgreich waren? Max kannte die Strategie, auf die seine Schwägerin setzte: die vermögende Kundschaft. Nur auf sie richtete Therese den Laden aus, während Max die Leute, die im Viertel wohnten, mit ihren alltäglichen Lebensmitteln versorgte. Und obwohl Thereses Geschäft nicht übermäßig groß war, herrschte bei ihr eine Ordnung, die ihn jedes Mal erschütterte. In den Vitrinen lagerten die Waren geschützt hinter blitzsauberen Glastüren. Alles wurde ansehnlich präsentiert, und der einzige

Sack, der im Laden stand, war mit duftenden Kaffeebohnen gefüllt. Dallmayr war ein Warenhaus, kein einfacher Kramerladen. Und Therese sorgte umsichtig dafür, dass dieser Eindruck auch gar nicht erst entstehen konnte.

Max ging noch in die Wohnung hinauf und stellte sich bei dem neuen Mädchen vor. Sie gefiel ihm nicht, hatte so gar nichts Anziehendes. Gerade war sie dabei, das Mittagessen zuzubereiten, ohne sich von ihm ablenken zu lassen, und wenn er ihr einen Schritt zu nahe kam, rückte sie einfach ein Stück weiter, ohne dabei rot zu werden oder sich unwohl zu fühlen. Er hatte den Eindruck, dass sie ihre Erfahrungen mit Männern gesammelt hatte, obwohl sie noch sehr jung war. Sie war keine Beute für ihn, nichts zum Spielen. Enttäuscht ging er zurück in den Laden und stand ein bisschen herum. Alle waren sie beschäftigt, Ludwig inmitten einer Traube von Köchinnen, die alle ein Stück Schokolade ergattern wollten, woraus er eine große Geschichte machte und sich anbetteln und Honig ums Maul schmieren ließ.

Er passte einen Moment ab, als Therese eine Kundin zur Kasse begleitete. Da empfahl er ihr, sie möge sich doch unbedingt die große Kunstausstellung im Glaspalast ansehen. Er wäre mit einem Freund da gewesen und immer noch ganz beeindruckt.

»Du und Kunst?« Seine Schwägerin sah ihn an, als wollte er sie auf den Arm nehmen. Diese Verbindung sei ihr jetzt ganz neu, sagte sie. »Ich glaube nicht, dass ich dafür Zeit finde. Außerdem verstehe ich nichts davon, auch wenn man in letzter Zeit so viel von den Münchner Künstlern spricht, und einige von ihnen jetzt auch schon bei uns einkaufen.«

Max versuchte das Gift zu ignorieren, das aus ihren Worten tropfte, und verkniff sich einen bösen Kommentar. »Das wäre doch die beste Gelegenheit, dich über das Schaffen deiner illustren Kundschaft kundig zu machen«, säuselte er stattdessen wie der Fuchs zum Raben in der Sage von La Fontaine.

»Ich weiß nicht«, sagte Therese. »Es ist ja nicht meine Absicht, mit ihnen über Kunst zu plaudern, und ihre auch nicht. Sie wollen unvergessliche Bankette und Abendgesellschaften veranstalten und ihre Gäste beeindrucken, und ich verkaufe ihnen meine Delikatessen und verhelfe ihnen mit ein paar Tipps dazu, sich als Gastgeber einen guten Ruf zu erwerben.«

»Vielleicht ist ja dein Jungvolk interessiert«, sagte Max, als Balbina an ihnen vorbeikam und ihm einen kurzen Gruß zurief, ohne stehen zu bleiben. Das Knicksen, das sie als Hausmädchen noch praktiziert hatte, hatte sie mit dem neuen Aufgabenbereich wohl abgelegt. Zumindest ihm gegenüber. Eine Schönheit war dieses Mädchen geworden, aus ganz anderem Holz geschnitzt als ihre Cousine Elsa, die immer diese Aura von Unnahbarkeit, ja Unberührbarkeit um sich verbreitete. Nur diesen Maler hatte sie doch ein wenig näher an sich herangelassen. Max schmunzelte, als er an das Bild dachte.

»Interessiert woran?«, fragte Balbina, die von ihrer Besorgung im Laden zurückgekehrt war.

»Große Kunstausstellung im Glaspalast«, schwärmte Max. »Wunderbare Gemälde, einheimische Künstler.«

»Wir könnten alle zusammen einen Betriebsausflug machen«, schlug Balbina vor und sah ihre Tante an. »Für die Münchner Kunst.«

Ja, das wäre überhaupt das Allerbeste, dachte Max. Der ganze Betrieb im Glaspalast. Dann könnten sie es gar nicht verfehlen und alle würden das Bild, sein Bild, sehen. Max hatte es plötzlich ganz eilig, ins Hofbräuhaus zu kommen, und verabschiedete sich. Seine Lunte war gelegt.

Wie leicht war das Leben im Mai. Wenn alle Alleebäume grün waren, die Blumen in den Rabatten blühten, die Springbrunnen der Stadt heiter plätscherten, die Straßen belebt waren bis in den Abend hinein. Radfahrer, Kutschen, Fuhrwerke und die Trambahnen mussten sich die Straßen teilen, und es kam Lilly so vor, als täten sie es sogar gerne. Alles drängte hinaus, wollte sehen und gesehen werden, pulsierte und war in Bewegung. Es war Sonntag, der erste im Mai, endlich ein freier Tag nach einer langen Arbeitswoche. Die Sonne schien, und der Frühling war überall zu riechen und zu sehen. Lilly trug einen Strohhut mit weißem Band, das im Nacken zu einer hübschen Schleife gebunden war. Das Kleid hatte die Mutter ihr aus weißem Baumwollstoff genäht, der mit winzigen rosa und grauen Blüten bedruckt war. Der lange Rock war am Bund in feine Falten gelegt, das Oberteil hochgeschlossen und mit glänzenden Perlmuttknöpfen besetzt. Sie war gut ausgerüstet für eine Landpartie, und genau das hatte sie auch vor.

Es war ihre Idee gewesen, einmal aus der Stadt rauszufahren, und ihr Verehrer Martin Hofreiter hatte eingewilligt. Sie waren mit der Straßenbahn nach Holzapfelkreuth hinausgefahren und wollten in der Waldwirtschaft einkehren, wo Lilly als Kind manchmal mit Ludwig und ihren Eltern gewesen war. Sie spazierten die Fürstenrieder Straße entlang, die Sonne brachte das frische Grün der Linden zum Leuchten. Bestimmt würden die Kastanien im Biergarten schon blühen.

Hofreiter arbeitete in der Telegrafenabteilung, sie sahen sich täglich im Büro, und er hatte seit Längerem ein Auge auf Lilly geworfen. Er musste schrecklich schwitzen in seinem schwarzen Anzug und dem steifen Hemd mit dem altmodischen Vatermörderkragen. Er war überhaupt ein wenig konservativ, nicht nur in seiner Kleidung. Er hatte wiederholt versucht, das Thema »Verehelichung« anzusprechen, eher so im Allgemeinen, Grundsätzlichen. Auch auf der Trambahnfahrt hierher war er wieder darauf zurückgekommen, aber Lilly dachte nicht daran, sich darauf einzulassen.

»Ich habe nicht vor, mich zu verehelichen«, sagte sie schließlich, als er gar nicht mehr aufhörte. »Jedenfalls nicht heute, und morgen wahrscheinlich auch nicht.«

Hofreiter blieb stehen und schnappte nach Luft.

»Aber Martin, Sie werden mich doch jetzt nicht hier stehen lassen, nur weil ich Sie gerade im Augenblick nicht heiraten will?« Lilly konnte nicht anders. Als sie die Ratlosigkeit in seinem Gesicht bemerkte, musste sie einfach lachen.

»Machen Sie sich über mich lustig, Fräulein Lilly?«, fragte Hofreiter.

»Aber nein, verzeihen Sie. Ich möchte einfach nur ein bisschen Spaß haben an meinem freien Tag, in die Sonne schauen, Bier trinken und lustig sein. Es gibt doch keinen Grund, sich das Leben schwer zu machen, finden Sie nicht?«

»Mache ich Ihnen das Leben schwer, wenn ich über eine eventuell in Aussicht stehende Verehelichung spreche?«

Was war er doch für ein Langweiler, dachte Lilly. Wahrscheinlich hatte er noch nicht einmal bemerkt, dass Frühling war. In dem Moment überholte sie eine Gruppe junger Männer, der Kleidung nach Arbeiter. Einige trugen kurze Hosen, offene Hemdkrägen, die Jacken über der Schulter hängend. Lilly trat zur Seite, um sie vorbeizulassen, denn ihr Begleiter stand wie ein bockiger Esel am Rande des Gehsteigs und bewegte sich nicht. Offensichtlich wartete er auf eine Antwort von ihr.

»Du, entschuldige«, einer der jungen Männer blieb vor Lilly stehen. »Du kommst mir so bekannt vor. Bist du nicht die Schwester vom Ludwig, Ludwig Loibl aus Haidhausen?«

»Doch, ich bin die Lilly, aber ich kann mich gar nicht erinnern, dass wir uns schon einmal begegnet sind.«

»Ich kenne euch noch von früher, von der Waldwirtschaft. Ich war mit meinen Eltern oft da. Und jetzt habe ich den Ludwig im Turnverein in Haidhausen wiedergetroffen und wir trainieren zusammen. Er hat mir erzählt, dass seine Schwester ein Telefonfräulein geworden ist. Ach, falls du dich nicht mehr an mich erinnerst, ich bin der Julius, Julius Krug.«

»Tja, meinen Namen kennst du ja. Ich bin Telefonistin, also eigentlich noch in der Ausbildung, und das ist mein Kollege Martin Hofreiter.«

»Ihr geht bestimmt auch in die Waldwirtschaft, oder?«

Lilly nickte. Ihr Begleiter war wie erstarrt von so viel Kraft und Jugend und Unverfrorenheit. Ein Fräulein mitten auf der Straße anzusprechen, das war doch jetzt wirklich die Höhe. Und dass sie auch noch darauf einging und sich mit dem Burschen unterhielt, während er danebenstand.

»Juli, kommst du gar nicht mehr?«, riefen seine Freunde, die an der Wirtschaft angekommen waren.

»Bin gleich da«, rief er zurück. »Dann sehen wir uns ja gleich noch«, sagte Juli alias Julius Krug und zwinkerte Lilly zu.

»Ich bin dafür, dass wir die Lokalität wechseln«, ließ Lillys Begleiter sich beleidigt vernehmen.

Lilly schmunzelte. »Hier gibt es aber keine andere Lokalität, nur die Waldwirtschaft, das sehen Sie doch. Und da gehen wir jetzt hin, so wie es ausgemacht war.« Sie hakte sich bei ihm unter und zog ihn mit sich. Er fühlte sich an wie ein frisch geschnittenes Brett aus dem Sägewerk.

»Aber ich bestehe darauf, dass wir uns nicht in die Nähe von diesem Flegel in kurzen Hosen setzen«, näselte er.

Lilly holte einmal kurz Luft und schluckte eine Antwort hinunter. Es schien ihr besser so. Der Krug Julius, freilich erinnerte sie sich an ihn. Auf dem angrenzenden Feld hinter der Buchenhecke hatten sie damals Räuber und Gendarm gespielt, während die Erwachsenen im Biergarten saßen, tranken und diskutierten. Denn der Vater von Julius hatte in derselben Mühle gearbeitet wie ihr eigener Vater. Kollegen waren sie gewesen, Freunde, und wahrscheinlich auch Genossen, denn die Mühlenarbeiter waren traditionell Rote gewesen, wie es immer hieß. Fesch war er geworden, der Juli, der mit seinem weißblonden Haarschopf als Räuber nicht zu gebrauchen war und deshalb zu den Gendarmen kam.

»Wir setzen uns eben woandershin«, versuchte Lilly ihren Begleiter zu besänftigen.

Er sagte nichts, aber Lilly konnte sehen, dass er sich Sorgen machte. Vielleicht über die Burschen, vielleicht über Lillys Herkunft, vielleicht auch besonders darüber, dass seine Wahl nun ausgerechnet auf sie gefallen war, wo genügend Kolleginnen von Lilly sich bestimmt geschmeichelt gefühlt hätten, wenn er sich so um sie bemühte. Schließlich war er eine gute Partie. Er hatte einen angesehenen Posten im Amt, mit der Aussicht, in ein paar Jahren die Abteilung der Damen nebenan zu übernehmen, die immer größer wurde.

Sie saßen nicht lange zu zweit an ihrem Platz im Schatten einer Kastanie. Der komplette Burschentisch wechselte schon nach kurzer Zeit zu ihnen, weil es in der Sonne zu heiß wurde. Ihre Maßkrüge brachten sie mit, und Lilly konnte gar nicht so viel trinken, wie sie mit ihnen anstoßen musste. Julius Krug, der ihr schräg gegenübersaß, ließ sie nicht aus den Augen. Vielleicht versuchte er zu ergründen, wie Lilly zu ihrem Begleiter stand, der sich erst lebhafter an der Unterhaltung am Tisch beteiligte, als jemand wissen wollte, wie das mit diesem Telegrafieren und Telefonieren eigentlich funktionierte. Da hielt er einen technischen Vortrag, der gar nicht mehr enden wollte. Die Kellnerin brachte eine neue Runde frisches Bier, und als er endlich zu einem Ende fand, war Hofreiter erschöpft. Es war richtig warm geworden im Garten, und er hatte mehr Bier getrunken, als er üblicherweise zu trinken pflegte, sodass er irgendwann den Kopf auf den Tisch legte und einnickte.

Julius nutzte die Gelegenheit und pirschte sich näher heran, bis er schließlich neben Lilly saß und sein nacktes Knie ihren

Oberschenkel berührte. Lilly konnte ihn durch den dünnen Stoff ihres Sommerkleides nur zu gut spüren, und ihr wurde ziemlich warm.

»Hat dir mein Bruder erzählt, dass ich es war, die ihn überredet hat, dass er zum Turnverein gehen soll? Er wollte ja erst nicht. Die fünfzig Pfennig Beitrag im Monat waren ihm zu viel, diesem Geizkragen.«

»Wirklich?«, fragte Juli und versank in Lillys Augen.

»›Das ist so viel wie ein Teller Braten und ein Bier im Bräuhaus‹, habe ich zu ihm gesagt. Na gut, der Ludwig geht nicht viel in Gasthäuser, der weiß gar nicht, was die Sachen kosten.« Sie lachte.

»Dein Bruder ist ja Lehrling bei Dallmayr, der ist eben etwas Besseres gewöhnt«, antwortete Juli. Er ließ sie keine Sekunde aus den Augen.

»Und warum warst du so dahinterher, dass der Ludwig in den Turnverein geht?«

»Weil ich selbst da hinwill.«

»Du?«

»Ja, ich. Von meinem Vormund, dem Herrn von Vollmar, weiß ich, dass seine Partei den Haidhauser Turnverein unterstützen wird. Aber zuerst brauchen sie einmal genügend Mitglieder. Damit es sich auch lohnt, irgendwo einen Saal anzumieten. Wenn erst einmal genügend Männer dabei sind, dann kann mein Vormund sich darum kümmern, dass der Verein auch Frauen aufnimmt. Noch ist es ein bisschen zu früh, aber das wird sich ändern, Juli, ich schwör's dir.«

»Ja, dann Prost, Lilly! Ich bin gespannt, ob wir zwei das noch erleben. Ich meine, der Herr von Vollmar hat ja auch noch ein paar andere Sachen zu tun. Aber ich bin auf jeden Fall auf deiner Seite. Ich möchte dich ja zu gern im Turnkostüm sehen. Oder, Männer, das wär doch was, wenn wir auch Frauen aufnehmen in Zukunft.«

»Freilich wär das was«, riefen die anderen und prosteten einander zu, dass die Maßkrüge knallten.

Davon wachte dann auch der Herr Hofreiter wieder auf und rieb sich verwundert die Augen. Und noch mehr, als er diesen blonden Kerl neben seiner Begleiterin sitzen sah, die gerade einen Witz erzählte, über den der ganze Tisch lachte. Er rappelte sich auf und verschwand zu den Abtritten an der Rückseite der Waldwirtschaft. Als er wiederkam, hatte er die Zeche für sich und das Fräulein Loibl bezahlt und reichte ihr galant den Arm, um sie wieder sicher nach Hause zu geleiten.

»Jetzt wird's doch erst lustig«, rief einer der Männer am Tisch, aber so weit ging Lillys Eigensinn dann doch nicht, dass sie sich diesem Arm ihres Kavaliers verweigert hätte. Er hatte sie zu Hause abgeholt und der Mutter versprochen, sie abends wieder abzuliefern. Davon würde er niemals, unter keinen Umständen abweichen, da war jeder Widerstand zwecklos. Tief seufzend gab Lilly sich geschlagen, verabschiedete sich von allen und entriss ihre Hand dem Julius Krug, der sie freiwillig nicht wieder hergeben wollte.

Dann schritt sie neben Hofreiter zur Straßenbahn. Die beiden sprachen auf der ganzen Fahrt kein Wort miteinander. Es war sehr öde.

An der Wohnungstür in Haidhausen übergab ihr Begleiter sie in die Hände ihrer Mutter.

»Auf Wiedersehen, Fräulein Lilly«, sagte er steif zum Abschied. »Es war mir ein«, er schluckte, »Vergnügen.«

»Mir auch«, hauchte Lilly und jeder, einschließlich ihrer Mutter, merkte, dass beide gelogen hatten.

Es wurde doch kein ganzer Betriebsausflug in den Glaspalast, weil die Resonanz bei den Angestellten nicht so ausfiel wie erhofft. Betriebsausflug ja, aber bitte an die Isar, zum Flaucher, zum Aumeister oder in die Pupplinger Au. Ins Grüne eben und ganz ohne Kunst, so hatte Therese die Botschaft des Personals, die Korbinian ihr zwar sehr diplomatisch, aber doch deutlich genug überbracht hatte, verstanden. So wurde kurzerhand ein erweiterter Familienausflug daraus: Therese, die Kinder, Balbina und Ludwig.

»Wie letzten Sommer nach Ismaning«, jubelte Paul. »Nur dass dieses Mal keiner von uns arbeiten muss. Und außerdem war ich überhaupt noch nie im Glaspalast. Ich habe ihn immer nur von außen gesehen.«

Die jungen Leute wollten alle zu Fuß gehen. Nur Therese ließ sich von Korbinian bis zum Botanischen Garten fahren.

»Willst du wirklich hier draußen warten, Korbinian? Geh doch mit uns rein. Es schadet sicher nicht, sich künstlerisch weiterzubilden.«

»Nein, danke. Ich hole mir lieber ein Bier, da hab ich mehr davon. Von außen ist er ja auch schön, unser Kristallpalast.«

»Wirst du etwas kaufen, Mama?«, fragte Paul, als sie das Gebäude betreten hatten. »Es ist doch eine Verkaufsausstellung.«

»Eigentlich brauche ich nichts«, antwortete Therese. »Aber wer weiß.«

Therese war überrascht von der umfangreichen künstlerischen Produktion, die im Laufe eines Jahres in München geschaffen wurde. Das sah ja aus wie auf einem orientalischen Bazar. Sie erkannte ein Bild von Franz Stuck wieder, das man vor einigen Jahren noch als unmoralisch bezeichnet hätte. Inzwischen hatte man sich daran gewöhnt. Eine junge Frau musste darauf sein, mit nacktem Oberkörper, langem Haar bis zu den Hüften, das nur notdürftig ein Bekleidungsstück ersetzen konnte. Eine dunkel glänzende, dicke Schlange wand sich um diesen unnatürlich nach hinten überstreckten Oberkörper. Fast jedes Jahr, so kam es Therese vor, malte Stuck wieder eine Sünde mit Schlange, und alles, was sein Atelier verließ, wurde auch zu einem exorbitanten Preis gekauft. Er konnte gar nicht genug liefern, nach allem, was man über ihn in den Zeitungen las. Es wurde sogar gemunkelt, er könnte ebenso wie sein Malerkollege Lenbach bald in den Adelsstand erhoben werden. Dann würde er noch mehr verkaufen. Dieser Stuck war nicht nur ein Künstler, sondern vor allem ein guter Geschäftsmann. Allein die dicken Goldrahmen mit den Säulen und Verzierungen, die er um seine Gemälde herumbaute, waren bestimmt ein Vermögen wert.

Wer sich am meisten für die Sünde und andere nackte weibliche Schönheiten interessierte, war Paul. Er hatte jetzt Elsas Klavierunterricht übernommen und übte sogar sehr regelmäßig zu Hause. Frau Krozill, die sehr glücklich mit ihrem neuen Schüler war, sagte, der Junge sei ein Phänomen, nur leider schon zu alt für eine Karriere als Pianist. Glücklicherweise, dachte Therese, denn sie hatte andere Pläne für ihren Jüngsten. Kaufmann sollte er werden, wie sein Vater und sein Bruder, und im Geschäft mitarbeiten. Klavier spielen konnte er in seiner Freizeit immer noch.

Während die jungen Leute sich noch bei den Stuck-Gemälden aufhielten, ging Therese weiter und sah sich bei den Aquarellen um. Ach, die Szene auf diesem Bild stellte doch bestimmt einen Aschermittwoch dar, wenn alle Hausfrauen am Viktualienmarkt Fisch einkauften. Sie betrachtete das Bild näher. Es war fast wie eine Fotografie, schwarz, weiß und einige Grautöne, aber sie fand, die Szenerie war gut getroffen. Sigmund Rainer hieß der Maler. Sie sah sich die anderen Bilder von ihm an und plötzlich wurde ihr schwarz vor Augen. Sie suchte nach einem Stuhl, etwas, wo sie sich festhalten konnte, denn sie befürchtete, sich nicht mehr lange auf den Beinen halten zu können. Dieses Porträt, ein kleines Bild nur, war nun etwas ganz anderes als der Verkaufsschlager von Stuck. Man sah glücklicherweise keinen nackten Oberkörper, nur nackte Schultern, aber dieser kühle, geradezu abgebrühte Blick des Modells war genau der Blick, den sie von ihrer Tochter kannte. Das Modell *war* ihre Tochter!

»Kann ich Ihnen helfen, gnädige Frau«, eilte ihr ein Herr zu Hilfe, den sie ebenfalls für einen Besucher hielt. Er bot ihr seinen Arm an, und Therese griff danach wie ein Schiffbrüchiger nach einer Planke.

»Einen Stuhl, rasch!«, rief der Herr einem der Saaldiener zu, der auch gleich seine eigene Sitzgelegenheit brachte.

Therese setzte sich dem Bild gegenüber und verstand die Welt nicht mehr. Wie zum Teufel kam ihre Tochter auf dieses Stück Aquarellpapier? Denn dass es Elsa war, daran gab es überhaupt keinen Zweifel.

»Gestatten, Albert Görres, Galerist«, stellte der Herr sich vor, nachdem der Saaldiener wieder gegangen war.

»Galerist?«, fragte Therese. »Ich möchte dieses Bild erwerben, und zwar sofort.«

»Dieses?«, fragte er unnötigerweise nach. »Ein schönes kleines Porträt. Begabter Maler, dieser Sigmund Rainer. Schon länger bei mir unter Vertrag.«

»Was soll es kosten?«, fragte Therese. Den Namen des Malers würde sie bestimmt nie mehr vergessen.

»Dieses?« Er beugte sich zu dem Begleitzettel. »Das tut mir jetzt sehr leid, gnädige Frau, aber das Bild ist bereits verkauft.«

»Verkauft«, wiederholte Therese, und in dem Moment kamen die Kinder auf sie zu, sahen sie auf dem Stuhl sitzen und folgten ihrem Blick, entdeckten das Porträt und begriffen augenblicklich, warum sie da saß und nicht den Eindruck vermittelte, als ob sie so schnell wieder aufstünde.

»Verkauft«, sagte sie noch einmal und drehte ihren Kopf in Zeitlupe zu ihrer Tochter, die das Bild anstarrte, ihre Mutter ansah und sich dann umdrehte und davonlief. Auch der Galerist sah ihr fasziniert nach. Denn natürlich hatte er in Elsa Sigis Modell erkannt.

»Geh ihr nach!« Das war Balbina, und sie sagte es zu Hermann.

»Das Bild ist aber sehr schön«, sagte Paul ernsthaft, nüchtern, und offenbar ohne die Tragweite dieses Skandals zu überblicken. »Schade, dass wir es nicht kaufen können.«

»Ich werde es schon noch bekommen«, sagte Therese, »verlass dich drauf. Wenn es nötig ist, zahle ich den doppelten Preis.« Sie sah den Galeristen an.

»Das tut mir unendlich leid, Gnädigste, aber ich kann das Bild nicht zweimal verkaufen. Der Käufer hat seine Anzahlung geleistet, und deshalb ist es verbindlich für ihn reserviert.«

»Dann sagen Sie mir jetzt, wer es gekauft hat. Ich muss mit diesem Menschen reden.«

Der Galerist schüttelte den Kopf. »Auch wenn ich es wüsste, ich dürfte es Ihnen nicht sagen.«

»Hat er denn nicht bei Ihnen gekauft?«

»Die Abwicklung läuft über das Sekretariat. Aber auch dort wird man Ihnen keine Auskunft geben. Diskretion, Gnädigste.«

»Der Käufer muss das Bild also noch abholen, richtig?«, fragte Ludwig.

»Ja, es hängt hier, solange die Ausstellung geöffnet hat, und am letzten Tag werden die Bilder verpackt und an ihre Käufer übergeben.«

»Dann kriegen wir ihn«, sagte Ludwig.

»Bei auswärtigen Käufern wird auch verschickt. Aber ich bitte Sie, gnädige Frau, machen Sie doch hier keinen Skandal. Es ist ein ganz normales Porträt, nichts Anstößiges. Es gibt keinen Grund, einen solchen Wirbel zu machen.«

»Meine Tochter ist sechzehn Jahre alt, und ich allein entscheide, ob ich hier einen Wirbel mache oder nicht.« Therese erhob sich, tat einen Schritt auf das Bild zu, betrachtete es lange.

»Wir fahren nach Hause«, entschied sie dann. »Auf Wiedersehen, Herr Galerist. Sie werden noch von mir hören.« Sie bedankte sich bei dem Dienstmann für den Stuhl.

Korbinian hatte sein Bier noch nicht ausgetrunken, als Therese aus dem Glaspalast trat. Hermann stand mit Elsa am Ausgang. Sie wagte nicht, ihre Mutter anzusehen.

»Du fährst mit mir«, sagte Therese zu ihr.

»Darf ich auch mitfahren, Tante, ich …«, fragte Balbina.

»Nein. Ihr geht zu Fuß nach Hause.«

Elsa stieg in die Kutsche.

»Wir machen jetzt eine kleine Spazierfahrt, Korbinian«, sagte ihre Mutter. »Lass dir ruhig Zeit. Wir geben dir ein Zeichen, wenn wir so weit sind.«

Korbinian fragte sich sicherlich, was in diesem Glaspalast wohl passiert sein mochte. Aber er nickte nur.

»Dann schieß mal los, Kind. Ich hör dir zu. Und fang ruhig von ganz vorne an.«

Elsa fühlte sich sterbenselend. Sie war selbst völlig überrumpelt und konnte nicht verstehen, wie ihr Porträt hierhergekommen war. Das war ja noch viel schlimmer als jedes Schwabinger Kaffeehaus. Ein solcher Verrat! Und dann diese Schmach, dass alle es sehen konnten und ihre ganze Familie es auch tatsächlich gesehen hatte. Die Mutter, die Brüder, Ludwig und Balbina. Sie hätte aus der Kutsche springen und verschwinden mögen, irgendwohin, wo niemand sie fand. Sie hätte weglaufen wollen. Als Mann hätte sie zur Fremdenlegion gehen oder zur See fahren können. Doch das alles waren keine Optionen für eine junge Frau. Mit Frauen, die wegliefen, nahm es selten ein gutes Ende.

Ihr Mutter wartete schweigend und ohne Zeichen von Zorn oder Ungeduld. Die Pferde trabten gemütlich den Uferweg entlang. Die grüne Isar lief plätschernd dahin, nach Norden, weg von den Bergen, in denen sie entsprang. Die Ruhe ihrer Mutter vermittelte Elsa die Botschaft: Wir haben Zeit. Wir fahren hier so lange die Isar rauf und runter, bis wir uns ausgesprochen haben. Und wenn du nicht redest, dann fahren wir eben bis in die Nacht hinein.

Elsa biss sich auf den Daumennagel. Sie überlegte, ob es besser war, einzelne Teile der Geschichte wegzulassen und wie sie die ganze Affäre vielleicht noch harmloser darstellen konnte. Aber das ging jetzt alles viel zu schnell, sie hatte keine Zeit gehabt, sich irgendeine Strategie zurechtzulegen. Sie fand keinen Ausweg und keine Verdrehung der Wahrheit, die ihre Mutter ihr abgenommen hätte. Therese hatte sie nicht ausgeschimpft, nicht vor den anderen zur Rede gestellt. Dafür durfte sie erwarten, dass Elsa ihr keine Märchen erzählte. Das war Elsa klar, und darum entschloss sie sich jetzt, im sanften Geschaukel der Kutsche, das rhythmische Schlagen der Hufe auf das Straßenpflaster im Ohr, die Wahrheit zu sagen und erzählte die Geschichte von ihr und dem Maler von Anfang bis zum Ende. Bis zu dem Ende, mit dem sie heute überraschend und völlig unvorbereitet konfrontiert worden war. Sie berichtete in ihrer gewohnt ruhigen, überlegten Art, die manchen Menschen in ihrer Umgebung kaltschnäuzig und abgebrüht erschien. Aber so war sie eben, und genau so hatte sich das zugetragen.

Korbinian hatte sie an der Residenz vorbei, die Maximilianstraße hinunter bis zur Isar kutschiert. Von dort war er auf die Uferstraße eingebogen und folgte ihr flussaufwärts, vorbei an der Kohleninsel. Auf der Reichenbachbrücke überquerte er den Fluss und fuhr auf dem anderen Ufer Richtung Altstadt zurück. Eigentlich eine herrliche Stadtrundfahrt, aber danach stand Mutter und Tochter gerade nicht der Sinn.

Elsa erzählte, und Therese hörte zu, ohne sie zu unterbrechen. Als Elsa zum Ende gekommen war, stellte sie nur eine Frage.

»Wozu schicke ich dich eigentlich in ein nicht gerade billiges Pensionat zu strengen Klosterschwestern? Können die nicht besser auf dich aufpassen?«

»Aber Mutter, es ist doch nichts passiert«, versuchte Elsa sie zu beruhigen. »Er war immer lieb und anständig. Alles, was er getan hat, war, ein Porträt von mir zu zeichnen. Weil ich es ihm erlaubt habe. Er hat mich ja nicht gegen meinen Willen gemalt.«

»Und du warst dabei nackt oder halb nackt, oder wie?«

»Nein, natürlich nicht. Ich habe dir doch gesagt, dass es in diesem Café war. Da waren auch andere Gäste. Mutter, ich war doch nicht allein bei ihm im Atelier oder so etwas.«

»Und wieso hast du dann an den Schultern nichts an?«

»Das ist eben seine künstlerische Freiheit, die ...«

»Freiheit?«, nun regte Therese sich doch auf. »Eine Frechheit ist das, und das weißt du. Ich könnte den Kerl anzeigen. Weiß er eigentlich, wie alt du bist? Ist er blind oder einfach nur dumm?«

»Mutter, bitte!«

»Ja was, Mutter, bitte? Soll ich sagen, oh, schön, was für ein feines Bild von meiner Tochter? Sie war angezogen, als der Kerl sie gemalt hat, auch wenn es auf dem Bild etwas anders aussieht?«

»Mutter!«

»Hör mir auf mit ›Mutter‹. Du hast mich ja nie nach meiner Meinung oder gar nach meiner Erlaubnis gefragt bei deinen Eskapaden. Jetzt wundere dich nicht, wenn ich dir sagen muss, dass ich die ganze Sache skandalös finde. Ich könnte zur Polizei gehen und ihn anzeigen, diesen Herrn Kunstmaler.«

»Bitte nicht, Mutter. Du kennst ihn doch gar nicht. Er unterrichtet jetzt an einer Malakademie in der Georgenstraße.«

»Und das bedeutet was genau?«

»Dass er Geld verdient.«

»Aha. Das ist ja großartig für einen erwachsenen Mann.«

»Wenn wir zu Hause sind, zeige ich dir das andere Bild von mir, das er mir in der Malschule gegeben hat.«

»Das, auf dem du angezogen bist?«

Elsa nickte.

»Und wie kommt er dazu, ein zweites Bild von dir anzufertigen und es auch noch auszustellen?«

»Das weiß ich doch auch nicht. Davon hat er mir nichts gesagt. Er hat wohl gedacht, das merkt keiner. Ich kann das nicht verstehen, aber ich werde ihn fragen.«

»Lass es sein, Elsa. Jetzt müssen wir dafür sorgen, dass es von dort wegkommt. Und zwar möglichst in unsere Hände.«

»Es tut mir leid, Mutter, dass das passiert ist.«

Dann sprachen sie eine ganze Weile gar nicht. Korbinian lenkte seine Kutsche über die moderne, eiserne Wittelsbacherbrücke.

»Bist du mir sehr böse?«, fragte Elsa.

»Ach Kind.« Therese wirkte müde und erschöpft nach all der Aufregung.

»Wenn ich nicht immer so beschäftigt wäre, hätte ich auch einmal etwas bemerken müssen. Ich hätte nur etwas aufmerksamer sein und den Dingen mehr auf den Grund gehen müssen. Aber ich habe mir vorgemacht, dass andere sich schon darum kümmern würden. Die Schwestern in Nymphenburg beispielsweise. Ich habe die Verantwortung an sie abgegeben, aber das geschah aus Eigennutz, weil ich mir einfach die Zeit dafür nicht genommen habe. Doch für seine Kinder sollte man immer Zeit haben.«

»Ich bin doch kein Kind mehr«, murmelte Elsa und starrte auf den Boden der Kutsche, um ihre Mutter nicht ansehen zu müssen.

Therese stand auf und setzte sich neben Elsa, legte den Arm um sie, und Elsa gab endlich nach und kuschelte sich an sie, wie sie es seit einer Ewigkeit nicht mehr getan hatte. Elsa fühlte sich nun auch erschöpft, aber auch erleichtert nach ihrer Beichte.

Therese setzte sich nach einer Weile wieder Elsa gegenüber und gab Korbinian ein Zeichen. »Wir fahren nach Hause«, sagte sie. Er tippte sich an die Mütze und ließ das Pferd in einen leichten Trab fallen. Vorne war schon die Maximiliansbrücke zu sehen, über die sie zurück in die Altstadt kommen würden.

Mitten in der Nacht schreckte Therese hoch. Wovon war sie wach geworden? Hatte sie etwas Schlechtes geträumt? Nein, es war etwas anderes, und nun fiel es ihr auch wieder ein: Sie wusste nun, wer der Käufer des Bildes war. Es konnte niemand anderer sein als der, der sie vor ein paar Tagen aufgesucht hatte. Wozu eigentlich? Um sie auf diese Ausstellung hinzuweisen, die sie unbedingt besuchen sollte. Und wie er Balbinas Vorschlag, einen Betriebsausflug daraus zu machen, so lebhaft unterstützt hatte. Er hatte sie ja förmlich mit der Nase daraufgestoßen. Weil er wusste, dass dort dieses Bild hing, das er gesehen und auf der Stelle gekauft hatte. Therese war sich sehr sicher, dass es genau so gewesen war. Ihr Schwager Max war der Käufer! Und nicht genug damit, dass er sich das Bild unter den Nagel gerissen hatte. Er hatte auch gewollt, dass sie es dort hängen sah, dass Elsa es sah, und dass Elsas Brüder es dort sahen. Er hatte ihre Tochter bloßstellen wollen, um sie, die Mutter, damit zu demütigen. Und sich dabei noch hinter der Maske des anonymen Käufers versteckt. Es war ungeheuerlich.

Therese legte sich wieder hin und versuchte, noch einmal einzuschlafen. Sie wusste jetzt genau, was sie zu tun hatte.

Am Morgen gab Therese Hermann ihre Schlüssel und sagte ihm, dass sie am Vormittag unterwegs sein würde. Dann zog sie sich an und lief hinüber zur Kaufingerstraße, um zur Frühstückszeit bei Max zu klingeln. Seine Haushälterin Ottilie öffnete ihr. Sie sagte, sie sei nicht sicher, ob Thereses Schwager nachts überhaupt nach Hause gekommen sei. Ob sie nachschauen könne, bat Therese sie. Zusammen stellten sie fest, dass seine Schuhe und sein Hut fehlten, ebenso sein Stock, ohne den er nie aus dem Haus ging. Ottilie klopfte an seiner Zimmertür, sah durch das Schlüsselloch und öffnete sie schließlich einen Spaltbreit. Sein Bett war unbenutzt.

Also nahm Therese eine Droschke zum Glaspalast und wartete dort, bis die Ausstellung geöffnet wurde. Sie erklärte der Dame im Sekretariat, und dann auch deren Vorgesetztem, dass sie bereit war, für einen Skandal zu sorgen und wenn nötig die Polizei zu informieren, dass hier ein Bild von einer Minderjährigen hing, das ohne ihr Wissen und ohne das Einverständnis der Mutter zur Schau gestellt wurde. Sie wisse nun, dass der Käufer ein Verwandter von ihr sei, und sie würde den restlichen Kaufpreis entrichten, um den Galeristen und den Maler nicht leer ausgehen zu lassen. Dann würde sie das Bild mitnehmen, und zwar sofort nach Bezahlen der Kaufsumme und nicht erst am Ende der Ausstellung. Und wenn der Herr Vorgesetzte nicht einen Riesenärger haben wolle, dann solle er auf der Stelle ihr Angebot annehmen. Sie trage denselben Nachnamen wie der Käufer, daran könne er erkennen, dass sie die Wahrheit sage. Eine Geburtsurkunde ihrer Tochter könne sie ebenfalls vorlegen, aber der Herr sollte ihr auch so glauben. Er müsse nur das Bild ansehen, um zu erkennen, dass es sich bei der Porträtierten um eine Minderjährige handelte. Und sie gebe ihm jetzt eine Stunde Zeit, sich mit seinem nächsten Vorgesetzten zu besprechen, dem Direktor des Glaspalastes oder mit wem auch immer. Dann würde sie mit dem Geld wiederkommen und das Bild holen. Man solle ihr die Summe nennen. Die Sekretärin sah nach, es waren einhundertsiebenundsechzig Mark.

Therese fuhr mit der Droschke zur Vereinsbank in die Maffeistraße, ließ sich das Geld ausbezahlen und trank einen schnellen Kaffee beim Augustiner. Dann kam sie zurück, legte das Geld auf den Tisch und nahm das bereits verpackte Bild in Empfang. Man hatte es vorgezogen, auf einen Skandal zu verzichten, und wollte sich aus familieninternen Streitigkeiten heraushalten. Sie bekam eine Quittung über den gezahlten Betrag ausgehändigt, eine Abschrift blieb im Sekretariat, eine weitere würde dem Galeristen ausgehändigt werden. Nun wartete Therese nur noch darauf, dass ihr Schwager auftauchen würde.

Doch Max tauchte nicht auf. Nicht am selben und nicht am nächsten Tag. Therese wartete mit gleichbleibender, vor sich hin köchelnder Wut auf ihn, doch Max kam einfach nicht. Zuerst hatte Therese gedacht, dass er womöglich einen Skandal bei der Ausstellungsleitung anzetteln und das Bild zurückfordern würde. Dann hatte sie überlegt, dass er zumindest sein Geld für die Anzahlung von ihr zurückfordern würde, wenn er akzeptieren musste, dass sie es nicht herausgab. Nach einer Woche dachte sie, dass er wohl verstanden hatte, dass er zu weit gegangen war. Und das war auch gut so. Denn hätte sie ihn in die Finger bekommen, so hätte sie ihm ihre Meinung zu seinem schlechten Charakter um die Ohren gehauen.

Das Porträt ließ Therese in ihrer Kammer verschwinden. Doch manchmal überkam sie der Wunsch, die Schublade aufzuziehen und es eine Weile zu betrachten. Ihre Tochter. In gewisser Weise war Therese doch stolz auf Elsa, auf ihren Dickschädel, auf ihren Eigensinn. Auf ihren Wagemut. Darauf, dass sie den Nonnen eine lange Nase gedreht hatte, und das nicht nur einmal. Dann legte sie das Bild zurück in die Schublade. Natürlich würde sie das ihrer Tochter so nie sagen. Mütter lobten ihre Töchter nicht für Ungezogenheiten und Verstöße gegen die guten Sitten. Aber stolz war Therese trotzdem, auch wenn sie es nicht offen zeigte.

Bis eines Sonntags Paul beim Mittagessen fragte, wo denn das Bild nun abgeblieben sei.

»Warum hängen wir es eigentlich nicht auf?«, fragte er. »Also mir hat es sehr gut gefallen.«

Elsa sah nicht von ihrem Teller auf und säbelte stattdessen an einem Stück Rinderbraten herum.

»Ich finde es auch schön«, sagte Hermann. »Schließlich ist Elsa die Erste in der Familie, die von einem Künstler porträtiert wurde, nicht von einem Fotografen. Und was machen wir? Wir verstecken das Bild.«

Therese suchte nach Verbündeten. »Und was denkst du, Balbina?«, fragte sie.

»Ich finde, wir sollten Elsa fragen, ob sie denn möchte, dass das Bild aufgehängt wird.«

Therese hatte selbst schon daran gedacht, es in ihrer Kammer aufzuhängen. Aber dort hing bereits ein Foto von Anton, und der war tot. Es passte nicht, dass ihre Tochter ebenfalls dort hängen sollte.

»An welchen Platz habt ihr denn gedacht? Wo wollt ihr es aufhängen?«, fragte Elsa.

»Wenn, dann in den Salon«, sagte Therese.

»Über den Kamin würde es passen«, sagte Hermann.

»Wir können es hinhalten, dann sehen wir ja, wie es sich dort macht.« Paul legte sein Besteck zur Seite und wollte schon aufspringen.

»Also gut«, sagte Therese. »Das machen wir. Aber erst, wenn wir mit dem Essen fertig sind.«

»Ihr geht«, sagte Balbina, »und ich mache währenddessen mit Anni die Nachspeise fertig.«

»Was gibt es denn Feines?«, wollte Paul wissen.

»Einen Pudding mit echter Vanille. Wir müssen ihn nur noch

stürzen und die Karamellsoße dazu machen. Ich werde Anni zeigen, wie das geht.«

»Solche feinen Sachen wie bei Ihnen hat es an meiner letzten Stelle nicht gegeben«, gab das neue Hausmädchen zu. »Ich hab auch noch nie eine echte Vanilleschote ausgekratzt.«

Therese nahm das Bild aus der Schublade. Inzwischen hatte sie es in einer Werkstatt in der Amalienstraße neu rahmen lassen. So viel Prunk wie bei Franz Stuck mit seinen Säulen und Goldrahmen brauchte sie nicht, aber ein wenig hochwertiger als der schlichte Holzrahmen in der Ausstellung sollte es schon sein. Wenn schon einmal ein Mitglied der Familie Randlkofer porträtiert worden war.

Sie hatte es sich nicht nehmen lassen, dabeizubleiben und abzuwarten, bis der Handwerker das Glas und den Rahmen geschnitten und verleimt hatte. Es wäre Therese nicht in den Sinn gekommen, das Bild noch einmal aus den Augen zu lassen, auch wenn der Rahmenschneider sie merkwürdig ansah, so als übertreibe sie es mit ihrem Misstrauen. Hermann hatte einen Hammer und Nägel geholt, und Paul hielt den Rahmen mittig über den Kamin.

»Durch das Glas ist es ja perfekt gegen Hitze und Funkenflug geschützt«, sagte Hermann. »Passt doch gut, oder?«

Die anderen traten einen Schritt zurück. Ja, es passte. In diesem Zimmer gab es auch ein Bild von Anton, aber es hing nicht an der Wand, sondern stand auf dem Fensterbrett. Und es war nicht sein Sterbebild, sondern eines, auf dem er noch jünger war, aus der Zeit, als die Kinder klein waren und sie noch den Laden in der Maffeistraße führten. Und er lachte so verschmitzt, als wolle er sich über seine Familie lustig machen, wie sie da mit ernsten Mienen vor dem Kamin standen. Wenn er noch gelebt hätte, hätte er wahrscheinlich in der Situation gefragt, ob denn jemand gestorben sei, weil sie so ernste Gesichter machten.

»Also, Elsa, wie ist es?«, fragte Hermann. »Soll ich den Nagel einschlagen?«

»Wenn es euch da gefällt, von mir aus«, antwortete sie.

»Und dir?«, fragte Paul, »gefällt es dir selbst etwa nicht?«

»Doch«, sagte Elsa und grinste.

∾

Es war ein milder Vormittag im Juni, als Therese Korbinian bat, sie nach Nymphenburg zu fahren. »Wir unternehmen heute einen kleinen Ausflug«, hatte sie zu ihm gesagt, aber Korbinian kannte seine Chefin lange genug, um zu wissen, dass sie an einem Wochentag keinen Ausflug machen würde.

»Und wohin genau?«, fragte er.

»Zum Pensionat der Englischen Fräulein.«

Auch wenn sie sich mit Elsa ausgesprochen und wieder versöhnt hatte, war für Therese klar, dass der Vorfall »Glaspalast« Konsequenzen haben musste für ihre Tochter. Nach dieser Sache konnte sie nicht einfach zur Tagesordnung übergehen und so tun, als sei nichts geschehen. Da hatte sie eine andere Vorstellung von Erziehung. Vielleicht hätte Anton anders gedacht und fünf gerade sein lassen und womöglich auch den Aufwand gescheut. Therese war aus anderem Holz geschnitzt. Hindernisse waren dazu da, aus dem Weg geräumt zu werden.

Korbinian fuhr die Nördliche Auffahrtsallee am Nymphenburger Kanal hinauf und bog an ihrem Ende, dem Schlossrondell, nach Norden ab. Ein Kindermädchen fütterte mit ihren beiden Schützlingen die Enten, die auf dem Teich am Rondell zu Hause waren. Ein Schwanenpaar schwebte im Sinkflug auf die neue Futterquelle zu. Die Goldverzierungen an der Schlossfassade loderten in einem einzelnen Sonnenstrahl auf, der sich durch den wolkenverhangenen Himmel zwängte. Am Eingang der Schule in den ehemaligen Klosteranlagen an der Nordseite des Schlosses stieg Therese aus. Ein Lied aus ganz vielen Mädchenkehlen suchte sich seinen Weg durch ein geöffnetes Fenster nach draußen. Es war nichts Frommes, sondern etwas Fröhliches, Sommerliches, das zu den jungen Sängerinnen besser passte.

Eine Schwester brachte Therese hinauf zur Frau Oberin. Schwester Bertholda, die Schulleiterin, war bestürzt, als Therese ihr mitteilte, dass sie ihre Tochter mit Beginn der Sommerferien abmelden würde. Dabei fehlte nur mehr ein Jahr bis zu ihrem Schulabschluss.

»Haben Sie sich das auch gut überlegt?«, fragte die Oberin, die selbst noch eine junge Frau war.

»Zu wissen, dass meine Tochter gut untergebracht ist und die Schule ihren Aufsichtspflichten nachkommt, ist mir wichtiger als der baldige Schulabschluss. Elsa ist eine gute Schülerin, ihren Abschluss wird sie auch anderswo machen können.«

Therese lehnte es ab, der Oberin genau zu erzählen, was vorgefallen war. Das war ihr dann doch zu privat. Nicht dass noch die ganze Schule davon erfuhr.

»Wenn Sie hier nicht auf meine Tochter aufpassen können, dann will ich Elsa dort unterbringen, wo das besser gelingt.«

»Ihre Tochter, Sie werden es selbst längst wissen, ist ein aufgewecktes Mädchen. Ihre Fantasie und Vorstellungskraft sind gut entwickelt, wenn ich so sagen darf, und dazu kommt fatalerweise ein ebenso ausgeprägter Wille und leider auch eine gute Portion Mut, zuweilen auch Übermut. Und dazu noch, und das macht die Mischung dann wirklich explosiv, ein gewisses Überlegenheitsgefühl. Elsa hat prinzipiell nichts gegen Regeln und Gesetze, nur denkt sie, dass im Speziellen sie persönlich sich nicht daran halten muss. Sie geht davon aus, sie könne selbst entscheiden, was noch Recht und was schon Unrecht ist. Und ich glaube, vielleicht stimmen Sie mir darin zu, dass sie dafür dann doch noch zu jung und unerfahren ist. Geben Sie mir da recht?«

»Unbedingt«, sagte Therese.

»Und Sie können sich auch vorstellen, dass Kinder wie Ihre Elsa sehr anstrengend sein können für ihre Erzieherinnen?«

»Natürlich.«

»Gut, das freut mich. Wir würden es weiter versuchen, wie wir es auch in der Vergangenheit versucht haben, auf Elsa einzuwirken, um ihr den Wert des Gehorsams noch näherzubringen, der Demut und des Hörens auf Erwachsene, die in der Regel etwas mehr Lebenserfahrung besitzen als unsere jungen Mädchen.«

Therese nickte. Diese Schwester Bertholda mit ihren langen dünnen Fingern und den blonden Wimpern, die sie ein wenig wie einen Albino aussehen ließen, schien ihr sehr vernünftig, vielleicht sogar moderner, als ihr Habit es vermuten ließ.

»Das ist aber das Schwerste bei den wirklich Selbstbewussten unter den jungen Damen aus gutem Hause, zu denen Elsa gehört.«

»Es mag das Schwerste sein, aber es ist Ihre Aufgabe. Dafür bezahlen wir unsere Schulgebühren«, sagte Therese. »Und bei dieser Aufgabe haben Sie in meinen Augen versagt. Was zum einen an meiner Tochter liegen mag, das streite ich nicht ab, zum anderen doch an Ihnen, so leid es mir tut. Sie waren zu gutgläubig. Was vorgefallen ist, muss Konsequenzen haben für meine Tochter. Sie würde mich irgendwann verspotten, wenn ich ihr dieses unrechte Verhalten, diese kleinen und größeren Lügen, die Ausreden und all das durchgehen ließe. So wie sie vielleicht irgendwann über Sie und Ihre Schule, Schwester Bertholda, spotten wird. Und das möchte ich nicht. Dann bin ich lieber die Böse, die Harte, die sie jetzt, ein Jahr vor Abschluss, aus der Schule nimmt. Denn eines ist für mich klar: Ich bin nicht die Verbündete und Kameradin meiner Tochter. Ich bin ihre Mutter.«

»Ich sehe, Sie haben sich offenbar bereits entschieden. Dann will ich nicht länger versuchen, auf Sie einzuwirken.«

»Das spart Zeit, obwohl ich nichts gegen ein Gespräch mit Ihnen einzuwenden habe«, antwortete Therese.

Schwester Bertholda schmunzelte. »Was haben Sie also vor, wenn ich fragen darf?«

»Ich habe Elsa ab September in einem Internat in der Schweiz, bei Sankt Gallen, angemeldet. Es liegt außerhalb der Stadt auf einem Hügel, nur Berge, Wiesen, Bäche und Kühe rundherum. Und die Zöglinge des Internats kommen aus vielen verschiedenen Ländern, was bestimmt Elsas Fremdsprachenkenntnisse und ihr Auftreten in der Gesellschaft fördern wird. Ich hätte sie natürlich gern bei mir im Geschäft, sobald sie die Schule abgeschlossen hat. Und das Geschäft wird schließlich auch immer internationaler. Jemand, der in verschiedenen Sprachen und mit verschiedenen Kulturen und Religionen umgehen kann, wäre für uns ein großer Gewinn. Also wird sie wechseln. Und wenn das Abschlussjahr nicht so laufen sollte, wie wir uns das erhoffen, dann soll sie es eben wiederholen. Elsa ist ja noch jung. Aber ich muss ihre Verbindungen nach München unterbrechen, um nicht zu sagen unterbinden für eine bestimmte Zeit. Und das geht in Sankt Gallen besser als in Nymphenburg, allein von der Geografie her.«

Schwester Bertholda schmunzelte immer noch.

»Darf ich fragen, warum Sie so ungeniert vor sich hin lächeln?«, fragte Therese ohne Umschweife.

»Oh, entschuldigen Sie. Es ist nur, weil ich die ganze Zeit das Gefühl habe, doppelt zu sehen. Und ich versichere Ihnen, ich trinke nicht, nie.«

»Ich fürchte, ich verstehe Sie nicht ganz.«

»Nun, ich weiß zwar, dass Sie hier sitzen, und doch kommt es mir immer wieder so vor, als wäre Ihre Tochter hier. Sie müssen schon zugeben, Frau Randlkofer, dass Elsa charakterlich eine große Ähnlichkeit mit Ihnen hat, verzeihen Sie mir die Offenheit.«

»Da gibt es nichts zu verzeihen, Frau Oberin. Es ist nicht so, dass ich das nicht wüsste. Und im Grunde – verzeihen Sie nun mir meine Unbescheidenheit – bin ich auch sehr stolz auf meine Tochter. Nur muss sie das nicht unbedingt wissen.«

Nun konnte Schwester Bertholda sich das Lachen nicht mehr verkneifen. »Täuschen Sie sich da nicht, Frau Randlkofer. Elsa ist eine der Klügsten unter unseren Schülerinnen. Ihr etwas vormachen zu wollen, das ist schon eine schwere Aufgabe.«

Darauf schwieg Therese, aber auch sie grinste jetzt. Man war sich einig.

»Ich muss Sie noch fragen, ob Sie der Schule und mir eine offizielle Rüge erteilen wollen, die an unsere Ordensleitung weitergegeben wird?«

»Nein. Ich habe ja eine Teilschuld meiner Tochter anerkannt. Als Grund für die Kündigung geben wir den Schulwechsel auf ein internationales, nicht konfessionelles Schweizer Internat an.«

»Dafür bin ich Ihnen sehr dankbar, denn damit ersparen Sie uns entsprechende disziplinarische Maßnahmen. Die Entlassungspapiere erhalten sie dann zusammen mit dem Zeugnis am Ende des Schuljahres, wenn Sie einverstanden sind.«

Therese nickte.

Vom Treppenhaus warf sie noch einen Blick auf die Terrasse, die durch einen blühenden Rosenbogen zu betreten war. An einigen Tischen im Freien saßen auf den geflochtenen Stühlen schon etwas ältere Mädchen über ihre Bücher gebeugt oder sie unterhielten sich. Alle trugen lange schwarze Schürzen über schlichten grauen Einheitskleidern. Diese Kleider waren keine Ordenstracht, aber gewissermaßen eine Vorstufe davon. In dem Schweizer Internat wurde zwar auch eine Schuluniform getragen, doch die Farben waren dort etwas fröhlicher, wie auch insgesamt alles weltlicher wirkte.

Als sie das Gebäude verließ, wusste Therese, dass sie das Richtige getan hatte. Ein Wechsel würde Elsa in jeder Hinsicht guttun. Und die paar Hundert Kilometer Distanz zu diesem Sigmund Rainer, Kunstmaler aus München, trugen ein wenig zu Thereses privatem Seelenfrieden bei.

Es musste Ende Juli, Anfang August gewesen sein. Therese erinnerte sich später nicht mehr an das genaue Datum, nur daran, dass es ein sehr heißer Tag gewesen war und Korbinian in die Hacker-Brauerei hinübergefahren war, um Eis für die Kühlung des Lagers zu holen. Da sah Therese sie plötzlich im Geschäft stehen. Therese selbst besprach sich gerade mit einem Beamten aus der Hofproviantkammer. Es ging um eine umfangreiche Bestellung, sodass sie unmöglich wegkonnte. Dennoch entschuldigte sie sich für einen Augenblick und rief Ludwig zu sich.

»Kümmere dich bitte um die Dame dort aus Ebersberg, solange ich hier noch beschäftigt bin. Zeig ihr ein bisschen das Geschäft und die Waren.«

»Ist sie eine Stammkundin von uns? Ich glaube, ich habe sie noch nie gesehen.«

»Nein, bislang nicht, sie hat früher bei uns gearbeitet. Kümmere dich einfach um sie und halte sie fest, solange der Herr von der Proviantkammer hier ist und ich nicht wegkomme. Verstehen wir uns?«

»Freilich, Chefin. Ich lasse sie nicht aus den Augen und schon gar nicht zur Tür hinaus, bevor Sie fertig sind.«

»Und bleibt nicht hier vorne, sondern geht ein bisschen weiter nach hinten, wenn's möglich ist.«

Das fand Ludwig nun doch etwas seltsam, Therese sah es ihm an. Aber mehr konnte sie ihm im Augenblick nicht erklären.

Ludwig ging auf die Frau zu und stellte sich vor. Therese hörte, wie die Kundin sagte: »Ach, Sie sind der Ludwig«, und ihr schwante nichts Gutes. Sie machte Ludwig noch mal ein Zeichen, sie sollten sich etwas in den Hintergrund bewegen, und Ludwig dirigierte die Frau zu den Backwaren. Therese hörte dem Herrn vom Hof nur mit einem Ohr zu und konnte sich schlecht konzentrieren. Louise Hartbrunner aus Glonn bei Ebersberg, Balbinas leibliche Mutter – was um alles in der Welt wollte sie hier im Geschäft? Therese fächelte sich mit dem Bestellheft Luft zu.

»Bei uns in der Residenz ist es gar nicht mehr auszuhalten vor Hitze. Dagegen ist es bei Ihnen noch fast angenehm.« Ihr Gesprächspartner wischte sich mit einem Taschentuch über Stirn und Nacken.

Deshalb also hatte er es nicht eilig, wieder zurück in die Residenz zu kommen, dachte Therese, ging die Bestellliste noch einmal mit ihm durch und überschlug den Gesamtbetrag im Kopf. Es handelte sich um eine hübsche Summe, vielleicht die größte Einzelbestellung, die der Hof je bei ihr in Auftrag gegeben hatte. Als Hoflieferant hatte man zwar keinen Anspruch darauf, an den Hof liefern zu dürfen, aber es war schon so, dass man mit dem Titel häufiger beauftragt wurde. Von den bürgerlichen wie den adeligen Kunden und auch vom Hof selbst. Und da am Hof des Prinzregenten nur die feinsten Delikatessen erwünscht waren und um die Preise nicht auf Teufel komm raus gefeilscht wurde, war es ein sehr einträgliches Geschäft.

Doch heute schweifte Therese in Gedanken immer wieder ab. Was wollte Louise hier? Sie hatten doch vereinbart, dass sie nicht herkommen würde, sondern alles so weiterlaufen sollte wie bisher. Wieso musste sie jetzt hier auftauchen und Unruhe stiften? Was, wenn Balbina gerade jetzt durch den Laden lief? Balbina würde Louise vielleicht nicht erkennen. Sie wusste ja von nichts. Von gar nichts, so schrecklich das war. Aber Louise und Therese hatten zusammen entschieden, dass es das Beste für das Mädchen wäre. Doch warum war sie dann jetzt hier?

»Ja, natürlich können wir frische Flusskrebse in der Menge liefern. Unsere Bäche rund um den Starnberger See sind ja voll davon.«

Plötzlich drückte Therese sich eine Hand auf die Brust. Ihr Herz hatte einen kleinen Sprung gemacht. Balbina war aus dem Kontor gekommen und lief durch den Laden auf die Treppe zum Lager zu. Ludwig rief ihr irgendetwas im Vorbeigehen zu, und sie antwortete ihm, aber Therese verstand von beidem kein Wort, denn sie starrte Louise an, die in dem Moment herumwirbelte, als Balbina an ihr vorüberlief. Für einen Moment sahen sich die beiden in die Augen. Louise erkannte ihre Tochter sofort. Und Balbina? Sah sie die Ähnlichkeit zwischen sich und dieser Frau? Oder wunderte sie sich lediglich über deren Kleidung, die ein wenig in die Jahre gekommen und so gar nicht städtisch wirkte? Therese musste ihren Gesprächspartner bitten, seine letzte Bestellung noch einmal zu wiederholen.

Als sie das nächste Mal hinsah, brachte Ludwig gerade Louises Einkäufe zur Kasse. Als sie ihren Gesprächspartner endlich verabschiedet hatte, gab sie an der Kasse Anweisung, dass ihr Einkauf aufs Haus ging und entsprechend verbucht werden sollte. Louise protestierte zwar, aber Therese sagte, das sei doch nicht der Rede wert und sie solle es nur annehmen. Sie brachte Louise selbst an die Tür und begleitete sie hinaus.

»Warum sind Sie hergekommen, Louise?«, flüsterte sie, als sie auf der Straße standen. »Sie haben mir doch versprochen, sich weiterhin an die Abmachung zu halten und keinen Kontakt zu Balbina zu suchen.«

»Das wollte ich ja auch.« Louise wirkte zerknirscht und schrecklich durcheinander. »Ich habe es versprochen. Aber schuld war das Bild, das Sie mir geschickt haben. Das erste Bild meiner Tochter, das ich je bekommen habe. Ich war so glücklich darüber.« Louise zog ein Taschentuch aus dem Ärmel und schnäuzte sich. »Ich musste sie einmal mit eigenen Augen sehen, verstehen Sie? Nur ein einziges Mal.« Wieder schnäuzte sie sich, während Therese immer noch mit dem Paket in der Hand dastand und nicht wusste, was sie sagen sollte. »Ich habe mir vorgestellt«, schluchzte Louise, »wie schrecklich es wäre, wenn ich sterben müsste und mein Kind nie gesehen hätte.«

Therese wusste, dass es herzlos war, aber Louise musste weg, bevor Balbina zurückkam und sie zusammen hier draußen stehen sah.

»Ich verspreche Ihnen, dass ich jetzt heimfahre und nicht wiederkomme bis zu ihrem einundzwanzigsten Geburtstag. So, wie wir es vereinbart haben.«

Dann nahm sie Therese das verschnürte Paket aus der Hand und ging Richtung Marienplatz davon. Therese spürte einen Druck auf der Brust, und jeder Atemzug war schwer. Was für eine grässliche Situation. Aber Therese war immer noch entschlossen, ihr Gewissen, das sich gerade vehement zu Wort meldete, zu verscheuchen wie einen bettelnden Hund. Der Druck würde mit der Zeit schon wieder nachlassen.

»Haben Sie die Dame gekannt?«, fragte Ludwig, als Therese zurück ins Geschäft trat.

Auch Balbina kam in diesem Moment die Treppe herunter.

»Wer war denn das?«, fragte sie.

»Sie hat früher einmal bei uns gearbeitet, in dem Geschäft in der Maffeistraße. War eine gute Mitarbeiterin, bis sie geheiratet hat und aufs Land nach Ebersberg gezogen ist.« Therese sagte es beiläufig.

»Eine sehr nette Frau«, sagte Ludwig.

»Und warum hat sie mich angestarrt wie ein Kalb mit zwei Köpfen?«, fragte Balbina.

»Ach, das bildest du dir nur ein.« Therese schämte sich

durchaus für ihre Lügen und war sich sicher, dass sie ihr eines Tages wie Felsbrocken auf die Füße fallen würden. Die Schwester Oberin in Nymphenburg bei den Englischen Fräulein fiel ihr ein und ihre Bemerkung, dass sie ihre Tochter aufgrund manch charakterlicher Ähnlichkeiten nicht verleugnen könne. Sie hatte doch hoffentlich nicht das Lügen gemeint?

»Das bilde ich mir nicht ein, Tante. Außerdem kam sie mir irgendwie bekannt vor. Aber ich weiß nicht, woher.«

»Vielleicht war sie ja doch schon mal bei uns gewesen«, meinte Ludwig.

»Ich glaube nicht«, sagte Therese. »Und jetzt geht jeder wieder an seine Arbeit. Wer brav ist, bekommt heute hitzefrei.«

Sie selbst sehnte sich auch danach. Raus aus den langen Röcken und den hochgeschlossenen Blusen, dem Korsett und allen Unterröcken. Und dann ein Schläfchen machen und erst, wenn die Sonne untergegangen war, noch einmal aufstehen. Doch es war alles gut gegangen, das hoffte sie zumindest.

Vor einem der Fenster zum Park stand ein Mahagonitisch, dessen geschweifte Beine in messingbeschlagenen Pfoten endeten. Die Tischplatte war mit einem Messingrand eingefasst, und darauf lag das *St. Galler Tagblatt* vom 10. September 1898. Elsa griff nach der Zeitung, ihre Freundin Magda von Barmstein sah ängstlich auf die Schlagzeile. In den Gängen war bereits getuschelt worden. Nun wurde es zur Gewissheit.

»In Wien herrscht allgemeines Entsetzen, höchste Bestürzung, Trauer und furchtbare Entrüstung über die ungeheuerliche Tat«, las Elsa. »Selbst in New York titelt die größte Zeitung heute: ELISABETH VON OESTERREICH VON EINEM ANARCHISTEN ERMORDET. DIE KAISERIN INS HERZ GETROFFEN.«

»So schrecklich, die schöne Kaiserin.« Magda fasste nach Elsas Arm. »Hat er sie erschossen?«

Elsa schüttelte den Kopf. »Hier steht, er hat ihr eine angespitzte Feile in die Brust gestoßen und sie mitten ins Herz getroffen.«

»Wie schrecklich!« Magda hatte Tränen in den Augen.

Ein Anarchist. Elsa wusste nicht genau, was das zu bedeuten hatte. Sie begann sich für Politik und das Zeitgeschehen zu interessieren, und im Internat auf dem Rosenberg gab es, im Gegensatz zu Nymphenburg, durchaus Lehrerinnen und Lehrer, mit denen man darüber sprechen konnte.

An diesem Morgen begann der Unterricht mit einer Schweigeminute.

Elsa vermisste ihre alte Schule, das Pensionat der Englischen Fräulein, nicht. In Nymphenburg hatte sie im Abschlusszeugnis noch Noten für Betragen, Höflichkeit, Anstand, Aufmerksamkeit, Fleiß, Ordnungsliebe, sogar Kirchenbesuch und Schönschreiben bekommen. In der Schule am Rosenberg waren Fächer wie »weibliche Handarbeiten« oder Religion nicht mehr so wichtig. Die Mädchen lernten Fremdsprachen, Naturkunde, Geschichte und Geografie, Mathematik und Physik. Sie wohnten zwar in einem eigenen Haus, doch den Unterricht besuchten sie zusammen mit den jungen Männern, und sie lernten in den meisten Fächern dasselbe. Sie hatten Zeichenunterricht, und sogar das Klavierspiel bereitete Elsa hier wieder Freude. Sie lernte bei einem jungen Musiklehrer, der nicht der Meinung war, sie spiele wie eine Orgel auf dem Jahrmarkt. Er gab ihr moderne Stücke, die nicht zu schwer waren und so viel von Elsas eigenen Gefühlen ausdrückten, dass sie glaubte, sie seien speziell für sie komponiert worden.

Elsa atmete in Sankt Gallen hoch über dem Bodensee richtig auf. Sie genoss die internationale Atmosphäre auf dem Rosenberg mit seinen vielen Sprachen und Schülern aus unterschiedlichen Ländern. Es war ein Haus, in dem Platz war für neue Ideen und wo ein frischer Wind wehte. Sie wusste, dass ihre Mutter eine Menge Geld bezahlte für dieses Privat-Lyzeum, und verspürte, vielleicht zum ersten Mal in ihrem Leben, so etwas wie Dankbarkeit – nämlich dafür, dass sie in dieser offenen Atmosphäre lernen und Neues ausprobieren durfte. Hier, auf dem Hügel über der Stadt, gab es viel Licht und freie Luft zum Atmen. Nicht wie in den niedrigen, geduckten Klostergebäuden an den Nordflügel eines Schlosses gezwängt, in denen die Nonnen wie Schatten durch niedrige Gänge huschten.

An einem Donnerstagmorgen, es war der 22. September 1898, kam Lilly ins Geschäft gestürmt und suchte aufgeregt nach ihrem Bruder. Sie war völlig außer Atem. Ludwig bediente gerade einen Kunden, weshalb Lilly Korbinian bat, ihren Bruder abzulösen.

»Was ist denn los? Müsstest du nicht im Telegrafenamt sein?«, fragte Ludwig.

»Ludwig, unser Vormund ist gestorben. Kollegen haben es erzählt in der Vormittagspause. In der Zeitung hat es gestanden.« Sie klammerte sich an Ludwigs Arm, und er konnte spüren, wie sehr sie zitterte.

»Was? Das gibt es doch gar nicht. War er denn krank?« Ludwig konnte es nicht glauben.

»Uns hat keiner was gesagt. Wir müssen zu Julia hinüberlaufen. Mir lässt das keine Ruhe, ich kann doch jetzt nicht einfach weiterarbeiten und so tun, als ob nichts geschehen wäre. Ich habe mir freigenommen für ein paar Stunden. Ich arbeite das nach. Los, zieh dich an und komm mit. Du kommst doch mit? Bitte, Ludwig, beeil dich.«

»Wieso hat Julia uns denn nicht gesagt, dass er krank war?«

Therese drückte Ludwig ihr Beileid aus und gab ihm frei, damit er der Witwe einen Besuch abstatten und erfahren konnte, was passiert war.

Die Geschwister liefen über den Marienplatz zum Rindermarkt.

»Wie alt war er denn eigentlich?«, fragte Ludwig.

»Achtundvierzig«, keuchte Lilly.

»Na ja, schon alt, aber auch nicht so alt, oder?«

»Alt? Spinnst du? Dann sind unsere Mutti und Julia auch alt. Jetzt komm schon.«

Als sie am Jakobsplatz eintrafen, sahen sie schon eine Menschenmenge vor dem Haus der Vollmars stehen. Die einen kamen von der Zeitung, hielten Notizblock und Bleistift in der Hand, zwei Fotografen waren auch darunter. Die anderen waren Parteigenossen, die sich zu Ehren des Verstorbenen versammelten. Viele trugen rote Halstücher, einer entrollte eine rote Fahne, aber die anderen redeten auf ihn ein, bis er sie wieder verschwinden ließ. Das würde nur die Polizei auf den Plan rufen.

Lilly stieß ihren Bruder mit dem Ellbogen an und zeigte hinauf zum Küchenfenster, an dem er Julia von Vollmar erkennen konnte, die ihnen anscheinend ein Zeichen gab.

»Meint sie uns?«, fragte Ludwig.

»Freilich. Und ich weiß auch, was sie uns sagen will. Schau, da in der Seitengasse ist doch der Dienstbotenaufgang. Vielleicht lässt sie uns dort rein.«

Das Hausmädchen öffnete ihnen. Sie war weder schwarz gekleidet noch hatte sie verweinte Augen. Auch Julia von Vollmar, die oben an der Treppe auf sie wartete, sah aus wie immer.

»Julia, wir ...«, setzte Lilly an.

»Kommt herauf, und bitte nicht weinen. Kommt!«

Ludwig meinte, dass eine Spur Pfeifentabak in der Luft hing.

»Jesus, Maria und Muttergottes«, stammelte Lilly, die als Erste oben ankam.

Ludwig drückte sich an ihr vorbei, um zu sehen, was sie so erschreckte. Da saß ihr Vormund, Georg von Vollmar, mit der Zeitung in der Hand in einem Sessel und erfreute sich bester Gesundheit. Seine Pfeife lag neben ihm im Aschenbecher und kokelte vor sich hin.

»Gott sei Dank«, sagte Ludwig und legte einen Arm um Lilly, der die Tränen übers Gesicht liefen. »Da haben Sie uns aber einen gewaltigen Schrecken eingejagt.«

»Ich?«, polterte Vollmar los. »Diese Kanaillen wollen mich jetzt schon ins Grab befördern. Ha, das würde ihnen so passen, dass ich mit nicht einmal fünfzig das Feld räume. Im Krieg haben sie mich zum Krüppel geschossen, in Leipzig habe ich mich wegen meiner Gesinnung einsperren lassen, aber sterben werde ich nicht, nur weil sich das einige hier in Deutschland so wünschen. Das geht wirklich zu weit. Und deswegen gehe ich jetzt da raus auf den Balkon und kläre das auf. Die Leute machen sich ja echte Sorgen um mich. Den Presseschmierern würde ich es gönnen, dass sie weiter einer Falschmeldung aufsitzen und jetzt überall die Federn kratzen für die heuchlerischen Nachrufe. Aber den Genossen dort unten will ich in voller Lebensgröße erscheinen, denn sie trauern vielleicht wirklich um mich.«

»Nein, das machst du nicht, Georg.« Julia stellte sich ihm in den Weg und legte ihm ihre Hände auf die Schultern. »Deine Genossen und Mitarbeiter versuchen gerade herauszufinden, wie es zu dieser Falschmeldung kommen konnte und was dahintersteckt. Du sollst dich ruhig verhalten. Sie überlegen alle schon, was man daraus am besten machen kann.«

»Aus einer Ente?«, rief Vollmar wütend.

»Ente?« Seine Frau verstand nicht.

»Eine Zeitungsente. Eine Falschmeldung.«

»Ach, sagt man das so?«, fragte Julia.

»Hört euch das an: *Der Reichs- und Landtagsabgeordnete v. Vollmar ist vorgestern auf seinem Landsitz am Walchensee gestorben.* Ha! *Georg Carl Joseph Heinrich Ritter v. Vollmar* – drei von meinen vier aristokratischen Vornamen hatte ich selbst schon vergessen – *wurde am 7. März 1850 in München geboren. Im Benediktiner-Seminar und Gymnasium zu Augsburg erzogen, trat er 1865 in die Bayerische Armee, machte den Feldzug von 1866 als Leutnant mit, schied aus dem Dienste aus und trat 1868 in die Päpstliche Armee ein.* Ja, was für einen Blödsinn man doch anstellt im Leben. Vor allem, wenn man jung ist.«

Julia bot Lilly und Ludwig Limonade an, und sie setzten sich an den Tisch, tranken und freuten sich, dass ihr Vormund lebte und schimpfte, und dass sie alle drei ein neues Wort gelernt hatten: Zeitungsente.

»*Während des Krieges 1870–1871, den er als Telegrafenbeamter mitmachte, wurde er bei Blois schwer an den Beinen verwundet und erlitt außerdem durch einen Sturz eine Rückenmarksverletzung. Deshalb pensioniert, widmete er sich philosophischen, ökonomischen und politischen Studien* – hört, hört –, *welche ihn zur sozialistischen Weltanschauung führten. Anfangs 1877 übernahm er die Leitung des jetzt unterdrückten* – aha, na von wem denn? – Dresdner Volksboten. *Durch diese … Tätigkeit wurde er in politische Prozesse verwickelt, welche mit einer Gesamtverurteilung von einem Jahr Gefängnis endigten, welches er in Zwickau verbüßte.* Tja, das Gesetz gegen die gemeingefährlichen Bestrebungen der Sozialdemokratie hatte dann noch bis 1890 Gültigkeit.«

»Sie waren wirklich im Gefängnis?«, fragte Ludwig, woraufhin Lilly ihn gegen das Schienbein trat.

»Ja, und ich schäme mich nicht einmal dafür. Zum Glück ist das lange her. Heute würde ich nicht mehr so gern eingesperrt werden. Ist doch eine ziemliche Strapaze. Aber Schluss jetzt mit dem Humbug hier. Und schön, dass ihr zwei gekommen seid. Was macht denn die Arbeit, Lilly, bist du zufrieden?«

»Ja, doch. Es ist zwar viel zu tun, und es könnte mehr Abwechslung sein, aber ich bin schon froh, dass ich es geschafft habe. Unser Abteilungsleiter hat schon seit einiger Zeit ein Auge auf mich geworfen.«

»So? Ist er nett oder ein Grobian?«, fragte Vollmar.

»Er ist leider ein Langweiler.«

»Oha. Das ist schlecht.«

»Aber die Lilly hat ihm eh schon den Laufpass gegeben«, mischte Ludwig sich ein. Und wieder krachte es gegen sein Schienbein. Aber er war nicht mehr zu bremsen. »Sie hat nämlich einen anderen. Den Julius Krug, einen Kameraden von mir aus dem Turnverein. Er ist ein Handwerker und sieht sehr fesch aus.«

»Das sind doch schon mal zwei Pluspunkte, und der Turnverein ist der Arbeiterturnverein in Haidhausen? Das ist Pluspunkt Nummer drei. Sag mal, Krug, war das nicht ein Kollege von eurem Vater?«

»Ja genau.« Lilly grinste über das ganze Gesicht. »In der Waldwirtschaft in Holzapfelkreuth hab ich ihn kennengelernt. Als ich mit dem Abteilungsleiter da war.«

Alle lachten, und Lilly errötete bis über beide Ohren. Aber Julia setzte sich zu ihr und drückte sie an sich. »Das hört sich sehr gut an«, meinte sie. »Da wünsche ich dir viel Glück mit dem hübschen jungen Mann.«

»Aber auch wenn du den Hübschen heiratest, bist du deine Stelle los«, bemerkte Vollmar.

»Ich will ihn ja gar nicht heiraten. Also nicht so bald. Aber in den Turnverein will ich gehen. Kann denn da die SPD nicht einmal was machen?«

»Wir sind schon dabei, Lilly, aber die anderen wollen halt

nicht so wie wir, diese alten Sturköpfe. Und bei dir, Ludwig? Immer noch bei Dallmayr? Macht's dir noch Freude?«

»Auf jeden Fall. Ich kann schon immer noch was lernen, aber nicht mehr viel.«

»So, und dann? Hast du schon Pläne?«

»Ich möchte zu einem Konditor gehen und dort weiterlernen oder noch lieber zu einem Chocolatier. In die Schweiz, nach Belgien oder Frankreich. Herr Reiter hat mir schon ein paar Adressen genannt und will mir auch ein Empfehlungsschreiben mitgeben. Meine Chefin sowieso. Den Namen Dallmayr kennt man ja bald in ganz Europa.«

»Ihr hättet mir eigentlich ein bisschen Schokolade und guten Kaffee mitbringen können vom Dallmayr«, fiel es Vollmar ein.

»Ach Georg, sie haben doch gedacht, du bist tot! Hätten sie einem Toten Schokolade mitbringen sollen?«

»Einem Toten vielleicht nicht, aber zum Beispiel der trauernden Witwe zum Trost.«

»Spotte nicht über deinen Tod, Georg, das tut man nicht. Auch wenn es nur ein Zeitungstod war.«

»Ach, wenn ich immer nur das täte, was man halt so tut, meine Liebe, dann säße jetzt ein anderer Mann vor dir. Ob dir das recht wäre?« Er strich sich über den Bart und freute sich über die Verlegenheit seiner Frau.

»Und wie ist das bei dir, Ludwig, gibt es denn bei dir keinen Julius, also ich meine keine kleine Freundin, die traurig ist, wenn du nach Belgien gehst zum Schokolademachen?«, fragte Frau von Vollmar.

»Doch, da gibt es ganz viele. Die halbe Belegschaft im Dallmayr, und beim Reiter im Café Victoria werden mir auch ganz viele Damen und Fräuleins hinterherweinen.«

Lilly verdrehte die Augen bei seiner Angeberei.

»Und die Eine, die ganz Besondere?«, hakte Julia von Vollmar nach.

»Die Eine, hm«, Ludwig hatte gar nicht vorgehabt, davon zu erzählen, aber jetzt war er schon mittendrin. »Also diese Eine war verliebt in einen anderen, der sich wiederum in eine andere verliebt hat. Das weiß die Eine jetzt, aber sie liebt ihn immer noch ein bisschen und hört vielleicht so schnell nicht auf damit, nur versucht sie es dem anderen nicht zu zeigen. Aber ich, ich merke es natürlich. Aber in der vertrackten Lage kannst du einfach als Dritter nichts machen. Nur heimlich leiden. Ich bin schon ganz verleidet.«

Von Vollmar grinste, und Lilly schüttelte den Kopf.

»Ja, wenn es eben so ist«, rechtfertigte sich Ludwig. »Was soll ich denn da tun? Ich hätte ja gern, dass sie mit mir nach Brüssel oder Paris geht, aber ich glaube, sie will lieber hierbleiben. Bei dem anderen, der sie nicht mehr liebt.«

»Das hört sich nach einem ziemlichen Durcheinander an«, sagte Vollmar. »Wie Blaukraut und Weißwurst auf einem Teller. Schrecklich. Halt dich da lieber raus, Ludwig. Du bist nicht der Erste, dem das passiert, aber in so einem Fall ist es besser, ein Mann tut, was er tun muss, und geht.«

»Du bist herzlos«, kommentierte seine Frau. »Und radikal. Deine Kritiker haben schon recht. Siehst du nicht, wie er leidet? Sie ist bestimmt ein sehr schönes, kluges, fleißiges Mädchen, oder?«

Ludwig nickte.

»Hast du sie denn schon gefragt, ob sie nicht mitgehen will?«

Er schüttelte den Kopf.

»Keinen Mumm, mein Bruder«, zog Lilly ihn auf.

»Du musst sie einfach fragen, Ludwig. Vielleicht hat sie das unglückliche Verliebtsein auch irgendwann satt«, meinte Julia von Vollmar ganz pragmatisch.

Unten auf dem Platz wurde jetzt ein Lied angestimmt.

Mann der Arbeit, aufgehewacht!
Und erkenne deinehe Macht!

Alle Räder steheben still.
Wenn dein starker Arm es will.

»Sie singen das Bundeslied für den Allgemeinen Deutschen Arbeiterverein.« Vollmar sprang auf. »Mir ist es gleich, was meine Genossen mir raten oder nicht, ich geh da jetzt ans Fenster und zeige mich den Leuten.«

Julia wollte ihn zurückhalten, aber er hatte schon die Vorhänge zurückgezogen und riss das Fenster auf. Der Gesang draußen erstarb, und es wurde ganz still.

»Gute Leute, Genossen oder nicht, ihr müsst nicht weinen, singen dürft ihr natürlich jederzeit, wie es euch beliebt. Aber sorgt euch nicht. Ich bin am Leben und erfreue mich sogar derzeit einer relativ guten Gesundheit. Und der Armleuchter, der schreibt, dass ich vorgestern am Walchensee gestorben sei, dem wünsche ich die Pocken ins Gesicht und einen Kropf an den Hals.« Erst ging ein Raunen durch die Menge, dann lachten die Ersten vor Erleichterung. »Da war wohl der Wunsch der Vater des Gedankens und der Nachruf schon in der Schublade gelegen. Falls es sich um einen Scherz handelt, kann ich leider nicht mitlachen. So, und jetzt wünsche ich euch einen schönen Tag. Geht zum Donisl und trinkt eine Maß Bier auf meine Gesundheit. Ich lasse gleich dort anrufen und für jeden meiner Gäste einen Krug Bier bestellen. Trinkt auf mein Wohl und dann geht nach Hause, ihr braven Leute. Ich danke euch!«

Unten ertönten »Vivat«-Rufe, und Hüte wurden in die Luft geworfen. Dann riefen einige Leute »Auf zum Donisl!«, und die Meute zog fort.

Die Lage auf dem Münchner Jakobsplatz beruhigte sich. Ihr Vormund führte ein Dauertelefonat mit seinen Parteifreunden, und Ludwig und Lilly gingen wieder an ihre Arbeit.

Therese hatte vom Herbst bis ins Frühjahr 1899 praktisch durchgearbeitet. Nach dem Ostergeschäft gab sie sich geschlagen. Sie hatte das ganze Frühjahr immer wieder Infekte gehabt, eine langwierige Zahnentzündung war auch darunter gewesen. Sie war dünn geworden, und alle rieten ihr dringend, sie solle sich eine Pause gönnen und sich erholen. Therese wusste, dass sie recht hatten. Aber das Ostergeschäft ging einfach nicht ohne sie. Damit wollte sie das Personal, so tüchtig auch alle waren, nicht alleinlassen. Schon die Unmengen an feinsten Schinken, die aus ganz Europa speziell für Ostern für Dallmayr geliefert wurden, die Eier, die im Haus gefärbt wurden, die feinen Backwaren, Hefezöpfe und zarten Osterlämmer aus Biskuit, die mindestens neun verschiedenen Kräuter für die traditionelle Kräutlsuppe am Gründonnerstag, die riesigen Mengen an Fisch für den Karfreitag, schließlich die süßen und salzigen Knödel und die diversen Braten für die Osterfeiertage. Das Geschäft brummte.

Von den Kindern war nur Paul an den Feiertagen zu Hause gewesen. Elsa bereitete sich auf ihr Abitur vor und war in der Schweiz geblieben. Und Hermann war auf dem Weg zu seiner Sonia und zu seinen Bananen auf den Kanaren. Therese hatte ihm noch einige Monate abgetrotzt, aber irgendwann ließ er sich nicht mehr aufhalten. Sein Entschluss stand fest. Er wollte unbedingt noch einmal hinfahren, um alle nötigen privaten und kaufmännischen Angelegenheiten zu regeln und zu prüfen, ob der Transportweg für die Bananen verkürzt oder beschleunigt werden konnte. Bei seiner Rückkehr wollte Paul ihn in Hamburg treffen und mit ihm zusammen wieder nach Hause fahren. Hamburg war zur fixen Idee für Paul geworden. Therese befürchtete schon, er würde irgendwann durchbrennen mit seinen gerade sechzehn Jahren und zur See fahren.

Ihr Freund von Poschinger und seine Frau hatten Therese zu sich nach Frauenau in den Bayerischen Wald eingeladen zum Ausspannen. Poschinger musste dort nach dem Rechten sehen und sich mehr als bislang um die Glasmanufaktur kümmern. Frauenau lag am Fuß des Großen Rachel und fast schon im Böhmerwald. Dort würde sie Ruhe finden und wieder zu Kräften kommen, hofften alle. Schließlich hatte Therese eingewilligt und brach nach den Feiertagen wirklich auf.

Korbinian fuhr sie in der Kutsche zum Bahnhof. Als sie mit ihrer kleinen Reisetasche auf die Straße trat, fing es gerade an zu nieseln. Therese hatte Hermann einen Brief geschrieben, worin sie ihm ihre Gedanken zu seinen Heiratsplänen mitteilte und ihm für alles, was er vorhatte, Glück und Erfolg wünschte. Der Brief sollte ihn bald nach seiner Ankunft erreichen und ihm zeigen, dass sie hinter ihm stand, wie auch immer er sich entscheiden würde. Auch ihren Jahresbrief für Louise hatte sie noch verfasst vor ihrer Abfahrt. Louise war nach dem einen und einzigen Mal im Vorjahr tatsächlich nicht mehr nach München gekommen. Und Balbina? Sie hatte zum Glück nicht mehr nach der Dame aus Ebersberg gefragt.

Eigentlich wog es schwerer, dieses Geheimnis über Jahre zu hüten, als es in einem schnellen Satz, womöglich noch im Streit oder Zorn auszusprechen. Je länger Therese es für sich behielt, desto höher wuchs die Mauer, die sie hätte überwinden müssen, um es endlich aussprechen zu können. Sie sehnte sich danach, die Wahrheit auf den Tisch zu legen, aber sie brachte es doch nicht fertig. Wie würde Balbina reagieren, wenn sie alles erfuhr? Ihr bisheriges Leben würde auf den Kopf gestellt. Und dann würde Balbina wahrscheinlich auf sie losgehen. Oder sie würde enttäuscht sein, dass man sie so lange belogen hatte. Und sie selbst hatte nach Antons Tod weitergemacht mit den Lügen und dem Schweigen. Es ging ihr nicht gut, wenn sie daran dachte.

Therese war ganz in ihre Gedanken versunken, während Korbinian sie durch die Neuhauser Straße und Kaufingerstraße fuhr. Der leichte Regen passte zu ihrer Stimmung. Warum musste sie auch ausgerechnet jetzt über dieses Thema nachdenken, wo sie zur Erholung fuhr? Als müsste sie noch einmal ihre Sorgen genau ansehen, um sie dann zu Hause zu lassen. Ihren Brief an Louise hatte sie recht neutral und ein bisschen oberflächlich gehalten, um sie ja nicht zu ermuntern, wieder nach München zu kommen. Plötzlich fiel Therese ein, was sie vergessen hatte. Sie öffnete ihre Reisetasche und suchte nach den beiden Briefen, aber sie stellte fest, was sie ohnehin bereits wusste: Sie hatte sie in die adressierten Umschläge gesteckt, aber dann auf dem Schreibtisch liegen lassen. Eigentlich hatte sie sie selbst am Bahnhof zur Post bringen wollen. Wie ärgerlich. Beim Aussteigen bat sie deshalb Korbinian:

»Rosa soll die zwei Briefe zur Post bringen. Sie kennt sich bei mir am Schreibtisch am besten aus.«

»Wird gemacht, Chefin, und gute Reise! Erholen Sie sich gut und kommen Sie gesund wieder. Wir schaffen das schon in der Zwischenzeit. Wenn's irgendwo brennt, schicken wir ein Telegramm nach Frauenau. Und wenn Sie keines kriegen, dann können Sie sicher sein, dass alles wie gewohnt läuft. Schöne Grüße an die Herrschaften von Poschinger.«

»Werde ich ausrichten.«

Ein Dienstmann lud Thereses Gepäck auf seinen Handwagen.

»Was haben Sie denn da alles eingepackt?« Der Dienstmann legte Kiste um Kiste auf. »Ziehen Sie um?«

»Ich versorge einen Feinschmecker«, antwortete Therese.

»Gibt's denn da gar nichts zum Essen, wo der wohnt?«

»Ich glaube schon, aber halt nicht so feine Sachen, wie ich sie bei mir im Laden habe.«

»Wo ist denn Ihr Geschäft, wenn ich fragen darf?«

»In der Dienerstraße.«

»Ach so«, sagte der Münchner Dienstmann, »dann sind Sie vom Dallmayr? Da möchte ich auch einmal so eine Kiste bekommen. Aber ich darf sie ja nur schleppen. Der Glückspilz ist natürlich der andere.«

Er schob seinen Karren zum Bahnsteig und grantelte weiter vor sich hin. Eine ihrer Kisten konnte Therese ihm nicht abgeben, aber ein schönes Trinkgeld versöhnte ihn dann doch wieder mit der ungerechten Welt.

Am Bahnhof in Zwiesel wartete die Kutsche der Poschingers bereits auf Therese, um sie nach Frauenau zu bringen. Ihr gefiel die hügelige Landschaft mit ihren tiefgrünen Tannenwäldern, die das Land und die Dörfer fast verschluckten und sich die Berghänge hinaufzogen bis fast zu den Gipfeln. Das größte Gebäude des Ortes Frauenau war neben der Wallfahrtskirche ein mächtiges dunkles Holzhaus in T-Form mit einem riesigen gemauerten Kamin in der Mitte, der mehrere Meter in die Höhe ragte und dichten Rauch ausstieß: die Glashütte der Poschingers, wie der Kutscher ihr erklärte.

Doch wie staunte sie, als die Kutsche den Ort verließ, durch ein Waldstück fuhr und plötzlich ein veritables Schloss mit spitzen Türmen und einem Dach aus bunt glasierten Ziegeln auftauchte. Das Schloss Oberfrauenau, das sie sich bescheidener, mehr wie ein Jagdschlösschen, vorgestellt hatte, war ein halbes Neuschwanstein mit Schlosspark, Wildgehege und mehreren Wirtschaftsgebäuden. Ihr Freund Michael von Poschinger wartete schon vor dem Eingang auf sie.

»Einen Roten Saal wie in Ismaning, der dir so gut gefallen hat, gibt es hier leider nicht«, sagte Poschinger zur Begrüßung. »Und der Festsaal ist so schlecht zu heizen. Ich hoffe, du bist mit unserem Esszimmer zufrieden und den Künsten unserer Köchin sowie meiner Frau. Die beiden waren den ganzen Tag über heute schon sehr nervös.«

»Dabei bin ich so ein genügsamer Gast und ganz überwältigt von dieser Pracht«, antwortete Therese.

»Ach, dann schau einfach nicht hin!«, riet Poschinger und bot ihr seinen Arm an.

Als sie nach dem Abendessen noch bei einem Glas Wein zusammensaßen, fragten die Poschingers Therese nach den Kindern, und sie erzählte, dass bis auf Paul alle ausgeflogen waren.

»Wenigstens der Kleine ist noch zu Hause«, meinte Frau von Poschinger.

»Zum einen ist er nicht mehr ganz so klein, Henriette, zum anderen hat er schon angedeutet, dass er bald die Schule verlassen und eine Lehre machen will«, erwiderte Therese. »Ich habe ja diese Klavierlehrerin in Verdacht, dass sie ihm diese Flausen in den Kopf setzt. Immer wenn er vom Unterricht bei ihr kommt, ist er besonders renitent.«

»Lernt er denn eigentlich auch Klavier spielen bei dieser Lehrerin?«, fragte Poschinger und grinste.

»Doch, doch, er scheint sogar wirklich Talent zu haben. Aber meine Kinder wollen alle fort von mir. Dabei kann ich mich gar nicht erinnern, dass ich ihnen eine so schlechte Mutter gewesen wäre.«

»Also, liebe Therese, zumindest deine Tochter hast du ja selbst in die Schweiz geschickt, wenn ich mich recht entsinne«, antwortete Poschinger. »Ach, und Hermann ja auch, und dafür hattest du ebenfalls gute Gründe. Paul möchtest du jetzt gerne an deiner Seite wissen, aber er hat eben etwas anderes vor. Tja, so ist das im Leben. Aber es schadet niemandem, mal aus dem eigenen Viertel herauszukommen, und ich weiß, dass du das eigentlich ganz genauso siehst. Oder irre ich mich? Außerdem sind Balbina und Ludwig noch da. Die beiden sind doch auch ein wenig deine Kinder.«

»Bei Ludwig dauert es aber nicht mehr lange, bis er mit der Lehre fertig ist. Er möchte Konditor werden, Schokoladenmacher und Eismann und was weiß ich noch alles. Über kurz oder lang ist jedenfalls er auch weg.«

»Und wie steht es mit deinen Ausbauplänen? Geht es da voran?«

»Ich habe jetzt das Nachbaranwesen in der Althofstraße in Aussicht, das ehemalige Pagenhaus von Kaiser Ludwig dem Bayern. Drückt mir die Daumen, dass ich es auch wirklich bekomme.«

»Brauchst du noch einmal einen privaten Kredit?«, erkundigte sich Poschinger.

»Die Vereinsbank ist ja jetzt wieder mein Freund, lieber Michael. Ich würde den Herrn Direktor beleidigen, wenn ich mir das nötige Geld nicht von ihm leihen würde. Er ist sogar ein recht guter Kunde von mir geworden in der Zwischenzeit. Also musst du dich nicht noch einmal bemühen. Aber vielen Dank.«

Am nächsten Morgen ließ man Therese ausschlafen. Von ihrem Fenster im ersten Stock des Schlosses konnte sie bis zum Großen Rachel sehen. Sie öffnete das Fenster und atmete den frischen Tannenduft ein. Bei so viel gesunder Luft kam sie sich direkt vor wie in einem Sanatorium. Henriette von Poschinger hatte angekündigt, dass sie Therese so lange aufpäppeln werde, bis sie ein paar Kilo zugenommen und ihre gesunde Gesichtsfarbe zurückgewonnen hätte. Also auf zum Frühstück, denn wenn ihr Geruchssinn sie nicht täuschte, zog ein Duft nach Eiern mit Speck aus der Küche herauf, nachdem sie das Fenster geschlossen hatte.

»Wo ist denn die Rosa, wenn man sie mal braucht?«

Korbinian streckte den Kopf zur Tür herein, und Balbina machte nur »pst« und füllte die Lieferpapiere fertig aus, die vor ihr auf dem Schreibtisch lagen.

»Unpässlich«, antwortete sie, und zog mit dem Bleistift den Strich für die nächste Zeile. »Wieso?«

»Die Chefin hat gestern zwei Briefe auf ihrem Schreibtisch vergessen, die zur Post müssen. Ist mir gerade wieder eingefallen. Sie hat gesagt, Rosa soll sie aufgeben.«

»Ich weiß auch, wo die Post ist. Übernehme ich gleich, wenn ich mit den Papieren fertig bin. Hoffentlich erholt die Tante sich gut. Beim Herrn Poschinger geht's ihr ja immer prächtig.«

»Und ihm bei ihr auch, möchte ich sagen. Bloß schade, dass es eine Frau Poschinger gibt.«

»Korbinian! Was sind denn das für Lästereien? Die zwei sind halt gute Freunde, die braucht man auch im Leben. Vielleicht sogar nötiger als Ehemänner.«

»Ja, was soll jetzt das wieder heißen, von einer so jungen und hübschen Frau? So ein Blödsinn. Nur weil man sich einmal verrennt, muss man ja nicht gleich alle Ehemänner schlechtmachen, oder?«

»Korbinian! Ich muss hier arbeiten, also stör mich nicht länger. Ich bringe die Briefe dann schon zur Post. Hast du gar keine Arbeit, jetzt, wo die Chefin weg ist?«

»Ich bin auch unpässlich«, knurrte Korbinian, »und muss mich gleich umziehen, damit ich keinen Katarrh bekomme von dem Sauwetter draußen. Wer würde denn sonst die Geschäfte führen, wenn die Chefin fort ist?«

Ein richtiges Aprilwetter mit Regen und kräftigem Wind erwartete Balbina, als sie vor die Tür trat. Ihr Schirm klappte zu, und sie versuchte ihn wieder aufzuspannen. Dabei segelte einer der Briefe aufs Pflaster, und als sie sich bückte, schwappte auch das Wasser vom Dach des Schirms noch darüber. Gott sei Dank war es weder der Brief für Hermann noch eine ihrer Rechnungen, die sie auch gleich wegschicken wollte. Sie hob ihn auf und lief durch den Alten Hof zur Poststelle.

Im Schalterraum sammelte sie ihre Umschläge zusammen und besah sich den, der feucht geworden war. Die Adresse war gerade noch lesbar: Frau Louise Hartbrunner, Glonn bei Ebersberg, stand dort. Ein persönlicher Brief von Tante Therese. Name und Anschrift sagten Balbina nichts. Sie drehte den Umschlag um. Mit der Seite war er wohl auf der Straße gelegen. Balbina wischte mit der Hand darüber, aber das Papier war so dünn, dass es an einer Stelle aufriss. Auf dem Briefpapier, das darunter zum Vorschein kam, las Balbina ihren Namen.

Sie ging zu einer der Wartebänke in der Schalterhalle und setzte sich. Schaute noch einmal auf den Brief. Doch, da stand Balbina, in Tante Thereses energischer, nach rechts geneigter Handschrift. Was hatte das zu bedeuten? Ihre Tante schrieb dieser Louise Hartbrunner etwas über sie? Nach Glonn bei Ebersberg? Balbina sah sich rasch um, ob jemand sie beobachtete. Der Umschlag ließ sich durch die Feuchtigkeit leicht öffnen. Vorsichtig nahm sie den Brief heraus und las die beiden eng beschriebenen Seiten. Erst einmal, dann ein weiteres Mal. Sie verstand nicht, warum es diesen Brief gab. Was hatte das zu bedeuten? Sie saß da, den Brief in der Hand, bis schließlich ein blau uniformierter Beamter mit Mütze und graublauen Augen vor ihr stand und ihr mitteilte, dass das Postamt zu schließen gedenke und er ihr leider kein Nachtquartier anzubieten hätte.

»Gehen Sie nach Hause, Fräulein, und stecken Sie den Brief ein. Oder wollten Sie den heute noch abschicken?« Er sah auf den zerrissenen Umschlag.

»Nein, nein«, sagte sie schnell und stand auf. Als sie fast strauchelte, fing der Beamte sie auf.

»So schlechte Nachrichten?«, fragte er. »Warten Sie, ich helfe Ihnen.« Auf der Bank lagen noch die anderen Briefe, die Balbina hatte abschicken wollen.

»Jetzt setzen Sie sich wieder hin, Fräulein. Ich sperre die Schalterhalle ab, und dann machen wir Ihre Post fertig. Sonst kriegen Sie ja noch Ärger in Ihrer Firma.«

Er frankierte und stempelte die Briefe, dann begleitete er sie zum Ausgang und ließ sie hinaus.

»Also, ich weiß ja nicht, was drinsteht in dem Brief, aber eine so junge und, wenn Sie erlauben, so schöne Frau wie Sie sollte sich nicht allzu viele Sorgen machen. Ich meine, ich hoffe, es ist niemand schwer erkrankt oder gar gestorben?«

»Nein, nein, das nicht«, sagte Balbina.

»Na also, dann geht es auch irgendwie weiter, egal, was in dem Brief steht. Schauen Sie nicht zurück. Sie haben das ganze Leben doch noch vor sich.«

Balbina versuchte zu lächeln, obwohl ihr immer noch zum Heulen war. Wieso hatte Tante Therese dieser Frau so viel über sie berichtet? Und wer war diese Louise Hartbrunner überhaupt?

Balbina ahnte, dass sie einem Geheimnis auf der Spur war – und ein wenig fürchtete sie sich davor, es zu lüften.

Eine Kirche mit einem spitzen Turm überragte den kleinen Ort, der aus zwanzig Häusern und einem Bahnhof bestand, oder vielmehr einer Haltestelle mit einem Bretterverschlag als Wartehäuschen. Man hatte sie zu dem Haus geschickt, vor dem sie nun stand, und jetzt wusste sie nicht weiter. Sie ging noch ein paar Schritte näher heran, blieb schräg gegenüber an einem Holzzaun stehen, durch dessen Lücken die weißen Blüten der Narzissen wie Augen mit goldgeränderten Pupillen auf die Dorfstraße hinaussahen. Jedes Haus schien einen Baum zu haben, an den es sich anlehnte, oder war es der Baum, der sich ans Haus lehnte? Beim Hartbrunner-Haus war es ein Birnbaum, und er trug bereits dicke Knospen. Die Eingangstür stand offen. Man konnte in den Hausgang hineinsehen wie in einen Guckkasten. Unter der Hausbank standen mindestens sechs Paar Holzschuhe von sehr klein bis extragroß.

Balbina bemerkte eine Bewegung im Bauerngarten hinter dem Haus. Eine Frau richtete sich auf, sie stand mit dem Rücken zur Straße und streckte den steif gewordenen Rücken durch. Dann richtete sie sich den Haarknoten im Nacken, der bei der Gartenarbeit aufgegangen war. Sie wandte sich zum Haus. Als sie die Schuhe gewechselt hatte, bemerkte sie die junge Frau auf der anderen Straßenseite.

Balbina war unfähig, auch nur einen Finger zu bewegen. Sie erkannte die Frau wieder, die vor Monaten, vielleicht war es auch schon fast ein Jahr her, im Laden gestanden und sie angestarrt hatte wie einen Geist. Doch, sie war es ganz sicher, Balbina fiel jetzt auch wieder ein, dass Tante Therese ihr auf ihre Frage einen Namen und einen Ort genannt hatte. Ebersberg. Und dass die Frau früher einmal in dem Laden in der Maffeistraße gearbeitet hatte, den Tante Therese und Onkel Anton vor dem Dallmayr geführt hatten.

Die Frau schien sie ebenfalls wiederzuerkennen. Sie lächelte und machte einen Schritt auf sie zu. Doch Balbina wusste keinen anderen Ausweg, als sich umzudrehen und in Richtung Bahnhof davonzulaufen.

»Balbina«, rief diese Frau, »lauf mir doch nicht fort, wo du mich endlich einmal besuchen kommst.«

Und sie rannte erstaunlich flink hinter Balbina her. Als sie Balbina erreicht hatte, hielt sie ihren Arm fest und wollte sie an sich ziehen.

»Wer sind Sie?«, fragte Balbina und machte sich los.

»Komm doch mit«, antwortete Louise. »Komm mit ins Haus, und ich erzähle dir alles, was du wissen willst.«

»Wer sind Sie?«, wiederholte Balbina, als sie am Küchentisch saß, vor sich ein Glas Holundersaft.

»Siehst du es denn nicht?«, fragte Louise. »Erkennst du mich nicht?«

»Sie waren letztes Jahr bei uns im Geschäft und haben mit Tante Therese gesprochen.«

»Und ich habe eingekauft und mit diesem netten jungen Mann, dem Ludwig, gesprochen, und dann habe ich dich gesehen. Ich habe euch beide gleich erkannt, weil ich ja das Foto hatte.«

»Welches Foto?«, fragte Balbina.

Louise zeigte auf das Bild, das im Glasrahmen des Küchenbüfetts steckte. Es war das Foto, das Ludwig auf dem Oktoberfest hatte machen lassen. Wie kam es hierher?

»Deine Tante hat es mir letztes Jahr geschickt. Es war das allererste Bild, das ich von dir bekommen habe. Danach habe ich es nicht mehr ausgehalten, obwohl mein Mann gesagt hat, tu's nicht. Ich musste einfach nach München fahren und dich sehen.«

»Wieso hat Tante Therese Ihnen das Foto geschickt?« Balbina weigerte sich immer noch zu hören und zu begreifen.

»Sie hat es sicher bereut. Denn es war abgemacht, dass ich keinen Kontakt zu dir suche und auf keinen Fall nach München komme. Balbina ...« Louise stand auf und traute sich doch nicht, sich neben sie zu setzen. »Ich bin deine Mutter. Ich habe dich am 3. März 1881 in der Frauen-Gebäranstalt in der Sonnenstraße in München geboren. Damals war ich achtzehn Jahre alt und ledig. Ich konnte nicht für dich sorgen, also hat dein Vater es getan. Wenn auch nicht offen, denn er war verheiratet und wollte sich seiner Frau, die er sehr geliebt hat, nicht offenbaren.«

Das konnte doch nur ein Irrtum sein, dachte Balbina. Eine Verwechslung. Denn wenn sie die Möglichkeit in Betracht zog, dass an dieser Geschichte doch etwas Wahres dran war, dann musste sie ebenso zulassen, dass diese Geschichte hier noch nicht zu Ende sein konnte. Ein gewichtiger Stein fehlte noch, damit dieses seltsame Bauwerk stehen konnte. Der eine Stein nämlich, nach dem sie ihr ganzes Leben gesucht hatte. Die wichtigste Frage ihres Lebens, die sie so viele Jahre nicht mehr gestellt hatte und die ihr doch überallhin gefolgt war wie ein Schatten. Nun brach diese Frage hervor, und Balbina konnte sie nicht mehr zurückhalten.

»Wer ist mein Vater?«

»Ein Mann, den du so gerngehabt hast wie einen Vater«, erwiderte Louise.

Die Antwort zog ihr den Boden unter den Füßen weg. Ihr Leben bekam einen Sprung und drohte zu zerbrechen wie ein Uhrenglas.

»Onkel Anton?«, flüsterte sie. Warum hatte er ihr nie die Wahrheit gesagt, bis zum Schluss hatte er geschwiegen. Ihr stattdessen das teure Collier geschenkt, sie im Ungewissen gelassen und sein Geheimnis mit ins Grab genommen.

»Warum hat er es mir nicht gesagt?«, fragte sie diese Frau, die ihre Mutter sein sollte. »Hat er sich meiner geschämt?«

Louise griff nach Balbinas Hand, aber sie entzog sie ihr.

»Nein, das musst du nicht denken. Ich glaube, er hat sich vor seiner Frau geschämt und wollte ihr keinen Kummer bereiten.«

»Wie hat Tante Therese es erfahren?«

»Durch einen Brief, den er ihr hinterlassen hat.«

»Dann hat er sie also auch die ganze Zeit belogen.« Eine heiße Welle der Wut überschwemmte sie und pochte gegen ihre Schläfen. »Aber warum hat Tante Therese mir nach dem Brief immer noch nichts gesagt? Ich bin doch kein Kind mehr. Warum spricht sie nicht mit mir und schreibt stattdessen Briefe, in denen sie über mich erzählt und verschickt Fotos. Hat Ludwig ihr dieses Bild vom Oktoberfest gegeben?« Balbina fühlte sich von allen verraten.

»Das weiß ich nicht. Ach, Kind, es tut mir alles so schrecklich leid.«

»Ja, jetzt tut es das, nach so vielen Jahren«, sagte Balbina bitter. Sie weigerte sich, diese Frau zu duzen und sie als ihre Mutter zu sehen, genauso wie sie sich weigerte anzuerkennen, wer ihr Vater war.

»Anton hat immer versucht, gut für dich zu sorgen. Und deine Tante auch.«

Balbina suchte in Gedanken nach einem Ort, einer Person, zu der sie gehen konnte, jetzt, wo all diese schrecklichen Nachrichten auf sie einprasselten. Nie hatte sie sich vorgestellt, wie schlimm es sein könnte, eines Tages zu erfahren, wer ihr Vater war. Immer hatte sie sich danach gesehnt und geglaubt, egal, wer er wäre, das Wichtigste sei, dass sie es endlich wüsste. Jetzt wusste sie es – und wäre am liebsten gestorben.

»Anton hat mir jedes Jahr um deinen Geburtstag herum geschrieben und mir berichtet, wie es dir geht, welche Fortschritte du machst, was du gern …«

Balbina wollte das alles gar nicht mehr hören.

»Und Agnes, meine Mutter?«, fragte sie. Was für ein Lügengebäude, das achtzehn Jahre aufrechterhalten worden war.

»Agnes hat ihm geholfen, dich in der Nähe der Familie aufwachsen zu lassen, damit du nicht zu fremden Leuten musstest. Als du alt genug warst, hat Anton dich in seine Familie aufgenommen. Wenn auch aus Rücksicht gegenüber seiner Frau nicht als eigenes Kind, sondern als Cousine.«

Tante Therese hatte man nicht verletzen dürfen, aber sie, das Kuckuckskind, schon. Balbina wurde immer wütender.

»Und Sie?« Sie konnte nicht aufhören, diese Person weiter wie eine Fremde zu siezen. »Sie waren damals so alt wie ich es heute bin. Und ich bin mir sicher, wenn mir dasselbe passieren würde, dann würde ich mein Kind nicht fortgeben. Aber Sie haben es sich schön einfach gemacht.«

Louise sagte nichts darauf. Sie strich mit dem Daumen immer wieder über eine Stelle auf dem Tisch, als müsste sie eine Unebenheit im Holz mit der bloßen Hand glätten.

Balbina wollte keine Minute länger in diesem Haus bleiben und sprang auf.

»Du willst schon gehen?«, fragte diese Frau. Ihre Augen waren von demselben dunklen Blau wie die von Balbina.

»Ja, ich weiß genug.«

Louise wollte aufstehen, sich verabschieden, aber Balbina hatte die Türklinke schon in der Hand und verließ wortlos das Haus.

Der nächste Zug würde erst am Nachmittag fahren, aber sie konnte jetzt nicht still sitzen und warten. Also lief sie einfach neben dem Gleis her, zurück nach Grafing. An einem Bach löschte sie ihren Durst und tauchte die Arme bis zu den Ellbogen ins Wasser. Was würde sich nun ändern? Ein Eichelhäher flog krächzend von seinem Wachposten am Waldrand auf. Auf einem Feldweg kam ihr ein Ochsenfuhrwerk entgegen. Alles würde sich ändern. Balbina lief weiter und gönnte sich erst an ihrem Ziel Grafing eine Rast, wo keiner sie kannte und niemand Notiz von ihr nahm. Als der Zug nach München schnaufend und dampfend am Bahnsteig hielt, war sie froh, dass sie endlich fortkam. Nie mehr würde sie hierher aufs Land zurückkehren.

Als Balbina abends in der Dienerstraße ankam, war das Geschäft geschlossen, aber im Büro brannte noch Licht. Rosa war dageblieben und hatte auf Balbina gewartet. Sie hatte Rosa nur eine kurze Nachricht hinterlassen, dass sie sich einen Tag freinehmen und etwas Wichtiges erledigen müsste, bis zum Abend aber wieder zurück sei.

»Wo warst du denn, du Herumtreiberin?«, fragte Rosa.

Balbina stand einfach da, mit hängenden Schultern, und wusste nicht, was sie sagen sollte.

»Balbina, was ist denn mit dir los? Bist du es überhaupt?« Rosa musterte sie besorgt. »Du könntest genauso gut dein verschollener Zwilling sein.«

Balbina sah ihre Freundin an. Wusste Rosa von irgendetwas? Nein, das war doch Unsinn. Woher sollte sie? Balbina ließ sich auf ihren Stuhl sinken. »Ich habe heute meine Mutter getroffen«, sagte sie.

»Ach wirklich? Ist sie gerade in München, oder warst du in der Oberpfalz?«

»Nein, nicht Agnes.«

»Wie bitte?«, fragte Rosa.

Und erst in dem Moment konnte Balbina es zulassen, dass ihre Gefühle, die sie seit Stunden zurückgedrängt und ganz tief in sich zugeschüttet hatte, hervorbrachen wie eine Flut. Sie weinte und weinte, bis kein Taschentuch mehr übrig war.

»Jetzt erzähl endlich«, sagte Rosa und nahm Balbinas Hand.

Und Balbina erzählte. Von dem Brief, der ihr in die Pfütze gefallen war, bis zu ihrem Fußmarsch an der eingleisigen Strecke von Glonn nach Grafing.

»Und was machst du jetzt?«, fragte Rosa ganz pragmatisch. »Deine Tante hat ja noch keine Ahnung, dass du nun Bescheid weißt. Mein Gott, ist das eine Geschichte. Wenn ich sie im Fortsetzungsroman in der Zeitung gelesen hätte, hätte ich mich ja nicht unbedingt gewundert, aber so, in echt, und bei dir, das ist ungeheuerlich. Hast du einen Plan? Wie geht es denn nun weiter?«

»Plan habe ich keinen, nur fort will ich. Ich möchte hier nicht mehr sein, unter einem Dach mit meiner Tante.«

»Was? Du kannst doch nicht fortgehen und mich alleinlassen.«

»Dann komm mit.«

»Wie stellst du dir das vor? Ich kann doch meine Eltern nicht einfach im Stich lassen. Wo willst du denn überhaupt hin?«

»Das weiß ich noch nicht.«

»Also den Ort kenne ich nicht. Aber …«

»Aber was?«, fragte Balbina. »Hast du eine Idee?«

»Wenn du unbedingt fortwillst«, Rosa suchte auf ihrem Schreibtisch im Poststapel. »Schau, das habe ich gestern in der Hotelzeitung gesehen. Das ist doch ein Kunde von uns, den wir regelmäßig beliefern. Ich habe erst heute einen Lieferschein für ihn ausgefüllt. Der Herr Krüger vom Bodensee, vom Hotel Krüger in Lindau, erinnerst du dich?«

»War der nicht einmal hier in München? Wenn es der war, den ich meine, dann war er sehr nett. Und was ist mit ihm?«

»Er hat hier eine Anzeige in der Zeitung, dass er Personal fürs Hotel sucht, also für Büroarbeit, nicht als Bedienung oder zum Bettenmachen.«

Rosa blätterte sich durch die Zeitung, bis sie die Anzeige fand. »Hier: *Hotel Krüger sucht qualifiziertes Personal für Verwaltung, Korrespondenz und das Führen der Bücher.* Ab wann er sucht, steht da nicht, aber du kannst ja morgen früh dort anrufen. Und dann fährst du hin und siehst dir das einfach an. Du musst ja nicht bleiben. Lindau wäre auch nicht so weit, da könnten wir uns am Wochenende besuchen. Also, ich meine, lieber wäre es mir natürlich, wenn du hierbleibst.«

Herr Krüger, mit dem Balbina am nächsten Morgen telefonierte, konnte sich noch an die beiden Damen im Dallmayr erinnern und fand, zwei Jahre Lehre in einem solchen Haus sollten seinen Anforderungen wohl genügen. Wann sie denn anfangen könne.

»Ab morgen«, sagte Balbina, wie aus der Pistole geschossen.

Das überraschte Herrn Krüger. Ob sie in irgendwelchen Schwierigkeiten stecke, fragte er. Doch sie versicherte ihm, sie sei ungekündigt und die Gründe für ihren Wunsch zu wechseln seien rein persönlich und hätten nichts mit ihrer Arbeit zu tun. Ihre Tante sei stets zufrieden mit ihr gewesen und würde ihr das sicher durch ein sehr gutes Zeugnis bestätigen.

»Dann kommen Sie doch über das Wochenende zu uns und sehen sich unser Hotel an. Wir sind noch in der Vorsaison, da finden wir schon ein Zimmer für Sie. Wir unterhalten uns ein wenig, Sie genießen die Aussicht und unser gutes Essen, und dann entscheiden Sie, ob Sie bleiben und wann Sie anfangen wollen. Wir vereinbaren eine Probezeit, und dann sehen wir, ob das passt oder nicht. Einverstanden?«

»Sehr. Haben Sie vielen Dank, Herr Krüger. Ich komme am Freitagnachmittag, wenn Ihnen das recht ist.«

»Das ist mir recht. Ade, Fräulein Schmidbauer.«

Schmidbauer, dachte Balbina, als sie aufgelegt hatte. Ja, das bin ich. Es ist der Name, der in meiner Geburtsurkunde steht. Balbina Schmidbauer. Und diese Urkunde gibt es, ich habe sie mit eigenen Augen gesehen.

Den ganzen Tag über kam Ludwig immer wieder ins Kontor und suchte ihre Nähe. Als Rosa einmal nicht im Zimmer war, fragte er Balbina, was denn mit ihr los sei, sie wirke so bedrückt. Balbina schmiegte sich an ihn, und er legte die Arme um sie.

»Ich kann es dir jetzt nicht erklären, Ludwig, es geht nicht. Ich muss selbst erst einmal herausfinden, was das alles zu bedeuten hat, was ich in den letzten Tagen erfahren habe. Sei mir nicht böse, bitte.«

Ludwig strich ihr zärtlich, wenn auch sehr schüchtern, über den Rücken.

»Hast du mich eigentlich gern? Wenigstens ein bisschen?«, fragte er.

»Natürlich, sehr gern sogar.«

»Aber nicht so gern, wie du Hermann gerngehabt hast?«

»Nicht ganz so, das stimmt. Aber weißt du was, Ludwig, wir sind ja noch jung, du und ich. Uns läuft doch nichts davon.

Wer weiß, vielleicht müssen wir uns erst noch ein Stück voneinander entfernen, damit wir zueinanderfinden können.«

Ludwig seufzte. Er hätte lieber etwas anderes gehört.

Balbina sah ihn an, streckte sich und küsste ihn zärtlich auf die Wange.

Als Balbina abends ihre Sachen aus dem Schrank und der Kommode räumte, fiel ihr auch die Schatulle von Juwelier Heiden am Maximiliansplatz wieder in die Hände. Sie öffnete sie, nahm das Collier heraus, legte es sich um den Hals und trat damit vor den Spiegel. Dann fasste sie es mit beiden Händen und riss es mit einem Ruck auseinander. Sie sammelte die Teile vom Boden auf, legte sie zurück in das Etui und packte es so versehrt, wie es war, in den Koffer.

Der Brief für Tante Therese war schnell geschrieben.

Liebe Tante Therese,
ich weiß nun über alles Bescheid. Dein Brief an Louise Hartbrunner ist mir vor dem Postamt in eine Pfütze gefallen. Ich habe ihn geöffnet und gelesen. Momentan sehe ich keine andere Möglichkeit für mich, als für eine Zeit fortzugehen. Vielleicht komme ich irgendwann wieder. Mach dir keine Sorgen um mich.

Deine Balbina Schmidbauer

Nach einem halben Jahr in Sankt Gallen begann Elsa darüber nachzudenken, wie es wäre, wenn sie gar nicht nach München zurückkehrte. Sie hatte ihren Maler noch nicht vergessen, aber es tat nicht mehr so weh.

Die unselige Geschichte der beiden Porträts hatte sie schon fast verdrängt, da wurde zu Beginn des folgenden Jahres, es war das Jahr 1899, ein Malkurs an der Schule angeboten. »Malen nach der Natur, Aquarell oder Pastell« hieß der Wochenendkurs, den man belegen konnte. Stattfinden sollte er im Mai, und als Leiter war ein Dozent der Malschule Azbe und Absolvent der Akademie der Künste in München angekündigt: Sigmund Rainer. Elsa erschrak. War es möglich, dass Sigmund ihren Aufenthaltsort hatte ausfindig machen können? Aber nein, das war undenkbar. Es konnte nichts weiter als ein Zufall sein. Ein merkwürdiger, aufregender Zufall. Als ob das Schicksal sie immer wieder zusammenführte, auch wenn sie alles dafür taten, dass genau das nicht passieren sollte. Elsa meldete sich an.

Als der Maler Elsa in seiner Klasse sitzen sah, wurde er kreidebleich. Er konnte es nicht geplant haben, dachte Elsa, dazu war er selbst zu erschrocken.

Die Schülerinnen und Schüler des Malkurses gingen nach einer kurzen Einführung hinaus ins Freie, der Tag war nicht sehr warm, aber sonnig, mit freundlichen Schäfchenwolken am Himmel. Sie suchten sich einen Platz mit Blick über den Bodensee, und der Maler erzählte ihnen von Bildaufbau, vom gewählten Ausschnitt und dem eigenen Blick. Ein ganzes Wochenende lang studierten sie das Licht, die bewegten Farben in der Landschaft, den Himmel, die Luft und versuchten das Gesehene zu Papier zu bringen. Elsa hätte sich gewünscht, mehr Mittel als ihre eigenen, immer noch recht unbeholfenen zur Verfügung zu haben, aber es war so schön, draußen zu sein, den Wind auf der bloßen Haut zu spüren, den Blick schweifen zu lassen und sich auf das Malen zu konzentrieren, nur darauf, und darüber scheinbar die Welt zu vergessen, nur um sie noch tiefer und genauer zu sehen und eins zu werden mit ihr, wenn auch nur für Augenblicke. Alle schnell hingeworfenen Skizzen des Malers waren besser als die besten Bilder seiner

Schülerinnen und Schüler, aber das machte nichts. Es war beglückend, mit ihm zusammen zu sein und von ihm zu lernen. Wie damals in der Aktklasse im russischen Pavillon.

Nach dem Abendessen saßen sie alle noch beisammen, und anschließend fanden Elsa und Sigmund endlich die Zeit, noch einen kleinen Spaziergang zu unternehmen und sich auszusprechen. Er erklärte ihr seine Bedrängnis, das Ausgeliefertsein an den Galeristen, der ihn gefeuert hätte, wenn er ihm nicht das Porträt überlassen hätte für die Ausstellung im Glaspalast. In seiner Not hatte er schließlich ein zweites Porträt gemalt und es Elsa mit einem Gewissen, das schwärzer war als jede Nacht, bei Azbe überreicht. Doch seine Hoffnung, dass weder sie noch jemand aus ihrer Familie das Bild im Glaspalast entdecken würde, war vergeblich. Die Katastrophe hatte ihren Lauf genommen und zu Elsas Verbannung nach Sankt Gallen geführt.

»Und nun sehe ich, dass Ihnen die Umgebung hier wirklich guttut. Sie waren nie schöner und reifer als heute, Elsa. Ich wage gar nicht, mich Ihnen zu nähern und Ihnen unter die Augen zu treten, so wunderschön und entrückt, so geistig wach und sogar nach innen schauend erlebe ich Sie. Sie haben heute wunderbare Bilder gemalt, auf denen ich nicht nur den Bodensee erkennen kann, sondern Ihre ganze Seele.«

Elsa wollte ihn unterbrechen, seine Komplimente abwehren, doch er ließ es nicht zu.

»Sie wollen mir sagen, dass es dort auch dunkle Flecken gibt. Aber natürlich gibt es die. So wie es Schatten geben muss, damit das Licht erst recht leuchten kann. Stellen Sie sich vor, Sie sollten eine Landschaft ohne Dunkel malen. Wäre das nicht furchtbar langweilig? Wir brauchen immer beides, Elsa, nur so kann etwas aus uns werden.«

Elsa sah sich besorgt nach dem Schulgebäude um, ob man sie beobachtete. Aber sie konnte nichts erkennen.

»Ich verehre Sie sehr, Elsa«, fuhr Sigmund fort. »Aber ich weiß, dass Sie noch so jung sind. Sie wollen jetzt herausfinden, wie Ihr Leben einmal aussehen soll. Sie sind fort aus Ihrer gewohnten Umgebung, und ich sehe, die neue Luft tut Ihnen gut. Sollten Sie mir je vergeben …« Er legte ihr seinen Zeigefinger auf die Lippen. »Nein, sagen Sie jetzt nichts, ich bitte Sie, ich muss meine Predigt, die ich den ganzen Nachmittag einstudiert habe, zu Ende bringen. Ein zweites Mal habe ich nicht mehr die Kraft dazu und außerdem die Hälfte vergessen, bitte.«

Elsa gab sich geschlagen. Sie ging neben ihm her, als wären sie Freunde, und das waren sie doch auch.

»Sollten Sie mir je vergeben, dann wissen Sie, dass ich für Sie da bin. Aber ich verstehe, dass Sie erst erwachsen werden wollen, und das sollen Sie auch. Ich bin nicht der Meinung, dass Frauen sich sehr früh an einen Mann binden sollten – verzeihen Sie bitte meine Tollpatschigkeit. Sie gehören zu einer modernen Art von Frauen, so wie die Gräfin, auch wenn Sie deren Lebensstil verurteilen. Sie ist ebenso eine Suchende wie wir alle. Jeder sucht das Glück im Leben, auch Sie, Elsa. Und ich wünsche Ihnen nichts sehnlicher, als dass Sie es finden mögen. Allein das ist wichtig. Sollte ich später einmal dabei irgendeine Rolle spielen dürfen, und sei sie noch so klein, dann können Sie auf mich zählen. Aber zuerst sollten Sie sich umsehen, ob es nicht noch etwas Besseres für Sie gibt als diesen bärtigen Zausel, den armen Künstler, der Sie vom ersten Augenblick unserer Begegnung an geliebt hat, und zwar von ganzem Herzen. Der aber nichts anderes für Sie wünscht als Freiheit und Lebensglück, wo immer Sie es suchen und finden mögen. So, jetzt bin ich fertig, und ich möchte Sie auch nicht länger von Ihren Freundinnen entführen und Ihre kostbare Zeit stehlen. Deshalb würde ich vorschlagen, wir gehen zurück und trinken ein Glas Wein oder auch Limonade, bevor wir uns zu weit von unserer Malgruppe entfernen, denn auch die anderen

Malschülerinnen und -schüler wollen etwas von mir und von Ihnen haben, nicht?« Erschöpft strich er sich übers Haar und trocknete sich mit dem Taschentuch die Stirn.

»Ich würde Sie jetzt gern küssen«, sagte Elsa. »Aber genauso gern würde ich hier am Rosenberg bis zu meinem Schulabschluss bleiben. Denn zum Studieren braucht man schließlich eine Matura oder ein Abitur.« Sie nahm unauffällig seine Hand, denn ihr Weg war vom Haupthaus perfekt einsehbar. Skandale hatten sie schon genügend gehabt.

Sigmunds Hand in ihrer fühlte sich an, als ob dieser ganze ausgewachsene Mann auf wenige Quadratzentimeter geschrumpft wäre, um in Elsas Hand Platz zu finden. Es war eine raue Männerhand, strapaziert von Farben und Lösungsmitteln und den Werkzeugen zum Bearbeiten von Leinwänden und Radierplatten. Und Elsa mochte Sigmunds Hand und ihn sehr, dort oben auf dem Rosenberg über der Stadt Sankt Gallen, mit dem maßlos großen Bodensee am Horizont.

»Kennen Sie Wiesbaden?«, fragte Paul seine Lehrerin.

Nach den Fingerübungen, mit denen der Unterricht stets begann, machten sie immer eine Pause mit Tee und Keksen und sprachen über Gott und die Welt, heute über Wiesbaden.

»Ja, ich war sogar selbst dort«, sagte seine Lehrerin, »einmal, als ich noch jünger war, zur Kur wegen meines Asthmas. Eine sehr schöne Stadt mit einem prächtigen Kurhaus ist das. Johann Wolfgang von Goethe war schon zur Kur dort und unser großer Dichter Fjodor Dostojewski ebenfalls. Wobei der Arme eher wegen des Roulettes nach Wiesbaden kam als wegen der heißen Quellen. Warum fragst du?«

»Ich habe eine Anzeige in einer Zeitschrift gesehen von einer Firma Ecker Nachf. in Wiesbaden, einem Delikatessengeschäft, das sehr gut aussah, größer als unser Dallmayr. Und da stand, dass sie einen Comis suchen.«

Frau Krozill nippte an ihrer Teetasse. »Und was heißt ›Nachf.‹?«

»›Nachfolger‹ natürlich.«

»Aha«, sagte die Lehrerin. »Und was ist ein Comis?«

»Ein Kaufmann, Frau Krozill.« Paul wunderte sich schon lange nicht mehr darüber, was sie alles nicht wusste. Musiker waren anscheinend eine besondere Art von Menschen, nicht zu vergleichen mit den übrigen Leuten, die man so kannte.

»Und bist du denn ein Kaufmann? Soweit ich weiß, gehst du doch noch zur Schule.«

»Aber ich möchte endlich kein Schüler mehr sein. Ich will etwas arbeiten, und ich will hinaus in die Welt.«

Frau Krozill biss in einen Florentinerkeks. »Aber wenn du die Schule verlässt, bist du immer noch kein Kaufmann«, sagte sie.

Paul machte eine großspurige Handbewegung. »Ich bin im Dallmayr aufgewachsen, Frau Krozill, das wurde mir also sozusagen in die Wiege gelegt, und ich helfe ja auch immer wieder samstags aus im Laden. Ich kann vielleicht noch nicht alles, aber ich verstehe etwas vom Geschäft, kann mit den Damen und Herren Kunden parlieren und ihnen etwas aus unserem Sortiment empfehlen. Und wenn ich etwas nicht weiß, dann weiß ich immerhin, wen ich fragen muss. Und weg aus München möchte ich auch einmal. Natürlich nicht für immer, aber für eine Zeit schon.«

»Wieso«, fragte die Krozill, »gefällt es dir hier nicht? Ich finde, dass München eine sehr schöne, liebenswerte Stadt ist. Allein der Hofgarten, die Feldherrnhalle, die herrliche Theatinerkirche, die edlen Cafés. Leider komme ich ja schon lange nicht mehr dorthin, aber das alles liebe ich sehr, und ich möchte nirgendwo anders sein.«

»Ich schon«, sagte Paul ungerührt. »Ich möchte einmal fort und etwas sehen von der Welt. Hier kenne ich doch jedes Haus und jede Gasse.«

»Ist es, weil dein Bruder wieder verreist ist?«

»Hermann macht es richtig. Ich beneide ihn, wissen Sie? Sind Sie schon einmal aufs Meer hinausgefahren, mit einem Schiff?«

»Nur von Sankt Petersburg aus, und das war der Finnische Meerbusen, also nicht einmal das offene Meer.«

Paul nickte. Sankt Petersburg, der Finnische Meerbusen, das klang ebenso verheißungsvoll wie Lissabon oder La Palma. Wiesbaden hörte sich in seinen Ohren auch nicht schlecht an, auch wenn es nur in Preußen lag.

»Tja, dann musst du es wohl versuchen, Paul. Denn wenn du es nicht versucht hast, kannst du auch nicht wissen, ob es dir gefallen hätte in Wiesbaden.«

»Und wenn sie mich dort nicht haben wollen?«

»Das kann man vorher nie wissen. Aber ich würde sagen, einen Versuch ist es bestimmt wert. Und wenn nicht, ist es auch nicht schlimm. Der erste Pfannkuchen macht immer Klumpen, sagen wir in Russland. Weißt du, was ich meine?«

Paul nickte. »Ich glaube, bei uns sagt man ›Aller Anfang ist schwer‹.«

Seine Lehrerin zog die Mundwinkel nach unten. »Also ihr Deutschen, manchmal seid ihr schon komisch. Bei uns geht es über den Bauch, bei euch geht immer alles über den Kopf. Ihr seid so schrecklich nüchtern.« Sie biss in einen weiteren Florentinerkeks. »Vielleicht kann ich dir beim Schreiben helfen. Ich weiß schon noch, wie man so etwas macht, auch wenn mein Deutsch nicht perfekt ist.«

»Das würden Sie tun?«, fragte Paul. »Aber noch nichts meiner Mutter sagen.«

»Versprochen«, antwortete die Lehrerin.

»Also gut«, sagte Paul. »Und wer war jetzt dieser Dosto…«

»Dostojewski?«

»Dostojewski. Und was hat er in Wiesbaden gemacht?«

»Er hat dreitausend Rubel verspielt und dazu noch die Garderobe seiner Geliebten. Also halt dich bloß vom Spielcasino fern, wenn du in Wiesbaden bist.«

»Dann hat es ein schlimmes Ende genommen mit diesem Dostojewski?«, vermutete Paul.

»Nein, denn er hatte viel Talent. Nicht als Spieler, aber für das Schreiben. Und Glück hatte er außerdem. Seine Frauen haben ihn immer gerettet. Sie haben ihn vom Spieltisch weggezogen und an seinen Schreibtisch gefesselt, bis er den nächsten Roman verfasst hatte. Und den haben ganz viele Menschen gelesen, weil er in der Zeitung erschienen ist, jeden Tag eine oder zwei Seiten. Davon konnte er leben. Die Menschen haben seine Romane geliebt, obwohl sie lang waren und ganz viele Personen mit ganz vielen verschiedenen Namen darin vorkommen, die man sich gar nicht alle merken kann. Er hat auch einen Roman geschrieben, der in Wiesbaden spielt. Er heißt *Der Spieler*. Warte mal, er müsste hier im Regal irgendwo stehen. Ich meine, falls du ihn mal lesen willst.«

Paul stand auf und suchte danach.

»Aber wenn du ihn mitnimmst, dann zeig ihn bloß nicht deiner Mutter. Und wenn sie dich erwischt, verrate ihr auf keinen Fall, dass du ihn von mir hast.«

»Aber Frau Krozill«, sagte Paul. »Diese Bücher kann ich ja alle gar nicht lesen. Die sind auf Russisch!«

Die Klavierlehrerin sah ihn an und lachte so heftig, dass sie in ihrem Stuhl auf und ab hüpfte wie auf einem Luftkissen. »Kyrillisch kannst du bei mir auch lernen«, sagte sie, als sie wieder Luft bekam. »Aber ihr Deutschen wartet immer darauf, dass wir Russen Deutsch lernen, damit ihr nicht Russisch lernen müsst. Und das tun wir ja auch. Es gibt so viele von uns in München. Maler, Musiker, Politiker, Spieler, haha. Manchmal besuchen sie mich und lassen sich russische Musik von mir vorspielen, Tschaikowski, Mussorgski, Rimski-Korsakow, Chopin … na ja, der war kein Russe, aber auch gut.« Sie lachte wieder.

»Können wir auch mal ein Stück von einem Russen spielen?«, fragte Paul.

»Aber natürlich, sehr gern, der Herr. Und wie wäre es mit Kyrillisch? Vielleicht kannst du das als Kaufmann brauchen, wenn du Tee in Russland einkaufst, denn wir haben den besten. Er kommt über die Seidenstraße aus China. Oder wenn du deinen Kaviarlieferanten besuchen willst. Also, womit fangen wir an?«

»Mit dem Klavier«, sagte Paul. »Und dann helfen Sie mir bei meiner Bewerbung.«

»Aber sicher, mein Goldstück«, sagte die Lehrerin und schnappte sich den letzten Florentiner vom Teller.

Seit einem Monat arbeitete Balbina jetzt schon im Hotel Krüger in Lindau, doch sie musste sich noch an ihr neues Leben am Wasser gewöhnen. Abends unternahm sie lange Spaziergänge, sah den Möwen zu, wie sie den Fischerbooten in den Hafen folgten und sich um die Reste zankten, um sich danach wieder zu zerstreuen. Sie ließen sich einzeln auf den Holzpfählen im See nieder, an denen die Boote befestigt wurden. Balbina hielt es fast so lange wie die Möwen auf einer Bank oder Decke an den Kieselstränden aus, sah aufs Wasser hinaus und wartete darauf, dass die Sonne im See versank und die Boote im letzten Licht des Tages heimkehrten. Das war die Stunde, in der das Feuer im Leuchtturm entzündet wurde. Balbina sah hinauf zu den Schweizer Bergen und versuchte sich Elsas Internat auf dem Rosenberg in Sankt Gallen vorzustellen. Bestimmt war es sehr schön dort. Als Balbina an Elsa dachte, blitzte kurz das Wort »Schwester« auf, aber sie schob es von sich fort wie ein Geschenk, das man nicht annehmen konnte, weil es zu groß war. Noch war sie nicht bereit, sich den Veränderungen zu stellen, die über sie hereingebrochen waren. Alle Grundfesten, die bislang ihr Leben getragen hatten, würden einstürzen. Noch war sie nicht stark genug, diesem Umsturz ins Auge zu sehen. Sie brauchte mehr Zeit.

Am meisten vermisste sie Rosa und Ludwig, aber sie versuchte, nicht zu oft an sie und an die Dienerstraße zu denken.

Es dauerte noch einmal vier weitere Wochen, bis Herr Krüger ihr an einem sonnigen Nachmittag mitteilte, dass Besuch für sie gekommen sei und die Dame draußen auf einer Bank am Hafen auf sie wartete. Sie solle sich eine Stunde freinehmen oder einfach abends ein bisschen länger bleiben.

»Es wird nicht lange dauern«, antwortete Balbina, nahm sich ihre Strickjacke von der Garderobe und verließ das Hotel. Balbina wusste, wer da draußen auf sie warten würde. Sie ließ es nicht zu, dass ihre Gedanken wieder anfingen, sich im Kreis zu drehen. Wie eine Möwe musste sie still und reglos auf ihrem trockenen Stück Holz verharren und nicht zulassen, dass die Wasserstrudel sie ergreifen und hinabziehen konnten bis auf den Grund.

Tante Therese saß auf einer der ersten Bänke, die zum Wasser hin standen, mit dem Rücken zum Hotel und direkt am Hafenbecken. Balbina hatte gewusst, dass sie eines Tages kommen würde. So wie sie ihr damals auch nach Cham nachgereist war. Sie trug einen neuen lilafarbenen Hut mit einem samtenen Hutband, den Balbina noch nie an ihr gesehen hatte. Auch das elegante Kleid war in diesem Lila und sah sehr vornehm aus.

Balbina gab ihr die Hand, machte einen Knicks, ohne ihre

Tante länger als flüchtig anzusehen, und setzte sich zu ihr auf die Bank. Tante Therese hatte wieder etwas zugenommen und ihr Gesicht wirkte voller und frischer als vor ihrer Abreise nach Frauenau. Im Hafenbecken unter ihnen suchte eine Entenmutter mit ihren Küken nach aufgeweichten Brotstücken, mit denen Kinder sie hier gern fütterten.

»Muss ich dir schon wieder hinterherreisen, du eigenwilliges Mädchen«, sagte die Tante. »Hört das denn nie auf, dass du einfach wegläufst, wenn es Schwierigkeiten zwischen uns gibt?«

Balbina dachte eine Weile nach. »Es ist immer dieselbe Schwierigkeit, die wir miteinander haben«, sagte sie schließlich leise. »Oder alle Schwierigkeiten haben dieselbe Ursache. Und es gibt nicht mehr als diese eine.«

»Sag du mir, was diese eine Ursache ist«, forderte Therese Balbina auf.

»Die Ursache ist«, und jetzt musste Balbina doch schlucken, »dass du mir nach Onkel Antons Tod und nachdem du seinen Brief gelesen hast, nicht die Wahrheit gesagt, sondern mich weiter angelogen hast. Genau wie er all die Jahre davor.«

Balbina hielt die Luft an und machte sich darauf gefasst, dass Tante Therese wütend werden, sie anschreien, vielleicht sogar aufspringen und weggehen würde. Doch es geschah gar nichts. Therese schwieg und seufzte.

»Du hast recht«, sagte sie nach einer Weile und griff nach Balbinas Hand. »Ich war so gekränkt, dass ich nicht handeln konnte wie ein erwachsener Mensch.«

»Alles wäre leichter gewesen, wenn du mir damals, als wir gemeinsam um ihn trauerten, die Wahrheit gesagt hättest. Immerhin wären wir dann zu zweit gewesen. Aber du hast dich nicht auf meine Seite gestellt, du hast mir nicht geholfen.«

»Balbina, ich wollte dir doch nichts Böses.«

Therese drehte sich zu ihr, und Balbina spürte, wie sehr sie Vergebung suchte, aber ihr Innerstes blieb ganz kalt.

»Bei der Beerdigung von Onkel Anton wolltest du mir nichts Gutes, Tante. Du wolltest mir zeigen, dass ich nicht zu euch gehöre, nicht so wie deine eigenen Kinder.«

»Dafür schäme mich heute, Balbina, und es tut mir sehr leid. Glaub mir.«

Tante Therese hatte sich also bei ihr entschuldigt. Das war noch nie vorgekommen. Balbina hatte es gehört, aber es reichte ihr nicht. Es tat immer noch viel zu sehr weh.

»Ich muss dann wieder an meine Arbeit«, sagte Balbina.

»Warte«, sagte ihre Tante. »Wie soll es nun weitergehen? Als Tochter meines Mannes steht dir ein Erbe zu. Anton hat für dich vorgesorgt, und du kannst dieses Erbe jederzeit antreten. Du musst nicht bis zu deinem einundzwanzigsten Geburtstag warten.«

»Ich brauche jetzt kein Geld von dir oder Onkel Anton«, sagte Balbina. »Nur meinen ausstehenden Lohn hätte ich gerne.«

Therese nahm einen Umschlag aus ihrer Handtasche und reichte ihn Balbina. »Wenn du deinen Namen ändern lassen willst, dann frag am besten den Notar, den Anton instruiert hat für deine Volljährigkeit. Ich habe dir seine Adresse aufgeschrieben.«

Balbina nahm den Umschlag. »Ich möchte, dass vorerst alles bleibt, wie es ist, Tante. Mehr verkrafte ich gerade nicht. Später werde ich vielleicht anders darüber denken, aber jetzt will ich nichts ändern, sonst fliegt mir mein Leben auseinander.« Und damit war eigentlich alles gesagt.

»Schön hast du es hier«, meinte Therese. »Kommst du zurecht, sind die Leute nett zu dir?«

Balbina nickte. Die Wellen plätscherten gegen die Hafenmauer und kündigten die Einfahrt eines Dampfers an.

»Ich muss dann.« Balbina stand auf und gab ihrer Tante zum Abschied die Hand.

Therese erhob sich, zog Balbina an sich und schloss sie in

die Arme. »Du bist mir immer willkommen, Balbina, und unser Haus ist auch dein Haus. Komm zurück, wann immer du willst. Von Rosa und Ludwig soll ich dir Grüße ausrichten, und von Paul, das hätte ich jetzt beinahe vergessen.« Sie zog ein Päckchen heraus, von dem Balbina sich sicher war, dass es viel süßen Trost enthalten würde für bittere Zeiten.

»Danke«, sagte sie steif und ging zurück ins Hotel.

Herr Krüger lächelte scheu, als er sie sah.

»Sie werden uns doch nicht verlassen, Fräulein Schmidbauer?«, fragte er.

»Natürlich nicht, ich bin doch noch gar nicht lange hier. Und weil ich immer noch nicht mit dem Schiff auf den See hinausgefahren bin, muss ich wohl schon noch ein Weilchen bleiben.«

»Ist das die Möglichkeit«, entrüstete Herr Krüger sich. »Wie lange sind Sie jetzt da, acht Wochen? Warten Sie, Sonntagnachmittag nach dem Mittagessen, haben Sie da Zeit?«

Balbina überlegte nicht lange. »Ja, das müsste passen.«

Der letzte Tag des Jahres 1899, und damit der letzte des Jahrhunderts mit der Acht, fiel auf einen Sonntag. Das Geschäft, das wie immer schon seit den frühen Morgenstunden geöffnet hatte, sollte eigentlich am Vormittag wieder schließen. Nach der Gewerbeordnung durfte sonntags maximal fünf Stunden lang verkauft werden. Aber an dem besonderen Tag ging das einfach nicht. Kaum hatte Therese abgesperrt, klopfte schon wieder jemand gegen die Scheibe. Und während sie die Wünsche des einen Kunden erfüllte, klopfte schon der nächste, der nur eine Kleinigkeit vergessen hatte.

»Frau Dallmayr, bitte, Sie müssen mich retten«, flehte der Herr im feinen Nadelstreifenanzug sie an, der in der Eile sein Jackett falsch eingeknöpft hatte, worauf sie ihn nebenbei hinwies.

»Ausnahmsweise«, antwortete Therese dann wie eine gestrenge Lehrerin mit erhobenem Zeigefinger. Doch es freute sie auch, dass die Leute nicht genug kriegen konnten von ihren Köstlichkeiten und zu der vergessenen Zitrone oder Muskatnuss auch gleich noch eine Flasche Champagner mitnahmen, damit es auf jeden Fall reichen würde für dieses Jahrhundertsilvester. Sie musste nicht einmal einen Rabatt auf die frischen Fische, den Lachs und die Austern anbieten, wie sonst vor Feiertagen, denn die Leute rissen ihr alles aus den Händen, was sie im Laden hatte. Die Kasse klingelte wie ein durchgedrehtes Pianola. Am Silvesterabend würde es bei Therese das übliche Feiertags-Resteessen geben, das in einem Delikatessenhaus naturgemäß üppiger ausfiel als beim Krämer nebenan. Hoffentlich musste sie ihre Gäste dieses Jahr nicht enttäuschen, denn wenn sie auf Lachs, Makrele, Geflügel und Parmaschinken gehofft hatten, so sah es mittlerweile im Laden eher aus wie nach einer Heuschreckenplage. Bei den Geschenken für das Personal würde sie auf Tee und Kaffee, Kräuter und Zitrusfrüchte zurückgreifen müssen. Auch die Süßwaren waren bis auf ein klägliches Häufchen zusammengeschrumpft. Und schon wieder klopfte ein Kunde ans Fenster.

»Lassen Sie die Tür doch gleich auf«, knurrte Korbinian. »Wenn es so weitergeht, werden wir heute noch hier übernachten. Und zum Essen haben uns diese Neidhammel auch nichts übrig gelassen.«

»Scht!«, machte Therese und schloss die Tür auf.

Hundert Jahre zuvor war der Beginn des 19. Jahrhunderts per Dekret erst am 1. Januar 1801 gefeiert worden. Doch Kaiser Wilhelm II. hatte jetzt verfügt, dass das 20. Jahrhundert nicht erst 1901, sondern schon am 1.1.1900 beginnen sollte. In allen Schulen und Erziehungsanstalten war am letzten Schultag vor den Weihnachtsferien eine offizielle »Jahrhundertfeier«

begangen worden. Nicht alle blickten so zuversichtlich wie der Kaiser selbst auf dieses Datum. Während die Theater sich für die größten und ausschweifendsten Silvesterfeiern des Jahrhunderts rüsteten, sahen ein paar düstere Propheten das Weltenende nahen. Bislang gab es noch keine Anzeichen für einen Untergang, aber vielleicht lag das nur an dem möglichen Rechenfehler des Kaisers und die Welt würde erst am ersten Tag des Jahres 1901 untergehen.

Therese glaubte nicht daran, wie sie noch nie an Wahrsager, Sterndeuter oder Kaffeesatzleserinnen geglaubt hatte. München war vor fünfzig Jahren erst Großstadt geworden mit hunderttausend Einwohnern. Jetzt waren es fünfmal so viele und München nach Berlin und Hamburg die drittgrößte Stadt im Deutschen Reich. Die Kanalisation war ausgebaut worden, Seuchen wie die Cholera waren hoffentlich für lange Zeit gebannt. Die Elektrische verdrängte immer mehr die Pferdebahnen, Elektrizitätswerke entstanden an den Stadtbächen und im Umland, immer mehr Telefonapparate wurden in Firmen und Ämtern eingerichtet, so wie im Dallmayr. Dampf, Gas, Strom, was würde noch alles kommen? Therese blickte zuversichtlich auf das neue Jahrhundert. Wenn nur die Friedensjahre noch lange andauern würden und der betagte Prinzregent Luitpold, der ihr und vielen anderen Münchnern und Bürgern von Bayern als Garant für den Frieden erschien, das ewige Leben hätte. Wenn er zumindest hundert Jahre alt würde, dann konnte das schöne Leben weitergehen, und es würde immer leichter, bequemer und angenehmer werden. In München wurde gemalt, geschrieben, gebaut, alles ging voran und wurde besser. Der Herr von Linde arbeitete an einem Kühlapparat, wie man las, der irgendwann in der Zukunft vielleicht allen Haushalten zur Verfügung stehen würde. Man stelle sich vor, ein Ende des Anlieferns und Schleppens von Eis in die Keller und Vorratslager. Was wäre das für eine Erleichterung.

Wieder klopfte es gegen die Scheibe. Therese ging zur Tür und durfte zwei liebe Freunde in die Arme schließen, Michael von Poschinger und seine Frau.

»Das ist aber eine Überraschung. Was macht ihr denn heute in der Stadt?«

»Wir wollten dir und den Kindern einen guten Rutsch wünschen«, sagte Michael von Poschinger.

»Vielen Dank. Ich werde es ausrichten, wenn ich sie wieder einmal sehe.«

»Ja, wo sind sie denn alle?«

»Jetzt kommt doch erst einmal herein. Habt ihr ein wenig Zeit? Ich übergebe meinen Schlüssel jetzt an Korbinian. Soll er selbst entscheiden, ob er noch jemanden reinlässt oder ob unsere Anni endlich sauber machen und nach Hause gehen kann. Ich bereite uns jetzt ein spätes Gabelfrühstück mit Lachs, gekochtem Ei und Beluga-Kaviar, den ich auf die Seite geschafft habe, damit wir nicht Brotsuppe essen müssen an Silvester.« Sie brachte Korbinian den Schlüssel und führte ihre Gäste hinauf in die Wohnung.

»Wie laufen die Vorbereitungen für den Ausbau, Therese? Du hattest uns doch erzählt, dass du ein Auge auf das Nachbaranwesen geworfen hast«, fragte Henriette von Poschinger, während sie den Tisch deckte.

»Ja, das Haus nebenan habe ich kaufen können. Am 2. Januar soll es schon losgehen mit dem Ausbau. Architekt Seidl ist mit dem Künstlerhaus so weit fertig, jetzt bin ich mit meiner kleinen Baustelle dran. Stellt euch vor, unser Dallmayr kann endlich wachsen.«

»Wie groß soll er denn werden?«, fragte Poschinger.

»Die Verkaufsfläche wird um etwa ein Drittel erweitert werden, und wir wollen die Säulen freilegen, die bislang unter Putz versteckt sind. Unser Erdgeschoss hat ja ursprünglich ein Gewölbe, und die tragenden Säulen sind vermutlich aus

Marmor. Seidl meint, es geht nichts über das Original, und er will es unbedingt wieder so zurückbauen, wie es einmal war. Ein Platzgewinn ist es zudem. Wir werden durch den Anbau ein drittes Schaufenster bekommen, und, wer weiß, vielleicht werden wir sogar einen Brunnen im Geschäft haben.«

»Ein Frischwasserbrunnen?«, fragte Poschinger. »Wie in den alten Klöstern?«

Therese nickte. »Der Architekt hat schon einen Entwurf für einen Marmorbrunnen gezeichnet. Wenn es nach ihm geht, wird es ein Fischbrunnen mit zwei Brunnenbuberln.«

»Und was wird darin herumschwimmen? Fische?«, fragte Poschinger.

»Dafür wird das Becken zu klein. Da bräuchte ich ja ein Aquarium. Ich hatte an Flusskrebse gedacht. Also wenn die Saison dafür ist. Außerhalb der Krebssaison kann man ja andere Dinge darin präsentieren.«

Sie setzten sich an den Tisch und stießen an.

»Auf den Ausbau!«, sagte Poschinger.

»Wie geht es bei euch, was wird das Jahr 1900 bringen?«

»Wir werden in den Bayerwald zurückgehen«, sagte Henriette. »Michael kümmert sich um seine Glashütte und ich mich um das Schloss, meine Hobbys und die Familie. Da gibt es noch Tanten und Onkel, die schon sehr betagt sind und sich über Gesellschaft und Unterstützung sehr freuen.«

»Und euer Schloss in Ismaning und die Güter im Moos?«, fragte Therese. Schon wieder eine Veränderung, die sie nicht gerade glücklich machte.

»Das wird alles verkauft. Hast du vielleicht Interesse?«

Therese winkte ab. »Nein, mein Projekt hier in München reicht mir voll und ganz. Zumal ich ja jetzt mit meinem Personal allein bin.«

»Ja, wo sind sie denn eigentlich alle? Nicht mal Paul hört und sieht man.«

»Paul hat seinen Kopf durchgesetzt und im Sommer eine Lehre in einem Delikatessenhaus in Wiesbaden angetreten. Ich weiß nicht, ob er das allein hinbekommen hat oder wer ihm dabei geholfen hat.«

»Vielleicht diese Klavierlehrerin, von der du uns erzählt hast?«, fragte Poschinger, und Therese nickte.

»Tja, da ist etwas ganz Besonderes zwischen den beiden. Das kann man gar nicht so richtig fassen. Aber das Ergebnis ist, dass Paul derzeit in Wiesbaden lebt und eine Ausbildung zum Kaufmann macht. Hermann gefällt es auf den Kanaren so gut, dass er mich und das Geschäft wahrscheinlich schon ganz vergessen hat. Ich habe seit Wochen keine Nachricht von ihm. Elsa hat ihre Matura in der Schweiz gemacht und sich gleich im Anschluss an der Universität in Zürich immatrikuliert. Sie befürchtet, dass die Schweiz bald keine Studentinnen aus dem Ausland mehr an den Universitäten zulassen wird. Vor allem wegen der vielen Russinnen, die ganz wild aufs Studieren sind und nicht immer den einwandfreien Lebenswandel pflegen, den man von jungen Damen und höheren Töchtern erwarten kann. Sagt man.«

»Was studiert Elsa denn, etwa Medizin?«, fragte Henriette von Poschinger. Denn man hatte von ersten Frauen gelesen, die Ärztinnen geworden waren. Nicht in Deutschland, wo sie noch nicht zugelassen waren, aber im Ausland.

»Nein, sie studiert Jura«, antwortete Therese.

»Schau, schau.« Michael Poschinger grinste. »Eine Juristin in der Dallmayr-Familie. Das kann doch bestimmt nicht schaden.«

»Ich weiß nicht, was daraus noch wird, aber wenn Elsa sich einmal etwas vorgenommen hat, bringt sie sowieso keiner mehr davon ab.« Therese sagte es nicht ohne Stolz. »Balbina, das habe ich euch erzählt, arbeitet in einem Hotel in Lindau, sehr schön dort, direkt am Hafen, und Ludwig ist in Belgien und entlockt dem führenden Chocolatier, den er in einem Brief als gelackten Affen beschrieben hat, seine intimsten Geheimnisse der Pralinenkreation. Geblieben sind mir Rosa, die ich heute Abend zusammen mit ihren Eltern zu mir eingeladen habe, außerdem kommen noch Ludwigs Mutter und Korbinian. Vielleicht wollt ihr ja auch bleiben? Ihr könnt gern hier übernachten. Ich habe gerade ein paar Zimmer frei.«

Aber Poschingers hatten bereits ein Hotelzimmer gebucht und einen Tisch im Restaurant vorbestellt.

»Wo könnten wir denn um Mitternacht für das Feuerwerk hin?«, fragte Frau von Poschinger.

»Vom Friedensengel aus soll es besonders schön über der Stadt zu sehen sein.«

»Aber die Luitpoldbrücke ist doch nicht mehr da. Hat die nicht das Hochwasser im September mitgenommen?«, fragte Poschinger.

»Das stimmt. Zum Glück gibt es noch ein paar mehr Isarbrücken in München. Dann fahren wir eben über die Maximiliansbrücke hinüber auf das rechte Isarufer«, schlug Therese vor. »Den Champagner und die Gläser nehmen wir mit.«

»Jetzt so lange über der Flamme halten, bis das Blei geschmolzen ist und keine Klumpen mehr auf dem Löffel sind«, wies Korbinian seine Chefin an. Er hatte die Idee für das Bleigießen gehabt und alles Nötige mitgebracht.

Die Poschingers saßen noch bei ihrem Souper im Hotel Bellevue am Stachus, und Thereses Gäste hatten sich in der Zwischenzeit ihr Resteessen schmecken lassen. Nun sollte es also doch noch einige Vorhersagen geben, was das neue Jahr 1900 ihnen bringen würde.

»Jetzt!«, gab er das Kommando, und Therese schüttete das Blei mit Schwung in die mit Wasser gefüllte Emailschüssel.

Er krempelte den Ärmel auf, holte das erstarrte, abgekühlte Gebilde heraus und zeigte es den Anwesenden.

»Ein Baum«, rief Rosa.

»Es könnte auch eine Fackel sein«, meinte Anna Loibl, die Mutter von Ludwig und Lilly.

»Aber wenn man den Baum oder die Fackel dreht«, sagte Korbinian und machte es vor, »dann sieht es aus wie ein Luftschiff.«

»Und was kann das nun bedeuten?«, fragte Therese. »Dass ich alt werde wie ein Baum? In die Luft gehen werde ich eher nicht, dazu fehlt mir nun wirklich der Mut. Aber die Fackel steht doch hoffentlich nicht für einen Brand?«

»Einen Moment«, sagte Rosa und suchte auf dem Zettel mit den Deutungen nach den passenden Einträgen. »Ah ja, Baum, hier: ›Ein Wunsch geht in Erfüllung‹.«

»Dann ist das der Ausbau des Geschäfts, das hat die Chefin sich schon lange gewünscht, und jetzt ist es endlich so weit.« Korbinian hob sein Glas. »Auf den Ausbau!«

»Danke!«, sagte Therese, aber sie hatte noch ganz andere Wünsche. Es war das erste Silvester seit fünfundzwanzig Jahren, das sie ohne Familie feierte.

»Jetzt weiß ich auch, was die Fackel bedeutet«, sagte Rosa. »›Fackel‹ bedeutet ›Sie haben noch viel vor‹. Und das stimmt ja auch.«

»Und das Luftschiff?« Allmählich fand Therese Gefallen an dem Spiel.

»Luftschiff, Luftschiff, hier steht es: ›Alles wird gut!‹«

»Wirklich?« Therese konnte es kaum glauben und sah Rosa über die Schulter. Aber so stand es tatsächlich da.

»Tja, dann würde ich sagen, kann das neue Jahrhundert beginnen. Ich bin bereit. Vielen Dank, ihr Lieben, dass ihr heute meine Gäste seid! Ich weiß, dass die Kinder euch allen genauso fehlen wie mir. Aber jetzt müssen wir darüber kein bisschen mehr traurig sein. Denn wir wissen ja ganz sicher, dass alles gut wird. In diesem Sinne auf ein glückliches, gesundes Neues und dass wir bald wieder alle zusammenkommen in diesem allerersten Jahr des neuen Jahrhunderts. Und nun seid ihr dran mit dem Bleigießen.«

Es klingelte. Bestimmt die Poschingers, die den letzten Gang ihres Soupers hinter sich gebracht haben, dachte Therese und bat Rosa nach unten zu gehen, um zu öffnen. Doch die Poschingers waren nicht allein. Hinter ihnen kam Paul, der kleine große Paul, durch die Tür und überreichte ihr eine Flasche Champagner der Marke Ecker Nachf. Wiesbaden Grand Cru.

»Ich habe dir noch jemanden aus Hamburg mitgebracht«, sagte er zu seiner Mutter, »und Bananen gibt es auch bald wieder. Sie sind schon unterwegs nach München. Darf ich also vorstellen: Herr und Frau Randlkofer aus La Palma.«

Jesus, Maria und Josef, dachte Therese. Eine zweite Frau Randlkofer. Dann würde sie wohl endgültig auf den Namen Dallmayr ausweichen, sonst konnte es ja noch zu Verwechslungen kommen.

Die junge Frau Randlkofer, bei deren Anblick man unweigerlich begann, von Südamerika zu träumen, überreichte ihr einen Blumenstock mit roten Blütenblättern in Sternform, wie Therese sie noch nie gesehen hatte.

»Sie wächst bei uns auf La Palma«, sagte sie mit einer Stimme wie Samt und Seide und einem hinreißenden Akzent. »Wir nennen sie Weihnachtsstern, weil sie immer um die Weihnachtszeit anfängt zu blühen.«

»Für Sonia hätten es ja nicht unbedingt minus zwölf Grad sein müssen bei der Ankunft des Schiffes in Hamburg«, sagte Hermann. »Aber sie hat ja schon einen Winter in der Schweiz überlebt, also ahnte sie zumindest, was auf sie zukommen würde.«

Dann war diese zierliche Schönheit an Hermanns Seite nun also tatsächlich ihre Schwiegertochter, dachte Therese, sonst hätten ihre Eltern sie kaum das Schiff besteigen lassen. Was mussten diese Menschen für Ängste ausstehen, bis sie erfahren würden, dass ihre Tochter gut angekommen war. Anton hätte sie bestimmt gefallen, dachte Therese, und ihr gefiel sie auch. Hermann strahlte. Also hieß Therese sie in der Familie und im Hause Dallmayr willkommen und umarmte zuerst ihre Schwiegertochter, danach ihren Ältesten.

Therese musste sich setzen. »Etwas weniger Aufregung hätte mir auch nicht geschadet«, murmelte sie. Sie konnte ihre Rührung nun nicht mehr verheimlichen.

»Ich glaube, das Feuerwerk können wir uns sparen«, kam Michael von Poschinger ihr zu Hilfe. »Familienzusammenführung ist doch eigentlich noch schöner als dieser Jahrhunderttand. Wer fehlt denn jetzt eigentlich noch? Elsa, wenn ich mich nicht täusche, und Balbina, unsere Nixe vom Bodensee, und natürlich unser Schokoladenspezialist Ludwig Loibl. Oder habe ich noch jemanden vergessen?«

»Vielleicht ist es wirklich besser, wir verzichten auf das Feuerwerk und gehen nicht zu spät zu Bett«, sagte Paul. »Wir haben nämlich für den Neujahrstag einen Ausflug geplant.«

Therese putzte sich die Nase. »Was für ein Ausflug?«

»Wir fahren nach Lindau«, kündigte Paul an. »Und alle Anwesenden sind herzlich eingeladen mitzukommen. Ihr müsst nur früh genug aufstehen, denn der Zug fährt pünktlich um acht Uhr dreißig ab.«

Rosa klatschte in die Hände.

»Elsa wird aus Zürich kommen, ich glaube, sie ist sogar schon dort, und Ludwig aus Brüssel. Frau Loibl, Sie müssen also auch mitfahren.«

Anna Loibl sprang augenblicklich auf und sagte, sie müsse nach Hause und packen. Doch Korbinian beruhigte sie.

»Niemand geht heute vor Mitternacht heim.« Sie solle sich nur wieder hinsetzen. Er würde sie später nach Hause fahren und morgens rechtzeitig abholen.

»Das Zugabteil ist schon für uns reserviert. Nur eine Krankenschwester bräuchten wir vielleicht noch«, sagte Paul.

»Eine Krankenschwester?«, fragte Therese besorgt.

»Oder ein Pfund Riechsalz«, antwortete Paul. »Denn Balbina ist die Einzige, die nichts von unserem Plan weiß. Wir wollen sie überraschen.«

»Und wenn sie gar nicht da ist, weil sie am Neujahrstag uns überraschen will?«, fragte Korbinian.

»Sie ist auf jeden Fall da. Im Hotel gibt es eine Urlaubssperre von Weihnachten bis Heilig Drei Könige. Da haben sie Hochsaison. Ihr Chef ist außerdem eingeweiht in unseren Plan.«

Poschinger klatschte als Erster Beifall. »Gute Aktion«, rief er, »bravo, Paul!«

»Also gut«, sagte Therese. »Der Neujahrsausflug ist genehmigt. Aber ab Dienstag wird hier umgebaut, da kann ich euch alle sehr gut gebrauchen. Also dass mir keiner denkt, er könnte mir entkommen und sich am Bodensee irgendwo verdrücken und heimlich im Hotel Krüger oder sonst wo einmieten.«

»Verdrücken? Wir doch nicht«, entrüstete Paul sich und ließ den Champagnerkorken knallen.

»Viva Dallmayr«, rief die junge Frau Randlkofer als Toast aus und behielt damit das letzte Wort des alten Jahrhunderts. Denn vom Liebfrauendom läuteten im selben Moment die Glocken das neue Jahrhundert ein.

Die Saga um den legendären Aufstieg
des Feinkostladens Dallmayr geht weiter!

Leseprobe

1905

Paul lag im Bett und starrte in das Halbdunkel des Zimmers. Die bodenlangen Vorhänge waren zugezogen, doch ein scharfer Strahl Sonnenlicht teilte das Zimmer in zwei Hälften und verriet ihm, dass es bereits Tag war. Paul drehte sich zur Seite und starrte die Wand an. Das düstere Grau passte zu der Stimmung, in der er sich seit Tagen befand. Nichts und niemand konnte ihm die Schwermut, die sich über ihn gelegt hatte, nehmen. Selbst der farbenfrohe Kitsch, mit dem sein angemietetes Zimmer vollgestopft war, verblasste mit jedem Tag mehr. Das Porzellanschwein mit dem grünen Kleeblatt im Maul, der grell bemalte Zeppelin, das mit Rosen bestickte Samtdeckchen auf dem Kaminsims, die Hochzeitsbilder der verwitweten Frau Schleicher – alles grau in grau.

Draußen im Vorzimmer war jetzt ein Rascheln zu hören, leise Schritte, dann klopfte es, erst zögernd, dann entschlossener.

»Herr Randlkofer?« Die Stimme seiner Zimmerwirtin schwankte zwischen besorgt, neugierig und drängend.

Paul zog sich die Decke über den Kopf. Es war kindisch, das wusste er. Aber er fühlte sich gerade außerstande, sich mit Frau Schleicher zu befassen.

»Herr Randlkofer, so machen Sie doch auf. Sind Sie krank? Sie müssten sich doch längst angekleidet haben.«

Paul seufzte. »Ich bin krank, lassen Sie mich bitte schlafen.« Seine Hoffnung, sie damit abzuwimmeln, war nicht wirklich groß. Ins Geschäft würde er heute aber ganz bestimmt nicht gehen.

»Ich habe hier ein Telegramm für Sie. Aus München. Von Ihrer Mutter.«

Von Mutter? Paul setzte sich im Bett auf. »Was schreibt sie denn?«

»Na, das ist doch privat.« Frau Schleicher und privat, das passte ungefähr so gut zusammen wie Frau Schleicher und elegante Wohnungseinrichtung.

»Wenn Sie wissen, dass das Telegramm von meiner Mutter ist, haben Sie es doch schon gelesen«, behauptete Paul.

»Nun machen Sie doch bitte die Tür auf, es ist bestimmt wichtig, wenn Ihre Mutter schon ein Telegramm nach Wiesbaden schickt und keinen Brief.«

»Meine Mutter hat keine Zeit zum Briefeschreiben«, sagte Paul. »Sie leitet ein Geschäft. Ein Telegramm kann sie zwischen Tür und Angel unserer Buchhalterin diktieren.« Und Rosa kümmert sich dann darum, dass es aufgegeben wird oder sie schickt den Lehrling, dachte Paul. Er konnte sich immer noch nicht entschließen aufzustehen.

»Wollen Sie gar nicht wissen, was drinsteht?«

»Es ist doch hoffentlich nichts Schlimmes passiert?«, fragte Paul.

»Nein«, kam es wie aus der Pistole geschossen zurück. So leicht war es also Frau Schleicher zu überführen.

Paul fühlte sich immer noch nicht in der Lage, das Bett zu verlassen und dem Tag ins Auge zu sehen. »Nun lesen Sie schon vor«, forderte er Frau Schleicher auf.

Er merkte, wie seine Zimmerwirtin zögerte. Bestimmt wollte

sie sich selbst ein Bild von der Krankheit ihres jungen Zimmerherrn machen. Sie empfand so etwas wie stellvertretende Mutterpflichten ihrem Untermieter gegenüber, solange er sich noch in Ausbildung und weit fort von zu Hause befand. Aber Paul rührte sich nicht.

Frau Schleicher räusperte sich. »Also gut«, akzeptierte sie Pauls Sturheit. »›Telegraphenanstalt München, Telegramm. 5. Juli 1905. Dallmayr Dienerstraße München.‹« Sie legte eine Atempause ein, um die Spannung zu erhöhen. »›Paul, mein größter Geburtstagswunsch ist, dass du heimkommst. Mach deine Lehre im Dallmayr fertig. Du bist hier unentbehrlich. Ich rede mit deinem Chef.‹«

Paul sprang aus dem Bett. Wenn es noch einen Gruß seiner Mutter gegeben hatte, so hörte er ihn nicht mehr. Jetzt hieß es sofort handeln. Nicht wegen des Geburtstags seiner Mutter, den er zudem ganz vergessen hatte, sondern wegen seines Chefs. Er musste sofort zu Hause anrufen und mit seiner Mutter reden. Oder lieber mit Rosa, der Buchhalterin, oder mit seinem Bruder. Paul schlüpfte in seine Kleider und stieß mit Frau Schleicher zusammen, als er aus seinem Zimmer stürmte.

»Herr Randlkofer, was ist denn los? Sie werden doch jetzt nicht auf der Stelle nach München abreisen. Sie denken schon an die vereinbarte Kündigungsfrist, wenn Sie ausziehen wollen?« Frau Schleicher betrat Pauls Zimmer, zog die Vorhänge zurück und sah sich neugierig um.

»Ja, ja«, rief Paul, »keine Sorge.« *Auf der Stelle* musste er gerade nur eine Sache tun: verhindern, dass seine Mutter mit seinem Chef sprach.

Was für eine Affenhitze! Es hatte die ganze Nacht kaum abgekühlt, und jetzt am Morgen – die Küchenuhr zeigte noch nicht einmal sieben Uhr – war das Thermometer schon wieder bei fast zwanzig Grad. Die Tagestemperatur am Vortag war bis auf vierunddreißig Grad gestiegen, las Therese gerade in den *Münchner Neuesten Nachrichten.*

Und heute würde es vermutlich nicht besser werden. Wie sollte man da arbeiten? Man konnte ja schlecht in Unterkleidern im Laden stehen. Therese nahm noch einen Schluck von ihrem Morgenkaffee, während Anna, das Dienstmädchen, schon dabei war, alle Fenster und Läden in der Wohnung zu schließen, um die Hitze auszusperren. Mitten in der Stadt heizte sich das Pflaster auf wie ein Kachelofen. Die Kinder im Hof trugen Sandalen zum Kästchenhüpfen, weil sie sich barfuß die Füße verbrannt hätten. Und immer wieder kam die eine oder andere besorgte Mutter angerannt und zerrte sie in den Schatten.

Korbinian prüfte täglich, ob das Eis in ihren Lagerräumen im Keller noch ausreichte zur Kühlung. In der Zeitung hatte Therese gelesen, dass in den Brauereien das Eis bereits knapp wurde. Es lagerte in Stroh und Sackleinen gepackt in den Bierkellern, um die Fässer kühl zu halten, damit das Bier nicht verdarb. Wegen des Kühlproblems wurde sowieso viel weniger Bier gebraut als im Winter. Das Eis musste in den Nordtälern der Alpen aus den Lawinentrichtern geschlagen und gut verpackt in die Stadt geliefert und in den Eiskellern eingelagert werden.

Therese warf einen Blick auf den Abreißkalender an der Wand, dann auf Antons Fotografie in seinem schwarzen Rahmen. Acht Jahre führte sie das Geschäft nun schon allein, ohne ihn. Dallmayr war eines der führenden Delikatessengeschäfte im Herzen der Residenzstadt München. Und »Königlich bayerischer Hoflieferant«, wie das Schild am Eingang stolz kundtat. Korbinian Fey, ihr ältester Mitarbeiter, polierte es jeden Morgen mit einem weichen Lappen wie einen Orden.

Und das war es ja auch: eine Auszeichnung für höchste Qualität und Zuverlässigkeit. Wo der bayerische Königshof einkaufen ließ, da tat es ihm das Bürgertum, sofern es sich das leisten konnte, mit Eifer und großem Vergnügen nach. Es mussten ja nicht unbedingt immer Austern oder Kaviar sein. Beim Dallmayr konnte man auch Brot und Speck, Schokolade, Kaffee, Tee und Wein einkaufen, und nicht alles war sündhaft teuer. Doch es war immer Verlass darauf, dass es ein Spitzenprodukt war, das man bei Dallmayr in der Dienerstraße erwarb. Dafür verbürgte sich Therese. Sie sorgte außerdem dafür, dass ein Einkauf beim Dallmayr immer ein echtes Erlebnis war, das allein die Menschen schon glücklich machen konnte. Die Münchnerinnen und Münchner kamen mit hohen Erwartungen in ihren Dallmayr. Fast so, wie wenn man in ein Theater oder auf die Wiesn ging. Sie wollten etwas Besonderes erleben. Und wenn sie wieder hinausgingen, schwebte ein kleines zufriedenes Wölkchen über ihnen, egal, ob das verschnürte Päckchen, das sie so stolz hinaustrugen, nun besonders groß oder doch eher kleiner war. Man kam und staunte, schmeckte, schnupperte, man ließ die Augen über das üppige und aufs Angenehmste präsentierte Angebot an Bekanntem und Seltenem schweifen oder an ganz Neuem, das man anderswo noch nie gesehen oder gekostet hatte. Wenn etwas besonders Exotisches an Speisen oder Getränken in der Stadt auftauchte, so konnte man sich darauf verlassen, dass man es mit Sicherheit bei Dallmayr bekam. Man unterhielt sich, tauschte Rezepte und Erfahrungen beim Kochen oder als Gast an einer festlichen Tafel aus. Alle Unterhaltungen drehten sich um köstliche Speisen und göttliche Tropfen, raffinierte Soßen und ungewöhnliche Beilagen. Und es waren nicht nur die ausgewiesenen Feinschmecker, die mit Therese über die beste Methode, eine Fischsuppe zuzubereiten, fachsimpelten oder darüber, wie man eine Prinzregententorte mit sieben Biskuitschichten backte.

Therese nahm noch einen Schluck Kaffee. Sie war zufrieden mit dem, was sie geschaffen hatte. Zum Geburtstag hatte sie sich nur eines gewünscht: Man sollte sie ihren Morgenkaffee trinken lassen, allein und in aller Ruhe, und vor allem bevor die große Hitze die Stadt überrollte. Mehr wollte sie gar nicht. Eine große Feier kam schon deshalb nicht infrage, weil ihre Schwiegertochter im Rotkreuzkrankenhaus lag. Sonias zweite Schwangerschaft verlief nicht so problemlos wie die erste. Die Ärzte empfahlen ihr zu liegen, und alle machten sich Sorgen um sie. Thereses ältester Sohn Hermann war oft bei ihr, und er hatte auch den kleinen Johann mit dabei. Er brachte seiner Mutter jeden Tag etwas aus dem Geschäft mit: Pralinen, etwas von der Mortadella, die sie besonders liebte, ein Döschen französische Lavendelbonbons oder eine Mandarine. Johann war ein echter Schatz. Thereses erster Enkel. Das Herz ging ihr auf, wenn sie an ihn dachte. Dass Hermann jetzt fürs Geschäft so oft ausfiel, war dagegen ein schwerer Posten. Sie hätte ihn so dringend gebraucht. Hoffentlich hatte Rosa schon Zeit gehabt, das Telegramm an Paul abzuschicken, und sie konnte ihn dazu bewegen heimzukommen. Sie brauchte wirklich jede Unterstützung, die sie kriegen konnte.

Therese nahm den letzten Schluck des köstlichen Morgenkaffees und faltete die Seiten Ihrer Zeitung zusammen. Beim Aufstehen strich sie sich über den dunklen Baumwollrock. Dazu trug sie eine weiße Leinenbluse mit Lochstickerei, an deren Kragen eine Brosche aus Elfenbein saß. Ein rascher Blick in den Spiegel am Gang. Der Dutt sollte nicht allzu streng sitzen. Ein graues Haar, das sich aufdringlich an der Schläfe kräuselte, riss sie beherzt aus, während sie gelernt hatte, die, die sich ein bisschen dezenter unter das dunkle Haar mischten, zu akzeptieren. Schließlich konnte sie auf ein erfülltes Leben zurückblicken. Die Familie, das Geschäft, auf beides war sie gleichermaßen stolz. Sie strich sich noch einmal über den Rock und betrachtete dabei ihre Hände. Damit hatte sie Neugeborene gewiegt, Tränen weggewischt, Wangen gestreichelt. Mit diesen Händen hatte sie Anton in seinen letzten Wochen gepflegt, sperrte sie morgens das Geschäft auf und begrüßte ihre Stammkunden. Eine Handwerkerin war sie, heute wie jeden Tag. Sie hatte viel geschafft, und trotzdem fühlte sie sich noch weit davon entfernt, sich zur Ruhe zu setzen und ihre Kinder ans Ruder zu lassen. Sie hatte noch so viel vor und wollte noch große Dinge in die Wege leiten, bevor sie sich irgendwann aus dem Geschäft zurückziehen würde. Dass Hermann gerade jetzt so oft ausfiel und Paul immer noch in Wiesbaden war, dazu die Sorge um ihre Schwiegertochter. Das nagte an ihr. Das musste anders werden, sonst ginge sie im alltäglichen Geschäft unter und es bliebe keine Zeit – und Muße – für strategische Überlegungen und Planungen. Und darin sah sie ihre größte Stärke.

Keine Feierlichkeiten. Therese hatte es allen zusammen und jedem noch einmal einzeln eingeschärft, und doch war sie nicht völlig überrascht, als sie die Treppe zum Geschäft hinunterlief. Der Marmorbrunnen war leergeräumt und mit einem üppigen Bouquet gefüllt worden. Die Blumen sahen aus wie frisch aus einem Bauerngarten gepflückt: rosa und weißer Phlox, Stockmalven von hell- bis dunkellila, Dahlienblüten in Gelb und Orange. Ein Strauß wie zum Erntedank, und das passte sehr gut zu einem Geburtstag, der sich allmählich schon der Sechzig näherte, fand Therese. Korbinian trug ein Tablett voller Gläser mit perlendem Champagner herein. Wenn Ludwig noch bei ihnen wäre, der Lehrling, den sie am meisten in ihr Herz geschlossen hatte, dann hätte er jetzt selbstgemachte Pralinen aus dem Ärmel gezaubert, war sich Therese sicher. Als hätte sie Thereses Gedanken lesen können, brachte Rosa, die Buchhalterin, ein weiteres Tablett mit zwei

Pralinenschachteln aus dem »Maison Planès«. Dazu ein kleines Kärtchen. »›Herzlichen Glückwunsch, Chefin, zum Geburtstag, sendet Ihnen Ihr Ludwig Loibl, Patissier in Bayonne.‹«

»Unser Ludwig, ein Patissier! Ich hab's immer gewusst, dass aus ihm noch einmal etwas wird.« Therese war gerührt.

Die rechteckige Schachtel – sie hieß »Coffre No 1« – enthielt zwei Reihen mit Pralinen in Würfelform, etwas höher als breit, je zwei mit heller Milchschokolade und zwei mit fast schwarzer Zartbitterschokolade überzogen. *Pralinés noisettes torréfiées du Piémont* hießen diese Wunderwerke. Aussprechen konnte Therese es nicht, aber sie verstand, dass es sich um geröstete Piemont-Haselnusspralinen handeln musste. Die Nüsse waren nicht gehackt, sondern fein gehobelt und geröstet, was sie sehr knusprig machte, und die Oberfläche kräuselte sich wie die Wellen des Atlantiks im Wind. Die zweite Packung war höher und in aprikotfarbenes Seidenpapier eingeschlagen. Als sie den Deckel hob, standen darin wie kleine Käselaiber drei Reihen von Macarons in zarten Farben von weiß über gelb, orange, pastellgrün bis hin zu dunkelrot.

Es sah so aus, als habe sich jede Mühe, die Anton und sie in die Ausbildung ihres Lehrlings gesteckt hatten, gelohnt. Er war Patissier geworden, und er hatte seine Dallmayr-Familie nicht vergessen. Im Gegenteil.

»Sollen wir anstoßen, Frau Randlkofer?«, fragte Korbinian. »Oder wollen Sie noch warten, bis sich die letzte Perle aus dem Champagnerglas verdrückt hat?«

Therese schmunzelte. »Auf die ungehorsamste und trotzdem beste Belegschaft in ganz München! Habe ich nicht gesagt, keine Feier?«

»Ist doch auch keine Feier«, murrte Korbinian. »Zumindest keine richtige. Ich meine, wir sitzen hier im Feinschmeckerparadies und es gibt für jeden ein Glas Champagner und maximal eine Praline, wenn ich mich nicht verzählt habe.«

»Korbinian, du alter Grantler«, schimpfte Therese. »Sobald mein zweites Enkelkind endlich auf der Welt ist, feiern wir, bis sich die Balken biegen.«

»Versprochen, Chefin?«

»Versprochen. Und jetzt gehen alle wieder an ihre Arbeit, und falls Pralinen übrig sind, bekommen unsere besten Kundinnen auch noch welche, zum Probieren.«

»Die guten französischen vom Ludwig?« Korbinian konnte es nicht fassen. Aber er beruhigte sich gleich wieder bei einem Blick in die beiden Schachteln. Sie waren bis auf ein, zwei Krümel leer.

»Hat Paul sich schon gemeldet?« Therese streckte den Kopf in Rosa Schatzbergers Kontor.

»Noch nicht, aber das Telegramm wird bestimmt bald ausgeliefert. Ich sage Ihnen gleich Bescheid, wenn er anruft.«

Therese wurde allmählich ungeduldig. Sie hatte noch viel vor, aber dazu brauchte sie die Unterstützung ihrer Kinder. Oder besser gesagt, die ihrer Söhne, denn Elsa hatte ihr klargemacht, dass eine Arbeit im Familienbetrieb für sie derzeit nicht infrage kam. Sie war ganz mit ihrer Karriere in der Schweiz beschäftigt. In München hätte sie eine Ausbildung zur Lehrerin oder Erzieherin machen können, aber das wollte sie nicht. Für das Geschäft hatte sie sich nie sonderlich interessiert, und die ständige Nähe zur Mutter war scheinbar auch etwas, dem sie aus dem Weg ging. Vielleicht gerade weil Mutter und Tochter sich so ähnlich waren? Möglicherweise war das auch der Grund, warum Therese bei Elsa akzeptierte, was sie ihren Söhnen so niemals hätte durchgehen lassen. Wenn sie jetzt auch noch einen Mann in der Schweiz fände, würde Elsa womöglich ganz dortbleiben. Aber im Augenblick war noch keiner in Sicht, zumindest hatte Therese nichts davon mitbekommen.

Das Telefon klingelte, und Rosa nahm den Hörer ab.

»Ist das Paul?«, wollte Therese wissen.

Rosa schüttelte den Kopf und deckte die Sprechmuschel mit der Hand ab. »Eine Bestellung«, flüsterte sie. »Sehr wohl, Frau Kommerzienrat«, sprach sie in den Hörer. Therese verließ enttäuscht das Büro. Wenn Paul sich bis Mittag nicht meldete, würde sie in seiner Firma anrufen.

»Wieso nennst du mich Frau Kommerzienrat?«, fragte Paul im Telegrafenamt in Wiesbaden und wischte sich mit einem Taschentuch über die Stirn. Es war heiß und stickig in dem großen Raum und Paul fühlte sich angeschlagen.

»Weil deine Mutter gerade in der Tür gestanden und nach dir gefragt hat. Und weil ich ja deine Antwort, dass sie auf keinen Fall bei deiner Arbeitsstelle anrufen soll, durch den Telegrammboten bekommen habe. Da dachte ich, ich gebe den Hörer am besten nicht an sie weiter. Richtig so?«

»Danke, Rosa.« Pauls Hemdkragen scheuerte, er fühlte sich nicht wohl in seiner Haut.

»Was ist denn los bei dir? Hast du was ausgefressen?«

Paul nestelte an seinem Kragen und öffnete den ersten Kopf. Es war zum Ersticken warm.

»Paul? Bist du noch da?«, fragte Rosa besorgt.

»Ja, ja. Kannst du Hermann holen?« Rosa war zwar die Schaltzentrale im Dallmayr, aber seine Beichte wollte Paul doch lieber bei seinem großen Bruder ablegen. Dann bliebe es in der Familie.

»Der ist im Krankenhaus, bei seiner Frau.«

»Wieso, was ist denn passiert?« Das schlechte Gewissen packte Paul. Er war so mit sich selbst und seinen Problemen beschäftigt gewesen, dass er gar nicht mehr mitbekommen hatte, wie es um die Familie in München stand.

»Sie soll mit dem Baby jetzt vorsichtig sein, sagen die Ärzte und haben sie für ein paar Tage ins Krankenhaus eingewiesen. Sie muss liegen, damit das Kind nicht viel zu früh auf die Welt kommt.«

»Ach, und Hermann ist da auch mit dabei?«

»Nein, aber er besucht sie fast täglich mit dem kleinen Johann.«

Dann hatte Hermann jetzt also andere Sorgen. Sollte er Elsa in der Schweiz anrufen?

»Paul? Wir können das Firmentelefon nicht ewig belegen. Jetzt sag halt einfach, was los ist. Wieso soll deine Mutter nicht bei deiner Lehrstelle anrufen?«

»Warte mal.« Paul ließ den Hörer an der Schnur baumeln und zog seine Jacke aus. Er wischte sich wieder den Schweiß aus dem Gesicht. Diese Hitze war wie ein Vorgeschmack auf die Hölle. Bei dem Gedanken zuckte Paul zusammen. »In der Firma gibt es gerade ein größeres Problem«, antwortete Paul, nachdem er den Hörer wieder aufgenommen hatte. »Und mein Chef ist mit den Nerven am Ende. Es hat kaum Sinn, wenn Mutter jetzt mit ihm spricht.«

»Paul?«, fragte Rosa.

»Ja?«

»Was redest du denn da? Willst du mich auf den Arm nehmen?«

»Nein, wie kommst du denn darauf?«

»Da stimmt doch irgendwas nicht. Ich hab dich schon gekannt, als du noch zur Volksschule gegangen bist. Und ich glaube, dass du mir hier gerade einen ziemlichen Bären aufbindest. Dazu muss ich dich nicht einmal sehen, Paul. Das kann ich sogar hören.«

»Blödsinn, Rosa, das bildest du dir ein«, antwortete Paul, aber es klang nicht sehr überzeugend, das merkte er selbst.

»Und was hat dieses Problem in der Firma eigentlich mit dir zu tun, hm?«

»Nichts, aber es ist eben ein schlechter Zeitpunkt.«

»Und das soll ich deiner Mutter erzählen? Das glaubt sie nie, genauso wenig wie ich.«

»Dann ...« Paul stockte. »Dann denk dir bitte was Überzeugenderes aus. Bitte, Rosa.«

»Also, du hast Nerven. Dann bist du eben krank geworden und meldest dich, sobald du wieder gesund bist.«

»Danke.«

»Paul? Wenn du irgendwie in der Klemme steckst ...«

»Nein, nein, alles gut. Ich melde mich wieder.«

Paul bezahlte und stürzte aus dem Gebäude. Draußen setzte ihm die Sommerhitze zu, von innen her brannte die Scham, dass er Rosa so angelogen hatte. Er hatte keine Ahnung, wie er aus der Sache wieder rauskommen sollte.

»Hat Schorsch sich schon erleichtert?«, fragte Max Randlkofer seinen Lehrling. Der glotzte ihn nur an. »Ob er sein Geschäft schon gemacht hat, will ich wissen.«

»Ach so, ja, ist erledigt«, antwortete der Lehrling. Er war dafür verantwortlich, mit Schorsch Gassi zu gehen, meistens in den Grünanlagen an der Herzog-Wilhelm-Straße.

Dass seine Freundin Mitzi, bevor sie zur Kur nach Bad Reichenhall gegangen war, den Schorschi bei ihm abgestellt hatte, war für Max schon in Ordnung. Er zeigte sich gern mit dem schwarzbraunen Kurzhaardackel. Das Hunderl passte zu seinem eleganten, aber auch traditionsbewussten, patriotischen Auftreten. Aber natürlich fand Max es unter seiner Würde, mit ihm Gassi zu gehen. Er sah Schorsch eher als modisches Accessoire, so wie sauber geputzte Schuhe oder ein gedrechselter Spazierstock mit Elfenbeingriff.

Am späten Vormittag hatte Max sich einen kleinen Spaziergang die Neuhauser und Kaufinger Straße hinunter zum Marienplatz und von dort zum Viktualienmarkt angewöhnt. Schorsch nahm er dazu mit. Die Marktfrauen an ihren Ständen und Buden waren ganz verrückt nach dem Hund und fütterten ihn für gewöhnlich mit Leckerbissen. Max holte sich wie üblich eine Portion Nürnberger Bratwürste mit Kraut und viel mittelscharfem Senf, setzte sich damit in einen der Biergärten, bestellte sich eine schöne Maß Bier dazu und blinzelte zufrieden in die Sonne. Woanders hätte er Weißwürste bestellt, aber am Viktualienmarkt mussten es die berühmten Bratwürste aus Nürnberg sein, von dem Stand an der Heiliggeistkirche. Als Antonia vorbeikam, ein sauberes Frauenzimmer mit viel Holz vor der Hütte, zog er sich eine frische Brezel von dem Metallspieß, auf dem sie das Gebäck feilbot, und war mit sich und der Welt zufrieden.

Nicht weit entfernt kaufte eine stattliche Dame mit zwei kleinen Buben fürs Mittagessen Gemüse und Salat ein, mäkelte an den Kartoffeln, ließ sich verschiedene Sorten Äpfel zeigen, roch daran. Der eine Junge, der größere, blieb die ganze Zeit bei seiner Mutter stehen, während der kleinere den Markt lieber auf eigene Faust erkundete und immer wieder ermahnt werden musste. Max beobachtete das Geschehen amüsiert. So war es immer, dachte er. Einer hielt sich brav an die Regeln und war der ganze Stolz seiner Erzeuger. Der andere hatte sich entschieden, die Welt auf eigene Faust zu erkunden, und besonders die krummen Wege übten eine besondere Anziehung auf ihn aus. In jeder Familie gab es solche und solche, es würde immer so sein. Indes war nicht ausgemacht, wer von beiden der Erfolgreichere oder gar Glücklichere sein würde. Das Glück war sowieso nur eine Sternschnuppe, und doch jagte jeder ihm nach und hoffte, es festhalten zu können.

Max hatte, wie sein Bruder Anton, nicht bei null starten müssen. Ihre Vorfahren waren fleißige Leute gewesen und hatten als Bierbrauer und Gastronomen einen wirtschaftlichen Grundstock geschaffen, der ihren Söhnen den Start ins Berufsleben erleichterte. Sie hatten bereits den wichtigsten Schritt getan und waren vom Land in die Stadt übergesiedelt, wo das Geld zwar nicht auf der Straße lag, aber leichter und vor allem in größerer Menge zu verdienen war. Natürlich nur, wenn man es richtig anstellte und den richtigen Riecher hatte. Als sein Bruder Anton 1895 den Kolonialwarenladen in der Maffeistraße aufgab und das Delikatessenhaus Alois Dallmayr kaufte, das damals schon einen klingenden Namen hatte, da war Max sich sicher gewesen, dass Anton sich übernommen hatte. Er hatte anfänglich gedacht, dass er ihm zur Seite springen und ihn unterstützen müsste, wozu er sofort bereit gewesen wäre. Gegen eine angemessene Beteiligung, versteht sich. Stattdessen hatte das Geschäft unter Antons Führung floriert und das Hilfsangebot von Max war ungenutzt ins Leere gelaufen.

Anton hatte seinen Triumph nicht lange auskosten können, genau genommen zwei Jahre, dann war er überraschend verstorben. Damals hatte Max auf ein größeres Erbe und wenn nicht auf die Übernahme des Geschäfts, so doch auf eine anständige Teilhaberschaft spekuliert. Alle Hebel hatte er in Bewegung gesetzt, um Zugang zum Dallmayr und dessen Erfolg zu bekommen. Doch seine Schwägerin Therese war raffinierter und durchtriebener, als er gedacht hatte. Sie führte das Geschäft seit Antons Tod alleine, stellte von Jahr zu Jahr mehr Personal ein, hatte ein weiteres Haus in der Dienerstraße dazu erworben, den Laden erweitert und aufs Modernste ausgebaut. Sie raffte einen Hoflieferantentitel nach dem anderen zusammen, band ihren Ältesten mit ins Geschäft ein, den er, Max, ausgebildet hatte, und dazu war sie auch noch stolze Großmutter geworden und eine ernstzunehmende Geschäftsfrau, der er bislang mit nichts an den Karren fahren konnte, so sehr er es auch versuchte. Sie wurde immer vermögender und einflussreicher, und ihre Geschäfte liefen glänzend. Dieses blasierte Weib, dachte Max. Mit Genugtuung hatte er bemerkt, dass sie im Alter ein ansehnliches Doppelkinn ansetzte, das auch mit den hochgeschlossenen Blusen, die sie immer trug, nicht zu kaschieren war. Wie ein Pinguin lief sie herum, stets im schwarzen langen Rock mit weißer oder cremefarbener Spitzenbluse. Bieder, allen modischen Dingen abgeneigt, in ihrer ganzen Erscheinung ohne jede weibliche Raffinesse.

Am Zuckerlstand gab es jetzt ein großes Geheule, weil die Dame ihrem Jüngsten die Ohren langzog und ihn wegen seines Eigensinns ausschimpfte.

Nein, schwor sich Max, er würde nie aufhören, um sein Anrecht zu kämpfen und seiner Schwägerin, sooft er konnte, in die Suppe zu spucken. Kein Mensch konnte ihn von der Überzeugung abbringen, dass ihm mindestens ein angemessener Anteil am Dallmayr zustand. Anton war sein großer Bruder gewesen, sein Held aus Kindertagen. Er hätte doch nicht gewollt, dass er, Max, leer ausging. Wer weiß, wie Therese seinen schwerkranken Bruder beim Abfassen seines Testaments beeinflusst hatte. Rechtens war es wohl gewesen, aber gerecht war es deshalb noch lange nicht!

Max knallte seinen Maßkrug auf den Tisch, dass das Bier spritzte. Schorsch kam hektisch unter dem Tisch hervorgesprungen und wedelte mit seinem lächerlichen Rattenschwanz. Vor Aufregung hob er das dünne Hinterbeinchen, und schon plätscherten die ersten Tropfen auf das herrlich weiche hellbraune Kalbsleder von Max' Halbschuhen.

»Mistviech, elendiges«, fauchte Max den Dackel an und gab ihm einen Tritt, der Schorsch aufjaulen ließ. Ein distinguiertes Ehepaar vom Nebentisch sah Max pikiert an, aber der Schuh war wahrscheinlich ruiniert und seine Laune verdorben.

»Zahlen, Lisbeth«, herrschte Max die Kellnerin an. »Heute noch, wenn's geht. Ich hab's eilig!«

Quellenverweise

Richard Bauer, Prinzregentenzeit. München und die Münchner in Fotografien, München 1988.

Hermann Heimpel, Die halbe Violine. Eine Jugend in der Haupt- und Residenzstadt München, Insel-Verlag 1958 (Suhrkamp TB).

Theodor Hierneis, König Ludwig II. speist, Erinnerungen seines Hofkochs, München 2013 (Original: München 1953).

Marita Krauss, Die königlich bayerischen Hoflieferanten, München 2009, Volk Verlag.

Marita Krauss, Florian Beck, Leben in München von der Jahrhundertwende bis 1933, München 1990.

Josef Reindl, Randlkofen und die Randlkofer. Eine Guts- und Familiengeschichte, Mainburg 1927, Weinmayer Verlag.

Franziska Gräfin zu Reventlow, »Wir sehen uns ins Auge, das Leben und ich« – Tagebücher 1895–1910, Passau 2011, Verlag K. Stutz.

Georg von Vollmar, Reden und Schriften, Hg. Willy Albrecht, Berlin 1977.

Maria Walser, Bachauskehr, Eine Zeitreise ins München der Jahre 1850–1914, Hg. Eva Graf, Christine Rädlinger, München 2008, Volk Verlag.